时音

长安秘案录 上

时音 著

CHANG'AN MI'AN LU

四川文艺出版社

图书在版编目（CIP）数据

长安秘案录 / 时音著 . -- 成都：四川文艺出版社，
2021.9（2024.7重印）

ISBN 978-7-5411-6071-4

Ⅰ.①长… Ⅱ.①时… Ⅲ.①长篇小说－中国－当代
Ⅳ.① I247.5

中国版本图书馆 CIP 数据核字 (2021) 第 136380 号

CHANG'AN MI'AN LU
长安秘案录
时音 著

出 品 人	冯　静
出版统筹	众和晨晖
责任编辑	彭　炜
责任校对	汪　平
封面插画	容　境
版式设计	刘丽霞

出版发行	四川文艺出版社（成都市锦江区三色路238号）
网　　址	www.scwys.com
电　　话	028-86361802（发行部）　028-86361781（编辑部）

邮购地址	成都市锦江区三色路238号四川文艺出版社邮购部		
印　　刷	三河市九州财鑫印刷有限公司		
成品尺寸	168mm×235mm	开　本	16 开
印　　张	33.5	字　数	670 千
版　　次	2021 年 9 月第一版	印　次	2024 年 7 月第二次印刷
书　　号	ISBN 978-7-5411-6071-4		
定　　价	78.00 元（全二册）		

版权所有·侵权必究。如有质量问题，请与出版社联系更换。028-86361796

(上) CONTENTS

第一案　人皮刺青

第 一 章　荆婉儿 / 002　　　　第 二 章　火油烧尸 / 006

第 三 章　瘟神裴谈 / 010　　　第 四 章　一张皮 / 014

第 五 章　女扮男装 / 018　　　第 六 章　重审案件 / 022

第 七 章　尸体不是本人 / 026　第 八 章　宫外的眼睛 / 030

第 九 章　宫女 / 034　　　　　第 十 章　千牛卫营 / 038

第十一章　一个妇人 / 042　　　第十二章　箱子 / 046

第十三章　珍贵的梦 / 050　　　第十四章　太液池 / 054

第十五章　相遇 / 058　　　　　第十六章　画舫 / 062

第十七章　有办法 / 066　　　　第十八章　不要牵连 / 070

第十九章　长乐王殿下 / 073　　第二十章　邢主簿 / 077

第二十一章　诗酒风流 / 081　　第二十二章　表妹 / 085

第二十三章　清姿 / 089　　　　第二十四章　大唐疆域图 / 093

第二十五章　完美的计划 / 097　第二十六章　藏身地 / 101

第二十七章　镜子 / 105　　　　第二十八章　可以动手了 / 108

第二十九章　公子另有妙计 / 112　第三十章　一叶障目 / 116

第三十一章　神厨 / 120　　　　第三十二章　斋饭 / 123

CONTENTS

第三十三章　茅屋 / 127　　　第三十四章　埋伏 / 131
第三十五章　算计 / 135　　　第三十六章　堕魔 / 139
第三十七章　裴氏 / 143

第二案　考场舞弊

第三十八章　棺中少女 / 148　　　第三十九章　巧言令色 / 152
第 四 十 章　收买仵作 / 157　　　第四十一章　让我试试 / 161
第四十二章　一个女子 / 165　　　第四十三章　老狐狸 / 169
第四十四章　追杀 / 173　　　第四十五章　世家的高手 / 177
第四十六章　暗访客栈 / 181　　　第四十七章　毒蛇 / 185
第四十八章　婉儿受伤 / 189　　　第四十九章　孤军奋战 / 194
第 五 十 章　同生共死 / 198　　　第五十一章　新仵作 / 201
第五十二章　他还活着吗 / 205　　　第五十三章　无脸人 / 209
第五十四章　考题 / 213　　　第五十五章　逆鳞 / 217
第五十六章　考场文章 / 221　　　第五十七章　金吾卫 / 225
第五十八章　清水 / 228　　　第五十九章　神探婉儿上线 / 232
第 六 十 章　接管大理寺 / 236　　　第六十一章　裴大人爬墙 / 240
第六十二章　裴大人光脚查案 / 243　　　第六十三章　因为死了，所以写得好 / 246
第六十四章　快回大理寺 / 250　　　第六十五章　守株待兔 / 253
第六十六章　局中局 / 256　　　第六十七章　蠢人 / 260
第六十八章　逃走 / 263　　　第六十九章　贼喊捉贼 / 267
第 七 十 章　自投罗网 / 270

CONTENTS （下）

第三案　高僧之死

第七十一章　婉儿刷马桶 / 276　　第七十二章　裴大人买鞋 / 280

第七十三章　神秘贵人 / 283　　第七十四章　警告 / 287

第七十五章　佛前一炷香 / 291　　第七十六章　你是妖女 / 295

第七十七章　慧根 / 299　　第七十八章　查案 / 303

第七十九章　滕王 / 307　　第 八 十 章　李修琦 / 310

第八十一章　狄公再世 / 314　　第八十二章　裴大人的身手 / 318

第八十三章　上香 / 322　　第八十四章　不必猜了 / 326

第八十五章　无头公案 / 330　　第八十六章　女人的直觉 / 334

第八十七章　慧根的"鬼魂" / 338　　第八十八章　找到了凶器 / 342

第八十九章　众生皆苦 / 346　　第 九 十 章　以死谢罪 / 349

第九十一章　意想不到的来人 / 353　　第九十二章　一地鸡毛 / 357

第九十三章　血迹显形的办法 / 361　　第九十四章　王者天子 / 365

第九十五章　凶手出来了？ / 369　　第九十六章　身陷囹圄 / 372

第九十七章　大人要死了 / 377　　第九十八章　证据锤死你 / 381

第九十九章　逼问 / 385　　第 一 百 章　臣的职责所在 / 389

第一百零一章　箱子 / 394　　第一百零二章　押解进宫 / 398

第一百零三章　无字碑 / 402　　第一百零四章　断臂 / 406

第一百零五章　自投罗网 / 410　　第一百零六章　罚俸 / 414

CONTENTS

第四案　太子谜案（完结卷）

第一百零七章　赐婚圣旨 / 420　　第一百零八章　仰慕 / 424

第一百零九章　卷宗 / 428　　第一百一十章　唇枪舌剑 / 432

第一百一十一章　则天大圣皇后 / 436　　第一百一十二章　档案 / 440

第一百一十三章　罪名 / 443　　第一百一十四章　悔教夫婿觅封侯 / 447

第一百一十五章　流言猛于虎 / 450　　第一百一十六章　拉拢 / 454

第一百一十七章　更想要的东西 / 458　　第一百一十八章　担心 / 462

第一百一十九章　登门 / 466　　第一百二十章　审视 / 470

第一百二十一章　欲擒故纵 / 473　　第一百二十二章　端正君子的另一面 / 477

第一百二十三章　闯祸 / 481　　第一百二十四章　亡羊补牢 / 485

第一百二十五章　这就是大理寺卿 / 489　　第一百二十六章　说书 / 493

第一百二十七章　满城传闻 / 497　　第一百二十八章　逆转乾坤 / 501

第一百二十九章　婉儿被抓 / 505　　第一百三十章　六年前 / 509

第一百三十一章　李代桃僵 / 512　　第一百三十二章　瓮中捉鳖 / 517

第一百三十三章（完结）　终有一日等到您 / 521

【尾声】　愿你余生平安喜乐 / 525

CHANG'AN MI'AN LU

第一案

人皮刺青

出了文昌门，就是臭气熏天的乱坟堆。
所以，文昌门的守将整天也是一脸晦气，
被派到文昌门，
基本就相当于宫女被发配到杂役房这种地方。
人都不能死在宫墙内，
所以，一墙之隔的外面，
就成了安放这些人的地点。

第一章　荆婉儿

拖着草席到了宫门口,荆婉儿亮出了手里的牌子:"宫中殓尸房,处理尸体。"两个守门的将领看了一眼地上卷起的草席,冷脸说道:"席子打开,让我们看看。"

荆婉儿也没有辩解,闻言弯下腰,毫不避讳地解开了草席上系着的绳子。草席顿时向两边摊开,露出一个穿着宫女服的女子,脸朝下,被头发埋着,身上全是鲜血和尸臭。掀开头发之后,发现"尸体"面色苍白,气息全无。

两个守门的将领立即嫌恶地捂住鼻子,挥挥手道:"赶紧拖走!拖走!"

是他们自己要看的,这会儿又避之唯恐不及。

荆婉儿嘴角微微一勾,弯下腰重新把草席系上,一手拽着绳子的另一边,把"尸体"拖出了宫门。

这一次,两个守门的将领甚至有意避开远一点,避免沾染了死人晦气。

荆婉儿慢慢拖着席子,走了许久之后回过头,看着身后的宫门离自己越来越远。

都说一入宫门深似海,而宫里每天都有人死,有些没有家人认领的,就被荆婉儿这些杂役房的末等宫女拖走焚烧。

拖来的地方,就是这文昌门外的"乱坟岗"。

荆婉儿施施然看向席子,再次伸手解开来,之后,盯着那具宫女"尸体",从发间拔出了一根银针。

银针刺入"尸体"颈部,只见"尸体"动了一下,片刻后竟然睁开了眼。

"起来吧,已经到地方了。"荆婉儿淡淡说道。

只见那宫女睁眼以后,霍地从席子上坐起,当看到自己全须全尾的时候,眼泪一下子涌上来。然后,她瞪眼看着荆婉儿,蓦地"扑通"跪下去,"咚咚"磕头道:"多谢!多谢救命之恩!大恩大德来世做牛做马也一定会还上!"

荆婉儿静静看着她,宫女一进宫门就意味着永生永世不能离开,只有一种例外,就是"死"的人。

其实,她也不是第一次干这种活了,帮助死罪的宫女私底下混出宫,捡一条生路。

荆婉儿淡淡说道:"不用做牛做马,你只要别忘了答应我的事。"

宫女骤然顿了一下,片刻后盯着荆婉儿:"你放心,我绝不会忘记的。"

这宫女原是跟在季婕好身边伺候的人,前些时日因为得罪了这位新得宠的婕好,被投进了苦役房等死。

但这宫女也是厉害,不知经什么人指点,找到了荆婉儿。

荆婉儿将手上的银针插回发间,转身给宫女指了一个方向:"你在这里等到入夜时分,从南边一路翻过宫墙,混入夜市之中,夜晚有宵禁,只要你能撑到白天,就算安全了。"

宫女眼中露出渴望,好死不如赖活着,谁也不愿意轻易去死。眼看生的希望就在眼前,她再次对荆婉儿深深磕了个头:"救命之恩,没齿难忘。"

入夜之后,这乱坟岗就更不会有人来了,谁会有这样的胆量?所以,此地才是最安全的。

但是对宫女来说,面对唾手可得的自由,莫说让她在这里躲到白天,就是让她再多待几个日夜,又有什么怕的。

安顿好宫女,荆婉儿拖着空空的草席,回到文昌门,两个守门将领都目露嫌恶,连盘问都没有,就让她进去了。

荆婉儿对这些目光处之泰然,不管是嫌弃还是侮辱,这些年她早就像喝水一样习以为常了。

回到院子里,她拍了拍身上的衣服,将席子扔进柴房,锁上门。

柴房里点了松香,熏蒸一晚后,尸臭就会消散。

若有人跟荆婉儿一样,一进宫就开始和尸体打交道,也会悟出一套法门。

荆婉儿回了宫女休息的屋子,刚走进去,就看到床上的被褥乱作一团,伸手一试,被子湿漉漉的,显然已经不能睡。

她转身看着旁边几个装作无辜的宫女:"是谁干的?"

没有人吱声,其中一个还翻了翻白眼。

荆婉儿负责处理死人,在这里最不受待见,身份甚至比扫茅房的还要低贱。

女人多的地方就是麻烦,荆婉儿转身走向她们。那几个宫女看见她过来,都躲苍蝇一般躲开:"干什么,你可不要惹事!"

荆婉儿看着她们:"我可没有惹事,我忙碌了一天,现在正是需要睡觉休息的时候。"

她迅速伸出手,抓向其中一个宫女,那宫女立刻慌乱地往旁边一扑。

荆婉儿目中划过一笑，她的手没有停顿，宫女躲开以后，她就抓住了宫女身后的被子，一把拽进自己怀里。

她抱着被子走向自己的床榻，伸手将那床已经湿透的被子直接掀到地上。

被抢了被子的宫女尖叫起来："你还我被子！"

她朝荆婉儿扑过来，荆婉儿冷冷一转身，就将那宫女定格在了原地。

"我刚刚处理完尸体回来，身上还没有洗，我碰过的被子，你最好想清楚还要不要。"

这句话真是戳中宫女死穴，应该说，这一屋子的宫女没有一个敢真的触碰荆婉儿。宫女脸上浮现出羞恼交加的神情，她盯着被荆婉儿紧紧抱在怀里的被子，又是嫌恶又是不甘。

荆婉儿心里一笑，慢慢把被子铺到了她的床上。这个宫女是这屋子里带头跟她不对付的，就算今天弄湿她被子不是这个宫女的主意，也和她脱不了关系。

自己做的事，自己就要尝苦果。

荆婉儿施施然在床边坐下，眼睛看着地上那一床湿漉漉的被子："看来，你今天只能盖这一床睡觉了。"

那宫女咬牙切齿："荆婉儿，你不要欺人太甚！"

到底是谁欺人太甚？荆婉儿转过了目光。

宫女气得跺脚："你以为我不敢告诉梁尚宫？你最好别得意，到时候不把你轰出杂役房……"

荆婉儿打断了她的话："轰出杂役房？真的吗？现在杂役房只有我一个人负责处理尸体，我被轰出去，你们谁接替我？你吗？"

这句话比刚才的杀伤面积更大，屋子里其余三个宫女也都齐齐变色。

有一个年长些的急急忙忙上来，拉住那宫女："好了巧儿，都是一个屋里的，不要闹太僵。"

那个叫巧儿的气得浑身发抖："凭什么？你没看她夺走了我的被子？！"

这夜晚天寒地冻，没有被子，是要叫她今夜冻死吗？！她当然不会承认，是她挑衅荆婉儿在先，才会落得这样下场。

另一个宫女打圆场赔笑："好了，今晚你跟我挤一挤吧，回头明天把那被子拿出去晒一晒就好了。"

巧儿显然觉得极为委屈，可是现在荆婉儿已经大大方方睡到了那床被子上面，要她去抢过来，她又没那个胆。

最后，在几个宫女真真假假的劝说下，巧儿还是咬牙忍了这口气。心里却道：

荆婉儿,你个贱人,给我等着!

虽然每次都知道,她们跟荆婉儿对上,讨不了便宜,但这群宫女却还要变着法儿整荆婉儿,或许这出自心里的厌恶,厌恶那个总是跟死人在一起而面不改色的怪胎。

荆婉儿知道她们将自己视作怪胎,但她哪里会在意这些,甚至很乐意看见这些宫女一副嫌恶害怕的样子。

只有心里有鬼,才会害怕生死。宫里的这些宫女,有哪个心里没鬼?

荆婉儿睡了一觉,解了疲乏,第二天被梁尚宫叫去。

梁尚宫坐在榻上,两个宫女给她捏腿,在这杂役房,她就是老佛爷,谁也不敢忤逆她。

"昨日刑台送来一具尸体,已经拖到了你的院子,你尽早处理了,做得干净点。"梁尚宫抬起凌厉的眉眼,盯了荆婉儿。

梁尚宫特意交代这一句,意思就是一把火烧掉,连骨头渣子都不要剩。这就是做得最干净的办法。

荆婉儿不动声色:"奴婢明白了。"

梁尚宫幽沉的眼眸半晌才收回去:"去吧,这次巧儿会跟你一块处理。"

荆婉儿有些愕然,让巧儿跟她一起?

但她还没来得及问,梁尚宫已经冷冷开口:"让你出去没听见吗?"

荆婉儿垂下眼:"是。"

回到院子中,就见巧儿一脸寒霜,冷冷盯着荆婉儿。

荆婉儿想也明白,梁尚宫已经把今天处理尸体的事告诉她了。巧儿不能忤逆梁尚宫,只能心里更加恨上了荆婉儿。

"你这贱人,怪胎,是不是在尚宫面前说了什么……"巧儿已经骂开了。

荆婉儿和往常一样无视了她,她只想知道,今天这具尸体,有什么不同。

这是两年来,梁尚宫第一次让两个人去处理,以前有块头特别大的尸体,荆婉儿一个人搬不动,梁尚宫都没有额外指派过别人。

而且还是巧儿,巧儿很能干吗?只有用恶毒点子对付她的时候,才算是能干。

那么,除非正是因为这一点,才会找巧儿。正是巧儿和她的恩怨人人皆知,所以才找巧儿和她一起……为了监视她?

荆婉儿似乎明白了什么,梁尚宫特意叮嘱的那句"做得干净点"似乎也有了解释。

她心里一动,对那具尸体的身份有了一丝计较。

第二章 火油烧尸

尸体来自刑台，就是宫里处死罪人的地方。那里出来的尸体，还要做得干净，想想就不单纯。

巧儿在身后推门进来，指着荆婉儿说道："怪胎，你到底使了什么手段？尚宫居然让我跟你去处理尸体，你该不会、不会……"

听着这声音后半截的害怕，巧儿明显是想起了昨晚上荆婉儿说她一旦离开杂役房就要有人接替她处理尸体的话。

荆婉儿施施然地转过身，看见巧儿一脸惨白，却不打算解释，嘴角勾起道："尚宫的盼咐，我怎么知道原因。你担心的话，为什么不当着尚宫的面问明白？"

巧儿哆嗦了一下，谁敢当着尚宫面问明白，荆婉儿分明就是讥讽她。

"你最好现在就去准备，"荆婉儿提醒道，"尚宫说过要尽早处理，现在日头已经升起来了，太阳越烈，尸体的气味越重，别怪我没提醒你。"

巧儿的脸更白了几分，看样子还没看到尸体，她就已经要吓傻了。

忽然，她眼圈一红，捂住嘴就奔出去了。

这种程度都受不了，荆婉儿摇摇头。

她也得赶紧准备了，梁尚宫说尸体已经拖过来，那就是在柴房。

柴房的钥匙，只有她和梁尚宫身边的宫人有，所以她来到柴房门口，看到锁被人动过，就知道已经有新尸体被送过来了。

荆婉儿打开柴房的门，里面还有松香味，她有点诧异。

席子已经被人重新卷好，并且仔细捆上了绳子，席子里，隐约可见一个人的四肢和躯干，而那最该有的部分，居然是空落落的。

荆婉儿的心已经提起来……她似乎明白了，这是一具被砍头的尸体。

荆婉儿慢慢走过去，不知道是不是松香的作用，暂时还闻不到尸体上有气味，当然还有另一种可能——尸体刚死没多久，还不到腐烂发出味道的时候。

荆婉儿吸了口气，头一次觉得周围看不见的地方，有凉飕飕的感觉。

荆婉儿看了一会儿尸体，就退了出去，她需要准备衣服和腰牌，并非直接拖着尸体就能走出宫里的大门。

她回去之后，看见了浑身裹得不露缝隙的巧儿。

巧儿身上罩着厚厚的大氅，脸上还围着起码三层面巾，显然是担心尸体有任何异味或者脏的地方碰到自己。

可惜，她这副样子，连手都不伸出来，要怎么搬动尸体？

荆婉儿看了她一眼，就冷漠地把眼睛移开。

她的不屑激怒了巧儿："荆婉儿，你敢看不起我？！"

一个处理尸体的下贱奴婢，凭什么看不起她？

荆婉儿不欲跟她争辩，在床底下翻出她的家伙事，一套宫女服和叠放上面的腰牌。

她拿出东西以后，就转身对着不依不饶的荆婉儿说道："一会儿你在旁边看着就行了，不用你伸手。"

特别是梁尚宫交代要做得干净，她一伸手，恐要坏事。

而巧儿却一愣，有些不敢相信荆婉儿的好心，不让她伸手？真的吗？

"你，你说话算数？"巧儿有点语无伦次。

荆婉儿看了她一眼，嘴角一咧："你敢伸手吗？"

若以往被荆婉儿这么讥讽，巧儿一定要跟她不死不休，可是这次，巧儿确实是打心底害怕碰到尸体，既然荆婉儿不让她碰，她求之不得。

荆婉儿也没有再理会她，拿起家伙事走出房门："去柴房。"

巧儿瑟缩一下："去，去那里干什么？"

荆婉儿看她一眼："尸体在那里，你说去干什么？"

巧儿发着抖，只好跟在荆婉儿后面，荆婉儿熟门熟路摸到柴房，用钥匙打开门，看见了草席裹着的尸骨。

巧儿一眼只看见草席，从草席的形状，已经能看出这具尸体是没有头的。她四肢发软，已经快要晕过去。

这里除了荆婉儿，还有谁亲眼见到过死人？

荆婉儿走上前，拉动了一下草席上面的绳子，挺沉。

比以往的尸体都沉。

她不由攥紧了手，将绳子绕在手臂上几圈，开始用力把草席拖出柴房。

巧儿早就尖叫着退得远远的，睁大眼不可思议地看着荆婉儿。

在她眼里，面不改色的荆婉儿就是个不折不扣的怪胎，这怪胎不怕晚上恶鬼找上门吗？

可是每天晚上，宫女的大通铺上，睡得最香的就属荆婉儿。

荆婉儿憋着气看了一眼巧儿："还等什么，还不过来帮忙？"

巧儿哆嗦着："你，你说过不会让我碰的！"

荆婉儿盯着她："我说不让你碰尸体，但你若连帮忙拉绳子都不做，就别怪我告诉尚宫大人了。"

这巧儿，还真以为可以只站在一边看着？

巧儿似乎终于反应过来，她还是不可避免要离那具尸体很近，她含着眼泪咬住下唇，慢慢往荆婉儿身边靠。

荆婉儿将手里的绳子交给巧儿："你拉前面。"

这样的话，至少巧儿和尸体之间，还隔着一个荆婉儿。

巧儿只能紧咬着牙，握住那绳子。绳子上还有荆婉儿的体温，巧儿要忍着才能不丢掉。

两人拖着草席卷着的尸体，来到了文昌门。

两个守门的将领见到荆婉儿又来了，都露出嫌恶的表情。这时，荆婉儿放下绳子，熟练地拿出了腰牌。

"两位大哥，草席还需要打开看吗？"荆婉儿故意问了一句。

如果他们想要打开，那就不是她的问题了。

可是没想到，两个将领却厌烦地摆手："别打开了，晦气。"谁都能看得出，那是一具无头尸。

荆婉儿故意笑了笑："那就多谢两位大哥了。"

巧儿一直木木地站在那里没动，像是已经成了木头人。

荆婉儿回去重新拉起绳子，正要出去，两个将领却皱眉："等等，你们有两个人，另一个人的腰牌呢？"

尸体可以不验看，一个大活人可不能随随便便出宫，真当这宫门是好进好出的？

荆婉儿一愣，看向巧儿。

巧儿也是一脸紧张，下意识地在身上摸了一下："我，我忘带腰牌了。"

忘带了？

荆婉儿头大，什么都能忘记，腰牌怎么能忘？她们这些小宫女，腰牌就是身份，没有腰牌怎么可能出宫？

果然，那两个将领听说没有腰牌后，就变了脸色，冷冷地说："没有腰牌不得出宫，否则按逃奴论处。"

逃奴，那就是死罪一条，巧儿当场哆嗦了一下。

荆婉儿真是无言以对，抬头看了看，日头已经升起来了，如果拖着尸体回去，一来一回，恐怕浪费不止两个时辰。

巧儿脸都急白了。

荆婉儿只好当机立断道:"你留在这里等着,我出去把尸体处理完,再来跟你回去复命。"

梁尚宫要求的是两个人一起,她们中任何一个人落单,另一个都要倒霉。

巧儿脸色一白,立刻说道:"不行,尚宫吩咐我一定要寸步不离你身边!"

果然,巧儿是来监视她的。荆婉儿看她一眼,可是现在被情势逼到了这里,守宫门的这些人,从来是认牌不认人,所以,哪怕荆婉儿的这张脸早就出现在宫门口无数次,她若是没有腰牌,同样不会允许她出宫。

荆婉儿看着巧儿说道:"还有一个办法,就是你带着尸体出宫,确保尸体被处理干净,我留在这里等你。"

既然梁尚宫是因为信不过荆婉儿,所以让巧儿跟着,那么只要巧儿亲自动手处理了,自然就不关荆婉儿的事了。

可是巧儿的胆子,又怎么敢。

巧儿脸色煞白:"难道就没有别的办法了吗?我,我不会处理尸体。"

荆婉儿看着她,不言不语。

两个守门的将领不干了,皱着眉头:"你们要是不出宫,就赶紧把尸体拖得远一点,别在这儿碍眼!"

这是尸体,谁愿意一直看着。

荆婉儿看着巧儿,巧儿被最后一根稻草压垮:"你,你快点处理完回来,我在这里等你,你不能告诉尚宫!"

荆婉儿讪笑了一下:"告诉尚宫?我难道不怕死吗?"

不管是巧儿独自留下等她,还是她独自留下等巧儿,都已经违背了梁尚宫的意愿,说出来,她们俩都逃不脱。

荆婉儿不再犹豫,将绳子绕在手臂上,使出吃奶的力气开始往宫门口拖。

真是重死了。

一座宫城十分庞大,最中间是浮华锦绣,人间福地的所在。

可是这么大的地方,还有很多无人问津的角落。杂役房在最偏僻的一隅,最靠近文昌门。

出了文昌门,就是臭气熏天的乱坟堆。所以,文昌门的守将整天也是一脸晦气,被派到文昌门,基本就相当于宫女被发配到杂役房这种地方。

人都不能死在宫墙内,所以,一墙之隔的外面,就成了安放这些人的地点。

荆婉儿拖着席子,看着面前一个个鼓起的坟包,终于是到了。

她松开绳子,先坐在石头上歇了几口气,然后才摸出口袋里的火油。她从前也

处理过一具需要焚毁的尸体,但没有一具是像今天这样。

荆婉儿眯眼盯着草席。

是出于什么原因,会让人把一具已经被砍头的尸体再焚烧干净?

荆婉儿想起了毁尸灭迹。

休息得差不多了,她捏着火油站起来,走到草席旁边,绕着走了两圈。

在这种日头下,火油浇上去,极易起火,而且很快就会烧干净。

不管是谁送来了这具尸体,时间算得刚刚好。

荆婉儿蹲了下来,慢慢把手伸向了席子。

第三章 瘟神裴谈

巧儿没能跟出去,虽然心理上她该觉得庆幸,可是另有一种担惊受怕笼罩着她。

她踮起脚,伸长脖子向坟地的方向望,好几次踩在了宫门的线上,被两个守将毫不留情地推了回去。

巧儿恨极了这两个守将,却也只能没头苍蝇一样乱转,随着时间过去,心里越来越没底。

就在这时,她看见宫门外亮起了一道极亮的焰火。那焰火在白昼中都极为显眼,一看就知道是用宫中特制的火油点燃的。

然后,只见荆婉儿的身影施施然出现在宫门不远处,越来越近。

巧儿心里一紧又一松,此时竟然觉得荆婉儿那张脸不像平时那么讨厌。

荆婉儿来到宫门口,再次把腰牌出示给两个守门的将领看,得到同意后,重新踏进了宫门。

巧儿冷着脸:"怎么这么久?"她腿都站麻了。

荆婉儿说道:"久?这已经是处理一具尸体最快的速度了。"

往常她会挖个坑把尸体埋了,所费的时间是今日的几倍。

巧儿看她说得轻描淡写,脸再次白了,狠狠剜了她一眼,然后带头往宫里走去。

两个人回到梁尚宫处复命。梁尚宫问了几句,就让荆婉儿先走。

荆婉儿看了眼留下的巧儿,看到她眼底的不安。

她嘴角一勾,离开了梁尚宫的地方。她不担心巧儿会说出什么,就算为了自保,巧儿也不会供出事实。

梁尚宫盯着巧儿："你是亲眼看着她烧尸体的吗，尸体一点没有剩下？"

巧儿咬住嘴唇，片刻斩钉截铁地说道："奴婢亲眼看着的，火焰烧得极高，根本剩不下一点东西。"

梁尚宫似乎满意了："我知道了，你们这次差办得不错，有赏。"

巧儿流露喜色，立刻叩头谢恩："奴婢谢尚宫。"

因为席子被裹在尸体上一起烧掉了，荆婉儿第一次空着手回来。她脱下衣服和腰牌，最后看着手里只剩一半的火油，目中有些意味深长。

屋里的通铺一共住着五六个粗使的宫女，她们都知道今天巧儿和荆婉儿一起去了宫外处理尸体。

巧儿对梁尚宫复命以后，回来就在澡房内一直洗，到现在足足两个时辰还没出来。

几个宫女躲在一起窃笑。

荆婉儿早就洗完了，洗半个时辰跟两个时辰有什么区别？又不会让你身上的皮真的散发出香味。

她独自坐在大通铺上，闭着眼也不知睡没睡着。

天色昏暗的时候，巧儿回来了，手里还抱着一床棉被。

巧儿得意地说："尚宫赏了我新被子。"

而想起之前被荆婉儿夺去的被子，巧儿一眼狠狠剜了过去，被荆婉儿丢掉的那床湿被子，她才不要。

几个宫女立刻围过来，羡慕地伸手摸着："这还是绣坊新做的被面呢。"

而且梁尚宫轻易不会赏人，有跟在她身边多年的宫女，都从没有得到过任何赏赐。所以，看到她赏了巧儿，人人都惊讶不已。

巧儿只是跟着处理了一趟尸体，就被尚宫赏赐，那荆婉儿天天处理，却没有任何……

一时间，更多视线看向荆婉儿，似乎都带着恶意的嘲笑。

荆婉儿因为处理尸体的身份而被人嫌弃，巧儿却因祸得福，更被众位宫女喜欢起来。

可荆婉儿对这些一点反应也没有，脸朝里侧，在大通铺上舒服地睡着了。她们都不愿意靠近她身边，她睡觉的地方比她们大了不少，夜里翻身都宽敞。

夜晚，梁尚宫低眉顺眼对着一个穿着太监衣服的人："请公公放心，都处理好了。"

一向看不起手下宫女的梁尚宫能这么低头，自然是这个太监身份了得。

太监捏着嗓子说道："与此事相关的人……大人交代都不留活口。那两个处理尸体的呢？"

梁尚宫目光动了动："她们并没有看到尸体，奴婢保证。"

太监冷着嗓音："为保万全，你还是找个机会料理了。"深宫里死两个宫女，也不是大事。

梁尚宫躬身说道："奴婢明白了。"

杂役房不比别的地方，干的都是清苦熬人的活，即便不受到刁难，每年也总有几个想不开，投河或者自尽的宫女。

在其他地方死人不稀奇，在这里死人就更不稀奇了。所以杂役房才会被各宫看上，成了处理这些宫女的地方。

"其他人都好办，"梁尚宫沉声说道，"就是那个荆婉儿，有些麻烦。"

太监声音尖细："有什么麻烦？"

梁尚宫凑近，低声说道："她是荆哲人的女儿，荆氏一门都被发配寒塔，只有她充入宫为奴。"

太监眼珠子转了转，忽然冷笑一声："既然充入宫，那就是宫中的人了，生死由宫中定夺，又能有多少麻烦？"

梁尚宫顿了顿，目光闪烁道："既然这样，奴婢一定办好。"

清晨睁开眼，荆婉儿活动了一下手腕，昨天一天拖着那么重的尸体，真是把她筋骨都拉伤了。

她坐起来，看到通铺上其他地方已经空了。

除了她，别的宫女做的都是浣洗衣物或者更重的粗活，从早晨就开始忙碌，一直到傍晚才能停歇。

也许，这也是其他宫女厌恶荆婉儿的原因。

她们不敢像荆婉儿一样触碰尸体，却又嫉妒、恨着荆婉儿不用做活。

总想什么好处都得到，才会整日嘴脸龌龊。

荆婉儿舒了个懒腰，慢慢从通铺上面下来，她走到院子里，看着日头升起，今天，该是侍郎公子的大婚了。

苏家侍郎，嫡长公子，苏守约。

今日迎娶盛京明珠，崔氏旁支的小姐，崔铃兰。能跟崔氏联姻，在盛京是让人人仰断脖子的大事。

所以一大早，苏家就宾客如云，再加上盛京民风开放，这样的大喜日子，往来百姓都能进来吃一杯酒，主人家绝对不会赶客。

而苏守约本人，据说也是个翩翩浊世佳公子。

一顶蓝色的轿子停在苏家门口，两个身着红衣侍卫服饰的侍从紧随其旁。

轿子一停，两个侍从就掀开帘子。

里面缓缓出来一个男子。素袍简衣，衬得他肤色有些过于白，右手上裹着一张白绢帕，看起来犹如一个文弱书生，而他用手托着一个锦盒，神色也如衣着一样清淡。

看到这个人，苏府门口的家丁都变了脸色。

他身上没穿官服，也没任何身份标记，但是当他走到苏家门口，那些家丁顿时一副噤若寒蝉的样子，纷纷低头："裴公子。"

旁边的侍从立刻冷道："我家大人日前刚升任大理寺卿，什么公子？"

这年头，只有那些没有官职的纨绔子弟，才会被人喊一声"公子"。

家丁吓得连忙改口："是，裴、裴大人好。"

裴谈托着锦盒，缓缓步入苏府门槛，身后两个男子目不斜视地跟进去。

两个家丁立刻交头接耳一番："快去，告诉大人，就说裴谈来了。"

一个裴谈，如同洪水猛兽，立刻引起苏家人的警惕。

苏侍郎听到裴谈的名字，脸上的喜色立刻褪得干干净净，变得严肃起来。侍郎夫人表现得更明显，往地上啐了一口："呸，大喜的日子，这个扫把星来干什么？"

苏侍郎看了妻子一眼："我去迎接，你赶紧避避。"

所谓避避，实在是因为谁也不愿意见裴谈。侍郎夫人一甩袖子，转身就进了后堂。

前院宾客云集，苏侍郎来到门口没看到裴谈，一问，下人脸色惶恐地指了筵席的一个方向，只见裴大人已经坐在一个最显眼的位置，正兴致不错地仰头喝着一壶酒。

苏侍郎心里咯噔了一下，立刻走过去，在裴谈转头的一刹那，换上一脸的假笑："哎哟裴大人……贵客大驾光临，实在有失远迎。"

裴谈眯起眼，看着苏侍郎一脸褶子，还要强装高兴的样子。

他淡淡一笑，示意了一旁的侍从，侍从立刻捧着那只锦盒，堵在了苏侍郎面前。

苏侍郎被堵得一僵。

裴谈这才幽幽地说："小小贺礼，不成敬意。恭贺令郎大婚。"

苏侍郎强行拉动僵硬的脸，再次扯出一个比哭还难看的笑："这真是，怎么好叫裴大人破费……"

他一边说，一边接过了盒子，盒子很轻，不知道里面装了什么。

苏侍郎赶紧把盒子交给旁边的下人拿着，自己端起桌上的一杯酒："多谢裴大人来参加犬子大婚，犬子实在三生有幸。"

怕是三生倒的霉吧，旁边有人知道来的是裴谈，都一副幸灾乐祸的样子。

裴谈跟他喝了一杯，脸上还是淡淡的："既然是大婚，宴中繁忙，苏大人去招呼别人吧，让裴某在这里就是了。"

让这尊阎王单独待在这儿？苏侍郎光是想一想，心脏就要受不住了。

他假装笑道："这，不如我找两个下人，不，找两位美姬，来给裴大人斟酒。"

裴谈淡淡扫了他一眼，声音更是不咸不淡："令郎大喜，给裴某找美姬，不妥吧？"

第四章　一张皮

苏侍郎脸色一僵，焉能听不出这话中带的刺。

他讪讪笑了两声，察觉到两侧的目光，真的是如芒在背，片刻他才嗫嚅着问："那个，不知，裴大人前来，除了恭贺小儿……可还有别的事？"

裴谈闻言幽幽看了苏侍郎一眼，半晌说道："不急，等婚宴结束以后，我再与苏大人详谈。"

一听这话，苏侍郎的心就凉了半截，他假笑着拱拱手，转过身灰溜溜地走了，还吩咐下人，除了宴会斟酒的人，谁也不要主动靠近裴谈。

裴谈是什么人？

大唐素有五姓七宗和关中四大姓，都是普通人不可企及的在云端的家族。关中四大姓，乃是当今皇后的娘家韦氏，和河东的几大望族裴氏、柳氏和薛氏。裴家是关中四大姓中，除了韦家以外，底子最深厚的家族，裴家五代为相，是贵门之中的贵门。

而好巧不巧的是，裴谈这个大理寺卿刚刚上任，就撞上了一桩大案——兵部尚书宗楚客的儿子宗霍，在长安街上当街纵马，撞死了一个人。这件事情，说大自然是大，毕竟是一条人命；可是话又说回来，那死的毕竟只是个卖鱼的小贩罢了，宗霍身为一品大员的公子，任谁也不会把他和小贩的命相提并论。

但是，越想不到的事，最后越是让所有人都惊掉了眼珠。

卖鱼的那家人的女儿，去大理寺击鼓鸣冤，那时候裴谈刚被封为大理寺卿，第三天。

裴谈立刻带着大理寺的一干人等，直接去了尚书府。当时，宗楚客正在宫里，和中宗以及大臣议事中。

裴谈到了尚书府，宗霍一开始还摆出很傲慢的姿态，不信裴谈敢把他怎么样。

谁知裴谈一句话没说，直接让手下狱卒上前，把宗霍死死按在了地上，枷锁一铐，宗霍就蒙了。

等宗霍反应过来，开始拼命地挣扎，已经晚了，尚书府都是一些体态单薄的下人，哪里是大理寺孔武狱卒的对手，就算是，谁又敢和大理寺直接叫板？

裴谈当天官服加身，俨然一副办案的样子，别人一看见他那一身，就已经胆气虚了三分。

而宗尚书回来，得知自己儿子被铐过去的事，立马赶到大理寺要人。可是裴谈已经闭门谢客，并不打算见宗尚书。

而且，裴谈一纸案宗递交到了刑部，这意味着刑部核验批复以后，他就要把宗霍送上断头台。

刑部的人一看这案宗，吓得屁股都坐不住了，这个案卷谁敢批？

于是，刑部的人当然又立刻告知宗楚客。

宗尚书一看，裴谈这个竖子，竟然敢来真的，顿时气怒攻心，直接进宫找中宗申辩。

这下就轮到中宗为难了，一面是裴谈执意要定罪，一面是宗楚客执意要保住儿子。

后来连皇后都求情，让中宗念及宗楚客只得这么一个爱子，希望网开一面处理。

韦后都出面了，中宗自然也动摇了。

可是就在这时候，裴谈带着那个小贩的女儿进宫，让她跪在了中宗面前。

小贩的妻子重病，家中只得一个女儿，年逾十八尚未嫁人，便是因为家贫。现在家中的顶梁柱倒了，原本就困难的家庭雪上加霜，以后母女二人根本毫无活路。

中宗恻隐之心大动，顿时对撞死了小贩的宗霍痛恨至极，加上裴谈煽风点火，中宗便在冲动之下下了圣旨，要依大唐律法处死宗霍。

裴谈带着这个圣旨，回去就吩咐把宗霍押到法场，准备正法。

而中宗冲动之下写了圣旨，也是马上就后悔了，可是圣旨啊，岂能反悔。无奈之下，中宗只能立即追加了一道圣旨，之前的旨意没有写明行刑的时间，追加的这道圣旨上，中宗说，一个月后再执行。

可是再怎么拖，也还是要执行的。

就像是衰神撞了扫把星一样，所有坏事都凑在一块了。而裴谈，原本名声就不怎么样，现在，他一封官就要弄死一个一品大员的公子，满长安私底下都送了个煞星的名号给裴谈。

侍郎夫人眼珠转着:"也是那宗尚书倒霉,裴谈想必新官上任三把火,正想烧一烧呢。"

大理寺正是掌管刑狱的地方,所有死人活人的案子都要送到大理寺侦办。要不长安人怎么说裴谈是煞星呢,瞧瞧他连当一个官,都不是什么体面的官。

侍郎夫人恨得直咬帕子,苏守约是她心尖上的儿子,大婚日子被这样的人上门,想想都膈应。

裴谈在这里坐了一下午,喝酒的时候,他也没有解下手上的白绢帕。

苏家的婚宴,办的是盛京最豪华的流水席。堆放贺礼的地方,俨然已经成了一座小山。

他看到一个文弱书生,将袖子里一个丝带一样的东西,丢在了那堆贺礼中间。

宴席所有座位中,裴谈这里最清静,他把酒当水喝,斟酒的婢女战战兢兢,不敢往他身前凑。

眼看日已西斜,新郎官终于出来了。

崔氏女身份金贵,当然不会露面陪众宾客饮酒,此刻,想必早已送入洞房了。

新郎官苏守约一身华丽的红喜服,胸前戴着红花,朝着众位宾客走来。他一边拱手,一边利落地饮尽了杯中酒。

宾客们鼓掌喝彩:"苏公子好酒量!"

苏守约也看见了裴谈,他没有像其他人那样避让,直接大步走过来。

"裴兄。"他拱手。

裴谈的年纪,其实比他们这一众长安公子大不了多少,苏守约觉得称一声裴兄,正是很恰当。

可是旁边两个侍从皱皱眉,有些硬邦邦说道:"我们大人一个月前封了大理寺卿。"

在长安,有了官职的人都应该被叫大人,其他任何称呼都是轻慢。

苏守约脸上显然僵了僵。

旁边有看客窃笑,连新郎官,一抬腿都踢到了铁板上。

而裴谈既没有纠正两个侍从的话,也没有回应苏守约,只是端起了桌上的酒,淡淡说道:"恭喜苏公子抱得美人归。"

苏守约赶紧端起了酒:"裴……大人客气了。"两人喝了酒,苏守约还是有点尴尬,随口说了几句,就离开裴谈这里去了其他座位。

裴谈端着空酒杯,看着苏守约走过的地方,那些客人一看新郎官来,都纷纷站起身相迎。

　　裴谈的目光注视在一个穿着布衣常服的人身上,那人戴着冠帽,面庞白净,看起来像普通书生,只是那衣服穿在他身上松松垮垮,像是此人太瘦撑不起来。

　　席间这样打扮的人不少,都是远近过来看热闹的寻常百姓。

　　其他人都盯着新郎官苏守约看,而那个人的眼睛一直没有落到过苏守约身上。

　　酒过三巡,裴谈从席间起身,准备走人。这时也陆陆续续有人起身离开,包括那个像是书生一样的奇怪宾客。那人走过来,在门口撞了裴谈一下,反应过来后连声道歉:"对不住,对不住。"

　　说着,那人就匆匆走了。

　　裴谈盯着他消失的身影,慢慢低头,从怀中捡起了那样物事。

　　侍从一见这东西,脸色顿时大变:"大人,这是什么?"

　　裴谈看到了手心的东西,薄如蝉翼,软塌塌的,边缘似乎有些红色的纹理。裴谈用两根手指搓了搓,感觉像是在搓人的皮肤。他的神色凝重了起来:"像是人皮。"

　　那匆匆撞了他的人,往他怀里揣了一张人皮?

　　侍从立即转身斥问:"看见那个人了吗?"

　　两个随从有点慌张:"不、不曾。"

　　侍从立即沉下脸:"你们跟我去追。"

　　这时,裴谈淡淡道了一声:"不用了。"

　　侍从诧异:"大人?"

　　裴谈盯着门口:"我们回大理寺。"

　　回了大理寺,裴谈自然是把仵作叫了过来,把手里那张东西扔了过去。

　　仵作也是一看之下脸色微变,接着又细细抚摩了半天,然后才谨慎地凑到鼻下,隐约嗅了嗅。

　　"大人……确定是人皮无疑。"

　　裴谈眸色加深:"活人……还是?"

　　仵作惊了一下,活人和死人身上的皮肤,也是很不同的,裴谈这么问的用意显然不止于此。

　　仵作慢慢将那人皮放下:"皮上有尸臭,多半是死人。"而且边缘的血迹已经泛黑,隐有异味,这些痕迹都显示,这不像是从活人身上剥下的皮。

　　"这上面的图案你可认得?"良久,裴谈的目光落到了那张人皮上的怪样刺青。

　　仵作立时盯着瞧了半响,才说道:"回禀大人,小的也并不认得。但小的……

有一样猜测。"

仵作道："说来听听。"

仵作抬首看向裴谈："身体发肤受之父母，寻常人绝不会在身体上刺字，王公贵胄更不可能。但古时有一种墨刑，就是在犯了重罪的奴仆身上刻上字，以示惩戒。哪怕日后这奴仆被赦免，这种刑罚也会在身体上跟随一辈子。"

这才是最没有尊严的刑罚之一，让人永远失去被宽恕的机会。

第五章　女扮男装

仵作说完之后，裴谈半晌没说话，仵作见状，便双手捧着那块皮，恭敬地递还给裴谈。

裴谈盯着那块皮上的图案，的确是歪歪扭扭，很难说是图案还是写错的字。

侍从这时说道："那将人皮丢进大人怀中的人，究竟是何居心？是否要属下现在就带人查明那人身份？"

裴谈端详了半晌那块人皮，竟然拿起来，收入了衣袖里。

"不用查了，你查不到。"

侍从微微一僵，似乎有些悻悻，大理寺好歹也是专司命案的地方，有死人的皮被人取下，就算查不到，又岂有不查的道理？

裴谈这时说了一句："席间我们看见的那人，是女扮男装。"

侍从和仵作都震了一下，两人似乎对望了一眼。

"大人何以看出……此人是女人所扮？"

那个人，不合时宜的衣着举止，在席间确实引人注意，但裴谈却一眼断定对方是女扮男装。

裴谈的手指轻轻滑过鼻下："她撞我的时候，她的身上，有胭脂和尸体混合的味道。"

女人才会用胭脂，怀揣着这人皮这么久，自然也会有尸臭。

侍从当时就站在裴谈旁边，裴谈说的胭脂或者什么味道，却是一丝未曾闻出。

但不管是侍从还是仵作，都不怀疑裴谈所说，尤其知道自家大人鼻子不同常人，即便再精心洗过，每个人身上所染上的气味还是能被裴谈察觉。

这女人是谁，为什么出现在别人的婚宴上，而且身上还带着死人的一块皮？

大理寺的两名随从觉得有点后背发麻。

"那人不是长安的百姓，甚至不是住在长安街的任何一个人。所以不管怎么查，都不可能查到。"

仵作下意识问道："大人的意思是，她有可能是外来人？"

这也有可能，大理寺历年经办的案件中，有许多案子都是无头案，最后变成死案。往来长安的客商旅人，每日数都数不尽，犯了命案以后溜走，又能到何处去抓人归案？

裴谈目光幽深："不，除了外来人，还有一种人，是久居长安，但是在长安街上，永远不可能找到的。"

看得出，仵作和侍从都被问住了，有这种人吗？

裴谈说道："她刚才宴席中向苏守约敬酒，所用的都是宫中礼节，离开前还下意识地做了福身动作。"

人有许多动作都是根深蒂固的习惯，尤其是从小就接触到的东西，不管后期怎么故意掩饰，还是会在不经意间露出端倪。

仵作不仅吃惊，脸色都变了："大人想说她是宫里出来的？"

不然谁还会宫中礼节？

宫里出来的女人，会是谁？

顿时，厅里的人心里都罩上一层阴影。

裴谈依旧面色幽幽："宫中的女人，只有两种身份。"一种是皇妃，一种是……奴婢。

"带着死人皮的自然不会是皇妃，那就只可能是宫女。"

"但即便是宫女，身上怎么会有尸体的皮肉？"侍从不明，一般的宫女，又怎么会有那么大胆子？

裴谈的眸子也深邃起来，片刻说道："在宫里的什么地方，会接触到尸体？"

派出去调查的人，很快就给了裴谈回复。

"宫门之外，有一块坟地，靠近文昌门，那块坟地专门用来埋葬宫里扔出来的无名尸，时间久了，就成了公认的乱坟堆。"宫中处死的人，都被默认犯了重罪，死后不容许家人收尸。天长日久，尸骨层层叠叠地堆积在一起，"乱坟堆"这个称呼，再贴切不过。

裴谈看了侍从一眼："那我们就去这'乱坟堆'看看有什么。"

宫里不能有坟地，因为晦气，但只要出了宫墙，哪怕是如地狱般的乱坟堆，也不会有人管。

裴谈坐着那顶蓝色软轿子，被几个轿夫抬着，来到了宫外这无人问津的地方。

除了尸体和把尸体运来这里的人，自然不会有别的人愿意往这里钻。

裴谈手指划过鼻下，昨天那位小宫女身上的味道，正和此处一模一样。

裴谈慢慢走到那片坟地上，地面鼓起好几个坟包，里面隐约还散发着尸臭。

他看到一片新近翻动过的土壤。

侍从们早已带来了铁锹，裴谈看着那块地方："挖开看看。"

侍从们立刻动手，不远处就是文昌门，文昌门的守将只要不是瞎子，必然能看见裴谈这几个人。

可是没有人来管，坟地属于宫外范畴，这还是其次，最主要的原因，站在那坟地中间一身素衣的，是裴大人啊。

这群守将就算被发配到这荒僻地方，远离宫廷，也不至于没有这点眼力，不认识裴谈裴大人。

宗霍案闻名皇宫内外。连皇后求情，都没能让宗楚客保住他的宝贝儿子。这位大人被宗楚客吐血咒骂为"瘟神"，出行必坐一顶蓝色软轿，任谁只要打眼一瞧，就知道这位是裴谈裴大人。

既然知道了，自然不会有人找晦气。

裴谈盯着侍从们的动作，目光扫了一眼那两个不动如山的文昌门守将，这一门之隔就是宫内和宫外。

这么多具尸骨，也就宫外能容得下。

这时，侍从手里的铁锹碰到了硬的东西，他立刻抬头："大人，挖到了。"

裴谈抬脚走近："打开看看是什么。"

两个侍从合力从挖开的土层中间，将那席子裹住的沉重尸体拖了上来。

顿时，一股浓烈的气味飘来，却并非尸臭味。

侍从皱了一下眉："这是……"

包裹的席子上面，似乎闪着一层什么，侍从用手摸了一下，放到鼻端闻了闻，神情惊愕。

"大人，似乎是火油。"

这里的其他尸体，都埋得很浅，所以才会有尸臭传来，只有这具用席子裹着的，埋得非常深。自然是刻意这么做的。

另一个侍从也肯定地说道："看来是有人把火油浇在上面，想要烧掉，毁尸灭迹。"

那为什么却没有这么做？又埋到了地底下。

裴谈盯着草席，将上面细心打的结都看进眼底。

侍从这时问道："大人，打开吗？"

裴谈颔首："打开。"

侍从立刻抽出腰间的刀，在席子上飞快地划了两刀，席子完整地从中间劈开，露出里面的尸体。

侍从将尸体翻了过来，顿时，人人面露惊愕，只有裴谈盯着尸体一动不动。

无头的尸体，本身就让人惊愕。与此相比，更引人注意的，是尸体的衣服，格外整齐干净。

这身衣服，若说别人不熟悉，还情有可原，但对于大理寺的这几位来说，可就再熟悉不过了。

侍从检查一番之后，更加惊愕不已，抬头看着裴谈："大人，是……尚书府的衣服。"

尸体身上锦衣玉带，华服晃眼，腰上尚书府的玉封清清楚楚，说明此人不是什么奴婢，而是尚书府正经的主子。正经主子死在这儿，结合之前的事来看，这死者只有一种身份，就是前段时间被处以死刑的兵部尚书宗楚客的独子……宗霍。

宗霍被处以的是斩首之刑。侍从们顿时僵硬了。

这，这要真是那个宗霍，他们岂不是不仅害死了人，还把他的墓穴给挖了？

即便是森然的大理寺的侍从，也深感后脑发麻起来。

这时，裴谈依然淡淡地说道："把他衣袖掀开。"

侍从不解裴谈这样做的用意，但还是战战兢兢上前，慢慢把尸体的衣袖卷了起来。

这一看，顿时大惊失色。

只见尸体的手臂上面，露出一片模糊的血肉，上面正是少了一块整皮。

裴谈将衣袖里那块人皮拿出来，慢慢对着手臂那里比了一下。不多不少，正好是尸体手臂上少掉的那块皮。

侍从又惊又怕："大人？"

真是想不到，他们拿到的皮是已经被处死的宗霍的，又是谁把皮从宗霍身上割下来，再丢给裴谈的？

众人不约而同想到，之前自家大人和兵部尚书之间的剑拔弩张，因为裴谈把宗霍纵马伤人的案子捅到了中宗面前，宗霍才不得不死。

因为这件事，兵部尚书宗楚客自然是恨透了裴谈，难道这块人皮是专门用来报复裴谈的？

裴谈显然没有这么想,他蹲到了尸体的旁边,仔细查看。

除了被割下的那块皮肤,尸体的其他地方都还完好。

如果仅仅为了报复他,为什么要选择割掉这一块?

"记得之前仵作说,这刺青有可能是惩罚奴隶的一种墨刑,既然如此,为什么身为堂堂公子的宗霍,竟会有这个在身上?"裴谈的贴身侍从问道。

裴谈的视线也从尸体上收回来,半晌说道:"又或许,死的不是宗霍?"

即便穿着宗霍的衣服,身量也和宗霍差不多,可是死者被砍掉的头颅,包括这一块疑云丛生的人皮,都有理由让裴谈怀疑,眼前这个被挖出来的人,根本不是死去的尚书公子宗霍。

第六章 重审案件

裴谈的话,让大理寺的几个人呆立当场,无人敢出声,只感到坟地吹过的冷风深入骨髓。

"大人,如果这是真的,岂不是……"随从目中含着撼意。

如果是真的,就意味着本该被处死的宗霍不仅没有死,还被一具无名尸体顶包了。

死囚替死,这在长安,乃至大唐,都是耸人听闻的事情。

而宗霍纵马致死案件,正是裴谈担任大理寺卿的第一日亲自审的,最后的死罪,应该说没有裴谈和裴氏的施压,也是不可能定罪的。

然而,由裴谈一手督办,并亲自把宗霍推上断头台的案子,居然在行刑之后,还出现了这样的变故?!

裴谈慢慢捏住手心的绢布,冷冷地盼咐:"把尸体带回大理寺,先找仵作勘验。"

仵作验完尸,才能知道死的究竟是张三还是李四,按理说,宫中处死的人犯,死后也要由宫中太医验明正身,才会掩埋,如果这具尸体是假的,那就说明验尸的太医也被收买了。

"我们来的时候,有人注意到吗?"裴谈问身旁的侍从。

侍从神情严肃:"我们是从大理寺正门出发的,一路上……恐怕很难不被人看见。"

两人的对话已经引出了重点,如果尸体的身份为假冒,那就说明长安城早就有人在筹谋这一切,那么裴谈从大理寺来到宫外坟场的事情,自然不该被有心人知道。

可是现在,裴谈想要隐瞒行踪已经不太可能。

"先把尸体带回去再说。"裴谈下了命令。

"倘若这一切是真的,那么是谁在背后设计的可能性比较大?"马车里,侍从裴县不由看向自家大人。

裴谈目光幽凉:"当然是最不想宗霍死的人。"

宗霍是个横行霸道的纨绔子弟,长安城里恨不得他早死的人,绝对比不想他死的人多。如果说世上最不想他死的,恐怕只有这个纨绔子的亲爹,也就是兵部尚书大人宗楚客了。

宗楚客年逾古稀,老来得子,对宗霍已经到了宠溺的地步,就算宗霍在长安城里杀了人,在宗楚客看来也是保住儿子的命重要。

"宗楚客已经去咱们老爷那里闹过许多次了,可是等到他儿子在午门外被处死之后,他却突然留在家中,闭门不出。"侍从裴县不由道,"若他真敢为了救儿子,做出用别人顶替的事情,那岂不是犯了故意抗旨的大罪?"

裴谈没有言语。裴家老爷,便是担任了两朝太尉的裴东肃裴大人,也是裴谈的亲爹。

对爱子如命的人来说,抗旨又算什么,要是可以,宗楚客只怕会不惜一切去换取宗霍活命。

那块人皮刺青,现在成了最关键的线索。

裴谈一回到大理寺,就命人去请一位曾在大理寺供职多年,如今已经退休的老仵作过来。这位老仵作在最动荡的那些年里,曾侍奉过三位大理寺卿,可以说是见多识广。

老仵作一见到裴谈拿出的那块刺青,就变了脸色。

裴谈屏退了众人,只留了亲信裴县和老仵作在门厅之中。

"大人,那刺青确实不是普通人所有,当年有一群北地逃亡过来的犯了事的罪奴,到长安之后,被鸿胪寺收编,指派给长安的名门望族为奴。"老仵作终于缓缓说道。

所以,他们的身份的确是奴。

裴谈顿了良久,说道:"所以你认出了那块刺青?"

老仵作郑重说道:"启禀大人,当年鸿胪寺分配这群逃奴的时候,为了防止他们再逃,给长安带来潜在危险,所以给他们刺上了不同的印记,也就是他们服侍的主家独有的印记。"就像是马车上的家徽,代表着不同势力。

裴谈盯着那块刺青的形状,心想,如果这是一个家族的家徽,那么必然不是长安有名的家族,因为七宗五姓这种级别的家族的家徽,裴谈都认得。

这时,老仵作说:"大人可还记得五年前的荆家?"

裴谈目光微动,看向了仵作。

老仵作说道:"这尸体上的印记,正是当年荆家的。"

荆家……裴谈在记忆中搜索那些久远的痕迹,荆家是长安从二品士族之一,算不上家门鼎盛,但也是一方名门。

"荆家虽不是什么鼎盛望族,不过当年担任御史中丞的荆哲人,是科举进士出身,在当年,也颇受陛下看重。"

能高中进士,至少是受到当今圣上认可的贤才,当年荆哲人能成为二品官身,必然是很受倚重了。可是,后来荆哲人因为开罪了韦后一党的人,还是落得丢官流放的下场。

布衣出身,还是太过脆弱。

同样是得罪过韦氏,柳家就可以屹立不倒,不过是罚了几个月俸禄罢了,连筋骨都没有动,那自然是因为柳氏根基雄厚,根本不怕。

可是落到荆家头上,就是灭门之灾祸。

裴谈依然记得当初的事件,正因为记得,才感到今天的事情着实不简单。

已经被流放的荆氏人,还有留在长安的吗?

"当初,荆家是否所有人都被流放寒塔,有例外吗?"裴谈问。

一般被判处满门流放的家族,是不会有人留下的,可是难保会有例外。

老仵作说道:"大人,的确有一个例外。"

裴谈凝望仵作。

"当年荆哲人有个独生女儿,刚不过十岁,因为年幼,被当时的行刑官看中,送到了宫里。"

把姿色合适的女子送入宫,的确也是当时以至现在的一个风气。

"那这个女儿现在……还在宫里吗?"裴谈问。

荆婉儿一下午都有点心神不宁,这有点像是她第一次预感到荆家会出事的那个晚上。这种不安莫名就来了,让她坐卧难忍。

那块人皮,小宫女自然已经送出去了。

那块她从尸体上割下来的人皮。

她的异样当然很快就落入那群处处想找她点茬,看她犯错才舒坦的宫女眼里。

"真想给那贱人一点颜色。"有个小宫女咬着牙说。

跟荆婉儿死对头的巧儿，当然更恨："如果尚宫能像年前处死莹儿那样，把她也丢到太湖里喂鱼，才叫解恨。"

但那是不可能的，她们恨着荆婉儿，同时又在心底畏惧，怕万一荆婉儿死了，她们中谁会被拉出来处理那些臭烘烘的腐烂尸体。

荆婉儿看见了那群心怀不轨的宫女，唇边一勾，朝屋外走去，看见有个宫女偷偷把脚伸出来，想要绊住她。

荆婉儿故意狠狠一脚踩过去，看着那宫女怪叫，却只能狠狠瞪她的样子。

在这吃人的宫里，只有你比别人更狠，才能活得更长。

荆婉儿目不斜视地从宫女们身边走过去，五年来，杂役房里死了一个又一个不听话的宫女，尸体都是她荆婉儿处理的。这给这群宫女带来最大的恐惧，那就是这里所有人都可能死，只有她荆婉儿不会。

这种恐惧，足以支配杂役房里的每一个人。

"你从来没有让本宫失望过。"脸上布满褶子的尚宫，目光盯在荆婉儿娇嫩的面孔上。

荆婉儿看着梁尚宫。

每次梁尚宫叫她来，没有一次是无事。

"本宫听说了一个传闻。"梁尚宫眯起了自己的一双老眼。

荆婉儿站立不动，梁尚宫可不是那种没事说闲话的人。

梁尚宫看着她："是说，陛下最近似乎有意……要重审当年荆氏的案子。"

这句话有点像擂鼓，锤击在荆婉儿的耳边。

荆婉儿也是用了好大的毅力，才让自己站立在那儿保持不动。

可梁尚宫精明的一双眼已经扫在了荆婉儿的面庞上，直到什么也看不出来："你难道……一点也不高兴吗？"

很少有家族在被抄家以后，还能得到重审的幸运。绝大多数家族成员都老死在了寒塔，他们的子孙后代也都永世为奴。

而如果荆家真的撞了大运，那么就意味着，今日的荆婉儿是宫里默默无闻的收尸宫女，低贱被人欺压，可是到了明日，她也许就会变为长安任何一座阁楼里的娇贵千金。

凡是入了这宫里的女人，怕是梦都不敢梦到这种好事。

荆婉儿此时抬起一双怏怏的眉眼，看着梁尚宫："宫里每日都有许多闲极无聊的传言，尚宫何必往心里去。"

见到如此"宠辱不惊"的荆婉儿,梁尚宫那双眼变得像狐狸一样,流露出狡猾:"荆婉儿,本宫并不信你会真的把这句话当作宫中寻常的传闻,你在宫中五年,一直安分得很,可本宫也不信你心里真的如表面那样温顺听话。"

此时的荆婉儿,微垂着头,看起来确实是人畜无害的样子。

但梁尚宫看着她的神色,明显不带着信任。

荆婉儿慢慢抬起头,目光中的神情让人捉摸不透:"奴婢明白尚宫大人的意思,也明白尚宫大人……为何对奴婢说这些。且不说荆家本就是不入长安七宗的无名姓氏,这样的门第陛下如今是否还能记得,就算记得,又会不会因为荆氏这样毫无世家实力的破落门户大动干戈地重审案件。即便,以上这些都是真的,案件重审以后,荆家是否能翻案,或者的确翻了案以后,流放的荆氏得到赦免,这一切……又跟奴婢有什么关系吗?"

梁尚宫的眼睛眯得更深:"……重审之后,你就是荆家千金了。"

荆婉儿静静地站在厅中半晌:"重审之后,奴婢就是埋在宫中的一具尸体了。"

第七章 尸体不是本人

且不说大唐,自古以来,有哪一个起复的官员,不曾踩着自己亲人的尸骨?

倘若荆哲人真的从寒塔归来,那只会显示出大唐皇帝的宽和大度,隆恩浩荡,普天下都要赞叹陛下的仁慈。

一个仁慈的陛下,会容许自己身边存在污点吗?比如在宫中收殓了五年尸体的官员女儿。

等到一切真相大白天下的时候,这个女儿就会是污点了。

荆婉儿知道,最坏的情况就是她被秘密处死,不留一点痕迹。到时候,收殓她尸体的会是这宫中的任何一个人。

或许,就是梁尚宫自己也说不定。

梁尚宫盯着荆婉儿,眯起了眼睛,她想起五年前,荆婉儿被带进宫的时候,女孩儿刚刚十岁,自然稚嫩,可是脸上的神色早已郁寡。从那个时候开始,荆婉儿就一直被其他宫女针对,但是不到半年,荆婉儿就用自己的这双手从梁尚宫这里讨到了一席之地。

"若尚宫大人没什么事,奴婢就先告退了。"荆婉儿福了福身,不等梁尚宫回话,就已经转身走了出去。

梁尚宫想不到的是，负责收殓尸体是荆婉儿主动提出来的。

因为那时候，第一天当宫女的荆婉儿，被巧儿和其他几个宫女恶意丢进了柴房里，和尸体共处了一夜。

那一夜，梁尚宫在柴房的窗户外，看到这个十岁的女孩子不哭不闹，只是抱着膝盖，整宿都面无表情地坐在尸体旁边。

当时，梁尚宫已经接到命令，要保证不能让荆婉儿死了。

她以为，一个千金小姐，经历了第一晚的情形，一定会控制不住自杀。

但梁尚宫守了一夜，却发现荆婉儿完全没有想要自杀的迹象。

甚至第二天一早，当柴房的门被那群宫女打开的时候，荆婉儿主动吃力地拖起尸体。

尸臭味，把那群欺负她的宫女全都熏得不敢再靠近。

那以后，荆婉儿对梁尚宫请求，以后所有被扔进这里的尸体，都由她来负责收殓。

不仅没被尸体吓退，反而主动和尸体为伍，巧儿在内的所有宫女，都惊怔地觉得这个少女就是个怪胎。

已经临近深夜，裴谈却在大理寺的卧房里，由几个仆人服侍穿衣。

大理寺卿的三品官服穿戴在身上，表明了裴谈接下来要去的地方，绝非普通的布衣可以进入。

"大人何必这么晚还进宫，明日一早早朝的时候，再对陛下请求不好吗？"裴县不由说道。

裴谈低头整理着衣裳，目中闪过一丝暗色："这件事，上不了早朝，而且也不能被公开在朝臣视野。"

所以，夜晚是最适合奏报这件事的了。

裴谈穿戴完毕，转身说道："我要从玄武门进宫，用陛下赐我的通行令牌。"

通行令是中宗封裴谈官职的时候秘密赐下的，玄武门的守卫也是中宗的人。

马车由裴县亲自驾驶，他跟随裴谈多年，是裴谈的心腹，自然能在这样的夜晚陪同裴谈出行。

到了玄武门外，裴谈出示了中宗手令，守卫不再多问，直接放行。

由于中宗陛下已是二次登基，因此，不管是身边人还是中宗自己，都远比第一次更谨慎防备。

接近子夜，紫宸殿中的灯还亮着。裴谈在大殿门口，等待宫中通传。他站在冷肃的大殿门前,约一盏茶的时间后,终于听到了中宗召见的声音。

裴谈立刻迈出步子上前。

只见偌大的紫宸殿中,中宗扶额坐在中间那把交椅上。

"这么晚了,裴卿有何事吗?"虽然他赐予了裴谈通关令牌,这却是裴谈第一次深夜请见。

裴谈站在厅中:"臣有要事奏禀。"

看来,中宗刚刚议事结束,至少脸上的倦容并非假装:"就算你不进宫来,朕过几日也要宣召你。"

裴谈不由微微抬头:"陛下有事需要臣做?"

作为大理寺卿,他免了早朝,何尝不是中宗给的特权。

中宗用手揉着眉心,抬了抬手,身旁两侧的宦官都躬身退出去。

等到殿中只剩裴谈和他两人,裴谈的神色也幽幽一凝。

"五年前,京中谣传吐蕃反叛,当时京师震动,张仁亶上了一道折子,请求在夏州修筑三处受降城,以防突厥南下,当时许多朝臣反对此事。"中宗缓缓说起当年事。

裴谈不由随之微惊。五年前,正是荆氏一门被流放寒塔的时候。

中宗望着底下的臣子:"裴卿想必还记得此事。"

这样大的事,长安只怕少有人不知了。而裴谈当年还未出仕,不过,在裴氏家院中,也足以听天下事。

裴谈沉下眼眸:"当年的宗尚书,是朝堂唯一赞成此事的人。"

听见裴谈如此说,中宗果然一哂:"不错,他还指出,筑三城有万世之利,对大唐百利而无一害。当时……很受天后的赞同。"

听到"天后"二字,裴谈就心中有数了。他刻意半晌没说话。他要向中宗汇报的事情,显然不适合现在开口。

中宗从椅子上站起身,在殿中踱步:"天后为了支持宗楚客,一口气贬了许多官员下台,也算起到了杀鸡儆猴的作用。"

此事也的确为真,不过,在当时,被贬之人实在太多,其中有半数倒是和宗楚客有私怨的人。宗楚客提出举措被天后支持,是否又借着天后的手铲除异己,中宗的话中已经隐隐透露出来了。

裴谈此时终于可以出声,眸光幽幽抬起:"陛下为何现在提起这件事情?"

中宗眸光深沉,幽幽看着裴谈不出声。都说君心似海,中宗所说的每一句话,当然不会是随便说的。

裴谈知道宗楚客现在依附的是韦后，而他在那位天后还在位的时候，就已经是官居宰相，之后几度沉浮，等到中宗陛下第二次登基，他又依靠现今的皇后，重新官拜兵部尚书。

　　当今帝后伉俪情深，中宗登基以后，对韦家极尽亲厚，这也是韦家能成为大唐第一家族的原因。而所有依附于韦家的人，也都得到了皇恩。

　　良久，中宗终于缓缓说："朕想重新调查……当年被吐蕃造反案牵连的另一宗案子。"

　　中宗突然要调查当年事，其中透露出的意思，不禁令裴谈心中微动。

　　他抬头，凝望中宗问道："不知陛下想调查的是哪一宗？"

　　当年被牵连的官员甚多，被贬官只是轻的，更有好几名官员连同家眷一起被处以流刑，发配岭南或寒塔。

　　中宗停住脚步，目光看向裴谈，而裴谈，也看着对面的陛下。

　　长安有许多人都觉得裴谈是靠着裴氏的荫蔽才能坐上大理寺卿这个位置，对中宗也很不理解，为何选一个黄毛小辈来担任那么重要的官职？

　　可中宗心里知道，裴谈坐上这个位置，自然是因为他的能力。

　　这时，裴谈的目光中有一瞬深光乍起，仿若黑暗里的星子："陛下……不信任宗尚书了吗？"

　　中宗目光幽深，良久道："朕不会无缘无故不信任一个臣子，正如朕不会随便起用一个官员。"

　　从前，中宗在天后的重压下度过那么多年，若是心性软弱的帝王，绝不会如此。

　　中宗说不会无缘无故不信任宗楚客，那么，便是宗楚客有什么由头，让中宗想要动他。

　　裴谈心内敞亮起来。

　　中宗从案几上拿了一个早已摊开的案卷，抛给了裴谈。

　　裴谈展开看的同时，中宗的话语响在耳边："荆哲人当时官居御史中丞，他是科举出身，十年间一直在长安任职，从六品承德郎一直做到五品御史中丞，中间仕途算不上顺意，也一直没有依附过什么党羽。"

　　裴谈心中雪亮，如果中宗要借着当年的案子敲打宗楚客的话，就不能选太出挑的人，而当年被流放的官员里，身家清白，且远离权势中心，纯粹是被牵连的——只有荆氏。

　　裴谈没有想到，自己今夜这一番觐见，会见出如此巧合的结果。

　　"陛下想重审荆氏这桩案子？"

中宗目光幽幽，没有直接表态："你觉得呢？"

裴谈合上手中案卷，抬头目视中宗："臣想先对陛下禀报一件刚发现的事。"

中宗目光微挑，示意裴谈说下去。

裴谈目色渐深："陛下之前亲自下旨处死了在长安街纵马致百姓身死的尚书府公子宗霍。而宗霍的尸体被宫人掩埋在宫外的坟场里。"

中宗的眸子一下子深起来："你说这件事干什么？"

这件事情同样是在长安闹得不可开交的近事，甚至宗楚客为了保住儿子的命，请韦后向中宗说情。

其实从这件事，已经能看出中宗想动宗楚客的意思。

人人都以为是裴谈一力主张弄死了宗霍，却不想背后若无中宗默认，裴谈的权力再大，又怎么大得过圣旨？

裴谈站在殿中，身形幽幽："臣前日发现，宫外坟场掩埋的那具尸体，并不是宗霍本人。"

第八章 宫外的眼睛

中宗抬眼扫了一眼裴谈，裴谈感受到帝王的威压。

说尸体不是宗霍，意味着什么？意味着有人违背中宗，中宗的旨意没有得到执行，意味着中宗的权威被挑衅。

中宗有些冷冷地说道："把你要对朕说的事，一件件说清楚。"

裴谈深夜前来，必然有要事禀报，绝非三言两语能说清楚。

裴谈索性敛袂慢慢跪下："臣此前去参加苏侍郎公子的大婚，在婚宴上被一假冒宾客之人趁乱塞入了一张人皮，人皮上刻有刺青，臣查到刺青正是曾经御史中丞荆哲人家的家奴所有。臣随后根据线索，从宫外坟场挖出了'宗霍'的尸体，发现……人皮刺青正来自尸体身上。"

中宗冷冷道："假冒宾客之人，是什么人？你又是怎么根据线索，去坟场把宗霍的尸体给挖出来的？"

中宗的犀利疑问正是裴谈要解释之处，而裴谈跪在地上，良久说道："假冒宾客之人，身形纤弱有异香，乃是女人所扮。而她的行止颇有礼数，表明她对宫中礼节极为熟悉，是以……臣推测出她是宫中逃出的宫女。"

一宗人皮尸体案，不仅牵出了替死事件，还扯出了宫中逃走宫女的事件，中宗此时的面色已经极为不好看了。

但裴谈顿了顿，还是继续说道："由于那宫女身上带有坟场的尸气，臣才冒险前去一试，发现'宗霍'尸体上的土壤被人翻动过，臣命人掘开以后，里面便是穿着尚书府服饰的……假冒尸体。"

这一切都要归功于裴谈的细心和旁人难以企及的推理能力，所以，当裴谈抽丝剥茧对中宗解释的时候，中宗一直盯着他，半晌没有出声。

"所以，宗楚客真的为了救儿子，违背了朕的旨意？"中宗冰冷地说道。

裴谈已经明白中宗坚决要处置宗霍的意图是什么，说到底，宗霍的命运早就控制在中宗的手中，且已经注定了结局。

中宗对裴谈说道："你起来。"

这一夜还很漫长，中宗要对裴谈说的话，显然也只有让裴谈站起来，才能说得透。

中宗阴沉地说道："你有什么证据，让朕相信你？"

宗楚客再不济也是一品尚书，掌管兵部。在此之前，他还是大唐的宰相。就算中宗想动他，也要考虑考虑。

裴谈自地上站起，望着中宗说道："陛下知道宫中被处死的人，尸体都是如何处理的吗？"

中宗斜睨着裴谈。裴谈既然能把假尸体从地里挖出来，所做的事自然不止这些。

裴谈望着中宗："宫中杂役房历来都是处理杂事的地方，最主要的是，杂役房的位置就在文昌门附近。"

宫中有前后八门，文昌门是最荒芜、最偏僻的，一般人并不愿意靠近。

那宫门之外，全部都是一片坟场。

所以，处理尸体这种活儿，自然就落在了杂役房头上。

裴谈说道："陛下方才对臣言明，想要重审荆氏一案，荆哲人的亲生女儿荆婉儿成为宫女以后，便被罚入杂役房当差。"

如此巧合让中宗眼底一闪。

"荆哲人的女儿？"

裴谈说道："不错。五年前，荆婉儿十岁，刚刚够上宫中罪奴的年纪。"

低于十岁的罪奴，都会先被送往各大命官门阀的家里，只有够上标准的才会被送入宫。

中宗的眼神越来越深邃："你说这些，是什么意思？"

裴谈眼底幽幽："臣派人去杂役房打听过，荆婉儿五年来一直在杂役房收尸。"

且只有荆婉儿在做这件事，杂役房的其他宫女并没有机会碰触尸体。

言已及此，中宗还有什么不明白的？连这位九五之尊，都体味到了这桩事件里让人惊讶的巧合，他半眯了眼睛："所以你认为，负责收殓'宗霍'尸体的，正是荆婉儿。而荆婉儿发现尸体并非宗霍以后，就割下了一块人皮……故意送给了你？"

裴谈幽幽地和中宗对视，显然默认了这点。

良久，中宗嗤笑了一声，凝视着裴谈说道："你认为，荆婉儿一个宫女，竟然如此神通广大，甚至把死人的皮送到身在宫外的你手上？"

想要说服中宗，裴谈给出的理由远远不够，此事怎能用巧合解释？

裴谈也明白这一点，所以他看着中宗："臣刚才说过，将人皮传给臣的，以及在婚宴上出现的人，乃是一名宫女所扮。这名宫女之所以前来，很可能是出于荆婉儿的授意。"

"够了。"中宗冷冷说道，"裴谈，你以为朕的皇宫是什么地方，一个什么都没有的宫女，能逃出戒备森严的皇宫吗？你想编故事，也不要将朕当作傻瓜。"

裴谈沉默良久，方抬眼说道："既然陛下有所犹疑，为何不宣召荆婉儿，让荆婉儿……来解释这一切？"

中宗眸光一动。

裴谈目色幽长："臣已经可以断定，尸体唯有宫中收尸之人可以接触，并且瞒过所有人割下刺青。这一切，都只有身在宫里的荆婉儿能够做到。"

至于荆婉儿是如何找到另一个宫女，并借由这个宫女的手，把人皮成功送到裴谈的手里，自然只有做这一切的荆婉儿本人可以解释。

看得出，中宗并未全信裴谈的话，可是他也无法反驳裴谈，尤其是裴谈毫不避讳地点明了荆婉儿的身份。

片刻，一名宫人来到中宗身边，中宗对他道："你去替朕查一下，五年前被流放的荆氏，其女荆婉儿，现在何处。"

宫人闻言退去，裴谈则和中宗在殿中相顾沉默。

良久之后，宫人归来，对中宗耳语了几句，中宗神色沉了沉。

宫人调查的结果，已经证明裴谈所言非虚，荆氏之女荆婉儿，此时确实是宫中的宫女。

"裴谈，就算宗楚客欺骗了朕，荆氏之女割下人皮之举，同样是死罪。"中宗沉着脸冷冷说道。

更不要说，这个罪臣之女还手段通天，能向宫外传递消息。

裴谈望着中宗，他说出荆婉儿的身份，显然不是希望中宗处置荆婉儿。

"陛下,若荆氏之女发觉自己收殓的非但不是尚书之子宗霍,甚至是曾经在荆家为奴的仆人,陛下以为,荆氏女该如何反应才不为过?"

在宫中为奴五年,偶然发现自己亲手收殓的尸体正是自己荆家人。身为荆哲人的嫡女,曾经荆府千金,但凡还有血性,自是要用尽一切方法去鸣冤。

而这个方法,自然也包括割下代表荆氏奴仆的一块刺青,想办法送给担任大理寺卿职位的裴谈。

荆氏之女的所有想法,裴谈都能从中猜测到。

因为那一刻,他已经把自己放到了荆氏后人的位置,去看待这整件案子。

中宗沉默许久,道:"今夜你所说的话,除了朕之外,不可有任何人听见。"

裴谈说道:"臣星夜入宫,正是出自与陛下相同的考虑。"

此事若是真的,甚至不能传出这紫宸殿,这是足以颠覆朝纲的大事。

中宗二次登基,根基未稳,而宗氏做出逆反之事,还牵连了曾经的一位五品后人。

中宗跟裴谈都明白:"朕若不曾记错,当年一力要流放荆氏的,正是宗楚客。"

裴谈眸色幽幽:"谁说荆婉儿此举不是为了报当年之仇?"

正是因为有这当年恩怨,当荆婉儿得知仇人之子有可能尚在人世的时候,就更是下定决心要捅出此事了。

而她也做到了。

当年年幼的荆氏之后,如今已成为这宫中默无声息的獠牙宫女。

等裴谈从紫宸殿离开的时候,怀中已然揣着中宗的密旨:

裴卿,朕命你调查此事,查出真正的宗霍身在何处,且查清荆氏之女如何瞒天过海,促成此事。

不管是臣子的阳奉阴违,还是宫女的瞒天过海,都是挑衅皇帝权威的行为。所以对中宗来说,两者都是大罪。

裴谈想要知道的是,荆婉儿一个宫女为何能做到这一切,且如何清楚地得知宫外的人事变迁——如今的大理寺卿,是他裴谈?

而此时的荆婉儿正悄悄从床上下来。屋子的角落里,一炷香正缓缓燃烧着。

少女的嘴角划过一丝微笑。

这群宫女不知道,她们厌恶荆婉儿身上的尸体味道,故意天天点香料,却正好让自己中了荆婉儿迷药的招。

荆婉儿小心地来到窗户边,夜空如洗,一只通身雪白的鸽子飞了过来。

荆婉儿立即抬手接住，从鸽子的脚上解下信筒。

她将纸卷打开，那是逃走的那名宫女私下传给她的信：裴氏公子已挖出尸体，假宗霍身份不保。

裴氏公子指的就是裴谈，此前，裴氏公子的名号早已让裴谈名扬长安。甚至，远在荆婉儿进宫之前。

荆婉儿看罢纸条上的字，嘴角勾了勾，毫不意外。她抬手将纸条凑到火烛上烧了干净。

她重新把信鸽放飞，宫中每日传信频繁，这小小的信鸽融入其中，也并不让人察觉。

荆婉儿收尸五年，救下的宫女不计其数，这些宫女在宫外汇聚成一张大网，变成了荆婉儿的眼睛、耳朵。

第九章　宫女

尚书府的门口和内院挂满了白绫和素裹，这是为了给已经死去的尚书府公子宗霍守灵。

尚书大人宗楚客已经在灵堂里待了一个月。老年丧子，白发人送黑发人，让长安的人们都对这位尚书充满同情。

灵堂里也是一片昏暗，宗楚客站在牌位对面，一只手慢慢地拨着念珠。

"大人。"

宗楚客听见声音，慢慢睁开了眼睛。

一个仆人小心翼翼地从帷幕后面走出来，低声说道："负责给公子超度的法师已经找到了，想问老爷如何安排？"

宗楚客目光幽幽地盯着面前宗霍的灵牌，良久才开口："让法师今晚就住进府里来，明日霍儿就去了三十天了，让法师在霍儿的院里做法，祝他早登极乐……"

这番言语举止，无不显示出一个慈父对失去儿子的悲痛，仆人也不敢在这阴森的灵堂久留："奴才知道了，这就下去安排。"

灵堂里又只剩下宗楚客一个人，他面对着儿子的牌位，周遭光线昏暗，仿佛一伸手就能触到阴曹地府。

一名婢女端着饭菜进来："大人，该用饭了。"

宗楚客却看着脚边的饭菜，对婢女道："关门，不许任何人进来。"

婢女早已习惯了宗楚客这一个月来的怪脾气，点了点头，就立即出去关上灵堂的门。

宗楚客等到周围完全没有了声音，才慢慢弯腰，端起了脚边的饭菜。

因为在治丧期间，他吩咐送来的都是斋菜和清水，一点荤腥都不沾。

宗楚客走到灵台前，伸出手转动了一下左侧的烛台。

顿时，只听一阵低沉的声音，左侧打开了一道漆黑的暗门。

宗楚客幽幽地注视了半晌，端着饭菜走进了暗门中。

暗门里是一条长长的石阶，乍一看不知道通往什么地方。宗楚客沿着石阶走下去，直到看见尽头亮起一盏烛光。

宗楚客上前，推开了那道虚掩的门。

只见里面一道人影迅速翻身跃起，连忙叫了一声："爹？"

宗楚客面无表情地走进去，在手中烛火的照亮下，看到床侧站着一个面色苍白的年轻人。

宗霍一看到宗楚客就跪了下去，带着颤音道："爹！"

宗楚客走到桌边，将手里的饭菜放了下去，淡淡说道："吃饭吧。"

宗霍闻言立刻扑过来，当看到桌上的清粥小菜时，他的脸色变得更加苍白，甚至一阵反胃。

在宗霍低头干呕的时候，宗楚客冷冷地盯着他。

等宗霍呕完，才发现亲爹正盯着自己，他的脸色更难看了："爹，再吃这些我会死的！"

在这暗无天日的地下待了一个月，顿顿吃不到一点荤腥，换了谁都会被逼疯的。

宗楚客盯着他："你是不是忘了你已经是个死人了？"

中宗亲自下旨处死宗霍，这是长安人人皆知的事实。

宗霍再次跪了下去："爹，我知道错了，我再也不敢了。爹你救救我吧！"

一个月前，在宫中死牢里，宗霍也是如此恳求宗楚客的。

宗楚客看着他："这样的话，你说过多少次了？"

不止是在宫中死牢，这二十年来，宗霍每一次闯祸，都会痛哭流涕地在宗楚客面前忏悔，求宗楚客帮他收拾烂摊子。

他以为，只要这么哭诉，不管多大的事，他爹都能帮他压下来，哪怕是杀人的事。

可惜，宗楚客只是一个兵部尚书，并不是中宗，甚至就连中宗的亲生女儿永泰公主，都曾因为犯事，被当时的天后直接赐死。

皇帝之女尚且不能逃罪，何况他区区一个宗霍。

宗霍跪着抱住宗楚客的腿痛哭流涕了多时，他刚刚才死里逃生，怎么能忍受一辈子都在这地底下过日子？

宗楚客似乎被宗霍的哭泣弄得不耐烦了，他抬脚将宗霍踢在了地上，厉声道："你知道为了救你一条命，我花了多大力气打点宫中上下？才一个月你就痛哭流涕，你是不是更愿意在阴曹地府当一个无头鬼魂？"

宗霍浑身颤抖："爹，儿子知道错了，你送我出长安吧，儿子保证后半辈子一定安分守己，再也不惹事了。"

宗霍最想做的就是离开长安，离开这个地方，只要不再让他吃糠咽菜，哪怕此刻像乞丐一样哀求也没关系。

宗楚客怎么可能不明白他的想法："送你离开长安？你说得轻巧，你已经是个死人了，真以为还能像活着的时候一样想留就留、想走就走？"

宗霍跪在地上一动不动，仿佛已经灵魂出窍了。

"爹，你要么送我走，要么我就死在这里，这样的日子，儿子一天都过不下去了。"

宗楚客的脸胀成了紫痂色："你这逆子，敢威胁我？"

宗霍扬起的脸上露出一丝解脱般的快意："爹，儿子不敢不孝，你也不想让宗家因此绝后吧？"

宗霍是宗楚客的独子，因此他的生死牵动着宗楚客和整个宗府上下的命运。当初中宗执意要处死宗霍，就是想要了宗楚客的半条命。

宗楚客气得浑身发抖，可是宗霍知道，不管他闯下多大祸，他的爹都会用尽全力保着他。

"我会想办法送你出长安，在这之前，你必须老实在这里待着。"宗楚客神情冰冷地说道。

宗霍在地上重重磕头："多谢爹……"

"最近因为胡商的事，长安四大城门都实行戒严，想在这个时候出城，不太可能。"大理寺的主簿邢左对裴谈说道。

胡商是往来西域、波斯等地的商人，因为中宗登基之事，许多胡商蜂拥入长安，因此，长安节度使对胡商身份盘查极严，避免在如此时刻出现浑水摸鱼之徒。

裴谈一大早就让大理寺的人调查最近长安城门的通行情况，得到的结果便是近一个月来，想要离开长安，必须有二品以上官员的手令才行。

裴谈不由目色幽深："这么说来，宗霍想要离开长安并没那么容易？"

至少从行刑那天开始，长安城一直处于戒严之中，宗楚客那样谨慎的人，也不太可能在这个时候拿亲生儿子的命冒险。

主簿离开之后，裴县走进来。

裴谈慢慢说道："若宗霍还藏在长安，他待的地方，只可能是尚书府。"

其他地方没有人有胆子窝藏他，只有亲爹宗楚客才会不计风险这样做。

裴县说道："既然如此，大人何不带人搜查尚书府？只要宗霍还在，自然插翅难飞。"

裴谈摇了摇头："宗楚客现在还是一品尚书，大理寺不奉诏无权搜查。即便我手里有陛下的旨意，也要记得那只是密旨。"

密旨，就是要秘而不宣地查，任何摆到明面上来的大张旗鼓，都会违背中宗的意图。

裴县不由道："那难道就放任宗霍逍遥法外？"

裴谈慢慢合上手中案卷，良久道："自然不是，陛下既然已经下旨查这个案子，就是存了让此案大白于天下的心思。只要宗霍还在长安，就不可能不露出马脚，我们只要耐心等就是了。"

裴县顿了顿，道："一切依公子吩咐行事。"

其实，裴谈手中的卷宗，乃是五年前荆氏的流放案在大理寺的存档。

裴谈一早就命人把这案卷从档案库中找了出来，并且看到了当年从审理到定罪的全过程。

当年此案也是大理寺受理的，只不过，当年的大理寺卿根本没有审案，而是天后金口圣裁的。大理寺实际上只是走了个过场，之后就封卷定案了。

裴谈看完了案卷，唯一的想法就是当年的荆氏并无鸣冤的机会，即便有，也因为当时的朝局而阻断了可能。

裴县不由问道："大人在想什么？"

裴谈目色轻幽如夜："我在想，一个当年才十岁的女孩，怀着家族被流放的耻辱生活在宫中，该有着怎样的坚韧心性？"

裴县诧异了良久："大人在说那名荆氏女儿吗，她五年前进了宫，今年也不过刚满十五吧？"

裴谈眼眸眯了眯："便是男子，在十岁的年纪也少有这般城府。"

再对比尚书府的独子宗霍，未纵马致人死之前，已经是长安街有名的纨绔，吃喝嫖赌样样都沾，还不就是仗着他爹是韦皇后的人。

若一个娇女都心性坚韧正直如斯，那只能说明，当年的荆哲人，必是铮铮铁汉，方能教导出这样的女儿来。

如此再看，荆氏这桩案子，怕真的是迷雾重重了。

穿着道袍的法师在院子里提着拂尘念念有词，一旁是哭泣不止的宗霍的奶娘，整个府里没有一点活气。

"长安街上死去的那人不过是个普通百姓，怎么能和公子相提并论？陛下竟然让公子给那个百姓赔命，为何不念及我家几代功臣，为朝廷出了多少力？"

第十章　千牛卫营

宗楚客将自己关在书房之中，在所有人眼里，他只是一个悲伤的父亲。

"大人，可以将公子混入那些胡商中，随便藏在哪一箱货物中，都可以神不知鬼不觉出城。"

在长安城，只有商人可以来去自如，只要有通关文牒，守城官便不会为难。

宗楚客背着手在屋中踱步，那师爷眼中尽是精明："只是一张通关文牒，想必不管是皇后还是韦相，都会愿意给大人出具的。"

宗楚客面色阴沉，因为长久没有入睡，眼睛上布满殷红色的血丝，让他看起来比平时更令人生畏。

原本按照宗楚客的计划，先让宗霍在地下密道躲个一两年，等到长安城再也无人记得这件事情，那时候，自然是怎么把宗霍送走都可以。

甚至，他都可以让宗霍改名换姓，依然生活在长安城。

可是这个逆子却用命来威胁他，说什么都要离开长安。

院子里，法师还在咿咿呀呀地叫唤，时不时用口喷出火焰，惹得院子里的人惊叫连连。

宗楚客声音低沉，冷冷道："等做完七天法事，你就拿着老夫的手信进宫。"

这件事情里，最关键的不是通关文牒，而是胡商的身份。

师爷眯起眼，精明地说："在长安的胡商中，最大的几家商号，背后都依附七宗五姓，将公子藏匿其中，他们绝不敢说什么。"

若没有靠山，胡人根本不可能在长安这样的地方立足，现在看似是中宗大力倡导与胡人通商，可实际上，长安城的胡商们没有一个不受到严密地监视，一旦有所异动，中宗一定会采取措施。

而作为七宗五姓之首，韦家手里的胡商怕是已经掌管了整个长安的经济命脉。只要拿到韦皇后开具的通关文牒，那么出入长安城简直如探囊取物般容易。

这个送人计划非常完美，可宗楚客却目光幽深，但凡这个计划有任何漏洞，死的就不只是他儿子一个，而是整个尚书府，连带韦皇后，都会被牵涉其中。

侍卫裴县护送自家大人回到大理寺，伸手推开面前的门，忽然觉得旁边有一双鬼鬼祟祟的眼睛。

习武之人的第六感都异常敏锐，他人还未动，手中一枚飞镖已经弹射出去。

镖头钉在了大理寺门口不远处的一块石头上，只见一道慌慌张张的人影迅速转过街角，消失不见了。

尽管这样，裴谈还是看见了一片裙角。

"大人，竟有人敢暗中监视我们！"裴县冷着脸。

裴谈目光幽幽，他比裴县早一步跨出大门，觉得那石头后的身影很是眼熟，他虽不见得有过目不忘的能力，却是对一些特定的人有天生的敏锐。

"是那天苏家婚宴上……"裴谈缓缓开了口。

那身影虽然已经换了衣服，成为真正的女儿打扮，可裴谈还是能一眼认出。

裴县也骤然惊醒，看向裴谈，不无惊诧道："那个宫女？！"

那个将人皮刺青揣入裴谈怀里的人，现在又鬼鬼祟祟出现在大理寺周围，怎么看都让人疑窦丛生。

"属下认为，这背后定是有什么人指使。"这是必然的，不管是婚宴上丢人皮，还是藏在大理寺周围监视，都必定是有什么目的，"也许她和背后的人，就是偷换宗霍的人。"

真正的宗霍在哪里，或许这宫女也知道。

"发现假尸体的人，一定不会是偷换宗霍的人。"裴谈淡淡地说道，"这两者必然是相对立的。"

收尸之人就是荆氏之女，这件事，裴谈除了告诉了中宗，没有对任何人说。

刚才那宫女，是听命于荆婉儿的吗？

这宫女能从宫里消失，却不见宫里派人出来捉拿，就足以说明，至少在宫里，她的身份并非"逃奴"，而是已经死了。

只有死人，才有机会走出宫墙。这些宫中女人的命运都是一样的。

那岂不是说明，当割下那片人皮刺青的时候，荆婉儿就已经抱了必死的决心？

裴谈心里一动，他想弄明白为什么宫外的宫女会听从荆婉儿，而荆婉儿的同伙，是否又只有那名曾女扮男装的宫女。

荆婉儿躺在床榻上，黑暗中，她取出了自己鼻腔中的湿纱布。

这才是她不受迷香控制的原因。

而一到晚上，乱哄哄的杂役房就会陷入一片死寂。

荆婉儿照旧在夜半时分收到了宫外宫女的传书，这次只有一行字：

尚书府在请法师驱邪。

荆婉儿知道，宗楚客做戏一定会做全套，包括欺骗世人。

在这件事中，她不能一直被动下去。

荆婉儿慢慢走回床榻边，目光扫过被迷香熏晕过去的同伴，伸手抽出了床底藏着的包裹。

她从包裹里取出笔和墨，还有几张纸。

宫女不需要识字，更不会写字，但她是荆氏千金，若被人发现她私藏在床下的这些纸笔，她肯定会被当作奸细抓起来。

荆婉儿提笔在纸上写了几句话，她知道宗霍还藏匿在他家里，甚至她连宗楚客想避过这阵风头，等待长安城人忘记这件事都猜到了。

只不过，宗霍这个纨绔子，一定不会乖乖按照宗楚客的安排执行。

她猜，宗霍一定很想立刻离开长安。

她把写好的信纸吹干，对着夜空鸣了一声口哨。

这口哨似鸟声，所以不会引起怀疑。

鸽子飞来，荆婉儿把纸条绑在鸽子脚上，正要放走，又盯着鸽子雪白的身体看了看。

她发现，把纸条传给宫外接应的人并不能达到目的。

良久，荆婉儿解开纸条，用墨汁涂抹了底下的名字，直至无法辨认，才重新放飞鸽子。

第二天早上，大理寺的人发现一只红顶的信鸽始终徘徊在院子里。

从没有信鸽会在大理寺上空徘徊，毕竟大理寺绝对不会通过信鸽传递任何公文。

当那信鸽徘徊了足足半日后，裴谈从屋内走出来，抬头望那信鸽："是宫里的鸽子。"

只有宫里的鸽子才会有红顶这么明显的标志。

而这鸽子四处徘徊，倒像是故意要引起注意。

裴县施展轻功，从空中把鸽子抓了下来，但没费多大力，因为那鸽子看到有人抓它，就一动不动地停留在树梢上。

"大人，请看。"裴县真的在鸽子脚上找到了一封信。

裴谈是第一个读信的人，这是他从信纸上被露水晕开的墨迹判断出的。

信上写着：

若宗霍未死，必藏于家中，尚书府以治丧为由闭门谢客，就是证明。然宗霍乃酒囊饭袋，必无法安藏家中，他若起心异动，必借由掩藏身份逃出长安城。若城门严加盘查，定能将宗霍擒获。

底下的半张纸全都浸湿了墨水，漆黑一片。

没有收信人，没有落款，这封信就像是写给不知名的人。

但裴谈知道不是。

信上的字体娟秀中却有凌厉，明显出自女子之手。而鸽子头上的红顶那么明显，倒像是故意要让大理寺的人在第一时间发现鸽子来自宫里。

从宫中，写信给他的女子。

裴谈慢慢将信纸折起来，对身旁侍卫道："裴县，若你要神不知鬼不觉送一个人出城，会选什么方法？"

被骤然问到的裴县愣了一下，便幽沉了目光："……除非有通关文牒，否则谁也不能随意出城。"

守护长安城门的千牛卫不是吃素的。胡商虽然可以给大唐带来财富，可是大唐的荣耀怎能依赖外族？中宗表面开放胡商，实际上为胡商安排了最严格的通关程序，便是出于这个原因。

裴谈将信交给裴县："拿去烧掉。"

那鸽子刚被解下脚上的信件，就自动飞走了，显然是训练有素。

裴谈心想，长安四大城门由千牛卫中郎将崔石负责守护，他是崔氏的人，在韦氏入主朝堂之前，崔氏是五姓七宗之首，现如今殊荣不在，可崔氏仍然是长安望族，把持着长安三司以上的职位。

像千牛卫中郎将这样的职位，看似低微，实则掌控了长安的咽喉要道。

等裴县去而复返，裴谈望着大理寺的门说道："我想去一趟千牛卫营。"

若这封信是荆婉儿传来的，那么荆婉儿对他的了解，恐怕远胜他之前以为的。

荆婉儿了解的不仅仅是大理寺,还有她绝对无法触及的守城卫营,再想到之前那个宫女能如此神通广大,以至于成为苏家婚宴的入室之宾,这一切都太匪夷所思了。

只不过,眼下最亟待解决的,是宗氏父子诈死脱罪的案子,然后,才是这个能力足以威胁禁宫的小宫女。

千牛卫营的人看见大理寺卿前来,不敢怠慢,中郎将崔石是崔氏的远房旁支,应当说,能在长安城如此重要的地方担任官职的人,必须出自五姓七宗。

崔石看见裴谈也很是诧异:"裴大人这是?"

裴谈注视崔石片刻,将手伸进袖中,拿出一卷文书:"陛下有一份密旨,裴某要给崔大人过目。"

第十一章　一个妇人

可是,当崔石展开那份"密旨",却看到上面只写了四个字:事从权宜。

在这四个字下面,加盖了玉玺大印。

崔石不由惊疑,看向裴谈,说道:"寺卿大人这是要?"

裴谈已经收回那份密旨,淡淡一笑,看着崔石:"这是陛下交给裴某的一份旨意,告诫裴某,一切事从权宜。"

只要能查清中宗交办的事情,裴谈可以用这份写着"事从权宜"的密旨,做出任何权宜之事,而长安城的所有官员,都得无条件地配合。

这只写了四个字的密旨,只怕比任何写满了要求的圣旨都更有威力。

崔石身为崔氏的人,焉能不知道这些。他犹疑了片刻,问裴谈:"不知裴大人需要我千牛卫营如何配合?"

他甚至不能问裴谈在调查什么案子,问了就是违逆中宗的密旨。

裴谈坐在桌子边,手指轻轻敲着檀木桌面。

"原本四大城门已经戒严,但拿着二品以上通关文牒的,可以免受盘查。裴某希望……这一部分的胡商,崔大人要单独登记。"

崔石一惊:"裴大人是要求,不管出示的是几品文牒,都一视同仁地盘查?"

裴谈立即摇头道:"万万不可盘查,崔大人只需要在第一时间将出城之人的身份与名单呈报我大理寺即可。"

崔石神色不定,片刻问道:"下官可否知晓这么做的原因?"

凡事跟大理寺扯上关系，都让人不那么踏实。

裴谈手指微动，说道："崔大人以为，要是有人想混在胡商之中出城，什么方法最隐蔽？"

这……

崔石似乎反应过来："有重犯要私逃出城？"

裴谈没有言语。

崔石道："既然如此，裴大人又为何不允许下官盘查呢？"

若真有人胆大包天，私藏于胡商之中逃走，那么加强四大城门守卫，显然可以抓到这个人。

裴谈却不让盘查。

裴谈幽幽地看着崔石："请崔大人务必按照裴某的要求，提防拿着二品以上通关文牒之人。"

崔石迅速在脑海中过了一遍，近日长安城的重犯要犯，谁有能力混入胡商中消失？

这让这份密旨显得愈发怪异。

但圣旨当前，崔石迟疑片刻，只能道："臣……接旨。"

从千牛卫营离开，裴县立即环顾左右，看是否有人在外监视，若之前那名女子敢一直跟随他家大人，必定不能让她有机会再次私逃。

裴谈却头也没回就上了马车，吩咐立即赶回大理寺。

而回到大理寺之后，裴谈就立刻叫来了主簿邢左。

"邢主簿，烦请你把最近五年中与女犯人有关的案卷全部找来给裴某。"

邢左在大理寺当了将近二十年的主簿，对大理寺的方方面面都了解极深。

听到裴谈要调看资料，还指明了要关于女犯的案卷，他不由心中诧异连连。

其实侍从裴县也一样不解，虽说他寸步不离地跟着他家大人，可裴谈的想法，他却不能窥视分毫。

有对大理寺熟悉的邢左出手，裴谈要的卷宗很快就拿来了。

这也是因为裴谈所求之古怪，要知道，女子犯案本来就少，何况只有五年的跨度，找出来的总共也不足十件。

裴谈在桌旁翻了翻，很快就把其中三件案子剔除，只专心看剩下的六宗案子。

如此这般看了一个时辰，裴谈的嘴角勾起一丝笑。

他将一本案卷挑出来，扔给面前的邢主簿，说道："查查这件案子里的人，现在还在不在长安，在的话，又在何处。"

明明是在查宗霍的案子，裴谈却突然把几年前的案子翻出来，还要查案子里的人。

可谁让他是大理寺卿，他要的东西，怎么能不给？

邢左打开案卷从头看到尾，这是一宗再普通不过的盗窃案，被告是个妙龄女子，原告是女子的邻居，邻居到衙门状告女子偷了自己的财物，后来经调查发现，原告乃是垂涎此女子的姿色，屡次骚扰不成，就干脆诬告女子行窃，想借此占女子的便宜。

可是这名女子却是聪慧过人，早早留下了证据，因此，此案只是在大理寺走了个过场，这名女子就被放了。

就是这么一桩普普通通，甚至都没有出人命的案子，裴谈现在却要邢主簿找出这名女子来。

真不知所为何事。

等邢主簿离开后，裴县再也忍不住，问道："大人为何突然要查这好几年前的盗窃案？"

裴谈悠悠答道："是什么案子不要紧，关键是，涉案人当时还是个少女。"

正因为貌美年轻，才会被登徒子惦记。

裴县还是不明白："那又如何？不是已经查清楚，这女子是被诬告的吗？"

裴谈现在要找这名女子，是要干什么？

裴谈的目光却似有似无地看向了大理寺幽朗的窗外："还记得那只信鸽吧？宫里的信鸽为何能找到通往大理寺的路？"

侍从愣了愣，继而眸色微深。

"信鸽熟知大理寺，说明饲养信鸽之人至少对大理寺了如指掌。可是，大理寺戒备森严，什么人会如此熟悉？只会是大理寺内的人，而不管是你我，还是大理寺中的衙役们，谁都不会做出这样的事。"

裴县听着自家大人的分析，却越来越惊疑不定。

裴谈幽然说道："那么就只有一种人有机会了解大理寺的地形以及情况，那就是曾来过大理寺的犯人——以及原告。"

普通百姓，只有这两种身份，才会来到大理寺这样的地方。

既然大理寺内的衙役和官员都没有嫌疑，那么自然就是曾来过大理寺的犯人或者原告之一。

"可是……原告一般没有机会在大理寺停留，只有被关押大理寺的被告，才有时间或机会描绘出大理寺的地形图。"裴谈轻敲桌面的手，微微停顿了一下。

心存疑云的裴县，这时豁然开朗。

所以，自家大人是要查曾来过大理寺的女犯人，只是，为什么是女犯人，而时间……又为什么是五年？

没等问出这个疑问，门外已经有人来报："大人，所查之人已经找到，且就在长安，已经被邢主簿带回。"

邢左能当二十年的大理寺主簿不是没有道理，他知道裴谈不会无缘无故让他查一个人，既然第一时间查到了，人依然在长安，那自然要马上带到大理寺。

裴谈从桌前站起，走到门口说道："立即带我前去。"

那被带来的女子，如今已嫁作人妇，梳着妇人头，但仍可看出美丽风韵。

女子对于自己被带来大理寺似乎并无惊慌，脸上还带着轻轻的笑。

面对这样一名美丽妇人，大理寺的差役们自然也不会造次。

当裴谈出现在厅中的时候，那名妇人的目光自然地和裴谈相遇。

妇人款款下拜："民妇紫婵儿，拜见大理寺卿大人。"

裴谈示意她起身，吩咐旁边的邢主簿和差役："你们先下去，本官有话和她说。"

于是，除了裴县以外，所有下人都暂且离开了厅内。

那名叫作紫婵儿的妇人，依旧不见惊慌地看着裴谈，一身气度倒叫人相当意外。

裴谈来之前，已经听差役说了这妇人现在的身份，乃是一名酒楼老板的夫人，平时随夫家经营酒楼，生意也很是红火。

看妇人一身穿戴，显然也过得不错。

裴谈扫了一眼之后，便道："本官有件事，需要夫人配合，故此将夫人带来，还望夫人见谅。"

那妇人气度雍容，嘴角含笑，说道："能为大人分忧，是民妇的荣幸，何况裴大人……还是这长安城，人人称道的青天。"

所谓青天之名，是因为裴谈在上任之时，一力破解了宗霍当街杀人案，并将其成功送上断头台，这其中虽然牵扯了许多事情，可是在单纯的百姓看来，是裴谈为民做主。从此，裴谈声名远扬，被一部分人传为"青天"。

裴谈看着那妇人："五年前，夫人是否被邻里诬告盗窃，后来成功洗脱了冤情，在大理寺关押两日后放出？"

妇人眸子深处幽幽动了动，依然淡笑说道："确有此事。"

裴谈点点头，目光定在妇人风韵的脸上，半响才又说："紫婵儿并非夫人的真名，对吧。"

裴谈用的是陈述句，而妇人也不蠢，目光顿时动了动。

片刻后，妇人才微微一笑："这与大人所问之事，有何关系吗？"

裴谈看着妇人:"自然有关系,五年前记录在卷宗中的夫人资料显示,夫人是岭南人士。"

妇人目中愈发幽深:"是又如何?"

裴谈顿了顿,说道:"卷宗中写着,夫人是岭南胡商与汉人所生之女,自幼便来到中原,爹娘相继离世以后,便辗转到长安求生。"

妇人衣袖中的手轻轻握在了一起,面上仍是一派平和:"旧日的事,民妇不想再提。"

第十二章 箱子

裴谈看着妇人变得晦暗的神色,那段不堪回首的过往,明显依然沉淀于她心中。

他对妇人说:"岭南环境恶劣,现在已经没有长安人愿意去那里生存,如果有人声称自己从岭南来,可以肯定的是,没人会去调查他是否真的是岭南人。"

就像荆氏被流放的寒塔一样,岭南也是犯人最多的流放之地,所以早就没有多少百姓愿意一直生存在那样恶劣的地方。

妇人盯着裴谈,眸中的神色已经不像刚才那样柔和:"……民妇是不是真的岭南人,跟大人有什么关系吗?"

查询户籍不是大理寺该做的事,就算有人伪造身份,赖在长安,又是多大的事?长安是大唐最繁华之地,每年想尽办法要生存在长安的人,真要去找只怕是找不尽的。

所以,妇人的眸中尽是疑云。

裴谈看着妇人:"夫人说得不错,裴某也并不关心夫人是否真的是岭南人。说这些……只是想问夫人一个问题,在紫婵儿这个冒充的身份之前,夫人真正的身份,到底是谁?"

妇人盯着裴谈,越是这样对视,越能看出妇人眼神中的……那一丝不安。

此时,裴县还不知道自家大人要干什么,只是站在旁边,神色比妇人还要惊愕不解。

可妇人却什么都没说,只是望着裴谈,似乎不打算再说一个字。

对于这样的结果,裴谈好像料到了,他慢慢把手背在身后,目光幽幽地说道:"从夫人一身的气度,裴某便知道夫人绝非寻常百姓。夫人的举止,也说明夫人早已受过训练,这天下只有一个地方出来的女人,身上会有如此根深蒂固的礼教,甚至经过五年普通生活的洗礼,也不可能消失,那就是受过宫规约束的人。"

谁都能注意到,在裴谈说起宫规的时候,妇人的神色骤然变得飘忽,接着,她口唇动了动,却闭得比之前还要死。

妇人似乎在咬牙切齿,不肯对裴谈的说法表露一个字。

可是有时候,不表露已经是最大的破绽。

裴谈望着妇人的目光里,也带着一丝了然。

自制,和死也不会说出的秘密。

这就是曾经在宫里生活过的,却又逃出生天的女人。

良久,妇人松开了一双手,脸上也露出一丝笑:"请恕民妇真的不明白大人所说。"

裴谈依然能从妇人的脸上看到那些年被奴役驱使的幽凉。正因如此,他没有打算真的去逼迫这个女人。

裴谈幽幽地说道:"你可以走了。"

妇人神色动了一下,明显是不信,抬头看着裴谈。

裴谈要邢主簿找到这个女人,并带来大理寺,其实也不过是为了证实一个想法罢了,他在见到女人的那一刻已经断定她之前便是宫里的宫女,和出现在苏家婚宴上的那名宫女一样。

而这些女人,身上都带着不可磨灭的宫中的印记。

妇人的神情终于松动:"大人……"

裴谈看着她,问出了最后一句话:"若问你帮你做出这一切的人是谁,你必定不愿意说。"

给了妇人第二次人生,甚至让她成为一家酒楼的老板娘,那背后之人,可以说是对妇人恩同再造了。

至于妇人,自然不可能说出这位改变了她一生的恩人的名字。

果然,妇人口唇动了动,垂下头,并未说一个字。

裴谈也没有再问,倒是遵守诺言,叫来邢主簿,让他把妇人原路送回。

裴县终于忍不住:"大人,长安城里为何突然间出现这么多逃窜在外的宫女?"

宫女在宫中随处可见,身份最低微、最不引人注意,可是一旦出现在长安大街上,却叫人极为惊愕。

大理寺衙役在押解犯人入牢之前,势必要带着他们走遍大理寺的内围,那紫嫔儿便是在那个时候,记住了大理寺的地形结构,并且通过飞鸽告诉了那位宫中的姑娘。

裴谈已经明了关键，自然也就知道，隐藏在长安城的宫女，早已不止这两个人。

一想到荆婉儿是用何等方式将这些宫女神不知鬼不觉运送出宫，裴谈就感到深深的寒意。五年前，荆婉儿还是稚龄少女，从那个时候起，她就在做这样的事，甚至她一定和每一个她救出宫的宫女做过了交易，否则这些宫女不会直到今天还和她保持联系。

裴谈之前曾说，哪怕是一名男儿，在那样的年龄也不会有如此心机城府，想到许多年以后的事情。可是荆婉儿却完全做到了，而且做得这么缜密，滴水不漏。

没有一个宫女会背叛荆婉儿，这才是最恐怖的。

一个小小的杂役房收尸宫女，却默不吭声地掌握了几乎整个长安城的消息。

裴谈想起之前对中宗密报此案时，中宗说："就算宗楚客欺骗了朕，荆氏之女割下人皮之举，同样是死罪。"

单单割下尸体的皮，已经是欺君死罪，若是长安城宫女之事爆出，荆婉儿更是死无葬身之地。

尚书府中，那法师做完了法事，拿了厚厚一笔赏银，心满意足地离开了尚书府。

之前留在宗楚客书房里的幕僚，再次出现在书房内："大人，请看这是什么。"

那是一封事前商量好的通关文牒，上面加盖着奉车都尉府的大印。

奉车都尉，从五品微末小官，和七宗五姓毫无关系。

宗楚客盯着师爷，伸手慢慢拿过那封通关文牒。

"大人，入夜以后，即可送公子离开。避免夜长梦多。"那幕僚眼中精光一闪。

宗楚客将通关文牒上的每一个字都看了一遍。奉车都尉，这种微末之人根本入不了长安城门守将的眼。

只不过他们开出的通关文牒，刚刚够让最低等的胡商出入。

宗楚客慢慢将通关文牒在手中捏皱，直至揉成一团。

幕僚目光一闪："大人？"

宗楚客什么都没有说，他显然对这时送走宗霍无法下定决心。

可是宗霍却已经等不了了。

"选的人……可靠吗？"宗楚客面无表情。

幕僚脸上再次露出阴笑："大人放心，小人愿以人头担保，公子一定可以平安离开长安。"

宗楚客望着窗外已经泛黑的天色，手中的文牒却依然被他捏得越来越变形。

倘若在三日内，宗霍再不离开地下的密室，他整个人将会站在崩溃的边缘。

即便是此刻，宗霍也已经神志不清了。

密室被宗霍破坏殆尽，连杯盏都未能幸免。而宗楚客送来的斋菜，早就被宗霍全部倾倒于地面，并泄愤般狠狠地踩了踩。

直到密道的门再次缓缓打开，宗霍看见烟尘中现出幕僚那张带笑的脸。

宗霍几乎立即停止了动作，盯着突然出现的人，眼中迸出热切的光。

"小人是奉尚书大人之命，前来护送公子离开的。"

宗霍听见这句话，终于彻底软倒在地上，在一堆剩饭残骸中，露出了解脱却狰狞的笑。

戌时，刚入夜，便有一辆马车从尚书府的后门驶出，在夜色的遮掩中进入了长安街道。若在宵禁时分离开，则太过显眼，即便能顺利逃走，事后也会被千牛卫追查到底。

这个时候，分别有六路胡商快马加鞭急急赶往城门。

长安城虽有宵禁，可宵禁前的夜市，却是最为繁华热闹。

没有一个胡商愿意错过这样的盛会，所以，每逢宵禁前，夜市即将结束的半个时辰里，是四大城门最为繁忙之时。

奉车都尉府在三日前就定了一批货物，直到今日，运送货物的胡商才获准离开长安。

胡商们选择了北城门，拉着十几个空箱的马车在烟尘中抵达了北城门。

此时，城门前已经聚集了许多胡商。

除了携带二品以上通关文牒的之外，这里的所有胡商车马，都要被盘查过，才能放行。

藏着宗霍的马车带着的是奉车都尉签发的文牒，自然也必须被盘查。

可是那群为首的胡商却眯眼盯着前面拥挤的队伍。

其中一个千牛卫狠狠往地上啐了一口："妈的，每天都赶在这个时候。"

所有胡商的脸上也都是诚惶诚恐的神色。

千牛卫眼里精光一闪，猛地抓住一个胡商的衣领，将他摔到了墙角。

"敢夹带私货出城，死罪！"

那被抓出来的胡商，一箱货物被倾倒地下，只见草堆里露出一只夜光杯。

"抓起来，砍了。"千牛卫目光冷冷。

那名胡商连喊冤的机会也没有，就见一道血雾飞起，他脖子一歪，就气息全无了。

砍人的千牛卫拿着带血的刀，冷冷地看过一个个排队的胡商，脸上的冷酷在夜色中尤为明显。

这就是心存侥幸的下场，就地处决。

藏身在箱中的宗霍，五根手指深深掐进了肉里。

所有被盘查的胡商，无不被一一踢翻了箱子，验看里面的货物。

就这样，足足过了半个时辰。

第十三章 珍贵的梦

守城兵打开了胡商递过来的通关文牒，目光冰冷："奉车都尉？"

为首的胡商一脸忠厚老实，赔笑说道："正是。"

守城兵盯着那足足一排的箱子，目色更冷了："区区一个五品官，需要这么多货物？"

这十分可疑，就算是大富之家，也很少一次订十几箱子的大货。

守城兵露出怀疑的神色："打开箱子，搜！"

最前面的一只箱子被踢开，里面空空如也，什么都没有。

上来三五个守城兵，开始挨个踢开这些空箱子，一时间，四周都是胡商互相推搡的声音。

就在踢开第五个箱子的时候，那群胡商的手已经伸入怀中，目露杀机。

如果他们事败，周围埋伏的杀手就会立刻出现，启动另一个杀人夺路的计划。

忽然，长安的夜空出现一道闪亮的焰火。

"糟了，宵禁到了！"

那些守城兵脸色一沉："快！加快检查！"

有人向这队胡商后面看了一眼，发现这长长的队伍后面，还有好几个队伍在等。

北城门守将罗无求立刻道："你们五个去最后面检查！"

于是，几个守城兵迅速奔到了队伍的最后，有人一手掀开了最后一只箱子，依然空空如也。

胡商老实讨好的脸面对着罗无求。

罗无求皱了皱眉，终于挥手："走！"

胡商立即叩头："多谢大人！"

于是，为首之人招了招手，十几个人拖着一长串空箱子，晃晃荡荡地离开了长安城。

……

半盏茶的时间之后，所有出城胡商都已经离开，面对空空荡荡的北城门街道，守将罗无求却幽沉着一双眼睛。

"怎么了大人？"有士兵诧异地问道。

罗无求伸出手："把通关文牒拿来我看看。"

一厚沓文书被放在罗无求的手上。罗无求把那张奉车都尉的通关文牒抽出来，眯眼看了许久。

"立刻去大理寺，把这张通关文书交给大理寺卿裴大人。"

罗无求想起，就在今夜夜市结束前一个时辰，千牛卫中郎将崔石给他传了个紧急命令。

更改盘查二品以上通关文牒的决定，着重注意携带四品以下通关文牒，却货物过多的商客。而且，越是赶在宵禁前出城的，越要注意。

罗无求虽然不知这个命令是什么意思，但是从他看到那十几箱货物开始，以他常年守护城门的敏锐，就察觉到那群人不对劲。

且不说五品奉车都尉是否需要那么多货物，即便需要，为何他们前几日并没有发现如此庞大的胡商队伍入城。

不曾入城，却要出城，已经说明刚才那一队伍的不对劲。

奉车都尉看起来毫不起眼，而正因为不起眼，才更显得怪异。

通关文牒被连夜送入大理寺，裴谈的确还没有休息，当他看到那张签发的文牒以后，就明白了自己临时改变搜查目标是对的。

"大人，这个奉车都尉宋朗，去年一年才签发了三张通关文牒，运送的都是古玩瓷器，加起来不足半箱。"

裴谈之前觉得，以宗楚客的人脉，想要弄到一张由韦家开具的、免受盘查的二品文牒，简直易如反掌，可是，他能想到的，老谋深算的宗尚书又怎么会想不到呢？

二品以上的文牒太过显眼，也太有风险了。

所谓看起来安全的，其实不安全。同样，看起来危险的方法，也许更安全。实际上，越是被仔细盘查过的货物，越能打消人的疑虑。因为城门守将绝不会怀疑被自己查过的东西。

想在盘查中顺利过关，就必须选择连城门守将都来不及一一盘查的时刻。

长安的北城门，是往来胡商人流量最大的一个城门。

裴谈找到了这个关键时机——宵禁前的一刻。

就算再严谨的守将，在这个时候，面对无法盘查殆尽的货物也会松懈。

裴谈一想到这一点，就给崔石传了信，应该说，一切都正好赶上，太及时了。

"确实如大人所料，我们埋伏在城门口的暗卫已经跟上那批胡商了。"

裴谈合上文书，看向侍从裴县："一定要查明他们出城以后要去的地方。"

宗霍到底会被他爹送到何方？想让一个人彻底在这世上消失，说容易也并不容易。

"大人放心，跟踪的暗卫都是我们从裴家宅子里特意挑选的高手，擅长隐匿行踪，那群胡人绝对不可能发现。"

就算里面有宗楚客派去保护宗霍的高手，也未必能发觉。

裴谈幽幽地说道："陛下的意思是事从权宜，这件事如果能离开长安去解决，就最好不过了。"

所以裴谈才会放那群胡商离开。

这件事如果在长安闹大，对任何人，包括中宗在内，都没有好处。

裴县突然想到了什么，目色深沉："大人，那些私逃出宫的宫女，您怎么打算？"

这就像是宗霍假死一案中的另一个大案，这些宫女的身份以及背后的人，如果不呈报中宗，该当如何处置？想不到，自家大人一上任大理寺卿，就遇到这么多复杂难缠的事情。

裴谈目光深邃："等解决了宗霍这件事，陛下自然会有其他吩咐。"

中宗曾说过的，要重审荆家一案。

荆婉儿进房的时候，眼角下意识地瞥向床脚，心里顿时咯噔一下。

床底的烟灰是她特意撒的，现在，从烟灰的位置来看，有人动过她床底的东西。

她立即冲过去，掀开床帘，低头看见自己藏在里面的包裹。

荆婉儿伸手够了出来，发现包裹打的结已经不对了。她打开包裹，里面果然已经空了。

"你是在找这个吗？"一个不怀好意的声音从门口传来。

荆婉儿立刻回头，看见巧儿正一脚走进来，手里捏着的，正是她包裹里的纸和笔。

荆婉儿神情一变，捏紧双手，慢慢从床边站了起来。

巧儿得意扬扬地倚靠在门边，手里摇着从包裹里搜出来的东西："荆婉儿，你好大的胆子，竟然私藏笔墨，等我告诉了尚宫，看她如何治你的死罪！"

荆婉儿心里却微微松了松，这至少说明，巧儿还没有告诉别人。

她立刻冷笑一声："什么笔墨？我根本不知道。我看，这分明是你自己的东西吧？"

巧儿尖笑了一声，恶狠狠地瞪着她："你少狡辩，这就是从你床底下搜出来的，况且，除了你，我们这儿根本没有人识字，这些东西只要交给尚宫大人，任你巧舌如簧也逃不过一死！"

荆婉儿有些发冷，这巧儿倒是聪明了一把，竟然知道拿住她的软肋。

的确，梁尚宫不可能相信这些纸笔是别人的。

只见荆婉儿脸上忽地露出一丝笑，向巧儿走了一步。

巧儿立刻警惕后退："你，你想干什么？"

荆婉儿盯着她："我在想，你有什么胆量，敢去对尚宫告状。"

巧儿尖酸道："我为什么不敢？"

"你敢吗？"荆婉儿又向前一步，她幽凉的脸一贯让这些宫女退避三舍，"你别忘了，上一次是梁尚宫吩咐你，让你和我一起收殓那具尸体。我还没有把你忘记带腰牌，最后只是守在宫门内等候我的事情告诉给梁尚宫。"

这是巧儿犯的最大错误，梁尚宫不会原谅一个违抗自己命令的宫女，尤其是荆婉儿已经明白了梁尚宫当时叮嘱巧儿一定要紧跟她的原因。

那是"宗霍"的尸体，根本不容许出现半点差池。

巧儿得意的神情果然一下子就变了，她脸色煞白地看着荆婉儿："你这贱人，你敢？"

荆婉儿唇角勾起一丝笑："只要你敢，我就敢。"

巧儿骂了起来："贱人，当初分明是你让我等在宫门内……"

荆婉儿打断她："没错，但你别忘了，是你忘记带腰牌在先，这可怪不得我。"

巧儿脸色白如纸，她显然没料到荆婉儿会拿这件事要挟她。

荆婉儿唇齿间冷笑道："你要不要试试，究竟是我藏了笔墨的罪名更大，还是……你抗命不遵，甚至欺骗尚宫大人的罪名更大，我们两个，到底谁才是那个会死的人？"

巧儿已经气得浑身发抖："你，你这贱人好毒……"

荆婉儿冷漠道："彼此彼此。"她只是不介意跟巧儿同归于尽。

她一只手伸向了巧儿，其意不言自明。

巧儿被气得脸色惨白，和她对视良久，最终咬着牙道："荆婉儿，我早就知道你心怀不轨，这些纸笔，多半是你和同党密谋所用的吧？"

荆婉儿目光微动："我每天都与你们在一起，如果真如你所说，那么你们谁又是我的同谋呢？"

巧儿彻底输了，她恶狠狠地将手里的笔墨一摔，阴毒地瞪了荆婉儿片刻，转身离开了屋内。

荆婉儿这才骤然卸下了伪装，脸色苍白地迅速走过去，从地上捡起了自己的东西。

笔尖已经被巧儿摔断了，甚至辛苦攒下的墨也已经所剩无几。

饶是如此，荆婉儿还是小心地把这些东西放入怀里，像是放入一个珍贵的梦。

第十四章　太液池

裴家的暗卫一路跟着胡商的车马连夜奔驰，足足跟到了距离长安百里远的地方。

这样疲于奔命，若说不是亡命之徒，怎么可能？

眼见他们筋疲力尽地停下，周遭隐蔽着的训练有素的裴家人互相交流了一个眼色。

那伙胡商财大气粗地包下了一整间客栈，把他们带的箱子秘密运送到客栈的院子里。

跟踪的人直到入夜时分，才敢小心潜入客栈中，只见那十几个箱子都已打开，里面全空了。

而宗霍已经不知藏在这客栈何处。

客栈的店小二不断地把大鱼大肉从厨房送到其中一个房间，里面正是躲了许久，正在桌前大吃大喝的宗霍。

这间屋子四面都有护送宗霍的人把守，店小二也只敢把饭菜放在门口，再由里面的人端进去。

宗霍狠狠咬着嘴里的肉碎，满脸红云："这他妈才叫肉！肉！给老子上更多！"

宗霍俨然已经半疯，任谁被关在那暗无天日的地下，都会发疯。

现在的宗霍久未见肉味，见到便如饿虎扑食一般。

"虽然现在已经离开长安百里，但我们还是要小心行事。"一个首领冷冷说道，"把公子送到江南之前，我们绝不能掉以轻心。"

他们安排了几个人守在院子里，这群人的身手一看便是训练有素，显然是宗楚客为宗霍特别挑选的。

而裴家的暗卫处处谨慎，其中一个跟着店小二，在屋里的人开门取饭的时候，看见了宗霍大吃大喝的身影。

"确定是宗霍。"暗卫们互相交流了眼色。

这就更加明确了他们此行的目的。

半夜,人人都陷入沉睡时候,有人放出了紫色的信号烟,看到这烟雾的宗家人,互相交流了一个了然的神色。

"公子已经平安出城。"书房内,幕僚嘴角含着笑,对宗楚客道。

宗楚客也看见了空中的信号烟,他幽沉的双眼掠过一丝寒凉:"到江南之前,一定要让那逆子老实点。"

幕僚一言不发,信号自长安城外百里的地方发出,这次任务自然会万无一失。

所谓知子莫若父,宗楚客最了解宗霍是什么德性,面对外面的花花世界,宗霍很可能半道上就忍不住要花天酒地。

一大早,裴谈打开房门,就看到守了一夜的裴县。

他没有从裴家带婢女,只带了这么一个侍从,除了贴身保护他,裴县实质上也是裴谈在这大理寺唯一信任的人。

裴谈问他:"怎么样?"

裴县目光幽深:"大人,昨夜有人放了信号烟。"

身为训练有素的裴家侍卫,裴县可以认出信号烟的独特烟雾,昨夜那烟雾,十之八九是和宗霍一案有关。

裴谈淡淡说:"能判断烟雾的具体方位吗?"

裴县说道:"只能看出大约至少百里,辨不出具体地点。"

这些信号烟也有迷惑作用,不会让你找到真正的发射地点。

裴谈说道:"一夜之间逃窜百里,可以说是疲于奔命了。"

宗家父子违抗旨意,现在又拿着假的通关文牒出城,真可以说目中既无法纪,又无君上。

宗楚客虽然贵为一品尚书,宗家本身却不是七宗五姓那样底蕴深厚的家族。宗楚客是白丁出身,经历了仕途沉浮才走到今天,他竟敢做下这种欺君罔上的事情,必定会彻底触及君王之怒。宗楚客不明白,将他父子逼成今天这个样子的,正是他自己。

中宗下令处死宗霍,就是对宗楚客的警告,可是宗楚客……他或许正因为明白了这一点,所以才不顾一切要救宗霍。

在儿子和中宗之间,宗楚客选择了儿子。

这就注定了,他最终连儿子也保不住。

裴谈说道:"准备一下,我要进宫一趟。"

马车行走在长安城街道上,一阵风吹开了帘子,裴谈看到外面正是苏侍郎家。

他想起新郎苏守约娶的正是博陵崔氏的女儿,可谓一步登天。

就连裴家这样的望族,想娶到五姓七宗里的崔氏女儿,也需要天时地利的机缘,但是这个机缘竟然眷顾了一个旁门家族。

裴谈骤然间意识到他忽略了什么。

宫外有宫女听从荆婉儿的支使,她可以在大理寺外徘徊,也可以打探大理寺周边的消息,而那紫婵儿曾被关押在大理寺牢狱中,所以她有机会也有时间描绘出大理寺的地形,再送给宫中的荆婉儿。

那么,苏家呢?

那个女扮男装的宫女,可是堂堂正正地拿了苏家帖子的入幕之宾,那荆婉儿难不成真的有通天手段,不仅能打听到他当天会去参加婚宴,甚至还能拿到正式的婚宴请帖,让人堂而皇之地成为苏家的宾客?

裴谈的手骤然捏紧,那被绢帕包裹着的右手手心,伤口正隐隐作痛。

区区一个荆婉儿,做得到这个地步吗?

就在裴谈悚然震惊的时刻,马车外面,裴县的声音适时响起,把他拉回现实:"大人,我们到玄武门门口了。"

宫门守将要验看裴谈的令牌,片刻后,裴谈伸手将令牌从马车中递出。

守将一看见令牌,立刻肃穆,收起拦路的长矛:"寺卿大人请。"

裴县驾着马车行进了宫道,片刻后,裴谈说道:"这次把马车停在玄武门外,你就走吧。"

进了玄武门,就算是到了宫中了,四处来来往往的都是低头行走的内侍,即便是这个不合时宜的时间来了这样一辆不合时宜的马车,也无人抬头看上一眼。

玄武门距离中宗的紫宸殿还有好一段距离,裴县虽然诧异,还是应道:"好的,大人。"

到了玄武门外,裴谈下了马车。他有通行令牌,所过之处没有人敢阻拦。

裴谈之所以要这样做,是因为他需要思考。

他独自走在安静的宫道上,没有人来打扰他。他目光幽深,开始从头到尾,把从那块人皮开始,到现在的每一桩看似巧合的线索,都一一过滤一遍,就像筛检茶中的污垢一样。

这样他才能发现,壶底的残渣有多少是他之前没有注意过的。

这段时间,中宗也忙得焦头烂额,他前半生饱受监禁之苦,可是想要完全抹去那些年的黑暗经历,又谈何容易?

所以中宗愤怒，他愤怒于每一个与他的前半生有交集的人，甚至是那些……在黑暗中扶持他一步一步走过来的人。

裴谈是未时进宫的，居然直到酉时才走到紫宸殿。

中宗今天脸色不大好，他问："裴卿，你有好消息带给朕吗？"

裴谈和往常一样跪在地上："好消息就是，臣已确切查明，宗霍的确未死。"

中宗脸色沉下来，这对中宗来说，根本不是什么好消息。知道尚书宗楚客的的确确抗命不遵，如同在打中宗的脸面。

"人现在何处？"

裴谈说道："昨夜已经拿着奉车都尉的通关文书，从北城门一路逃到了百里外，臣派去的人一直紧跟着。"

中宗目色冰冷："这父子俩真是让朕刮目相看。"

裴谈跪在地上不言语，中宗在殿内来回走了几遍，然后说道："你方才说，谁给他们开的通关文书？"

裴谈抬起沉敛的目光："五品，奉车都尉。"

果然是一个小到连中宗得反应片刻，才能理解的官职。

中宗沉着脸说道："一个奉车都尉，和宗家有什么牵扯？"

竟然帮助宗家犯下这样的欺君大罪，即便是五品官，也该死。

裴谈顿了顿，才幽幽说道："臣以为，奉车都尉未必和宗尚书有关系，因为越是无关，这份通关文书才越安全。"

裴谈破案，不会牵连无辜，宗楚客之所以找一个五品都尉，也是不想让人发现和他有牵扯。

中宗沉吟了一会儿："朕明白你的意思，你是说都尉只是被利用的棋子。"

裴谈道："必然是。"

这名奉车都尉一定连通关文书是用在谁身上都不清楚。

这样，才不可能查到宗楚客身上。

中宗和裴谈竟然一直谈到了子时。

"裴卿，你今晚便歇在宫里吧，朕让人为你打扫宫苑。"

如果再乘坐马车出宫，等回到大理寺，已然太阳高照了。

裴谈顿了良久才说道："臣早就听闻太液池的景致，趁今夜风朗月清……臣很想借机去夜游一番……"

有关大明宫中太液池的传说，早就传遍了整个大唐。

中宗眸中深邃，望着裴谈道："既然裴卿有意，这后半夜，你便随意在宫中游

玩吧。"

有了通行令牌，再加上中宗这句话，从此时到天亮的五个时辰里，裴谈可以尽情在宫中行走。

裴谈眼眸中含着此夜的星光："臣谢陛下赏。"

子夜，月空笼罩下的皇宫静谧如太液池湖面，可是平静的湖面下幽黑凶险，满是暗流涌动。

第十五章　相遇

这天，梁尚宫接到飞鸽传来的密令：杀掉收尸宫女。

宗楚客是一个不会留下任何把柄的人，他之前不去动荆婉儿，是因为如果宗霍刚被砍头，宫中就立刻死一个宫女，这太过招人眼了。

现在，整件事情已经过去一个月，这时候才不声不响地弄死荆婉儿，才会达到神不知鬼不觉的效果。

梁尚宫收到命令以后，眼睛便眯了起来。

她不由想起前几天，她召见荆婉儿，对她说了陛下可能要重审荆氏一案的传闻。

荆婉儿说，她只会成为一具尸体。

看来，对于自己的命运，她了解得很清楚。

梁尚宫叫来手下："去把荆婉儿还有巧儿都带到我这里来。"

当天，巧儿也被派去收尸，因此她自然要和荆婉儿死在一块儿。

巧儿干了一天活儿，已经在通铺上睡着了，被梁尚宫的婢女从床上拖起来时，她还睡眼惺忪，完全不知发生了什么。

那婢女随后揭开了荆婉儿的被子，却看见里面空空荡荡。

半夜，所有宫女都被惊动起来，脸上带着惶恐和对所发生事情的不解。梁尚宫身边的大宫女站在已经排成队的宫女们面前，像是无情的判官一样，眼光冷冷地从她们身上一一扫过。

依然没有发现荆婉儿。

"荆婉儿在哪儿？"

宫女们脸上只有惶惑，其他的，她们一无所知。

大宫女立刻冲过去，把发生的事情告诉了梁尚宫。

梁尚宫的目光除了深邃还有冰冷，她问："最后见到荆婉儿，是在什么时辰？"

终于有一个宫女说，是在申时过后。

申时，距离现在已经过去快三个时辰了。

梁尚宫冰冷的目光变得无情，宫女们害怕得哭哭啼啼，辩解称，荆婉儿平时并不跟她们一起做工。

荆婉儿仅仅是负责收尸的人。

在杂役房空旷的院落中，只有荆婉儿有大把的时间独自待着。

而且，她是宫女们最讨厌的人。

五年间，荆婉儿让自己成了一个万人嫌的人物，一个怪胎。就算在平时，除了梁尚宫之外，杂役房所有人都会自动躲着她走。

今夜的此刻，谁又会知道荆婉儿到底去了哪里？

大宫女把包袱扔在梁尚宫脚下："这是从那贱婢床底下搜来的。"

一根已经断开的笔，几张随风飘荡的纸。

巧儿看到这些，脸上的血色褪得干干净净。

梁尚宫示意把巧儿带过来，目光阴毒如蛇地扫过那张幽白的脸："你早就知道这些事？"

巧儿像是没魂儿一样瘫倒在地上再也起不来。

梁尚宫目光阴冷地下达了命令："搜！宫中戒备森严，就算她午时就密谋出宫，此时也绝不可能离开……这宫墙之内。"

一个宫女，想要离开这幽深的皇宫，难如登天。

杂役房的宫女们脸上都冷酷起来，此时，她们终于是共同面对一个逃奴——荆婉儿。荆婉儿的死罪，已经是板上钉钉，确定无疑的了。

梁尚宫对着宫女们一个一个看过去："天亮前，找到荆婉儿。"

即便杂役房在宫中最偏僻的角落，无人问津，可是当所有人共同去找一个犯了逃罪的宫女，甚至必定要惊动千牛卫，这个宫女就已是瓮中之鳖，绝无可能再有生路。

太液池的夜色，远胜宫外皎月。

中宗派了一个宦官给裴谈引路，甚至在太液池边，还停了一艘专供游玩的画舫。

宦官低眉顺眼地逢迎："裴大人若是玩累了，可以进画舫里歇息，里面准备好了点心，还有铺好的床铺，若还有其他需要，裴大人尽管吩咐奴才。"

这大明宫是长安尽繁华之地，裴谈只需站在画舫船头，望着河风柳岸，就知道此情此景，的确值得。

他向中宗请求留在宫中观赏太液池,这个决定在他这一生中都很重要。

裴谈伸手解开了画舫的绳子,画舫立刻顺水漂流起来。

宦官不由道:"裴大人?"

裴谈站在船头,渐渐远去:"裴某想四处看看,公公自便即可。"

说话间,画舫已经飘远了。

太液池绝非只有眼前这点景致,而若是顺水漂流,到天明之前,是否能抵达太液池尽头,裴谈也不知道。

他只是沉醉在这风中,一时陶醉。

荆婉儿拨开了面前的水草,她的脸上已经涂抹了厚厚的池底淤泥。

在这夜里,她既是想隐藏行踪,不被人发现,也是在找这宫里的出路。

她今天也收到了飞鸽传书,只不过比梁尚宫那一封要早了半刻。

虽然现在没有人知道荆婉儿割下人皮的事,可是天下没有不透风的墙,即便现在还没有败露,也不代表她就能安全地继续活着。

从今天紫婵儿传给她的书信中,她知道裴谈已经有所异动。裴谈的动作,只会与尚书府有关,而尚书府……荆婉儿能想到的,就是宗霍已经逃了。

荆婉儿知道,宗霍一离开长安,她就会被灭口。

她立刻从杂役房逃走,其他精细的布置根本来不及去做。

荆婉儿喘着粗气,她知道自己现在在宫里最深处,她所能想到的不是往宫门口逃,而是反其道逃向皇宫内围。

这样的确可以迷惑梁尚宫和宫里的守卫,拖延一段时间。

但,一段时间以后,她要怎么办?

宫中戒备森严,抓一个宫女就像抓一只苍蝇一样容易。她根本没机会逃走。

但即便如此,荆婉儿还是要逃,人求生的本能,注定不会轻易放弃。

直到荆婉儿拨开眼前的杂草,看到那条波光粼粼的河,她醉倒在静谧的池水里,半响才骤然想到眼前这条河的名字——太液池。

这就是大明宫中最著名的太液池。

荆婉儿不由得走出草丛,向池边走去。

太液池绵延数里,并不是每一寸都有千牛卫把守,比如荆婉儿所在的边岸,便是举目四望,除了夜空如洗的温柔景致,看不见任何守卫的身影。

这给了荆婉儿安全感。

尽管她知道这感觉只是暂时的。

进宫五年,光阴似水,她再也没有感受过这种平静。

哪怕现在真的被梁尚宫抓回去，至少她要做的事，已经算是完成了吧？

宗霍逃走已成定局，这说明，他们父子的死期，也已成定局。

对于这个结果，荆婉儿还是满意的。

这世上很多事，比如荆氏被流放，都不是她以一人之力可以改变的，但是，如果能让宗氏父子陪葬，也不枉今生生为荆家女儿。

就在荆婉儿感到心旷神怡，尽情深呼吸的时候，一只画舫悄无声息地在太液池上缓缓漂了过来。

画舫只是随波漂动，仿佛驾驶画舫的人并不在意目的地在哪儿。

荆婉儿看到画舫的时候，有些惊怔。

月光朗照下，一个玉树临风的男人，立在画舫的船头。

男人的两袖被风鼓动起来，却愈发衬得他像是天上的神仙一样，美得有些虚幻。

荆婉儿盯着那船头的男人，一直到画舫靠得足够近，她终于看出那的确只是个凡间男子，而非之前以为的神仙。

就在这时，荆婉儿一下子回过神，下一刻，她整个人已经跳进了湍急的河水中。

裴谈的画舫逐渐接近岸边，他微微皱眉，就在刚才，他仿佛看见岸边有一道人影，但下一秒，那人影就消失了。

裴谈没有发现，有一道漆黑的影子，从水中逐渐接近了他的画舫。

荆婉儿脸上的淤泥，也在她跃入水中的那一刻被池水洗净了。她在水中鱼跃的动作，就像是一条灵活的玄鱼。

她看到船头那道身影距离她越来越近了。

裴谈的面容，也在月光之下完全显露出来。

荆婉儿最后一次跃起后，借着月下暗影的遮挡，潜入了画舫的船底。

这画舫建造得华丽无比，自然是专供中宗和嫔妃游赏之用，荆婉儿花了片刻就摸透了这画舫的结构，她选择游到船尾，因为那里正是画舫内部的厢房所在，她可以在那里上船，并潜伏在房内。

计划好以后，她慢慢靠近船尾，确定周围都无眼睛注视后，才慢慢从水里冒出头。

她嘴角一勾，第一次相信天无绝人之路。

荆婉儿慢慢从船尾上了船，整个过程没有发出一点声音。

可她不知道的是，就在她游向船尾的那一刻，船头站立的身影也消失了。

荆婉儿成功摸上了画舫，并慢慢打开厢房的门，确定里面漆黑无人。

她立刻走进去，轻手轻脚地关起了门。

她在黑暗中轻轻吐了口气，一颗心悬了半夜，此刻终于安稳地落了地。

荆婉儿轻轻抹了一把湿哒哒的头发，听见水滴在地上的声音。

接着，她感到脖子上冷冷的，比池水还要冰凉，就在她下意识伸手想要触碰的时候，却一下子意识到这冰冷来自什么东西。

她整个人从刚才的放松，到完全僵硬了。

一把匕首悄悄抵在她的脖子上，一道清冷低沉的声音萦绕过她的耳畔："你是谁？"

第十六章　画舫

荆婉儿的呼吸由重变轻。尽管看不见身后的裴谈，可是她知道是他。

在画舫的船头，她看见的唯一的人，就是他。

裴谈进宫面圣，自然要穿官服。刚才他站在船头，那三品大理寺卿的服饰被风吹动，那么刺痛……荆婉儿的双眼。

"你是，裴大人吗？"她小心翼翼，想得到确认地问道。

荆婉儿实在不敢相信，她今夜出逃，竟然会这么巧能遇见裴谈。

而裴谈虽说挟持了荆婉儿，却随后就发现她身上穿的是宫女服饰。一个宫女怎么会深夜出现在太液池？

就在他也感到事情不大对劲时，这名宫女就问了这句话。

他能感受到那话语中的小心翼翼。

裴谈沉默许久之后，说道："你如何知道本官？"

熟悉裴谈的人都知道，他几乎从不用"本官"这个称呼。

许多时候，他身上还保留着裴氏公子的习气，往往对人自称"裴某"，让人感觉非常自在。

荆婉儿难以描述自己的心情，哪怕被匕首抵着，她也觉得比这五年间任何一刻都要惬意。

裴谈虽然同样看不见荆婉儿的神色，但人在黑暗中，感觉异常敏锐，他能感到这名小宫女虽然被匕首抵着脖子，但没有一丝的害怕，甚至知道了他的身份也没有丝毫的惊慌。

裴谈自认为是个君子，他原先以为遇到了贼人，岂料是个柔弱女子，而这女子还一身湿淋淋的，又被他一个大男人用刀尖对着。裴谈不由得皱皱眉，同时松开了手。

荆婉儿感到脖子里的凉意不见了，立刻伸手去摸，果然那里已经没有了匕首。

她终于鼓起勇气转过身，抬起头来，嘴角勾起一丝弧度。裴谈已经从衣袖里拿出火折子，晃亮，两人就在这微弱的光亮中见到了彼此。

裴谈微微诧异，因为他看到的是一张想象之外的清秀脸孔。荆婉儿也是第一次见到裴谈，他比自己想象的更年轻，他举着火折子的，正是裹着绢帕的右手。

"真的是裴大人……"荆婉儿喃喃道。

裴谈上下打量着她，刚要进一步问询，忽然感觉到整个画舫猛地晃了一晃。

荆婉儿也被这变故弄得一惊。

裴谈看见她下意识地抬头看向厢房外，脸色变得苍白。

接着，裴谈就知道发生什么事了，是画舫自动靠岸了。

他在这太液池上已经漂了一整夜。

一夜的平静也就此被打破，无数嘈杂的声音从画舫外传过来，有人厉声叫道："是什么人在画舫里？！立刻出来！"

这声音像是宫里的内卫，冷漠而严厉。

杂役房私逃宫女的事情，一夜间已经传遍了大明宫，宫中所有护卫倾巢而出，只为了抓一个没有翅膀的小宫女。

"来几个人，进画舫去搜！"裴谈听见外面有人说道。

画舫前后相通，厢房加起来也只有五间，要搜索根本没有难度。

从脚步声听来，他们是从船头开始搜的。

这时，面前的宫女忽然近前一步，目光灼灼盯着他："……裴大人，宗霍是不是已经逃出长安了？"

外面的所有声音加起来，也没有这一声少女的清音振聋发聩。

裴谈迅速看向她。荆婉儿的眼睛极亮，甚至有点像这暗夜的星子，里面蕴藏的是所有人无法想象的东西。

这世上，会关心宗霍是否活着的宫女，只有一个。

裴谈心里几乎是雪亮了。

画舫外，一个意味深长的声音响起："你们看，这画舫的甲板上怎么有水渍？"

荆婉儿从水底上来，浑身湿透，地上的水渍自然是她留下的。

只见裴谈灭了手上的火折，抬脚上前，推开了厢房的门。

此刻，那些负责搜查的内卫果然聚集在船头。

裴谈背对荆婉儿站立，声音轻如浮云："躲在里面不要出来。"

然后，厢房的门在荆婉儿面前关上，外面传来裴谈远去的声音。

当裴谈的身影出现在画舫里的时候，内卫们个个都是一愣。

裴谈的三品官服自然不是假的，而他淡然前行的身影也让内卫们一时不敢进退。

"你是？"内卫统领眸色一深，盯着裴谈看。

裴谈走到船头，看到岸边密密麻麻站满了穿着银盔甲的千牛卫。

其中有人目光幽微："原来是大理寺卿大人……大人怎么会在这画舫中？"

裴谈看着那说话的人："本官昨夜进宫，耽搁太晚，承蒙陛下厚爱，夜宿宫中。"

"原来是这样……"为首的人眸子动了动，"敢问画舫中，只有裴大人一个人吗？"

那这水渍又如何解释？

裴谈淡淡道："本官独自乘坐画舫在太液池漂了许久，夜里水流湍急，弄湿了甲板吧。"

为首的人目光幽微深邃，显然对裴谈的话并不相信。

半响之后，那人才扑哧一笑："我等也是任务在身，不知裴大人能否允许我等进去搜一搜，若是无人，我等也好交差。"

裴谈目光幽幽，半响则道："请便。"

为首之人笑了，说道："既然如此，我等……"

"慢着！"

人群里传来一声带着怒气的尖细嗓音。

昨夜跟着裴谈的那个宦官，匆匆地挤开人群，出现在裴谈面前。

当看到裴谈独自站在船头的时候，那宦官似是松了口气："裴大人，陛下托奴才来问一声，您这一夜游湖可否尽兴？"

裴谈面色不变："十分尽兴。"

宦官赔笑脸道："那就好，奴才的任务也算完成了。"

太液池虽然大，但顺水漂流必然会漂到此处，这宦官似乎早早便等在这一头了。

内卫们见到中宗身边的宦官，自是添了几分慎重。

宦官扫视了一圈，脸色冷下来：

"裴大人得了陛下的口谕，乘坐画舫在这太液池上赏游，你们搜人搜到了这里，还惊动了裴大人，莫不是连陛下的旨意你们也要怀疑真假？"

内卫们立即跪了一圈，惶恐道："属下不敢。"

宦官不耐烦道："去去去，赶紧到别处搜查，记住了，生要见人，死要见尸！"

一日进宫，终身为婢，死也要死在这宫墙之内。

等到人都散开，宦官脸上的绝情才换成了谄媚的笑容。

"对了，裴大人，您瞧这天儿也快亮了，陛下让奴才送您出宫，不要耽误了大人的正事。"

裴谈看着那宦官："好，容裴某稍事收拾一下。"

宦官满脸赔笑："那自然。"

裴谈返身进入了画舫之内。

荆婉儿一直倚靠在厢房门口，外面的动静，她基本也听了七七八八，听到裴谈的脚步声，她下意识向后退了退。

裴谈推门进来，看见凝立相望的荆婉儿。

荆婉儿浑身包括鞋袜都湿透了，这副样子，只要出去必然会被抓个正着。

裴谈望着她："接下来，你按照我说的去做。"

……

天色越来越亮，宦官已经领着裴谈走在了外围宫道上。

前方不远处，就是出宫的大门。

裴谈顿住了脚步，对宦官说道："就送到这里吧，本官进宫时，已经让贴身的护卫和马车停在宫门不远处等候了。"

宦官闻言，立即赔笑说："既然如此，那奴才就告辞了。"

裴谈说道："有劳公公。"

宦官行了礼，就转身返回了宫道。裴谈继续朝前走，宫门越来越近。

侍从裴县正守着马车，等在玄武门附近。

裴谈一夜没有出来，但他依然尽忠职守地一直等着，丝毫没有要离开的意思。

卯时刚过，只见一个身材瘦小的宦官，一路低着头走向他和马车。

此时宫道上昏暗无人，这个小宦官自然非常显眼。

裴县以为，可能是他家大人从宫里临时传什么话给他。就像昨夜，一个宦官临时来告诉他，裴谈要在宫中待到天明，让他一直等候。

只见那瘦小的宦官，一步一步接近了马车。

裴县终于注意到，那宦官的一双脚极为纤巧，分明是只有女子才有的纤细足踝。

裴县一只手骤然握在刀上，目光凌厉地看着那正在接近的"宦官"。

就在他要拔刀的时候，那"宦官"也终于到了跟前，"他"抬起头，脸上尽是慌乱之色："是裴大人的侍卫吗？……是裴大人吩咐我来找你的！"

这句话让裴县握刀的手骤然松开。

这"小宦官"正是荆婉儿所假扮的，她回忆起裴谈回到画舫厢房里的情形：

裴谈直接走到厢房角落里的一个箱子旁边，从里面扯出一件衣服，丢给荆婉儿。

她看见那根本不是女子的衣服，而是宫中宦官穿的绿色袍衫。

"把这件衣服换上，到玄武门等我。"

第十七章　有办法

守在马车旁边的裴县望穿秋水，终于看见裴谈的身影从宫道上出现了。

他几乎从未像此刻般喜悦，赶紧迎上前去："大人！"

裴谈也看见了他，但还是一步一步走到跟前。裴县下意识想说什么，被裴谈轻轻摇头制止。

于是，裴县低下头，什么都没说。

此时，玄武门的守卫刚刚换防，裴谈目光淡淡扫了一圈，才慢慢上了马车，钻进帘内。

荆婉儿就坐在马车里，身上还穿着小宦官的衣服，因为一夜担惊受怕而脸色苍白。

裴谈与她相望，两人都没发出声音。

门外，裴县的声音低低传来："大人，要现在出宫吗？"

裴谈看着荆婉儿："出宫。"

说着，他已经坐到了荆婉儿的对面。荆婉儿缩在马车的角落里，一双眼睛看着裴谈，似有言语。

马车轻晃了下，裴县驾着车走向宫门口。

刚刚换防的玄武门守卫略感诧异，可是裴县随后就亮出了中宗的御赐令牌："大理寺卿裴大人，昨夜奉皇命入宫，尔等可向宫中求证。"

不必多加求证，一看到这张令牌，玄武门守卫就不敢阻拦了，二人立即打开宫门，并未多加盘查。

裴县把令牌收回到怀里，一声清脆鞭响，马车便冲出了玄武门。

荆婉儿感觉到一阵剧烈的颠簸，脸色终于变了变。

直到此刻她才意识到，她真的安全出宫了。

她立刻看向对面的男人。裴谈还是那副神色淡淡的样子，只是在荆婉儿看过来的时候，他的目光有些变化。

他们这算是第一次见面。

可是，在此之前，荆婉儿和裴谈并不能说是毫不相识。

"多谢大人救我。"半晌之后，荆婉儿先打破了沉默。

裴谈看着她："你之前问我，宗霍是不是已经逃离了长安，为什么你要问这个？"

荆婉儿目光幽深："因为婉儿发现了不该发现的事，所以今夜才会被宫中内卫追拿。"

裴谈的眸色比夜色还深："你所谓不该发现的事，又是什么？"

从马车辚辘发出的声音可以判断，马车已经驶在了长安街的街道上。

"自然是发现了宗霍未死，而那具无头尸体根本是移花接木的障眼骗术。"少女声音清亮，目光也如镜底般清澈无垢。

裴谈看见这样一双眼睛，自然就知道，他此前的种种猜测都得到了验证。

荆婉儿是真的有胆量做这些事。

这时，马车外传来裴县的声音，听起来有些不平静："……大人，我们难道要直接回大理寺吗？"

加了一个"难道"，是因为马车中坐着一个定时炸弹般的少女。

裴谈和荆婉儿目光相对，他回裴县的话也清晰明了："直接回大理寺。"

既然荆婉儿已经从宫中出来，那就必须要去他的大理寺。

这个少女涉案最深，此时不可能将她撇开。

裴县听到裴谈的确认，沉默了一下，终于调转马车，驶向了通往大理寺的弯道。

似乎距离宫中越远，荆婉儿身上的盔甲就卸得越干净，此刻，她已经蜕变成了一个清秀少女。

驾车的裴县确定了目标，不到半个时辰就到了大理寺。

车内，裴谈一把掀开帘子，看见大理寺森严的后门。裴县把马车停在了后门，这是相当谨慎小心的做法。

"大人，还是让属下先行把后门的守卫调走。"

裴谈想了想，默认了这个做法。

裴县的身影立即消失在后门，片刻以后，只听一阵纷乱的脚步声走远，裴县盯着人都撤走，才从后门出来。

裴谈示意荆婉儿跟随自己下车。

因为荆婉儿现在还穿着宦官的衣服，打扮得不伦不类，若不事先把守卫调走，势必会引起骚动。

荆婉儿还没反应过来，就觉得肩膀一暖，回头发现一件披风已经在不知不觉间罩在了她的身上。

她有些发愣。

是裴谈解下了披风，盖在了荆婉儿的身上。

"走吧。"裴谈总算说话了。

他踏进了后门，裴县走在最后，荆婉儿走在二人之间。

三个人自是十分低调，即便路上有人经过，裴谈走在最前，身后还跟着一脸冷漠的裴县，无人会在意中间还披着披风的荆婉儿。一炷香的时间后，他们总算回到了裴谈所住院子的偏厅里，未引起大理寺内任何一人的察觉。

"大人，怎么处置这宫女？"刚在厅中站定，裴县就沉声问道。

刚才在宫中，他不能声张，只能先依照裴谈的吩咐行事，然而现在已经回到大理寺，自然可以开口了。

裴谈看着一言不发站着的荆婉儿。今天晚上发生的一切都出乎自己的意料，他所做的一切，都是在当时的情况下做出的下意识反应。

然而，事情可以做，后果也必须承担。

他看着面前的少女，以荆婉儿的身份，纵使逃出了宫，也一样不会安全。

良久，裴谈轻轻说道："从杂役房到太液池，至少需要三个时辰，宫中内卫久经训练，他们不会等你逃到太液池才动手。也就是说，你早知道今夜的危险？"

知道了危险，却不选择向宫外逃，反而深入内宫，既能拖延时间，又让内卫无法第一时间找到她。

这个少女面对危险如此冷静，实在是极聪明。

荆婉儿和裴谈相视，她很清楚，她今夜能逃掉，实在是上苍给的运气。

"你一直用信鸽和宫外联络？"裴谈终于问了出来。

荆婉儿安静地站了良久，她曾经用信鸽给大理寺传信，这点自然是瞒不了裴谈的。

"不错，婉儿的确是从宫外得到的消息，知道宗霍已离开长安，更知道他一走，婉儿的死期便到了。"

只要弄清楚前因后果，这些事情并不难猜出。

裴谈看着她，一时没有出声。

裴谈的沉默让偏厅中的气氛变得更加凝重。裴县忍不住继续说道："今夜之后，宫中逃走宫女一事必定传得人人皆知，此女很可能……会成为大人的负累。"

荆婉儿淡淡说道："一切都由婉儿所起，婉儿愿意承担，必不牵连大人。"

裴县却不客气地冷冷看着她："你不过一个宫女，如何承担？"

荆婉儿慢慢解下了披风，她换下来的宫女服，被她绑上石头，丢在了太液池里。那太液池底下，藏着大唐开朝以来的无数秘密，没有人敢下池打捞。

她凝视裴谈，说道："婉儿从进宫起，就不曾怕过死。如今也一样。"

她如同在暗示，即便裴谈现在把她交出去，她也不会反抗。

裴谈的目光却盯着她的脸，他既然把她带出了宫，自然就不会再无端送回去。况且宗霍已逃离长安城，这桩替死案，现在就只有荆婉儿能说得清楚。

裴谈的手指在桌上轻敲，显然在思量对策。有一点裴县说得对，大理寺内的眼目丝毫不少于宫中，荆婉儿在这里，也是将大理寺带入了危险中。

就在这时，裴谈想到了一个人。

主簿邢左在书房查案卷的时候，接到裴谈的传唤，于是匆匆赶来了偏厅。

"大人有何吩咐？"

裴谈正背着双手，在屋内踱步："之前那个民妇紫婵儿的案子，你可还有印象？"

那件事过去还不到两天，邢主簿稍一思索就想了起来："记得，不知大人为何突然问起？"

裴谈幽幽看着邢主簿，便问："她所嫁的那个相公，在长安开的酒楼，你可记得叫什么名字？又位于哪条街道上？"

邢主簿心中有些诧异，但还是立刻回道："启禀大人，那对夫妇开的酒楼叫紫轩楼，就在城门左转的庆安街上。"

裴谈眯起眼睛想了想，大理寺距离那里并不远："你现在吩咐备一辆马车，我要去一趟庆安街。"

邢主簿听闻此言，吃惊地问道："莫非那对夫妇又犯了什么事？大人可要带着衙役过去捉拿？"

裴谈立即道："不是犯事，你也不用带人，只消将马车停在大理寺后门，我自有用途。"

邢主簿尽管疑虑，却不好质疑裴谈："是，那属下这就去给大人准备。"

等邢主簿出去后，偏厅里安静了片刻，裴谈道："你们出来吧。"

荆婉儿跟裴县都从事先藏身的偏门里出来，方才裴谈的话他们都听得清楚，当紫婵儿的名字出现时，荆婉儿的神情已经与此前大不相同。

裴谈也是刚才突然想到，那个同样逃出了宫，现在已经嫁作人妇，改头换面生存的宫女紫婵儿。

其实荆婉儿根本不需别人替她担心，她只要出了宫，便如鱼得水……

看着荆婉儿依然平静无波的眉眼，裴谈的目光有些幽沉。

不多一会儿，下人来通知，马车已经在后门准备好了。

第十八章　不要牵连

此时，天刚刚亮，路上还没有多少行人。

紫轩楼的年轻老板为了让心爱的娘子多睡会儿，自己悄悄起身，收拾一下之后，就走到酒楼门口，拔下门闩，打开了门。

通常这么早不会有客人，可是他打开门以后，立刻看到一辆马车堵在门口，一男一女正从马车上下来。

"几位是？"他诧异地问道。

裴谈和荆婉儿站在乍暗乍明的晨曦中，望着对面一脸茫然的酒楼少东家。

裴县没有浪费时间，停稳马车之后，立刻亮出令牌，冷道："大理寺卿，我们大人有事找你们。"

只要是长安人，就没有不知道大理寺卿是谁的，对面的男人明显变了脸色。

裴谈双手拢在袖子里，如世家公子般温文尔雅地说："打扰，只是想趁着店门没开，与令夫人问几句话。"

可是开店做生意的，自然不能像普通百姓那样睡个回笼觉，自古就有晚开门不吉利的说法，是以，他们还是来迟了。

自己的娘子前几日才去过衙门，这也是男人对"大理寺卿"这几个字更加敏感的原因，只见的脸色变得苍白，片刻才说："大、大人请先进来……"

裴谈在酒楼内扫视一圈，注意到只有两个伙计，都是一副茫然无措的样子。酒楼即将开门，老板娘却不见踪影。

男子镇定下来："内子……尚未起身，请大人稍候，小人这就去、去叫。"

裴谈依然守礼："有劳。"

男子的脸色又变了变，犹疑再三，还是狠狠心走入了内门。

裴谈一来就明说要见他夫人，他不可能拦着不让见。

紫婵儿却是已经起了身，虽说夫君体贴，有意让她多睡，不让下人弄出声响，可是这么多年帮着夫君打理酒楼，她早已睡不得晚觉，时辰到了，自然也就醒了。察觉到夫君轻手轻脚，紫婵儿故意没有出声，内心早已是暖融融一片。

她也曾是个苦命人，可是有幸遇到了这样的男人，这一生还有什么可抱怨的？

看到夫君去而复返，紫婵儿不禁有些讶异地，待夫君走近，更是看见了他脸上的苍白之色。

"文郎，你怎么了？"紫婵儿在宫中多年，看人的眼力毒辣，她立刻看出夫君似乎遭受了什么重大变故。

夫君上前握住她的手："婵儿，外面来了一位大理寺的大人。"

大理寺的大人还能有谁？自然只有大理寺卿。何况紫婵儿前不久才去过一趟大理寺。

紫婵儿顿时就明白了，不过她并没有惊慌，该来的，总是要来的。

她安抚了夫君，和他一起来到了酒楼大堂中。

紫婵儿认得裴谈，因此一到大堂，她就淡淡一笑，屈膝福礼："民妇紫婵儿，见过大人。"

裴谈转身望着她，紫婵儿起身后，面上的神情故意淡淡的，她知道该来的躲不掉，倒不如坦荡些。

裴谈很了解她的心思，因此只是转过身，对着一直站在另一个方向的身影，说道："你不必对本官多礼，今日要你见的其实也不是本官，而是她。"

紫婵儿的目光动了动，慢慢看往那个方向。

荆婉儿还披着裴谈的大氅，但是到了室内就把脸露了出来。她也凝望着紫婵儿，紫婵儿被救出时已经年满十四，样貌已基本定型，所以荆婉儿一眼就能认出来。

不过，紫婵儿看到荆婉儿时，神情明显有了变化，可是她半晌都没出声。

倒是荆婉儿笑了笑："你嫁人了？"

紫婵儿目中流露出几许怔怔，五年前的事还历历在目，对于救了自己命的人，紫婵儿即便第一眼有些恍惚，终究也还是认出来了。

"嗯……"

不但嫁人了，而且嫁的男人本分知礼，还有难得的产业。别说是逃奴，就算是普通人家的闺女，想要嫁个这样好的男人，都得打着灯笼才能找到。

紫婵儿低头抹了一把眼角，再次抬起头来，对着荆婉儿笑了笑，却不必再多说什么了。

她们用信鸽传信只是为了关键时刻互通消息，例如让荆婉儿提前知道危险，逃出杂役房。其余的时间，她们之间隔着一道宫墙，又怎么可能知道彼此这五年间都过着怎样的生活？

荆婉儿慢慢走到裴谈身边："大人，婉儿愿意自行安置自己，不打算连累任何人。"

说到底，从宫中逃走这么大的罪名，谁也不能替她担，若只是为了活命的话……这长安街上那么多挣扎求生存的人，她不介意成为其中一个。

裴谈看了她一眼，然后看向紫婵儿："若让你收留荆婉儿几天，你可愿意？"

这句话让屋内每个人的神情都产生了变化。

酒楼的老板，紫婵儿的夫君，是一副茫然不知所措的表情，他下意识地走上前去，抱紧了妻子的双肩。

荆婉儿见状，目光黯了黯。

紫婵儿凝望裴谈，她这么聪慧的女人，自然知道此时问什么都是多余，所以她仍然是选择了柔和一笑："民妇明白了，民妇愿意收留荆姑娘。"

且不说曾经的救命之恩，她能有现在的生活，都是荆婉儿给的。如果她连收留荆婉儿都不愿，就真的是违背人性了。

裴谈要的就是这句话，大理寺不能收留荆婉儿，那么就只有在这偌大长安城的闹市中，才是最佳藏身地。

而他能想到的，自然是这些和荆婉儿有联系的隐姓埋名的宫女。

不知为何，荆婉儿看着那个虽然不明状况，却始终站在自己妻子一边的年轻男人，忽然就有种万念俱灰的感觉。

"大人，婉儿谢大人的维护，但婉儿并不想留在此地。"

她狠不下心去打破眼前这对夫妻的平静生活。

越是曾在绝望中生活过的人，越明白希望来之不易。

裴谈眯起眼睛，看着荆婉儿面无表情的脸。

此时，酒楼中只有一个人清楚明了地看穿了荆婉儿，那便是紫婵儿。

紫婵儿露出一丝笑容，缓缓放下夫君抱在自己肩上的手，一步一步走到荆婉儿面前，伸手将荆婉儿的双手包裹在自己手心中："没事的。"

荆婉儿怔怔地看着她。

紫婵儿毕竟已经嫁作人妇，脸上的笑容带着柔和的安抚："相信我，你可以留下。"

二人的目光碰到一起，眼中的神情竟是那么的相似。

原来，不管过了多少时光，不管过着多么天差地别的日子，她们都注定是同类人。

荆婉儿的双眼忽然就模糊了。

紫婵儿拉着荆婉儿的手转身，望着自己的夫君说道："这位，是我娘家的一位表妹，我们许多年没有见了，不知夫君能否同意让她与妾身住一段时日？"

面对这样哀婉的恳求，恐怕没有男子会拒绝。酒楼老板的眼睛也湿润了："当然可以，既然是婵儿你的亲人，那么想在家中住多久都可以。"

紫婵儿眼中有感动的泪："谢谢你，文郎……"

裴谈也转开了眼眸，片刻说道："荆婉儿在此间的一切事，都由本官负责，你们夫妻不用担心。"

他这是在用大理寺卿的身份保证，就算出了事，也是由他来担着。

但是听懂这句话的，只有荆婉儿和紫婵儿两人。酒楼老板畏惧地看着裴谈，他心中或许早已明白，紫婵儿曾提起的那些亲人、家乡，都不过是编造的，可是他不在乎，他只想好好保护现在的她。

而对于紫婵儿进出大理寺的事情，他心中也从来没有放松过。

现在，这个年轻的大理寺卿又亲自上门，还带来一个姑娘，这究竟对他和妻子意味着什么？

这时，荆婉儿暗中捏了一下紫婵儿的手，然后上前一步，仰头认真望着裴谈说道："大人，婉儿可否与您单独说话？"

从裴谈将她带出宫，二人也不过就在那小小的马车里独处过。

裴谈望着少女的神情，轻易就能从中看出小心翼翼。

毕竟，这只不过是两人认识的第一天。

"裴县，你先让人回避一下。"

要回避的也不过是紫婵儿夫妻和裴县三个人，夫妻两人自不必说，听见裴谈的话，就已经低头走向了内门，裴县在短暂的迟疑后，走向了酒楼大门外，去为自家大人守门。

裴谈望着荆婉儿，在少女还在酝酿怎么开口的时候，他先淡淡说道："你要对我说的话，我已经知道了。"

荆婉儿吃惊地抬起头。

裴谈看着她："你是希望我无论做什么，最后都不要牵连到酒楼的这对夫妻。"

第十九章　长乐王殿下

此刻，楼中无人，荆婉儿忽地跪了下来："请大人成全。"

裴谈比她想象的还要洞彻明晰，他用恩情裹挟紫婵儿，让紫婵儿不得不收留她。可荆婉儿从不认为自己救人一命，就对紫婵儿有了多大恩德，相反，她可以让紫婵儿作为她在长安城的眼睛，为她传递消息。

但……她不能毁了别人的生活。尤其是看到和夫君站在一起的紫婵儿，荆婉儿更意识到她的出现给这对在长安城平安生活了多年的夫妻带来了什么。

裴谈的声音慢慢响起："你不用跪我。"

荆婉儿心头紧了紧，她是宫女，纵然已经逃出宫，但死罪却是跑不掉的。

良久，她缓缓吸口气："此事过后，婉儿任凭大人处置。其实，宫中逃奴一事……经过昨夜，婉儿已是死罪，但此事到底关乎宫中的颜面，若婉儿一人之死就能让此事了结，婉儿愿意去死。"

从头至尾，荆婉儿声音幽幽，态度顺从，可裴谈却渐渐地眯起了眼睛。

逃奴，自然关乎宫中颜面，尤其是五年内逃走的宫女总数，一旦为人所知，不仅会宫廷震动，恐怕长安乃至整个李家天下都要沦为笑柄。

这才是荆婉儿要说的，她一个人逃走的事情尚且可以弥补，但如果五年内逃走的所有宫女都被牵连进来，那么死的可绝不止这些藏身在长安城的宫女了。

可还记得曾经那年的巫蛊之惑，牵连了多少人，宫中尸骨成堆。

仔细想想就知道，这件事的内核，只会比巫蛊更加可怕。

裴谈许久没出声，荆婉儿确实聪明，聪明到在这种情况下，还能找到理由"威胁"他。

荆婉儿一手心都是汗，整个人都开始微微发抖。

"我说过，你不用跪我。"裴谈的声音依然淡淡的，"留在这里，以后的事以后再说。"

想不到裴谈会用这样轻描淡写的方式一笔带过荆婉儿的请求。荆婉儿神情怔然，甚至完全无从应对。

但她终究确定了一点，就是至少现在，裴谈对宫女逃出宫这件事，什么也不会说。

荆婉儿的心情说不清是失望还是什么，只能听从裴谈说的"不要跪"，慢慢起身。她的心里约略明白，现在得到裴谈的答复是不可能的。

裴谈是长安的大理寺卿，他不可能如此轻易就违背他的职责。

"裴县。"

听到召唤的裴县立刻出现在侧门："大人。"

"我们走吧。"

紫婵儿夫妻也立即从侧门出现，有些惶恐又有些诧异地看着裴谈主仆走到了门口，就这样打开大门走了出去。

留下那沉默凝立于酒店大堂，神色有些哀伤的少女。

回到大理寺，一切肃穆如常。没有人知道清晨他们这里来了一个神秘少女，如今又悄然离开。

"大人，您为何要多此一举救那宫女？"这实在不像自家谨慎作风的大人。

裴谈面无表情："若宫里有人要杀荆婉儿，那十之八九是与宗霍有关。"所以荆婉儿不能死。

裴县却道："如果她死了，岂不是更能证实这件事是阴谋？"

荆婉儿是死是生，根本对这件事的判断没有影响。

裴谈看了侍从一眼："那具替宗霍死的尸体，也是荆家的下人。"

所以，只有荆婉儿才能第一时间明白那块人皮刺青的意义。

而裴县却心头震动，因为他明白了裴谈话中之含义……已经有一个荆家人为此而死，够了……

裴谈慢慢踱步到窗边："也许，这件事会成为我们解决这次替死案的契机。"

裴县默默转身："属下只是担心会查到大人头上。宫中搜寻不到宫女，难免会怀疑到昨夜曾出入皇宫的人。"

即便裴谈持有中宗令牌，但一样会有登记，只要一查，必然躲不过去。

裴谈目光幽幽："放心吧，他们查不到。"

内卫和千牛卫寻了一夜都没有找到宫女，只能向梁尚宫报告。

梁尚宫震惊："不可能！怎么会找不到？！"

她紧盯着内卫统领。

内卫统领也是神情冷冷，昨夜是他亲自带人搜查了整个禁宫，并没有发现梁尚宫报告的那样身形样貌的宫女。

"难道梁尚宫是怀疑我们内卫办事的能力？"笑话，整个大明宫就连一只苍蝇都绝不可能逃出他们的手心。

梁尚宫胆子再大也不敢和内卫翻脸，她恨恨地咽下了话，这怎么可能？难道那贱人真的生了翅膀不成？！

内卫统领冷冷说道："梁尚宫，你管辖的地方竟然出现宫女出逃，现在更是下落不明，你准备怎么向陛下交代？"

搜寻一夜，若是宫女找到了还好，那所有罪责自然会被推到这宫女的头上。可如今却没有找到人。

梁尚宫这才觉得四肢发冷，不可能的，事情完全脱离了她的掌控，就在昨天请求内卫出手抓人的时候，她还在冷笑，觉得那贱人终于主动露出了狐狸尾巴，哪想到，天一亮，她就遭到了迎头痛击。

她不愿意承认，却又不得不说："除非她已经不在宫内，不然怎么可能找不到？莫非她有同谋？"不然无法解释这样匪夷所思之事，荆婉儿就算再聪明，也不可能有独自逃出皇宫的本事。

半晌，内卫统领转身，冷冷说道："马上让人查一查，昨夜有没有人持令牌出宫。"

出入宫门的车辆都要例行检查，荆婉儿本事再大也不可能隐身，除非是宫门守卫没有检查过的车子。

那么就是……内卫统领眼中闪过冷冷的光。

内卫统领和千牛卫营的人亲自前往宫门查询出入记录，守卫自然不敢隐瞒，立即拿出登记册子。

宫中共有十一个门，可能在深夜出入宫门的人，不是奉了御诏，就是有正二品之上的爵位，所以查下来，只有玄武门、丹凤门、广济门三门有人出入。

内卫统领一翻册子，昨夜，沈婕妤召了自己的几个亲人进宫叙话。因为沈婕妤刚刚有孕，所以中宗特别批准她可以随时召家人陪伴。沈婕妤的亲人一共来了三人，走的是广济门。

内卫统领只是盯着看了一会儿，就把这册子丢回给了手下。

接着，他翻开了玄武门的出入记录。

上面写着：大理寺卿，裴谈，受皇命入宫，卯时过离开。

内卫统领盯着"卯时过离开"几个字许久。臣子在宫中滞留一夜的情况极为罕见，大明宫戒备森严，寻常人岂能无故在宫中滞留？

他问玄武门守卫："大理寺卿一夜都在与陛下议事吗？"

那守卫低头回话："并不曾，昨夜大理寺卿一个人夜游太液池，此事有陛下身边的蔡公公作证。"

内卫统领神色冰冷："夜游太液池？"

守卫声音更低了："据说……是陛下批准的。"

或许游太液池本身并不可疑，但是内卫统领接到的报告中提到，内卫们曾到太液池周边搜寻，还提到了裴谈所乘坐的画舫。

那样的画舫，要藏一个人……太容易了。

内卫统领的目光越来越冷。

就在这时，他翻开了手边最后一个登记册子。

长乐王。

这三个字一映入眼帘，内卫统领的目光一下子紧缩了。

丹凤门，是大明宫的正门之一，能走这道门的，自然是皇亲国戚。长乐王，是昔日滕王李元婴的长子。

滕王李元婴，那是大唐的传奇。

一首《滕王阁序》，是每个大唐子民都会背诵的。

而作为滕王之子的长乐王……和其父一样，是个文采风流的人物。

所谓文采风流……自是风流。

内卫统领骤然把手中的册子合上,他联想到昨夜的事情,暗暗分析此事的前因与后果。

接着,他立刻打开了荆婉儿的画像。

梁尚宫早有准备,第一时间就把荆婉儿的画像交给了各个内卫司。

只见画上女子眉眼清秀。

内卫统领心中盘算了片刻:"长乐王昨日在何处赏月?"

看守丹凤门的守卫摇头:"长乐王在宫中一向行动自由,我等并不敢盘问。"

那可是滕王之子,皇亲贵胄,长乐王要去哪里,何须对他们汇报?

内卫统领只好合上了画像,思忖片刻后,沉声缓慢说道:"从此刻起,杂役房宫女失踪之事,谁都不许再提了。"

大理寺中,裴县万分不明:"大人为何觉得不会查到?"

裴谈站在窗前,望着那株青叶,思绪却已飘远:"昨夜是十五,长乐王也会进宫。"

听到长乐王的名字,裴县骤然一怔。

若说在现在朝局紧张的大唐,还有哪一位是异类,那必然是……长乐王,李修琦。

裴谈眉目清淡:"长乐王一向觉得宫中的月色胜于长街,所以每逢十五都会进宫赏月。若内卫想要查询昨夜进出宫门的人,那必然会查到长乐王。"

裴县显然还有些茫然:"即便查到长乐王,那又如何?"

相反,长乐王身份尊贵,那些内卫恐怕不敢怀疑,到时候只会把怀疑的目光都对准裴谈。

裴谈却淡淡一笑:"长安中人谁人不知,长乐王风流多情,府中豢养的美貌女奴已经多不胜数。这种情况下,宫中若不见了一个姿色上佳的宫女,又有谁敢去深究?"

第二十章　邢主簿

城外百里的客栈中,宗霍一行人居然足足逗留了三天三夜。

每隔一段时间,就有人警惕地从客栈里出来观察四周,他们显然也担心逗留太久引出祸患,可惜刚刚逃出地狱的宗霍根本不顾忌这些,只管纵情于声色。

裴家的暗卫悄无声息地埋伏在周围。

三天后，随从们终于劝说宗霍离开。离开的时候，宗霍心满意足，脸上有一种半睡半醒的醉态。

裴家的几个暗卫立刻进客栈检查，发现客栈老板的女儿已经无声无息吊死在房里。

检查尸体过后，两个暗卫对视一眼："是被勒死的。"

而掀开女子的衣服，下体凌乱不堪，显然被极端凌辱过。

这间客栈周围荒无人烟，宗霍贪恋女色，只有客栈老板的女儿可以供他泻火。

这可怜的女子就这样遭了殃。

一个暗卫捏紧了手心："马上传信禀报大人。"

宗霍借假死逃生，路上又犯下这样的罪行，真是罪无可赦。

宗氏父子为了掩盖罪行，早就不把任何人的命放在眼里。荆婉儿逃宫以后，宫里的内线也把消息传给了宗楚客："梁尚宫没能把那收尸的宫女杀掉。"

宗楚客捏碎了手里的杯子："你说什么？"

想把替死这件事做到神不知鬼不觉，灭掉所有当事人之口是重中之重，想不到这点事梁尚宫都办不好。

来人将昨夜宫中发生的事情悉数告诉了宗楚客，包括怀疑是长乐王把人带走了。

宗楚客的神色更加晦暗不明："若不是长乐王呢？"

不是长乐王，就是……裴谈。

当初一力主张他儿子死罪的，就是这个裴家孽子。

"裴谈昨夜是奉诏入宫，况且有陛下身边的蔡公公作证，应当……不是带走那宫女之人。"而且裴谈也没有带走荆婉儿的动机。

说到底，宫中戒备森严，想要无声无息地带走一个人，必然要有熏天的权势，想来想去，还是长乐王最有可能。

但事关自己的亲生儿子，宗楚客显然没那么放心，他看着回话那人，声音幽冷："如果被裴谈发现了什么蛛丝马迹……"

那人没料到裴谈如此冷面无情，丝毫没有顾及宗族情面。

"倘若裴谈已经发现了什么，他必然是第一时间戳破此事，且禀报陛下，绝不会像现在这样默不吭声……"那人小心翼翼地做出了推测。

确实，当时裴谈能不顾一切阻碍，请中宗下旨处死宗霍，那现在如若他发现宗霍其实未死，难道不会更坚决地站出来戳穿一切吗？

宗楚客目中精光闪过，片刻没有言语。

没有人愿意冒险得罪长乐王，梁尚宫被警告不得再提及此事。

梁尚宫因此恨得咬牙切齿，她没想到自己精心盘算的一步棋，会落到赔了夫人又折兵的地步。

"去把巧儿给我带过来！"她恶狠狠地吩咐。

巧儿被带来的时候尚且懵懂，此刻看着梁尚宫阴沉的脸，一颗心就沉了下去。

梁尚宫冷冷看着已经吓呆的小宫女："那天我吩咐你跟荆婉儿一块儿去收尸，你是听我的话全程寸步不离跟着她的吗？"

巧儿抖得厉害："是……是的……"

梁尚宫目光阴森，她之所以让巧儿跟着，就是为了防备一手。如果荆婉儿没有在尸体上发现什么，那就一切还好。

"那你原原本本告诉本宫，那天荆婉儿是如何做的？"

巧儿目光呆滞地看着梁尚宫，她觉得有种绝境的寒气从她脚底升上来。她那天没有带出宫的腰牌，被荆婉儿独自留在了宫门内。

她没有看到荆婉儿是怎么处理尸体的。

"奴婢看见……她用火油，烧了那具尸体……"

当时她站在宫门内，看见燃烧的火光和浓烈的白烟充斥空中。

梁尚宫咄咄逼人地问："你们将尸体拖到了何处烧毁？她又是如何做的？"

那坟地在宫外占地多顷，那具假冒宗霍的尸体究竟毁在什么地方，哪怕是留下的灰烬，也是证据。

巧儿的脸褪尽血色，她呆滞不语，望着梁尚宫。

梁尚宫的声音越来越严厉："怎么不说话了？你不是亲眼看着她把尸体处理掉的吗？"

梁尚宫的残酷在杂役早已闻名，没有宫女能在她面前撑住半刻钟，巧儿原本就贪生怕死，在梁尚宫有意的压迫和试探之下，她的精神终于崩溃。

"奴婢、奴婢知错了！求尚宫大人饶了奴婢吧……"

梁尚宫冷冷盯着她半晌："为什么要求本宫饶了你？"

巧儿哭得断断续续："奴婢、奴婢并没有跟着荆婉儿出宫收尸，奴婢、奴婢只是在宫门口看见她烧尸体的火光，奴婢不是有意要欺瞒尚宫，奴婢保证不会再有下次了！"

梁尚宫的手死死攥紧，好啊，荆婉儿从她眼皮下逃了，现在又发现巧儿也是阳奉阴违，如此看来，那天荆婉儿究竟是如何处理尸体的，根本无人知道。

这件事,如果被那位宗尚书知道,怕是连她的性命也不保了。

"来人,把巧儿拖下去,乱鞭子抽死!"

巧儿面如土色:"尚宫大人饶命……"

梁尚宫对身边的宫女可不会心慈手软,两个身形高大的掌事宫女早就一步上前,死死捏住巧儿的两条胳膊,把她往门外拖。

巧儿终于反应过来,尖叫道:"尚宫大人!尚宫大人!"

梁尚宫恨不得她立刻死透,要是让这巧儿再嚷嚷出什么,传进宗楚客的耳中,非但她的尚宫之位难保,落得个宫女般的贱命一样,也未可知。

"把她嘴堵死了,在她断气之前不许她再发出一丝声音!"

巧儿的恐惧被塞进喉咙中,眼睛睁得老大,不明白自己的命为何一息间就没了。

梁尚宫处死了巧儿,心里的那口气却还是吊着,她希望荆婉儿确实是被长乐王带走了,成了长乐王的玩物,一生都不能离开长乐王府。

夜晚,白天还是恶魔的梁尚宫,低眉顺眼地对着一个穿着太监服的人:"请公公放心,都处理好了。"

太监捏着嗓子,眯起眼说道:"尚书大人问你,为什么那宫女会提前逃走,是不是你走漏了风声?"

梁尚宫的目光掠过一丝阴狠,神情却愈发恭顺卑微:"自然不是,那荆婉儿一向忘不掉自己曾是长安千金,早就不甘为奴,想必见到长乐王进宫,她打着飞上枝头变凤凰的主意,主动靠上了长乐王……这棵大树。"

太监声音冷漠:"你能确定荆婉儿是跟着长乐王走了?"

梁尚宫弯折身子:"她一个任人宰割的低等奴婢,如果不是有长乐王这样的人护着,任她生出翅膀,又怎么飞得出这大明宫?"

太监目光动了动,也不知是信没信这句话。

梁尚宫眸子一转,从衣袖中拿出一份书信:"这是那晚丹凤门的守卫所供述的证词。当晚,长乐王独自驾着马车进宫,离开之时……他们都亲耳听见,马车中有女子的笑声。"

这可谓是铁证,证实长乐王李修琦,确然是带走了宫中女眷。

见到了这份证词,太监眸中的神色才松了松。

"为保万全,若叫尚书大人知道荆婉儿是被其他人带走了,不仅你没命,就连咱家都要给你陪葬。"

梁尚宫恭顺道:"奴婢明白。"

等那太监走了,梁尚宫捏紧的手才松开。她神情冷漠,这份供词自然是伪造的,当天晚上，长乐王喝得烂醉离宫，谁也没有看见马车里有其他人。可是这样的事情，应该说没有人会主动说出事实。

以裴谈对人心的洞彻，所有人最后都会为了自己的利益，而主动将"荆婉儿是被长乐王带走的"这件事，描述得越来越真。

甚至就连宗楚客都一时找不出破绽。

而这几天，裴谈竟然什么事情都没有做，只是让邢主簿将大理寺沉积的卷宗一样样拿过来，看似并无目的地翻找和查阅。

"大人，这些都是定案，有些早就过了期限，您何必再看呢？"

邢主簿这两天一直和卷宗打交道，弄得灰头土脸，越发不明白这位大人想干什么。

"没什么，只是想看看这些案子中，还有没有什么能做的。"裴谈说道，片刻，指着其中一个案子道，"这个案子的几个涉案人都还在长安吧，你明日叫衙役把他们带来一趟。我有些话要问。"

邢主簿伸头看了一眼，竟然又是已经过了期限的案子，他着实不明白裴谈所想，只能道："是，属下明日去办。"

这时天色已晚，把裴谈看过的案卷归档以后，邢主簿就离开了大理寺。

门口有一辆马车，邢主簿看到以后，脸色变了变，随即却旁若无人地上了车。

马车随后离开，却不是走向邢主簿家的位置，而是在故意绕了几圈以后，借着夜色的掩映，停到了尚书府的后门。

第二十一章　诗酒风流

邢主簿从车上下来，郑重地整理了一下衣着，走入了后门。

无须人领路，他径自走到了一幢还亮着灯的厢房，上前轻轻叩门后，开门走了进去。

这间屋子里只有一张桌子，桌子后面，宗楚客面无表情地盯着刚进门的邢主簿。

邢主簿心里一惊，低着头快步走了过去，跪在桌前："小人叩见尚书大人。"

宗楚客冷眼盯着他片刻才开口："起来吧。"

邢主簿像是得了特赦，起身道："谢大人。"

他有些紧张，不断抬眼看向宗楚客："敢问大人，这时召见小人，是有何盼咐？"

宗楚客盯了他半晌才道："那竖子可曾怀疑你？"

邢主簿脸上的神色又变了变，继而低头说道："小人一直听大人的话，不曾有过激举动，想来裴谈再敏锐，也怀疑不到小人。"

大理寺卿已经换了几任，邢左这个主簿却一直没有换过。其中自然有宗楚客的作用。邢左的职位非但没有变动，每一任大理寺卿上任之后，都对他格外倚重。

"那竖子最近都在做什么？"宗楚客冷脸问道。他想知道，在下狠手"弄死"他儿子后，这竖子又做了哪些惹人憎恨的事。

邢主簿开始回忆："裴谈最近打开了收藏卷宗的库房，从五年前开始，每一件旧案，他都拿过来重新理过。并且……还把当时涉案的一些人叫去了大理寺盘问。"

宗楚客的神色愈发冷硬："他这么做，想干什么？"

邢主簿抬头看着宗楚客："小人也不知。"

裴谈的行为简直堪称古怪，而且他看着也不像是打算翻案，因为他把涉案人叫到了大理寺，当天就放了，若是想要重审什么案子，绝不会如此。

但宗楚客在意的不是这些，他放在膝盖上的手捏紧："我问你，他最近……有没有注意霍儿的案子？"

裴谈是否还在过问这件案子，才是重中之重，他看曾经的案卷不要紧，要紧的是他还在不在意宗霍的"死"。

在长安人心中，宗霍已然是死了，裴谈理应不去过问一个死人的案子，可如果他到现在还在关注这件事，那就说明……至少在宗楚客看来绝不单纯！

邢主簿望着宗楚客的脸，缓缓说道："依小人的观察，裴谈并没有再盯着宗霍公子这件事。"

虽然裴谈的行为算不上正常，可至少明面上看起来绝对和宗霍无关。

宗楚客的手攥得更紧："你确定吗？"

邢主簿眸光幽幽："小人确定裴谈对小人绝无任何怀疑，而且他现在的心思都在陈旧卷宗上，应当没有心思关注宗霍公子的事。"

裴谈没有必要在邢主簿面前掩饰自己，如果他想过问宗霍的案子，一定会让邢主簿为他找卷宗。既然他没有这么做，就说明他并不在意这个案子。

屋内是长久的沉默。

从宗楚客的神态来看，他似乎是信了邢主簿的话，可是脸上却有些幽暗不明。

随即，他的眸子深邃起来："两天前的晚上，裴谈进宫了，他回来时可曾带了什么人？"

如果想在大理寺藏人，裴谈绝不如邢左这般自如，因为他对于大理寺的熟悉，根本比不上已经当了多年主簿的邢左。

邢主簿也眯了眯眼，沉吟片刻说道："小人并未发现有其他人。裴谈的身边，一直只有那个裴县。"

宗楚客盯着邢主簿："当真？"

邢主簿眸子幽幽："小人敢以项上人头担保。"

这段日子，裴谈没有异常的举动，进宫和回来也没有出现问题，看起来一切如常。

宗楚客盯着窗外夜色，难道真的是他多想了？

裴谈终归只是竖子罢了，刚刚上任大理寺卿就请旨"处死"他儿子，也不过是轻狂之举。

宗楚客慢慢松开了一只手，幽沉地看着邢主簿道："继续盯好这竖子，发现他有任何不对……立刻来禀报老夫。"

邢主簿低头道："是。"

第二天，裴谈吩咐要带的那几个犯人到了大理寺，裴县问他："大人是否要升堂审案？"

裴谈头也不抬："不用，把他们押在后院半个时辰，然后就放了吧。"

裴县诧异："大人不要问话吗？"

裴谈说道："他们的案子早就过了重审期，且线索早已随着时间消磨殆尽，已经没有审理的必要了。"

裴县更加惊诧了："那大人……为何要把他们带来衙门？"

裴谈把视线从书本上移开，望着裴县道："之前我让人带紫婵儿来过大理寺，虽然她那件案子也早已清楚，可是难保不会有人从中看出什么。像现在这样多带几个旧案的人来，就不会引起注意了。"

原来，裴谈只是为了扰乱视线。裴县这才了解自家大人的打算。

"但是大人……究竟为何要做这些，就算不做，又有谁会追究，还是大人以为有谁会追究？"

裴谈目色深邃："我怎么以为不要紧，只是所有事情还是多做一些准备，以策万全为好。"

宁愿多此一举，有备无患，也好过日后麻烦不断。

就像是回应一样，邢主簿的身影从外间走入："大人，您要求带的那几个人已经被押到后院，请问大人是要亲自问话，还是？"

裴谈看了他一眼，神色淡淡："主簿辛苦了，你先下去吧，本官待会儿处理。"

邢主簿神情恭敬："是，那小人先下去了。"

等邢主簿离开大厅，裴县下意识地看了看外面，又看向裴谈。

裴谈什么也没多说，只是拿起书站起来："就像我刚才吩咐的，你亲自看着那些人半个时辰，之后就把人放了。"

让裴县亲自看着，可以防止有人窥探，半个时辰后把人放了，也安全得很。

半个时辰后，裴县放了人回来，手里多了一封书信，是信鸽传来的。

"大人，应当是城外的暗卫传来的。"裴县将解下的信筒交给裴谈。

裴谈打开，看到暗卫在信中描述了发生在城外客栈的那件惨事。

妙龄如画的少女，双目圆瞪，死不瞑目。

裴谈缓缓揉起了书信。

"派几个可靠的手下，去信上所说的地点，把尸体带回来。"

听说这少女是被爹娘卖给宗霍的，所以客栈的一双老板也没有声张，权当没有过这个女儿。

"大人，何不让暗卫现在动手，将宗霍擒回？"

此人和他爹一样丧心病狂残酷无情，逃命的路上都能手染血腥，倘若让此人再往南逃，还不知要酿成怎样的祸患。

裴谈目光幽寒："我们派出的裴家暗卫，力量不足以擒回宗霍。甚至不知护送宗霍的商队里有多少亡命之徒，真要动起手，暗卫只会白白送命。"

所以中宗才会告诉裴谈，此事不能大张旗鼓。

裴谈无法调动长安城的禁军，宫中也不会给裴谈支持，裴谈所能调动的，只有裴家的暗卫和大理寺的衙役。

这种一不留神就会失败的任务，也只有裴谈会接下中宗的旨意。

因为这件事，本身就是裴谈捅出来的。

有时候，帝王的绝情，也是不得不考虑在内的事。

"去城外带回尸体的事，你亲自带人去做。正好最近长安有一伙流寇，你假装出城追寇，路过那间客栈，顺路将尸体带回。"

这样不会有人怀疑裴县是出城做什么了，裴谈也好在明处采取行动。

"可是大人，谁来保护您？"裴县下意识地握紧了腰间的佩刀，跟随裴谈上任的时候，他就被嘱咐要以死相护。

如果宗楚客想保宗霍后半辈子平安，就肯定会想方设法弄死裴谈这个眼中钉。

就算裴谈是裴氏的公子，那又怎样？宗楚客背后的靠山，是韦皇后。

裴谈目光幽幽，良久说道："你速去速回，不必担心。这两日……我也正好歇一歇，领略一下长安街酒楼的风情。"

裴谈的命令，裴县也只能遵从。

第二日一早，裴县就亲自带了一队人，纵马从北城门浩荡而出，追缴贼人。

而在他走后没多久，裴谈也坐上了马车，去往长安街上最繁华的地段。

裴谈先是来到长安城最著名的花街，在醉情楼里坐了一上午，他历来是裴氏公子，诗酒风流，与他并不陌生。

离开醉情楼后，裴谈又去了长安街最负盛名的酒楼，听那位说书先生道尽了大唐盛世，贵妃美人。

直到日落时分，宵禁前的一刻，裴谈才坐马车回到大理寺中。

第二十二章　表妹

第二天也如是。

裴谈流连在长安街的风月场所，这样的事自然传得很快，甚至在望月楼这样并不大的酒楼里，都有人在议论纷纷。

"到底是裴氏的公子，纵然当上官，骨子里还是不改风流习性，喜欢诗酒和美人。"一桌三四个人，正兴致勃勃地聊着最新的轶事。

"我听说裴公子还给醉情楼的花魁写了首诗，不愧是多情才子。"

"听说韦相爷也在。"

几人只顾着窃窃私语，当发现身旁多了一个人时，那人不知已经站了多久。

几人一惊，转头看去，只见一个少女正捧着酒壶微笑。

"您的酒来了。"清秀的少女微微一笑，将手里酒壶放到了桌上。

聊天的人不由神色一凛。

可是少女已经转身走了，窈窕的身影令几道视线痴痴地看了会儿。

"听说是老板娘娘家来的表妹，想不到长得如此水灵。"

……

到了后院，荆婉儿遇到了同样捧着酒壶的紫婵儿。

紫婵儿看见荆婉儿从大堂出来，顿时脸色一变。

她快步走上去问道："姑娘在做什么？"

荆婉儿望着她，眨了一下眼："刚才我遇见了陈大哥，他手上东西多，拿不过来，让我帮忙把一壶酒给客人送去。"

紫婵儿脸色苍白："官人怎么能随意差遣你做事？我回头就和他说。"

荆婉儿看着她，目光清冽，直到紫婵儿微微显出不自在，才开口说："你在怕……我会被人发现吗？"

紫婵儿有些发怔，避开了荆婉儿的视线。

荆婉儿神情平静，淡淡道："我理解你的想法。"

紫婵儿是被迫收留了她，但是荆婉儿在这里一天，紫婵儿的颈子上就架着一把毒刃。

紫婵儿怎么会不怕？

荆婉儿看着她："但你有没有想过，被人发现你这里突然多了一个人，这个人却什么也不做，这才是最可疑的？"

最好的隐藏是不留痕迹，越是反常才越有破绽。

紫婵儿的神色愈加不安，她低声道："我已经说了你是我娘家的表妹。"

荆婉儿淡淡一笑："就算是表妹，也不会什么都不做。"

紫婵儿怔怔盯着她，显然不知道荆婉儿是什么意思。

荆婉儿索性说开了："你应该最清楚，连你都能安稳地待到现在，就说明长安街并没有人认识你，换句话说，也不会有人认识我。"

不要说长安街了，就算是在宫里，又有几个人能认得出一个宫女的脸？即便这个宫女从你身边走过，下一刻，你也不会记住她的长相。

宫女，是遍布大明宫，却永远不会被人特别留意的存在。

紫婵儿似乎一下子被点醒了，呆住半晌没有说话。

荆婉儿轻轻接过紫婵儿手里的酒壶："如果你想通了，我想让你帮我一个忙。"

紫婵儿一惊，问道："帮你什么？"

荆婉儿目光幽幽："我想送酒去醉情楼。"

此时的长安城外一百里，裴县终于带着手下赶到了地点，见到荒道上唯一的那间客栈。

"应该就是这里。"裴县沉下脸来。

随同的一个裴家护卫说道："听说跟踪的暗卫在埋尸体的地点做了标记。"

否则，这荒郊野岭，要找一个被埋的人还真不容易。

裴县立刻下马，吩咐道："大家散开寻找，注意隐蔽。"

为了方便，他们乔装成商旅，这么荒凉的地方，除了偶尔过路的商队不会引人怀疑，出现任何生面孔都有被人猜疑的可能。

尤其是这间客栈的老板，既然能做出卖女求荣的事情，那么被宗霍的人收买也不稀奇。

"找到了！"

一个护卫敏锐地发现了一块明显松动的土壤。

几个人立刻动手挖掘，果然没多久就发现了少女的尸体。

因为裴家暗卫要跟踪宗霍，所以只是匆匆掩埋了尸体，估计那间客栈的老板发现女儿尸体不见了以后，也不会费心寻找，甚至巴不得她消失。

虽然这几个人都只是护卫，但看到如此年轻的生命香消玉殒，谁都难免生出恻隐之心。

裴县沉声说道："按照公子的吩咐，把尸体裹上松香，我们带回长安。"

裹上松香是为了掩盖尸臭，否则路过长安城门的时候，就算他们抬出大理寺的招牌，也未必会被放行。

于是，几个训练有素的护卫立刻行动，将尸体挖出来，处理好后，放入了马车的车厢内。

"走。"裴县一刻也不想耽搁，"不能让大人在长安孤身一人。"

三匹马一辆车浩浩荡荡在路上卷起烟尘，朝着长安的方向再次快马加鞭。

裴谈这两日被醉情楼当作最尊贵的座上宾。

一名姿色妍丽的女子在纱帐内弹琵琶，边上还有两个身材曼妙的舞姬伴舞。

"裴大人，您喝茶。"这两日，裴谈喝的并不是酒，而是茶。

千娇百媚的醉情楼花魁，双手端着杯子送到裴谈面前。

裴谈慢慢起身，淡淡道："失陪一下。"

只见他走向包厢门口，伸手撩起帘子，沿着楼梯踱步下去。

醉情楼中人来人往。

有个人撞了裴谈一下。

"裴大人？"那撞人的倒是一笑。

裴谈见对方中年蓄须，一身气度，目光顿时一动，有些不敢信："……韦相爷？"

对方哈哈大笑，很是爽朗，路过的人无不露出惶恐。

此乃大唐丞相，韦玄贞。

韦玄贞缓缓转身："之前听说裴大人办了宗尚书的案子，裴大人果然是年轻有为，

做事果断。"

宗霍一案让裴谈名扬长安,听说已经有百姓私底下喊他"裴青天",隐隐要把他和名垂青史的狄公做比较,这本身就已经很夸张了。

裴谈看着韦玄贞,半晌才道:"想不到在此得遇相爷,下官失礼了。"

他想不到以韦玄贞的身份,也会来醉情楼这样的地方。而他的出现,显然已经让醉情楼上下乃至老鸨都感到极度畏惧。

虽然裴谈现在官拜三品,但在韦玄贞这样的一品丞相面前,也理应自称"下官"。

韦玄贞含笑看着他,虽然他是韦家人,又有丞相之尊,可裴家是百年清贵之门,裴谈以嫡系之子的身份站在他面前,二人身份相当。

"裴大人,既然来了,不如和本相喝一杯?"韦玄贞邀请道。

裴谈站在楼梯间的身形渐渐顿住,看着韦玄贞:"相爷邀请,下官不敢推辞。"

韦玄贞再次大笑,招手叫来随从:"送酒到楼上。"

他对裴谈做了个"请"的手势,裴谈只得返身,随他重新上了楼。

当他挑帘进去的时候,裴谈才发现,韦玄贞的包厢就在自己包厢的隔壁。

"裴大人经常来醉情楼吗?"韦玄贞似乎随意地问。

裴谈慢慢道:"只是近日有空。"

韦玄贞呵呵一笑,凝望裴谈道:"大理寺事务繁杂,即便是经验丰富的官员也需时日才能接受,裴大人是该放松一下了。"

他神态真诚,看着像是真话。

裴谈也淡淡一抿唇:"多谢韦相。"

这时,随从已经把酒送来,韦玄贞也已经落座。裴谈慢慢走过去。

风月场所,人多眼杂,很难有什么秘密,即便是杀手也不会在这里动手。所以,喜欢长安街上万般风情的,不仅有韦玄贞这样的相爷,更多的是朝堂上道貌岸然的世家贵族们。

裴谈面前的杯子被斟满了酒。

"来,本相与裴大人干一杯。"韦玄贞先端了杯子。

裴谈伸出手碰到了杯子的边沿,慢慢端起来。

相碰之后,两人都是一饮而尽。长安城中的公子,可以不会策马挥剑,但一定不能不懂诗酒。

一杯酒下肚,裴谈面不改色。

韦玄贞唇角一挑:"裴大人还如此年轻,说实话,当初陛下下旨封裴大人为大理寺卿的时候,朝堂内外有不少惊讶的声音。"

毕竟大理寺曾经有过狄公这样的官员，早被蒙上一层暗纱。

而宗霍一案撞在风口上，似乎上天有意让裴谈甫一上任就震惊长安。

对此，身为大唐百官之首的韦玄贞，心里自然比所有人都门儿清。

他看向裴谈的目光似乎含着深意。

但裴谈的神色始终淡如止水，仿佛坐在他对面的不是大唐百官之首，而只是一个平常人。

这样的气度，若非裴氏这样的世家，是绝对培养不出的。

宗霍的案子更说明了这一点，若现在身居大理寺卿之位的是一个没有世家背景的人，宗霍之死绝不会成为长安城内被热议的一件事。

这两日，醉情楼的老鸨可谓脸上有光，又是裴大人，又是韦相爷，但凡这消息传出去，她醉情楼的名声一定大振。

长安城里青楼乐坊无数，谁家都有藏着的招牌，想要争出名堂来，无非就是看达官贵人最常去的是哪一家。

老鸨甚至觉得，经此一役后，她的醉情楼可以一跃成为长安风月场所之首。

第二十三章　清姿

"裴谈这个竖子，也不过如此。"毕竟年轻，沉迷花天酒地，上任没多久就憋不住了。说话的人脸上透着得意的神色。

宗楚客阴森着脸："你认为那是裴谈真实的样子？"

之前说话的人立即收敛了神色："属下只是认为，大人近来为公子的事情劳心劳力，还要分心去关顾那竖子，那竖子哪里值得大人这般？"

其实此人就是之前筹谋让宗霍逃走的幕僚，他不过是一心借由此事在宗楚客面前邀功，谋划他自己在朝中的官位。

宗楚客沉默了很久："霍儿现在到哪儿了？"

那师爷一脸精明，上前就道："霍公子定然已全身而退，只要到了地方，必然会给大人传信报平安。"

其实，按照他们之前和那些保护宗霍的死士们制定的计划，此时应该早到了最终落脚的城镇了。

可是此人也想到，宗霍心性好色，好逸恶劳，没准一离开长安就如鱼得水，死士也不可能强逼着他日夜赶路。"

宗楚客不由又沉下脸来，目光依然逼人："若那竖子心思不正，又为何故意做出种种姿态，他有什么所图？"

裴谈永远都是那个差点逼死他儿子的人，无论到什么时候，哪怕所有人都对裴谈放松警惕，他也不会小看这个竖子。

"其实这件事情……"幕僚目光幽闪道，"韦相曾亲口说过，裴谈文韬武略，在裴氏子弟中无人能及，如今官任大理寺，他的破案才能甚至有比肩狄公之势。"

狄公。

单凭这两个字，就能打动大唐所有百姓的心。

狄仁杰这个人已经隐隐成为大唐的魂。

而平素为人疏离寡淡的百官之首韦相，竟然将裴谈这一年轻小辈与狄公相提并论。宗楚客双臂颤抖，脸已阴沉如墨。

幕僚低着头，半晌说道："但是韦相也说，这两日裴谈一直停留在醉情楼，众目睽睽下，他即便有狄公之能，也不可能分神去查霍公子的事。"

也就是说，宗霍还活在世上这件事，裴谈是真的不知道。

宗楚客手里一直捻着一串佛珠，在外人面前，他依然是那个饱受丧子之痛的兵部尚书，不能露出一点破绽。

宗楚客毕竟依附着韦家，上次韦家没有帮他保住儿子，这一次韦玄贞会这么做，多少也是带有安抚的意思。

不过，宗楚客可不是善人。

他眼底浮现黑暗，用力捏住手里的珠子："准备一下，老夫要进宫……这么多年为韦家卖命，至少有些要求，他们应该满足老夫。"

荆婉儿抬头看着醉情楼的招牌，幽幽笑了笑。

她摘下帷帽上前，露出刻意打扮过的脸，目光轻轻地掠过醉情楼门口的两个伙计："两位大哥，烦请通报一声。"

那两个伙计早就看荆婉儿奇怪，女人路过醉情楼，都是躲瘟疫一样绕道走，可这丫头刚才就一副兴致勃勃的样子，就不怕被青楼这脏污之地坏了名节吗？

荆婉儿说着，揭开手中篮子上盖的布，露出一坛子封好的酒，说道："裴谈裴大人在我们望月楼订了一壶酒，我给他送来了。"

醉情楼的两个伙计对望一眼，露出戒备的表情："我们楼子里就有无数的酒，裴大人哪里需要从外面买酒？况且……这两日裴大人根本是滴酒未沾。"

这么一看，荆婉儿简直可疑。除了昨日与韦玄贞对饮，其他时间，裴谈在醉情楼里喝的一直都是茶。

荆婉儿目光闪烁，神情却不变，她勾起嘴角道："裴大人有没有买我们的酒，两位大哥只需进去通传一声，亲自问问裴大人，不就一清二楚了吗？"

裴谈的身份摆在那儿，醉情楼的人还是不敢得罪的。

其中一个伙计皱眉厉声道："你好大胆，裴大人正在里面与花魁共饮，岂容你随意进去打扰？"

到底还是不敢，荆婉儿看着他俩，良久微微一笑："那就没办法了。若两位大哥实在不能通融的话，回头我也只能同老板说，这酒确实是送不成了。让老板向裴大人赔罪了。"

说着，荆婉儿伸手把篮子里的酒盖上，作势要走。

"等会儿，"另一个伙计迟疑之后开口，"果真是裴大人要你送酒来？"

荆婉儿回身默默一笑："我说了，请大哥上去通传一声，便足够了。"

又不用担责任，只消裴谈一句话，就能解了当前的局面。

那伙计幽深凝望了荆婉儿片刻，转身向另一个伙计说："我上去通传，你……看着这丫头，如果问了裴大人之后发现没有这回事……"

警告和威胁之意，十分明显。

能在长安开楼子，又是醉情楼这样数一数二的销金窟，背后怎么会没有高官或权臣这样的金主支撑着？

荆婉儿收住了脚步："还请一定告诉裴大人，是望月楼依约送酒来了……"她含笑看着那个已经进入楼中的伙计。

剩下的那个伙计阴郁地盯着她，荆婉儿挎着酒篮子，安之若素地等在原地。不用担心她逃走，她今天就是来见裴谈的，要是人没见到就走，岂不是很亏？

对荆婉儿来说，裴谈身在醉情楼，真是再好不过，若他依然在大理寺中，她要用什么方法才能见到他？

就在她心思微乱的时候，发现门前那个伙计面色不善地盯着她。

也是，那名传话的伙计，似乎去得有点久。

她有些不明，莫非出了什么意外？

可是裴谈听见"望月楼"三个字，应该会明白才是。

又过了半刻，依然没有回应。荆婉儿神情凝重起来。

门口那个伙计冷漠监视之余，手也放到了腰侧的刀柄上。

荆婉儿捏住篮子的提手，看来，如果有必要，她就得跑了。

咚！里头有人冲了过来，是那个去找裴谈的伙计拨开一楼寻乐的客人来到了门口。

荆婉儿望着他，他神色冷凉："裴大人说了，你要是愿意，就把酒放下，自行离开便是。"

荆婉儿有些目光闪烁，什么叫如果她愿意，就把酒放下离开，这是什么意思？

她沉吟良久，缓缓说道："此酒用特殊的方式封存，我需要当面对裴大人说。"

那伙计盯着她看了片刻。荆婉儿这次果然赌对了，伙计没再阻拦，侧身冷冷说道："进去吧。裴大人在三楼左转第一间包厢。"

荆婉儿暗中松了口气，挎着酒篮子上去，只是，她虽然已经刻意低头，还是有不少人第一时间看到了她。

醉情楼这种地方，历来只有男人会从正门走进来。有下流的客人揶揄了一句："嘿，这小美人，是你们楼子里新来的姑娘吗？"

门口的伙计冷冷道："这是三楼贵客的家婢。"

此话一出，一楼无人敢再放肆。三楼是三品以上大员才能进入的，凡是和他们有关系的人，就算是个婢女，也不会有人去骚扰，那可真是嫌命长了。

荆婉儿顺利地上了楼梯，一瞬间，一楼的喧嚣不见了，二楼以上都是一片静谧，仿佛进入了另一个世界。

荆婉儿望了一眼三楼，有一间门是虚掩的。

即便是青楼，也有等级高低之分，低等的是窑子，能让朝中那些达官显贵来逛的地方，肯定不会只有些庸脂俗粉，让一楼那些色中恶鬼眼放绿光。

荆婉儿做了一番心理建设，推门走了进去。

出乎意料的是，里面并没有想象中的丝竹歌舞、美人环绕，裴谈一个人安静地坐在桌子旁边，门一开，他就看向了荆婉儿。

"你来做什么？"他淡淡地问。

荆婉儿拿着那个装模作样的酒篮子，看着裴谈，说道："大人。"

"进来把门带上吧。"裴谈说道。

荆婉儿依言走了进去，将手中挎着的篮子搁到脚边地上，腾出双手，徐徐把面前的房门关上。

片刻之后，她转身："大人，婉儿有事需要见您。"

裴谈看着她，神色未变。

荆婉儿走过去。她以为，刚才裴谈让她放下酒就离开，是因为不知道她有急事要说。

裴谈幽幽地开口:"来醉情楼的,许多都是曾出入皇宫的名贵,你知道你在这里出现,和在望月楼时情况完全不同吗?"

这才是裴谈许久没有让伙计叫荆婉儿来的原因,就像荆婉儿说的,在望月楼那样的地方,注定永远没有人能认出一个宫女的脸,可在醉情楼,荆婉儿就没有那么安全了。

荆婉儿低下头,良久说道:"婉儿知道,婉儿并非故意要给大人添麻烦,今日前来自然是经过了考量。"

裴谈慢慢望向她:"说吧,你的考量。"

荆婉儿徐徐抬起头头,眼波流转。虽然入宫多年,荆氏女儿的风采却丝毫无损。裴谈的担心没有错,岂止是一楼那些客人会一眼注意到她,在任何人眼中她都一样动人。

第二十四章 大唐疆域图

荆婉儿伸手去碰那只装酒的篮子,轻轻一扯上面盖着的布。

酒露了出来,可她没有碰酒,而是拿那块布走回裴谈的身边。

裴谈望着她,她也望着裴谈,一点一点沿着布的边缘撑开了这块布。

原来这块看起来最普通的碎花布,将里面翻开来,却是纵横交错的线条和无数的图案,藏着让人目瞪口呆的玄机。

裴谈目光幽深:"大唐疆域图……"

这一尺见方的碎花布里,竟隐藏着一幅大唐疆域图!

裴谈的声音冷得如暗夜一般:"荆婉儿,你哪来的胆子?"

从大唐立国开始,关于领土之事都是禁忌,有人竟敢私藏大唐疆域图!这不用审理,不用判决,直接就是死罪!

荆婉儿神色幽凉,却了无惧意:"所以婉儿才孤身前来见大人,若是被其他人看见,婉儿自知难逃死罪。"

裴谈一动不动地盯着她:"被本官看见,你就能逃死罪了吗?"

"本官"一词已是他动怒的标志,他也没想到荆婉儿竟连大唐疆域图这种东西都能弄到手。这也让裴谈第一次产生了怀疑,荆婉儿的某些举动似乎已经超出了胆大的范畴。

这时，荆婉儿只是默默跪在裴谈面前："这张图里藏着宗霍的行踪，大人让婉儿将话说完，婉儿可以听凭大人处置。"

当听到"宗霍的行踪"那一刻，裴谈的目光紧缩了一下。

也就是说，时至今日，哪怕已经九死一生从宫里逃出来，荆婉儿依然没有放弃对宗氏父子的紧盯。

而她紧盯的方法，自然是通过遍布长安的眼线。除了紫婵儿，裴谈还没有从荆婉儿口中得知其他"宫女"的下落。

裴谈的目光迅速在那张铺开的疆域图上扫了一下。

裴氏并不像普通书香世家那样只出文官，应当说，裴氏从不缺武将，早在太宗时期，裴氏的裴行俭就已经名震大唐。裴谈自幼就对大唐的疆域了然于胸。

但他是裴谈，他是裴氏之子，他了解这些无可厚非。

可荆婉儿她是……

"距离长安最近的城镇，共有十一座，长安周围都有守军戒严，所以宗楚客一定会想方设法让宗霍绕开这些地方。"

荆婉儿的声音在包厢内响起。

裴谈目光幽深地望着她。

荆婉儿垂下眼睑，接着道："婉儿在大人面前班门弄斧了。除去这十一座城镇，宗霍能走的只有两条偏僻的路，而其中一条山路险峻，他们伪装成胡商，携带物资众多，必然会放弃这条。而这些……大人若派人去跟踪宗霍，必然已经得到了这一消息。"

裴谈确实已经知道了，可这不能代表什么，尤其是荆婉儿足不出长安，是如何推断出这些的？

荆婉儿有些不安地捏住衣角："婉儿还能继续说吗？"

裴谈目光幽深："说。"

荆婉儿望了他一眼，便直接用手迅速点出了地图上三个重重圈出来的地方。

那三个地方分别是，曹州、梧州、盐州。

当裴谈看到这几个地方时，立刻瞳孔收缩。

"婉儿知道宗霍的弱点在哪里，知道他最终要去的……是哪个地方。"

他看出来了，荆婉儿并不是班门弄斧，她有极可怕的洞悉力，这种洞悉力甚至超出了她自身的经验，可以称之为一种……天赋。

荆婉儿显然是鼓足了勇气来这一趟，她的手指最终点在了其中一个地方："婉儿知道，大人一定早已暗中做了准备……但大人的准备，只是先清楚宗霍的落脚点，再徐徐图之,却无法抢在宗霍的前面,提前预判他的行为,甚至请君入瓮。"

都说用兵之道,在于抢占先机。裴家暗卫的能力自然不用怀疑,最终定能知道宗霍藏身何处。可是荆婉儿却说,要抢在宗霍的前面。

倘若一切都能提前准备,很多事就可以迎刃而解了。

荆婉儿的手指渐渐在停留的地方,狠狠划出一道指甲痕。

"请大人相信婉儿,宗霍去的一定是这里。"

裴谈看着那个地方,梧州。

宗楚客这次进宫连随从都没带,从早晨一直待到日落西山。出来以后,他的神色中多了几分阴狠。

马车悄无声息回了尚书府,宗楚客咬牙切齿道:"把陈顺叫过来。"

少顷,夜色中走来一个身影,抬起头露出精明如鼠的脸,是那一手策划宗霍逃走的师爷。

"大人,莫非今日进宫有什么发现?"陈顺睁着一双鼠眼。

宗楚客面色寒冷,如同夜里的霜:"什么长乐王,什么宫女一定是被长乐王带走的,真是好一场精心设计的骗局。"

陈顺目光一动:"大人说是骗局?"

宗楚客一掌劈在了太师椅上,足见他的愤怒。

陈顺的贼眼急速转动,他也听说了宫里那件事,可是他们派人多方打探的结果,就是宫女是被长乐王带走了。

"大人今天进宫,是见的皇后娘娘……还是?"

能让宗楚客亲自去见的人,不是韦后,就是韦玄贞。可是韦玄贞已经亲自去醉情楼见过裴谈了,想必他也没有耐心愿意再见宗楚客。

"当夜过后,太液池的画舫厢房经人盘点少了一件太监的服饰,本来这是件小事,打扫画舫的宫人也没上报。"

今日,韦后在宫中缓缓告诉了宗楚客这件事。

可以想象宗楚客当时的恨意有多深。

裴谈这竖子,敢在他面前又一次耍花样,还差点又骗过了他。

丹凤门的守将更是被韦后叫来在宫中严刑拷打,终于说出了真相。

长乐王离开的时候,车中根本没有其他人。

这一切的一切,都说明了带走宫女的,根本不是长乐王。

陈顺也在幽暗中瑟缩了一下,他原本以为自己的计划一定万无一失,可若并非如此，那他指望在宗氏父子面前邀功的如意算盘就落空了。

"这么说，杂役房梁尚宫竟敢欺骗大人？"

这件事是梁尚宫先信誓旦旦提出来的，而她撒谎的原因，可以料到，就是为了自保。

只见宗楚客竟然渐渐挤出一丝狞笑："他裴谈以为能骗过所有人……老夫就让这竖子尝到后果！"

陈顺的眼珠转了几下，万万没想到，裴谈已经做到这种地步，而若非宗楚客天性多疑，几乎不会留意这件事。陈顺问道："大人有什么打算？"

裴谈悄无声息做出这种安排，足以说明他很有可能已经知道了宗霍逃离长安之事。这对于整个尚书府来说，都是极可怕的。

然而，宗楚客此时神情幽冷，甚至还带着一丝诡异的笑。

就在当天下午，韦后摇着扇子，悠悠对他说道："本宫还有一件事要告诉你，那名宫女的身份并不寻常。她五年前进宫，是曾经的御史中丞荆哲人的女儿。"

宗楚客顿感震惊。

他还记得荆哲人和荆府，那不就是被他当作棋子弄死的一家人吗？

想不到……世上竟有这么多因缘际会。

普通宫女和荆哲人的女儿，这两者有着天壤之别。

宗楚客眼里露出疯狂和恨意，他脑海中冒出一个计划。

真是天在助他，给他一个斩草除根的机会。

一个罪臣之女，本就重罪在身，现在又加上私逃出宫，简直是罪无可赦。而帮助这个罪孽逃出去的，却正是大唐最温谦如玉的大理寺卿裴大人。

准备出宫的宗楚客向韦后要了一张荆婉儿的画像。

打开画像，看到一张清秀的少女脸庞。宗楚客的手指抠在画像的脸上，就像已经看到了她的死期。

"把这幅画像临摹一百份，分发给长安城的暗探，看到这女人就立刻杀掉。找到这女人的那天，就是他裴谈的死期。"

杀掉是为了灭口，然后，只需带着荆婉儿的尸身，进宫告诉中宗裴谈勾结罪臣之事，就足够了。

陈顺看着宗楚客有些狰狞的脸，也终于回过味来，露出一丝笑："小人要恭喜大人，心愿即将达成。"

少了裴谈这个碍脚石，可以说，长安的天从此都会清明一块。

杀子之仇，宗楚客从未忘记。

"找到这女子,裴谈共犯之罪就是板上钉钉了。到时候,就算他发现了霍公子的事也不足为惧了。就算是陛下,也不会相信他了。"

想一想,长安城清贵无双的大理寺卿,竟然成了一名低贱宫婢的共犯。这件事一旦公布于天下,谁还会承认大理寺的威望呢?

而此刻,宗楚客的双眼已经蒙上阴鸷,他不仅是要裴谈死,还要他背后的裴家也跟着受牵连,就算不可能扳倒这个百年世家,也要让这个自诩清贵的家族,因为那竖子而蒙羞!

第二十五章　完美的计划

醉情楼里,荆婉儿说完一切后,就端起一杯茶水泼在了那地图上,顿时,所有城池和丘陵都变得模糊,最终消失于碎花布上。

"这张图,不会被带出这个房间。"她低垂眼帘,幽幽说道。

她很清楚,私自拓印大唐疆域图是死罪,所以,她自始至终就没有打算要散播这张图。

直到这时,裴谈才终于从微微惊怔中回神,看向这个少女。御史中丞荆哲人之女,即便在曾经的长安也并无才名,是个几乎默默无闻的人物。

长安城十岁定亲的女眷并不少见,荆婉儿与人缔结过婚约吗,还是在那之后已经默认毁弃了?

裴谈闭上了眼睛:"回去吧,近几日都不要再露面了。"

今天,荆婉儿就这样大刺刺走入醉情楼,都不知道有多少人看见了她。

也许她认为遮遮掩掩反倒不如大大方方来得安全,可毕竟她面临的危险太大,裴谈都做不到她这般不放在心上。

荆婉儿回到望月楼,紫婵儿焦心如焚:"怎么样?"

荆婉儿慢慢脱下帷帽,看着她道:"你放心吧,今天开始我不会再给你们添麻烦了。"

这话中语带双关,让紫婵儿心中咯噔一下。

荆婉儿却冲她笑笑,低着头进了院子。

紫婵儿心里忐忑,若有所思地盯着荆婉儿的背影,大理寺卿在醉情楼,荆婉儿去了一上午,他们之间究竟发生了什么?

裴谈在这一天离开了醉情楼，宗楚客派去跟踪的眼线立刻就回去禀报。若在之前，宗楚客想要找裴谈的弱点，一定不会放过这个机会，可现在，他自认为已经拿住了裴谈的七寸，所以什么也没有说。

此时距离裴县出城带回尸体，已经过去了三天，他吩咐手下快马加鞭赶回长安。在他心中，宗楚客一直对裴谈不利，尽管有裴家的暗卫守着，可整个长安依然处于韦家的势力范围。

宗楚客早就为了攀附权贵跟韦家沆瀣一气，裴谈在长安除了中宗之外，能依仗的家族势力几乎没有。

所以，这位冷傲的护卫越发用力地抽打身下的马，跟随的暗卫互相对望一眼，也都加紧扬鞭往长安赶去。

打断他们行程的是一簇极亮的信号弹，在白昼的天空中都格外明亮晃眼，为首的裴县瞳孔骤然放大，毫无预兆地用力勒停了马匹。

其他几个裴家暗卫也极为惊诧地盯着空中那簇久久没有散开的烟："这是？！"

马停下之后，裴县迅速翻身下马，向前几步。

这正是裴氏独有的信号烟。裴县看见，这极亮眼的烟花，正是从遥远的长安城方向发出来的。

这证明，发信号的人的确是他家大人，裴谈。

几个暗卫面面相觑："这是什么意思？"

此刻，久久望着空中却不说话的裴县，目光已经变得幽深起来。

可以想见，裴谈放这簇信号弹，一定是给远在城外的他们看的，不然不必用如此显眼的烟雾来通知。

裴家的信号由轻到重分为五种颜色，刚才发出的，是最轻的一种。

这说明发生的事并不严重，但问题就在于，并不严重的事情，裴谈却要千里迢迢用这样的方式通知他们，这显然有些奇怪。

其他的暗卫也紧张起来："莫不是大人出事了？那我们要尽快赶回去！"

裴县却盯着空中，久久不肯动。

信号烟并不能说话，甚至不能传达任何明显的意思，只能通过烟雾的颜色，告诉你发生的事情是紧急还是不紧急。

裴县是跟在裴谈身边最久的护卫，他被裴谈派出来带回尸体，裴谈一定知道，找到尸体以后，他会日夜兼程一刻不停地赶回长安。

所以，裴谈大可不必放这道烟雾来催促他。

那剩下的意思就好猜了，既然不是为了催促他，而放的又是表明并没有严重事态的烟雾,说明是相反的意思……让他们不要急着回长安。

"所有人,原地停下。"

其他的暗卫都诧异不已,不明所以地看着裴县:"裴县,您这是?"

裴县的神情沉下来,良久才说道:"听大人的吩咐,我们等候号令。"

长安城里,裴谈发完了信号,就转身独自回了房间。

他桌上的油灯亮着,看着那盏孤灯,就想起那少女冒着风险去醉情楼找他。

"大人,等宗霍到了梧州……这世上就没有人能拿他怎么样了。"

梧州才是宗楚客给他儿子准备的最完美的庇护所,宗霍能在梧州逍遥一辈子,也许能像普通人那样娶妻生子,也许能继续浪荡,到了那个时候,纵使清楚他的一切,裴谈也没有办法将手伸进梧州去抓他。

"宗霍需要伪装,他的商队即便全速赶路,为了不引起注意,也不敢用太快的马。我们追上他的唯一机会,就是依靠更快的马匹。"

裴谈望着荆婉儿没有出声。

"第一,在宗霍还没完全到达梧州前,截杀宗霍。婉儿斗胆猜测,或许大人也有此打算。"

梧州是铜墙铁壁,最好的方法就是在宗霍进入这铁壁前,想办法一击制胜。

荆婉儿灼灼的双眸盯着裴谈:"但婉儿认为,此计能成功的概率,几乎为零。"

裴谈依旧没有言语。

荆婉儿声音压抑:"原因就在于宗霍身边的死士,婉儿斗胆想,宗楚客那样的人,能为了荣华富贵出卖灵魂,又能和大人针锋相对,他的智慧必不低于大人。大人能想到此计,但宗楚客为了让儿子活下来,或许会更仔细地考虑每一个漏洞。所以,宗楚客一定给所有死士下达了命令,就是进入梧州之前,宁愿以命换命,也要保住宗霍。"

裴谈的手指轻轻捏住鼻梁,眼睛也闭了起来。

荆婉儿的声音仿佛也失了生气:"是以……在宗霍以为自己安全了的时候,才正是大人下手的最好时机。"

索性就让宗霍进入梧州,再把他和他的手下全部杀死在他们以为最安全的地方。这才是最好的报复。

这样周密的计划,即便是熟悉排兵布阵的战场男儿,恐怕也未必想得出来。一个前十年养在闺阁,后五年困在深宫的少女,却说出如此让人毛骨悚然的话来。

"死士都不怕死。"荆婉儿面露微笑,"但他们也会疲惫,他们的身体终归只是常人的身体,尤其因为宗楚客的吩咐,他们进入梧州前的几个日夜,必定十分难熬。等他们真正踏入梧州的地界后,必定会有不适感。"

兵法有云,攻其不备,才能战无不克。

"所以,大人现在只需要想办法做到一件事,就是……早宗霍一步,让大人的人进入梧州。"

梧州是铜墙铁壁,但他们可以抢先一步,让这个铁壁变成囚笼。

这就足够困死宗霍了……

裴谈看着桌上的那盏孤灯,慢慢走进去,桌上还有他刚才用过的笔墨。

和信号一起放出去的还有信鸽,只要裴县原地不动,稍等半日,带有裴谈书信的信鸽就会告诉裴县和他的暗卫们下一步的行动计划。

现在从长安出发,即便用最快的马,或许也只能和宗霍同时到达梧州。

可是,如果此时已经远离长安,那么以裴县原本就日行千里的骏马,足以在宗霍之前赶到梧州。

这是任何一环都不能出错的计划。

在原地等了足足半日后,就在所有裴家暗卫都因为猜测而变得焦虑不堪时,盘膝打坐的裴县突然睁开双眼,看见空中飞来的信鸽。

他接住信鸽,打开裴谈的书信。

裴县眼中闪过一道极亮的光,迅速将信折好放入衣袖,转身对几个暗卫说道:"所有人,计划有变,留十个功夫最好的暗卫跟我去别的地方,其余人按原计划护送尸体回城!"

暗卫们诧异不已,但既然有新的命令,他们自然以任务为先。

所有暗卫重新翻身上马,裴县调转马头,带领众人飞奔而去。

这夜,长安暗流汹涌,宗楚客自认拿住了裴谈的七寸——罪臣之后荆婉儿。可荆婉儿从醉情楼回来以后,就真的闭门不出,让提心吊胆的紫婵儿夫妇深感慰藉。

而裴谈所做的远远不止写一封信给裴县,因为纵使裴县先一步赶到了梧州,这个生死之局要怎么做?要如何才能在梧州无数眼睛的窥视之下,躲过所有想保护宗霍的人,悄无声息地完成任务?当他们把落入陷阱的宗霍杀死后,梧州的人发现宗霍死去,必然第一时间做出反应,不会放过动手之人。整个梧州,就会成为困死裴家暗卫的一只瓮,一只铜墙铁壁、无法逃出的瓮。

第二十六章　藏身地

梧州。

与长安相隔千里，南北中枢地最大的商镇。城里往来的都是波斯人和胡商，贸易氛围浓郁。

马车的门被宗霍从里面一脚踹开，他目光流露贪婪。

终于到了，他宗家的地盘。

梧州作为大唐南北的中枢，是商贾们的必经之路，每年的收入肥得流油。身为皇亲国戚的韦家，怎么可能会放过这个地方？

而这，就是他爹安置他的最理想的地点。

"哈哈哈哈……"

宗霍放声大笑，这一路吃苦受罪、担惊受怕，此刻得到了最强烈的释放。

宗霍疯了！

"本公子要喝最烈的酒，睡最美的女人，你们都去给本公子找！立刻找！"

守护宗霍的死士共有二十八名，他们进城之后依然警惕地环顾四周，这一路上奔波千里，他们每一刻都是神经紧绷。

但是梧州车水马龙的街道上，并没有什么异常。

"老大，看起来没什么问题。"一个死士谨慎地说道。

为首的人眼睛早已布满血丝，看着有些吓人，这段日子宗霍花天酒地，他们却是从未放松过。

良久，那个死士露出一丝疲倦，说道："一切应该都是按尚书大人的计划在进行。"

所以梧州应该是安全的。

几个死士互相点头交换了眼神。这时，宗霍已经等得不耐烦了："本公子说的话你们没听见吗？我老爹在梧州给我买的宅院呢？还不带本公子去！"

宗楚客溺爱独子，选择了梧州作为宗霍的藏身地，更是早就给他准备好了美景宅院、仆从婢女。

宗霍一想到这些，眼睛都绿了。

再想到这一路上过的什么日子，他不禁癫笑起来。

为首的死士脸色阴郁，目光里透着一丝血腥，他僵硬地转过身来："去宅子。"

宗霍再次癫狂大笑，毫不顾忌惊扰了街上的行人，他是真的觉得自己彻底安全了。

这时候，人群里有两个人谨慎地跟着马车，保持着安全距离。

他们是一路跟着宗霍的裴家暗卫，若说宗霍的死士们一路上为了保护宗霍殚精竭虑，他们只会更加疲惫。

"不要在最后关头坏了大人的事。"暗卫之一说道，"查到宗霍的宅子，立刻给大人去信。"

就在他们谨慎跟随的时候，忽然，前方有人拦路。那人一身胡人的装扮，面色冷酷。

看清来人的面容后，暗卫们大为震惊。

面前一共有三人，全部戴着斗笠，遮住了半张脸。方才拦住他们的那个人，说话的同时，抬了抬头上的斗笠。

"大人有吩咐，跟我们走。"

暗卫诧异，眼看宗霍的马车已经转过街角消失："可是！"

来人做了个噤声的手势："什么也别说，这梧州城内到处都是耳目。"

两个暗卫犹豫了一下，眼看马车也追不上，便点点头，跟上三个戴斗笠的人，隐没在人群里。

到了宅院之后，宗霍眼睛都绿了："不愧是我老爹……"

这宅院金碧辉煌，比长安的更显富贵，作为宗霍后半辈子的寓所，真如销魂窝一般。

宗霍等不及了，翻身从马车上跳下来，冲到宅子门口，推开了门。

一排低头站立的奴婢幽然开口道："恭迎霍公子。"

宗霍的眼睛更亮了，盯着那些奴婢和她们身后的院子，原来他爹没有骗他，这里的一切都早早准备好了。

几个死士互望一眼，也都松了口气。

"公子，这些下人婢女都是老爷为您亲自择选的，每个人都身世清白，绝不会对公子造成危害。"宗楚客对这唯一的儿子可谓是尽心尽力，甚至婢女都不敢随意从外面采买，而是严格筛选之后，确保毫无问题，才提前安置在这宅子里，等着宗霍。

宗霍立刻狂笑着走进去。这一整天他都在尽情地胡吃海塞，享乐不停。

死士们把几个陪同的胡商带到院子里，冷冷地看着他们："明天你们就把货物带到街上处理掉。不要再回来了。"

这一路为了替宗霍隐藏身份，队伍里真正的胡商起到了瞒天过海的作用。车上的货物也是宗楚客出钱购置的，并告诉他们到了梧州后，把货物随便处理掉，所得的金银归他们所有。

几个胡商唯唯诺诺，悄悄捏了把冷汗。他们这一路上担惊受怕，总算熬到了解脱之日。

但就在他们转过身的同时，死士们眼底掠过残酷。

宗楚客连奴婢都不信任，又怎么会信任一路跟随他们过来的胡商？到了梧州，这些人就没有用了。

但是货物还是要靠他们来处理，等明天过后，梧州郊外不过是多了几具无名尸体罢了。

同一时刻的长安。

精明的幕僚幽灵一般闪现："这两天，我们的暗探拿着画像在城中调查。有个卖货郎说，他在街上曾见过画像上的女子。"

宗楚客从太师椅上霍然睁开眼："知道那贱人被裴谈藏在哪了？"

幕僚低沉地道："倒是还不曾，不过，至少说明大人您要找的这婢子，确确实实在长安街出现过。"

宗楚客盯着幕僚："我不是要知道这些，本官让你们查的是那宫女到底被藏在长安的什么地方，还有她和那竖子勾结的证据。"

"大人息怒，"幕僚低眉顺眼，"已经有眉目了，此女既然敢堂而皇之在大街上行走，足以说明裴谈自视甚高，以为栽赃长乐王一事无人知晓。"

这就是他们的先机，也是裴谈的破绽。

宗楚客瞬间幽冷了神色，一个擅自逃宫的奴婢，不仅毫无担忧，还表现得漠不在意。这落在宗楚客眼里就成了另一种意思，就是裴谈这竖子完全不把他尚书府放在眼里，堂而皇之地从皇宫带走了宫女，还纵容此女上街。宗楚客的脸越来越冷。

"也说明这个奴婢的处境并不危险，她很可能用另一个身份隐藏着。"

幕僚目光一转："越是危险越是安全，若非我们拿着画像追查，街上即便有人曾看到过她，也不会怀疑……"

两人神色一顿。

"裴谈这竖子，可真是自作聪明。"宗楚客目光幽幽一闪。

以为把宫女伪装成普通人就不会有人注意，真是太天真了。

幕僚忽然想到什么："另外还有一件事，属下发现，这两日裴谈突然在大理寺中闭门不出，和之前的行为完全不同。属下在想，不知此人暗地里又在盘算什么？"

宗楚客目光阴沉，良久才又说道："老夫不管他如何盘算，你尽快找到那贱婢，只要有她在，就注定了裴谈的死期。"

幕僚目光微动，嘴角勾起一抹邪笑。

第二日傍晚，大理寺门前停了一辆不起眼的马车。邢左邢主簿从大理寺出来的时候，目光虚了虚。

然后，他装作无事地上了马车，被接到尚书府的后门。

"大人有何吩咐？"邢主簿有些不安。

宗楚客面无表情地看着他，像是没有任何情绪："裴谈这两日的异动，为何不见你对本官禀报？"

邢主簿顿时一惊，心虚道："大人何出此言？裴大人他……并未有何异常啊？"

宗楚客冷笑一声："你胆子不小，都敢诓骗老夫了。老夫问你，裴谈忽然龟缩在大理寺闭门不出，这不是异样，又是什么？"

之前满长安花天酒地，现在突然不出门，谁知道这竖子私下在计划着什么。

宗楚客越想神态越阴暗。

邢主簿似乎吓坏了，僵硬在那儿很久，忽地道："属下知道大人的想法了。"

宗楚客目光一动，继续幽幽沉沉地看着邢主簿。

邢主簿暗自咽下口水，忽然上前一步，说道："裴谈的那个贴身护卫……那个叫裴县的裴家侍从，从前几日开始就不见了踪影。而经历霍公子事件后，裴家人很清楚和尚书大人之间的梁子已经结下了，所以之前裴县才寸步不离地保护裴谈，但是这两日……不仅这个护卫没出现，就连裴谈都突然开始行踪诡异起来。"

仔细想想，似乎裴谈最近做出的种种异常举动，不管是在长安城纵情声色，还是龟缩于大理寺中闭门不出，都是从那个护卫神秘消失那日开始的。

宗楚客的神情立即变了，他目光虚着："裴谈的护卫不见了？"

邢主簿僵着身体："正是，之前属下也没有在意，经大人提醒，才顿时想起此事。"

宗楚客神色幽幽，开始慢慢在屋内踱步。护卫不见了，裴谈行为异常，这中间到底有什么联系？他暂时还想不明白。

但是，有一点可以确定，这一切必然都和那个贱婢有脱不开的关系。

邢主簿目光闪动："大人，还有什么需要属下效劳的吗？"

宗楚客淡淡瞥了他一眼："回大理寺，继续盯着那竖子，像这次知而不报的情况，本官不希望有第二次。"

邢主簿脸色一变，低下了头。

第二十七章　镜子

放纵整日之后，第二天，宗霍一醒来就要出门。

"慎重起见，请公子至少在宅子里待上半个月，以确保万无一失。"死士首领跪在地上，低声请求道。

宗霍瞪着怒目："你们还要囚禁本公子到什么时候？"

死士首领的手紧紧捏起："这是尚书大人的吩咐。"

宗霍踢翻了铜壶，拿起来丢过去："废物，从本公子眼前滚开！"

死士首领被砸破了脑袋，鲜血顺着伤口流了满脸，十分恐怖。但他一声不吭，起身从屋内离开了。

一个婢女轻轻从门外走入，低头收拾起宗霍扔在地上的铜壶。

愤怒的宗霍目光落到婢女的身上，看到那纤细的腰肢，眼中的愤怒变成了欲望。

"等等，你这丫头给本公子抬起头。"

婢女缓慢抬起了头，秀丽的鼻梁，殷红的双唇，清秀可人的五官。

婢女冲宗霍笑了一下。

宗霍眼睛又直了，那婢女带着收拾好的残片，慢慢退出了大厅。

宗霍忽然明白了什么，嘴角露出一抹邪恶的弧度。

"来人，给本公子把宅中所有婢女都集中到院子里！"

……

半个时辰后，不明所以的下人婢女们全部集中到院子内，互相不安地看了几眼。

死士陪同宗霍走进院子："公子，是这些下人有什么不妥吗？"

他们以为是宗霍疑心病重，像他的父亲一样。

宗霍却看也不看那些男奴仆，眼睛直勾勾地看向婢女们。

"把头都给本公子抬起来！"

那些婢女战战兢兢，一个接一个地抬起了脸。

死士目光一变，明白了宗霍的想法。

这些婢女个个纤弱水灵，姿色比一般婢女更胜一筹。宗霍挨个看过去，眼睛发亮，说道："老爹果然是了解我的！果然是了解我的！"

应该说，宗楚客早已料到，宗霍在长途跋涉之后，不会安心待在宅子里，所以，早在送宗霍出长安之前，他就已经命人快马加鞭传信，要求梧州的亲信择选当地美貌的少女为婢。说到底，还是为了宗霍可以老老实实度过危险期。

果然是慈父多败儿，宗霍俨然已经被养成了魔鬼。

宗霍盯着死士的眼中带着戏弄："你们想让本公子老实地待在宅子里不出去是吧？那本公子就如你们所愿。"

死士首领默不吭声。

宗霍发出刺耳的笑声："从今天开始，每天晚上送两个婢女到我房中，本公子要好好享受一下齐人之乐。"

宅院里面，再次传出淫乱的声音。

所有死士再次沉默，他们原以为到了梧州，一切就结束了，现在看来，他们要一辈子守着这个荒淫的少主，甚至不能有分毫的松懈。

那些婢女连命都被家人卖给了宗楚客，所以被凌辱之后也没有吭声，默然接受了这样的命运。

宗霍特别宠幸其中两个容颜出众的婢女，连续几晚都让她们服侍。他有时会想起，似乎再没有遇见过那天大厅中的那个婢女，但很快这个想法就消失在身旁的温香软玉中了。

宗霍就这样过了几天神仙般的日子。晚上，有人敲响了死士首领的房门，看到进来的老人，首领冷冷道："季郎中，你有什么事吗？"

与他们一道前来的，还有一位宗楚客亲自挑选的郎中。

那季郎中也曾是长安城的名医，被宗楚客以高价买下。这一路上，宗霍稍有不适，季郎中就要过去给他检查身体。

只见季郎中满脸凝重，看着死士首领说道："霍公子的身体原本就比普通人弱得多，这一点，老朽已经在路上告诉过你们了。"

死士首领盯着他："所以你现在才会站在这儿。调养公子的身体，是尚书大人交给你的必须完成的任务，你现在莫不是想找什么借口？"

季郎中脸色阴沉："你们应该劝劝霍公子，他身体底子不如旁人，如果还像现在这样每日大量虚耗，就是用再金贵的药材，也终归补不了他失去的元气！"

医者的话都是良言，尤其是季郎中一路照料宗霍，根本不想在这个时候功亏一篑。

死士首领面色阴沉，半晌说道："我还是那句话，公子的身体由你负责。我们不会帮你去劝公子的。"

季郎中气得脸都青了。可谓医者父母心，哪怕是宗霍这样的混蛋，他也会担心。在季郎中看来，那样的身体就如纸糊的一般不堪一击，但凡悬崖下吹来一阵风，宗霍都会葬身崖底，死无全尸。

"你们怎么能这样呢……"季郎中浑身颤抖。

死士首领却冷酷无情："说完了吗？说完了就快走，否则别怪我手里的刀没长眼睛。"

季郎中彻底领略到了这群死士的可怕，一边气得发抖，一边从屋内退出来。

没走几步，只听宗霍房里传出肆无忌惮的浪笑声，季郎中叹息着连连摇头，转过身去，慢慢走了。

就在他走后没多久，一个清秀的婢女缓缓现身，她手里拿着扫帚，像是在扫地，可是眼睛却盯着季郎中离去的方向，秀丽的脸庞上露出一抹悠悠的笑。

到了第五天，又风流了一夜的宗霍带着一身酒气，摇摇晃晃地打开房门，走进院子。

"来人，给本公子倒一杯水！"他一边说着，一边忍不住左摇右晃。

任谁在醉酒之后，再在女人的身上浪费过多精力，都会变成这个样子。

一个下人低着头应了声"是"，可刚一抬头看到宗霍的脸，就忽然"哇"地大叫了一声，像见了鬼一样疯狂往后退："鬼啊！！！"

宗霍打了个酒嗝："你，你说什么？好大胆子，你敢说本公子是鬼？"

这时，院子里又来了几个下人，当看到宗霍的那一刻，都惊得四肢发软，想跑又不敢跑。

终于，一个下人颤抖地看着宗霍的脸："公子，您，您的脸……"

宗霍恶声恶气道："本公子的脸怎么了？"

他朝那下人走近一步，那下人干脆尖叫一声，转身跑了。

宗霍何曾被人这样无视过，哪怕酒还未醒，就已经气上心头，嚷嚷道："你给本公子站住！"

这时，见他走过来，周围的仆人也都吓得连连后退，仿若宗霍是什么洪水猛兽。

宗霍气得发狂，扭过脸看见一个仆人，立刻伸手指着他："你给本公子过来！"

这个仆人也想跑，可是双腿已经瘫软。宗霍见状，更是气得目眦欲裂："你再不过来，本公子就把你大卸八块，丢到长安城门……"

那仆人眼睛翻白，差点晕过去。他拖着一双疲软的脚走过去，费了老大劲才站到宗霍面前。

"公子，有、有何吩咐……"

宗霍一把掐住仆人的脖子，比恶鬼还可怕："说，本公子脸上有什么？你们都逃什么？！"

仆人盯着宗霍那张鬼一样的脸，几乎吓到失禁："公、公子饶命，您、您早晨照镜子了吗？"

宗霍这才反应过来："镜子？本公子为什么要照镜子？"

又不是涂脂抹粉的女人，他宗霍堂堂男子，为什么要在意镜子那种东西？

"你再敢敷衍本公子，本公子就……"

"公子住手！"这时忽然传来一声厉喝，只见空中飞来死士首领的身影，迅速落到了宗霍身边。

首领一抬头就看见宗霍仿佛地狱恶鬼般鲜红的脸。

但他是死士，只消片刻就定住了心神，对宗霍说道："属下已经派人去叫季郎中了，请公子少安毋躁，还是先回房歇息吧。"

宗霍却盯着死士首领问道："你说，本公子脸上到底有什么？"

首领镇定道："等季郎中来了，公子自然就知道了。"

"你！"

宗霍把拳头捏得咯吱作响，若不是对这个武功深不可测的首领还有点忌惮，他宗大公子早就一拳头挥出去了。

宗霍冷哼一声，松开了那名可怜的仆人，转身跌跌撞撞地走向房里。

死士首领阴沉的目光盯着宗霍的背影："把昨天侍候公子的婢女带到院子里割了舌头。"

要不是这宅院里的仆婢挑选不易，不能轻易更换新人，否则那两个婢女的命，根本就无须怜惜。

宗霍进了房间，立刻想起刚才仆人说的"镜子"，他目光一转，看向摆在妆台上的一面铜镜。

他的目光虚了起来，慢慢地转动脚步，一晃一晃地朝着那镜子走过去。

就在他的手快要够到镜子的时候，忽然凌空一道刀光，那面镜子被劈成了两半，落到地上。

死士首领冷冷道："公子还是回榻上歇着吧。"

第二十八章　可以动手了

宗霍狠狠瞪了他一眼，转身气哼哼地坐到了榻上。

季郎中不敢耽搁，很快就来了，当他看见宗霍的脸，差点一口气喘不上来。

"公子，你怎么会变成这样……"他拎着药箱，一脸难以置信的表情。而此刻的宗霍就算再迟钝，也已经意识到不对，他紧紧盯着季郎中不出声。

死士首领神色阴冷："不要废话了，季郎中，公子正是需要你的时候，你不该让公子知道你的价值吗？"

听着这威胁的话，季郎中心中恨到极点，却又真的被宗霍的样子吓怕了。只见他咬咬牙，拎着药箱坐到宗霍的床边。

宗霍现在的样子，恶鬼也比他好看几分。

季郎中一手扶上宗霍的脉，只觉滚烫如火，他忍不住指尖颤抖。

宗霍这次倒是一动不动，出人意料地配合着季郎中。

这次诊脉时间极长，所有人都被宗霍的模样吓得低着头，空气中只有沉默。

季郎中颤抖的指尖，终于离开了宗霍的手腕。

宗霍盯着季郎中，等着他说点什么。死士首领看着季郎中，冷冷道："公子如何？"

季郎中的手依然颤抖着，他伸手从药箱中拿出了手巾，缓慢擦向自己额头的汗珠："公子昨夜喝了多少烈酒？"

死士们为了不让宗霍出门，几乎对他有求必应，包括购买梧州最烈的酒，每日酒色美人一样不少。

宗霍狠狠盯着他："本公子想喝多少酒，与你有何相干？"

季郎中脸色煞白，看着宗霍的脸："公子，早在公子离开长安之前的一个月里，公子就被关在地下，饮食的不洁与环境的恶劣，已经蛀空了公子的身体。而这一个多月连日赶路……公子路上不加节制，恣意酒色，再加上逃命时的担惊受怕，让公子一直处在压抑之下，随时都能一触即发，到了、到了梧州……公子本该静心休养，可惜公子、公子您又……"

听着季郎中的话，屋中人人自危，感觉时间漫长得仿佛历经了一个轮回。

死士首领目光冷酷，渐渐握紧刀。

宗霍扬手把一只茶杯砸碎在季郎中头上："不要在本公子面前背你的医书，说，你要怎么治本公子？！"

从宗霍布满血丝的双眼中，也看出了他的狂乱。

水流顺着季郎中的头顶往下落，他的样子看起来失神又落魄。

"老朽会给公子开一道方子，此方公子务必每餐前喝上一碗，餐中不宜过饱，且定要记住戒除荤腥和酒色，这件事……最好交给公子最信任的人来监督。"

宗霍阴沉着脸盯着季郎中，竟然没发狂，也没像往常一样暴躁地动手。

这时，一旁的死士首领终于冷冷上前一步："公子，若您有需要，我等自然会为了公子的安危义不容辞。"

他们是死士，为了宗霍的命，随时可以献出自己的命。

可季郎中却乜了他们一眼，手在袖子中慢慢握紧。

这群死士冰冷得像是没有感情的尸体一样，根本不值得信任……

宗霍盯着季郎中："你还有什么话要说？"

看得出来，季郎中能说出刚才那番话也是鼓足了勇气，当死士首领站出来后，他就已经畏惧地把剩下的话给吞了回去。

此刻，宗霍想知道这个郎中还隐瞒了些什么。

季郎中一接触到宗霍的眼神，就下意识一惊，从床边站起来，之后又缓缓地跪下去说："请公子，至少三年不能再碰酒……还有女人。"

宗霍的眼睛骤然瞪大。

死士首领阴森森看向季郎中，季郎中认命地闭上双眼。

"若本公子做不到呢？"宗霍盯着他。

季郎中捏紧手心说道："公子的身体已然接近油尽灯枯，老朽会尽全力护理公子的身体，但若公子不配合，即便老朽是再世华佗，也难以再替公子维持。若、若公子能坚持三年不沾酒色，老朽、老朽便可保证公子……长命百岁，绝无危险。"

季郎中被宗楚客安排在宗霍的身旁，若宗霍活不长，他也就活不了，所以他只能这样警告宗霍。他不像宗霍一样，有个好爹能依靠，他还有妻儿老小，要是被这个纨绔子弟拉下地狱，他死都不能瞑目。

此时，死士首领居然盯着季郎中说道："你一个靠着尚书大人才能在长安城里挂牌行医的游方郎中，竟然胆敢威胁我们公子？"

季郎中忍不下心中这口气，转头盯着首领说道："医者父母心，老朽倒要问问你们，你们毫不阻止公子纵情酒色，究竟安的什么心？"

死士首领目光一沉："找死！"

只见长刀拔出来，直接劈向季郎中的天灵盖。

"你妈的！"一声气急败坏的咒骂从榻上传来，接着，宗霍恶狠狠踹出一脚，死士首领下意识想躲，但还是硬生生挨了这一脚。

宗霍踹完之后，指着死士首领的鼻子破口大骂："本公子还没说话你就敢拔刀？你找死？！"

宗霍之前被这个死士首领几番拂逆，早就怒火中烧。

此刻，他听了季郎中的话，心中正忐忑迟疑，就见死士首领骤然拔刀想杀了季郎中。

宗霍的怒火彻底被激起："莫不是被郎中说中了，你们这群死士早就对本公子有二心？"

否则为什么要拔刀杀季郎中？

宗霍本就多疑，这时越来越看死士首领不顺眼。

死士首领立即跪下去："我等护佑公子的心，可昭日月，况且我等都是尚书大人亲自选出来的，又怎会对公子不利？"

宗霍的手死死捏着被角，理智告诉他，这群死士不会有问题，可是刚刚此人拔刀的动作还是在他心里埋下了怀疑。

"给本公子滚出去！"

死士首领磕了一下头，慢慢挂着刀站起来，转身一步一步离开了房间。

季郎中跪在地上早就如同木雕泥塑，此时宗霍眸光烦躁，冷冷看向他，半晌说道："把你要给本公子开的方子写出来。"

季郎中跌跌撞撞从地上起来，慢慢走到桌子前，提起纸笔开始写方子。

宗霍这样的人，不管多么无法无天，骨子里终归还是个怕死的胆小鬼。

他阴沉地盯着季郎中的背影，眼里满是血丝，殷红交错，十分可怖。

季郎中开好方子后，宗霍的贴身仆从把方子拿过去，审视一番后，才递给奴婢，让她去药房抓药。

药熬出来后，仆从立刻给宗霍端去，宗霍粗声粗气喝干了一碗，被两个死士亲自守着入眠。

第二日，宗霍一醒来就叫一个婢女去给他拿镜子，看着眼前的铜镜，他发现脸上的东西都消失了，除了苍白过度，依稀还是那个公子宗霍。

宗霍这才"满意"了，扔掉了铜镜，气喘吁吁地叫道："来人，本公子口渴了！"

看到手下人捧来泛着丝丝苦味的参茶，宗霍眼底冷光一闪。

但终究，他还是端起这杯参茶，咕咚咕咚饮个干净。

三年，三年不能碰女人，不能碰酒。

宗霍眼底阴晴不定："本公子在这里的情况，你们有人告诉我老爹了吗？"

一个死士低低垂头："回禀公子，到梧州的当日，我等就给尚书大人去了信，告知公子平安。这两日公子的情况……我等还未来得及禀告。"

宗霍盯着他冷笑："还未来得及？"

写一封信交给他们饲养的信鸽，也不过一刻的事情。

死士低头说道："这两日我等担忧公子安危，一直在梧州城内巡视，是以确实未来得及给尚书大人去信。"

宗霍的眼睛里还泛着血丝："行了，拿纸笔来，本公子亲自给我老爹回信。"

一个只知道自己享乐的不孝子，若不是真的感到自己的生命受到了威胁，怎么会想到要亲自写信？

死士给宗霍拿来了纸笔，宗霍冷冷盯了他一眼，就对着面前的信纸眯起了眼睛。

夜晚，长安兵部尚书府，幕僚低着头走入宗楚客的书房。根据死士传来的最后一封信的日期来看，此时宗霍应当已经到达梧州。幕僚心底有了一丝计谋得逞的得意。此事过后，在尚书府，他的地位必定极大提升。

轻轻推开书房的门，宗楚客正背对着他站立在窗前。

"从前那不孝子，就喜欢在这个时候，将尚书府折腾得乌烟瘴气。"

宗楚客自己是个不近女色的人，从前，哪有这样安静的夜。

幕僚眼中神色微动，随即幽幽道："经过这次，霍公子定能理解大人的苦心。"

宗楚客的目光微微缩紧，从窗前冷冷转身："确定霍儿已经安全到了梧州？"

若说从前的宗尚书是只冷酷的老虎，现在就是连一丝情感也没有的冷血毒蛇。

幕僚幽幽一笑："属下正是来告知尚书大人，既然公子已无恙，大人……自然也就可以安心动手了。"

宗楚客袖中的手捏紧，眼底闪过一片阴鸷。可以动手了。

第二十九章　公子另有妙计

邢主簿的面前站着一个眉目精明的男子："尚书大人已经吩咐了，让你这两日盯紧裴谈，最好让他……不要出门。"

邢主簿立刻点头："属下明白。一定遵从尚书大人的吩咐。"

他又看了那男人一眼，忐忑道："敢问尚书大人是有什么计划吗？"

男人眼底精光一闪，幽幽盯着邢主簿："这就不是你应该问的事了。"

邢主簿唯唯诺诺。

裴谈在大理寺中已经三日，并没有要出去的迹象。应该说，大理寺远比平时更风平浪静，毫无变故的迹象。

甚至对很多长安的百姓来说，今天也只是最普通的一天，晨起刚刚开市，许多小贩就不得不起身辛苦忙碌，街道上逐渐喧嚣起来。

没有人注意到，在那些看似平常的街道上，多了一些虽然穿着百姓的布衣，却很陌生的面孔。他们混迹在真正的百姓中，看起来又诡异又有点冰冷。

城中的千牛卫早就接到韦相的秘密调令在此戒备，所以，此时的长安大街早已暗中落入千牛卫之手，不知情的只有这些百姓而已。

街上小贩的吆喝声，渐渐地覆盖了长安。

望月楼虽然规模不大，但因为老板夫妻经营有方，对客人十分大方周到，时不时赠送些酒水，是以，回头客越来越多，每天只要开门，楼里便是一片繁忙，鼎盛的气象和长安数一数二的酒楼相比竟然不遑多让。

今天，门外也早有几个等候的客人。随着日头升高，客人们诧异道："为何今日老板还不开门？"

望月楼的老板和老板娘历来都极为勤恳和守时，像今天这种迟迟不开门的情况，以往还真是从没有过。

"奇怪，里面也没动静。"有好奇的客人耳朵贴着门缝说道。

一般酒楼营业，即便还没开门，里面必然也开始准备了，可这会儿里外都安安静静，着实让人摸不着头脑。

直到好久以后，等候的人忍不住要散去了，忽然听见身后响起了鞭马的声音，有人一回头，看见一队足有二三十人的黑衣人，骑着马匹，面无表情地护送着一辆马车，逐渐向望月楼靠近。

此时街道说冷清也不冷清，已经陆续有行人和商贩出现，看见这么多突如其来的黑衣人，每个人都下意识地面色一白，出于本能地避了避。

而此时，望月楼门口的那几个客人见黑衣人一步步朝他们走来，心中咯噔一下，也都低下头，迅速散开。

他们前脚刚走，黑衣人们就到了。

中间那马车被遮得严严实实，但里面坐的显然是一位大人物。因为周围的二三十人没有一个敢发出声音，脚步都安静无声。

直到靠近马车的一个黑衣人低头侧耳贴在马车旁边，似乎在听着什么，片刻后才谨小慎微地点了一下头，隐约发出一声："是。"

然后那人迅速从马车旁转身，一步一步沉默地走到了望月楼的门口。

而之前在门口等候的几个客人并没有走远，出于好奇和畏惧，都瞪大眼睛躲在一旁，看着这些不知是何身份的人。

只见那黑衣人面无表情地停在望月楼紧闭的门前，抬起手拍了拍门。

无人应声。

那黑衣人的神情似乎更冷了些，加大力气，把门拍得猛烈晃动起来。

"开门！"

那几个客人面面相觑，小声说道："难道……老板惹上什么事了？"

看这些黑衣人来势汹汹，怪不得老板关门，难道提前预知了什么？

只见那一直拍门的黑衣人骤然停下，转身看着马车："大人？"

马车里传出一声冷哼。

门前的黑衣人就像突然得了令一样，脸色一沉到底，后退一步之后，就冷冷盯着面前的门，忽地抬脚，狠狠踹了上去。

这下，就连一直躲着观察的那几个客人都惊得脸色煞白。

砰！

两扇门轰然被踹开，露出两张同样煞白的脸。

紫婵儿和她的夫君文郎。

"几位、几位……今日本楼不、不营业……"文郎睁大眼睛看着他们。

紫婵儿一把抓住文郎的手臂，阻止了他继续说下去。

马车的帘子慢慢被掀开，里面一张阴冷的脸正对着他们夫妻。

这时，所有黑衣人都拔出了刀，却是对准了街上的百姓。

顿时，所有人都惊慌失措地逃出这条街道。片刻后，整条街已然空无一人。

紫婵儿盯着马车里的宗楚客，眼睛深处出现一丝血色。

宗楚客坐在马车中居高临下地盯着这酒楼；一个黑衣人弯腰跪在地上，宗楚客便踩着他的背，慢慢下了车。

另一个黑衣人冷冷上前："大人要吃酒。"

难道这么大的阵仗，只是为了赶早吃口酒？

这时，文郎才战战兢兢地看了妻子一眼，开口道："大、大人里面请……"

梧州。宗霍的别院里。

自从季郎中开了药方以后，所有死士开始围绕在宗霍的房间周围，就像之前在路上一样，将他保护得密不透风。

死士首领站在宗霍床边，面无表情地说道："从今天开始，属下会贴身保护公子，包括公子的饮食和起居，请公子包涵。"

宗霍冷冷看着他，这个死士首领是宗楚客亲自挑选的，如同一部专门执行任务的机器，既没有情感，更没有是非之分，也就是这样的人，宗楚客才会完全信赖。

只是，要宗霍三年不碰酒和女人，可能吗？

"本公子要你们传信回长安，让我爹给我遍寻天下名医，本公子不想和你们这群奴才日夜待在一起。"宗霍咬紧牙关，发出咯吱咯吱的声音，他那张脸还是像鬼一样，直盯着死士。

季郎中虽然是长安城有名的大夫，但医术却算不上天下第一。

他的诊断结果，宗霍当然不会信服。

他要让天下最好的郎中来诊断。

况且宗霍之前在尚书府的地下躲藏了不过一个月就差点疯了，要他像个四大皆空的和尚一样过没有酒和女人的生活，他怎么可能忍得下？

死士首领幽幽地望着宗霍："属下立刻去办，只是属下还是要告知公子，即便尚书大人寻得名医，那名医还需要时间赶到梧州，再为公子诊治。公子是否能保证，这段时日让属下守候在公子身边，确保公子平安等到名医？"

宗霍在被窝里紧握了手，他眼里布满猩红的血丝，像是吐着芯子的毒蛇："滚去送信。"

死士首领僵硬着转身，离开宗霍房间，走进院子。所有婢女都战战兢兢地跪在地上，浑身发抖，感到大难临头。

死士首领的视线在她们脸上一个个扫过："此刻开始，只要公子还醒着，你们任何人都不得出现在公子的视线范围内。"

看不到诱惑，就不会意志薄弱。

婢女们低着头，一夜之间，她们就成了宅子里的隐形人，成了艳丽的毒药。

给宗霍寻名医的信函立刻被放出，院中一个蹲着的小婢女，抬头看见信鸽飞出院子的整个过程。

由于宗霍的病情是秘密，所以死士们传信用的都是暗语，即便中途被截获，也不必担心秘密被泄露。宗楚客这样老谋深算的朝堂狐狸，保护的人又是自己溺爱的独子，他知道自己作孽太多，指望不上佛祖的护佑，所以手段更加无所不用其极。

宗霍入城那日，裴家暗卫跟着戴斗笠的人来到一处僻静街角。斗笠人伸手推开面前一扇破落屋子的门。

几个人走进去，斗笠人反手把门关起来。

此时此刻，那人才谨慎地摘下斗笠。

几个跟随而来的暗卫，目光谨慎："裴统领，您怎么会来梧州？"

这神秘的斗笠人，正是裴县。

裴县目光扫过他们:"我是奉大人之命。"

这话刚才在街上就说了,只是,具体是怎么回事,几个暗卫还是一头雾水。

"大人命我等先一步到梧州布置,现在已经布置得差不多了。"

兵道都讲究先机,他们一接到裴谈的飞鸽传书,就日夜兼程前来,赶在宗霍之前两日到达了梧州。

也幸好裴县在街上及时阻止了这几个裴家暗卫的暗中跟踪,若他们稀里糊涂跟着宗霍去了宅子,才真的是自投罗网。

暗卫们闻言,心头不由更加疑惑:"那大人……究竟要我等接下去执行什么命令?"

裴谈之前说的是,跟踪宗霍,不露行踪,知晓他的去处后再从长计议。

那现在裴县突然现身梧州,又表示什么?

第三十章 一叶障目

望月楼,此刻门扇大开,所有桌子前都坐满了人,只不过和平时的宾客满座不同,所有人身着黑衣,神情阴冷。

后院。

文郎满头大汗地把后院窖藏的酒拿出来,捧在怀里。这时,一双温柔的手帮他把酒接过去。

"娘子?"文郎怔怔地看着面前温柔的美人。

紫婵儿宠爱地看着自己的丈夫,轻轻说道:"让我来替你招待客人吧。"

平时在酒楼中,紫婵儿也是负责迎客的,身为酒楼东家的文郎,则多是忙于赶早进货。

文郎觉得,今日的妻子是那么的不一样,比平时更隐忍、更轻柔。

"外面那位老爷像是来者不善,如果招待不周……"文郎喃喃说道。

紫婵儿用手轻柔地堵住文郎的嘴,脸上含着淡笑:"没事的。"

就是这三个字,将文郎心底的不安压了下去。

他看着妻子熟悉的笑容,直到她抱着酒壶,默然无声地走向酒楼里,他才恍然惊觉,这么久以来,原来都是他在依赖着这个温柔包容的女人,在她的身边,他不由自主就放下了身为男人的责任。

紫婵儿把酒放在宗楚客面前，窖藏美酒散发的清香，让守在一旁的黑衣人神情都动了动。

"请大人慢用。"

宗楚客没有动，盯着紫婵儿，一家破酒店的老板娘竟敢窝藏宫中逃奴，真是胆大包天。

可眼前这个温柔女人，浑身透着赢弱，实在不像是会犯下死罪的那种人。

宗楚客端起面前的酒，仰头慢慢喝了干净。

"有人密报你们酒楼窝藏宫中逃奴，老夫奉韦娘娘的命前来捉拿。"

宗楚客一松手，空酒杯掉在了地上，他抬起左脚，缓慢地将酒杯踩碎。

文郎吓得心惊肉跳，紫婵儿却面色不变，依然笑着道："大人说笑了……小楼做的是小本买卖，一年半载也来不了一个如大人这般身份尊贵之人，更不要说能接触到那宫墙之内的贵人了，我们只是普通百姓，怕是一辈子也没有这个机会。"

宗楚客目光幽寒，看着紫婵儿："是吗？"

紫婵儿淡淡一笑，似是不安地低下了头。

宗楚客眼底的幽寒不仅没有褪去，反而如冰川般冻结在一起。

"将这女子拿下！"

突如其来的命令，酒楼里坐着的黑衣人却没有一丝迟疑，迅速拍桌子站起，距离紫婵儿最近的那两个黑衣人已经闪电般出手，一左一右蛮力拿住紫婵儿，将她整个人压向了宗楚客面前的桌子。

"娘子！"文郎大惊失色，向前冲的同时，腿一软，扑倒在一个黑衣人脚下，那黑衣人一脚踩在了他的背上。

"你们、你们到底是什么人……想要干什么……"文郎撕心裂肺地喊道。

宗楚客缓缓地从椅子上站起来，冰冷无情的目光扫在夫妻俩脸上。

"老夫没什么耐性，把荆婉儿交出来，就饶你们夫妻不死。"

紫婵儿虽被黑衣人压住，但是衣袖中的手却越攥越紧。她的嘴角，甚至出现一抹隐隐的笑。

宗楚客的这句话已经足够说明……他还不知，眼前的紫婵儿，才是他所谓的"宫中逃奴"。

"我们根本不认得什么荆婉儿，更不曾见过她，大人明察啊。"文郎还在挣扎，他看着妻子微微颤抖的身躯，只觉得万念俱灰。

宗楚客眼中划过一丝阴毒，他这一生，除了自己的亲儿子，不会对任何人容情。这对夫妻想在他眼皮底下耍心眼，太天真了。

"先卸了这男人一只手,要是还不说,就把四肢挨个卸掉。"他看出这个男人是没用的,而女人,不管多么厉害,永远都会对自己的男人心软。

那踩住文郎的黑衣人,残忍的目光落在文郎的右手上,只见他一脚狠狠踏在文郎的肩肘上,文郎发出可怕的惨叫后,胳膊就被踏断了。

"相公!!!"紫婵儿泪流满面,不敢相信眼前的一切,她温柔的脸庞终于显出怨毒,"你们这些畜生!"

宗楚客不为所动:"说不说?"

紫婵儿秀丽的双眸里,除了泪水,只有隐忍,她依然一言不发。

宗楚客也不多言,对手下抬了抬手。

那黑衣人立刻一脚狠狠踏断文郎的另一条胳膊,文郎如身在地狱中一般,挣扎,扭动,惨叫。

"身为官家,就可以草菅人命吗?"紫婵儿含泪盯着宗楚客,这张恶魔的脸,此生此世她都不会忘。

而负责搜寻酒楼的黑衣人,此时已经从后院、二楼等处,慢慢聚集到了一楼大厅。他们互相看了看,便对宗楚客说:"大人,都搜过了,没有。"

宗楚客缓慢走到紫婵儿身侧,转头看着这位风韵的美人:"荆婉儿被你们窝藏在哪儿?"

而黑衣人的脚,依然踩着文郎的右腿。

紫婵儿流着清泪:"你们有什么都冲着我来,不要为难我的相公!"

"真是好女人。"宗楚客面无表情地评价道。

紫婵儿看着他:"我知道你是谁,你的儿子,在上个月,已经被拖往午门处死了。"

宗霍的死轰动长安,此前哪里有过一品尚书的亲族被处以极刑。

宗楚客望着紫婵儿:"本官说错了,有时候,女人的心比男人硬多了。"

紫婵儿一直死扛着不说,哪怕文郎的两条腿都要被废掉了。

这时,宗楚客示意那黑衣人放开文郎。他鹰一样的眼盯在紫婵儿脸上:"将这个女人衣服扒掉,扔到大街上去。"

这下,紫婵儿脸色发白,文郎更是不可置信地看过来。

黑衣人收起了刀,面无表情地说:"属下遵命。"

"放开我……"紫婵儿刚说一句话,刺啦一声,她的外衣已经被撕掉了。

她脸上毫无血色。

文郎两条手臂被折断,此刻仓皇地在地上爬动,却根本无法上前:"你们放开我妻子……放开我妻子……"

紫婵儿尖叫着推搡身边的黑衣人,可她一个弱女子,怎么可能敌得过这些人?

最后,文郎肝肠寸断地趴在地上:"做鬼、做鬼我也不会放过你们的……"

有什么事是比看着世上最疼爱的人被人肆意凌辱还绝望的?

紫婵儿似乎真的放弃了希望,当身上的中衣也被黑衣人撕破后,她眼中划过决绝,盯着面前的桌子,狠狠将头砸了上去!

"不要啊!"文郎声嘶力竭地大叫。

紫婵儿对他笑了笑,也许这个男人根本意识不到他的作用,但对紫婵儿来说,从遇见他的第一天,她就想干干净净地和这个男人过一辈子。

以黑衣人的身手,完全可以阻止紫婵儿自尽。

但是,他们和宗楚客都是冷眼看着。

紫婵儿是用尽全力不想被凌辱,所以以死脱身。就在文郎满手是血,拼尽全力要爬向自己妻子的时候,紫婵儿忽然尖叫一声,她的肩头被什么重物打了一下,导致整个人失去了平衡,跌坐在地上。

门外,一双穿着银丝云履的脚,慢慢踏入了门槛内。

裴谈眉目温淡,身穿大理寺卿的袍服,身后仅跟着一个低头沉默的侍卫。

"宗尚书。"声音淡淡温然。

宗楚客不怀好意地盯着他:"裴大人果然不会一直待在大理寺。"

区区一个没用的邢主簿,真能看得住他吗?

看裴谈身后那低头沉默的年轻人,一身衣着明显是裴家的暗卫,方才打在紫婵儿身上的那一下,自然是出自此人之手了。

"宗尚书不是也没有一直待在尚书府吗?"裴谈淡淡地问道。

宗楚客的目光缓缓在紫婵儿身上掠过:"这对夫妻刚才对老夫说,他们开的是一家普通的酒楼,可是,就是这座破酒楼,却连大理寺卿都来了。"

裴谈恍若无意地说道:"裴某前来,是因为早上有百姓前去衙门报案,说是长安街上出现了一伙黑衣持刀之人,赶走了过路百姓。"

此刻,所有黑衣人都阴森森地坐在酒楼里。

宗楚客冷哼了一声。

楼内的黑衣人忽然开始慢慢朝裴谈和他身后的暗卫靠近,直到形成一个包围圈。

裴谈只带了一个暗卫,无论如何都不可能和这么多黑衣人正面对抗。

但裴谈依然是云淡风轻的表情:"尚书大人来这里,到底想干什么?"

宗楚客阴沉地看着他,对于这个竖子,他丝毫对话的兴趣都没有。而且他注意到了,裴谈带的这个暗卫,并不是那个裴县,这竖子绝不会无缘无故替换暗卫,那

么裴县现在在哪里？

"一叶障目，往往看不清全局。"裴谈竟然在一张桌子前坐了下来。

他放松的模样，和平时是差不多的。

第三十一章 神厨

对比起来，宗楚客的阴冷全部被化解在这个男人的温和如风里。

"你犯的最大的错误，就是不该在这时候出现在老夫面前。"这些黑衣人都不是吃素的，宗楚客和裴谈之间的恩怨早就上升到不死不休的地步。

那些黑衣人里出现了一张熟悉的精明面孔："尚书大人，杀了这竖子，自可为我们公子报仇。"

自打裴谈踏进来的那一刻，身后酒楼的门就已经被守在门口的黑衣人紧紧关死。很明显，裴谈不来则已，来了就是自投罗网。

宗楚客目色幽深："知道老夫为什么要赶走街上的百姓吗？"

赶走百姓只是第一个动作，将酒楼门扇大开是故意让人看到里面的情况，普通百姓不敢进门，敢进来的，必不是普通人。

裴谈望着他，宗楚客盯着他的眼神如同在看一只走入陷阱的兔子。

紫婵儿两夫妻的命，甚至是荆婉儿的命，宗楚客都可以不放在眼里。但是裴谈的命，对宗楚客来说绝对是做梦都想要的。

"看来，裴某今天是有进无出了。"裴谈居然还是一副平平淡淡的样子，唯一变了的，是他看向宗楚客的眼神。

当初宗霍的案子，他执意要把宗霍的命收走，并不全是因为那个可怜的渔夫之女。在纵马撞死老渔夫之前，宗霍和他爹的手上就已经沾了好几个百姓的血。

如此恶霸，怎能姑息？

而宗楚客今天来到望月楼，却还是打着韦皇后的旗号。因为有韦家这个大靠山在，宗氏父子的恶行才被姑息，让人痛恨得咬牙切齿。

看着黑衣人逐渐向自己靠近，裴谈脸色幽幽："尚书大人要裴某给令公子抵一条命，但是令公子真的已经死了吗？"

面对裴谈的突然发问，宗楚客目色阴沉："不管我儿死未死，你杀他这件事，都是真的。"

有韦家撑腰，就可以暗中将死囚偷梁换柱，可是若没有替死之人，宗霍的死就会变成板上钉钉的事实。

宗楚客目色寸寸阴黑下来："你裴氏的势力始终只在河东一带，老夫能让你这竖子蹦跶到今天，已是老夫的仁慈。"

就连倒在地上的紫婵儿都想不到，自己和文郎的两条命，居然都只是吊出裴谈的诱饵。

她蜷缩在地上，含泪望着裴谈："裴大人……"

裴谈看着地上一昏一伤的两夫妻，权势欺人便是眼前正在上演的一幕。

不管宗氏父子曾经做过多少恶，恐怕以后都只会做得更多。

裴谈轻轻垂下了眼眸。

紫婵儿挣扎了几下，朝着昏死的文郎爬过去，这对患难夫妻，有一个死了，另一个也不会独活。

裴谈看着宗楚客的脸，那张脸因为缺失情感、道德，而变得阴云笼罩。此刻，甚至有点嗜血的残忍。

"望月酒楼夫妻，窝藏逃奴，罪不可赦，被大理寺卿亲自上门问罪后，竟下毒手谋害朝廷命官，按照大唐律例，本官将二人当场正法……"随着宗楚客话音落下，所有黑衣人亮出了藏在衣服下的尖刀。

裴谈隐约有一丝淡笑，他身后那名一直低头默不吭声的暗卫见状，上前了一步。

但再怎么看，这也只是最后的挣扎。

地上原本还在奋力往前爬的紫婵儿，脸上瞬间呆滞了。她不敢置信地看向宗楚客，刚才他居然说他们夫妻窝藏逃奴，下毒手谋害朝廷命官……她又看向此刻被尖刀对着的裴谈。

裴谈的身影显得更加纤细文弱，就算有那个沉默的暗卫挡在他面前，也好像是螳臂当车，看起来十分可笑。

只听他喉咙里发出语声："即便今日裴某死在这里，尚书大人也打算把这一切的罪名算在两个无名无势的普通百姓头上，这样是否也太儿戏了些？"

不要说普通百姓了，就算是训练有素的顶尖杀手，想要谋害大理寺卿，又是何等的天方夜谭。

宗楚客冷哼一声："等你到了阴曹地府，自然就明白一切都不是儿戏了。"

宗霍的眼中闪着戾气，跪在地上给他诊治的季郎中手抖得厉害："公子的性命绝非儿戏，万望公子……戒掉一切荤腥，食用素斋和清水。"

他还没说完，就被宗霍一脚踹倒在地上，只来得及惨叫一声，把后脑护住，蜷缩着发抖，却不敢说一句求饶的话。

宗霍眼中戾气更甚："庸医，本公子不能碰酒色也就罢了，如今竟连荤腥都不让本公子入口，还要你何用？"

季郎中立刻趴在地上不住磕头，却不敢辩解。

死士首领冷冷站在一边。就算用速度最快的信鸽，宗楚客接到他们的传信至少也要十天后。现在才三天而已，宗霍却已经耐心用尽。

季郎中为了保命，硬着头皮说道："……回、回公子的话，其实老朽已经在城中打听到一位神厨，专门为梧州的各大寺庙供斋菜，能将素斋做出金宴的味道，公子、公子可派人找到这位神厨，让他负责公子在宅中的伙食。"

季郎中很清楚，自己的价值也快要用尽，如若宗楚客真的找到了一位可以治愈宗霍的名医，那么他便命不久矣，宗霍为了泄愤也一定会杀掉他。

宗霍的掌心慢慢捏紧，这世上除了他自己以外，任何人的命都和蝼蚁没有分别。留着这些碍眼的死士和郎中，都不过是暂时还有耐心罢了。

"去给本公子把人找来，下顿饭要是还端出这些垃圾给本公子，本公子就要你们去把茅房里的东西都吞了。"

为了保命，他不能杀季郎中和这些碍眼的死士，但是却可以用尽手段折磨他们，让他们生不如死。

死士首领面无表情地下跪："……是，属下遵命。"

为了找到神厨，宅中一半的死士都出动了，梧州群山环绕，山上的寺庙也多如牛毛，而这位神厨，据说是为最著名的金山寺住持做斋菜的人。出家人讲求不食凡间烟火，是以吃的斋菜都非常讲究。这位神厨既然能得到金山寺住持的认定，厨艺自然绝不一般。

梧州原本就是宗楚客这么多年苦心经营的腹地，宗家暗棋密布，如今要寻找一个身在梧州的厨子，自然不会太难。

就在宗霍大发雷霆，逼着宅中厨房的两个烧火小厮去茅坑抬粪的时候，这名神厨被领回了宗霍的院子。

宗霍冷冷盯着面前跪着的糟老头子："你就是神厨？"

他的样貌如此邋遢，就像是从梧州城巷子里找来的乞丐，毫无世外高人的样子。

宗霍眼中泛起了杀意。

那老头却一揖到地："老朽尹无常，拜见宗公子。"

传闻中那位神厨就是年近古稀之人，毕竟能常年给寺庙做斋菜，又如此精通厨艺的人，肯定不可能太年轻。

宗霍一脸不信任地看着这个"神厨"，良久才阴恻恻地说："现在就去给本公子做一顿饭，要是名不符实，本公子要你的命。"

尹无常的脸色白了白，常年与寺庙打交道的人，见的都是德高望重的高僧，哪见过动不动就将杀人见血这样的话挂在嘴边的恶人？

"……老朽这就去。"

死士首领的目光像刀一样刺在这个老者的脸上，尹无常被领着来到了厨房门口，进去后，下意识地转身关门。

一把刀卡在门上，死士首领阴沉的目光盯在尹无常脸上："你干什么？"

别说尹无常是个老人家，就是年轻人也受不住这样凌迟般的嗜血目光，尹无常下意识颤了颤："老朽……做饭的时候，一向不能有人在旁。"

死士首领阴阴地盯着他，那目光中透出的杀意，再懵懂的人都能明白。

就见死士首领把厨房的门一点一点用刀推开，然后走了进来，站在尹无常的面前："不许有人在旁？难道是为了方便你在饮食里动手脚不成？"

尹无常更加惊惧："怎么可能？老朽做菜几十年……"

"住口！"死士首领脸色一冷，几乎将尹无常整个人压到厨房的墙上，"现在你只有两个选择，要么老老实实在这里给公子做上一顿饭，要么……没用的人，只有死路一条。"

这哪里是什么两个选择，分明就是逼人就范。

尹无常这时才明白自己进了贼窝，可他已经没有退路了，这次不是什么慈眉善目的高僧，而是稍不留神就要你命的阎罗王。

"老朽、老朽明白了。"尹无常艰涩地说道。

死士首领这才面无表情地松开了他。

第三十二章　斋饭

厨房里早已准备好食材，死士出发寻找尹无常的时候，仆人就已经从街上买来了。就算尹无常想做什么手脚，也根本不可能。

尹无常暗中咽了下口水，走到灶台边，视线从摆放的食材上掠过。

"又怎么了？"死士阴冷的声音如影随形。

尹无常又颤了颤,转头赔笑道:"小人只是在想要给公子爷做一顿什么样的饭。"

死士首领乜了他一眼,收到的情报是这位神厨能把素斋做出鱼鲜味,甘美无比,找到他的时候,这厨子正在自家后院里喂小鸡。

在死士首领如盯着尸体一般的目光里,尹无常终于脑门出汗,干笑道:"有了,想必公子爷已经多日不食荤腥,口内苦乏,胃中干涩,是以……小人现在给公子爷炖上一锅素食粥,既能让公子爷觉得饱腹,又不会有油腻之嫌。"

死士首领盯着他:"那现在就做。"

尹无常连连点头:"是,是。"

只见尹无常伸手从食材里抓了一把葱,转身就要去院子里,只有院子中才有井水可以洗干净这些蔬菜。

孰料他的去路再次被尖刀拦住,他满脸惊色地看着死士首领,不明白他想干什么。

只见死士首领慢慢将刀收回去:"来人,去院子里打一桶清水。"

身后的死士立即应声,转身出了厨房。

尹无常总算是明白,这顿饭不做好,他今天就别想出这个门了。毕竟是活了大半辈子的神厨,见过的世面也多,他很快就咬咬牙,忍气吞声地回到灶台前。

水打来之后,尹无常将选出来的几样食材全部洗净,丢在了砧板上。

房间里,宗霍早已等得不耐烦,眼底的血丝也越来越浓:"为什么到现在还不来,是想饿死本公子吗?"

下人们跪了一地,宗霍能平安来到梧州,活到现在,都要归功于他有一个好爹。可是他一路上纵情声色,却不像是个死里逃生的人,如今对于要伺候他后半生的仆人又如此残酷,简直已经毫无人性可言。

季郎中战战兢兢地说道:"公子少安毋躁,听说这位神厨做菜一向很讲规矩,正因如此,才被各大寺庙尊为上宾。"

高人总是有脾气的,岂能和寻常厨师比较。

宗霍威胁道:"本公子不管什么神厨神棍,要是半个时辰内不能把饭菜端到本公子面前,本公子就让他变成死人。"

宗霍的性情在这所宅子里已是人尽皆知,他们垂下眼睛,不再劝解。

宗霍派了一个下人去厨房催促,当时,尹无常正将蔬菜从滚沸的热水中捞出。

"公、公子爷说了,要半个时辰内把饭菜端上来……"

只见尹无常捞菜的手顿了顿,眼睛转了转。

为了伺候这么一个公子,所有人都筋疲力尽了吧。

"只要再熬煮半个时辰,粥就可以出锅了。"尹无常在死士的目光下只得赔着笑。

死士首领盯着灶台上冒着浓烟的器皿,刚才尹无常拿的每一样菜,用的每一样东西,都没有逃过他的眼睛。尹无常没有机会做手脚,更不可能下毒。

接下去的半个时辰,尹无常按部就班地进行着自己的工作,他对厨具的使用的确比平常人更精通,在砧板上切葱的时候,刀口齐整,落刀均匀。若不是在厨艺上造诣极深,必然做不到这样。

死士首领心中松了松,但也只是瞬间而已,他这样的人,注定要把命交到宗霍手中。

就在所有人都如丧考妣地承受着宗霍第二轮发怒时,第三次被派来催促的下人脸色灰白:"公子说等不了了。"

死士首领的目光立即冷冷地盯向尹无常。

尹无常正用手帕包着锅把手,缓缓地把锅从炉子上端下来:"好了,就好了。"

死士首领冷漠转身:"立刻盛出来送给公子。"

"等一下,还有最后一道工序。"只见尹无常慢慢从腰间拿出一个瓷瓶,打开瓶口的红布就要往锅子里倾倒。

"大胆!"死士首领目光骤沉,冲过去一刀削在了尹无常的咽喉上。

尹无常的手剧烈一抖,瓷瓶差点脱手,但他在最后一刻牢牢地将瓶子抓住。

死士首领目光幽长地盯着尹无常,此人之前老老实实,却企图在最后动手脚。

尹无常心惊胆战地盯着他:"这、这瓶是我独家秘制的香料,每次斋饭上桌之前,都会撒上一点。"

死士首领的刀刃下划出了一丝血珠:"我有没有警告过你,不要耍花样?"

尹无常瞪着死士首领,半响才说道:"调料是烹饪的必需品,怎能说是耍花样呢?"

死士首领盯着他死灰一样的脸:"该用到的调料,厨房里都给你准备过了。你现在拿出这个东西是想做什么?"

尹无常身体僵硬:"若是不放这最后的调料,老朽无法保证做出来的东西,能合公子的口味。"

死士首领盯着尹无常:"你是在威胁?"

敢威胁一个拿着刀的死士,这位跑江湖的神厨,也真不是一般人了。

尹无常暗中咽了下口水,硬着头皮道:"老朽只是实话实说,若没有点独门秘方的话,老朽怎么在世道上混?"

大唐人才济济,尹无常能被各大寺庙的住持亲自邀请做斋菜,足以说明他有自己的独到之处。

这时，负责传话的下人脸色惨白："公子给的时间不多了，阎统领，要是现在还不把饭菜端上去，我们都得……"

大家都知道宗霍的脾气，绝不想招惹他，而他发起火来又怎么会在乎区区蝼蚁的命？

阎统领就是那位死士首领，他并不肯就这样放开尹无常："我不能冒险把一个不知底细的人做出的东西端到公子面前。"

尹无常双手颤抖："老朽做的菜都是贵府提供的，不过是要加一道香料，贵府就如此疑神疑鬼。既然这样……何不放老朽离去？"

死士首领目光中杀意更盛："你以为进了这里，你还能想走就走？"

不要说宗霍的行踪和身份都是绝密，就算此人真的只是个普通的厨子，做完饭以后，能不能平安走出这大宅，都还要看老天爷的心意。

尹无常似乎也动了怒："那老朽、老朽也无话可说了。"

死士首领眼中的阴冷一闪而过："那你就去死吧！"

只听一声兵器相撞的声音，尹无常却没有血溅三尺，从不远处飞来的一枚暗器打落了死士首领的刀。

"你！"首领眼中怒气大盛。

动手的是另一名死士，可是死士自然不敢轻易和首领动手，是他身后的季郎中要他这么做的。

"阎首领不可这样做！"季郎中沉声说道。

见到又来了人，先前来传话的那个下人便明白是房间里的宗霍再也等不及了，也不知是终于松了口气还是更担忧了。

尹无常捏紧手里的瓷瓶："你们请老朽来为公子做饭，却又不信任老朽，这瓶中是老朽十年秘制的香料，若有怀疑，可自己尝去。"

季郎中闻言，立刻看向尹无常手里握着的东西，又看向一旁显然已经煮熟的一锅食物，随即快步走过去："这就是你的独门秘方？"

神厨有独门秘方的事情，在梧州并不是秘密。

尹无常哼了一声。

季郎中顿了顿，也不再迟疑，伸手拿过尹无常手里的瓶子，向口中倒了一点。

顿时有浓香飘出，季郎中仔细地咂摸了一下味道，除了尝出里面混合了十几种不同的香料之外，并没感觉出不妥。

他立即说道："将此物放入锅中，立刻给公子送去！"

跟随他来的死士也不再多言，立刻上去动手。

死士首领阴冷的目光盯在季郎中的脸上："你是想造反吗？"

季郎中镇定地盯着他："香料我已经尝过了，没有毒，出了事情……老夫愿意负责。"

这些武功高强的死士真的好似剥离了人情味的机器一样，只知道打打杀杀，可是宗霍现在的身体情况，就算他们打杀也是不可能挽回的。

死士首领说道："怕你负不起。"

他把长刀收入刀鞘，和季郎中沉默地擦肩而过。

季郎中这才抬手抹掉了额上的汗珠，盯着正在忙活的死士说道："动作都快点。"

他跟尹无常对望一眼，彼此都沉默不语。

素食的粥被送到宗霍面前，而宗霍盯着色香味俱全的饭肴，居然没有昏头。

他眯眼盯着跪地的一个下人："你过来，给本公子试吃。"

那下人浑身颤抖着，却不得不起来，迈着颤抖的腿走向宗霍："是……"

那碗粥正摆放在床头，那下人咽了咽口水。

旁边一个死士递了只勺子给那下人，他颤抖着接过，慢慢地舀起了一口汤。

汤勺放入口中，那下人艰难地含住片刻，咽了下去。

第三十三章　茅屋

所有死士都盯着那试吃的下人，准备一有不对就杀了尹无常。

那下人喝完了粥，战战兢兢地等着命运的宣判。宗霍眯起眼睛盯着他的脸："好吃吗？"

下人以为死到临头，哪里还顾得上粥的滋味，闻言脸色更蜡白，道："小、小人不、不知……"

宗霍瞧着他，忽然一把夺过粥，在死士还来不及劝阻的时候，仰头倒入口中。

就在入口的一瞬间，宗霍脸上抽动了一下。

死士大惊："公子！"

宗霍双眸里精光蠕动："这才是美味，把剩下的都给本公子拿过来！"

死士们的脸色都阴晴不定，互相对望了一下。那试吃的下人跌坐在地上，似乎刚逃出鬼门关。

一个下人颤抖着捧着剩下的粥来到宗霍面前，宗霍盯着粥露出贪婪的表情。

死士首领在宗霍喝粥的时候，冷冷问旁边人："尹无常呢？"

属下附耳说道："首领放心，他已经被我们几个兄弟看着，一步都离不开厨房。"

眼下距离那个下人喝粥已经过了小半个时辰，下人没有露出任何不适。只怕是世上还不存在这样一种毒药，能等到现在还不发作。

死士首领这才冷冷转过身，正好看到畏缩在门口的季郎中。看来季郎中也是在怕，他这条命已经丢了半条了。

让宗霍吃素斋的问题已经解决，剩下的，就是等长安的回信。宗楚客一定会穷尽自己的手段寻找名医，保住儿子的命。

厨房里，尹无常盯着一个死士："老朽钻研厨艺几十年，任何食客未曾说过不满，老朽推了三位住持的邀约来到这里……"

季郎中匆匆忙忙走过来："公子让尹神厨这两日歇在府中，尔等不得无礼。"

被尖刀对着的尹无常闻言嘴角一咧，再次盯着那死士看。

死士收起了刀，面无表情地看了眼季郎中，离开了院子。

季郎中转身拱拱手说道："小人这就为您包扎伤口……"

尹无常脖子上的伤口正在往外渗血，他这条命都是从鬼门关捡来的。

但是从这之后，神厨的地位已然变了。原来世上真有能将斋菜做出肉一般鲜美的绝妙厨艺。每天尹无常做菜的过程都在死士全方位无死角的监视之下，每次他都会倒入那个"独门秘方"。

至于季郎中，每天会用银针验看尹无常做的饭食，确保无毒后，还要有下人试吃。

可是随着宗霍的胃口越来越大，每天下人搜集到的食材已经无法满足他了。

下人低着头来传话："今天公子说想要吃参炖鲍鱼味道的斋菜……"

宗霍不满足于吃尹无常自行做的菜，而要每日自己点菜，所有口味都必须满足他的要求。

尹无常在厨房握着菜刀，轻笑："参炖鲍鱼？可以啊，但是我需要一点东西。"

死士首领冷冷道："需要什么，我们会为你准备。"

尹无常干脆盯着他说道："我需要的东西，你们找不到。"

死士首领目光一冷，下意识就要握刀，但这一次尹无常已经不怕他，含笑道："你们可以派人跟着，但是食材一定要我自己去找。"

死士的刀慢慢放下："那也不能离开梧州地界。"

尹无常抬首一笑："放心，就在梧州。"

……

死士首领派了两个得力干将死死盯住尹无常，尹无常在梧州的街上七拐八拐，直到跟着他的死士发现，许多街道已经走过了一遍。

他们立即逼问尹无常："你在耍什么花样？"

尹无常幽幽一笑："这不是已经到了吗？"

死士们立即回头，看见身后出现了一座茅草屋。这个小屋子挤在几座宅院的缝隙里，所以先前完全被忽略了。

尹无常故意多绕了几圈，就是想看看他们能否发觉这里。

"进去！"死士推了一把屹立不动的尹无常。

尹无常却像脚底扎了根一样："只能我一个人进去。"

死士们对望一眼："你又想耍什么花样？"

尹无常干脆不说话了。

一个死士立刻上前，抬脚踹开了茅草屋的门，他踏进去，却发现三尺见方的茅草屋里，根本空无一人。

死士出来以后，对尹无常说："里面没人。"

尹无常淡淡说道："我说了，除了我以外，别人进去不起任何作用。"

"你！"

这死士刚要动手就被另一个死士拦住，那死士目光幽深，盯着尹无常："给你半炷香时间。"

尹无常嘴角勾起："够了。"

尹无常在两个死士的注视下，重新推门进去，但在两人还没来得及看清楚的时候，他就迅速关了门。

茅草屋里，毫无动静传出来。两个死士都是高手，耳力自不用说，远超一般人灵敏，可他们无论怎么侧耳倾听，也听不到任何声音。

两人似有所感对望一眼。半炷香很快过去，果然……尹无常依然没有出来。

两人不再迟疑，迅速抬起刀，手起刀落，茅屋的门飞裂开，烟尘落下之后，两人冲进去，看见在桌边站立的尹无常。

尹无常慢条斯理把桌上的东西一样样塞入包袱，对于身后凶神恶煞的死士毫无反应，然后悠然地看着他们："东西拿到了，走吧。"

死士冷冷盯着他手里的东西，那是一株像人参一样的东西。他们对尹无常说道："人参是大热之物，绝对不能给公子食用，你果然包藏祸心。"

尹无常嗤笑一声，说道："包藏祸心？你们为何不仔细看看，这人参到底是何物做成。"

两个死士对视了一眼，一个上前，伸手拿过那"人参"观察。

原来，只是一只雕刻成人参形状的胡萝卜。

尹无常一把夺过胡萝卜："你们公子要吃参炖鲍鱼，总得让老朽准备一些像人参的东西吧。"他冷哼。

死士们也不好说什么，只能拉下脸，盯着尹无常重新回到宗霍的宅院。

一回去，尹无常就被关在厨房里做菜，厨房里飘出的香味任谁都垂涎欲滴。

死士首领盘问这几个死士："你们究竟是在何处找到的这个……'神厨'？"他始终没有消除对尹无常的怀疑，只不过此人这么多天都没有露出破绽。

两个死士面面相觑："启禀首领，是梧州的一个效忠多年的线人介绍的，很可靠。"

毕竟除了寺庙的高僧，谁也没有真正见过神厨的样子，可是尹无常这几天在宅院里做的食物，却是有目共睹，若要冒充神厨，一般人也未必有这样的能耐。

"茅草屋？"死士首领目光缩了一下，"你们还记得那屋子在什么地方吗？"

两人道："记得，那尹无常故意绕着路走，那地方就在庆安街的街角。"

绕着路走已经很可疑，何况还在那么偏僻的位置，甚至那幢茅草屋都不知道是什么时候安置在那里的。

死士首领眸色阴晴不定，最终还是不放心地说道："你们立刻带我去一趟。"

两人互相看了看："现在吗？"

死士首领目光幽沉，盯着厨房里的动静："不，等入夜。"

这次的"参炖鲍鱼"足足炖了两个时辰。等端出来的时候，已经天色微暗。

季郎中小心翼翼地用银针试了毒，对宗霍说道："公子请放心食用。"

两个试吃的下人立刻战战兢兢上前，在宗霍面前舀了两勺汤，喝下去。竟然真的有鲍鱼和人参的味道……

屋中闻见味道的人都低着头，怕自己难忍这珍馐的美味。应当说，尹无常这两天做的所有饭菜，都让人有此感受。

宗霍眼里也流露出渴望，他抬头盯着面前那些死士，所有人都如临大敌，面容冷峻。宗霍每天都要面对这些死人一样的脸，今天，他尤其觉得不能忍受。

"滚出去！不要影响本公子胃口！"

死士首领脸色一变："公子！"

宗霍脸上一沉，胸中那股气闷得更甚，阴森森道："你们连让本公子安心吃饭都不肯，摆着那副脸色存心让本公子恶心吗？"

在宅院中吃喝玩乐的这些天，宗霍俨然觉得自己已经很安全，将他的劣根性再次发挥得淋漓尽致。

死士首领紧捏拳头，骤然转身，带着屋内所有死士走了出去。

宗霍眼中划过得色。

"把汤给本公子端上来！"那下人躬身慢慢把参汤双手端上。

宗霍刚要伸手接过，只听一道柔婉娇声："汤羹已放凉，公子请用……"

宗霍的手顿了顿，盯住面前跪着的下人。

"你是谁？"

那下人的身形显得比一般小厮纤细。他抬起眼，眉清目秀，微微一笑道："奴才是这宅中伺候公子的下人。"

宗楚客给宗霍选择的服侍小厮有数十人，他怎么可能记得住每个人的脸。

那小厮的胸前像揣了什么东西似的鼓起来……宗霍的眼睛瞪得更大了。

而且，那小厮作为男人，皮肤却白得可疑，一双手细腻柔滑，脸上似乎还浮现出红晕。

第三十四章　埋伏

宗霍眼睛发直，盯着那小厮。却见小厮低下头，有些慌乱地放下参汤，立即匆匆退下。

"你给本公子站住！"

宗霍腹下蹿出一团火，小厮却如灵活的蛇一般，瞬时已经溜出了门，逃之夭夭。

等这小厮退下，他才陡然有种面熟的错觉，似乎曾在什么时候，在宅中看见过这张脸孔。可是，他堂堂霍公子，怎么会对一张小厮的脸感到眼熟？

门外的死士耳朵何等灵光，立即上来："公子？！"

却见宗霍大口大口灌着参汤，像是在吞咽什么人的皮肉。

"把院子里所有小厮都叫过来！"吃完后，宗霍冷冷吩咐。

不多会儿，十几个小厮排成一排，人人都胆战心惊的样子。之前是院中所有婢女遭殃，莫非这次又要所有小厮遭殃？

死士首领盯着宗霍："公子到底要做什么？"

宗霍盯死了那些小厮："给本公子抬起头。"

那些小厮再害怕也只能照做，一个个小心翼翼地仰着头，脸上全是惊惧。

小厮们感到宗霍的目光盯在脸上,像是凌迟一样,来来回回,如同漫长的折磨。

没有,没有那张面孔。

宗霍的那股无名火又蹿了出来,不知是否因为参汤太油腻,他感到头疼燥热。

"所有人都在这里?"

死士首领冷冷地说:"小厮一共一十六人,一个不少在这里。"

不可能再多出任何一个。

虽然不知道宗霍此举背后的用意,可是死士首领盯着他:"我等是为了保护公子安全。"

宗霍忽然恶狠狠瞪着他,那张几次三番出现在他面前的脸,每次都莫名地消失得无影无踪,他,或者是她,究竟是谁?

宗霍悬着的那口气终究是放不下了。

后院,一个不引人注意的偏僻小巷内,一个穿着小厮服装的纤细身影慢慢走出,他伸手拉下头上盘着的布巾,顿时,一头浓密如瀑的青丝泄下,遮住她白皙的侧脸。

她再次将身上的小厮服装一脱,露出里面的丫鬟服饰。她把手上的衣服团了团,扔在了角落里。

入夜之后,宗霍终于消停了,他屋内的油灯也终于熄灭了。

死士首领站在院子里,之前他派去跟着尹无常的两个死士,此刻也站在他面前,几人互相使了个眼色:"首领,可以出发了。"

大部分死士还是留守在宅院里,这期间有变故也足以应付。

若不是死士首领疑心重,一心想去看看那间茅草屋,也不会有今夜之变。

"走,"死士首领目光一沉,"一个时辰,速去速回。"

三人互相点头,只见三道身影冲入夜空,很快便毫无声息地消失了。

林中有蝉儿在叫,螳螂在捕蝉。

晚上,神厨尹无常特意给宗霍炖了一碗安神茶,让他夜间能睡得安稳。

但就在他刚刚入睡一个时辰,死士首领带着两个手下离开没多久的时候,床上的宗霍忽然睁开一双眼睛,眼珠子里,是多日未见的血红瞳子。

可是,屋内漆黑一片,就算有人守着,也根本不知道宗霍的变化。

梧州的街巷上有打更人幽幽怨怨的声音,远处有歌女的歌声在飘扬,三名死士运足轻功,冲向白天尹无常去取食材的街巷,死士都是记忆力绝佳,过目不忘,两个人精准无误地找到了地方。

梧州夜晚一贯施行闭户,街道上,只有他们三个的身影。

"首领，就是这里！"

那名死士瞪大了眼睛看着眼前的一切，原先有茅草屋的地方，只剩下一条窄小的空巷子。

死士首领的手握住刀柄，极为警惕地四下观察："小心有诈。"

茅草屋被拆除干净，不用说，这其中必然有鬼，而那所谓的神厨尹无常……

"我等立刻赶回去，杀了尹无常，保护公子。"

就在死士首领下达命令的同时，夜空中忽然响起了一阵轻微的暗器破空之声，三个人凌空翻身，躲过了射来的箭。

死士首领双目凸出，他们来到这里已经正中埋伏！

屋顶上传来低沉的声音："既然来了，就不用回去了。"

死士首领瞪着屋顶上模糊的身影，大叫："好大的口气！"话音落下的同时，刀已出鞘，刺向屋顶的那个人。

他们都是精挑细选出的顶尖死士，以一当十，就算只来了三个人，也不是对方说拦下就能拦下的。

"上。"夜空皎月下，露出裴县冷漠的脸。

他和提前来到梧州的五个裴家护卫，早已布好一切等候今日。今夜对战这三名死士，不是敌死就是己亡。

夜空中传来兵刃碰撞之声，可是即便梧州的百姓听见了这令人心惊胆战的声音，也只是钻进了被窝深处，无人敢开门哪怕瞧上一眼。

望月楼里，当宗楚客说完那句"当你到了阴曹地府，自然就明白一切都不是儿戏了"的时候，所有的气氛骤然间变了。

那些黑衣人散发出的杀气几乎把整座酒楼吞没，裴谈被他们围在中间，成为待宰的羔羊。

"杀。"

宗楚客冷漠地下达了指令，口气仿佛家常便饭。

裴谈身旁的那个护卫也动了，瞬间腰刀出鞘，正面迎击一个黑衣人。

而那看似是刀，其实是一把寒光长剑。

在大唐护卫中，使剑的人已然不如用刀的人多了，不管是暗卫还是内卫，标配的都是刀。

因为剑，早就被认为是华而不实的东西。

杀人见血，取人性命，还是锋利的刀快。

"呀！"黑衣人发出吼声，十几道身影如闪电一般向裴谈扑过去，裴谈保持静默的姿态，毫无变化。

而一瞬间，这十几名全力攻击的黑衣人却如同被网住了。

只见那用剑的裴家护卫露出如刀锋般的坚毅表情，像舞者一样将剑在胸前画了一个弧，顿时，所有黑衣人的刀尽皆被挡住。

不可能！就连宫中一流的内卫高手，也未必能做到这样！

宗楚客一下子站起来。

而裴谈则保持着低头端坐的姿势，手放在桌上，缓慢地捻着一只空杯。

很快，那把不可思议的长剑，真的变成了神兵。

那护卫在十几个黑衣人中间杀进杀出，如入无人之境。他自始至终没有发出一丝声音，只是冷漠地出剑。

甚至没有气息在动。

宗楚客的手指开始发僵发硬，他麾下的十几个顶尖高手，怎么可能会攻不破一人的防线？

除非，这人不是人。

"尚书大人在想，这个人到底是谁，对不对？"裴谈面带淡笑，望着宗楚客问道。

宗楚客憎恨的目光，终于不加掩饰地扫在裴谈脸上。

裴谈慢慢晃着杯子，半晌说道："宗尚书，这是我裴家的第一高手，碧落。"

碧落……

碧落黄泉，上天入地，追魂无常。

像裴氏这样的家族，养的高手暗卫必然不计其数，裴谈出入一直只带裴县一个人，自然容易给宗楚客这样的人造成误解。可实际上，裴县的武功，在裴家远远算不上是第一。

裴家真正的高手，此刻正在这里。

宗楚客的手心几乎要捏碎："你的护卫只有一个人，一个人的体力总有用尽之时，老夫倒要看看，你们能撑到几时！"

裴谈端着酒杯没有说话，只见宗楚客冷冷转身，重新在一张桌子旁坐下。

就算是超尘的高手，只要是肉体凡胎，就终有油尽灯枯之时，一个人对十几个人，看似强横，但是迟早会变成强弩之末。

宗楚客看透了这一点，更加冷漠了。

"老夫也应该让你这竖子尝一尝慢慢等死的滋味。"当初他和宗霍一起尝过的滋味，也该让裴谈尝过，才算泄恨。

裴谈低首，缓慢地摇了摇头。

可是，半个时辰过去了，一个时辰过去了，眼看外面已经日偏西。那个叫碧落的高手，依然神色不变，机械地挡下黑衣人的进攻。反倒是黑衣人，有的已经额头渗出液体。

怪物。

这是所有正在对战的黑衣人的想法。

世上怎么会有不知疲惫、不知饥渴的怪物，这，这还是人吗？

这样的疑问，再次浮上心头。

宗楚客目眦欲裂，盯着那十几名手下，拳头捏紧："裴谈！你这竖子究竟要什么花样？！"

为什么一切的一切，都和计划的不一样。

裴谈望着宗楚客："裴某方才说过，人最容易一叶障目，看不见真正的光景。尚书大人现在……不也是如此吗？"

宗楚客眼球凸出来："你少跟老夫打哑谜，今天老夫必定要杀了你！"

他凶恶地看向地上蜷缩在一起的紫婵儿和文郎夫妇。

第三十五章　算计

柿子要挑软的捏，和有人保护的裴谈不同，这两夫妻随便一根手指就能捏死。

宗楚客抽出身旁黑衣人的长刀，径直走向紫婵儿二人，裴谈看见了，却无法做出对策。

紫婵儿奋力爬到文郎身上，用自己的身体挡住他："你住手……"

宗楚客冷哼一声，长刀一划架到了紫婵儿的脖子上。

"裴谈，你若愿意这样耗着，老夫就陪着你慢慢耗，至于这对夫妻，老夫要让你眼看着他们上西天。"宗楚客的刀用力一紧，紫婵儿纤细的脖子上就是一道血痕。

可紫婵儿的嘴紧紧闭着，竟不肯发出一丝声音。

裴谈冷冷盯着宗楚客，他发现，自己对宗氏父子还是低估了。

宗霍能在长安街头纵马伤人，宗楚客面对寻常百姓，眼都不眨就可以随意杀掉。

"这是裴某与尚书大人之间的事，何必牵连其他人？"他缓缓说道。

宗楚客幽冷一哼，既然这对愚蠢的夫妻把裴谈引来了，那他便要物尽其用。

"老夫给你一刻钟时间，让你手下那条狗立刻停手，否则老夫先杀了这女人，接着再杀了这男人，等你和你的护卫气力都耗尽了，老夫再让你和那条狗一起去见阎罗！"宗楚客恨得咬牙切齿。

裴谈盯着他看，这时，紫婵儿泪眼蒙胧地说道："大人，婵儿只求你护住文郎，婵儿不怕死，不想文郎随婵儿受苦。"

她这声"大人"自是哀求裴谈，可现在，裴谈也是被十几个黑衣人包围着，只不过靠着碧落的神兵长剑才勉强安然无恙。

宗楚客看了紫婵儿一眼，真是个懂配合的女人，面对这般哀求，就看那竖子还能忍到几时。

"想好了吗？还是你要亲眼看到这女人死，才能改变主意？"他说着，沉下了脸。

紫婵儿索性闭紧双目，引颈待戮而不反抗。

裴谈幽沉道："碧落，回来吧。"

几乎就在那一瞬间，那十几人中如入无人之境的绝顶剑客，忽地犹如穿花拂柳般，轻轻松松便甩开十几把刀的纠缠，瞬间出现在裴谈身侧。

这是怎样恐怖的一个高手，已经陷入苦战快一个时辰的黑衣人们顿生胆寒。

裴谈身边带着这么一个人，怪不得他会是如此游刃有余的状态。

宗楚客同样捏紧手指，自从宗霍案件之后，他就一直派人盯着裴谈，可是这高手究竟是何时来到他身边的，尚书府竟然没有收到一丝消息。这竖子……比他想的还要难对付。

十几个黑衣人悉数退回宗楚客身边，把紫婵儿和文郎一起围在中间。

宗楚客说道："你不过一个大理寺卿，就敢目中无人，几次三番狂妄地羞辱老夫，你以为出身河东裴氏就可以有恃无恐？可惜你裴氏再大，也大不过韦后娘娘。"

裴谈盯着他："你以为刚才那番缠斗，外面街上的人会毫无察觉吗？"

方才酒楼内的动静太大，宗楚客想一手遮天，难道当那么多经过的路人都是聋子？

宗楚客目光阴冷："裴谈，你真以为老夫今日只是来为难这两个酒楼贱民的吗？老夫不妨告诉你，今日只要是在这长安城内，哪怕一只苍蝇想飞出去，都要老夫点头。"

这句话的意思是，长安城已陷入宗楚客的掌握中。

裴谈盯着他，宗楚客虽然贵为六部尚书之兵部统帅，可是要想掌控长安，他还远不够资格。长安城在千牛卫的掌控中，想控制长安，就要控制整个千牛卫营，这样的权力，恐怕除了中宗以外，不会有旁人。

但是宗楚客现在盯着裴谈,就像在看一个死人。若没有控制长安城的自信,他怎么可能这么确信裴谈今日一定有来无回。

裴谈脸色终于有了变化:"宗楚客,你在天子脚下弄权,是全然不把陛下放在眼里了?"

宗楚客干脆冷笑:"说老夫弄权?你这竖子深夜进宫与陛下暗通款曲,视五大世家如草芥,今日之事正好让你知道,长安城……可不是你河东裴氏放肆的地方!"

他言语中提及河东裴氏,裴谈的双拳慢慢紧握起来。

碧落站在他身侧,如不动的古松。

这时,众人才恍然注意到,外面的街道竟是冷冷清清、安安静静。不要说人的说话声,便是走动声也一丝都没有。

酒楼外面仿佛已经成了一座空城。

可这里是长安,怎么可能会安静如斯?

宗楚客瞥了一眼脚下的紫婵儿和文郎:"竖子,你就和这两个酒楼贱民,一起去地狱做伴吧。"

十几名黑衣人再次亮刀,准备动手。

现在,双方的底牌都已经亮出,就算裴谈继续让碧落去和黑衣人纠缠,在知道了长安城现在的情况后,这种痴缠也已经失去了意义。

"等老夫替你们收了尸,再把那犯事的宫女带去陛下面前,她亲爹荆哲人还流放在寒塔未归,流放地的那些逆贼,个个冥顽不灵,对大唐心生怨怼。这荆氏也免不了俗。"宗楚客冷冷说道。

裴谈意识到了什么,立即带了几分厉色看向宗楚客。

宗楚客阴毒地吐出后半句来:"到时候,你裴氏勾结逆贼,意图谋反的罪,就逃不掉了……"

紫婵儿已经忘记了颤抖,人心竟然可以险恶到这种地步,盘算到了每一个细节。

原来,她的望月楼,她的夫君,甚至大理寺卿,以及帮助过她的荆婉儿,都早已被这个宗楚客放到他的瓮中算计,没有一个能逃掉。

宗楚客面无表情地吩咐黑衣人:"动手吧。"他不想再等了。

裴谈盯着他,慢慢说道:"你一直说要找荆婉儿,你在这家酒楼,找到了吗?"

在宗楚客的计划里,最后也是最关键的一环,就是荆婉儿。

宗楚客冷漠地看着他,良久才说道:"老夫知道你们不会把人藏在这里,老夫也说过……如今这长安城,哪怕是一只苍蝇,都别想躲过老夫的围堵。"

怪不得他一直不找荆婉儿,来到望月楼派人搜了一圈没发现之后,就不再费力。

原来，宗楚客早就知道，荆婉儿不管是藏在望月楼，还是藏在长安任何一个角落，对他来说都是一样的。

迟早，也是瓮中的鳖。

裴谈终于慢慢眯起了眼睛。

紫婵儿也望着裴谈，也许是知道了死亡即将到来："裴大人……"她喃喃说着。

裴谈唇边忽地露出一抹浅笑："那如果，荆婉儿不在长安城中呢？"

这世上有人男生女相，也有人女生男相，分明是一副女儿身，却因为某种误会，不得不以"男儿"的身份生存。

其实在傍晚盘点小厮的时候，有一个小厮的身子颤抖得极为厉害，可惜的是，包括死士首领在内，没有人发现这一点。只能说宗霍太过邪恶，每个人在面对他时，害怕的情绪都情真意切，自然无法发现。

清点结束后，所有小厮都散开，那"小厮"躲到巷子里，浑身发抖地捂住要哭的脸。这时，一道身影走向"他"，是个窈窕美丽的婢女，那婢女望着"他"笑："你很害怕吗？"

那"小厮"强烈地颤了一下，立即抬头看向她。

虽是穿着婢女服饰，可是那张脸，"小厮"却不认得。

那婢女微笑着："原来你是女人。"

那"小厮"顿时抖得更厉害，她盯着婢女的脸，像是在绝望。

如果被发现了，在这个宅子里，只有死。

婢女望着她，似乎也在思考什么，忽地婢女笑了一下："其实，你是女人，这是一件好事。你相不相信？"

"小厮"望着面前始终和善温柔的那张脸，终于鼓足勇气冒出一句："你到底想怎么样？"

婢女歪头望着她。正如她所见，下午喝完那碗"参汤"的宗霍，已经成为即将离水的鱼，只需轻轻一推。

婢女轻柔地笑了笑："因为现在那位公子爷最需要的，正巧是一位女人。"

如果是一位能随时利用"小厮"身份进出内院的女人，那就更好不过了。

那"小厮"有些惊惧地看着这个陌生婢女，不知道对方到底意欲何为。

而婢女也很快就说出了自己的想法："那位公子爷才是这座宅子的主宰，只要他还在一日，你永远都会担惊受怕。"

不止这位假冒身份的小厮，其他真正的小厮、婢女、死士，都不过是随时被那位公子爷捏着玩儿的蝼蚁。

婢女笑得很温和："所以你明白了吧，他现在病入膏肓，若是无法康复，等待他的也只有一条路，死……"

"小厮"脸上的惊惧更深，已经转变为僵硬呆滞。

"现在，戏台已经慢慢搭好，万事已经做妥准备，就欠一股东风了。而这东风，便是你。"婢女面色含笑，温软地看着这位女生男相的"小厮"。

第三十六章　堕魔

自从婢女们被禁止出入内院后，那些死士为了万全，把她们都关押在一间潮湿阴暗的柴房里。

这些婢女都是如花似玉的年纪，哪受过这种折磨，整天以泪洗面，担惊受怕，唯恐外面那些人一个不顺心，就把她们全杀了。毕竟在梧州这样的地方，天高皇帝远，死了也是白死。

"这里是柴房，多的是干柴。"角落里一个幽幽的声音说道，"只要用火石点着，很容易就能烧出一条路来。"

其余婢女都惊惧不堪，没有人应声。

角落里那声音还在幽幽继续："或者就等在这里，迟早会死……"

那公子是三年不能碰女色，不是三天，或者三个月，她们早没有了出头之日。

也许哪一天，她们的尸骨，就会变成柴房里的柴火。

有婢女摇着头，缩在角落里幽幽哭泣。

那声音又冷冷响起来："哭有什么用，现在就把火点着，如果能痛快地死，你们倒是应该去感谢阎王爷。"

忽地就有婢女跌跌撞撞从墙角站起来，她们已经不记得多久没吃过饭："我宁愿拼一把……"

说完，这身影"咚"的一声撞到墙上，疯癫般地说："好过等死，好过等死……"

一个婢女手里捧着两颗火石："我手边就有干柴，烧吧，烧吧。"

要么烧死了，要么烧活了。

几个婢女争先恐后地从角落里摸出了火石和干柴。只见黑暗中出现无数的火星，像是她们心底的星光。

火遇干柴，烈火熊熊。这些苍白的脸孔被照得清清楚楚，她们盯着火苗，没有人恐惧。说来也巧，这间柴房的其中一面墙，是全部用稻草堆砌而成，火一烧，那面墙就如摧枯拉朽一般被烧光了。没过一刻钟，这些婢女就看到了渴慕已久的出路，就在她们面前。

"可以出去了！"又是那幽幽的声音。

所有婢女都顾不上往这声音传来的方向看上一眼，全部跌跌撞撞冲入了夜色中。

此时，所有死士都奉命守在宗霍的内院周围。关押婢女的柴房位于最远的外院边缘。等火光烧到天际，浓烟滚滚，这些死士们才发现。

"怎么回事？！"

死士眼中露出恐惧的神色，他们看着冲天而起的火光，根本来不及反应。

一个小厮跌跌撞撞地扑倒在地上："是那些婢女……她们叛逃了！"

死士们目眦欲裂："火是怎么着的？"

小厮也是被吓破了胆。

"火是从柴房里烧起来的……"小厮只喃喃说得出这一句。

死士霍然抽出了腰里的刀："守好内院的出口，那些贱婢，见一个杀一个。"

小厮颤抖的手指指着前方："好像、好像有人冲着内院方向来了。"

如果这些婢女是想趁乱进入内院，那她们的目标就是宗霍。看来，这些贱婢背后真的有人操控……

那死士冷冷看着身后的同伴："趁着她们还没到，全部杀了。"

也许早该解决这些贱人。

死士们都去截杀婢女了，那小厮跌跌撞撞地摸进了宗霍的房里，反手关上了门。黑暗里，喝了"安神汤"，本该睡死的宗霍，眼睛却无神地盯着天花板，嘴里喃喃自语："热，热啊……"

小厮颤抖着看了看四周，本该守着宗霍的季郎中，也不知所踪。

他慢慢上前唤了一声："公子……着、着火了……"

因为害怕，他的双手都是冰凉的。他抬起手，扶上了宗霍的额头，突如其来的冰凉让宗霍一个激灵。

"公子？"小厮又害怕又忐忑地开口。

宗霍忽然痉挛地抓住了额头上的手，如抓住救命稻草般忽地用力，那瘦弱小厮尖叫一声，被拎小鸡一样拎起来，丢到了床的里侧。

"你说什么？"宗楚客的声音有些尖。

裴谈被十几名黑衣人围着，却慢慢拉过一张椅子，坐在了上面。他目光淡淡："荆婉儿，早就不在长安城里了。所以尚书大人的计划，恐怕要落空了。"

宗楚客死死盯着裴谈："竖子……你敢诈老夫！"

裴谈淡淡地看着宗楚客："裴某不会在尚书大人面前打诳语，否则尚书大人以为，这满城的千牛卫到处巡视，为何到现在还没有把荆婉儿带到大人的面前呢？"

如宗楚客所说，长安已经连一只苍蝇都不可能隐藏。可是，这么多训练有素的大唐千牛卫，却居然花了近两个时辰，还没有找到一个躲着的宫女。

相信每个人手里都有荆婉儿的画像了。

大唐最精锐的千牛卫，拿着最清晰的画像，却到现在还没找到人，这已经说明不对劲了。

可惜宗楚客只顾在望月楼和裴谈的对峙，还来不及发现这些问题。

宗楚客的双目殷红可怕："那贱婢没有机会离开长安城，长安六门的守将，都是老夫和韦氏的人。"

韦皇后和韦相早已暗中把控了城门，这竖子不过是垂死挣扎，妄图苟延残喘。

裴谈盯着宗楚客："尚书大人是何时接管长安城门的？"

宗楚客目光缩了一下。

早在裴谈从醉情楼出来，回到大理寺闭门不出的当日，宗楚客就已经联合韦后封锁了长安。

他没有时间做出任何筹划。

这样一想，宗楚客的神情再次冷了下来。

裴谈说道："所以，荆婉儿是何时离开的，尚书大人心中应该清楚了……按照时间推算的话，裴某在大理寺闭门谢客时，就是荆婉儿离开的时候。"

自从裴谈举动异常开始，宗楚客就一刻不停地盯着他，自然无暇管其他。

倒不如说是裴谈故意让宗楚客盯住自己，好为荆婉儿的离开布局。

宗楚客的目光紧缩在一起："竖子……"

裴谈道："对了，还有裴某的贴身护卫裴县的去向，尚书大人现在也该想到了吧？"

裴家第一高手碧落神秘地赶到裴谈身边，裴县却一去不返，加上荆婉儿早在那时候就离开了长安，这一道一道圈成了一个网，网住了宗楚客。

宗楚客浑身冷战，双手剧烈抖动，他忽然抑制不住吐出一口血，旁边的黑衣人立刻道："大人！"

宗楚客怎么都不愿想那个过程："即便没有那贱婢……老夫今日照样能杀掉你

们，然后……在韦相面前随便编一个罪名，就让你裴氏和这酒楼化为乌有……"

他像恶鬼一样盯着裴谈，咬住皮肉，至死不放，也算是为他的儿子报仇。

裴谈的目光变得幽深："尚书大人可以大开杀戒。但我裴氏盘踞河东多年，大人想靠着随便罗列的罪名扳倒裴氏，怕是绝无可能。大人若杀了裴某，韦氏会不会为了大人一个外姓之人，与我裴氏为敌……大人，裴某劝你三思。"

河东裴氏，博陵崔氏，大唐韦氏。

韦氏现在是大唐之首，因为大唐皇后、大唐丞相都姓韦。

可是一朝天子一朝臣，就在几年前，这天下还不姓韦呢。

七宗五姓，关中四家，每一个世家实力均衡，谁都是百尺大树，根深蒂固。宗楚客位居一品尚书，还有韦氏撑腰，可那又如何？即便他真姓韦又有何用？韦氏会为了一个毫无价值的纨绔子弟之死，和堂堂河东裴氏成为不死不休的宿敌吗？

简直是因小人而失天下。

说到底，宗霍的命，从头至尾，都只有宗楚客一个人才真正在乎罢了。

裴谈慢慢从桌前站起，目光却远眺窗外："大人，此刻，梧州的信鸽应该来了……"

听到"梧州"二字，宗楚客仿佛失去了所有支撑，嘴角流出了血，整张面孔分外狰狞。

"裴谈，你才是真的恶魔。"他慢慢说出这句话。

裴谈望着宗楚客："今日之果，本来就是注定的，只不过尚书大人偏要逆天而行，才会如此绝望。"

而他们父子此时体会的绝望，又何尝不是被他们伤害的百姓早就体会到的呢？

真的有一只雪白信鸽停在了窗框上，这扇窗户正是裴谈刚刚打开的。

裴谈望着信鸽，这千里而来的信鸽会停留在望月楼，自然也是一早就准备好的。

"尚书大人不想最后看看令郎传来什么消息吗？"

宗楚客跌跌撞撞走过去，一个黑衣人长刀划过，取下信鸽腿上的信筒，谨慎地递给他。

宗楚客打开信笺，看着上面早已干涸的字迹：公子病重，请大人急寻名医，至梧州为公子看诊……

这最后的消息，也透着最后应有的不祥。

裴谈幽幽地道："此信已经写就半月。令郎千里迢迢奔波逃命，却还是命中该有一绝。"该死的人，怎么能不死呢？何况还是大理寺加盖金印，早已判了死刑之人。

宗楚客的目光已失去焦距，他老来得子，命中有劫，若不能成圣，便只有堕为魔。

第三十七章　裴氏

宗楚客盯着裴谈说道："裴谈，从此以后，老夫和你裴氏，便是不共戴天。"

这声音缓慢，听似没有情感，可是却有一种倏忽的冷穿透人心。

裴谈隔着十几步的距离盯着宗楚客，两人背后其实是两个百年世家的博弈，而今日，宗楚客输给了先一步筹谋布局的裴谈。

他转过身，如死神一样盯着脚边的紫婵儿和文郎："老夫杀了这两个酒楼贱民，就算是出了今日这口恶气。"

说时迟那时快，黑衣人的刀抹向了紫婵儿的脖子，这次是宗楚客冷血报复，绝无可能再手软。

"用令郎一具全尸换取酒楼这两人的性命，想必这笔交易对尚书大人也不亏吧？"

"住手！"只听一声尖利的大喝，黑衣人的刀堪堪在紫婵儿纤细的脖子上划出一道血痕，却是在千钧一发之际收住，充满恐惧地缩了回去。

紫婵儿嘴角流血，瘫倒在文郎身上。

宗楚客双目凸出来，像个可怕的索命鬼："裴谈，即便我儿犯了死罪，也是要由陛下亲自裁定，你算个什么东西，敢动用私刑？！"

即便刚才宗楚客已经心灰意冷地确信再也瞒不住宗霍的行踪，却万万想不到，裴谈会说出留全尸这样的话来。

裴谈望着宗楚客那张扭曲的脸，一直拢在衣袖里的双手，慢慢分开，右手握着一卷明黄色卷轴。

一看见这个，宗楚客的眼睛就充血了。

裴谈盯着他片刻："裴某理解尚书大人是关心则乱，可是令郎的死刑，早在近两月之前，就已经昭告天下。陛下也已经亲自裁定过了，所以，尚书大人所说即便令郎犯事也需要陛下裁定的话，放到今日，早已不成立了。"

宗楚客双臂发颤，此事若再裁定一次，无疑是在对天下人说，中宗陛下根本是毫无言信的君王，自己说过的话都能被推翻。

而这，在历代，任何帝王那里，都是不可能的。

君无戏言。

不仅仅是四个字而已。

裴谈手中握着圣旨："此事，陛下已密旨言明，私下处死罪子宗霍，越少人参与越好。"

"私下"二字已经说明此事不能被大白于天下,"越少人参与"就更是说明了这个意思。

而宗楚客却还妄想着能让宗霍之罪再被裁定一次。

这位宗尚书已经到了知天命的年纪,一生大起大落无数,现在却犯了最低级的错误。

宗楚客此时已经完全没了锐利,他甚至只能一只手扶在桌子上,目光浑浊地看着对面那个他半刻之前还一心想要杀死的年轻人:"裴谈,老夫问你,你究竟……将霍儿放在了何处?"

他早已不抱希望还能再在长安看见活着的宗霍,应该说,他不知道这辈子还能不能看上宗霍的尸体一眼。

哪怕宗楚客堪称一代枭雄,此刻也威势尽失,成了一个衰朽的老人。

裴谈双手拢袖:"……以令郎一条全尸,换酒楼二夫妇性命,裴某,必不食言。"

宗楚客如泄了气的皮囊,手中的刀应声而落。

今夜有人调虎离山,死士首领缠斗到了血染透衣裳的时候,看着旁边已经奄奄一息的两个同伴。

至此他才终于明白,原来他们早已落入别人设好的圈套里,只可惜自己人都还一无所知。

天上的月亮,似乎也染了一层血色。

在这血月的映照下,不管是梧州,还是长安,都是一样的。

"首领,我们……不行了……"那始终并肩作战的死士,嘴角挂着血,身上也滴着汗与血。

他们是顶尖高手,可是在这里等着他们的人,同样是高手。

裴县身上也遍布血痕,但他显然还有战力,手中握的刀染着血月的霜华:"杀了他们,一个不留。"

所有裴家暗卫在空中化成黑色的暗电,冲着三个血衣人影而去。

死士首领原本垂死的眼睛里,忽然爆出一线血丝,他的刀尖瞬间戳到地面,目光却看向了身侧的两个死士。

这两个人受伤更重,是绝对活不成了。既然如此……

他眼底那丝血红更深了。

"上!"裴县如天降之神一般,举起他的刀,劈向了那三人。

顿时,只见死士首领长啸一声,说时迟那时快,他竟然伸出两只手,将左右那两个死士凌空揪起来，狠狠抛向了空中裴县的刀。

浓热的血喷在了裴县和两个暗卫的脸上，两个死士的尸体挂在刀尖上，眼睛瞪出来，死不瞑目。

裴县把刀从尸体身上收回来，转过头，看见死士首领的身影遁入了夜色里，像是慌不择路的幽灵。

两个暗卫看向裴县："裴大人，不追吗？"

裴县将染血的长刀收入鞘中，目光冷冷看着黑夜："不用追，没有必要了。"

两个暗卫似乎有些诧异，但看着脚下两具尸体，想了想也不再说什么。

死士首领捂着身上流血的伤口，跌跌撞撞穿过街巷，一路朝着宗霍的宅子奔行。今夜的事早有人预谋，必须赶快告诉公子，幸好，幸好死士的大部分力量……都留在宅中。

他一边走一边怀着希望，脚底下都是血脚印，他们死士的命，就是为了主子而存在的，用自己的命护主子周全，就是死士的全部价值。

眼看再过一个街角就到了，他嘴角溢出笑，扶着墙，一步一步慢慢走过去。

眼前，冲天的火光，仿佛在嘲笑他。

死士首领不可置信地瞪着眼前的景象，这条街上只有他们公子的宅子，那火海正好将宅子吞噬其中。

怎么、怎么会这样……

死士首领瞪大眼睛，一步也迈不出去，留下的全部死士怎么可能护不了宅子周全？

油尽灯枯的身体，"啪"地跪到地上，死士首领最后的希望破灭，他和那两个被他推向了刀口的手下一样，最终圆瞪着眼睛，死不瞑目地倒在街上。

宅子里，所有下人都已经哭丧着四散逃离，所有死士保持着生前最后一个姿势，千奇百怪地躺在地面上。直到最后一刻，他们都不知道自己是怎么死的。

厨房里，最后走出来一个老者，尹无常抖了抖腰间的汗巾，看着院中横七竖八的尸体，冷笑了一声。

为什么他是神厨？为什么他能把素斋做出肉的味道？

奇妙吗？并不，因为那些东西，原本就是肉……

尹无常拿出腰间所谓的"独门秘方"，将那瓶子扔进了熊熊燃烧的火焰里。

所谓裴氏第一高手，叫碧落黄泉，追魂无常。尹无常。

这场做了多天的局，总算能在这天夜里收场，眼看这大宅中，终于一个活人也没有了。

一扇敞开的大门里，宗霍衣裳剥尽，仰躺在大床里侧，已经没有了一丝气息。

连日食肉，又碰女色，神仙在世，也救不了他。

冥冥中有天罚，肆意妄为的人，只有死路。

裴县终于带着人赶到了大宅，果然没有看到那个"逃回来"的死士首领。在屋顶上，裴县看到了已经死去多时的宗霍，不由沉默了片刻。

片刻之后，他说道："把他的尸体带出来。"

两个暗卫互相对视了一下："为何还要多此一举？陛下的旨意是斩草除根，就让他随这宅子烧了岂不正合圣意？"

的确，这样彻底烧光，才更符合中宗的心意。

但是……

裴县皱了皱眉："先照我说的做，待明日我等复信大人，再由大人发落。"

或许可以说，裴县跟随裴谈已久，有时候，似乎能提前猜晓裴谈的心意。

两个暗卫冲入被火海包围的厢房，将狼狈的宗霍背了出来，而裴县只用被子将宗霍裹住，三人就这么趁着夜色离开了大宅。

第二日晨，三个乔装改扮的客商，低调地带着两大箱土货出了梧州城。他们有衙门签发的路引，可以一路不受盘查，况且三五个人的小型客商，本也不会受到梧州城门守卫的重视。

而等出了城，那几个暗卫才终于忍不住道："那婢女……"

他们这环环计划并非裴谈所立，真正筹谋这一切的，是那个深在内宅大院的青葱少女。

裴县神色不动："她的事，有大人定夺，无须我等过问。"

两个暗卫对望一眼，终究将话语咽了回去。

……

同一日，裴谈在婢女们的伺候下，将那沉重的官服穿上，戴上帽子，进宫对中宗复命。

中宗听说了整件事的前因后果之后，脸上倒也说不上是高兴还是不高兴，只是叹了叹，片刻说道："辛苦裴卿了。"

裴谈淡淡道："是臣分内之事。"

中宗望着这位年轻却城府韬略样样不输的臣子，终于慢慢说道："世家勾连暗通，始终只有你裴氏，是站在朕这一边的。"

裴谈缓缓垂下眼眸，缄默不语。

这位二次登基的天子，面临的朝局却是世家专权，宦官当道，内，有外戚独大；外，更有隐忧无数……

CHANG'AN MI'AN LU
第二案

考场舞弊

流言最是恐怖,
今天长安街上那么热闹,
那周记包子铺里又坐了那么多客人,
那么多张嘴,
这件事很容易就会被更多人知道。
而他们最担忧的,
是被柳家人知道。

第三十八章　棺中少女

长安城的西门，平时是不开的，但现在正值春闱。

这是中宗复位以后的第一次春闱，大唐考生云集长安，各府寺都严阵以待。

四大城门的守卫，都在严格盘查过路人员的路引。

"站住！你是干什么的？！"守卫狠狠盯着一个躲躲闪闪的男人。

这男人跟在一个商队后面，企图混进来，然而还是被眼尖的守卫抓住。

男人开始哀求："我的路引丢在半路了，求求官爷……"

守卫面无表情："没有路引也敢进长安城？丢出去！"

男人拼命挣扎："官爷！我真的是来赶考的！我真的……啊！"他声音惨烈，还是被毫不留情地扔到了城门外。

身后排队入城的人都内心惶惶。

入京赶考的，谁不是十年寒窗？还没考就被丢出去，实在令人心寒。

要知道，来到长安，路远迢迢，有些盗匪甚至埋伏在路边，专门抢过路考生的钱银，像这样丢了路引的，自然也不算稀奇。

就在人人自危的时候，一阵马蹄声响起。

城外一队轻骑卷起烟尘，十几个人身着大唐千牛卫的服饰，一路纵马来到了城门处。

原本正在等候进城的人，见状纷纷避让。

为首的人勒住马头，目光冷傲地在守卫身上扫过，一边摘下了腰牌。

傲慢的声音响起："千牛卫奉命巡城，闲杂人等立刻让开！"

守卫一见宫里的腰牌，当下唯唯诺诺，往后一瞥，脸色就变了。

"敢问，那棺材里……"

这些千牛卫要拉进城门的东西，是一口棺材。

千牛卫继续冷傲道："那是我们在城外发现的焦尸，怎么，要检查吗？"

守卫脸色变了变，低下头："开城门。"

千牛卫猛地昂首扬鞭，一行车马从城门涌入。

不用说，百姓们看到棺材，也是能躲则躲，千牛卫带着这口薄皮棺材，一路穿过长安城大街，丝毫不顾所过之处引起的骚乱。

穿过几条街以后，千牛卫来到一处森严的府邸面前，为首之人抬起手："停。"

整支队伍缓缓在门前停下。

为首的冷峻男人抬头扫了一眼府邸匾额，大理寺。

他终于下马，望着大理寺门口的衙役："请通禀寺卿大人，千牛卫奉命求见。"

大理寺的守卫们互看一眼，千牛卫办的都是皇差，他们见到这般阵仗，也都有些色变。

一炷香后，裴谈换了官服，端坐在大堂上。

只见四五个人抬着一口摇摇欲坠的薄棺，有些吃力地放到了堂下。

自古棺材上公堂，都是不甚吉利的事，即便是在大理寺，也很少见到这样不寻常的场景。

裴谈的目光在千牛卫首领的脸上扫了一下，认出此人是博陵崔氏的连襟，这长安城的大小官员，都与五大家族有关。

"棺中是？"裴谈望着千牛卫问道。

千牛卫首领闻言，拱了拱手："近日入长安的考生极多，我等奉命出城巡查长安周边，上午在一处官道发现了这具尸体。"

裴谈的眸子不由动了动。

三年一次大考，这样的情形并不算陌生。

那千牛卫接着说道："我等发现的时候，尸体面容皆已腐烂，无从辨认，所以我等按流程，只能先将尸体送至大理寺中看管。"

大理寺主管刑狱命案，现在城外出现无名尸，的确应该是大理寺承办。

刑部是不会管这些的。

裴谈走下大堂，沿着那棺材看了几眼。

这棺材简陋得像是几块木板随便拼装的，千牛卫显然也不会为一具无名尸准备什么像样的棺材。

难道是死在半路上的考生？

裴谈沉思了一下，说道："这具尸体就是在官道上发现的吗？"

官道上车马如龙，一个死人不大可能会被直接丢在路上……

千牛卫顿了顿，说道："是在官道旁的草丛里发现的，当时此人身无长物。"

面容腐坏，身无长物，也就是说，此人完全无从辨认身份。

果然只有这种棘手事,才会找到大理寺。

"不知寺卿大人还有何询问吗?"千牛卫幽幽问道。

裴谈的手看似无意地在棺底抚了一下,那一刻,他眼眸深处陡然幽深起来。

"没有了。"他慢慢说道。

千牛卫拱了拱手:"既然如此,那我等就先回宫对陛下复命了。"

说罢,一行人留下棺材扬长而去。皇家近卫,就是这般目中无人。

公堂里,裴谈盯着那端正摆放的棺材,片刻后命令道:"将棺材先抬到验尸房。"

几个差役立刻动手,吃力地把沉重的棺材抬进了验尸房。

早已等候多时的仵作立刻上前,想要开棺验尸。

"所有人都出去。"就在这时,裴谈淡淡说道。

仵作惊疑不定:"大人,尸体已有腐烂的臭味,还是尽快让小人验尸为好。"

尤其是这棺材如此劣质,早就挡不住尸体的腐臭,那气味已经从大堂传了一路。

裴谈眸子幽凉了一下:"本官自有打算。"

仵作还想说什么,却被一双冷冷的眼睛盯住,只能硬着头皮低头退下。

裴县冷冷盯着衙役:"大人吩咐,带上验尸房的门。"

这样的举动就更让人惊异了,但大人就是大人,衙役们一声不吭将门关起。

验尸房本就无窗,光线昏暗,只有两盏油灯如幽灵般时不时颤抖几下。

裴谈这才慢慢抬眸,看了一眼身旁的侍卫,眼神中意有所指。

裴县立刻面无表情地走到棺材边,一只手按在棺材板上。只见一阵白烟过后,棺材盖在他的劲气中四分五裂。

伴着一阵熏天的恶臭,窄小的棺材里面一览无遗。

一刹那,就连不动如山的冷面侍卫,脸上都出现了震惊的表情。

棺材里,躺着一个唇红齿白的妙龄少女。

少女的呼吸,平稳而清晰。

在公堂上的时候,千牛卫们刚把棺材放下,裴谈就发觉这棺材有异样,他隐约觉得这棺材比一般的沉。

后来裴谈用手抚了一把棺材,发现这薄薄一层棺材板,居然有些许温热。

要知道,死人是不会有温度的。

裴谈之前怀疑是千牛卫故意为之,可是他试探了几句,发现千牛卫毫无反应。

所以他才屏退众人,在这无人的验尸房里,开棺一探究竟。

纵使已有充分的心理准备，看到棺中少女容颜的一刹那，裴谈也几乎呆滞了。

这时，少女的睫毛动了动，像是沉睡许久刚刚醒来那样，缓慢地睁开了眼睛。

那一瞬，像是注定似的，她和裴谈的目光正好相对。

棺中恶臭熏天，但仿佛没有人注意到这些。

良久，少女唇边动了动，娇俏的脸上居然露出盈盈一笑，说道："大人。"

裴谈不知何时捏紧的手，渐渐松开，盯着少女一字一顿道："荆婉儿？"

荆婉儿手脚动了一下，有些吃力地扶着棺材壁坐起来。她的手脚因为久躺已经僵硬，加上棺中空间狭小，连翻身都困难。

等她坐起来，就见她身下真正的尸体被一张白布裹着，早已僵硬。

她竟然是一直躺在这尸体上面。

裴谈终于问了出来："你怎么会在这里？"她不是应该早就远走高飞了吗，至少不会再让人找到了吗？

看到是荆婉儿已经足够让人惊骇，偏偏她还出现得这般惊世骇俗。

只见荆婉儿低头拍了拍衣裙，然后才笑道："我在城外徘徊许多天，看到千牛卫带着这棺材路过，于是想了个法子，才躲到这棺材里。"

她说得轻巧，要骗过大唐精锐千牛卫，谈何容易？但在梧州那一次，每个人都早已见过这少女的狡黠和聪慧。

现在的长安城没有路引绝对进不来，看看每天被丢出去的那些考生就知道了。只有千牛卫的车马绝对没有人敢盘查，所以荆婉儿才能浑水摸鱼，顺利进城来。

但裴谈的那句话，问的显然不是这个。

"为什么还回长安来？"裴谈的声音有些压抑。

分明已经获得自由，谁还会傻到重回牢笼？

荆婉儿站在昏暗的验尸房里，她的皮肤呈现出一种不健康的苍白，可以想见，这半年来她经受了多少风霜。

可她脸上却没有半点在意的样子，嘴角挂着笑："多谢大人在梧州对婉儿网开一面，但婉儿在长安还有未完成的事，只好辜负大人一番好意。"

看她说得轻描淡写，一句"未完成的事"，就解释了她冒险混入千牛卫押解的棺材，逃回长安的事。

这副样子，怎能不让人动气？

"你当这是闹着玩儿的吗？"温雅如玉的裴公子，脸色竟有些阴沉。

荆婉儿望着裴谈这张熟悉的脸，竟觉得有些恍惚，她粲然一笑："谢谢大人。"

这半年，她走遍了大唐的千里山河，甚至还想过要远走岭南，和被流放的家人团聚。

但所有这些，最终都坚定了她重回长安的决心。

混进一口棺材里，谁能想到这样的办法？

怕是仅仅和死人同棺而眠，就已经能吓坏常人。

可荆婉儿不一样，她在宫中已经和尸体相伴五年。这一身臭味，换了别人早就难以忍受，可她却安之若素。

在荆婉儿身上，裴谈看不见一丝后悔，到底有什么事，能让她费尽心机也要回来？

第三十九章　巧言令色

验尸房的门骤然被敲响，外面的人紧张道："大人，属下们听见有外人声音，敢问大人可需要属下们帮忙？"

裴谈依然盯着眼前的少女，一字一顿地说道："不必进来。"

门外的敲门声这才停止，显然衙役们也不敢硬闯。这才是问题，待会儿出去，怎么对看到的人解释棺材里竟然多出个大活人？

荆婉儿却是低头，也不知到底心虚没有："大人，婉儿在长安无处可去，只能投奔您。"

宫中是没有她的位置了，宫中是怎么对待逃奴的，荆婉儿比任何人都清楚。

她想混进长安，再混进大理寺，本就是难上加难，应该说，连上苍都在帮她。

裴谈听到荆婉儿说只能投奔他，却没什么喜色，眸中幽深不见底："长安有什么事需要你回来？"

荆婉儿慢慢看向裴谈，就在裴谈以为她要说出什么的时候，少女忽然目光波动了一下，低下了头："婉儿从没有独自在外生活过，大人愿意放了我，婉儿心怀感激，这半年……其实婉儿也时常会想到大人。"

裴谈："……"

旁边的侍卫看了一眼自家大人的脸色，自古都说女人的话最狡诈，越年少越美丽的女人果然更是如此。

荆婉儿却毫不担心，眼含笑意看着裴谈："婉儿虽是一介女流，但愿常伴大人左右，尽全力为大人分忧。"

或许有哪个朝代轻视女人，但大唐万万不敢。

他们刚刚从一个极强势的女人手中解脱出来，对于女人的头脑和能力，没有一个大唐人敢看轻。

这话真是让人听着怪慌的。

只见荆婉儿已经敛衽对着裴谈拜了下去。

就在膝盖距离地面还有一寸的时候，她被扶住了，抬头撞见裴谈的目光。裴谈说道："起来吧。"

荆婉儿跪不下去，只能先起来。

她看着裴谈，见他说道："一会儿，若有人问起你，你就说你是千牛卫奉命带来的人。"

荆婉儿眼中惊讶了一下，很快反应过来："婉儿明白了。"

棺材是千牛卫抬进大理寺的，从头到尾裴谈只是旁观，有人要质疑，也只会以为荆婉儿是被千牛卫一起带来的。至于求证的话，千牛卫身在皇宫，是陛下的禁卫，谁敢问？

论要聪明，荆婉儿很擅长，但对于官场上这一套，还是要仰赖裴大人了。

"大人，等一等。"

只见荆婉儿忽然跳回棺材边，伸手在尸体头底下摸了摸，然后拽出一个包袱。

那包袱破破烂烂的，荆婉儿用手拍了拍，就背在了自己肩上。

她不好意思地对裴谈一笑："里面只有几件旧衣服。"

她不光自己躺在棺材里，还不忘把自己的家当也带上。

……

裴谈沉着脸打开了验尸房的门，守在外头的衙役和仵作早就等急了，就在他们急赤白脸想要往里冲的时候，骤然看见一个少女低着头，脸色惨白地从里面出来了。

所有人捂着心脏，又揉了揉眼睛。

刚才……这验尸房里，只有寺卿大人和他的侍卫吧？这怎么多了一个……

在大理寺当差本来就容易神经衰弱，此时，众人有点颤抖："大人，您身后是？"

就好像裴谈身边跟了个女鬼似的，直到裴县骤然打开了验尸房另一侧的门，冷冷对仵作道："可以进去验尸了。"

仵作震惊地看着已经被打开的棺材。

所有衙役看着验尸房内的情景，也都惊呆了。

荆婉儿跟着裴谈走出验尸房，才抬眼看向四周，还是那个熟悉的大理寺，除了季节的交替带来的一丝萧索气息。

裴谈停在一间屋子前，伸手推开了门。一阵腐朽沉闷的气息传来，空气中都是灰尘的味道。

他走了进去，屋中陈设简陋，是大理寺无数废弃房屋中的一间。

他慢慢看向身后跟进来的荆婉儿："你暂时待在这里，我会让人给你送些热水。"

她一身怪味儿，需要好好洗洗。

荆婉儿抬头与裴谈四目相对，慢慢福身："多谢大人。"

这里再简陋，也比棺材里好多了，更比曾经的宫中自由。

裴谈看了一眼侍卫，两人走出屋子。

"大人真的要让荆婉儿留在大理寺？"裴县凝望裴谈的身影。

且不说一个女人身份有多么惹人注意，大理寺这样的地方，根本就不是女人应该来的。

裴谈淡淡看着他："你还有更好的办法吗？"

荆婉儿已经直言，除了大理寺，她的确无处可去。

裴县沉默半晌："她留在这里，迟早对大人不利。"

一个背着家族之罪的女子，本身还是宫里的逃奴，一旦曝光，裴谈和大理寺必然要遭殃。

裴谈良久说道："宗霍的案件，如果没有她，我也无法在期限内向陛下复命。"

如果那样，就犯下了欺君之罪。所以现在出手庇护这个少女，裴谈没什么犹豫。

裴县也不再说什么了，似是默认。

荆婉儿把自己的包袱放到床板上，环视了一下这间屋子，其实除了脏一些，屋子还是不错的，尤其是窗口朝阳，可以看见阳光暖洋洋地照着大半个房间。裴谈看似随意推开的这道门，似乎并不是那么随意。

荆婉儿不由笑了笑，拆开自己的包袱，将衣裙规整了一下，就拿出一块小抹布，开始打扫房间。

等热水送来的时候，荆婉儿刚刚将地打扫完，两个表情古怪的衙役抬着一桶水进来："寺卿大人吩咐送热水。"

荆婉儿看着他们，立刻盈盈一笑："谢谢两位大哥。"

两个衙役互看一眼，后脑勺吹过一阵凉风。

他们在大理寺当差，别说女人了，连个母的都没见过，当他们的目光掠到荆婉儿白皙的颈间，更有种呼吸顿住的感觉。

两人逃也似的跑了。荆婉儿利落地解了衣服，抬脚滑进了桶里。

舒服。

这半年，她根本不知道洗澡为何物。

就在荆婉儿享受热水澡的时候，裴大人坐在大厅里，叫来了仵作。

仵作刚刚验尸完毕，来向裴谈汇报。

"大人，尸体骨瘦如柴，为弱冠之年的男性，身上共有十五六处伤口，均为刀伤，死因也正是失血过多。"

裴谈望着仵作："尸体身上有其他东西吗？"

仵作说道："没有。连衣裳外袍都已被人剥去。"

死状这样凄惨，又是在官道边上。长安城外盗匪极多，经常抢劫过路商旅，死者的样子像是被人洗劫后灭口。

这样的案子要找凶手也是极难。

这时，仵作的目光闪烁了一下。

"倒是那位姑娘……大人，敢问她也是在棺材里……里面吗？"

裴谈目光平淡，半晌道："不错。"

仵作低下头，在他看来，这就是默认荆婉儿也是千牛卫带来的人。

只是，居然在棺材里放着一个活人女子，这未免太奇怪了。

何况，以千牛卫的身份，为何要带着这么一个女子进城？

恐怕大理寺所有见过荆婉儿的人都有这种疑问。

荆婉儿在屋内换好衣服，望着自己脱下来的那身旧衣，想了想，还是丢到了火盆里，看着衣料慢慢燃尽。

倒不是她嫌弃衣服接触了尸体，而是她曾穿着这身衣服在城外监视过千牛卫搬尸体，小心驶得万年船，这件衣服还是不要再出现为好。

这时，肚子里的叫声让荆婉儿想起自己已经多久没吃饭了。

有人敲门，荆婉儿打开门，看见冷冷的裴县。

"大人在书房用饭，让你收拾完了一起过去。"

正合荆婉儿意，她对裴县微微一笑道："好。"

裴县看她头发上还带着洗后的湿意，衣裳也换了新的，身上那股怪味儿也不见了。

荆婉儿抬腿想走，转身看男人不动，把脚收回来："怎么了？"

裴县冷冷地盯着她："你胆子为何这么大，敢混进长安城？"

荆氏已经没了，荆婉儿只是个无根的孤女，哪来的胆量屡次犯欺君大罪？

荆婉儿看见裴县放在腰侧的手有些紧，那里有他的佩刀。

"因为我不怕死。"她嘴唇翕动，坦然地说。

她所做的每一件事都要冒极大风险，而得到的利益也极大，寻常人谁敢拿自己的命去换这些利益？

裴昙的手松了松，同时眼底一动。

荆婉儿的肚子又叫了一声，她捂着肚子，再次看了看裴昙。如果审问完了，能不能带她去吃饭了？

裴昙目光沉沉地盯着她，好像看穿了那貌似坦白背后的真面目："你想利用大人替你查荆氏当年的案子，这才是你用尽手段要留在大理寺的目的。"

荆婉儿的身体几乎瞬间僵住。

裴昙双眸冷酷，隐带肃杀："虽然你在梧州帮了大理寺，但你要想拖着整个大理寺入葬，裴家绝不会放过你。"

任何人想重查荆氏的案子，都等于是犯谋逆之罪，把裴氏这样一个百年清门卷入血腥之中，这才是这个面上盈盈带笑的少女想要的。

而裴谈是裴氏这一支的嫡脉，他的荣辱事关整个裴氏，到了必要的时候，裴家可以毫不犹豫地杀掉荆婉儿。

裴昙的右手已经按在刀柄上，若此女是个隐患，他更愿意现在就替裴谈和裴家除掉她，即便……在梧州之时，他的确曾动过恻隐之心。

荆婉儿转头面对裴昙，神情略带微妙："你真的想杀我？"

这个总是不吭声的侍卫，其实才是最不能小看的人。

裴昙眼神阴森了一下，这院子偏僻，即便荆婉儿毙命此处，旁人也要很久才能发现，而他，自会在一切结束后向裴谈请罪。

荆婉儿说道："你杀了我，就能阻止接下来发生的事，对吧？"

因为她不慌，反而让裴昙握刀的手显得不那么确定。

但，此女确实是个祸害。

在院中只有两人的情况下，荆婉儿想救自己的命，几乎不可能，正如脆弱的卵独自面对巨石一样。

但裴昙也不知道，他为什么迟迟没有把刀拔出来。

荆婉儿看出了他的举棋不定，自然一勾唇："就算你说的是事实，你现在能杀了我，但若有一日，大人接到了宫中的旨意，要他重审当年的那个案子，你还能杀了那个下令的人？"

这简直是大不敬到令人发指，裴昙的眼睛直盯着荆婉儿，这丫头是真的不怕死。

荆婉儿却不认为自己冒犯了谁，她有些紧逼道："你又能保证没有这一天吗？如果这一天到来，大人……就会需要我。"

她是荆氏唯一留在长安的后人，一旦日后荆氏案件重审，她就是最关键的那一环。

侍卫终于沉下了脸："没有这么一天。"

现在的朝廷局势，天后幽居后宫，中宗陛下手握大权，再也不会有能动摇大唐根基的人了。

荆婉儿，不过是在巧言令色。

"陛下在剪除外戚的势力。"荆婉儿沉住气，盯着侍卫的眼睛，"不然宗霍为什么会死？整个长安都是外戚在横行，陛下受制于武氏半辈子，如今难道还会甘愿受制于外戚？"

听了这番话，裴县的神情猛地变色。

第四十章 收买仵作

"够了，别再砌词狡辩了。"裴县沉下脸。

荆婉儿一笑，索性把自己白皙的颈子露出来："那你就杀了我吧。"反正她无所谓生死。

裴县几次要抽刀，手却稳稳动不了。满朝文武，如果中宗真要重审，会找谁？

必然是裴谈。

杀了荆婉儿，可能就是断了以后的一条生路。

荆婉儿挑眉看着裴县："你要是不杀，我可就走了。"

说着，她便转身离开了，她曾经来过大理寺，知道裴谈的书房在什么地方。

她可以自己去。

而裴县看着她走远，没有阻止。

书房里，裴谈看着已经清洗干净的荆婉儿，少女的娇媚展露无遗。

荆婉儿看到桌上摆的饭菜，虽只是清粥小菜，但对于几天没吃饭的人来说，已经是珍馐了。

裴谈拉开了自己身旁的一张椅子："坐吧。"

荆婉儿不由看了他一眼，他是官，她是奴，没听说过官和奴可以坐在一张桌子上吃饭。

而裴谈已经拿起了筷子，自顾夹起了一道菜放入口中。

好吧，她实在是饿了。就在她抡起筷子准备开吃的时候，目光瞥见了旁边摆着的一杯清水。

对于久饿之人来说，一杯水可以湿润食道，避免被过硬的食物噎着。

她慢慢放回筷子，端起那杯水喝了进去。

整个吃饭过程无比安静，荆婉儿吃掉了一碗粥和三碟小菜，这才满足地吐出一口气。

她看向裴谈："多谢大人。"尤其是那一杯水。

裴谈早就放下了筷子，他本来就少食，今日桌上这些菜是刻意让厨房多做的。

这时，门口传来衙役的声音："禀报大人，仵作已将尸体验看完毕，询问大人是否明日就火化下葬。"

因为无法确认无名尸的身份，此案便属于死案，大理寺可以直接结案。

这时，荆婉儿神色动了动，还没等她闪过讶异，身旁的裴谈已经说道："就这么办吧。"

再这么折腾下去，也是徒然。

等衙役离开，荆婉儿神情怪异，忽然问道："大人为何这么快就下葬？何不在城中张贴告示，问是否有人失踪了？"

无名尸未必真的无名，若是有谁家出来认领，岂不正好对上？

裴谈不由看向荆婉儿："尸体是在城外发现的，身份基本已确认是到长安赶考的举人，离家千里来长安，纵然在长安城内张贴告示，也不会有人认得。"

因为死的本就不是长安城人士，又如何去贴告示寻人？

这才是大理寺定案的依据，长安每日发生的各色案件极多，并非每一件，大理寺都可以找到线索侦破，虽然有些无情，但这便是现实。

荆婉儿若有所思地看着裴谈。裴谈道："你想说什么？"

荆婉儿似乎是在斟酌，片刻后说道："大人，尸体身上的刀伤，仵作没有验出什么问题吗？"

荆婉儿是跟尸体"亲密接触"过的人，棺材里虽然黑暗无光，可正因如此，荆婉儿才能更清晰地感受到身下尸体的每一寸肌肤……

裴谈感觉出了异样："你认为仵作应该验出什么？"

荆婉儿眨了眨眼。从裴谈的表情可以看出，他是真的不知情，难道堂堂大理寺的仵作，连那么明显的伤口都没看出来吗？

"尸体身上的刀伤虽然多，但真正致命的只有一处，这些仵作可有告诉大人？"

裴谈望着少女的脸庞："我知道。"

荆婉儿的神情有点古怪:"那大人想必也知道,除了心口那致命的一刀,其余的刀口,都是在死者死后才割上去的。"

裴谈神色一震。

荆婉儿意识到自己猜对了,有关那尸体的许多事,身为大理寺卿的裴谈原来并不清楚。

原因就是,仵作告诉他的"验尸结果"并没有异常。

但是仵作为什么不告诉裴谈真相?

他隐瞒真相的目的是什么?

"你如何看出是死后的伤口?"或者,怎么分辨出是死前还是死后造成的伤?

荆婉儿慢慢说道:"我在宫中处理过被鞭尸后才送来的尸体。死后皮肤伤口的颜色会不一样,很容易区分。"

最后这句话,是在说一个有经验的仵作,是不可能连这么明显的事情都看不出来的。可事实是,要么仵作眼睛真的瞎了,要么裴谈被欺瞒了。

尸体一旦焚毁,就死无对证了。况且尸体是今天才被拉来大理寺的,明天就急不可耐要火化下葬,这在荆婉儿看来更是欲盖弥彰了。

荆婉儿目光一转:"大人若是不信,可以趁着尸体被处理之前,亲自去看一眼。"

荆婉儿虽然不是仵作,可她这一双手摸过的尸体,怕是不比任何一个仵作少。

裴谈来到验尸房的时候,守卫衙役的呼噜声已经大到隔着老远就能听到。

当他睁眼看见裴谈的瞬间,三魂吓掉了两魂半:"大、大人!"

那衙役连滚带爬地站起来,又扑通跪下去。

裴谈却什么也没说,只盯着那扇门淡淡道:"把门打开。"

衙役哆嗦着从腰间拿出钥匙,立即冲过去开门。

门开了以后,臭味更是扑鼻而来,衙役拼命忍住想呕吐的感觉。

裴谈已经率先迈步走了进去。

"大人!"那衙役失魂落魄地下意识叫了一声,"尸体今日仵作已验过,死因也已经呈报大人,敢问大人还要看些什么?"

裴谈没有搭理他,只是瞥了一眼:"将门带上。"

那衙役硬着头皮把门又关起。

荆婉儿倒是神情自若,这种味道,她五年间已经闻习惯了。

尸体就摆在验尸台上,用白布盖着,渗出阴森的血色。

裴谈慢慢伸出裹着绢帕的手,掀起了白布。

尸体的面目极为可怖。这具尸体的确无比凄惨,即便是大理寺内也很少见到死状如此难看的人。

裴谈继续将白布往下拉，一直拉到了尸体的脚部。

裴县在尸体的脚旁点了一盏油灯。

荆婉儿指着尸体上的伤说道："大人请看尸体胸口这一刀，伤口呈红紫色。死者被一刀毙命吗，死的时候根本都来不及挣扎。"

裴谈已经看到了，那胸口处的伤血肉翻出，很是狰狞。

"敢问仵作是如何描述死者死因的？"荆婉儿施施然问道。

其实，从裴谈的表情就可以看出，她说的和仵作说的并不一样。

"被乱刀追杀，失血过多。"仵作虽然说了心口是致命伤，但他说的重点在于，死者曾被乱刀追砍，暗示死者是死于盗匪流寇。

荆婉儿摇摇头，片刻才说："尸体生前并没有被乱刀所伤，这么多伤口，都是在他已死之后被人划上去的。"

只见荆婉儿从衣袖里扯出了一截帕子，悠悠说道："大人，得罪了。"

接着，她把帕子像是手套那样裹住自己的两根手指，再将手指慢慢探入死者的一处伤口。

里面有白色的蠕虫。

裴谈："……"

"大人，您不觉得这些刀伤太过齐整了吗？"

乱刀，乱是挺乱，但仔细看每一道刀口，都是那么的利落干净。

什么时候就连拦路抢劫的盗匪流寇都有这么高超的刀法了？

裴县的目光沉了下来。

荆婉儿迅速将帕子从手上解下，丢到烛火上烧了。

裴家侍卫训练有素，每个人都苦练刀剑十几年，才有这样的功力。

死者面目全非，包括脸上的那么多刀伤，也全是有人故意为之。

没有流寇，没有劫匪，自始至终是有目标的精准杀人。

就在这时，荆婉儿忽然一愣，她盯着尸体的一只手，那只手纤瘦文弱，但是在拇指和食指间，却有一层肉眼可见的薄茧子。

"这只手，常年握笔。"什么身份的人会常年握笔？只有书生。

"大人，在大考期间蓄谋害死举人，应该是重罪吧？"荆婉儿轻轻说道。

验尸房中，三人都沉默了片刻，衙役在外面战战兢兢地等着，被走出门外的裴谈再次吓了一跳。

"大、大人？！"

裴谈看着衙役："尸体暂不下葬，命人在城中贴出告示，询问是否有失踪人士。"

衙役眼睛瞪着："是、是大人……"

荆婉儿也没想到，她临时钻进这具棺材，倒是钻出了一桩案子来。

"能对人一刀毙命，甚至死者都没反应过来，足以说明是职业杀手。长安城里只有世家大族才有能力豢养死士，但是能让堂堂世家出手杀人，这人必定不是一个普普通通上京赶考的考生。"

裴谈看着少女没有言语，这一环一环，形成了一宗预谋的杀人案。

荆婉儿说道："仵作被收买了，而且早在千牛卫带着尸体进长安之前，就已经有人布下了后面的局。"

伪造成无名尸，把尸体故意丢在官道上，就是为了被巡城的千牛卫发现，然后带回。

世家大族想收买一个人，那还不简单得很，在大理寺验尸十年的俸禄也未必抵得上一张银票。

第四十一章　让我试试

第二天一早，大理寺的告示就贴满了大街小巷，死者身高七尺三寸，身形瘦削，肤质白净，发色偏浅，问谁家有失踪男儿，可来大理寺认尸。

你看，只要你会摸尸体，即便尸体面目全非，你也能从中看出许多。

而这样的告示，虽没有说明样貌年龄，但只要真的是熟悉的亲近之人，必然一见就心中有数了。

裴谈吩咐，等仵作来上工，立刻带他来见。

然而，直到日上中天，仵作也没有来大理寺。

"今晨他只要出门，见到了大人的告示，就知道瞒不住了。"

若仵作不心虚，自然不需要跑。

这时，裴县淡淡地说："大人可以派一队衙役去他家搜寻。"

现在长安城门盘查严格，仵作没有文牒绝对逃不了，而且长安城有大小宵禁，仵作根本无处可躲。

荆婉儿想到了什么，目光微动，却没有作声。

裴县很快就带着衙役出门了，大理寺的仵作都是刑部委派，想跑也没有门路。

敢犯律法，上至刑部下至地方，都会立刻通缉。

此时，荆婉儿和裴谈正在大理寺院中弈棋。好歹曾是名门千金，荆婉儿自是懂一点琴棋书画。

"你对裴县这次抓捕并不看好？"裴谈眼睛盯着棋盘，一边将子落下。

荆婉儿皱眉苦思棋局，反正仵作逃不掉，又何必再多费功夫？

裴谈有些漫不经心，只要抓住了仵作，自然就能知道他是受何人指使，这案子就破了。

"婉儿在宫中的时候，那些贵人主子如果不想落下不仁的名声，就会想方设法借刀杀人，再把那拿刀之人杀了，如此就可以斩草除根，高枕无忧了。"

简单来说就是螳螂捕蝉黄雀在后，站在食物链顶端就可以操控所有人。

裴谈手中握着白子，和少女对视。

在棋局上，荆婉儿显然不是他的对手，此刻已是让了三子，荆婉儿依然无力翻盘。

裴县看着面前被烧成一座焦土的宅子，从那废墟中发现了被烧焦的尸体。

附近的邻人颤巍巍地说道："昨天夜里，突然着了大火……"

废墟里，可以看见仵作面目狰狞，眼球都快要瞪出来。他是被活活烧死的。

但是，一个有理智的人，怎么会任由自己被活活烧死？

"裴县，这儿有个女人！"

搜寻的衙役忽然大叫。裴县走过去，看到在仵作焦尸不远处，一个女人被压在了门板下。

长长的头发也已经烧焦，最重要的是，她的腹部隆起了一块。

衙役们惊骇。

裴县慢慢伸手，从女人身下拽出一截被烧断的绳子。

他看着这绳子，拇指粗细，女人手腕上有一道白色的勒痕。不是他们不想跑，而是他们当时已经被绳子绑住，根本逃不出去。

衙役们不知所措："裴县，咱们怎么办？"

当差多少年，头回遇上这样的事。

裴县表情冰冷："带上尸体，我们回去。"

……

荆婉儿刚刚弃子认输，就听到衙役们回来了。裴谈也很惊讶为什么他们回来得这么快。

而同时带回来的，是两具焦尸。

看到尸体之后，荆婉儿和裴谈都陷入震惊之中。尤其是荆婉儿，她唯一没有算到的是一尸两命。

"现场没有留下任何东西吗？"良久，裴谈向裴县询问。

裴县表情冰冷："属下带人搜查了半个时辰，所有东西都已化为焦土。"

放火的人就没打算要留下任何痕迹，唯一留下的是那一截被压在女人身下的绳子。

荆婉儿觉得自己的喉头有种说不出的堵塞感，那些人的速度那么快，甚至等不到天明，仵作就已经被灭口，这一切都像是有人算计好的。

"大人，不管背后的人是谁，他们连女人孩子都不放过，大人一定要捉拿他们归案。"否则这世上还有什么公道可言？死去的人又怎么洗雪冤情？

裴谈没有言语，他清俊的脸上表情冰冷，站在尸体旁显出得有些萧瑟。

荆婉儿伸手触碰了一下那女子，却见灰烬落下。她赶快把手缩了回去。

"拿一些银子，买一块风水佳地，将他们好好安葬吧……"裴谈慢慢地说道。

仵作犯了律法，但他如今得到了更残忍的对待，死者为大，裴谈决定将他以大唐官员的身份厚葬。

荆婉儿回房后，那只触摸过女尸的手还在抖，她感受到指尖还留着灰烬。

有一个人鬼鬼祟祟地穿过街巷，对着停在街角的马车有些慌张地说："大人，出了点问题。"他手里是撕下来的一张告示，正是大理寺贴出的那张。

马车里的人没有露面，但声音听起来非常不善："这就是你们说的万无一失的计划？"

那人流下冷汗："没关系，大人，长安城里没人认得那范……那死者，等过些时日，无人搭理大理寺，这些告示自然就作废了。"

马车的车门忽然打开一条缝，从那缝中露出一双微微眯起的眼睛："你能保证这一次，大理寺真的会作罢吗？"

那人慌张得腿软，下跪道："大人，小、小人之前天天与死者为伴，敢保证他绝不认识长安城的什么人……"

马车里的人这才冷哼一声，那双眼睛重新遁入黑暗："这次要是不成，你的名额，老夫只能让别人顶替了。"

那人脸色惨白，眼看马车越走越远，他露出一抹阴狠之色。这世上，人为财死，鸟为食亡，不能怪他狠毒，年年科举，只有少数人才有机会站在众人之上，他若不抓紧机会，还要再等多少年？

告示贴出去三日，无人问津。

荆婉儿双手捧着茶盏，脚步轻碎地踩着台阶，慢慢走入裴谈的书房。

"大人请用茶。"

裴谈看着荆婉儿，目光从她的脸上移到手上："谁给你准备的茶水？"

大理寺除了衙役，连一个下人也没有，只有一些干粗活的老仆妇。

荆婉儿淡淡一笑："院中有一口井，婉儿取了清晨露水，加上采摘的新鲜枸杞，泡了这一壶茶。至于茶具，是奴婢在自己房中取的。"

都是就地取材，根本不需麻烦别人。

裴谈盯着她，荆婉儿也看着他。"为什么要做这些？"他问。

荆婉儿笑笑，施施然把东西放在了桌上："婉儿无一技之长，仰赖大人才活到今天，这些小事，却是能为大人做的。"

整座大理寺如同死气沉沉的墓地，没有侍女，没有端水倒茶之人，而裴谈这位出身裴氏的公子，想必自小就是在仆婢的簇拥下成长的。

裴谈盯了少女良久，才慢慢端过茶，凑近喝了一口。

荆婉儿望着他："大人以为如何？"

裴谈什么话也没说，只是轻轻放下茶盏，垂眸淡淡道："以后不必做这些了。"

他从来没把荆婉儿看成过奴婢，而她原本便是荆氏的女儿，更是无需对任何人低声下气。

荆婉儿眸色动了动，她刚要说些什么，忽然一阵鼓声响起，让两人俱是一震。

一个下人匆忙来报："大人，府外有人击鼓。"

这正是大理寺外鸣冤鼓的声音。府外之鼓，一旦敲响，便是如此声震四方。

这鼓，已有多少年没有被敲响了。

裴谈看向那下人："看清了是什么人击鼓？"

下人抬起头，立即道："是个女子。"

能有勇气在大理寺外击鼓的人，大多走投无路。听下人说击鼓的是个女子，荆婉儿面上现出讶异的神色。听这鼓声非常有力，显然女子是在用尽全力敲鼓。

裴谈目光幽深："立刻将人带来。"

下人立即点头，起身就向院外跑。

荆婉儿看向裴谈，半晌才眯起眼睛问道："大人以为这击鼓之人，和贴出的告示可有关联？"

裴谈沉眸："去了便知道了。"

桌上的茶盏尚有余温，裴谈看了看，慢慢端起来，将盏中茶水一饮而尽。

裴谈换上了官服，来到大堂，却不见有人。

奉命去门口带人的衙役有点尴尬地说："大人，那女人非要亲自见到大人，才肯进大堂来。"

裴谈目光渐深："为何？"

衙役有些不敢抬眼："她说、她说自古都是衙门难进，官官相护，她怕走入大理寺的门，还不等见到大人，就被那无良奴才害、害了性命。"

这话让大堂上一时沉寂。

传话的衙役也低着头不敢多言。

忽然，荆婉儿一笑，慢慢对裴谈说道："大人，不如让婉儿试一试吧。"

裴谈不由看向她，少女笑得温和，眼眸间有种淡然。

正如她的名字那般，她身上隐约流淌着婉约之意。

裴谈垂下眼睑，半晌说道："那你就去试试吧。"

只见荆婉儿对裴谈福身，竟是正式行了一礼："是。"

说着，少女柔婉的身影离开了大堂。

大理寺门口，一名身材纤细的女子，手臂颤抖，却仍在拿着沉重的鼓槌，一下下向那悬在她头顶的鼓面敲打。

第四十二章　一个女子

她必须用尽全力，才能够到那面高高的鼓，她的脚尖踮起，丝毫不顾身上的衣服已经湿透。周围已经有人对她的"不检点"指指点点了。

面前的大理寺门，终于如她所愿再次打开。

她充满希冀地朝那门口看去。一双女子的纤足从门内走出来。

女子打量着走出来的少女，发现那终究不是她想见的人，神情中露出了失望。

荆婉儿看到了女子脸上的神情。她穿着一身俭朴的衣服，面庞却清秀动人，年纪约莫二十来岁，可惜脸上却满是凄楚神色。

"我是裴大人的侍女。"见到女子后，荆婉儿斟酌着言辞，说了这么一句。

那女子目光动了动，再次打量了一下荆婉儿，目中忽地露出希冀。

于是，荆婉儿微笑着说出第二句："裴大人让我引你去见他。"

那女子皱眉，有些不敢相信地道："真、真的？"

荆婉儿的面庞带着让人安心的神色："大人听见了击鼓声，已经更衣完毕，此刻在公堂等你。"

女子怔怔地，忽然落下两行眼泪。

荆婉儿慢慢上前，牵住了女子的手。

就这样，荆婉儿一路引着她，来到了裴谈所在的公堂。

一到那里，女子看见高高坐在那里的年轻男子，和传闻中一样，果然是个俊秀的世家公子模样。

女子不由直直地跪了下去："民女叩见大理寺卿大人！"

女子身形袅娜，举止中有一种风流之态。

裴谈似乎是第二回坐在公堂上，上一回坐堂，是为了死在宗霍马蹄下的渔夫之女断案。那也是个柔弱女子。

"堂下是何人？报上名来。"

女子虽跪着，身子却挺直："民女林菁菁，长安人士。"

"为何击打鸣冤鼓？"裴谈盯着女子苍白的面容。

林菁菁再次将头叩在地上，似乎心情难以平复，一时并未说话，良久之后，她起身从衣袖中拿出了一张折起的告示。

这大约是长安城史上最离奇的一张寻人告示，写着寻人，却没有任何画像，只有几行寥寥的描述，写着似是而非的失踪者外貌特征。

这便是贴在大街小巷的寻人告示。

林菁菁似乎平静了许多，慢慢开口："民女，要见这告示中之人。"

荆婉儿站在大堂一侧，慢慢看向裴谈。

裴谈缓缓问道："你知道告示中是何人吗？"

林菁菁脸上忽然浮现出一丝讥嘲，攥着那告示，慢慢道："民女知道。"

裴谈眸色深邃："是谁？"

林菁菁目视裴谈，却并未回答，半响，唇边勾起一丝凉薄的弧度："在这之前，大人可否先告诉民女，这画中之人，现在是死还是活？"

荆婉儿带着讶色，大堂上的气氛骤然沉默。

裴谈盯着女子也未出声，要知道，大理寺的告示上，只说了寻人，却未曾说生死。

这女子上来便问，尤其是脸上还带着决绝之色。

"你与告示中之人是什么关系？"裴谈沉眸，再次问道。

却见那女子脸上的冷笑更加明显，荆婉儿看见她露出的纤细手腕上有一朵牡丹花，她一瞬间明白了什么。

身体发肤受之父母，寻常良家女断不会在皮肤上刻东西……

林菁菁神情渐凉："大人不让民女见这告示中人，看来，告示中人真的已遭不测。"

裴谈不由皱了皱眉。

此女子分明有话想说，却不肯说。

这时，荆婉儿开了口："林姑娘，你既来认人，至少要说出所认之人的身份吧？"

林菁菁的骨节苍白，手交握在一起："画中人名叫范文君，是从并州来到长安赶考的举子，若……若大人恩慈，可否将他的尸首交给民女，民女想将他好生安葬。"

这话更让人无从回应，林菁菁从上公堂开始，神色中明显藏着事，却并没有打算说。

裴谈沉沉看着她："尚未见到尸首，你如何确定就是范文君？"

林菁菁凄然一笑："大人告示中写了，所寻之人右手有茧，那必是范公子无疑。"

谁才会注意这般细节？荆婉儿不由觉得林菁菁定是死者亲近之人，否则断不至于知道这许多。

裴谈只能道："那你又是范文君的何人？"从女子的谈吐来看，他们并不是亲人。

却见林菁菁咬住下唇，半晌才生硬道："朋友。"

荆婉儿大抵明白裴谈这么问的用意，果然，裴谈说道："即便告示上……是你所说之人，根据大唐律法，也只有亲属才有资格领回尸体安葬。"

林菁菁脸色白了一下，片刻说："范文君并非长安人士，又岂有亲人来为他装殓？"

裴谈良久道："那便没办法了。"

林菁菁的手攥在一起："请大人通融。"

裴谈望着那瘦削的身影："律例如此，本官也不能改变。"

林菁菁忽然抬起头看着裴谈，不知她心中闪过什么样的想法："坊间都传言道，裴寺卿有狄公的风范，小小渔夫之女也得以伸张冤屈。如今大人便任由范文君死在异乡，却不能入土为安吗？"

这时，衙役喝道："大胆！竟然威胁大人！"

林菁菁脸上却丝毫没有惧意。

荆婉儿已经约莫感觉出来了，听这女子的谈吐，绝不是普通市井小民，而且她似乎的确一心为死者着想。

荆婉儿忽地一笑道："林姑娘，你不关心死者是如何死的，只想领回尸身安葬，恕我不明白你之所想。"

不惜敲响鸣冤鼓来到大堂见官，显然是与这位"范文君"有不浅的情谊，既然如此，听闻死讯之后，为何林菁菁只是脸色苍白了一下，却没有更多激越的表现？

越看越觉得这女子有秘密。

面对荆婉儿的问话，林菁菁沉默了。荆婉儿这时说："你既然是长安人士，又是如何与范文君相识？你可知道……范文君的尸首，是在城外被发现的？"

林菁菁浑身震了一下，看着荆婉儿："他的尸首……在城外？"

看着林菁菁的神色，荆婉儿的眸子幽了幽："尸体上刀伤无数，仵作的验尸结果称，死者是被抢劫的盗匪所伤，乱刀致死。"

这是之前仵作的验尸结果，但已经被推翻，裴谈不由神情一动。

只见一直还算冷静的林菁菁神色激动起来："乱、乱刀？"

她颓然坐到了地上，似乎有些发呆。

没有人能接受自己在乎的人以那样悲惨的方式死去。

荆婉儿不禁耍了个心眼儿。

只见林菁菁慢慢地直起身子，声音有些轻抖："范文君绝非死于盗匪，请大人明察。"

裴谈望着她："你为何这样说？"

林菁菁有些凄寒地笑了笑："范文君是个落魄举子，身无分文，又有哪个盗匪会抢这样的人？"

林菁菁好不容易才肯吐露真情。裴谈和荆婉儿对视了一眼。

"他生前下榻在长安最破旧的闻喜客栈，那势利眼老板几次要轰他出去，把房间租给别人。他唯一有的，便是那一身不入俗流的豁达……"

裴谈沉默许久，等着对面女子拭干泪水。

"范文君可有仇家？"他问。

林菁菁摇了摇头，幽幽道："以他的性情，又怎会与人结仇？"

不为财，不为仇。

林菁菁沉默良久，忽然幽幽道："民女与范文君早已约好，在三月初九那天碰头，可是，他却没来。"

此后，她再未在长安见过他。

裴谈眸色幽深："你们如何相识？你又为何会与他相约？"

林菁菁低着头，忽地浅浅一笑道："大人问这些，民女也没什么不能说的。民女乃是闻喜客栈专门雇来给各位举子唱戏寻乐的青衣，和范公子便是由此相识。"

林菁菁前来击鼓，裴谈自然想要知道她的身份，现在她终于说了出来。

至此，荆婉儿心中终于了然，她猜的没错，会在手腕上刻花的，只能是长安的风尘女子。而她此前不说，显然是怕自己的身份被人看轻。

"范公子，"林菁菁说道，"也是那客栈中唯一会对民女以礼相待之人。民女这样的人，被人轻视践踏再寻常不过，民女也已经习惯了。"

而有一个人却不同，甚至愿意挺身维护一个戏子，足以让这个女子铭记。

荆婉儿瞬间就明白了，林菁菁，她是范文君的恋人……

其实，每次科考期间，长安城里都会上演才子佳人的故事，但林菁菁和范文君这一对，却是其中最悲惨的。

只见林菁菁忽然深深地叩首在地，起身的同时说道："既然民女不能领回范公子的尸首，民女也不想再纠缠，大人，请容民女告辞。"

她慢慢起身，掩下悲戚之色，竟要就此离开。

荆婉儿喉咙里明明有哽着的话，这会儿却说不出来，看到林菁菁已经迈出了大堂的门，上首的裴谈显然也是一样的心情。

说到底不过是欺负这世上孤苦无依之人，即便伤了、死了，若无人为其鸣冤，便死也无人过问。

这凄惨身死的举子范文君，死了多日，告示贴出三天，也只有一个心系着他的风尘女子前来为他泣泪。

第四十三章　老狐狸

门口的衙役拦也不是，不拦也不是，只得望着裴谈："大人，这……"

裴谈不是不想拦，而是，他也没有什么立场拦住这位林姑娘。

荆婉儿盯着裴谈，低声道："大人就这样让她走吗？"

裴谈贴告示引出人来，却万没想到是这样的情形。真是世事难料。

"退堂吧。"裴谈慢慢摇了摇头。

荆婉儿在后院追上了裴谈："大人。"

裴谈转过身，却是看向身后的裴县，思忖片刻说："你去办一件事。"

眼看裴谈低声交代了两句，裴县就冷冷地离开了。

荆婉儿有些不解，看向裴谈。裴谈对她说道："你的身份多有不便，大理寺并不是所有人都听我的安排，以后，不要再出现在公堂了。"

荆婉儿目光幽幽和裴谈相对，今天她直接把林菁菁带到了大堂，虽然暂时没有人质疑她,但是以后显然没有这样的好事。

"婉儿明白,多谢大人提点。"

裴谈看着她清秀脸庞,且不说她的身份有多危险,要是真的揭穿了,大理寺也保不住她。

见裴谈转身,荆婉儿终于忍不住说出心中的话:"婉儿进长安之前,不得已在城外徘徊了数日,遇到一户渔女,说她曾见新任大理寺卿为一介小小民女申冤做主,判了权贵之子宗霍以极刑。婉儿记得,那渔女说,当日她亲见裴寺卿,恍如见到了再世的狄公一般。"

狄公怀英,曾被武天后称为"沧海遗珠",在仪凤年间,升任大理寺丞,一年内判案一万七千件,空前绝后。狄公之后,再无人肯为普通百姓得罪当世权贵。

而裴谈也是约一年前,在中宗复位,朝局一片兵荒马乱下,被中宗点为大理寺卿,当时朝臣都忙着争权夺势,谁会注意这个裴家的毛头小子?

可是他刚上任就遇到宗霍一案,三次进宫请谕旨降罪宗霍,最后,宗霍被处死,几乎震惊了所有人。虽说人人心中都明白,中宗处置宗霍,不过是借大理寺的手,砍掉了韦氏的一条手臂,可是,宗霍毕竟是死了,死在大理寺的一桩案子中。

裴谈看着荆婉儿:"以后,这样的话也不要再说了。"

一代名臣,不是别人说代替就能代替的,况且,提起狄公,就不得不让人再次想起那位天后娘娘。

荆婉儿唇边动了动:"婉儿只是想让大人听见外面的声音。"

现在的裴谈享誉长安,方才那青衣林菁菁敢来击鼓,恐怕也不是一时心血来潮。

裴谈慢慢说:"外面的声音听多了,也未必是好事。"

这次大考,中宗钦点了韦玄贞韦丞相作为科举主考官。在韦玄贞之下,是兵部尚书宗楚客为副主考。

现在只是大考前的半个月,尚书府院子里就已经堆满了各家送来的礼,都是家中有子弟备考的士族送过来的。

所谓副主考,手中有评定考卷的权力,谁不愿意好好巴结?

宗楚客下早朝回来,解下了朝服,冷冷问道:"今天又是谁?"

奴才低眉顺眼:"京广各门都送来了礼单,还有大人之前说的新晋光禄大夫,也送来了两箱南北奇珍。"

送礼的各家都会有一个礼单,上面写着自己家族今年的考生名字,众人都知道韦相清廉,是断不会收礼的,所以都瞄准了副主考宗楚客。

宗楚客面无表情："把这些东西按照礼单名单，全部送回去。"

那人眼中划过惊讶："大人，全都……退回去吗？"

宗楚客冷然："全都退，一件都不留。"

奴才垂下眼眸："是。"

就在奴才要退下去的时候，宗楚客忽然目光幽深："等等。"

奴才停顿："大人还有何吩咐？"

宗楚客慢慢说道："多安排几个家丁，抬上这些礼箱，挨家挨户地送。他们要是不收，就丢在门口大街上，不必去管。"

奴才的神色更是惊疑不定："大人，这样岂不是会得罪……"

宗楚客冰冷的脸上没有情绪："照办。"

奴才再也不敢说什么，低头退出了大厅。自从宗霍死了，宗楚客就愈发阴阳怪气，这一次他能当上副主考，也是韦玄贞举荐，中宗才同意。

当下，长安城中的百姓惊愕地看着从尚书府抬出来一个个大箱子，朝着不同方向驶去。

要知道，各个世家名下都有那么几个适龄子弟参加考试，给考官送点见面礼，说是规矩也好，说是习惯也罢，大家都是朝堂同僚，暗中通个气，你帮帮我，我帮帮你，大家以后还不是双赢？

可是，各家上午还打着如意算盘，下午就惊闻门童来报，说自己送去的东西被扔回来了。扔回来还不算什么，这么大的阵仗，自然引得许多百姓指指点点，一时轰动长安。

"这宗楚客是真疯了不成……"

谁也没想到宗楚客会这么绝，按道理多少也要顾及一些同僚的脸面。

各世家一边狼狈不堪地骂着，一边派人赶紧收拾门口的一片狼藉。

这件事很快传进了中宗耳中，手下的朝官公然贿赂科举，这位九五之尊发了雷霆怒火，在第二天早朝上，把送礼的各家狠狠叱骂了一顿，并且罚了半年的俸禄，才算消了火。

随后，中宗的目光瞥到了默不吭声的宗楚客。宗楚客因为之前儿子宗霍当街撞死人，后来又出了替死的事，已经失去了中宗的信任，连这次举荐他当副主考，也是看在韦家和韦玄贞的面子上，中宗才不得不允，其实心中根本不信任尚书府。

想不到，宗楚客竟会当面拒绝各家送来的礼箱……

随后，中宗就说："当年太宗创立科举，就是为了选拔民间优秀之才，你们这群人可好，为了捧自家子弟，无所不用其极，简直是大唐之耻！"

满朝文武均沉默地低着头,那些被中宗点了名字的更是满脸通红。

中宗发了一通火,终于看向宗楚客说道:"宗卿这次做得很对,我大唐正是需要宗卿这样的人来主持科举,才能选拔出真正的人才。"

宗楚客立刻屈膝跪在地上:"臣食君之禄,理应为君分忧,万万不敢受陛下谬赞。"

中宗神情复杂,片刻道:"退朝吧。"

各位朝臣纷纷离开大殿,宗楚客身边自然是无人靠近,看向他的都是仇恨的眼神。

一个被丢了礼箱在门口的小官员忍不过气,来到宗楚客身边,阴阳怪气地说道:"真不愧是宗尚书,这就重新得了圣宠。我等何时才能做到宗尚书这样,只要能权位稳固,即便是亲生儿子的命,也不过是过眼浮云?"

旁边听到的人都盯着这边看,只见宗楚客理也不理挑衅之人,依旧面无表情地向前走。

那小官员暗自生恨,心道:"果然是老狐狸。"

书房中放着茶水和烛火,裴谈虽然没有上朝,却也听说了这个新闻。

荆婉儿又给裴谈泡了茶,似乎若不让她做这些,她反倒不高兴。

裴谈从前在裴家,自然是什么样的名贵山涧都喝过,可是来到大理寺以后,喝这些粗煮的茶水,也没见他眉头皱一皱。

荆婉儿不由一哂:"被扔回来的礼品中,没有大人的亲族送的,裴氏果真是大唐少见的清门。"

裴氏这样的大家族,每年大考必然都有族中的学子参加,可却从来没有传出过裴氏有人行贿的消息。从前没有过,现在也没有。这一点,就连荆姑娘都深感叹服。

裴谈手里握着大理寺沉积的案卷,这几乎已成了他必备的消遣,他将目光挪到少女身上,一时无话可说。

荆婉儿将一枚花瓣放入茶水,递给裴谈:"大人请尝一尝。"

裴谈接过喝了一口,茶水温度适中,别有一番清香。

荆婉儿目光转了一转:"其实婉儿也不太想得透,既然陛下有心重整科举,为何选考官不是选大人这般的出身,而是选择了宗楚客?"

想不到她是为了把话题引到这里,裴谈持着杯盏的手停顿下来。

"你错了。"裴谈落下了杯盏,望着少女,"宗楚客能做到尚书这个位置,是因为他曾是高宗时的进士。"

要知道,平民子弟想在科举中出人头地尚且不易,能靠科举做到一品大臣这个位置的，整个大唐，恐怕除了宗楚客，找不出第二个人来。

谁都知道，宗楚客一路靠着韦氏这棵大树平步青云，可是在此之前，他是大唐真正的平民举子。

荆婉儿幽幽道："婉儿一向不认为，所谓的才学可以掩盖恶行。"她的父亲荆哲人，同样是从科举中走出来的。

大唐有才学的人何其之多，宗楚客能有今天，不如说是他赶上了时运。

"不管怎么样，"裴谈慢慢垂眸说道，"考场不是大理寺管的事。"

对裴谈而言，他既然做了大理寺卿，他所做的一切都为了大理寺着想，无论是杀宗霍还是断案都是如此。

至于他个人，对宗楚客和尚书府，毫无兴趣。

荆婉儿给裴谈续了一杯茶，有些心不在焉道："所谓大隐隐于世，此番过后，朝堂内外必然人人都以为一定没有人敢再在科举之事上动手脚。这时候若真有人反其道行之，想必也不会被发现了。"

兵行险着，是为了长久安宁。这才是兵书中的上上策。

而事情闹得这么大，正是人人自危的时候。

裴谈的眸色深了深。他慢慢把案卷放下，望着荆婉儿："你想说什么？"

少女年纪轻轻，说话却时常老成，而且，她还会用稚嫩的面孔掩饰真正的想法。

荆婉儿看着他，似是掩饰般轻轻一笑："婉儿只是随意猜想而已。一只老狐狸，若是有一天反而扮成一只兔子，难免会让人觉得奇怪。"

第四十四章　追杀

裴县被裴谈支去办差，却不知是办的什么差，竟一整日都没回来。

晚上，裴谈书房的灯一直亮到了子夜，也不知是不是在等谁，他不睡，荆婉儿就不睡。

等来的，是看守验尸房的衙役惊惶的面孔："寺卿大人，方才小的巡视时，发现放在冰库中的尸体，已腐烂得不成人形。"

验尸房本就建在最阴暗寒凉之处，加上这具尸体身份特殊，裴谈早已命人将其用冰凌包裹保存。况且现在才不过三日，尸体怎么可能会深度腐烂？

荆婉儿迅速看了裴谈一眼，见他一动，立刻跟了上去。

到了验尸房门口，腐烂的气息着实浓郁，衙役们都捂着口鼻。

裴谈走了过去，见到尸体浑身发黑，许多伤口处都开始化出了脓水。

"大人，这可怎么办？"衙役们不知所措。

原先死者是面部被破坏，现在加上腐烂，全身几乎没有一块好肉。说句难听的，连尸体是男是女都快要看不出来了。

荆婉儿盯着尸体面部，隐约看出口唇青紫。忽然一个衙役尖叫："手，我的手！"只见他的手指已经变成了紫黑色。

这骇人一幕引起裴谈和荆婉儿的注意，荆婉儿脱口问出："你碰过尸首？"

那衙役还不等说话，忽然脸色惨白，喉咙里抖了一下就昏了过去。

这衙役显然是第一个发现尸体变化，忍不住用手接触了尸体。荆婉儿走过去查看一番，忽然抬手，竟从发丝之间拔出一根长长的针来，刺进了那衙役的脖子。

片刻后，她拔出针，针尖已然紫黑。

"人还没有死，大人寺中可有郎中？"荆婉儿看向裴谈。

这毒甚是厉害，而且不知为何，之前尸体并无异样。

裴谈立即对另一衙役道："立刻将人带去城中医馆。"

大理寺中有马车，救人如救火，显然来不及布置其他。荆婉儿吩咐带人的衙役："所有人戴上手套，不要接触到他。"

等衙役们全部离开验尸房，荆婉儿才重新走到尸体旁。她很了解尸毒，明白普通尸体腐烂，断不至于有如此毒性。

"大人还是不要靠近尸体，免得沾染上毒。"

裴谈看着她："不必担心我。"

荆婉儿顿了顿，从衣袖中抽出一张帕子裹在手指上，想碰触死尸的嘴，却被裴谈扣住了手腕。

"还是等郎中来，断定是何毒再说。"

荆婉儿道："按照此毒的速度，若是再等片刻，很可能尸骨会彻底化掉，到时就算是华佗再世，也回天乏术了。"

裴谈扣着的手没有放松，他看着荆婉儿。

荆婉儿慢慢开口："之前我验尸的时候，尸体的口唇都是干净的，现在却变得紫黑，那毒很可能就在尸体的口中。"

那么只要掰开嘴，从里面把毒拿出来就可以了，这虽然冒险，却是最快的法子。

"若我中了毒，请大人立刻找郎中救我。"

看着少女眼中的微光，裴谈终于慢慢松开了手指。

荆婉儿立刻伸出二指，捏住了死者两腮，微微开启双唇，将手指伸进去，搅动一番后，捏出了一样东西。

荆婉儿所料不差，尸体根本不会无缘无故突然异变，都是因为这不知被何人塞入的东西。

荆婉儿迅速用手帕将那物什包裹好，回头再看尸体，唇畔发青。在荆婉儿之前，显然有人故意撬开尸体的嘴，把这东西塞了进去。

"大人身边还有可信赖之人吗？"

荆婉儿幽幽问出了声。

大理寺戒备森严，验尸房派了专门的衙役看守，外人根本不可能进来。然而，之前有仵作想瞒天过海，如今，更是有人想要直接用毒毁尸灭迹。

裴谈望了少女一眼，也许这桩案子已经不是他想不想管的问题，而是已经有许多无孔不入的势力，想要渗透进他大理寺。

"大人最好还是派最信赖的人看管尸体。"这具被高度破坏的尸体，很可能是裴谈握在手中的最后证据。

只听裴谈幽幽对着虚空叫了一声："碧落。"

一个清冷沉默的蓝衣男子无声无息地出现在门口。

"从今天开始，你守着这具尸体。"有裴家第一高手坐镇，想必绝无纰漏。

裴谈和荆婉儿回到书房，荆婉儿才将手帕小心地放在桌上。

借着烛火的光，可以看见那黝黑的药丸。

"这是化尸丸，活人吃了会肠穿肚烂，若是放在死人口中，不出两个时辰，尸体就会化成一摊血水。"

居然还有这样阴毒的东西。

荆婉儿眸子微动："婉儿在宫中见贵人使用过。"

化尸丸本来就不是普通人能拿得到的，甚至普通人连知道都不知道。

还有裴县，依然没回到大理寺。

裴谈坐在书房之中，面色幽沉。

荆婉儿看着他，这件事情发展得这么快，才三天时间就到了这种地步，恐怕连裴谈都未曾预料到，否则的话，他必不至于如此。

书房中陷入沉默，连桌上那盏油灯都快要燃尽了。

闭目的裴谈，忽地睁开了眼睛。

只见幽暗的窗外，隐约有不寻常的风声。

之后，荆婉儿眼角快速掠过了一道黑影，似乎是一个人。

书房的门骤然被人自外面推开，裴县裹着晚风冲入了书房中，而且回来的不止他一个，裴谈和荆婉儿都看见他臂弯中抱着一个人。

"大人。"裴县沉声，只见他浑身是血，像是刚从血池里杀出来似的，在书房中每走一步，都留下沉重的血脚印。

裴谈立即从书案后起身："立刻关门。"

随着这一声落下，裴县迅速回身带起一道风刃，关上了书房之门。

然后，裴县脱力一般单膝跪到了裴谈面前，放下臂弯，将怀中之人轻轻摆放到地上。

"多亏大人让属下跟随这位姑娘。"

那是一个女子，浑身有无数的血口子，鬓发散乱，气息微弱，最重要的是，她那张脸孔，让荆婉儿目瞪口呆。

这女子，不正是今日才来到大理寺击鼓鸣冤的那位林菁菁吗？

裴谈立刻上前一步："你受伤了？"空气中的血腥之气直冲鼻腔。

裴县缓缓抹了一把嘴角的血，低沉着声音说道："属下无事，大多是这位姑娘的血。"

他盯着地上的林菁菁，裴谈的目光动了一下。

荆婉儿头一次觉得自己如此看不明白眼前之事。裴谈让裴县做的事情，竟是跟着林菁菁吗？

裴谈慢慢走到荆婉儿身边，在她耳畔说："给她包扎。"

荆婉儿浑身颤了一下，忽然转身，来到林菁菁面前。

林菁菁还活着，只是昏死过去了。

裴谈这才低低道："离开大理寺之后发生了何事，你可以说了。"

只见裴县目光中有种幽冷之意。

"属下听从大人吩咐，一路尾随这林姑娘。此女确实是闻喜客栈的青衣。"

荆婉儿闻言抬起头，看到裴谈神色动了动。

今日，林菁菁在大庭广众之下击鼓鸣冤，又何止是吸引来了看热闹的百姓。

原本裴谈只是怀疑，才会派裴县跟随。

裴县神色清冷："到了酉时，闻喜客栈来了几个人，对客栈老板说，请这位林姑娘过府唱戏。"

裴谈一时没接话，显然，若仅仅如此，裴县断不至于此刻才返回。

而林菁菁与他，皆是一身鲜血。

"那伙人既未报上姓名，也未说是哪一家的，只等林菁菁上了车，就带着她前往城郊。"裴县的目光忽然凌厉。裴家的暗卫，但凡有一丝线索，都要追查下去。

"这伙人虽然一身布衣装束，可是一路上脚程飞快，身手全然不是普通家奴。若跟随的人不是属下，很可能会被甩掉。"

听到这里，连荆婉儿都觉得耳根发热，心惊肉跳。

裴县愈加冷沉道："这位林姑娘显然发觉了异样，要求下车。就在这个时候，那伙人动了手。"

余下的事情不用说了，一定是裴县现身救下林菁菁，从他一身的血，完全能想象出那些人的凶狠。

能把裴家的精锐暗卫伤成这样的，当然不会是一般的江湖辈。

裴谈的手已经捏了起来："他们有几个人？"

裴县神色幽寒："加上车夫，一共六个。"

六个人追杀一个弱女子，简直像是强盗对付总角孩童一样，这得是怎样的凶残？

这时，荆婉儿怀里的林菁菁动了一下，眼白向上翻，口中喃喃："范、范公子……"

荆婉儿骇然抬头看着裴谈。

林菁菁除了认识验尸房的那具尸首，还有什么原因能被人痛下杀手？

这是在长安，天子脚下，那么多人追杀一个女子，每日巡查的千牛卫和金吾卫们，难道就没有发现吗？

夜深寒冷，真是越想越让人心凉。

"林菁菁虽然在大庭广众之下进了大理寺，可是知道她所鸣之冤与贴出的寻人告示有关的，也不过是当时公堂上的几个衙役罢了。"

第四十五章　世家的高手

这大理寺，看似森严，却如裴谈之前说的，有几个人真的听命于他这位裴寺卿？

"大人，林姑娘似乎撑不住了。"

"把她抱进来。"裴谈忽然说道，起身转动书桌上的一盏油灯，墙上打开了一道暗门。

这里连通裴谈的卧房，纵然是大理寺当值的人，最多也只知道大理寺卿喜欢彻夜掌灯夜读，却从来不知道裴谈的卧房就在这里。

裴县当即抱起林菁菁，跟随裴谈走入了暗门。荆婉儿虽是第一回见到这书房中的机关,却也顾不得惊讶,赶紧将书房的门紧锁,避免有人闯入发现一地血迹,随后也立即跟入暗门中。

来到裴谈的卧房,裴县将林菁菁放在床榻上。

裴谈吩咐:"去点上一盏油灯。"

屋内漆黑,只有些许月色照进来。荆婉儿手中燃起火折子,轻轻走到桌前,点亮了油灯的灯芯。

此时,只见林菁菁一身血污,叫人心疼又目不忍视。

"大人,不找个大夫吗?"荆婉儿幽幽望着裴谈,看林菁菁这个样子,能否撑到白天都不好说。

裴谈眸色幽幽,显然也在想什么:"裴县,把墙角柜子里的酒全都拿出来。"

虽不知用意,裴县还是立刻来到柜子前,打开柜门后,里头果然摆了一排排的酒。

裴谈解开自己的外袍,盖到了林菁菁的身上。他转头看着荆婉儿:"你过来,把她身上的衣服剪开。"

荆婉儿目光动了动,只见裴谈抽出一把匕首,在油灯上烤了片刻后,递给了荆婉儿。

林菁菁身上的伤口太多,也太深,衣服都裹了进去,用脱是不行的。

荆婉儿犹豫了片刻,接过匕首,然后,裴谈背过了身,伸手将屏风拉过来,遮住了床榻。

林菁菁口中一直喃喃着什么,却听不清。

荆婉儿握着匕首,把一条条带血的布条丢在了地上。

这时候,裴谈和裴县站在屏风之外,裴谈看着他:"你的伤怎么样?"

裴县要和几个高手缠斗,还要救出林菁菁,虽然他说身上大部分都是别人的血,可他破烂的衣服却骗不了人。

裴县垂眸:"属下不要紧,只要这姑娘能醒过来便好。"

身为暗卫,跟死亡打交道本就是常事。

裴谈良久才说道:"现在我能做的,只是帮她止住血。"林菁菁到底能不能活下去,谁都无法确保。

"现在长安城的金吾卫和千牛卫究竟听谁的号令,恐怕不是你我能猜出的。"

裴县沉眸:"属下知道,所以属下等到深夜才带她进大理寺。"

"想保住她的命,最好的办法,是隔绝她和外界的接触,如果请郎中来给她医治,反倒会让她落入危险。"

现在的长安城波谲云诡,一个弱女子当街被追杀,巡城的金吾卫和千牛卫集体眼瞎，这已经很反常了。

屏风内传出柔和的声音："大人，衣服已经除去。"

裴谈走进去，见林菁菁身上正盖着他的衣服。他说道："裴县，你先把这些酒放在火上烤沸，然后让婉儿以酒代水，给林菁菁洗身。"

用烧酒祛毒，包扎止血，是他们现在唯一能做的。

林菁菁虽是烟花女子，裴谈却没有趁机占她的便宜，这里只有荆婉儿一个女子，只能由荆婉儿代劳。

"我柜子里还有干净的衣服，"裴谈顿了片刻说道，"把衣服剪成段，包扎林菁菁的伤口。"

几个人互相配合，直到子时，林菁菁浑身的伤口才包扎好。她身上竟有不下三十道大大小小的伤口，有的可见里面的骨头，令人触目惊心。

荆婉儿看着一地剪碎的衣裳，大约只有裴谈才会不避讳用自己的衣裳给一个风尘女子包扎："那些人必是要置人于死地，才会下手如此狠毒。"

林菁菁一直支撑到荆婉儿帮她包扎完，口中的喃喃自语才停下，歪头昏睡过去。她一个女儿身硬挺到现在，全靠极为强烈的求生意念。

"心里有放不下的事，便会咬牙挺住，不愿就此离去。"裴谈缓慢地说。

荆婉儿看着昏睡过去的林菁菁。这女子这样做，是为了她口中的范郎，挣扎着也要留一口气。世上的痴情女子何其多，都不顾自己的性命。

这时，裴谈看向屋内二人："林菁菁在大理寺的事，只有我们三人知晓，再不得外传。"

大理寺虽然人人皆不可信，可裴谈的屋子还不会有人敢进来搜查。林菁菁只要待在这里，就不会有事。

裴谈看着床边的少女："婉儿，你留在这里守着林菁菁。"

荆婉儿目光闪烁，点了点头。

裴谈示意了裴县一眼，两人便走入暗门中，重新回到书房。

裴谈幽幽的目光落在裴县的脸上："你方才想要说什么？"

之前他们谈到那群追杀之人的时候，裴县明显有未尽之言，当着荆婉儿的面，他不愿意说。

裴县目光深如星子："大人，追杀林菁菁的那些杀手……是世家养出来的。"

想要养出裴县这样的暗卫，一般的大家族是做不到的，有权势的世家才有这个能力。

而裴县只要稍一交手，就能看出对方绝非江湖小辈，而是和他一样的暗卫。

裴谈眉心皱了起来。

长安城的世家寥寥可数，而追杀林菁菁的，可以断定，和伪造尸体的是同一势力。

裴县这才眼眸幽沉地说道："大人，现在证据确凿，为何不进宫面圣？"

裴谈看着他："哪里来的证据确凿？"

裴县眼里闪着幽光："谁会追杀一个贫贱女人，还派了十几个顶尖高手？现在验尸房那具尸体，定然就是这女子前日来大理寺认领的——失踪举子。"

片刻，裴谈才淡淡地说："这不过都是你的推测，证据呢？"

裴县皱了皱眉，面色有些阴沉。现在，事情已经如同板上钉钉，林菁菁被追杀，必然和她击鼓鸣冤有因果关联。

裴谈慢慢踱步："你并没有明白我的意思。"

大理寺办案讲求实证，所谓实证，就是物证、人证，所有环节都必须无比谨慎。裴县所说，无论多么有道理，也终究无法成为呈堂证供。

"只有林菁菁醒了，我们才有转机。"裴谈幽沉地说道，他的话才是点出了关键，"现在只有她能辨认出验尸房的那具尸体，是否为范文君本人。"

裴谈相信，林菁菁如果都能为了范文君前来大理寺击鼓鸣冤，那要从尸体上辨认出范文君身份也并不难。

现在，所有一切都只是裴谈的推理，大理寺办案讲求实证，只有等尸体身份得到了确认，才能成为推断事实的依据。林菁菁，才是整个案子最关键的人物。

裴谈看着自家侍卫："这三日你不要暴露任何行踪，避免有人盯上你。"

裴县眼眸幽幽道："属下出手之时，特意蒙住了头脸。"

那也不能保证不会有人凭借身形认出来，连裴县都能凭着对方的身手路数来判断，对方自然也能。

裴谈说道："现在敌不动我不动，关键不能让他们知道，林菁菁未死。"

"尚书大人。"那群杀手的首领，压住身上冷汗，跪在了宗楚客面前。

宗楚客放下手里的书，盯着他，"人死了没？"

杀手首领回话道："那女子身上要害皆被我们重伤，活不了多久了。"

宗楚客向他走了一步："活不了多久？就是说，你们并没有把人杀了，对吧？"

杀手首领的掌心沁出冷汗："……那人劫走了人之后就消失了。我等联合金吾卫在城中暗中搜寻，居然、居然一无所获……"

最重要的是，没看见那人相貌，更不知是哪路人士。他是如何做到在满城金吾卫的搜查下隐藏踪迹的？想想就让人头皮发麻。

宗楚客盯着杀手首领，半晌没出声。

"谁会去救那样一个低贱女子？"宗楚客目光冷冷。

杀手首领低头，正因那人出现的时机太巧，才会让他们几个人都措手不及。

宗楚客目光幽深："尸体没有毁掉，人也还活着，留着你们的意义是什么？"

首领捏住手心："尸体虽然还在，但已经被破坏，就算被大理寺留着，也验不出什么。"

宗楚客面无表情，他从不相信侥幸。

首领小心地抬起头："大人，不如将这件事禀告相爷，让相爷……想想法子。"

宗楚客冷冷说道："此事谁也不准在相爷面前提起，现在大考当头，岂能什么小事都要去麻烦相爷？是嫌你们还不够无能吗？"

首领尽管心中有异议，却也不敢言语顶撞宗楚客。

宗楚客眼中是无尽血色，收买区区一个大理寺仵作容易，但是，把大理寺牢牢控制在自己手里，才是他的目的。他宗氏为大唐朝廷卖命这么久，最后皇帝因为区区一个竖子就要他的亲生儿子去死，如果不把大理寺收入他囊中，这个尚书他就白做了。

第四十六章　暗访客栈

清晨，天刚蒙蒙亮，有人来报："大人，那送去医馆的衙役回来了。"

荆婉儿目光微亮，看着裴谈："大人，婉儿有个办法。"

片刻之后，裴县打开门走出去，对那来报的人说道："大人昨夜读书，无意割伤了手，你去买些止血伤药回来。"

那衙役不敢怠慢："是。"

那被送回来的衙役，据说幸好中毒尚浅，否则也是性命堪忧。

"裴县，你守着林菁菁。"裴谈吩咐道。一般人不敢随便进裴谈的书房，就算大理寺有内奸，也不大可能发现这里。

裴谈示意少女跟随他走。到了院中，那里停着一辆马车。

荆婉儿诧异："大人要去哪儿？"

裴谈望着她："我们去闻喜客栈。"

难道……荆婉儿目光闪了闪。

裴谈甚至没有用大理寺的马车夫,而是从街上的车马行雇了一个。

他一身常服,加上荆婉儿,两人像是寻常的长安旅人,应该说,现在的长安城到处都是外地的生面孔,他们两人才不会引起怀疑。

半个时辰后,马车停到了一间有些陈旧脏污的客栈门口。

招牌上写着店名——闻喜客栈。

荆婉儿不由看向裴谈。

淡青色的襦衫裹着裴谈略瘦的腰身,他本就有谦谦如玉的公子气质,和大理寺那地方甚是不合。可今日,他的发髻也只是半束,头发披散下来的样子让他更显随意慵懒。

裴谈撩开了马车帘子,回身对荆婉儿说道:"下车之后,别再叫我大人,叫公子吧。"

接着,裴谈就跳下了马车。

荆婉儿低头看了看自己的衣裙,竟有几分紧张地伸手理了理。

等她和裴谈都下了车后,马车夫一言不发,直接将马车赶走了。荆婉儿这才发现,这辆马车也是从街上车行雇来的。

"公子,快里面请吧,小店茶水充足……"闻喜客栈门口揽客的小伙计热情地招呼裴谈。

裴谈走进了客栈中,客栈大堂人声鼎沸,还不到饭点就已经人满为患了。

客栈老板高兴得脸都红了。都是托三年一次大考的福,长安的无数间客栈间间客满,等大考结束,举子返乡以后,他们才会彻底闲下来。

因为裴谈气质出众,很快有人上前招呼道:"公子,请问是打尖还是住店?"

闻喜客栈在长安城是个中下等的地方,汇集的也都是比较贫穷的考生,但纵使如此,在大考的黄金时期,这里的房费也被哄抬得很离谱。

荆婉儿从进门就低着头,尽心尽力扮演一个婢女。而那问话的伙计也把裴谈和她都打量了一遍。

裴谈问:"贵店可还有空房?"

现在从全国各地赶来的举子汇聚长安城,许多举子因为实在没有住的地方,不得已住在马厩里面,尤其在大考越发临近的时候,所有客栈几乎不可能还有空置的房间。

果然,那客栈伙计面露难色:"实在对不住,小店半个月前就已经客满了,不如公子去别家看看?"

其实大家心里都明白,跑遍长安也不可能找到空着的房间。这句话,客栈伙计每天至少要对几十个寻找住处的举子说。

裴谈看着伙计："真的没办法通融吗？"

伙计眼尖，早已看出裴谈的衣着布料价格不菲，手里拿的扇子更是有别于一般举子的纸扇，这应当是一个有钱的公子。

可是，伙计也只能心痛地叹气："实在是没有房间了，要是公子能早来一个月就好了。"

通常，有钱的举子都会提前数月就到长安，包下半间酒楼，只有贫穷无钱的，才会卡着大考的时间，尽量省下盘缠。

裴谈的手拢入袖中："我们已是跑了几家客栈，着实有些疲了，还请行个方便，哪怕只住一晚。"

与此同时，他递过去的，是足足一锭的……金子。

伙计眼里发着红光，盯着那金子，实在移不开视线。而且，只住一晚的话……

伙计忽然说道："公子确实只住一晚就走？"

裴谈顿了顿："确实只住一晚便可。"

伙计像是十分犹豫，片刻后一咬牙，暗悄悄地靠近裴谈说道："确实有一间房，在楼上，公子请随小的上去，还请莫引人注意才好。"

裴谈应了之后，伙计四下看了看，对裴谈招了招手，小心翼翼地顺着台阶上楼。

裴谈和荆婉儿便当作闲逛，随他上了楼。

只见楼上也有举子在走廊里捧着书，摇头晃脑地读，见有人上来，眼睛斜了斜，便继续摇头晃脑地读书。

伙计不时回头看裴谈两人有没有跟上，然后才绕到一个极为狭小昏暗的角落里，那里有一扇关闭的房门。

伙计贴着门缝看了看，才敢伸手把门推开。

"公子，就是这里，您请。"

裴谈慢慢走了进去，在踏进这间房的时候，荆婉儿有一种极为奇异的感觉。

这间房不仅狭小偏僻，这大白天的，里面不点灯，竟然只能看见模模糊糊的影子，而且屋内还有一股霉味。

伙计似乎也有点不好意思，尴尬地说道："虽说……房间是差了些，但是，确实是小店仅剩的空置房间了，还请公子将就一晚。"

裴谈淡淡地看着这间屋子，发现床头有一只包袱。

伙计顺着他的视线看过去，脸色变了变，赶紧上前，将那包袱塞到了角落里，尴尬地垂着手说道："是这样的，住在这房间的举子，已经好些天没有回来了，所以小的才敢让公子进来，将就一晚。"

能住在这间屋子的考生必然不会富裕，可是却又好些天没有回来，一个贫穷的外乡人，不住这里，难道晚上还有别的地方可去？

电光火石间，荆婉儿想到了一种可能，瞬间抬起头，一张俏脸竟是不由自主白了白。

闻喜客栈，房间空着，再也没有回来的赶考举子……

裴谈抬起那锭金子："我们就要这间房，有劳安排了。"

伙计似乎没想到这么轻易就能得到金子，眼中不由掠过狂喜，伸手接过金子，说道："公子有任何吩咐，都可以差遣小的，虽然房间是差了些，但小的一定尽力叫公子满意！"

裴谈淡淡一笑，那小伙计便低着头，笑不拢嘴地关门走了。

荆婉儿这才敢看向裴谈，带着不可思议的表情问道："难道这房间，正是范……"

裴谈合拢手里的扇子，慢慢说："看一看就知道了。"

他走向床头，看到了伙计藏起来的包袱。裴谈故意对伙计说只住一晚，面对金子的诱惑，伙计自然就会想到许久没有回来的范文君。

即便林菁菁所言属实，这案子也无法光明正大地去查。于是，裴谈决定微服暗访客栈，私下看看范文君生前所住的地方。

桌子上摊着两本书，仿佛主人离开得匆忙，来不及收拾。

荆婉儿望着那书页上的字，读书之人喜爱在书上做批注，这本书上写的小楷端正秀雅，她幼时曾习过书法，知道练字非一日之功，这间屋子所住的读书人，身份也可想而知。

一根修长的手指在桌上划过，裴谈看了看指腹，积厚的灰尘，说明自屋内人离开后，连客栈的伙计都不曾打扫过这间房。

而根据灰尘的积累程度来看，范文君至少离开了二十日有余。

荆婉儿来到他身旁，声音有些沙哑："大……公子，方才走廊前，那么多举子读书，如果公子想知道范文君的过去细节，可以找他们打探一番。"

要确认范文君的身份，外面那些举子，便是最好的人证。

虽说林菁菁一个人的话不能作为立案依据，可若是有外面的举子作证，那裴谈就能堂堂正正地利用大理寺的职权来调查，这件案子也就可以光明正大地进行下去了。

"没有那么简单。"裴谈淡淡说道。

荆婉儿不由一怔，看向裴谈。

只见裴谈从角落里缓缓拿出了那只包袱,上面有洗得发黄的印记,这点倒是很符合范文君落魄举子的身份。

"你以为外面那些人只是单纯的考生?"淡雅而有些疏离的声音从他嘴里传出。

荆婉儿眼眸低垂:"婉儿愚钝。"

这时,包袱被打开,从里面掉落一只香囊。

范文君一个男人,藏着这种女儿家的东西,当然让人诧异,尤其是捡起来一看,发现香囊上绣着一朵含羞待放的牡丹,还带着淡淡的花香。

牡丹有名花倾国的意思,自古风尘中女子,都是如此带了一丝自怜。

联想到林菁菁与范文君的关系,这只香囊的来历似乎不言自明。

"这些人,都是有可能通过科考脱颖而出,未来进入朝堂的人,谁会愿意自己的身上有污点?一个二十日不曾归来,又和风尘女子有染的人,只会被所有人都当作从没见过。"

要撇清关系比任何事都容易,方才那些读书人,眼中除了对功名的狂热,几乎看不见任何对他人的感情。

第四十七章 毒蛇

荆婉儿下楼,慢慢朝那伙计走过去,伙计见状立刻点头哈腰迎上去:"怎么样,公子对房间还满意吗?"

荆婉儿说道:"房间倒还将就,只是方才听这里的客人说,贵店有一位姓林的青衣,歌喉独特,我家公子一向喜好音律,有意请她助兴,不知可否请她出来?"

伙计脸色变了一下。

荆婉儿假装不知情:"怎么了?是怕我家公子不给赏银吗?"

说着,一个金锭子就晃住了伙计的脸。

伙计显然舍不得金子,四下看了几眼,凑近堆笑说:"公子若是喜欢美人,隔壁的翠云楼,小的认识不少姿色魅人的清倌,吹拉弹唱无所不精,这就能给公子请来。"

荆婉儿皱眉,不悦地说:"你将我家公子看作什么人了?什么翠云楼?那等地方的女人也能送到我家公子面前吗?"

长安的酒楼茶肆,最喜欢买几个伶人回来,满足那些附庸风雅的客人,毕竟不是人人都敢碰青楼的女人，很多人宁可找酒楼里的清倌，也不会去青楼那种地方。

伙计马屁拍到了马腿上，尴尬地说道："不是小的不愿意请，实在是……林姑娘前天就被人请走了，现在还没回来呢。"

荆婉儿讶异："请走了？被谁请走了？"况且请人唱戏，哪有唱了两天还不回来的？客栈的人居然也没一个感到奇怪。

伙计皮笑肉不笑地说："这小的就不知道了。"

荆婉儿的眼睛不由地眯了眯，这伙计显然心里有鬼。客栈里的戏子和客栈签有契约，是客栈花了真金白银买回来的，现在人不见了，他们居然都不着急。

裴谈在一张桌子旁，端着茶盏慢慢饮了一口。

荆婉儿回到他身边，假装无意地坐下："这家客栈的人，一定知道什么。"

果然所有人都是冷漠无情的旁观者。

读了圣贤书的，在追名逐利，对眼前发生的不公无动于衷。难怪林菁菁说，范文君是客栈里唯一一个还留有良心的人。

"我们走吧。"裴谈在桌上放下了银子。

就在两人要起身的时候，旁边传来淡淡的一句："你们要打听那位林姑娘的下落？"

这话让裴谈和荆婉儿都一顿。

旁边桌子前坐着的一个人，一直背对着他们，这时才转过身来。

荆婉儿有些惊讶，此人是男子，可是面上却细细勾勒着妆容，再看他一身宽袍大袖，似乎是……

裴谈先开了口："阁下知道林姑娘？"

荆婉儿心中隐隐猜出了此人的身份，却不敢说出口。

那男子淡淡道："林菁菁是不会回来了。"

裴谈眸子幽深："为何这样说？"这人能叫出林菁菁的名字，想必不是生人。

那人看着裴谈："前日来请林菁菁的人，丢下的是赎身的银子，现在她的生死已经与客栈无关了。"

只见那人冷漠地说完，便起身离开了桌子。

荆婉儿沉默地看着那人消失在客栈后堂，半晌才说道："这人画着小生面妆，也许……是曾和林姑娘搭档的小生。"

所谓生旦净末丑，唱戏本就不只需要一个青衣。

之前她和裴谈都疏忽了。

裴谈看着她："走吧。"

回到大理寺，心情却没有如释重负。丢下的是赎身的银子，所以客栈明知道林菁菁可能有去无回，也没有人提醒她一句。

　　这哪里是什么无动于衷，林菁菁要是死了，那些人就是间接的帮凶。

　　"这些人要杀林姑娘，仅仅是因为林姑娘和范文君有那么一丝联系？"

　　荆婉儿慢慢看着对面的男子。客栈之行，真正让荆婉儿体会到裴谈心思缜密到何种地步。他能想到用这种不露痕迹的方式调查范文君一案，也说明他并没有听之任之。

　　"更有可能是林菁菁知道些什么。"那日公堂上，林菁菁分明是欲言又止。

　　能豢养杀手和出钱买命的，只能是长安城有势力的世家。

　　"范文君和长安其他的举子一样，出身贫困，除了一身才学之外别无所长。"什么时候这样的人都能引得世家出面了？荆婉儿怎么也想不通。

　　裴谈目光动了动："除了才学，范文君的那篇文章，足以称得上有大才。"

　　二人对望了一眼。每年考生那么多，但真能一展雄才的，也不过就那零星几个人。

　　林菁菁的伤势非常重，衙役买来了药，给她换药的事情只能由荆婉儿负责。

　　荆婉儿细细揭开她伤口上的衣服，血总算是止住了，可是看着她苍白的面颊，不由想到她醒来后要面对的一切。

　　尤其是如今范文君的尸体被毁成那样，若她醒来看见的话……这可怜的女子。

　　或许唯一庆幸的，是现在的大理寺卿是裴谈。

　　裴谈书房的灯更是彻夜长亮，路过的人也一直能看见窗户上投下的身影。

　　裴谈坐在书桌前，看着手里的文章，这篇文章字字珠玑，文采斐然。

　　从这篇文章就能看出范文君的出身。只有真的经历过贫贱，才能写出这样批判吏治的文章。

　　这张纸只是被范文君揉作一团，丢在他房间中一个隐蔽角落里。要不是闻喜客栈的伙计倨傲看不起人，连范文君的房间都懒得打扫，只怕这篇文章都不会有落到裴谈手上的一天。

　　只不过是信笔之作罢了，甚至作者都没有想过要将其公之于众，可是裴谈却看了很久。这篇文章谈到了治国的策略，且并非浅尝辄止，仅仅关于赋税田租这一项，就写出了很多犀利的观点。

　　裴谈从书架上抽出一本书，将那篇文章夹入其中。

　　死掉的举子，为什么会是范文君，而不是别人？

　　这世上任何事情都不会随便发生，只看能不能找到那一层隐藏的联系。

一匹快马停在尚书府门口,马上的人下来:"我有急事禀报宗尚书。"

门口之人皱眉:"快要宵禁了,尚书大人已经睡下了。"

那人却冷着脸,冷笑道:"耽误了尚书大人的大事,你担待得起吗?"

门口的人一怒,瞪了半响后,到底不敢担责任,打开门放了来人进去。

宗楚客穿着中衣,面无表情地看着地上跪着的人:"若是被巡城的千牛卫抓到你,你知道会是什么后果吗?"

千牛卫是皇家近卫,除了宫内几个大人物,他们不会给任何人面子。

刚才还倨傲的人,此刻唯唯诺诺点着头:"是……大人,今日有人在街上发现了那个曾出现在霍公子身边的女子。"

宗楚客骤然捏紧了手:"你说什么?"

手下这才敢抬起头:"那女子不仅回了长安,而且她身边的人……似乎是裴谈。"

他说的是那个曾在宗霍身边神秘出现过,并且将他一步步引入绝境的女子。到最后,他们也没有找到那个女子。

宗楚客眼底浮现一抹血腥。

"找到她,杀掉。"

既然跟裴谈在一起,那她必然是在大理寺。他儿子最终还是被裴谈害死的,那个女子和他定然有千丝万缕的关系。

手下战战兢兢说道:"裴谈身边,有裴家的高手守卫,再加上大理寺的伏兵……"

宗楚客盯着他:"你是说,本官养了你们,你们既不能办事,也不能杀人,是吗?"

那手下不住磕头:"属下这就想办法,大理寺中有我们的内应,必然能找到机会要了那丫头的命。"

"滚。"宗楚客眼里都是血丝,"本官要尽快看见那女人的尸体。"

杀子之仇,如何能等?

荆婉儿被惊醒,昨夜她照顾林菁菁,回到房间时已十分疲惫,竟不知不觉睡过去了。

她慢慢起身,看到了肩头披的衣服,淡青色衫子,上面还有裴谈的气息。

少女唇角抿了抿,心中有一丝异样划过。

这时敲门声骤响,传来一个陌生的衙役声音:"荆姑娘在吗?"

门被推开,荆婉儿诧异:"什么事?"

那陌生衙役面上白净,半低头对着荆婉儿:"寺卿大人吩咐给姑娘备一桶清洗的热水。"

荆婉儿身上隐约有血腥味。

少女心间那一丝诧异更深,她望着衙役,眸子微动:"替我谢谢大人。"

只见那衙役转身招了一下手,门外两个人抬着一桶热水进了屋,放下热水后退出。

"小的就不打扰姑娘了。"那白净的衙役出了屋子,顺手带上了门。

荆婉儿走到水桶边,那水面竟还浮着花瓣,荆婉儿迟疑了一下,伸手搅动了一下水。

她慢慢地解开腰带,就在这时,她看见水底隐隐约约有什么晃动。

仔细看又没有了。

荆婉儿定定神,将外袍脱下,走向水桶。这时,门口却传来一个温和的声音:"婉儿,起身了吗?"

荆婉儿脸上骤然一红,抱住胸前,讶异地看着关闭的门:"大人?"

裴谈听出异样:"怎么了?"

他特意辰时才来,荆婉儿应当已经起了。

荆婉儿一时不知如何是好,转身抓起刚脱下的衣服:"大人,您不是……"

就在这时,荆婉儿看见那水面猛地晃动了一下。她一惊。

"嗞!"一只青绿的蛇头蹿出,邪绿的眼睛,狠狠咬向了荆婉儿。

荆婉儿眼睛睁大,下意识一抬手,毒蛇的獠牙在荆婉儿手上划下长长一道血口。

裴谈骤然抬手,震开了荆婉儿的房门。

第四十八章　婉儿受伤

那蛇灵活地翻起身子,阴邪的眼睛盯着荆婉儿,长长的身体如离弦的箭一般再次冲过去。

"婉儿!"裴谈抽出墙上的长剑,手腕一翻,直接削断了蛇的七寸。

那蛇头落在地上,竟还未死,吐着长长的芯子。

荆婉儿觉得整条手臂都麻木僵硬,眼前发花。

只见裴谈提剑走过去,翻过荆婉儿被咬的手,剑锋迅速在白皙的手臂划开一道血口。

瞬间,流出来的血已是紫黑色。

可见这蛇毒得厉害。

紧接着，裴谈一手抱住已经瘫倒的荆婉儿，迅速冲出门外，一出门就看到听到动静迅速赶来待命的裴县，他看了一眼："去验尸房把碧落找来。"

裴县的目光迅速扫过他怀中的荆婉儿，一道诧异的表情飞速闪过。

裴谈一路抱着荆婉儿进了书房，将她小心放置在座椅上，中了蛇毒的人最忌静躺，剧毒攻心就再也救不回来了。

蓝衣侍卫无声无息地出现在门口："大人，出了什么事？"

裴谈立刻看过去："她中了蛇毒，帮她逼出来。"

这么厉害的蛇毒，恐怕会迅速蔓延到五脏，仅仅放血已经来不及了。

碧落眸色一动，立刻来到荆婉儿身边。

荆婉儿已经失去了意识。碧落立刻伸手扣住了她的手腕。连脉搏都已经很微弱了。

"请大人门外等候。"蓝衣侍卫淡淡说道。

裴谈看向荆婉儿苍白的脸，这时候让内力高手用内息逼出蛇毒，或可还有一条生路，但也只是赌一把而已。

"任何结果，都立刻告诉我。"裴谈看了一眼蓝衣侍卫，离开书房。

衙役们永远是姗姗来迟，个个惊慌不明的神色："大人，发生什么事了？"

裴谈的目光不由一个个看过他们："刚才是谁往屋里送热水？"

他从来没有这样吩咐过。

衙役们个个面面相觑，互相看着身旁的人。

这么短的时间，不可能人已经跑了，况且大理寺可不是能来去自如的地方。

"所有人待在这里，没有我的命令不准离开。"

衙役们个个低着头，脸色各异，有两个人悄悄目光游离，下意识想掩藏身形。

只要荆婉儿能醒过来，她就会认出送热水的人。

显然，这里如果有人想逃掉，就只能寄希望于荆婉儿醒不过来。

所有人待在院子里，等候决定命运的那一刻。

良久，书房的门被打开，蓝衣侍卫依然神情淡漠，但脸色微微泛白。

他冲裴谈点了点头。

裴谈立刻转身进了书房，只见荆婉儿气息微弱地趴在桌边，眼睑似乎动了动，但依然昏迷。

外面的衙役中，有一个站在后排的人忽然抬脚就跑，可他没跑出两步，刀锋就架在了他的脖子上，裴县冷冰冰地问："去哪儿？"

只见那人凶相毕露，抽出腰上的刀，和裴县缠斗起来。

裴谈在屋内听到了动静，目光幽凉，他脱下身上的外袍给荆婉儿披上。原本有碧落在，任何人也逃不掉，但是碧落刚刚给荆婉儿疗伤时用尽了真气，现在他也同样虚弱。

至于裴县，他前日才刚为了救林菁菁，浑身重伤。

这一环扣一环，那背后之人分明在步步紧逼。

院中兵器碰撞之声不断，只见衙役群中又冲出两个人，和之前那人一起，与裴县缠斗起来。

一时间出了三个叛徒，其他衙役根本反应不过来，脸色煞白地站在院中。

这时，裴谈对门口的碧落幽沉道："留活口。"

碧落点点头。

在裴大人的大理寺撒野，当众伤人，要是还能逃了，简直叫人笑掉大牙。

"所有人，抓叛徒。"

衙役们纷纷拔出刀，不用想也知道这时该怎么表现。虽然大理寺的衙役们武功平平，但人数不少，十几个人围攻三个人，应该说没有不成功的道理。

只见那三人中有一个在重伤了两个拦截的衙役之后，跳上了墙头，撇下另外两个，逃之夭夭。

留下的两人中，其中一个面露慌乱，手上的招式瞬间散乱，被两个衙役一左一右制住，手里的刀掉落在地。

"裴县，我们抓到了一个！"还没等衙役的话音落下，只见那个被抓住的人口唇一动，忽然脸色一僵，嘴角缓缓流出血，竟然倒在地上死了。

"小心，他们嘴里有毒囊！"

裴县冷冷看过去，就在另一个也要咬毒自尽的时候，门前的碧落立刻隔空弹出一枚石子，将那人击晕。

所有衙役都把刀架在那人脖子上，一脸惊魂未定的表情。

裴县上前卸了那人下巴，从他嘴里把毒囊取出来。

"谁派你们来的？"裴县冷冷问。

潜入大理寺，还伺机杀人。难以想象在长安谁有这样的胆子，公然藐视天子律法。

那人恶狠狠地盯着裴县，看样子还是个硬骨头。

"先关入大牢，等候大人发落。"

……

裴谈抱起荆婉儿，将她放到床榻上休息，她胳膊上那道口子已经被仔细包扎起来。

裴县慢慢来到门口："大人，我们查过了那三人的档案，背景干净，与任何世家宗族都没有关系。"

这些死士探子嘴里藏着毒，时刻准备赴死，除此之外，即便查到底，他们也像是这世上不存在的一条影子。每个人都是被精心培养的杀人工具。

哪怕裴家养死士，也一样是精挑细选……养这样的人。

裴谈说道："大理寺的衙役们都在刑部留有备案，一次出现三个异徒，绝不可能是偶然。"可是如果真要扯上刑部，就会发现刑部的水更深。

裴县一时没有说话，刑部，那是韦家的地盘。

难道是当今皇后和丞相的家族安排的刺客吗？

"不用查了，"裴谈从床边站起，面色清冷地看着自己的侍卫，"整个长安城里，还有谁会非要荆婉儿的命不可？"

荆婉儿很重要吗？正是因为不重要，所以这场刺杀才显得那么怪异。

培养死士并不像培养护卫那样简单，长安养得起死士的也不过就那几个世家。

挨个排除下来，这些世家都没有要杀一个小丫头的理由。

"会是杀错了吗？"裴县不由说道。

可是从裴谈的表情能够看出，他似乎已经知道了什么。

中蛇毒的感觉像是溺水一样，荆婉儿一口气闷上来，呛得咳出了声。她看见床边坐着的男子身影。

"大人？"

裴谈手里端着一碗清水："感觉好些了吗？"

荆婉儿怔怔的："多谢大人救了我。"她只记得裴谈在她手腕上划的那一刀，当时她的手臂已经没有知觉了，连刀伤都感觉不到痛。

现在，荆婉儿身体里的蛇毒已除干净，但是她失血过多，感到非常口渴。

一碗水被喝了个干净，荆婉儿惨白的脸色才恢复了些。

"你认为在长安，谁会要你的命？"裴谈眸色清幽，看着少女脸颊。

荆婉儿浑身震了一下，慢慢低下头去。

她看起来孱弱又无力，但就是这样一个看起来毫无杀伤力的女孩子，不仅亲手料理尸体，更在梧州布下连环局，杀了当朝尚书的儿子。

"宗楚客。"荆婉儿目光幽深不见底。

没人会杀她一个收尸宫女，也没人还记得她荆家后人的微末身份，她在长安没有树敌，也没有人会想要她死。

除了尚书府。

裴谈慢慢说道:"前日你跟我在街上露面,必然被尚书府的人看见了。"这才引来了杀身之祸。

荆婉儿苍白的双手握在了一起。

大理寺周围根本没有可以捕蛇的地方,如此剧毒的蛇是谁怎么带进来的?

荆婉儿说道:"我与大人到了客栈门口,才下了马车离开,除非他们事先就有人埋伏在闻喜客栈。"这样才有可能发现荆婉儿和裴谈。

他们二人当日特意低调,连客栈的小二也只以为他们是赶考的举子。

裴谈沉默良久:"这段日子,你不要再离开大理寺。"

虽然大理寺也已经不算安全,但是他们的三个死士刚刚暴露,会再次行刺的可能性很小。

荆婉儿再次低头:"因为婉儿的缘故,给大人和大理寺带来麻烦了。"

裴谈望着她:"没有你,大理寺也一样会有麻烦。"

用荆婉儿的话说,闻喜客栈周围早就有人埋伏了,那些人为什么要埋伏在那里,这一切,都与千牛卫送入大理寺的那副棺材有关。

麻烦早就找上门来了。

现在大理寺中,裴县、碧落两个裴家高手重伤,衙役们面和心不和,两个年轻姑娘差点死去,竟然只剩下裴谈这一个健全人。

关入大牢的那个活口也是茅坑里的臭石头,毕竟死士的嘴巴不是那么容易撬开的。

"大人,建议上刑逼供。"审问的衙役前来报告。

大理寺不缺少刑具,只不过因为裴谈这个大理寺卿作风温和,那些刑具自从他上任就没用过。

上刑也未必能撬开嘴,但至少可以一试。

裴谈沉吟半响:"我去看看。"

牢里阴沉潮湿,那个活口被吊在其中一间,周围站着两个衙役正在审问。

"派你来的,是尚书府吗?"裴谈走到他面前,轻轻问道。

那死士一脸木然,可是眼底的轻蔑像是故意要让裴谈看到。

这代表什么?代表他效忠的人比尚书府强大多了。

第四十九章　孤军奋战

裴谈盯着这人的眼睛。一个人的眼睛是不会说谎的。

"把他放了如何？"裴谈说道。

衙役们呆怔，这被绑着的死士却骤然愤怒："你还不如杀了我！"

死士任务失败，是不能回到主人那儿的，从他被抓住开始，他就已经只剩下一个结果。

裴谈淡淡道："我大理寺不会草菅人命。"

大理寺定死罪，要三司会审，上报刑部，备案留查，少一道程序都不行。

裴谈离开牢狱，他不是真的要放人，把一个杀手放出去，岂不是祸害民众？

而过了没多久，这位死士也不用他再操心了，人要死可不是只有吞毒药这一种方法。

"大人，他绝食了。"不吃东西不喝水，最多也就撑几天。

裴谈说道："随他去吧。"

大理寺不会草菅人命，但一个恶人要死，他也没有阻拦的道理。

闻喜客栈的中堂，两个黑白脸的戏子正在唱一出《大面》。

这两天，客栈里的客人突然少了许多，连老板都感到怪异不解，况且现在是临近考试的时候，往年可从来没有发生过这样的事。

一个面庞冷肃的老者坐在角落里一张不起眼的桌子旁，盯着台上那些戏子，手和着曲调打着节拍。

旁边有个伙计打扮的人眼珠转了转，慢慢靠近："尚书大人，您吩咐办的事……那些人都已经拿钱离开了长安，只有一个……不太好办。"

宗楚客没有言语。

那伙计低头装作斟茶，说道："那人是户部薛家公子看中的，约他写了几篇，说是入三甲没问题，可惜那人不太听话。"

宗楚客幽幽开口："怎么个不听话？"

那伙计说道："薛家人出了价钱，可是那人一定要自己上场去考，颇为不识抬举。"

宗楚客盯着台上的戏子："那就让他自己上场，长安城多的是考生，总有听话的。"

十年寒窗，能不能考上完全是在赌，不如拿一笔钱回去，也算衣锦还乡了。大部分出身贫寒的考生都会做出这样的选择，可难保没有硬石头。

那伙计低着头："但是……那文章据说被韦相大人看到了，颇为满意，有意在陛下面前钦点……"

这意义就不一样了，宗楚客在桌上打着节拍的手骤然停顿。

"那就处理掉。"他声色幽冷。

伙计面色阴沉："现在有一个麻烦，昨天在大理寺，裴谈折掉了我们三个死士，而且，那姓范的尸首还在大理寺。"

宗楚客神情森然："那又怎么样？"

伙计低头："薛家的人担心，此时动手会引起……许多的麻烦。"

宗楚客看着那伙计："现在五姓七宗的人都开始怕一个三品寺卿了？是不是假以时日，你们都得跪在那竖子面前，听他的使唤？"

伙计脸色变了变，低头不说话，果然一提到裴谈，宗尚书就会变得不同寻常。

宗楚客说道："大考之后还有殿试，告诉薛家，他们要是不下手，后面排队等着的家族还有很多。"他端起手边的酒一饮而尽。

伙计默默离开了这张桌子。

戌时后，客人渐渐减少，台上大戏曲终人散。

荆婉儿走进书房，发现空空如也，不由对着门口守着的侍卫道："大人呢？"

裴县看着她："大人进宫了。"

荆婉儿微微讶异。

这几天，大理寺发生了这么多事，仵作死了，衙役中有身份不明的人，或许，裴谈早就该抽时间进一趟宫了。

想了想，荆婉儿便沉默下来。

她看向桌上的油灯，不由上前转动了一下，密室门打开："我去看看林姑娘。"

沿着昏暗的甬道到了林菁菁的床前，荆婉儿掀开林菁菁伤口上的布，溃烂的刀伤已经不再渗血，可是依然可怖。

"林姑娘，你何时才能醒？"荆婉儿忍不住叹息。

看到林菁菁，她不由捂住了自己的手臂，她胳膊上那一道伤口也在隐隐作痛。

床榻上的林菁菁忽然哼了一声。

荆婉儿的手不由一停，接着看向那苍白的面庞："林姑娘？"

林菁菁的眼白猛地露出一瞬，像是将醒未醒，整个人抽搐起来。荆婉儿吃惊。

只见裴县从密道里闪身出来，荆婉儿忍不住道："林姑娘怎么了？"

裴县伸手切了一下林菁菁的脉，沉着脸道："她筋脉不通，血液被堵住了。"

堵住？荆婉儿脸色微白："要请大夫吗？"

裴县扶起林菁菁，看了一眼荆婉儿："你且出去等着。"

荆婉儿咬住了下唇，只能先退出来。

真是屋漏偏逢连夜雨，要是此时林菁菁再出什么事，那大理寺可真是处处走背运。

她退回到裴谈的书房，目光一瞥，看到了那篇铺在桌子上的文章。

那就是从闻喜客栈范文君的房里拿回来的。想不到裴谈一直在读这篇文章。

荆婉儿不由看着这篇文章，她第一次见到这篇文章的主人时，他已经是面目全非的尸体。她同他曾在一个棺材中度过数个时辰，说起来，这种缘分让人脊背发凉。

荆婉儿从前是荆氏千金，自然习过字，范文君这一篇随笔之作，都是娟秀小楷，十足的妙笔丹青。

能让林菁菁这样的佳人为之倾心，范文君绝非寻常贫寒士子。

"在看什么？"不期然的一声温和的询问，让荆婉儿惊了一下。

她看向门口的男子，一身三品朝服，此刻的裴谈像个让人望而生畏的"大人"。

"大人……"荆婉儿盯着裴谈，讶然说道，"您从宫中回来了？"

裴谈将手中的乌纱帽放到架子上，走了进来。他看到桌上的油灯换了位置，眸子动了动："你进密道了？林菁菁怎么样？"

荆婉儿下意识道："裴县在里面。林姑娘刚才有些不对劲……"

裴谈看向她，少女的脸色有些不自然，微微垂首问道："大人将大理寺的事告诉陛下了吗？"

裴谈淡淡说："我没有见到陛下。"

荆婉儿讶异："没有见到陛下？"

裴谈进宫显然是去找中宗，可怎么会没有见到？

裴谈摇摇头："此事稍后再说，随我去看看林菁菁。"

密室门再次被打开，荆婉儿不自在地说道："裴县让我在外面等候。"

裴谈看了她一眼："不要紧。"

两人走了进去，只见裴县盘腿坐在床上，闭目给林菁菁运真气。

裴谈在旁边没出声。

少顷，裴县睁开了眼睛，看到床边的裴谈和荆婉儿。

"大人。"裴县从床上下来。

裴谈问道："人怎么样了？"

裴县脸上没什么表情："暂时应该无碍，若她挺得过今晚。"

这显然不算什么好消息，荆婉儿面露担忧。

裴县微微皱眉："大人进宫的事……"裴谈一个时辰前进的宫，此刻回来未免太快了。

良久，裴谈终于说道："宫中有人拦住了我。"

荆婉儿神色动了动，不由看向裴谈。如果她没记错的话，裴谈手里有中宗御赐的金牌，可以不用通报，直达紫宸殿觐见中宗。

怎么可能有人拦他？

这里是密室，不必担心外传，裴谈慢慢道："皇后娘娘就守在紫宸殿。"

对面二人的脸上都闪过异色。

韦皇后？

"韦后娘娘说，陛下前日偶感风寒，身体抱恙，已经连日不见大臣。"

如果是皇后亲自在紫宸殿，那裴谈就是有再多的金牌也见不到中宗。

荆婉儿沉默了一下："大人不觉得这一切都太巧了吗？"

犹记得在宗霍那桩案子里，裴谈和大理寺之所以能够压倒尚书府，背后便是这位帝王撑腰。所谓皇权，自然是凌驾于一切之上。

但怎么这么巧，在大理寺多事之秋，中宗也恰好"病了"。是真的病了，还是有心人故意放出的风声？

裴谈脱下身上的官服，从衣柜中取出常服换上。

"当今帝后伉俪情深，不管外人如何置喙，也不会影响帝后的关系。"裴谈转过身，刚要系腰带，就见少女走了过来，素手执起衣带，打了个活结。

其实所谓的帝后之间，早就不是简单的男女之情。陛下落魄十余载，都是韦后陪伴在侧，中宗的顺利登基，也是韦家人的筹谋。

这世上最复杂的，就是这种掺杂了情感、算计、利益的关系。

这时，裴县幽然说道："大人不是说，那三个来历不明的衙役正是被刑部委派，而刑部的尚书，是韦后娘娘的嫡系子侄。"

荆婉儿的手一顿，抬起了眉眼。

上一次他们只是面对一个尚书府，而这一次，连皇后和丞相都扯进来了？

"也许不是皇后娘娘拦阻，而是陛下对大人避而不见。"少女的眉眼带了些许清明，"如同处置宗霍之时，陛下也只是给了大人'权宜'二字。"就是私下处置宗霍，不必闹上朝堂。

若这次连皇后都有牵连，作为陛下，无论如何也是先保枕边人吧？

"从现在开始，"荆婉儿的表情有一丝柔软，"大人也许是孤军奋战呢？"

这话让屋内仿佛都寒冷了几分，裴谈看着荆婉儿的眸子，目光头一次如此锐利沉默。

第五十章　同生共死

裴谈内心在斟酌着，片刻才看着裴县和荆婉儿说道："我自有法子见到陛下。"

荆婉儿眨了眨眼。

裴谈望着她，那遮盖在衣袖里的伤口隐隐还在渗着血："将袖中的胳膊给我看看。"

纵然胳膊上留下的伤口难看，可是和丢了性命比起来，简直无伤大雅。

裴谈伸出手，握住了少女的手腕，轻轻推开袖子，看到了那一道长长的伤疤。那时事态紧急，裴谈一刀下去只求放血彻底。

片刻，他把荆婉儿的袖子放下来，对裴县说道："晚些时候你回一趟裴家，取一瓶愈肤膏来。"

裴县颔首。

荆婉儿看了眼裴谈，没有吱声。

裴谈出身名门，而她却已经是不折不扣的下等人，除了一条命还可以拿来用，又有其他什么价值呢？纵然是这一条命，也不是随时都有用的。

过了很久，裴谈才又盯着少女的脸缓缓说："女孩子身上留疤，终归不好。"身体发肤，受之父母。尤其是女子的肌肤，更加珍贵。大唐虽开放，对女子依然严苛。

荆婉儿目光清幽地看着裴谈："婉儿是奴婢，身上留不留疮疤并不要紧，还是多谢大人的关怀。婉儿今夜就留在林姑娘身边，等着她醒来。"她的眉眼清秀，说这番话的时候，带着一股病态之美。

裴谈不由沉下了眸。

"裴县，你先出去守着。"这两天，这位沉默寡言的暗卫如夜鹰一样守着书房和卧房之间的通道，完全不给心怀不轨的人任何可乘之机。

裴县沉默退出。

裴谈和荆婉儿一同站立在林菁菁的床旁，他看着少女仿佛无畏的脸，忽然淡淡说道："现在宗楚客是要杀你，可若他发现不能得逞，可能会利用你的身份对付你。"

荆婉儿的身份就是罪人之后加上宫中逃奴，自有禁军亲自来收拾她。

荆婉儿面上淡淡的，既没有诧异也没有害怕："从婉儿冒险回到长安那一刻起，就没有害怕过面对这样的局面。"她早就什么都想到了，却依然什么都不在乎。

裴谈看了荆婉儿一眼。似乎冥冥中有一道线，将他和这个女子联系起来。荆婉儿行事如此大胆，仿佛根本不在意自己的生死。

"大人，"荆婉儿嘴角带着似有似无的笑，慢慢面向裴谈道，"何况婉儿不是已经跟大人说好了，大人收留了婉儿，婉儿必倾尽全力，助大人破眼前之局。"

荆婉儿不是没有想过，若说有一个人可以给荆氏洗脱冤屈，推翻之前的案子，放眼整个大唐或许只有裴谈一人。

裴谈的出身、智谋，以及大理寺卿的官职，就是全部的必要条件。

可她不会说出口。荆婉儿身为戴罪的宫女，如此以命相搏，无非是如果不能为家人洗冤，就与家人同生共死。

裴谈望着少女，目光幽幽，像是看穿了什么："你何苦？"

荆婉儿温顺地垂首："这世上总有明知做不到，却不能不做的事。"

荆婉儿说会报裴谈的救命之恩，她不肯从梧州逃走，选择重回长安这个狼窝，就已经说明了她要做的事。

她的意志，一直和流放的家族联系在一起。

"婉儿还有一句话要告知大人，虽然现在看似是大理寺被动挨打，但也正因为那些人抓不到大人的把柄，所以大人现在什么都不用做，只需等那背后的人自己露出马脚。"以不变应万变，敌不动我不动自是上佳之策。

裴谈看着荆婉儿，少女脸上有一丝笑意，如同面对黑暗太久，已经可以洞悉其中一隅。

第二天，林菁菁醒了。

这个女子表现出的毅力，超出了所有人的想象。

荆婉儿缩回正为她擦拭的手，微笑道："林姑娘。"

林菁菁盯着这张只见过一面的脸，显然还有印象："我在哪里？"

荆婉儿递给她一碗清水："这里是大理寺。"

林菁菁捧着碗的手颤抖起来，碗中的水差点洒了。

荆婉儿轻柔地看着她，她非常明白这种死里逃生的女子心理有多脆弱，更明白林菁菁现在最需要的是什么。

"林姑娘，想必你已经知道了，你遭人追杀，逃出生天后，追杀你的人不肯放过，你才会被乱刀伤及至此。"

随着荆婉儿的话音落下，林菁菁回忆起那可怕的一幕，她脸色蜡白，双手渐渐捂住自己的脸，呜咽声从她指间不住传出来。

荆婉儿先让她宣泄完，林菁菁昏迷了这么久，昏迷前还有最恐怖的记忆，这种情绪如果不宣泄出来，她就算醒了，也活不长。

裴谈在书房里看着荆家的卷宗，当年荆家是被圣旨直接定罪，由刑部派人押送罪臣前往流放之地。大理寺中甚至连备案都没有，裴氏家族中有人在刑部文案库供职，所以裴谈手中才会有这一份誊抄出来的审案记录。

从始至终，荆哲人都没有认罪，刑部也没有记录他当堂怒骂反抗的事情。

荆哲人性格如此，就可以知道荆婉儿为何是这样的性格了。

这大概是唯一一个，被审之人没有签字画押就直接流放的案例了。

荆婉儿是荆哲人唯一的女儿，当年不满十岁，独自留在了长安。

所有成年女眷和所有族中男子，都没能幸免。

世家宗室日益壮大，连中宗也感到了威胁。虽然他宠幸韦氏，给予了韦氏几乎半个天下的荣耀，可是，天子终归是天子，天子的心一旦变了，势必要让整个天下都跟着殉葬。

现在，中宗要想立威，手里就必须有剑，于是，他想到了当初被视作蝼蚁的荆氏。

朝堂斗争的牺牲品。

裴谈看过整个案件之后，可以清晰地得出这个结论。

荆哲人之后，大唐再无平民出身的官员，这自然不是巧合。

世家和宗室从此将升官的渠道牢牢抓在自己手里，所有站在朝堂上的人，几乎全都是他们培植出来的羽翼。

长安街上，无数远赴千里的人，十年寒窗，三天大考，等待他们的，也只有一切努力终成空的绝望。

而更绝望的，是他们会继续等待下一个十年，直到耗尽此生。

高高在上的宗室外戚，俯瞰人间皆是蝼蚁。中宗不糊涂，三年科举，再无一人突围而出。但就算九五之尊又怎么样？一个人也对抗不了宗室的力量。

"是大人把你救回了大理寺。"面对林菁菁的疑问，荆婉儿慢慢说道。

林菁菁怔了怔，她似乎并不相信她一条贱命，会值得一个大理寺卿去救。

荆婉儿幽幽说道："你当初来找大人，不就是希望大人帮你吗？也正是因为大人没有撒手不管，你才没有变成长安街巷的一具无名尸体。"

当听到"尸体"这个词的时候，林菁菁的神色明显动了动，那可怖的景象在她脑海中挥之不去，当时，她唯一的念头就是，活下去。

荆婉儿继续徐徐说道："而且，这世上若说还有谁能帮你，那就只有大人了。"

这样的话，能震慑荆婉儿，也能震慑林菁菁。

林菁菁秀丽的双眸中蓄满了眼泪："只要能帮助范公子，我什么都愿意说出来。"

荆婉儿知道，这个女子醒来以后要面对太多的残忍，而最残忍的一幕，现在就在大理寺验尸房内。

荆婉儿凝视着林菁菁，当初中宗让她出宫认尸之前，曾问她是否还记得她兄长的点点滴滴，以确保她在见到尸体的第一面，就能认出是不是她的兄长本人。这样的提问是如此残酷。

现在，荆婉儿并不想把这种痛苦加在别人身上，可是林菁菁和她最大的不同，大概就是林菁菁从大理寺外击鼓的那一刻起，就有了面对爱人已死的觉悟。

"大人既然管了你的案子，就会查到水落石出那一天。如果你准备好了，我随时可以带你去见大人。"荆婉儿说道。裴谈才是大理寺的主人，怎么用林菁菁这步棋，他自有决断。

林菁菁是为了范文君才活下来的，她立刻抓紧荆婉儿的肩："让我现在就见大人，我有话说。"

林菁菁还在大病之中，最不应该情绪激动，可是荆婉儿看着她，像看着荆家被查抄时的自己，不管多么气若游丝，也根本无法平静下来。

"我爹曾是绵州乡里的贡生，和你的范公子出身一样。"荆婉儿想了想说道，"他二十岁夺得乡试第一，后来被乡里推举入京参考。他徒步从绵州来到长安，大考前一天还露宿在马棚中。放榜后，他得知自己得了当年殿试三甲的头名。"

一个普通百姓居然得了头名，这让那些自诩才情出众的长安才子都变了脸色。

这些往事，都是娘亲在世时候对荆婉儿说的。自己的丈夫如此才能卓绝，她的脸上全是满足和崇敬。

林菁菁怔怔的，也不知想起了什么，眼泪落了下来。

第五十一章　新仵作

林菁菁握住荆婉儿的肩，眸中有某种坚定："范公子若还活着，他也会是三甲头名……"

每个女子都坚信自己的情郎是世上独一无二的。

荆婉儿看到她的脸上全是泪："你现在要养好身子，虽然大人会把这个案子管到底，可关键是，你能不能撑到那个时候？"

没有什么比给人一个希望更能治百病的了。顿时，林菁菁的脸色就变了变。

看见女子深深垂下头，荆婉儿知道自己的话起作用了。她缓缓离开床边。

书房里，裴谈正把看过的卷宗收起来。密道的门打开，荆婉儿走了出来。

"她如何了?"他问。

荆婉儿想了想:"她迟早都要知道。"

尸体就埋在验尸房窗户下方的土里,裴县借守着验尸房的由头,也守住了那具真尸。所爱之人惨死,尸体也已经被毁掉,这个双重打击,让那柔弱女子如何承受?

荆婉儿冷冷说道:"因为是一介布衣,便被这样随意杀死。"

如林菁菁所说,范文君有状元之才,这样一个很可能入朝为官的人,却还什么都来不及做,就丢掉了性命。

裴谈望着荆婉儿。荆氏一门在长安曾有一个卑微的称号——布衣士族,纵使荆哲人凭借科举入仕,也依然改变不了贵族们骨子里的偏见。

如今,荆婉儿是唯一能体会到林菁菁切肤之痛的人。

"大人,"衙役匆匆来报,神色慌张,"裴县侍卫抓住了一个企图接近验尸房的人,可那人……服毒自尽了。"

裴谈看向衙役。又是一样的服毒自尽,明知道有裴县守着的验尸房固若金汤,却还要一意孤行,对他们来说,那具尸体显然比命更重要。

裴谈道:"新的仵作到了吗?"

衙役连忙道:"到了,已经在门口候着了。"

裴谈说道:"把服毒自尽的尸体抬到大堂上,让新仵作来验尸。"

荆婉儿随着裴谈来到大堂上,一眼就看见了那个穿着衙役衣服,已经僵硬的尸体。

邢左领着一个年轻人走上前来,那年轻人穿着灰色长袖衫,脚上的鞋子打了补丁。

"大人,这就是刑部刚调来的仵作,叫沈兴文。"

沈兴文,听着像是读书人的名字,不像个仵作。

那年轻人抬起了头,一张方方正正的脸,年龄最多不过而立。仵作这个行当对经验要求极高,所以大多都年过半百,何况年轻人也没有几个愿意当仵作。

但这个沈兴文……

说话间,沈兴文已经敛衽,跪下对裴谈行了个礼:"小民沈兴文,见过大人。"

裴谈望着他。刑部推荐过来的仵作,按理说不会有问题,可是这个沈兴文,之前却从未听说过。

"你做仵作多久了?"裴谈问道。

沈兴文拱了拱手:"回大人,算上今日,刚满半年。"

一个从业刚满半年的仵作……刑部也不是天天审命案的地方,沈兴文才接触过几具真正的尸体？

沈兴文看着裴谈："大人请放心，小人虽然做仵作的时间短，但验尸的经验大人不必怀疑。"

荆婉儿不由看了眼裴谈，想不到会来一个这么奇怪的仵作，裴谈心里应该也没底吧？

只不过，现在的情况可谓骑虎难下，也来不及再换一个仵作了。

裴谈沉吟片刻："那你先验尸吧。"

沈兴文再次拱了拱手，他一手撩起灰扑扑的长衫，半跪下去，端详起尸体来。

片刻后，他扒开死者的衣服，只见尸体胸前有一片瘀青。毒液是藏在此人牙齿中间，所以，就算裴县阻止得再怎么快，也赶不上他服毒的速度。

沈兴文从头到脚检查了一遍尸体，甚至捏起毛发放在手心搓，却始终不作声。

既然死者是服毒自尽，那仵作最多就是验一验他死于何毒，况且他是混进大理寺伪装成衙役，必然什么线索都不会留下。

可是沈兴文却捏着死者的头发，一副皱眉沉吟的样子。

荆婉儿望着这年轻的仵作，也想知道他能看出什么。

不一会儿，沈兴文起身，像模像样地拍了拍一双衣袖，躬身行礼说道："小人已经验过了尸体，此人恐怕不是寺中真正的衙役。"

……

大堂上一片寂静，没想到此人看了半天，只是说出了这么一句话。

死者牙齿间藏着毒，自然是有心之人伪装成衙役，沈兴文说这么一句可有可无的话，是要干什么？

接着，沈兴文似乎感受到大堂上的寂静，目光微动，说道："此人的胸骨曾经断裂过，虽然后来被接上，却不是专业郎中所治疗，因此瘀青不散，小人保守估计，已经有数年之久。"

胸骨断裂了数年，这在常人来说绝对无法忍受，可此人却生生受了下来。

沈兴文继续说道："不仅是胸骨，死者的手骨、脚掌等细微处，都有断裂后重新接骨的痕迹，说明他曾受过夹指的酷刑，而且没有得到过任何医治。"

裴谈的目光幽深起来："他牙齿间藏的是什么毒？"

沈兴文摇摇头："最劣等的砒霜，纵使他没有咬破，长期在口中融化，也会慢慢致死。"

这世上怎么会有人用慢性毒杀死自己呢？这个死者分明也是受人控制的。

裴谈沉默下来，一个被驱使的马前卒，为了探路甚至不惜送命。

沈兴文表情淡然："小人多嘴一句，像这样的人，多半是死士，被士族豢养，执行主人的命令，任务失败便会被处刑，浑身骨头断裂不过是家常便饭，最重要的是随时都可能没命。"

荆婉儿看着这年轻仵作说得轻描淡写，像是对世家宗族里的肮脏事已见怪不怪。

裴谈良久说道："把尸体抬下去吧。"

沈兴文看了尸体一眼，没有说什么。

荆婉儿从他的面色中感受到一股异样，他看着尸体的时候，目光投向了尸体的手掌。

"请问沈仵作还看出什么了吗？"她悠悠问了一声。

每个仵作都有自己的特长，就像混江湖的人都有一项独门秘技傍身，沈兴文是刑部推荐来的仵作，他如此年轻，更说明他有过人之处，才会被刑部留用。

沈兴文闻言轻轻笑了笑，看着裴谈说："小人将正常验尸上能看出的，都对大人说了，至于其他的，小人并不知道大人是不是想知道。"

正常验尸能看出尸体受过的伤害，和被砒霜毒死的事实，沈兴文说话故意遮遮掩掩，倒像是想看裴谈的意思。

裴谈望着他："你方才握着尸体的头发，是在看什么？"

沈兴文果然笑了笑，方方正正的脸多了一丝俊雅："许多仵作验尸只看身躯，其实头发最能反映一个人生前的情况。因为躯体可以伪装，可头发却不能。"

荆婉儿的心猛地跳了一下。

沈兴文继续说道："这具尸体，头发浓密，底端却呈现焦黑，若小人判断无误的话，这是一种特殊刑具造成的。"

裴谈盯着他："什么刑具？"

大理寺的库房中收藏着许多少见的秘密刑具，可裴谈也没有见过这种能把人头皮烫得焦黑的。

沈兴文说道："铁帽子。"

裴谈目光微动。

沈兴文悠悠开口道："这是兵部才有的刑具，兵部负责打造各府兵器，这种铁帽子就是他们自己人打造的，旁人应该见都不曾见过。"

没错，连裴谈都不知道。

可是这个刑部来的年轻仵作不仅熟知各世家会豢养死士，更连铁帽子这种兵部独有的刑具都知道。

裴谈看着沈兴文，单是兵部这个线索就已经可以牵扯出很多东西了，若这个沈兴文是受人指使，故意到他面前说这些，那背后之人可以说是策划得极为缜密了。

若沈兴文真的只是自己看出了这些，那他这个仵作可说是极其高明了。

这时，沈兴文回身看向衙役："将你的刀给我。"

衙役警惕地看着他，片刻又看向裴谈。

裴谈淡淡道："给他。"

沈兴文一笑，毫不避讳地从衙役腰间抽出了刀，然后用手拉了一缕死者的头发，挥刀斩断。

他把那一截头发抬起来："大人请看。"

连荆婉儿都看到了，那乌黑头发的底端，呈现一种焦黑的颜色，若不是沈兴文仔细地扒开死者头发，根本发现不了。

沈兴文还把头发凑到鼻子底下嗅了嗅："确实是焦味。"

荆婉儿下意识咬住了唇边。

这时，沈兴文看向裴谈："铁帽子不像烙铁，烧红了印在人的皮肉上，头发根丝连接头皮，根丝的热度会一直延伸到人的颅骨，使人如同头顶着烈焰炙烤，远比烙铁残酷许多。"

光是听着就已经让人头皮阵阵发寒。

以前听说过宫里的人用刑，为了不被人看出，落下残暴的名声，便使用极细的银针戳进人的体内，让受刑之人叫天天不应，痛苦说不出。而这个铁帽子则更胜一筹，除非把死者的头发剃光，不然谁看得出头皮上的端倪？

第五十二章　他还活着吗

沈兴文的验尸结果可谓惊人，矛头直指兵部，自然也就指向炙手可热的一品权臣宗楚客。

如果说之前没有实质证据，那现在由沈兴文这个仵作说出来的话，分量自然就大不一样了。

可是，裴谈看着沈兴文，却没有当场说出什么，而是离开了大堂。

"大人。"荆婉儿忽然跟上来，叫住了裴谈。

裴谈望着荆婉儿，见她第一次露出目光灼灼的神情，哪怕周边再无他人，她也声音轻如呢喃道："这个沈兴文能从头发辨认死者生前的经历，若他真的是受人指使来到大理寺,那么,若他看见了验尸房的尸首……"

剩余的话已经不用多说,突然出现的年轻仵作很可能成为他们计划中的变数。而这个仵作看起来又那么可疑。

裴谈目光幽邃,望着远方一处,并没有说话。

死士首领悄无声息地潜进内院,如同一道影子。

"我们派去的人被发现,已经吞毒死了。"他弓腰低头跪在地上。

死士任务失败就必须自杀,这是他们唯一的下场。

宗楚客看着他:"韦相把你们派给我,说你们潜藏遁影,无所不能。"可是接了两个任务,却连连失败。

死士首领垂头:"裴县是裴家顶尖的高手,他守着验尸房,我们找不到任何机会接触尸体。"

宗楚客脸上浮现出一丝不耐烦的狠厉,若是他的手下,他早就下令处死了。

屡次坏了他的大事,现在更是把一个天大的把柄送到了裴谈手上,要是裴谈利用这把柄对付他,他难道要再次向这竖子屈服?

"如果进不去,就在外面动手。"宗楚客冷冷看着地上的人,"用火直接烧了验尸房,不要留下一点痕迹。"

本来还不想做得这么绝,免得韦相认为他办事不力,可现在办不了事的,正是他韦相派来的死士。

死士首领的目光如一道暗影:"尚书大人,属下本不该置喙大人所为,可是大人先派我们追杀一个烟花女子,如今又无论如何都要毁了那具尸体。敢问大人这二者间有何联系?"

韦玄贞是吩咐宗楚客找到一个无身份的弃尸,伪装成流放逃回的荆家人。既然是无名无身份的弃尸,即便留在大理寺,也不会被查出什么,可宗楚客却派他们毁了尸体。

得知毁了的尸体可能不是真的,他的神色瞬间变得可怕。

这时,死士首领慢慢抬起了一直垂着的头,他右脸上有一道深可见骨的刀疤。

宗楚客握着椅子扶手的手忽然攥起:"本尚书的决定,什么时候轮到你一条狗来问?"

自从宗霍死了之后,宗楚客的脾气越发暴虐阴沉。

死士首领冷冷盯着他:"……就算尚书大人担心被大理寺看出实情,要毁掉尸体,寸草不留,或许,杀死仵作情有可原,但是……那名一定要我们追杀的女子,又是什么身份？"

宗楚客的脸色沉下来，阴阴盯着死士首领，半晌没出声。

杀掉林菁菁。

死士首领阴森道："属下得知那名女子之前曾经去大理寺击鼓鸣冤，这和尚书大人第二天吩咐我们一定要杀了她，必是有关联吧？"

宗楚客一字一句吐出去："给本官滚出去。"

死士首领脸上的刀疤看着更可怖："尚书大人一直不让我们对相爷说出此事，是否大人心中早已另有打算？"

宗楚客抬起手边一只茶盏扔了出去。

这一次，死士首领的头微微一偏，那茶盏擦着他的耳际飞了过去。

宗楚客震怒。

死士首领幽幽地抬起冷漠的眼："属下已将尚书大人近日的行径传书告知了相爷，想必相爷一定会明白大人的意图。"

宗楚客从椅子上站起来："你一条狗，倒是有能耐对主子乱吠，原本看在韦相的面子上留你一条狗命，既然这样，本官现在就送你见阎王。"

"来人！"宗楚客骤然扬声冲着门外喊道。

外面却是一片死寂，没有人进来。

"大人，"首领阴阴的声音响在厅内，"既然属下是一条狗，您还是不要浪费时间驱逐了，若属下反抗的话，您这整个尚书府的下人加起来，也不是属下的对手。"

死士的意思是，虽然他的命并不握在自己手里，为了任务，他随时都能送死，但是，任务之外，死士也不是随便就能死的。

特别是像宗楚客这样，把死士当作家奴，想处死就处死，怎么可能？

死士首领幽冷地望着宗楚客，保持躬身的姿势，一步一步退出了堂中。

那沈兴文在大理寺中到处走动，每个角落都要去看一看，美其名曰熟悉大理寺的环境。

他似乎并不避讳自己的身份，即使面对询问，也是一副坦然的样子。

若此人是被宗楚客或者其他人派来的，那未免表现得太镇定了。

荆婉儿站在廊下看着他。沈兴文一开始就注意到了荆婉儿，大理寺是不会有女人的，可当他在堂上验尸的时候，这个少女却是站在裴谈的身侧。

而且，在她的身上，沈兴文觉出一种同类的味道。

他是仵作，他的同类只会是常年和死人打交道的人。可是，如此清秀的一个妙龄少女，怎么会跟死人扯上关系？

沈兴文的眼睛深处有一丝幽暗。

荆婉儿转身，朝着书房的方向走了过去。

裴谈望着她，荆婉儿这大半天都在外面看着沈兴文，这和她之前一直闭门不出形成了鲜明的对比。

也许是沈兴文的完全不加掩饰，也引起了荆婉儿的注意。

"此人要么是真的聪明，懂得用坦然掩饰目的。"荆婉儿看着裴谈说，"要么他真的只是刑部随意指派来暂时顶替仵作的职位罢了。"

裴谈望着她："我们对他的怀疑，已经分散了我们原本的注意力。"

疑心这个东西，只要存在，就是一道枷锁。哪怕最后发现沈兴文并无问题，怀疑的过程就已经消耗了他们大部分精力，甚至是把原本应该放在林菁菁和范文君身上的精力，强行分散在了沈兴文身上。

荆婉儿愕然，然后马上就明白了。

所谓螳螂捕蝉，黄雀在后，她这样盯着沈兴文，根本也是毫无意义之举。

她不由自嘲一笑。

难怪裴谈一直待在书房中，态度和往常并无区别。就算真的怀疑沈兴文的身份，表现出来也并无作用。

"大人。"荆婉儿恢复了平静，"不知您有何打算？"

裴谈慢慢看着她："找个办法，带林菁菁去验尸房吧。"

荆婉儿眸光动了动，虽然早晚都有这么一天，但林菁菁的状况还是令人担心。

裴谈选择这个时候让林菁菁去认尸，想必已经做了考量。

可说完这句话后，裴谈却丢了笔，似乎在沉吟。

她很明白，对于负责追查命案的大理寺来说，只有用铁一样的事实才能服人。裴谈身为大理寺卿，更要以身作则。

荆婉儿说道："大人是否在担心，林菁菁一出门，必然会被大理寺的人发现？"

密道只是连通了卧房和书房，却不可能让林菁菁不被发现地走到验尸房去。

见到裴谈的目光微动，荆婉儿不由淡淡一笑。

"婉儿有一个办法。"

……

半个时辰后，裴谈看着站在自己面前的两个女子，林菁菁身上穿着荆婉儿的衣裙，她原本就清瘦，加上这段时间的折磨，早已脱了形，和荆婉儿的身量竟然完全相当。

林菁菁紧张地用手抹着身上的衣服，荆婉儿慢慢扶住她，轻轻走了两步。

然后，荆婉儿转过身来，目光幽幽，唇角含着一丝笑："大人以为呢？"

裴谈的眸色渐渐有些深。两人若是不看脸，只看背影身形，竟是如此神似。

这想必，不该是巧合。

荆婉儿轻轻一笑，对裴谈说："婉儿已经教了她走路的身形步伐，等婉儿给她梳一个和婉儿一样的发髻，她就可以随大人出门了。"

裴谈看着她，说道："你这两天一直在大理寺中走动，并不只是为了监视沈兴文。"应该说根本就和沈兴文无关，荆婉儿只是借着这个由头，在大理寺中抛头露面。

荆婉儿笑着低头，却没言语。

原来一切都是为了应对今天的状况，裴谈不由盯着荆婉儿那双清亮的眼，这少女每一次展露出的缜密心思，竟都是这么惊人。

片刻后，荆婉儿给林菁菁梳好了发髻，将她转过来，对着裴谈："大人看一看。"

裴谈望着林菁菁，林菁菁有些紧张地低下头："婉儿姑娘，这样真的行吗？"

荆婉儿看着她："行的。"

没有人会仔细去看一个奴婢的脸，所有人只会理所当然地把林菁菁当成荆婉儿。

林菁菁低头咬着嘴唇，她泛白的脸色泄露了内心的情绪。

裴谈看着林菁菁，良久说道："你跟在我身后，尽量不要出声。"

荆婉儿扶住林菁菁的手："不要害怕，你要记得我之前与你说的话。"

林菁菁仿佛溺水中抓住了稻草，苍白着脸点点头。

裴谈便带着林菁菁返回书房，打开书房门见到阳光的那一刻，林菁菁如同一个回到人世间的幽灵。

她说道："婉儿姑娘说，大人会带我去见范郎，是真的吗？"

裴谈穿着素服站在她身前："是真的。"

林菁菁脸上泛起一丝病态的红晕，她仰头看着太阳，如果这一切都跟她想的不一样："那大人能否告诉民女，范郎……他（死后）模样还好吗？"

第五十三章　无脸人

裴谈垂下眼眸，迈步朝前走去。

林菁菁跌跌撞撞地跟在后面，一路低着头掩饰仓皇的脸色，果然没有引起注意。

验尸房门前，等到前面的门打开，林菁菁听见声音，终于抬头颤抖道："这是哪里？"

四周昏暗不明，气息沉寂，还有空气中冲鼻的血腥味，都让她眼前一阵阵发黑。

裴谈走到验尸的案台前，那里放着一盏熄灭的油灯，他拿出袖中的火折子，轻轻擦亮，点上了灯。

这时，他才转过身望着林菁菁："这里是大理寺的验尸房。"

烛火照亮了这块方寸之地，只见验尸台上摆放着一具被白布遮盖住的阴森森的尸体。

林菁菁的身体猛烈摇晃起来，好像下一刻就要倒下似的，她苍白的脸上很快浮现出泪光，眼中还有一阵阵控制不住的惊惧。

裴谈淡淡说道："裴县，去把门窗都关好。"

裴县立即默默退了下去。

林菁菁"扑通"一声匍匐在地上。裴谈举着油灯，扶起了她的胳膊。

"林姑娘。"

林菁菁浑身冰冷得不像一个有血肉的人，她忽然挣脱裴谈，颤抖着爬向了验尸台。

"我早就发过誓，即便他死了，我也要亲手为他殓尸。"林菁菁跪在那尸体旁边，目光中有一丝温柔。

裴谈沉默良久："裴县，去把尸体带过来吧。"

裴县闻言，慢慢从林菁菁身边走过，来到验尸房仅有的一扇窗户下。

只见他踢开了窗子底下的一块活动砖，砖应声而落，露出了里层的隔层。

在林菁菁惊愕的目光中，裴县忽然伸出手，闪电般探进隔层里，猛地揪出了什么，丢到了验尸房的地面上。

最危险的地方，才是最安全的地方，这里就是藏匿被毁尸体的最佳之处。

地上是一具用草席裹住的尸体，身量与验尸台上的那一具相仿。

"林菁菁，"裴谈这才低沉着声音说道，"打开看看，这才是本官要你见的人。"

林菁菁颤抖着手，揭开草席，见到已经认不出头脸的尸首。她苍白的手指颤抖着碰了碰尸体的手。那里已经焦黑，正是宗楚客指使人故意毁坏的地方。

只看了一眼，她的眼睛就泛起了血丝。

这双手夜晚握笔疾书时，她曾陪伴在旁，红袖添香。

林菁菁虚软着倒在地上，裴谈正要上前，就见她以额头触地面："请大人，为范郎的死申冤。"

裴谈上前的脚步顿住，他良久才看着林菁菁说道："你确定这具尸首就是范文君？"

林菁菁眼中早已被泪水模糊："民女愿意用人头担保。"

就算是化为灰烬，她也认得她的范郎。

裴谈伸手扶她起来，这女子就像一片薄纸一样，从头到脚都虚浮无力。

一旁的裴县看到裴谈的目光，低头将范文君的尸首重新裹住，放入了那隔层中。他正要将墙角的砖填上，却听到林菁菁忽然幽幽地说："大人，民女有个不情之请。"

裴谈看着她："你说。"

林菁菁目光微动："能否让民女和范郎单独待一待？"

裴谈眸色动了动，却见林菁菁再次匍匐在地："这是民女最后的请求，之后民女任凭大人差遣。"

半晌后，裴谈看了裴县一眼，两人慢慢向门口走去。

林菁菁跪在地上："谢大人成全。"

门被轻轻关上，狭窄昏暗的验尸房里，只有林菁菁一个人的呼吸声。

……

大约半个时辰后，林菁菁一脸苍白地从验尸房中走出，她低下头，跟在裴谈身后回到了书房，又从密道进入卧房之内。

荆婉儿立刻从床上站起，她本想问什么，可是看到了林菁菁的脸，她就知道什么也不必问了。

"只要能为范郎报仇，民女愿听候大人任何差遣。"林菁菁说着，忽地跪了下来。

荆婉儿不由说道："只要你配合大人……"

林菁菁忽然幽冷地开口说道："我知道是谁杀了范郎。"

被她这一句话震惊到的可不只是荆婉儿。荆婉儿神色微变，看向裴谈。

裴谈同样眸色深幽："林菁菁，你知道你在说什么吗？"

林菁菁之前重伤昏迷，现在刚刚醒过来，又发现她最心爱的范郎已经死于非命，甚至连尸体都未能保全。普通人受此打击，必定会崩溃。

林菁菁骤然抬起头，这个之前还柔弱的女子眼中迸发出执拗："民女知道，民女并非神志不清，民女既然捡回了一条命，就一定要为范郎申冤。"

荆婉儿慢慢走向裴谈，低声说道："大人，林菁菁遭逢大变，或许真有我们不知道的事。"

那么多杀手追杀林菁菁，仔细想想，这其中的确有蹊跷。

林菁菁几次磕头，身体越发虚软，荆婉儿上前扶住她。她抬头迎上荆婉儿柔和的视线："谢谢你，婉儿姑娘。"

林菁菁眼中的泪这才慢慢流下来。而裴谈和荆婉儿对望一眼，对林菁菁说道："今日你且先歇息吧，本官就在大理寺中，随时可以听你诉说。"

说着，他便转身从密道离开了。

林菁菁现在悲痛欲绝，从身份上来说，荆婉儿比裴谈更适合陪伴着她。裴谈不必留在这里，这一夜，林菁菁势必会对荆婉儿言无不尽。

直到天明，林菁菁才睡去，她的眼角和脸上都是未干的泪痕。荆婉儿拧了一条毛巾，轻轻地帮她把脸擦干净。

同是天涯沦落人，荆婉儿并不认为自己比林菁菁好多少。

荆婉儿看着林菁菁沉睡的身影，许久后才默默起身，打开了密道的门。

"大人。"她垂顺眉眼，站在裴谈面前，"这件事情，恐怕没有我们想得那么简单。"

裴谈望着她，林菁菁一定是对荆婉儿说了什么，才会让荆婉儿如此凝重。

荆婉儿的神色确实不寻常，她说道："大人，林菁菁说她曾经几次前往闻喜客栈，为范文君收拾整理房间。她说范文君平时很少与人来往，多数时间都是在房间内温书。"

如此自我封闭，也难怪客栈伙计会轻视和忽略他。

荆婉儿接着道："但是就在本月十五之前，也就是范文君失踪前几日，林菁菁发现范文君有一天很晚才回来，而且看起来心事重重，林菁菁问他出了什么事，他也不肯说，最关键的是，从那天起，范文君就一改平时的温和，开始驱赶林菁菁离开。"

一个本性善良温柔的读书人，突然性情大变，还对自己心爱的女子恶语相向，换了任何人都接受不了。

"所以，林菁菁假装离开客栈，却暗中悄悄返回，正好看到一个陌生男子去客栈找范文君。她说范文君面对那个男子的时候，脸上的神色充满了恐惧。"荆婉儿说得非常谨慎清晰，显然在仔细复述林菁菁的话。

裴谈幽幽说道："陌生男子？林菁菁看见了此人的模样？"

林菁菁说她知道是谁害死了范文君，难道是和这陌生男子有关？

荆婉儿眸色深幽："她说，那个人头戴着帷帽，穿着锦衣华服，和闻喜客栈那种下等客栈根本格格不入。那男人很快就进了范文君的房间，林菁菁在楼下等了一上午，也没有看见他再出现。她害怕惹人怀疑，就离开了客栈。"

这就是奇怪之处，范文君只是一个落魄考生，谁会特意和他关门商谈一上午？这个男人穿着那般华贵已经很奇怪了，再加上还特地戴着帷帽，似乎就是怕人认出来一样。

裴谈算是明白，荆婉儿为何说这件事不简单了。

听起来，范文君生前一定是经历了一些不可告人的事，这些事他连最心爱的女人都不能告诉，甚至要用赶走林菁菁的方式来保护她。

良久，荆婉儿目光幽幽说道："她说，有一天她听到有人喊了那男人一声，柳公子……"

裴谈目光闪动，柳公子？刘公子？

能被称为公子的，必然是长安城有头脸的贵家子弟。而这个戴着帷帽不让人认出，又和范文君一个寒门子弟纠缠的"公子"，又有何目的？

林菁菁说范文君害怕这个"柳公子"，那他为什么会怕？

裴谈看过范文君的文章，那样一个词锋犀利、不惧权贵的人，又怎会无缘无故害怕一个公子哥？

荆婉儿垂下眼："林菁菁那边，就只能得知这么多了。"剩下的事情，本该是大理寺去彻查，然而，荆婉儿却产生了一种有心无力的感觉。

她曾向林菁菁说，无论这件事水有多深，裴谈一定会彻查。她给了林菁菁无端的希望，现在，这个希望却仿佛要在荆婉儿这里破灭了。

在长安，要找一个不知是姓柳还是姓刘，既无名字又不知长相如何的人，就像是大海捞针一般。就算大理寺和裴谈有通天彻地之能，又该怎么去找？

第五十四章 考题

白骨累累，只不过是富贵者脚下的尘土。

考场设置在长安的一处皇家私塾里，那些考生全神贯注地对着自己面前的考卷，眼中闪烁着对功名的深切渴望。

考官一共有三位，韦玄贞为主考，还有两位副主考。

副主考正在烈日下来回地巡视考场，那些考生一个个神情紧张严肃，大气也不敢出。

韦玄贞坐在后院悠然地看着鱼塘，四周跪着几个小厮为他打扇子。

一个幕僚卑躬屈节地匍匐在他跟前："宗尚书刚才托人带话，问相爷，还有半日就该闭考了，他举荐的那个柳品灼，相爷这边可有什么异议？"

韦玄贞撒着鱼饵，面带微笑："这人是柳家的旁支子孙，去年柳家的一个御史丢了官，现在自然想利用科考赶紧把这个篓子填补上。"

幕僚目光闪烁："其实，其他几位大人也分别都有看中的人选。"

他轻轻递出手上的一个信封。

韦玄贞虚扫了一眼，意味深长道："柳家这次出了多少钱给宗楚客？"

柳家也不蠢，这一次他们推出柳品灼，不可能只是想入围就算了，定然是冲着那殿试第一的金位置。

幕僚低声说了一个数字。

韦玄贞忍不住轻笑，半晌才说道："柳家这次是真舍得下本。"

三年一大考，宗族世家为了安插自己人入朝为官，都是绞尽了脑汁。从大考到殿试，每个环节都可以人为操控，所谓调换试卷，请人替考，都是小伎俩了。

到了殿试的时候，由中宗亲自主考，这时要是被发现了端倪，就是欺君之罪。即便如此，也难不住这些世家。

韦玄贞有些懒懒地说道："让宗楚客看着办吧，这次他是副主考，不必什么都来问本相。"

幕僚眼中闪过喜色，低头道："是。"

宗楚客站到一个考生面前，那考生神色诚惶诚恐："考官大人……"

宗楚客盯着他许久，之后才伸手拿走已经写了大半的试卷，冷漠道："把他拉出去。"

这考生全然不知自己惹了什么事，一脸惊骇欲绝："大人、大人饶了小民……"

宗楚客将那试卷收入衣袖，面无表情地离开了考场。

其他考生个个流下冷汗，低着头，不敢多看一眼到底发生了什么。

在考场上，考官就是天，让你做什么都可以。

那考生被扔在了考场外，烈日炎炎，映照着他脸上的绝望和呆滞。

这时，裴谈正坐在书房里看范文君的那篇文章。

范文君再也没有机会坐在考场上施展他的才华了，甚至长安城中都不会有人知道曾有一个才华出众的举子，很有希望在殿试中折桂，立于朝堂。

"大人，"少女抬起如水墨般清丽的眼眸，"婉儿也想看一看。"

裴谈顿了顿，把手中文章递了过去。

荆婉儿曾匆匆看过一眼这篇文章，但没有认真阅读，这一次，她展开一看，才发现这一篇策论写得激昂澎湃，让人不禁浑身冒汗。

"才子都是有锋芒的。"荆婉儿看罢后，抬头含笑。

"不过,"她若有所思道,"兴许这篇文章呈上御前,反倒能惹圣心喜欢呢。"

这样的例子也不是没有过,剑走偏锋的性情反而让听惯了奉承话的九五之尊格外新鲜,因此大加重用。

裴谈凝望着荆婉儿,她也算是出身书香之门,荆哲人对这个爱女也是倾心培养,她能轻易看懂范文君的这篇文章,不仅说明了她的聪慧,更说明了她的通透。

荆婉儿和裴谈对视了很久,少女眨了眨眼。

裴谈慢慢说道:"我准备明日上朝。"

大唐律例对大理寺卿是否要每日上朝并无规定,裴谈担任寺卿以来,去过早朝的次数屈指可数。

荆婉儿没有言语。

"那是能见到陛下的机会。"裴谈说道。

确实,中宗再难见到,也一定能在早朝时见到。

只不过,当着满朝文武的面,裴谈就算有话也不可能说出来。

"见了陛下后,大人打算做什么?"少女目光轻柔地问道。

裴谈两指轻敲着桌面,神思不知飘到了什么地方。这一次的荆家逃奴案,和正在举行的大考之间,必定存在着联系。只不过他暂时还没有找到那颗纽扣,那颗将两件事彻底勾连在一起的必不可少的纽扣。

"大人应该先引开大理寺外的眼睛。"荆婉儿缓缓说道。

……

次日清晨,荆婉儿坐上了一辆马车,驶向长安城的望月楼。因为大考的缘故,长安的大小酒楼全部爆满,紫婵儿夫妇同样是无暇分身。

有一辆马车悄悄跟在荆婉儿后面。

马车中,荆婉儿嘴角带笑,低着头,慢慢捋着一缕头发。

马车前有大理寺的标记,寻常百姓看见都会自觉躲开,可是前方突然出现一辆失控的马车,径直朝着荆婉儿的马车冲了过来,马车夫表情仓皇,手忙脚乱,已经来不及躲开!

就在这时,从马车内飞出一道人影,长剑刷地凌空划出,剑气所过之处,那匹马惨烈地嘶鸣一声,前蹄已被齐根斩断。

只见那匹马鲜血淋漓地跪在地上,发出长长的鸣叫。

蓝衣青年收剑入鞘,淡漠地看着面前的一幕。

这马儿突然发疯,四周却不见马的主人,只能说明,这是被人刻意安排的马。

荆婉儿虽然做了心理准备,但看见马儿冲过来的那一刻,心还是骤然提了起来。

直到此刻,她才终于平静下来,说道:"多谢碧落公子。"

蓝衣人是裴氏第一高手碧落,他盯着地面的血迹,周围都是尖叫逃散的百姓,寻常人看到他出手狠辣,只能尽量躲得远远的。

很快有巡城的金吾卫围了过来,厉声道:"发生了什么事?!"

那金吾卫首领盯着碧落,眼中透着一股杀气。

马车旁跟随的一个奴仆走了上来:"这匹马冲撞了大理寺卿大人的车驾,被我们的护卫当即斩杀。"

金吾卫盯着那马车,犹有不信:"大理寺卿?"

不管里面坐着的是不是裴谈,这辆马车上确实是挂着大理寺的牌子。

不要说是马儿突然冲了出来,就算是有人冲了过来,若是威胁到这辆马车,也一样有理由格杀勿论。

金吾卫的神情有些阴森森的,他盯着马车,半晌才说道:"长安城大考当前,城中颇不太平,寺卿大人还是少出来走动的好。"

碧落与那仆从都未答话,他们大理寺想要出行,又何须他金吾卫置喙?

那金吾卫轻哼一声,转身吩咐:"把马的尸体拖走。"

几个金吾卫上前清理了路面,而马车夫这时才听见荆婉儿轻若蚊蚋的声音:"继续走。"

马车当着金吾卫的面驶走了,路边二楼的一扇窗户里,一个死士盯着路面,见马车安然无恙地走了,眼中不禁流露出一丝恼怒。

半个时辰后,裴谈从大理寺正门走出,坐上租来的灰色软轿,去了宫里。

他受伤的胳膊尚未痊愈,隐藏在官服的袍袖下,脸色比往常更加清白似玉。

这大约就是在裴氏家族中浸染出的气质。

裴谈身长腰瘦,肩膀略平,那三品的服装穿在他身上,都能穿出几分闲散公子的气质。也难怪裴谈只要在大殿上一站,那些官员的眼睛就都忍不住往他身上瞟一瞟。

到了朱雀门前,裴谈下轿,陆陆续续遇见前去上朝的官员。

有人微笑道:"这不是裴大人吗。"

只见三三两两的人顿住脚步,笑着对裴谈作揖。

在朝中,不论官居几品,都要看背后的出身。像韦氏、裴氏这样的大世家子弟,即便官位不高,同殿为臣的人还是要礼让其三分。

最重要的,这几个作揖的都是韦氏一派的朝官。

"说起来,陛下与韦相大人在御书房商议三日,才拟定了今科的考题。"那几人打完招呼就回首闲聊，话题依然是围绕着大考。

"之前我等都在猜测，想不到还是韦相大人更加了解圣心。"

说起提前预测大考的考题，官员们都会各展所长。前些年经常听见某某大人才华过人，提前押中考题，甚至连陛下都会予以嘉奖。

每次的考题并不是无迹可寻，考题往往和民生紧密相关，例如近三年间天下发生的大事，这样才能彰显帝王心怀天下的仁德。

那几个朝官并肩走远了："之前在并州发生的贪污税赋案，让陛下震怒，果然今次的考题，就是如何整治酷吏剥削民众、以征税为由压榨百姓。"

裴谈的脚步倏地顿住了。

第五十五章　逆鳞

那些议论的臣子已经走得看不见影子了，裴谈还停留在原地。

日头刚升起，他身上却有点虚冷，不由握紧了双手。裴氏是书香之门，贪污租赋的酷吏被裴家宗主直斥为大唐毒瘤之一，大唐近十年来朝局动荡，各级官员结党营私，盘剥之风盛行，到了此时早已是积重难返了。

应该说，即便是手握重权的三品以上大员，拿着御赐的旨意，都压制不住这股歪风。

这样的状况，身为帝王的中宗早已心知肚明，即便已是天下至尊，中宗依然只能选择睁一只眼闭一只眼。

可如今，龙的逆鳞被触动了，要通过科举斩下这把去除沉疴之剑。

裴谈一身凉汗地上了早朝，直到站在大殿上，才松开湿漉漉的双手。龙椅前，中宗姗姗来迟，对殿上众臣抬了抬手："平身。"

很快就有人上前拍马屁："陛下这段日子为了考题连日操劳，可得保重龙体。"

又有人接话说："陛下心怀万民，凡事亲力亲为，实乃大唐和百姓之福。"

中宗皱眉道："行了，谁若有本，即刻就奏。"

若是朝臣均无事启奏，自然就可以立即退朝了。

溜须拍马的声音忽然安静下来，大殿上只剩下大臣们的呼吸声。

中宗脸上掠过一丝失望的神情。

裴谈望着中宗，一个有为的君王，身上的担子比只顾享乐的昏君重得多。何况这满朝文武，真正对中宗忠心耿耿的，恐怕也没有多少。

中宗的目光扫过群臣，忽地狠狠一顿，盯住了那抹疏淡的身影。

"裴卿。"

裴谈慢慢出列："陛下。"这温润的声音也让周围原本没注意到裴谈的大臣们立即发现了他。

中宗幽幽地眯起了眼："裴卿为何会在这里？"

裴谈的大理寺现在正在办中宗的密旨里交代的任务，裴谈这时应该低调行事，为何在这个节骨眼跑到早朝这种众目睽睽的地方？

注视着裴谈的眼睛，明里暗里不知有多少。

裴谈沉默了良久，说道："臣有本奏。"

中宗眸中闪过一道晦暗的光："裴卿有何本奏？"

那一刻，裴谈已经做好了决定。他缓慢地抬起双手，敛起衣袍跪了下来："启奏陛下，约半月前，千牛卫巡城，将一具尸体送往我大理寺。臣按规制进行验尸，发现此尸体死因蹊跷，正待彻查的时候，却发现有人暗中密谋毁坏尸首，企图用化尸丸将其化为乌有。"

"你说什么？"中宗震怒，"什么化尸丸？"

裴谈跪在地上低着头，没人能看到他的表情。

大殿之上，每个人都装腔作势，眼底却藏着刀剑。

裴谈的声音再度传了出来："就是几天前发生的事，臣以为，应当告知陛下。"

大殿上因为裴谈的话安静得落针可闻，这些大臣此时自然没有溜须拍马那会儿积极，个个眼观鼻，鼻观心，不想牵连到自己。

中宗的手在龙椅侧捏了起来，他压着怒火道："既然是几日前就已经发生的事，为何你到现在才禀报朕？"

眼看中宗已经大怒，他提拔的大理寺，他以为能信任的裴家人，没想到也是这般阳奉阴违之徒。

裴谈默不作声地承受着中宗的怒火，他并不辩解和解释，右臂伤口隐隐作痛，提醒他跪得更直。大臣中间有几道幸灾乐祸的目光趁机瞟到了他的身上。

"你说尸体有蹊跷，是何蹊跷？"而在火气快要冲上头脑的时候，中宗忽然冷静下来。他盯着地上那个低头沉默的清瘦身影，感觉裴谈并不会故意欺瞒他。

当初中宗从裴氏选人继任大理寺卿这个位置，就是因为裴氏是几代清门，从不结党营私，而他在众多裴氏子弟中，独独选了裴谈，也是因为裴谈的缜密心思和审慎的性格，都是最适合大理寺的。

这样一个滴水不漏的臣子，今天怎么会在大殿上做出如此失态的举动？

中宗的眸子骤然闪烁起来。

然而表面上，他依然是那个愤怒的君王。

裴谈跪在地上。尸体的异常是荆婉儿发现的，也是她识破了仵作的谎言。但是，在这大殿上，他却不能把荆婉儿供出来。

"今天早朝到此为止，退朝。"中宗一字一顿对着群臣说道。

不少大臣在低头的时候，嘴角都是扬起来的，一副幸灾乐祸的表情。

"裴谈，你给朕留下来。"

臣子们陆陆续续从裴谈身边走过，裴谈保持跪着的姿势，始终没有动过。

没多久，大殿上只剩下一个跪着的身影，中宗坐在龙椅上，眸色幽深地看着裴谈。

旁边还站着一位贴身伺候的宦官，若连宦官也遣走，似乎显得太刻意了。

中宗冷冷问道："听说还死了个仵作？"

裴谈良久说道："有人在仵作家中纵火，仵作与其一家三口死于非命，臣还在彻查。"

听了这话，中宗只觉得那阵火气更添了几分。他冷着脸看着裴谈："朕是怎么交代你的，才不过短短数天，就出现了这样骇人听闻的事。裴谈，朕信任你裴氏门风，才对你多加倚重，可朕交代的事情，你是怎么办的？"

听着中宗提高的声音，裴谈在地上跪得更直："臣有负陛下所托，甘愿受罚。"

这可不是中宗期待听到的答案，他不悦地说道："荆氏逃奴一案牵涉到多年前的往事，兹事体大，朕才交由你大理寺处办。如今你让尸体在你寺中被毁，此案要如何才能侦破？"

裴谈慢慢抬起了头，他清逸的面容在空旷的大殿上有种如玉的雅致："此事请陛下给臣一些时间，臣愿用头顶的乌纱帽向陛下保证，定会在期限之内破案。"

听见裴谈如此说，中宗皱了皱眉，都说查案最重证据，现在连作为关键性证据的尸体都被烧毁，只怕就算是狄公再世，也难以查清案情，裴谈居然还敢用乌纱帽作担保？

中宗的脸色更阴沉了："要是破不了案呢？"

裴谈缓慢伏下身，片刻说道："若无法破案，臣和整个裴氏，都自愿请罪。"

中宗原本是想给裴谈一些余地，可是裴谈居然直接拉上了整个裴氏，见他如此不顾后果，中宗的心里反倒多了一丝谨慎和考量。若不是清楚裴谈的个性，中宗简直要以为他是彻底疯了。

可是疯了这种事，怎么可能会和裴谈扯上关系？

君臣的目光，就这样在半空中对上，裴谈的沉静和中宗的探询碰在了一起。

约莫片刻后，君臣都收回了目光。

中宗淡淡地说道："既然你有信心用裴氏作保，朕就再信一次大理寺。朕在原有期限之上再宽限你五日，以免你心中觉得朕无情。"

裴谈再次一叩到底："臣多谢陛下。"

中宗疲惫地闭上眼睛："你退下吧。"为了殿试，这位君王已经两日没有合眼了。

裴谈默默地退出了大殿。

走到大殿外面，初阳才不过刚刚升上天空，而那些散朝的大臣，也都三三两两在前面走着。

这时，一道身影出现在裴谈身边。

裴谈已经走得够慢，而这个人明显故意落在后面，才会和裴谈走到一起。

"听闻大理寺这段时日接连有意外发生，据说裴大人还遇了刺客，不知大人可有受伤，没事吧？"听着似乎是关切的声音，响在裴谈的身侧。

裴谈转身看了看这个人，认出这是上朝前在朱雀门和他打招呼的一位。

这人穿着四品官服，黄门侍郎。

此人姓柳，裴谈记起有人称这个人为柳大人。

他慢慢道："多谢柳大人关心。"

那人轻声笑了笑："裴大人客气。"

大理寺发生的事，哪能瞒得住这些贵族，此人明着像是关心，暗中也是在刺探虚实。

裴谈略略侧首，慢慢朝前走去。那柳大人倒是和裴谈并肩走着，显出一副自在的样子。

他们慢慢走到了宫门口。

那柳大人又开了口："如今正是长安最不太平的时日，那些外乡来的人在长安进进出出，着实也让人很头疼，裴大人何时有空，下官与裴大人一叙？"

这人口中的外乡来的人，指的就是现在云集长安的大唐举子，他的语气如此轻佻无礼，甚至还带着一种高高在上的戏谑。

裴谈朝他看了一眼，世家贵门一向看不起白衣出身的官员，哪怕官居三品也一样，被这些士族压得永远抬不起头。举子十年寒窗的辛苦，在这些人的出身面前不值一提。

"裴某不善饮酒，应该是陪不了柳大人了。"眼看到了宫门，裴谈拱了拱手，"裴某先告辞了。"

待裴谈迈过那道宫门,终于明白了那位坐在龙椅上的人的孤独,连天子都大力推崇的大考,却被世家摒弃和鄙夷,这样的科举,如何能成为天下读书人的祈盼?

第五十六章　考场文章

林菁菁终于吃力地在纸上写完了几个字,荆婉儿慢慢松开林菁菁握笔的手。纸上的字体扭扭歪歪,看起来却让人备感心酸。

因为那上面写的,分明是"范文君"三个字。

今天早晨,林菁菁忽然让荆婉儿教她写字,看她眼中含泪的样子,荆婉儿感到内心不忍。

原来,便是为了此刻。

这位从来没有读过书的女子,为了记住自己爱郎的名字,这么努力地挥墨书写。

林菁菁咬牙忍着眼中泪,范文君已经不在人世了,可是他的名字她却要一辈子记住。

荆婉儿不忍再看,不禁垂下了眼眸。

这时暗门中传来脚步声,两名女子都抬头朝声音传来的方向看去,只不过神色各异,一张脸上是难以掩饰的凄然,另一张脸上则隐隐带了丝期待。

裴谈的身影果然出现在那里。"大人。"荆婉儿出声叫道。

裴谈换下了官服,穿上了简约蓝衣,他走到书桌前,看到了林菁菁写的字。

林菁菁似乎有些不好意思,微微低下头道:"让大人见笑了。"

裴谈看着纸上歪歪扭扭的"范文君"三个字,眸中有淡淡的幽光。

他说道:"写得很好。"

荆婉儿转头看了裴谈一眼,这个人不经意的温柔,让他不像个执笔断案的大人,他站得高,看得透,甚至能看到林菁菁这种卑微女子的痛楚。

荆婉儿也微微低下了眼眸,仿佛也在逃避什么。

此刻考场外,有人自觉考得不错,抬头挺胸,颇有几分傲然地离开了。

这些贫寒子弟,除了一身傲骨之外,便是他们自信可以压过世家子弟的真才实学。十年寒窗,便是为了这三天。

那位黄门侍郎向副主考官宗楚客报告了早朝发生的事情。

因为担任考官的职位，丞相韦玄贞和宗楚客还有其他两位官员都被中宗特别免了早朝。大考之后就是阅卷，如果没有考官坐镇监督，那么多考卷又如何保证公平？

黄门侍郎颇有几分得色地说了早朝的事，宗楚客却并不高兴，他早就发现中宗对大理寺和裴谈的偏袒，之前裴谈进宫被拦，没有见到中宗，今日却出现在早朝上，宗楚客心里那一丝阴霾更重了。

他冷冷地看着那企图邀功的黄门侍郎道："他跟陛下说的话，每个字你们都听见了？"

黄门侍郎幽幽一笑："听见了，陛下斥责他时满朝文武都在，那裴谈可是丢足了面子，尚书大人您这下可以放心了。"

只要裴谈彻底失心于陛下，宗楚客报复的目的也就达到了。

可宗楚客依然紧逼："之后呢，陛下什么都没有说？"

那黄门侍郎顿了顿，才说道："退朝的时候，陛下让裴谈单独留在大殿问了几句话，约莫半盏茶时间。"

半盏茶时间并不长，不然裴谈出来以后也不会还能和退朝的官员们碰上。

宗楚客的脸上却掠过一抹阴沉。

黄门侍郎说道："尚书大人是不是过于在意了？那裴谈少说犯的也是渎职大罪，陛下恼怒正是情理之中。"

宗楚客阴森森地盯了这人一眼："人死得快，都是因为太过得意忘形。"

那黄门侍郎表情一僵，真是马屁拍到了马腿上。

对裴谈这样的人也敢轻视，在宗楚客眼里他是如此的蠢。

考官阅卷时，周围的人都被清走，房间内，几个被安排来阅卷的文官分散而坐，所有考卷都封住了考生的名字，没人知道是谁。

其中一个考官挑出了一篇文章，慢慢朝身旁的人看了一眼。

那人接过考卷，瞥了一眼后，对考官慢慢点了点头。

只见这人从衣袖里掏出一把匕首，沿着考卷姓名那道线仔细裁了下来，顺手将剩下的名字一栏丢在脚底。

这篇出彩的文章很快被卷起拿走，带出了这间屋子。

这人闷不吭声，拿着考卷走到附近一间屋子前，敲了敲门。

门很快被打开，一个小厮探出头来："拿来了吗？"

那人把考卷递进去。

小厮接过扫一眼，迅速关上门。那人拢袖，站在门外等候。

大约小半个时辰后，门再次被打开，那个小厮悄悄地把一张卷起的纸递给门外那人，并附上一包鼓鼓的银子。

那人把考卷和银子都拿走了，就这一封考卷，标价从黄金三万两到白银一万两不等。真正出彩的文章，都已经被各大世家名下的子弟揽过去，不露痕迹地冒名顶替。到时能参加殿试的，自然都是各大世家的族人。

那人重新回到阅卷的房间内，把新的卷子交给了刚才的考官。

考官展开，匆匆扫了一眼，试卷上的墨迹还未干，内容正是将刚才裁下来的那篇文章誊写了一遍。

片刻后，考官拿过朱笔，在卷子上批了个"优等"。

大理寺中，裴谈把范文君的那篇文章端端正正地铺在桌子上。

"国之副本，为民则计。"这篇文章开篇就是这两句话。

随着裴谈慢悠悠地念出来，对面的林菁菁怔怔地说道："民以食为，不知可期……"

裴谈骤然抬头，盯着林菁菁那张苍白的脸。

荆婉儿目中惊讶："林姑娘，你？"

裴谈下意识地揉皱了文章的一角，他望着林菁菁："本官记得你从未读过书？"

就在刚才，林菁菁还费力地学写字，连自己心爱的情郎的名字，也是荆婉儿教她写的。

林菁菁也怔然地看着裴谈，良久才说道："我听范郎念了好久……"

好久好久……她在他的屋子里，为他收拾着本就狭窄潮湿的房间，可是只要抬头看一眼他，听到他朗朗的读书声，林菁菁就觉得看到了光，照亮了她在烟花之地如行尸走肉般的一生。

但是就连这光亮，也被残忍地夺去了。

夺去这一切的人……

林菁菁的唇尖被咬出血，心里满是恨意。

裴谈骤然拿起范文君的文章，走到了林菁菁的对面。

林菁菁有些诧异不解地看着裴谈。

裴谈捏着文章的手，慢慢背到了身后，他盯着林菁菁问道："你还背得出后面的吗？"

林菁菁有些惊诧，荆婉儿目光微转，她凭着灵敏的本能嗅到了一丝不寻常。

"万民则许……"林菁菁声音颤抖，带着哭腔，像是在回想往事，"累重苛捐，无令强民有所隐藏，而弱民兼赋也，丁男之户，收租粟二斛，岁输绢三匹、绵三斤……"

那篇文章在裴谈手中被揉得越来越皱，直至变成了一团。

长长的一篇千字文章，被林菁菁背诵得丝毫不差，荆婉儿非常惊讶，林菁菁何止背诵得流畅，咬字也腔圆字正，抑扬顿挫的语调和读书人背书时的激昂何等相似！

荆婉儿忍不住问道："林姑娘，你是怎么做到的？"

如果是写字，她尚且能依葫芦画瓢地临摹。可是这么一篇用文言写就，连识字之人尚且觉得晦涩难懂的文章，林菁菁怎么能分毫不差地背下来？

就连荆婉儿也做不到。

林菁菁低头垂泪，啜泣声让人心碎。背诵着爱郎的文章，却再也见不到这个人了。

裴谈凝立了很久，那篇被他揉起的文章，如一团滚烫的火球。

林菁菁抹完了泪，才抬起头看着裴谈："大人，小女子背完了，请问大人有何吩咐？"

裴谈完全不知道自己该做什么，他从闻喜客栈搜到这篇文章以后，看了不下十几遍，能记住上面的每一句话，和林菁菁背诵的真的一字无差。

范文君的才华、雄心，通过这篇文章完全体现出来，还有他的愤慨，以及对深受苛捐杂税之苦的百姓的同情和无奈。

这篇文章可以说是有胆有识，和本次考题也很贴合，但是，如果真有考生写出这种文章，很可能会判一个谋逆重罪。

一个民间布衣胆敢质疑朝堂，真是活得不耐烦了。就算他说的是真话，朝廷为了脸面，也不会承认他们有欺压百姓之嫌。

"这篇文章是范文君什么时候写的？"裴谈终于松开了手。

其实范文君进京赶考也不过两个月，林菁菁和他相识不会太久。

她能完整背下这篇文章来，其中肯定有什么契机。

林菁菁强自镇定："因为那段时间，范郎一直关在房间写这篇文章，有时写着写着还会生气摔笔，我从没见过那样的范郎。"

林菁菁说过，范文君一向温文尔雅，只在失踪前半个月突然变得暴躁无常。

"那你是如何记住这篇文章的？"裴谈又问，林菁菁的确大字不识，就算范文君半个月来一直在屋中写，林菁菁也应该完全不知道他在写些什么。

可现在看来，她不仅知道，居然还能全部背诵下来。

第五十七章　金吾卫

　　林菁菁脸上瞬间现出难以抑制的情绪波动，最后，好不容易才低下了头："是、是范郎教我的。"

　　此话一出，荆婉儿和裴谈的脸色都变了。

　　范文君，教林菁菁……范文君为什么要无缘无故教林菁菁背诵自己写的这篇文章？！

　　就连这两个头脑聪明胜于常人的秀丽男女，一时也被这个问题难住了。

　　林菁菁显然不会纠结这个问题，只要是范文君要她做的，不要说背诵一篇文章，就是上刀山下火海，她也在所不辞。

　　林菁菁擦了擦眼泪，似乎知道自己不说，裴谈也会问，倒不如主动说出来："都怪我蠢笨，背了许久还磕磕巴巴，惹得范郎都急了。"

　　"范文君急了？"裴谈有些奇怪。

　　林菁菁脸上既有伤心又有甜蜜："是的，有一次我实在背不会，范郎的脸色十分吓人，训斥了我一句。但后来他又向我道歉，说本来就是他的事，不应该逼我……"

　　林菁菁此时复述的话，必定都是范文君当时所说，一字不差。荆婉儿的眸子在幽幽闪烁着，范文君无端地让林菁菁一个风尘女子背诵自己的文章，这已经很奇怪，他在林菁菁背不会的时候，还对她恼怒，这更为蹊跷，他还说"本来就是他的事"，这句话，在荆婉儿听来着实有深意。

　　裴谈走到廊下，外面竟下起细雨，荆婉儿确认林菁菁在后面听不见了，才走到裴谈近前，顿了片刻才说："方才大人何故突然脸色大变？"

　　能让裴谈这样内敛的人产生那样大的情绪反应，本身就说明事情不简单。

　　裴谈捏住了自己的手，眼睛却看着廊下细雨。

　　很多事在他脑子里，如这细雨一样纷纷扰扰。

　　荆婉儿唇角有弧度，似乎也不是真的在等裴谈回答，而是兀自说了下去："婉儿有两点浅见，都说在极端境遇面前，那些看似荒唐的行为，或许都是出于人最本能的反应……而范文君做出种种的反常举动，或许就是一种本能的自保行为。"

　　裴谈眸色一动，看向了少女："自保？"显然他也被触动了一下，深感意外。

　　荆婉儿盯着裴谈："大人不曾面临过类似的境遇，但是婉儿却明白这样的感受。林菁菁说范文君临失踪前的半个月一反常态，还逼着她一个不识字的烟花女子，背诵那样长的一篇文章，或许是因为范文君察觉到了这篇文章将要给他带来什么祸事。"

裴谈的目光显得更深沉，范文君写了一篇会给自己带来祸事的文章？会有这样离奇的事吗？而且这篇文章的遣词用句，必然耗费了不少精力心血，一个大考在即的考生，他写文章不为了考试，又能为了什么？

事出反常必有妖。

大理寺那些沉积的案件中，诡异凶残的数不胜数，哪一笔不是血债？范文君死于大唐的长安，死时不是用自己的身份，从生到死的这个过程中，"范文君"这三字都被从世间抹掉了。

"再过几天就是放榜的日子，也许到时候一切……"

裴谈没说，究竟是打破眼前的僵局，还是把事情推向更加波云诡谲的境地。

荆婉儿也眼眸低垂，把一个无辜百姓害死了还不算，还要剥夺他在世上的身份、名姓，这是何其残忍的手段。可惜在这繁华迷眼的大唐长安，有太多靠着食人血肉为生的冷血的蛀虫贵族。

荆婉儿回到大理寺专门为她安排的房间，这房间在狭小的角落，有点阴暗潮湿。但她也不是多年前那位荆家的大小姐了，在宫里时，要和十几个宫女挤在一张床上，甚至要被她们排挤，现在有这样一个只属于自己的小天地，她已经很满意了。

最重要的是，这里没有人监视，她可以放开手脚做自己的事情，不用担心有人发现。

这房间连纸笔都没有，荆婉儿想了想，推开了窗户。

因为连日的操劳，连裴谈这么睡眠浅的人，都一觉睡到了清晨，直到被衙役慌慌张张的声音吵醒。

"大人，大人！"

裴谈睁开了眼睛。

"大人，您快去门外看看，出事儿了！"

裴谈立即掀开被子起身，下意识地抬起头看了看，问那衙役："出什么事了？"

……

裴谈用最快的速度穿好了衣服，推开门走了出去。

衙役慌张地在前面引路，裴谈跟着他一路到了大理寺门口，一眼就看到平时空空荡荡的院子，此刻全是腰间佩刀、神情冷峻的人。

乍一看，大理寺像是被包围了。

院子里，大理寺的差役们纷纷下跪："寺卿大人！"

主心骨终于来了,大理寺的主人,是这有点阴森的宅子里的曙光。

那些持刀的人依然冷漠倨傲地站在那里,对裴谈没有表现出丝毫的恭敬。

从他们的衣着和袖子上的徽章就可以看出,他们是宫里的金吾卫。

裴县侍卫手里握着刀,正和他们僵持着。

裴谈的目光一动:"金吾卫?"

那为首的年轻人一脸倨傲之色,显然因为被裴县阻挠而恼火不满,他有些生硬地说:"寺卿大人,陛下听闻大理寺前些日子遭歹人袭击,特命我等守卫大理寺,直到抓住那些歹人为止。"

所以这些金吾卫都是中宗派来的……这可真是出人意料。

裴谈看着那几个傲慢的金吾卫:"陛下有圣旨吗?"没有圣旨,根本无法调动宫中的禁卫军。

那个金吾卫道:"陛下只有口谕,裴大人放心,陛下只是命我们守在大理寺门外,我等绝不会打扰大人的日常办公。"

话都说到了这份上,裴谈就算看不到圣旨,也只能暂时照办。这些都是货真价实的金吾卫,谁敢假传中宗圣旨?

"那就有劳了。"裴谈缓缓开口。

他重新回到书房,邢主簿战战兢兢地试探道:"大人,陛下这是什么意思,为什么突然派兵驻扎大理寺?"

"大人。"裴县走进来,冷冷看了一眼邢左。

裴谈坐到椅子上,看着裴县:"什么事?"

裴县肯定是一早就跟金吾卫发生对峙,知道的情况自然比较多。

裴县慢慢瞥了一眼邢左,才说道:"听闻陛下总共派了三拨人,都是宫中的金吾卫,韦丞相和几个副主考的宅邸,同样有几个人驻扎。"

原来中宗很睿智,他没有只派兵来大理寺,而是分散兵力混淆视听。

给大理寺派金吾卫,自然是因为裴谈的马车前段时间遇刺。至于韦玄贞和几个考官那里,完全可以借题发挥,说是在大考阶段保护他们的安全,这样谁也不会说陛下处事不够公正。

一石三鸟,恐怕中宗早已有试探韦玄贞和宗楚客之意,这样一来,直接把心腹派入宅邸,可谓是圣心算无遗策。

裴谈上了一次早朝,不仅把大理寺的情形透露给了中宗,让中宗知道了内忧外患,更给了中宗借题发挥的最好机会。

这时,裴谈看了看目光闪烁的邢左:"主簿还有其他事回禀吗?"

若是没有，邢左依然站在这里，未免太不识时务了。

邢左目光闪了闪，忽然对裴谈拱了拱手："回禀大人，属下的确还有一件事，不知道当讲不当讲。"

裴谈眸色幽深："说吧。"

邢左抬起了一双有些精明的眸子："昨天属下派的人在院子里巡查，看见了那位荆姑娘……她的行为，有些怪异。"

裴谈和裴县同时动了动眸色，望向邢左那故作幽深的一张脸。

"说。"

荆婉儿做了什么？

邢左隐隐勾起嘴角："衙役看见，那荆姑娘在窗边，吹口哨。"

尤其是昨天荆婉儿回去的时候，已经快入夜了。

邢左的口气有些嘲弄："大人带回来的这位女子，行为似乎很不可理喻，不像常人所为。"

屋中的空气一时有些凝固了。

裴县忽地拔了一下佩刀，在金鸣声中，邢主簿诧异地望过来，裴县说道："你记住，那是陛下安插过来的女子，就算她的行为再不可理喻，莫非你能去向陛下询问？"

邢左的脸僵硬地抽搐起来，他渐渐低下头："不打扰大人，属下先退下了。"

邢左真的走了。即便留在裴谈身边，也难以套出什么话。

裴县收了刀，看着裴谈："吹口哨？"

看来谁都会觉得这个行为非常古怪。

昨夜风大，荆婉儿穿着单薄的衣裳，怎么会有闲情雅兴倚靠在窗前，吹着小曲儿似的口哨？

这位曾经的荆门千金，后来的收尸宫女，让人有点阴森的感觉。

夜晚，似乎还飞过几只乌鸦。值夜的裴县对此有印象。

乌鸦象征不吉。古人都很忌讳这些。

第五十八章　清水

邢主簿被尖刀恫吓，短时间内，不敢再表露什么微词。

其实最有威慑力的，当然还是此刻守在大理寺外的金吾卫。

以邢主簿为首，大理寺内对裴谈心怀二心的人不少，然而谁也不敢在金吾卫眼皮底下做出什么。

荆婉儿对发生的这些一无所知，第二日，她出现在裴谈面前的时候，神色毫无异样。

裴谈望着少女，慢慢问了一句："昨夜可听见什么？"

荆婉儿摇头，微笑着说："婉儿睡觉沉，昨夜回房就睡了。"

门口的裴县目光中多了一抹冷意。

荆婉儿望了一眼裴谈带着血丝的双眸："大人似乎昨夜歇得并不好？"

今年的长安似乎真的不太平，中宗二次登基还没多久，正需要励精图治，安定天下。本来这次科举的盛事，不管对大唐还是对天下百姓来说都是一件好事，可是老天似乎冥冥之中降下天罚。

裴谈看见荆婉儿神清气爽，便默默摇了摇头。

下午的时候，有人哭喊着来报官，金吾卫拖着一个满脸惊惶的人，丢到大堂上。

报案的人说，看见有一位书生从望月楼的三楼跳下，当场身亡。

也不知道昭示的不祥是不是真的在应验。

裴谈看见站在他身边的少女听到"望月楼"三个字，身体也僵了一下。

那金吾卫首领声音幽幽地说："我等会儿替寺卿大人守着大理寺，大人尽管外出办案。"

这番话被不同心思的人听了，自然会有不同的解读，邢主簿等人首先就不敢抬头了。

"把我们那位新仵作一起带上吧。"裴谈幽然地说道。

大理寺的车驾来到望月楼前，这时，围观的百姓已经在周围挤得水泄不通。

乏味的日子需要刺激，百姓们看着书生的尸体，指指点点，议论纷纷。

"大理寺办案，无关人等退让！"衙役们无奈地抽出了腰刀，对着行人呼喝。

围观百姓匆匆让出一条路，衙役们立刻上前，把路占上，让裴谈先行。

荆婉儿裹着大氅帷帽，遮住了头脸，跟在裴谈身侧。毕竟没有人会注意她。

只见那个血泊中的尸体甚是吓人。原本三楼并不算太高，可是这名书生竟是头向下栽了下来，以颅骨受力，自然是鲜血四溅，不可能活了。

只有一心求死，才会如此。

大理寺新任仵作沈兴文慢慢上前，看了眼裴谈说道："死者情状可怖，还请大人到远处回避一下。"

裴谈看了他一眼，片刻说道："本官就站在这里，你去验吧。"

沈兴文不置可否，一般的大人谁愿意看这种血腥场面，尤其是裴谈长得细皮白面，大约是最不像大理寺卿的大理寺卿了。

沈兴文上前几步，撩起衣襟，蹲在死者身侧。他用手探了一下死者的咽喉，那喉咙上还黏着脑浆，他又掀开死者的口舌看了看。

口舌干净，底下压着酒水的腥味，证明并非服毒。

撩开死者衣襟，胸膛处瘦骨嶙峋，显然是许多天没有吃过饭，加上喝了过量的劣质酒，这具身子已经被摧残得不像样子。

贫穷，病重潦倒，足够成为压垮一个人的大山。而且，这个人应该是本次科举落第的考生。

沈兴文站起身，从衣袖中拿出一张洁白干净的手帕，慢悠悠地擦拭自己的指尖和双手。

"回禀大人，初步验尸来看，死者身上没有被人谋害的痕迹。"

没有中毒，没有蒙汗药，死者是在意识清醒的情况下，自己跳下了三楼。

这个结论让周围的百姓发出一阵唏嘘。毕竟蝼蚁尚且贪生，就算是在长安城，自杀这种事也还是很新鲜的。

"属下想去楼上看一看。"沈兴文瞥了一眼楼上的栏杆。

还有一种可能，就是被人推下了楼，那么三楼就应该留下与人搏斗的痕迹。

衙役们把守住望月楼四周，裴谈带着几个人上了三楼。

紫婵儿和她的夫君文郎正脸色煞白地站在楼梯前，两个衙役死死地看守着他们。

听到楼梯上的动静，紫婵儿下意识地抬头去看，当她看见裴谈，尤其是裴谈身后的那个身影时，眸光不禁猛地颤了颤。

"大人，当初那书生在三楼饮酒的时候，只有这对夫妻在旁，若是被人推下的，那么这对夫妻绝对逃脱不了嫌疑。"

衙役有些冷漠地对裴谈说道。

紫婵儿眸光颤动，欲言又止，她跟文郎辛辛苦苦经营的望月楼，恐怕会因为这桩人命案子，再也难以幸免了。

文郎这是第三次见到裴谈，上次的恐惧还在心中，让他说不出话来。

裴谈走到三楼栏杆的位置，只见栏杆上有一个五指的浅印子。

"这三楼低矮，一般客人都不愿意上来，只有这位刘公子，每次来都喜爱靠栏杆坐。"文郎小声解释着，声音带着颤抖。

这三楼的格局逼仄狭小，连桌子都摆不了几张，这样冷的天气，这里却有种闷热的燥感。

裴谈观察了一下栏杆周围，地上竟然脏得像泥坑一样，满是凌乱的脚印。

根据脚印的形状判断，这些都是同一个人的脚印，应当就是此前在这里喝酒的死者。

从这些杂乱无章的脚印似乎可以看出死者自杀前的状态。

通常来说，想自杀的人在自杀之前，都会经历很长一段时间的内心纠结。虽然决定赴死，却又深感恐惧。

"从地上的脚印来看，死者从三楼坠下的时候，身边并没有第二个人在场。"

仵作沈兴文勘验现场后，对裴谈禀报。

因为整个地面都是湿滑的，人走在上面不可能不留下脚印。

旁边的主簿目光游离地看向裴谈："大人，既然如此，那就按照自杀结案吧？"

自杀案不用审理和过堂，只要有证据和旁证，写一个结案陈词就可以了。

但现场还有一个疑点：为什么整层楼的地面都是湿的？

裴谈慢慢在桌椅旁边蹲下，看着地面的缝隙，这些水渍散发出一股酒味，难道这地面上洒的全都是酒？

"你把死者进来之后的情况都复述一遍。"

听见问话后，文郎开始机械般地复述："刘公子一进来，就直接上了楼梯，去了人最少的三楼，向我们要了三坛酒，一个人待在三楼一直没出来……"

裴谈听到关键地方，眯起了眼睛："他向你们要了三坛酒？"

文郎僵硬地回答："是的，是他最常喝的黄酒。"

黄酒是最廉价的酒，即便是这样的酒，也只要了三坛。楼下那具尸体瘦骨嶙峋，显然穷困潦倒，长安城里这种风餐露宿的书生，实在是太多了。

见这里除了大理寺的人之外，只有紫婵儿夫妻两人，荆婉儿这才摘下了帷帽。

紫婵儿与她目光相对，两人的清秀容颜竟然近乎一致，或许更一致的，是那容颜中的镇定幽凉。

两人都是乱世红颜，却都具备坚韧的心性。

"三坛酒，还不足以把这地上都弄湿。"裴谈起身说道。

沈兴文看着裴谈的样子，似乎觉得有些兴味，就连他一个仵作都不会蹲到桌角去检查线索。

"这地上是水掺着酒。"

裴谈转身，看向了紫婵儿夫妻："你们是酒楼的老板，客人在楼上做了什么，你们也不管？"

看这三楼一地的狼藉，恐怕事后打扫也要很久。

荆婉儿忽然抬脚，朝着那张桌子走过去。

紫婵儿垂着眼眸，表情有点悲伤："因为近日酒楼的客人一直很多，我与文郎便在楼下招待客人。而这位刘公子……他今天来的时候，便告诉我们不要来三楼打扰他。"

楼下一片喧嚣，三楼发生了什么，又有谁会听见？

恐怕直到一楼的客人听到那一声响，看到了血肉模糊的尸体，才惊吓着四散逃开。

荆婉儿走到桌边，伸手摸了一把桌面，不禁蹙眉。

沈兴文有些促狭地看着她："不知道荆姑娘有何高见？"

荆婉儿之前被裴谈点醒过，对这位年轻仵作已经抱着不管不问的态度，她轻轻说道："我只是想看看桌上这些水是不是酒。"

沈兴文听说荆婉儿是宫里派来的，而这个女子也有很多让人奇怪的地方，他们这位新任的大理寺卿总是把她带在身旁，在旁人眼中，一个年轻官员总该要避嫌，和一个宫女夹缠不清，怎么也不像一个清贵名声在外的世家公子会做的事情。

荆婉儿对沈兴文那种探究的目光已经麻木了，从她十岁入宫时起，这样的目光就没有停止过。那些人除了毫无用处的好奇，什么有用的事都不会做。

她把手指放到鼻端轻轻嗅了嗅，这满屋子都是酒气，可是她的指端却干干净净，什么味道都没有。

只有清水才没有任何味道。

第五十九章　神探婉儿上线

桌子上竟然没有酒，这有些无法解释。荆婉儿向裴谈看去，裴谈也看了她一眼。

荆婉儿垂下眼眸，慢慢走到裴谈面前："大人，刘公子喝酒时，连地上都洒了酒，为什么桌子上反而没有？"

裴谈看了她一眼："刘公子是喝得烂醉坠下了楼，地面又是如此湿滑，有没有可能是醉中无意坠下？"

荆婉儿顿了顿，忽然说道："但是刘公子只要了三坛酒，这地上少说也洒了两坛，也就是说，他最多只喝了一坛，怎么会烂醉呢？"

这又要回到刚才沈兴文的验尸结果了。沈兴文说，死者的死因可以排除遭人下药等可能，应当是在他意识清醒的时候出的事。

"这个刘公子的酒量如何？"裴谈问紫婵儿。

紫婵儿眸光微动："刘公子是读书人，酒量一般，但是……也不至于一坛酒就醉。"

这里是大唐，哪个文人不爱豪饮？只喝一坛酒，已经是很文雅的喝法了。

那么，从现场遗留的痕迹看，醉酒一说也可以排除了。

刘公子不可能只喝了一坛酒就醉得不省人事，以至于从三楼跳下。

一个清醒的人，怎么会想要寻死？虽然人世苦楚，但下定决心寻死也不是容易的事。

"刘公子没有中第，连日来喝酒，应该也是心里苦闷。"紫婵儿垂下眼眸，幽幽说道。

裴谈没有作声，自放榜之后，有多少像刘公子这样的书生黯然绝望，感到人生晦暗无光。但是，人生绝望的事那么多，为什么要轻易寻死呢？

荆婉儿忽然看向那公子般潇洒的仵作："沈仵作，请问死者右手食指上的茧子厚不厚？"

沈兴文没想到荆婉儿会叫到自己，他看了看荆婉儿，说道："死者两指之间，茧子厚达半寸，自是常年握笔形成的。"

荆婉儿看向裴谈："大人，若是寻常读书人，手上的茧子肯定不会厚到这种程度。足见这位刘公子，生前至少每日书写文章，如此笔耕不辍，日积月累，才会有这样的变化。"

裴谈是裴氏的公子，自小接受的教育极严格，手指之间当然也起过茧子，对茧子的厚度非常了解。入仕为官之后，便不像在学堂中一样，需要每日握笔了。

裴谈说道："刘公子生前在此处居住吗？"

此话问及紫婵儿和文郎。

然而紫婵儿却吞吞吐吐："大人，酒楼小本经营，只做餐饮生意，并无客房可供休息。"

文郎和紫婵儿经营的这家望月楼，不过是长安众多酒楼里不起眼的一座，而且坐落在偏僻的街道，也只有穷书生才会来这里买酒。

荆婉儿在望月楼待过几天，早已清楚这里的底细。

紫婵儿摇头，似乎有些伤感："刘公子住在哪里，我们并不清楚。"

看刘公子的模样，恐怕住不起像样的客栈，可是大考期间，就连长安城里最破的马厩，价钱也是非常昂贵的。

荆婉儿从栏杆边回身，眸色清亮："大人，或许楼下那些人可以给我们答案。"

楼下是围观的百姓，很多人看着地上的尸体，久久不愿散去。

"可以让人来收殓尸体了，不然这样下去会引起骚乱。"沈兴文说道。

收殓尸体是仵作的事，可是他一个人无法把尸体抬回大理寺。

这种尸体都是要找到亲人来认尸，然而刘公子是外地人，他不会有亲人在长安，一般书生身旁会带一个伺候的书童，只是不知道刘公子……是否请得起书童。

"刘公子？他就住在前面的大街桥下，住了好些日子了。"

盘问的结果却让人很吃惊，刘公子竟然没有住什么客栈，而是一直睡在长安的一座桥底下。

虽说书生多是落魄，但是岂能落魄成这样？

"大人，您这就有所不知了吧？"百姓中有人笑呵呵地说道，"住不起客栈的人何其多，都是在街角或者桥下随便找个地方对付一晚。要是住客栈，这一个月得有多少花销……"

何况书生为了准备大考，每日还要用掉很多纸笔，那都是要用钱买的。

长安城，人人向往，这里的一张纸都比别的地方贵。对此，人们似乎都习以为常了。

裴谈看着下面那一张张面孔，盘问百姓的事是衙役下去做的，再回来禀报给裴谈。裴谈眸色轻轻一顿，似是知道了。

裴谈又说道："派人去那座桥下看看。"

其实也没什么可看的，桥底下每日都有衣衫褴褛的乞丐，谁也不会和他们多待片刻。

这次紫婵儿和文郎纯粹是遇到了无妄之灾。走到楼下的时候，裴谈吩咐衙役隔开人群，单独打理刘公子的尸体。这时候，荆婉儿忽然眼睛一亮，抬起了头。

"大人，能否让婉儿看一下尸体？"

裴谈眸色动了动："怎么了？"

荆婉儿望着他，原本就清亮的眼眸显得光彩熠熠："婉儿想看一眼。"

衙役和仵作沈兴文正要将尸体装袋，一大波人已经准备就绪。

裴谈唇间微动："先等一下。"

衙役和遮住了口鼻的沈兴文都看向裴谈。

这时，荆婉儿上前，走入衙役中间，沈兴文蹙眉看着她。

"让我看一下尸体的手。"荆婉儿抬头对沈兴文说道。

沈兴文愈发感到莫名其妙："荆姑娘，你要干什么？"

荆婉儿根本不在乎沈兴文，上前就把尸体的手臂从裹尸袋里拽了出来。

沈兴文:"……"

他不由看向不远处站着的裴谈。这样也不阻止吗?

荆婉儿想看的是刘公子的右手。

她甚至不顾尸体上的污秽,用白嫩的指尖掰开了刘公子的手。

刘公子的手是微微蜷起的,荆婉儿将每根手指都掰开看了看。

就算是仵作,在接触尸体时也不会心大到什么防护也不做。沈兴文看着荆婉儿这副毫不在乎的模样,开始只是觉得这姑娘行事作风和常人大不相同,却没想到竟是这般胆大骇人。

他忍不住想提醒一下:"荆姑娘……"

荆婉儿却神情一变,仿佛发现了什么似的,直直地盯着尸体的一根手指。

她看的正是食指。

于是,沈兴文口中的话就变成了:"敢问荆姑娘发现了什么?"

作为仵作,这具尸体他刚才已经仔细检查过一遍,并没有放过什么线索。

可荆婉儿的目光却极不寻常。

沈兴文的心中倒是有了一丝兴味。

荆婉儿用手抹了一下死者右手食指的指腹,她想的没错,指腹上呈现紫红色,应该是用力按压产生的,指纹的缝隙间还有些湿漉漉的。

"沈仵作以为这是什么?"荆婉儿抬头,意味深长地看向了沈兴文。

沈兴文不置可否地说道:"死者生前右手食指受过外力挤压,呈现充血状。"

死者从三楼摔下,区区一个手指受伤又能说明什么?

沈兴文显然并不认可这个线索。荆婉儿沉默了一下,看向正朝她看过来的裴谈:"大人,婉儿有一个猜想。"

所有人都看向裴谈。

裴谈站在对面问道:"什么猜想?"

荆婉儿动不动就有猜想,这也让除了裴谈之外的很多人无法理解。

裴谈说她是中宗派来协助办案的宫女,单是这身份就足以让人产生疑虑,但众人也只能保持沉默。

荆婉儿像捏葱一样捏起死者的那根食指,说道:"这根食指的指腹呈现出其他手指完全没有的青紫,沈仵作说这是外力所致,我认为不假。"

沈兴文也盯着荆婉儿。

荆婉儿眼中显出神采:"方才查看酒桌的时候,发现桌上湿漉漉的,却不是洒了酒,而是水。死者待在三楼,或许并非为了喝酒,而是为了用手指沾水在桌上写字。"

用手指沾水在桌上写字，才会造成桌子上没有酒而只有水的现象。刘公子的右手食指紫胀得这么厉害，正是因为用力写字和泡水的缘故。

这样的猜想与事实不谋而合，荆婉儿眸色微亮地看着裴谈，希望听到他的结论。

沈兴文看着荆婉儿，目光越发深沉。

这样的推论，大胆又心细。

裴谈看着少女，荆婉儿毕竟曾经是荆氏的千金，饱读诗书，因此能做出这些猜想。

"大人以为呢？"荆婉儿问道。

裴谈其实做不了判断，只是方才荆婉儿要查看尸体，他已经在心里对少女会提出的假设有了预设。然而，荆婉儿的猜测也只是猜测而已，任谁都无法得出确切的答案。

第六十章　接管大理寺

裴谈下令先回大理寺，一具死尸摆在街头只会让事态愈加失控。大理寺的人迅速清理了现场，尸体搬走后，只剩下一群吓坏了的百姓。

回到大理寺后，荆婉儿想跟着裴谈进大厅，却被衙役拦在了院外："大人交代，让荆姑娘自行回后院休息。"

荆婉儿看着拦在自己面前的衙役，唇边动了动："我还有话要跟大人说。"

衙役不为所动。在他们眼里，荆婉儿的身份本来就没什么了不起。

荆婉儿的双唇慢慢抿了起来。

沈兴文望着荆婉儿，目光中流露出一丝意味深长的笑意。

尸体随后被送进了验尸房，详细的验尸结果要等到解剖之后才能定论。可现在，件作只有沈兴文一个人，解剖这种工作通常至少需要两个件作共同协作。

"属下觉得那位荆姑娘似乎对尸体颇有研究。"沈件作慢悠悠地说道。

裴谈看了一眼他，此人脸上的笑容叫人不悦，也不知他是否故意露出这样的表情。

"你才是大理寺的件作。"就算是临时借调，作为件作，也要做好自己的本分。

沈件作笑了笑，对裴谈慢慢揖了一下，才转身离开大厅。

裴县随后进来，他原本负责大理寺上下的布防，可如今，大理寺外全是金吾卫。

"大人，韦相来了。"裴县一脸阴沉，"带来了宫里的圣旨。"

负责传旨的太监站在韦玄贞的身侧，目光有些无情地扫着院子里的衙役，他冷冷地从衣袖里拿出圣旨打开，说道："即日起，所有朝事由韦丞相暂代，大理寺办事不力，失责重大，导致陛下连日操劳，病体不安，若再有失职，大理寺从上到下都要一并惩处！"

这道圣旨何止是架空了大理寺的权力，更是把连日发生的事都怪在了大理寺头上。

太监面无表情地宣完了旨，然后冷着脸转向韦玄贞："相爷，咱家就告退了。"

此刻，金吾卫都站在韦玄贞的身后，那气势让人感到压抑和不安。

韦玄贞忽地轻笑一声，慢慢走到裴谈面前，望着他："裴大人，辛苦了，往后的事就交给本相吧。"

再客气的话也掩盖不了这道圣旨的无情。

大理寺受皇命和金吾卫一起在大考期间维护好长安的治安，可是出了事，却全让大理寺背锅，金吾卫则开始听令于韦玄贞。

"这段日子，本相就少不得在大理寺叨扰了。"他微微一笑道。

裴谈原本是低着头，闻言正要回复，忽然余光瞥见树丛中有人影晃了一下。

一角衣裙和绣鞋隐藏在绿叶间，隐约还能看到少女的发丝。

裴谈慢慢看向韦玄贞："裴某能否多问一句，此事相爷如何打算？"

韦玄贞拢袖，望着裴谈的脸，忽地微微一笑说道："那酒楼里的夫妻，裴大人为何没有带来大理寺审问？"

树丛中的裙角晃了晃。

裴谈目光不动："他们二人与死者的死，并无直接关系。"

韦玄贞唇边笑容不变："断案要证据齐备，还没有审，裴大人如何就肯定没有关系？况且死者是在酒楼喝了酒坠落身亡，这已是事实。"

没想到还是要把紫婵儿夫妻牵扯进来。

"此事裴大人就不要管了。不如想一想结案之后，大人要如何向宫中复命。"

韦相温文如玉，含笑说道。

原先只在大理寺外徘徊的金吾卫，如今彻底侵占了大理寺内部。韦玄贞亲自坐镇大理寺，下令把今日望月楼的所有酒客悉数带回，不要有漏网之鱼。

晚间，夜空簌簌，只有裴谈的书房点了灯，荆婉儿在林菁菁的床头惊醒，看着提着灯笼走出密道的裴谈。

"大人……"荆婉儿眸子幽深明动，"他们不走了吗？"

裴谈的目光从少女脸上掠过，他望着床上的林菁菁，唇角微动："大理寺也不安全了。"

林菁菁被发现是早晚的事,连紫婵儿夫妇都跑不掉,何况林菁菁。

荆婉儿咬紧牙关:"大人,韦相如此做法,难免让人觉得这根本不像是查案,倒像是……封口。"

先不问是否有罪,就把所有相关人等都关押起来,从根源上一网打尽。

少女神情倔强,似乎不肯低头。

裴谈也不蠢笨,荆婉儿提出来的这些迹象,在他看来多少也有问题。

但一品丞相和三品大理寺卿之间的鸿沟,不是谁都能跨越的。

荆婉儿站起身:"他们把大人架空,就是不希望大人插手这件事,全长安再没有一个人能像大人一样愿意彻查此事了。"

只因死的是平民,便要大事化小,小事化了。

这就是号称气吞山河的大唐吗?

裴谈并不在意少女对他的恭维,他只是垂下眼睛,手里的灯笼映照着他的脸。

死亡时间一定与生前状态密切相关。如果那个人是用手指在桌上写字,那么尸体手指的瘀青程度便说明,他是在写完字以后直接坠楼身亡。

而当时,紫婵儿夫妇并没有杀人的时间。

自杀。

自杀事件揭示了科举的残酷,中宗为了体现大唐的兴盛,让所有才子汇集长安,大兴科举,现在却闹出了人命官司。

"韦相若要压下此事,必定不会以自杀结案。为了唐室脸面……他会找一个替罪羊。"荆婉儿齿间传出这几个字。

还有比紫婵儿夫妇更合适的替罪羊吗?

谋财害命,举子的死和科举、大唐都无关。

想想真冷。

裴谈望着少女那张稚气未脱的脸,都说过慧易夭,若发现了真相还不愿意装傻,那么活在这世上就会每时每刻都受煎熬。

"这件事……大理寺已经无权插手了。"

荆婉儿望着裴谈,有些怔然。

片刻她才揭开身旁的被褥,露出刻意隐藏在发丝后的那张泪流满面的脸:"那大人,还是先告诉林姑娘吧。"

林菁菁此前是在装睡,方才裴谈说话时,荆婉儿发现她在被褥中颤抖。

她想起身,却直直摔到了地上,荆婉儿来不及搀扶:"林姑娘!"

林菁菁瘦若无骨的手臂徒然地撑着地面："大人不管范郎的案子了吗？"

裴谈进入卧室时，她就已经醒了，方才那番话叫她心碎欲死。

"范郎这辈子孑然一身，爹娘俱亡，他活在这世上孤苦，我不能叫他死后也没个着落。"林菁菁显然已经木然了，"请大人将范郎的尸体还给我，我要为他找一块地方，好好安葬……"

裴谈沉默许久："现在这桩案子已经不由大理寺接管，以后应该会直接由刑部负责，到时候，尸体也会交到刑部入殓封存。"

这是正常程序，如林菁菁所说，范文君在这个世上早就没有了亲人，即便最终可以真相大白，以林菁菁的身份也根本没有资格替范文君入殓。

世上还有比这更残酷的吗？人死如灯灭，相爱的人无法相守。

林菁菁愣了一会儿，忽然凄然一笑："既然如此，我也没有什么好牵挂的，不如去地下陪着范郎，生不能陪他，又岂能忍心让他一个人在那边孤孤单单！"

说着，林菁菁决然地向着桌角撞去，荆婉儿同时扑过去，却只拉住了她的衣袖。

因为想亲眼看到爱郎昭雪沉冤，心中有为爱郎安葬的念头，她才能坚持活到现在，而这念头一旦被掐灭，她便一刻也活不下去了。

"林姑娘，你不要冲动！"荆婉儿也急得变了脸色。

裴谈也把灯笼丢在脚下，伸手去拉林菁菁，可他也不是能一步千里的人，加上林菁菁是一心求死，那速度快得让人猝不及防。

一道飞石从窗外冲入，在林菁菁即将撞到桌角的那一刻击中了她的脖子，她瘫软地倒在地上，抽搐了一下，却再也没力气爬起来。

裴谈迅速看向窗外："裴县。"

裴县从不会离开裴谈五十步以内，裴谈从密道进出，裴县就守在入口，有他在，便没有人能靠近这间屋子。

裴县从门外走了进来，瞥了一眼地上的女子。

林菁菁的眼泪顺着眼角流下，世间最绝望的莫过于求生不能，求死不得。

裴谈慢慢走过去，圣旨已下，连他也无能为力："林姑娘，你若死了，这世上就真的没有人会知道一个叫范文君的举子曾写过怎样文采无双的文章。"

印在林菁菁脑海中，被她一字不漏背下来的那篇文章，是范文君留在这世上的唯一绝笔。

林菁菁颤抖了一下。

她一死，就带走了范文君在这世上最后的痕迹。

这是残忍还是温情？

裴谈慢慢在她对面蹲下来，盯着她失神的双眼："刑部的人能销毁范文君的手稿，却无法销毁林姑娘脑子里的东西。"

除非他们杀了她。

第六十一章　裴大人爬墙

韦玄贞接管大理寺后，派人以大理寺的名义在街上四处抓造谣者。

不少落榜的考生如惊弓之鸟，连夜离开长安，于是，他又派人在城门处设置了三道关卡盘查。

"大人辛苦积攒的口碑，就这样被他们践踏了。"荆婉儿看着城门口说道。

裴谈没有言语。

荆婉儿也不由咽下了后面的话。其实，裴家公子或许早就不需要这样的浮名了。

"走。"裴谈说道。

两人都穿着大氅走在长安的街巷中，根本不会有人注意到他们。

直到离开逼仄的人群，荆婉儿胸中的浊气才舒展了一些，只是她的表情依然若有所思。

裴谈淡淡地问了一句："你有话想说吗？"

荆婉儿当然有话，只不过这话从刚才就哽在喉头，不知怎么说罢了。

"婉儿没有……"当宫女这么多年，荆婉儿早就习惯了口是心非。

"说。"裴谈转过身看着少女。

荆婉儿不期然撞到他深邃的目光，心里感到惴惴不安。良久，她才试着问了一句："大人真要婉儿说吗？"

"为何不能说？"裴谈拢袖，反倒坦然。

二人这样玄妙的关系，像主仆又不是主仆，像官民又不是官民，即便裴谈贵为大理寺卿，面对荆婉儿这个来自深宫的小宫女，也没有摆出上官的架子。

荆婉儿不知是否也想起了什么，不由得笑了。

裴谈眯起眼睛问道："你笑什么？"

荆婉儿很快便一本正经地说道："没什么，只是婉儿刚刚才对大人刮目相看。"

他在密室里对林菁菁说的话，不像是临时想起的。

"方才大人故意做出要放弃此案且无能为力的样子，实际却是为了让林姑娘在绝望之后，只能选择按照大人的路走。只不过，婉儿唯一没想到的是……"

"是什么？"裴谈一副饶有兴致的表情。

荆婉儿清了一下嗓子，继续盯着裴谈，若有笑意地说道："婉儿眼中的大人，温和宽厚，绝对不是向人心口捅刀之人。"

林菁菁方才是真心想死，若是阻止不及时，必定会酿成惨祸。

荆婉儿目光黯淡了一下。

裴谈许久没说话，为了达到目的，君子的做法是徐徐图之，只有小人才会不择手段。

"非常之事，要用非常手段。"荆婉儿忽地一笑，凝望着裴谈，"此冤情若是不能昭雪，林姑娘一样会走上绝路，且比真相大白于天下后，死得更加孤单和不甘。"

到了那时，她与范文君这对黄泉鸳鸯，只能成为被权贵玩弄的牺牲品。

裴谈幽幽地看着少女的脸，见她眼中闪过一丝狡黠。

"到了。"

两人抬起头，酒楼的招牌在头顶格外显眼。

现在，他们不能明查，只能私下暗访，这是权宜之计。

大门已经被贴了封条，周围倒是没有人看守，可要是他们撕了封条进入，只怕今天这身打扮也白费了。

荆婉儿望着裴谈的脸，见他许久不动也不说话，不由得"扑哧"一声笑了出来。

裴谈听见声音，看了过去。

荆婉儿垂眸，她知道，面对这种情况，一位贵公子是无论如何也想不出办法来的。

于是她眨了一下眼："大人跟我来吧。"

荆婉儿迅速转身离开酒楼，裴谈不知所以，只能先跟上。只见荆婉儿熟练地走街串巷，她一个宫女，对于长安城的这些巷子却好像比深宫内院还要熟悉。

裴谈跟着她绕过了整整一条街，忽然，她停住脚步，看向了面前的建筑。

"这是哪儿？"裴谈眉心皱了皱。

荆婉儿眼中透露出狡黠："大人看不出来吗？"

裴谈慢慢看向少女的脸。少女面带得色，上前指了一下建筑的屋檐。

屋檐的模样如此眼熟，似乎刚刚才看到过。

裴谈的视线骤然收了一下，荆婉儿这才说道："这里是酒楼的后墙。"

长安城的建筑鳞次栉比，应该说，长安实在太繁华了，建筑物一个挨着一个，前门在这条街，后墙却已经在另一条街上了。

裴谈明白了。此时，荆婉儿踩了踩墙根底下的石头，冲着裴谈挤了挤眼睛："大

人就和婉儿一起爬墙吧。"

就算是在酒楼门上贴了封条的那些人,也绝对想不到要看酒楼的后墙。

现在,爬墙就是进入酒楼的最好办法。

裴谈没有动,只是看着荆婉儿。只见少女两只脚互相一踢,潇洒地踢掉了鞋子。

穿着高头履攀爬实在是不方便,荆婉儿显然连这一点都注意到了。

而裴谈脚上俨然是一双靴子。

裴大人面对沉积的冤案可以面不改色,但面对这一堵高墙,却是难以迈出脚步。

荆婉儿望了裴谈片刻,忽然手脚并用攀上了墙根,并回头一笑:"那婉儿就不等大人了。"

眨眼间,少女已如男娃一样噌噌爬到了半人高处,裴谈忍不住迈出步子,似乎想要拦下她。

但荆婉儿已经放飞了自我。她把裙角系在腰间,手脚并用,手上沾满了墙上的土灰,脚上的白袜更是脏得像在泥里滚过一样。

难以想象,若她还是名门千金的身份,这般作为又有多惊世骇俗……

荆婉儿爬墙的动作太熟练了,裴谈不禁觉得她一定是从小就练成了这身本领。

荆婉儿的手扒到了土墙的顶端,她脸上一喜,心中一阵松快,当即一个纵身直接跃上了墙顶。墙内,正是酒楼的院落。

一口古井在那里,旁边是倾倒的木桶。仅仅过了半天时间,这里便已没了人气。

她慢慢在墙头转身,看着依然站在地面上的裴谈:"大人,您真的不想上来亲眼看看吗?"

墙底下,裴谈捏住了自己的手心。

"等我一下。"

荆婉儿站在墙顶上,不由得睁大眼睛,看着下面那个斯文的大人弯下腰,慢慢脱下他的两只靴子,穿着白袜的两只脚有些不自然地站在墙根。裴谈似乎静默了一秒,酝酿情绪,然后慢慢伸手扒住了墙。

荆婉儿眼睛一眨不眨地看着这样的场景。

裴大人显然不太精通爬墙之道,爬得也没有荆姑娘那般利落霸道。不过,这面后墙因为坑洼不平,倒是便于攀爬。所以,尽管磕磕绊绊,路程险阻,裴大人依然抵达了墙顶。

"大人。"荆婉儿温和地笑着,"您一定是长安唯一一个欣赏过墙头上风景的大人。"

长安城的人就好像井底之蛙,都以为自己待着的一方井内就是全部世界。像裴谈这样哪怕仅仅爬上三尺的高度，就已经是"一览众山小"了。

脚下这长安城，似乎也一下子变小了。

荆婉儿已经观察好了院内地形："底下是一堆草垛，我们跳下去没事。"

她说着看向裴谈。

这墙的内壁被打磨过，光滑得爬不下去，他们只能向下跳。而墙根底下，果然堆着草垛。

跳到草垛上，最多狼狈一点。

"那，还是婉儿先跳？"少女狡黠地看着眼前的大人。

裴谈怎会不知她的心思，他喉头动了几下："一起跳。"他已经看出，底下这草垛堆得很松散，如果是一个人先跳，一个人后跳，先跳的那个人必然会把草垛破坏，那么后跳的人就会因失去缓冲保护而受伤。

第六十二章　裴大人光脚查案

在这种情况下，裴大人还能冷静思考，荆婉儿不由多了几分感慨，令她忍不住想要叫一声"大人"。想着，她转脸说道："但一起跳的话，怎么掌握时间？"

是喊"一、二、三，跳"，还是有什么更好用的口号？

裴谈站在高处向下望去，还好，这条街上没人，否则裴大人光脚站在墙头上的样子，怕是要打败眼下所有热门，成为长安城街头巷尾的第一新闻。

裴谈吸了口气，忽然伸出手，扣住了身旁少女的手腕。一瞬间，少女的身子僵了一下。

没有"一二三"，也没有口号，裴谈的手微微用力，就说道："我们跳。"

荆婉儿便木呆呆地跟着跳了下去，等到有知觉的时候，她已经和草垛滚在了一起。

两个人狼狈地从草垛上爬起，身上都沾了草灰，之前仅剩的一点形象也都荡然无存了。

荆婉儿低头拍了拍裙子，裴谈跳下草垛，看向这间院子。

荆婉儿慢慢从他身后走上来，目光也注视着这疮痍的院子。

"后院有门可以进大堂。"荆婉儿之前藏身在这里，早已摸透了酒楼的情况，她看向裴谈，点点头。

荆婉儿带路，找到了后院的门，打开以后，就是空荡荡的大堂，里面的空气中还隐约飘着残余的酒气。

就在荆婉儿抬脚要进去的时候，裴谈拦住了她："尽量不要留下脚印。"

这整座酒楼都算是案发现场，按道理，别说是脚印，就连一根头发丝都不该留下。但二人为了搜寻，也只能事从权宜了。

只见荆婉儿停了一下，很快抬起脚，把已经脏兮兮的袜子从脚上脱下，丢在了门边。

少女提着裙子，抬着两只光嫩的小脚，就这样踏进了大堂。

大唐虽然民风开放，女子已不像前朝那般受到拘束，可是女儿家的纤足依然要藏好，怎能轻易在人前袒露？

荆婉儿转过身来："大人不进来吗？"

少女大大方方的样子，却好像丝毫不以为意。

裴谈慢慢弯下腰，先后脱去两只脚上的袜子，片刻也走了进来。

荆婉儿先沿着大堂走了一圈，说道："大人，我们是直接上二楼，还是先留在此处搜寻？"

三楼是案发现场，大堂里桌椅纷乱，可以想象，当死者从三楼跳下的时候，一楼的客人一定是一哄而散。紫婵儿夫妇蒙受的损失，怕是不止一点酒钱。

裴谈光着脚，感觉到地面隐隐有一丝湿气。

先前他们带人来这里搜查，和此刻孤身在酒楼中，有着截然不同的感受。

裴谈走到一张桌子前，把倒地的椅子扶了起来。

当时，这一楼坐满了酒客，楼梯又在大堂最显眼处，必定有无数双眼睛曾目睹死者孤身一人上了三楼。这让人不由得联想，当时若有一个人对死者表露出关心之意，是否这世上便会少一具抱憾而死的冤魂。

就在这么想的同时，裴谈的目光凝聚在一张桌子上。

这整个大堂不下数十张桌椅，经过一番折腾后更是混乱不堪，正因如此，那张桌子才显得有些显眼。

荆婉儿还在找证据，转眼看到裴谈正向角落走去，不由得叫了声："大人？"

裴谈看到那张桌子旁整整齐齐地放置着四张椅子。

乍一看，这张桌子和周围的椅子都没有被人用过。

裴谈又扫了一眼，整个大堂里，像这样没有被使用过的桌椅，大概有四五张。

所以，这张桌子看起来也没有什么异常。

荆婉儿来到裴谈身边看了一眼，立刻说道："窗前这张椅子，是后来被人推进去的。"

地上有一道清晰可见的痕迹。

这桌子前曾坐过一个人，可是他走的时候，却把椅子端端正正地放了回去。

在酒楼里纵情饮酒的客人，什么时候变得这么讲礼节了？

荆婉儿忽然贴近桌面，轻轻地嗅了两下。

"什么味道都没有，那人应该是没有喝酒。"

是什么样的人，来酒楼不喝酒，只是枯坐在角落里，什么也不做？

荆婉儿不禁看向裴谈："大人以为呢？"

之前是谁坐在这里，已经无从知晓，甚至那么多客人中，是否有人曾注意到这张桌子，都是未知。此刻，二人站在这桌子前，也只能猜测而已。

"上三楼吧。"裴谈轻轻说道。

婉儿跟在后头，因为光着脚，两人走得都不是很快，楼梯陈旧的木板早已被人千百遍地踏过，纵是光脚踩上去，也会不断地发出吱呀呀的声音。

两人小心地踏上三楼，这里低矮而暗淡，难怪永远不会被纵情享乐的酒客看上。

或许真的只有贫困潦倒、落魄无着的人才会来这里。

"大人并不相信那人是自己跳下去的，至少认为此事不像表面看来那么简单，对吗？"荆婉儿看着裴谈。

裴谈看了一眼荆婉儿："就算是很简单的案子，有时候也会漏掉一些细节。"

有时候，越简单的局面，背后的成因越不简单。

在大理寺为官，忽略了任何一点线索，都可能造成不可挽回的错误。

三楼还是老样子，只有一张孤零零的桌子，连窗户都比楼下的窄小，却足够让一个人从三楼跃下。

此刻，那扇窗户也是封闭的。

裴谈走过去，轻轻推开了窗户。荆婉儿非常吃惊，想阻止裴谈："大人……"

窗户下面就是熙熙攘攘的人流，裴谈这样做很容易被人看见。

裴谈扶着窗边站立，之前他就这样做过，从这扇窗子可以看见街上来往的小贩。

荆婉儿还是不放心地来到跟前："大人，万一……"

还没等她说完，裴谈便望着远处说道："何必担心，又有谁会在意？"

荆婉儿不由得抿住了唇，再次把目光投向楼下的人群。

每个人都是来去匆匆，脸上带着对生活麻木的表情，间或有人抬起头，看到了窗前的裴谈和她，那眼神也是空洞的，甚至不知是否真的认出了他们。

这样的情景，又有谁会在意别人是谁，或者楼上的人是谁……

纵使望月楼被官府封了，也没有人会在意。一家酒楼和自己又有多大关系？不管它有没有被封，自己碌碌无为的一生都不会改变。

对于好酒的酒客来说，最多也只是换一家酒楼去喝酒。

如此看来，这是多么无情却又真实的长安。

裴谈看了许久之后，便从窗边离开。很显然，即便有人曾在窗前看到过死者，也只有当他的血溅到地面的时候，才会注意到他。

荆婉儿赶紧把窗户闭紧，就算百姓不会搭理他们，可万一巡城的金吾卫看见已经被贴了封条的酒楼突然又多了个人，而且这人还是堂堂的大理寺卿……

真是想都不敢想。

"你知道韦相为何如此着急吗？"裴谈忽然看着少女问道。

少女也看着他，目光中满是疑惑。

裴谈说道："因为再过三天，就是殿试了。"

到底谁能代表大唐的荣耀？

第六十三章　因为死了，所以写得好

韦氏家族为了粉饰一个虚假的大唐盛世，还真是出了不少力，裴谈查案时能感受到他们的处处刁难。

先是韦皇后阻拦裴谈入宫见驾，后有韦玄贞直接接管大理寺。没有利益，是不会让韦氏这样的家族这么拼命的。

荆婉儿突发奇想，她绕到那张桌子前，盯着桌子瞅了瞅，又伸手敲了敲。桌子发出沉闷的声音。

"大人！"

她这一惊一乍的声音引得裴谈转过身，今日的少女似乎格外灵动活泼。

荆婉儿见裴谈来到身旁，便指着那桌子说："大人，这桌子是松木做的。"

这酒楼所有桌椅都是木制品，又有什么稀罕的？

少女指着桌子，笑着说道："婉儿有一个猜测，想要验证一下。"

她光着脚奔向楼梯："我记得院内有一口井，我这就去打些水来。"

裴谈跟不上她，只能眼睁睁看着她下去。只见她跑到楼下，捡起脏兮兮的袜子穿上，随即奔向院内打水。

木桶就在井边，荆婉儿迅速摇着绳子把水桶放下，片刻之后，又摇着提上来。

只打了小半桶，已经足够用了。

荆婉儿提着桶重新走进酒楼。到了一楼，刚要上楼梯，裴谈已经走了下来，顺手接过水桶。

二人回到楼上，荆婉儿盯着那松木桌子说道："松木很易受潮，如果死者特意沾了水在这桌上写字，水渗进桌子里，一时半会恐怕很难干。"

这样的讲解固然通俗易懂，但还需要进行验证。

正当荆婉儿抬起水桶欲倾倒的时候，她突然停下动作，看向裴谈。

裴谈也看着她。

若穿着脏袜子走进酒楼都算是破坏现场，那荆婉儿现在是在干吗？

裴谈慢慢说道："如果死者只是随意在桌上写一些东西，那这样做就得不偿失了。"

荆婉儿想了想："那也要看过才知道。"

如果水浇上去什么也没有，他们就是破坏了一张桌子。

可是……如果死者留下了什么重要信息的话，他们就能看见，但也仅仅能看见这一次。

因为，就算松木能渗水，这一桶浇下去，也破坏得差不多了。

裴谈垂着眼睛："倒吧。"

荆婉儿咧嘴一笑，手一滑，水桶就倾倒在桌子上了。

桌子被水淹没，荆婉儿赶紧放下水桶，仔细盯着桌子上的变化。

水从桌上流到地上，原本浅色的松木桌面浸水以后变成了深色，这是正常现象。

片刻后，水进一步浸透，桌面上出现了一些痕迹，它们被水泡出更深的颜色，可以清楚地看出，那是一些字迹。

荆婉儿看向裴谈，裴谈正目不转睛地看着显露在桌面上的字。

那密密麻麻的，并不是什么遗言，也不是什么愤然之语，而仅仅是一篇文章。

荆婉儿也盯着那文章读了两句："王权富贵，不过民本。"

她看了看裴谈："大人，什么意思？"

这些举子写的东西，大多都带着抹不去的酸腐气，也难怪荆婉儿会感到费解。

这文章缺字少句，但不妨碍裴大人读懂它。

这是一篇……合格的考场文章。

又是考场文章，这已经是本案里出现的第二篇文章了。

而写这两篇文章的人，却恰好都死了。

今年的科考,是否真的如此不吉利?

荆婉儿倒像是有些泄气了,为何一个将死的人,写在桌子上的不是愤懑之语,而是一篇精彩的文章?

"至少这个人坐在这里写文章的时候,还不想死。"裴谈看着桌面,一个寻死之人不可能写出这么洒脱的字。

难道是坐在这里喝酒,喝着喝着就想死了?

蝼蚁尚且偷生,何况是人?人的求生意愿很强烈,不会那么容易去死。

"这第一个字为什么看起来被涂掉了?"荆婉儿伸手指了指。

裴谈盯了一会儿说道:"不是被涂了,是有水喷溅了上去。"

好端端的怎么会喷溅上水?

裴谈绕到桌子另一边,发现喷溅的方向刚好是在死者写字时所在的位置对面。

这对面也放着一张椅子,底下,有一道浅浅的拖痕。

荆婉儿也注意到了,她眨了眨睁大的眼睛。这难道意味着,死者对面也曾坐着一个人?

为什么在所有的证词中,并没有这么个人存在呢?

裴谈伸手,在那被喷溅的字上抹了抹。被溅到的只有这第一个字,要么是有人故意把水泼在了这个字上,要么就是……

"给我一口水。"裴谈说道。

水桶里还剩了一些水,荆婉儿双手捧起一捧,慢慢送到裴谈面前。

水桶里没有水舀,要喝的话,只能以手取水。

裴谈看了眼荆婉儿,只能慢慢低头,就着少女的手含了一口。

他示意荆婉儿站远些,然后忽然把水吐在了桌子上……对于裴大人来说,这样的动作有些不文雅,但是,他看着桌子上的水渍,那喷溅的形状,真是跟人吐口水是一样的。

"有人曾坐在死者对面,坐了很久。"

荆婉儿心中一凛。

裴谈抬起衣袖,擦了擦嘴角:"死者一开始并不想死。但是对面的人说了刺激死者的话。"

"最后还吐口水,讥讽死者的文章。"

科考名落孙山,写的文章还要被奚落讽刺,死者终于无法忍受,跳楼身亡。

荆婉儿心想:"这难道就是案发经过?"

"为什么不能是死者写完了之后,朝自己的文章吐口水?"

虽然有点荒诞，可也比凭空变出一个人更合理。

裴谈顿了顿，说道："除非死者是走到对面，如果是嫌弃自己写的东西，大可泼一杯水就好了。"

死者是用手指沾水写字，并不是落在纸上，他若想抹去文章，只需要像荆婉儿那样，一盆水泼下，就什么都没有了。

"那这个人是怎么做到不被人发现的？"荆婉儿还是想不明白。紫婵儿是绝对不会说谎的，更不会为了一个莫名其妙的人说谎。

悄无声息地刺激一个人跳楼自杀，这个人总不会是幽灵吧？

裴谈再次看向旁边的窗户。

荆婉儿心里也咯噔一下，难道那人是从窗口跳下，神不知鬼不觉地离开了酒楼？

可是死者就是从三楼跳下的，死状惨烈。

除非……

那人会武功。

荆婉儿不禁想，难道这个案子会成为玄案，或是悬案？

会武功的人都被大户人家豢养，一个没什么背景的赶考书生，他的死哪里需要动用会武功的人？

而且，既然会武功，那为什么不是直接把人杀掉，而要大费周章地伪造现场，抹去痕迹？

裴谈忽然说道："死者的文章并不是名落孙山之人的水平。"

荆婉儿愣了一下，忽然回忆起刚才读的那两句。她对八股文章了解不深，但是只看开头这两句，的确朗朗上口，对仗工整。

一个连最后一名都没捞到的考生，他写的文章，其实不错？

但是……谁都知道，考试这东西，原本便不公正。每年那么多落第举子，文章写得好的怕是也不少。

裴大人有些遗憾地说道："可他现在死了。这就说明，他的文章，是真的好。"

嗯？

荆婉儿哑然。

有人死了，但是文章却流芳百世。就跟死了的范文君一样，他的文章是那么好。他甚至逼着不识字的林菁菁背下来。

荆婉儿忽然感觉后背发凉，她慢慢看向桌子上那些逐渐消失的字。

第六十四章　快回大理寺

汇集长安的考生有数万人,他们中有些人虽然很有才学,但名字未必会出现在那张黄榜上,能代表他们曾经存在过的,或许只有这些文章。

桌面的水渍正在渐渐退去,等完全干了以后,这些文字也就彻底消散了。

一个名叫刘公子的举子在世上曾留下的所有痕迹,便就此消失不见了,像塞北的黄沙一样被风吹散。

真是凄凉。

"刘公子可以说是自杀,也可以说不是。"这时,裴谈忽然低沉地说道。

荆婉儿诧异地看过去。

裴谈继续说道:"椅子在地面被拖动的痕迹相同,曾坐在一楼角落那张桌子旁的人,同样来到三楼,就坐在刘公子的对面。"

荆婉儿看向了此刻空荡荡的对面。

裴谈再次说道:"这个人不是来跟刘公子对饮的,甚至也不是刘公子的朋友。"

如果是朋友,对面一定会落下和刘公子这边同样的酒水,可是对面几乎干干净净,干净得不寻常。

是谁会这么斩草除根,刻意抹掉一切?

凶手。

在震惊中,她终于明白了裴谈为什么说刘公子可以说是自杀,也可以说不是。

因为从现场痕迹看,刘公子是自己跳下去的,但是对面这个人,难道就只是看着?

眼睁睁看人自杀而不施救,就是杀人!

甚至……荆婉儿陡然想到,对方不仅是见死不救,甚至还是逼迫诱使刘公子自杀的元凶。

"刘公子的死亡时间正是放榜之后两个时辰,这太巧了。这段时间,所有落榜考生的心里都是极不平静的。"大理寺断的不仅是案子,更是背后的人心。

荆婉儿似乎听懂了裴谈的意思,这个时间,最是有机可乘。

"如果对方曾借机挑衅,有意刺激刘公子的话……"

刘公子就会在绝望之下,选择结束生命。

荆婉儿在宫里时,每年都会见到许多宫女选择结束生命,她们在自杀那一刻,几乎都是受尽了折磨。

不是肉体上的折磨,而是压垮精神的那根稻草。

"但紫婵儿说过,没有旁人上来过。"荆婉儿迟疑,这也是她始终想不通的。

裴谈眉心皱起,忽然说道:"不是没有人上来,是上来了也不会引起注意的人。"

荆婉儿眼睛一亮,几乎脱口而出:"伙计!"

酒楼伙计。

没有哪个饮酒作乐的人会对伙计多加注意。对他们来说,伙计只不过是个端茶递水的人。

他们居然忘记了这一点,荆婉儿真想现在就回大理寺。

酒楼已经被封,但只要回去问一下紫婵儿,就能立刻知道当日的伙计是谁。

裴谈却没有她这般激动,他沉默良久之后才说:"就算问了也没有用,他们现在已经被作为凶嫌定罪,根据律法,凶嫌是没有作证资格的。"

况且,现在说是伙计杀人,只会让人认为是他们在推卸罪责,根本不会有人相信。

荆婉儿刚刚燃起的希望,又破灭了。

"大人……"

"况且,"裴谈沉默之后看着少女,"现在的大理寺,已经不由我做主了。"

这才是真正的无奈。

荆婉儿不由得咬住了唇,就连大理寺卿都得偷偷摸摸来案发现场,又怎能奢望紫婵儿和文郎被无罪释放。

"倒是我们,现在的确应该快些回大理寺。"裴谈不紧不慢地说道。

脚上没有袜子,丝毫没有影响裴大人的斯文。

他们出来的时辰已然不短了,随时都有被发现的风险。

荆婉儿暗中吸了口气。

走之前裴谈拉了一下椅子,不动声色地把桌椅的位置复原。两人光着脚走到楼下,又在门口把脏袜子穿上,然后走到墙根的草垛前,发现要想翻出去,难度比翻进来要大。

草垛已经被他们二人的重量压扁,他们无法再踩着它翻墙出去了。

裴谈慢慢垂下眼眸,对荆婉儿说道:"你踩到我肩膀上来。"

荆婉儿露出惊讶的表情。

裴谈却毫不犹豫地将一条腿屈在地上,整个人半跪下去。

荆婉儿心里撞了一下。

"上来吧。"裴谈说道。

在这件事上浪费时间没什么意义,荆婉儿走到他身边,慢慢抬脚踩在了裴谈身上。

裴谈是那种身形瘦削的男人，有些像画中的魏晋风流人物。大唐虽然风气开放，但是男女间的肢体接触仍然受到严格限制。荆婉儿这样的宫女，和当朝三品大员亲密接触，几乎是不可能的事。

而她踩在裴谈的身上，才发现他纹丝未动，稳稳地托住了她。

荆婉儿不再多虑，迅速收敛心思，踩着裴谈的肩头，快速攀上了墙头。

"大人。"她站上墙头，转身向裴谈招手。

裴谈慢慢看了看身边的草垛，先是走了上去，发现头顶离墙头还有段距离，他先用手攀住，继而用力一跃，一只脚有些吃力地踩了上去。

荆婉儿想也不想就拉住裴谈的手，帮助他爬了上来。

墙头上，两人互相看了一眼，方才肢体接触的余温还留在各自的指尖。两人同时低下了头，只见墙根底下，赫然还留着两人的鞋子。

两人先后从墙头跳下去，趁着无人注意，迅速返回大理寺。或许只有两人脚下沾着泥灰的袜子，能代表他们曾经翻墙进入案发现场。但想来也不会有人敢脱下大理寺卿的鞋，检查他的袜子。

而荆婉儿，自然也不必担心裴谈会告发她。

呵呵，这么一想，分外舒畅。

长安街上，百姓依然在过着自己的生活。

殿前钦点三甲头名，看起来是长安盛事，普天同庆。然而底层的百姓看着榜单上那些人名，脸上只有麻木的神色。

人声鼎沸的东街上，出现了一个邋遢的男人，他头发稀疏，面黄肌瘦，如同十年没吃过饭。

他饿得眼睛发绿，看到路边冒着热气的包子，顿时浑身抽搐了一下，立刻冲过去，抢了一个包子就往嘴里塞。

包子铺老板反应过来，惊呼道："你这小偷！住手！"

邋遢男人不管不顾，拼命吞咽下包子，噎得满脸通红。

包子铺老板立刻大声喊人，几个大汉迅速从店内冲出，把偷吃包子的男人牢牢制住。

老板捋着衣袖，冷笑着看着男人："光天化日，敢吃霸王餐，现在就拉你去见官！"

男人立刻抬起眼，盯着老板："不要，不要见官，我不是存心的！"

老板恼怒，指着男人道："你都偷吃了，真没见过你这样厚颜无耻的贼！"

"我、我看见你店门的招牌上有错字，你若不拉我见官，我就替你把招牌改过来。"那人说道。

老板觉得这简直是今天听过最好笑的笑话,一个贼偷吃包子,不知悔改就算了,竟还大言不惭地说他的招牌上有错字!

老板怒上加怒:"把这贼子捆起来,马上拉去见官!"

那"贼"看来真的慌了,立刻说道:"你这招牌暗含谋逆之意,若真拉我去见官,我必定告发你们!"

老板气得脸色都变了,他觉得自己抓了个疯子,于是气急败坏地骂道:"你这贼,如此信口雌黄,我招牌上哪里暗含谋逆之意,信不信我现在就把你舌头割了?"

面对老板的恫吓,那"贼"却突然脸色一沉,冷笑道:"你招牌上公然挂着'周'字,莫不是忘了现今已是谁的国号?"

第六十五章　守株待兔

"周"是天后在位时的国号。

店主完全被这疯子吓住了:"你、你这混账胡说什么!"

老板姓周,所以招牌上写着"周记"。

那人却再次冷笑道:"你门前除了个'周'字,可还有其他?你可知道现在妄谈'武周'者,是什么罪名?说你包藏祸心,又有什么不对?"

老板被这番胡搅蛮缠吓得脸色惨白,尤其是现在店里还坐着不少客人,都在目瞪口呆地盯着他们。他在这条街上开店多年,门前的旗子上飘扬着"周"字,过路的百姓全都能瞧见。

万一有谁不怀好意,去外面多嘴……

老板顿时惊惶地说道:"你够了!快住口!"

那人沉默了一下,说道:"你不拉我去见官了?"

老板哪里还敢拉他去见官,巴不得把他直接丢到大街上:"行了行了,我不跟你计较,你赶紧走!"

伙计们松开了那疯子。

可那疯子却不走,他看着老板:"我可以帮你重新写一副招牌。"

老板的银牙都快咬碎了,但他又怕再惹这人生气,祸及自己的小店。

"你、你究竟要写什么?"

那人一抬头，拨开了乱发，脸上竟有几分清秀："请老板拿纸笔来。"

店里的客人都来了兴致，纷纷围过来看热闹。

老板被吓得浑身冒汗，赶紧吩咐伙计拿来了纸笔。

只见那人沾墨挥笔写就，竟然也是个"周"字。

老板再也忍不了，勃然大怒道："你在耍我？"

看来这人果然是个疯子，就应该拉他去见官，管他说的什么周不周的胡言乱语。

那人却摇头晃脑："老板，你可看仔细了。"

老板定睛一看，周围的人却先叫了起来："这个周字没有'口'！"

果然，那宣纸上虽然也写了个似是而非的"周"，底下却没有"口"字。

老板颤抖着说道："你、你到底想说什么？"

那人当即正色："自然是帮老板你纠正过来，此周非彼周，乃是姬王时期的甲骨字，你写这样的'周'字在外面，自当不会有人找麻烦。"

老板本来就大字不识，能写好自己的姓名就算不错了，哪里听得懂那人说的什么姬王什么甲骨，只当自己又被平白羞辱了。

"你这人……"

忽然，客人中有人站起："这位公子说得不错，公子能想到以甲骨的'周'字代替，着实让人惊叹。"

这个站起来的人立刻被人认了出来："赵举人？"

一看竟然是个举人，周围出现了更多诧异的声音。

赵举人对那人拱了拱手，颇有几分客气地说道："在下赵宣，敢问兄台名讳？"

从此人刚才的一番举动看来，赵举人觉得他绝非凡夫俗子。大家都是同期考生，以后万一谁登上了天梯，在官场步步高升，今天这段交往自然就能成就一段同窗情谊……

只见那人愣了愣，神色却黯淡下来，对赵举人回了一礼："不敢当，鄙人姓范，字文君。"

……

不少人都面面相觑，范文君？好像没听过这个名字，前几日张贴的榜单中，有这个人吗？

赵举人心里也是这么想的，见对方报出的名字如此陌生，他也就笑一笑，重新坐下了。

不远处的桌子旁，有两个男人神情阴冷地盯着"范文君"，又互相看了看。

两人从怀里掏出碎银摆到桌上，便起身离开了。

那两人离开之后,那个叫"范文君"的人对着老板又胡乱纠缠了一气,终于走了。埋伏在角落里的两人,立刻悄悄跟了上去。

那"范文君"漫无目的地走着,就这样呆呆地绕了大半日,然后抬起头,看着面前一幢秦楼楚馆。这是长安一座比较大的青楼——翠云楼。

"范文君"看起来穷得叮当响,刚才还斯文扫地,在路边抢了包子吃,这会儿看着青楼的大门,竟然露出了痴痴的神色。

跟着"范文君"的两人对望一眼,其中一人便折身走了,另一个人依然盯着"范文君"的举动。

死了的人有可能复活吗?

根本是胡扯。

宗楚客盯着那个前来回禀的下人:"你看到了'范文君'?"

那下人一脸不安:"那人当着许多人的面说了自己的名字,属下听得真真的。"

见宗楚客面露不悦,那人立刻补充道:"对了,我等还亲眼看见他去了那翠云楼!"

翠云楼是青楼,宗楚客当然知道。

手下继续说:"大人之前吩咐要除掉的那个女人,就是翠云楼的伶人,也是那范文君的姘头。"

宗楚客脸上愈来愈阴沉,手下不敢再吭声了。

"你说他在大庭广众之下承认了?"

手下忐忑不安:"是的……"

流言最是恐怖,今天长安街上那么热闹,那周记包子铺里又坐了那么多客人,那么多张嘴,这件事很容易就会被更多人知道。

而他们最担忧的,是被柳家人知道。

"裴谈的诡计。"宗楚客从牙缝中挤出这几个字。他的表情像是阴森鬼蜮一样,手下看了都觉得心惊肉跳。

手下怔了怔:"大人的意思是?"

宗楚客却没有言语,正如世人所说,死去的人是不可能活过来的,而裴谈和大理寺的人当初在梧州杀了他儿子,如今还想用别的招数?

荆婉儿大大呼出一口气,看向裴谈,后者的衣服上竟然还沾着一根稻草。

少女"扑哧"笑出声,伸手把稻草从裴谈身上拿下来。

"宗楚客对大人的畏惧,早在他儿子死在梧州的时候就种下了。"

裴谈望了她一眼："事情未必像你想的那样。"

少女总是一副老成的样子，可堂堂一个兵部尚书，没必要忌惮他一个大理寺卿。宗霍的案子，里面侥幸的成分真是太多了。

荆婉儿说道："大人没有见过人世间的至暗面，在人心的测度上，婉儿愿意为大人分忧。"

裴谈看着少女的笑脸，却能从中看到千疮百孔。

她比裴谈年幼许多，本也是千金之后，可是却见过宫中的互相倾轧，知道一个人表面上再风光，也会像蛇一样有七寸，而宗楚客的七寸就是他已经死去的儿子。

裴谈沉默了一下，或许，就像荆婉儿说的，他还没有体会到那些暗藏的人性。

荆婉儿说道："只要他一日畏惧大人，就迟早会主动犯错。"

人都是情绪动物，有弱点，会犯错，为了逃避恐惧，一定会做很多事情来填补自己。

他故意选择在望月楼杀掉刘公子，借机陷害紫婵儿夫妇，就是为了满足他的报复心理。而且，人的报复心并不会轻易满足，他会采取一个又一个手段，他越是觉得自己占了上风，就越不可能罢休。

裴谈或许不了解人心的阴暗，但从荆婉儿的口吻和神态来看，这番话不像是在单纯描述宗楚客。

他想起一个词——慧极必伤。荆婉儿拼尽一切从梧州回到长安，又岂会只是一时兴起？

见裴谈望着自己，荆婉儿微微一笑："大人表现得越镇定，就越会激发宗楚客的报复心，等他失去冷静，开始对大人下手，大人就可以坐收渔利了。"

听起来她比裴谈想得还要周到，甚至她提到宗楚客时的语气都十分随意，好像已经布好了鱼饵，只等鱼儿来咬钩。

第六十六章　局中局

下午，裴谈在书房里看着他凭记忆默写下来的半篇死者刘公子的文章，这篇文章的主题与范文君的那篇相同。

一个差役飞速来报："大人！不好了！"

也不知道这些人为什么喜欢喊"大人不好了"，大人明明站在这里好得很。

大理寺的差役尚且这般沉不住气，其他衙门就可想而知了。

"怎么了？"裴谈淡淡地问。

差役喘着粗气说道："街上百姓都在传，说、说看见一个死人活过来了！"

死人活过来了，这话本身就挺危言耸听的。

裴谈目光幽动："什么死人？"

差役说道："就是原先住在闻喜客栈的一个举人，叫、叫范文君！"

"你说的可是真的？"一道温和的女声响起。

荆婉儿不知何时从门外走了进来，若有所思地看着那差役。

裴谈的笔尖在宣纸上顿住，他慢慢说道："确定不是百姓随口一说吗？"

像这样的事，每天都能在长安的街头巷尾听到，多离奇的都有，大多都是从说书先生讲的故事里以讹传讹的。

"大人，"荆婉儿说道，"如果是百姓间胡说的话，没必要连名姓都叫出来。"

对他们来说，"范文君"这个名字如雷贯耳，可是对于老百姓来说，范文君是谁？恐怕还不如他们偶尔在街上瞥见的翠云楼的姑娘印象深刻。

裴谈盯着少女的脸，眸中有幽深的意味。

只见荆婉儿盯着那差役，煞有介事地说道："有多少人听见了？"

那差役忙说："少说也有十好几人。"十几张嘴再传下去，那真是比长了翅膀还快。此事若为真，案情岂非立刻峰回路转，有重大线索了？

那差役眼神闪烁，盯着裴谈。

裴谈道："下去吧。"

荆婉儿的目光正好和看过来的裴谈撞上。然后，少女便低头看着脚尖。

良久之后，少女慢慢一笑，先开口道："婉儿以为这件事，应该直接告诉林姑娘。"

裴谈淡淡道："太早了些。"这个消息要是让林菁菁知道了，她的反应恐怕会超出承受力。

荆婉儿看出了裴谈的顾虑："大人如果是担心林姑娘，婉儿倒觉得大可不必。"

从林菁菁来大理寺门前击鼓开始，荆婉儿第一次见到这个女子，印象最深的就是她那双俨然万念俱灰的眼睛。

要是让林菁菁从别人嘴里知道了此事，那情况可就失控了。

裴谈望着荆婉儿，她慢慢开口："婉儿愿意去做这个说客。"

而就在她踏出裴谈书房的时候，墙角一抹身影一闪而过。

宗楚客站在自己的卧房里，拉紧窗帘，室内一片昏暗，他直直地盯着对面"宗霍"

的牌位。

"查清楚那人是怎么进城的了?"

在他身后,一直跪着不敢吭声的仆人这才颤声说道:"暂时还没。"

宗楚客拿起旁边的香点燃:"现在长安城门戒严,他若不是从城外来的,那就表明,他就是在长安城内的人。那他又怎么可能是'范文君'呢?真是可笑至极。"

宗楚客看着面前的牌位:"霍儿,你说是不是?"

这一定又是那竖子的诡计而已。

随便找一个人假扮书生就可以了吗?他岂会上第二次当。

"备马车,老夫要去丞相府。"

自从宗霍死后,这尊牌位就被放在宗楚客的床头,简直有些瘆人。

宗楚客坐马车前往丞相府,他闭着眼睛,像个入定的僧人。但他已经沾染了权欲的外衣,这辈子都不可能立地成佛了。

马车忽然猛地晃了一下,停了下来,这在以往是绝不可能发生的。

外面传来慌张的声音:"大人,有人拦车。"

马车上镶嵌着尚书府的标记,谁那么大胆,竟敢拦车?

宗楚客睁开了眼睛,听到外面的人说:"大人,是柳家的人。"

柳家,长安大族柳氏。

"尚书大人。"马车外的人硬着头皮说道,"小人来替我家公子传几句话。"

柳氏与韦氏早已结盟,所以才敢拦宗楚客的车驾。

柳氏家仆开口:"近日城内有一些传闻,显然与尚书大人之前承诺的不一样。公子希望大人做好善后。"

宗楚客终于开口,冷冷地说道:"这都是大理寺那裴家竖子使的诡计,公子若是上当,才真是顺了那竖子的意。"

范文君必须已经死了,而且死透了。

马车外的人低声说道:"是诡计也好,不是诡计也好,公子说殿试已经近在眼前,若是柳氏不能如约问鼎魁首,这中间出了什么乱子,恐怕尚书大人也逃不了干系。"

宗楚客捏住了手心,目光冷厉:"你家公子敢威胁老夫?!"

马车外的人立刻变得唯唯诺诺。自从没了子嗣,宗楚客的脾气越发乖戾,这在长安贵族中早就传得人尽皆知。

"公子是希望,不管那人是不是真的范文君,都最好是……"他把"除掉"两个字吞进了肚子,二人心照不宣。

宗楚客冷冷地说道:"这若是大理寺设下的陷阱呢?"

在宗楚客心中，始终没有相信过这件事，怎么会那么巧合，在这时出现一个自称范文君的人？根本就是那竖子狗急跳墙，还想让他再上一次当。

外头那柳氏家仆说道："大理寺只是个受制于刑部的傀儡，裴氏在长安的势力更是不过尔尔，难道柳氏同韦氏联盟，还需要担心一个小小的大理寺吗？"

宗楚客心中的阴邪之火冒了出来："是你们不了解那竖子。"

宗霍之死是他永远不能说出口的痛，甚至他精心为儿子准备了庇护之所，裴谈却还是伸进了手，就这样暗杀了他唯一的子嗣。

马车外，那柳氏家仆沉默了片刻，说道："公子想知道，尚书大人是否因为令公子的事，胆量……也变得小了？"

宗楚客死死瞪着马车的前门，杀气腾腾道："再多说一句，本官杀了你！"

不要忘了是谁瞒天过海，把能得到中宗大肆赞赏的文章送给了柳氏。柳氏现在还没有真正成为殿试的状元，就敢在他面前撒野？

柳氏家仆惶恐地看着走上来的宗楚客的爪牙，语无伦次地说道："公子只是希望能与大人双赢……"

双赢？痴人说梦。

都是为了各自的利益，柳家是用真金白银买状元，何来的同进退？

柳氏家仆被打发走的瞬间，脸上浮现出恨恨之色。

尚书府也不过是依附韦氏的一条狗，凭什么敢对他们堂堂的柳氏这样轻慢？

荆婉儿打开房门走出来，只见裴谈站在外面，还保持着之前的姿势。

她一笑："显然林姑娘比大人想象的要坚强。"凭着对范文君的爱，这个柔弱的女子早就将自己练成了金刚之身。

荆婉儿眼珠子一转："林姑娘说，她多谢大人这些日子的庇护，但她不想再继续躲着，她想回自己本来的地方。"

"她知道现在出去有多危险吗？"裴谈沉默良久，问道。

荆婉儿坦然说道："林姑娘说，她早已把生死置之度外。"

可别小看一个连命都可以不要的女人。

裴谈垂下了眼眸："她想什么时候走？"

荆婉儿眸色幽幽："她想立刻就走。"一旦离开的心都有了，那就是归心似箭。

"但也要知道，'范文君'现在何处。"荆婉儿眼中浮现笑意。

先前那个差役又被派去"瞧着"那位范郎。回来以后，他对裴谈说道："启禀大人，那人昨晚就睡在桥洞底下，自称身无分文，住不起客栈，今日一早，他又去那翠云楼了……"

第六十七章　蠢人

"最近东门来了一队丝绸行商,他们登记在册的人员是三十四人,这是守卫唯一没有仔细盘查的一队。"

长安是大唐国都,往来行商极多,城门守卫自然不可能一一盘查,一般遇到有行商文牒的,数了人数以后,便会立刻放行。

"但属下观察到,这段时日,他们总共只有三十三人出没,比文牒上少一人。"黑衣侍卫目光冷峻。

首领冷冰冰地说:"直接抓过来问清楚。"

这伙行商下午在城西。他们注意到行商中有个女人,头上戴着白花,神色哀戚。

"这女人的相公在来长安的路上患病死了。也就是说,她的相公根本就没有跟着进城来。"

这下,没有猫腻也有了。

想当初,混入行商出城的把戏,还是宗楚客为了救独子使出来的。

"怎么办?要告诉大人吗?"

黑衣首领眸色幽沉:"先问清楚。"

女子本就受到惊吓,又被三五个蒙面男人围住,立刻什么都说了,那个顶着身份混进行商里的男人,只是他们商队在城外遇见的一个陌生人,那人苦苦哀求商队的头领带他进城,这才有了后面的事情。

杀手们把一切情况告诉了宗楚客,宗楚客的反应却依然冷淡。

当初杀手拿的只是范文君的画像,很有可能他们杀错人了。

若真是杀手杀错了人,那就能解释了。

"大人,当初我们让杀手将范文君毁容,是怕万一有人认识他,但要是真的杀错了呢?"

现在死无对证,连当初执行任务的杀手应该都无法记得确切的样子。

而最麻烦的是,他们毁了尸体的脸,现在连他们自己都无法确认。

宗楚客冷冷地说道:"裴谈利用的就是你们这样的心理。"

首领忍不住说道:"大人,今天我们在街上还遇到了柳家的人,他们也在跟着那'范文君'。"不仅如此，柳家的人，也找上了那队行商。

"那又如何？"宗楚客漠然。

首领默默跪地无言。

"他柳家的一万两，只够买个状元，不够让本官对他俯首帖耳。"

柳家以为靠上韦氏这棵大树，就能随便指使尚书府，却没想到，宗楚客同样只把他们当韦氏的狗。

柳家果然坐不住了，他们恼恨宗楚客的不作为，随着殿试的时间越来越近，眼看状元唾手可得，谁肯在这时候让到嘴的肉飞了？

柳家决定自己动手。

"备车，本公子亲自去拜访丞相大人。"

现在能管这件事的，只有韦相了。柳家花费重金，换取家族子弟在朝堂的一席之位。就不信到了这时候，韦家会不管。

柳品灼坐上车，在路上打了腹稿，宗楚客憎恨裴谈，却要连累他柳氏也跟着遭殃，这老匹夫，果然是老糊涂了。

到了丞相府，柳品灼万万没想到自己会被拦在门外。

"丞相大人正在会客，请柳公子稍等。"门口的相府仆人客气却疏离地说。

柳品灼瞪着眼睛："告诉相爷，我有要事禀报。"

柳品灼直接将一锭金子塞到仆人手上。

仆人面露难色："这……不大好吧，柳公子？"

柳品灼沉着脸："你只消替本公子通传一声，丞相大人难道会不见我？"

仆人看了他一眼，这位柳家后人的嘴脸已经有点难看了。

想想不久前放榜时高中榜首，满大街都在夸赞这个柳公子温柔如玉，才华比天，再瞅瞅现在的模样，啧。

可仆人把金子收进衣袖中，心安理得地准备进去通禀。

就在这时，仆人眼角瞥见一个身影从院子里走出来。

仆人立刻变了一副表情，赔笑道："裴公子，您这就出来了？"

柳品灼的眼珠差点瞪了出来。

只见裴谈悠闲地从丞相府的院子慢慢走到门口，看到柳品灼，也只是微微颔首，算是打招呼："柳公子。"

柳品灼现在尽管已经荣登榜首，誉满长安，可他毕竟还没有官身，身份最多也就是柳家的公子，在裴谈面前……当然矮了不止一截。

他不禁阴阳怪气地说道："裴寺卿怎么会来此？"

这话说得仿佛世界上除了他柳家以外，旁人都不能来丞相府了。

裴谈说道："些许小事，与韦相商量一下。"

柳品灼怎么会相信是些许小事呢？他盯着裴谈，想从那张脸上看到什么。

"裴大人是管大理寺的，怎么会有事需要向丞相大人过问？"柳品灼拔高了音量。

这要是换了别的三品大员，早就勃然变色了。

不过是一个刚刚考出些成绩的布衣，竟敢这样放肆。

裴谈盯了柳品灼一会儿："柳公子可以去问韦相，裴某还有事，先告辞了。"说着就直接走向停在丞相府门边的一辆马车。

刚才柳品灼若是稍微注意一下，也会看到有这辆马车在，继而可以判断出有人已经进丞相府拜访。

可他的眼睛总是盯着自己，自然不会注意旁人。

裴谈上了马车，驾车的是自家的冷面侍卫裴县。裴县看到裴谈坐稳，就扬起马鞭，缰绳一松，马车纵飞而去。

"柳公子，您还进去吗？"门口的仆人和颜悦色地问。

这些仆人都是见风使舵，反应快得很，他白得了一锭金子，心里早就乐开了花。

柳品灼那根敏感的神经早就躁动起来，在他看来，裴谈让他问韦玄贞的话是在奚落他。

柳品灼一把推开了仆人，跨进了丞相府内。

韦玄贞正在院内闲坐，身旁有二三美婢，面前摆着酒。

柳品灼走上前去，发现韦玄贞并没有多看他，胸口不由得又闷了一口气。

"韦相大人。"

韦玄贞从美婢手中接过酒："柳公子什么事？"

柳品灼有些颤抖："相爷，刚才那裴家的瘟神为何会来您这儿？"

韦玄贞手中的酒杯顿了顿，他看了柳品灼一眼，忽地眯了眯眼睛："柳公子，裴大人是大唐的三品大员，官拜大理寺正卿，你竟如此称呼他，是受了什么人的影响？"

柳品灼的脸色难看起来。

"丞相大人，我……"

韦玄贞阻止他说下去，这院中除了他和美婢，并没有其他人，所以柳品灼以为可以放肆胡为。

他根本没有意识到，说出刚才那样的话是要掉脑袋的。

韦玄贞慢慢说道："柳公子出身柳氏这样的士族，有任何事情，应该先寻求家族的帮忙，你这样冒冒失失地跑到本相府里，还在门口与朝廷官员撞上，柳公子可曾顾忌过你的身份，会有什么后果？"

柳品灼呆若木鸡，胸口那口气就像被人狠狠抽走了，他忽然浑身抖了抖。

现在，全长安都知道柳家是魁首，这个时候柳品灼一个人跑来找韦玄贞，简直是打自己的脸，偏偏他无视门口仆人的话语暗示，在遇到裴谈之后，还非要闯进来。

"可是丞相大人，东街出现了一个叫范……"

韦玄贞毫不留情，冷冰冰地说道："柳公子，本相说你糊涂，想不到你是真糊涂。"

柳品灼整张脸都木了。

韦玄贞眼露讥讽，自从中宗陛下复位以来，韦氏如日中天，曾经只手遮天的望族都被打压得无法抬头，他们终于明白，只有依附韦氏这棵大树，才有可能保持家族屹立不倒。

这其中，唯独不包括裴氏。

裴氏五代清贵，连韦玄贞都不愿意明着得罪，这柳氏，当真是个蠢人。

第六十八章　逃走

柳品灼在韦玄贞那里吃了教训，回到柳家后，原本俊秀的脸显得苍白而又可怕。

柳仆射赶到儿子的房中："谁让你私自去见韦相，你知不知道现在是什么时候？！"

柳品灼前脚刚回来，柳仆射后脚就收到了韦玄贞的警告，知道了自家儿子做的事，柳仆射都要当场发飙了。

"爹，裴谈和韦相在一起，我亲眼所见。"柳品灼咬牙切齿道。

柳仆射脸色变了变，愈加沉着脸："不要说了，韦相绝无可能在这个节骨眼上和裴家有交集。"

柳品灼脸上的皮肉抽动，盯着自家老子冷笑道："爹是不信我？"

柳仆射面色铁青，指着柳品灼说道："你知道家族为了捧你上位，前前后后花费多少，你却如此不让人省心，还有两天就要殿试了，你不要在这个时候节外生枝。"

柳品灼恶狠狠地说道："分明是韦相对我们过河拆桥，收了我柳氏的好处，却还和裴家那小子……"

"住口！"柳仆射气得浑身发抖，"你真是越来越无法无天，今天开始，你就在这里老老实实待到殿试，一步也不许出门！"柳品灼的话要是传到韦玄贞耳朵里，他们柳家就真的完了。

韦玄贞在信里警告柳仆射，要是柳家再管不住柳品灼，就别怪到时候有什么后果了。

柳品灼一脸的狰狞："那为何裴家的小子早不去晚不去，偏偏是在这个时候去了丞相府？"

柳仆射的脸色再次难看起来，他沉默良久之后，对左右吩咐道："看好公子，直到后天殿试前，不许他踏出房间一步。"

说罢，柳仆射一挥袖，转身走了。

柳品灼发了疯，踹翻了屋子里所有的桌椅摆件，韦氏对他们过河拆桥，和裴氏那些懦夫一道，简直让他们柳家颜面无存。

"韦玄贞，你也不过就是一个靠着自家姐妹的裙带才爬上位的东西，若没有我柳氏扶持你们上位，你们至今还是被武氏豢养的狗！"

柳品灼的阴沉彻底爆发出来。

他周围的奴才跪了一地，面无血色："公子，请公子慎言啊……"

奴才们都心死如灰了。现在柳品灼是怒火攻心，等到清醒过来，他们这些听到了这句话的人，岂不是都要被他处死？

柳品灼的一个贴身小厮走了进来，正遇上他阴沉的脸色："公子，咱们埋伏在大理寺的人传来消息了。"

柳品灼停下手里的动作，冷冷看着那小厮："如果还没有好消息，本公子就把你们这些没用的狗东西都切碎了，丢到后院池塘里喂鱼。"

听着他这些冷冰冰的话，小厮一个哆嗦跪趴在了地上。

"那个林菁菁已经知道了范文君还活着的消息。"

柳品灼阴狠的脸僵了僵，小厮说道："公子不必忧愁，不管那姓范的死没死，他这个姘头肯定都坐不住。"

柳品灼脸上的神情缓了缓，他盯着那小厮："好，给我盯死那女人，我倒要看看，她听见自己男人还活着是什么反应。"

林菁菁在屋内来回踱步，脸色苍白地看着门口，仿佛有所惧怕。

荆婉儿回头望了望，什么都没有。她慢慢看向林菁菁："林姑娘，你只要待在大理寺，没有人能伤害到你。"

林菁菁却已如惊弓之鸟，或许只有她能明白自己的心情。哪怕只有万分之一的可能，她也希望心爱的人还活着。

　　她勉强笑了一下："我有些不舒服。"她捂着肚子的样子，难以掩饰内心的痛楚。

　　荆婉儿心中了然："莫非来了月事？"

　　林菁菁在大理寺住了月余，差不多到了女子例假的时间。

　　林菁菁不言语。

　　这整个大理寺没有其他女仆，见状，荆婉儿说道："林姑娘，你待在这儿，我去给你拿一些衣服过来。"

　　荆婉儿匆匆离开，林菁菁捂着自己的小腹，蹙眉坐到了床边。

　　这时，窗外传来一个幽幽的声音："有人在翠云楼看见了范文君，你要是再不去，可就见不着他最后一面了。"

　　林菁菁脸上越发没有血色，良久，她才盯紧门口："我怎么知道你说的是真的？"

　　窗外一声冷哼："他约你未时在城北树林见，去不去，你自己斟酌。"

　　林菁菁骤然从床边站起，盯着那道窗，猛地上前拉开了门。

　　门口静悄悄的，窗下也早已没有了人，林菁菁枯瞪着一双眼睛，跪在了地上。

　　荆婉儿从小包袱里草草拿了两件宽松的衣裙，林菁菁比她高半个头，约莫能穿得下。

　　拿好衣服，荆婉儿便立即返回。

　　到了院子里，发现门扇居然大开着，荆婉儿的心里不由咯噔一下，脚步顿了顿，又立即快步走过去，一直到门口才停下来。

　　里面的床铺有点凌乱，门前有几个湿漉漉的脚印。这是因为昨夜湿寒，地面都是软的。意识到林菁菁可能跑出了屋子，荆婉儿后脑勺一阵发麻。

　　她丢下手里的衣服，再次跑出去，她前后离开不过小半个时辰，而要从这里走到大理寺的门口，并没有那么近，荆婉儿迅速在院门口看了一圈，并未发现林菁菁的踪影。

　　荆婉儿决定去书房找裴谈，可是她刚伸出去脚，就立刻顿住，脑中灵光一现，随即转了个方向，若有所思地看向身后。

　　大理寺的后门离这院子不远，平时也是无人看守，林菁菁会不会是……

　　她一个弱女子，要想避开守备森严的衙役，要想离开大理寺，只有走后门还有一点希望。

　　荆婉儿顾不得猜测下去，决定先去后门一探究竟。

　　来到后门，一看到门后的凌乱脚印，荆婉儿的心就往下沉。

守后门的衙役不知怎的，已经倒在地上昏了过去。

这已经不是简单的逃走了。

裴谈随后赶来，身后跟着大理寺的几个衙役。当看到后门的脚印时，裴谈面无表情。

而昏迷在门边的那个衙役没多久就醒了，看样子是被人撒了一把迷烟，药效也不强。

衙役起身的时候，见到被撬开的后门，脸色一阵阵发白，跪在地上直磕头。

"小人不知道发生了什么事，小人真的不知。"

地上的脚印细小，明显是女子留下的，荆婉儿还在这里，那就只会是林菁菁了。

林菁菁真的自己跑出了大理寺。

可让人不可思议的是，她怎么可能凭着一己之力跑出去？

"有人在帮她。"荆婉儿不由看向了裴谈。

搜查的衙役回来了，说道："没有发现第二个人的脚印。"

难道林菁菁就这么一路畅通无阻地走了？况且她一个女人，哪来的力气撬开门锁？

衙役磕磕巴巴地说道："人应该还没走远，大人，要、要追吗？"

裴谈望着那排脚印不出声，之前他们都认为林菁菁只要留在大理寺就不会受到伤害，可如果她离开了，后果就无法想象了。

"都是事先安排好的。"荆婉儿不禁咬住下唇。

门早就被撬开，守卫也被提前迷倒，只等林菁菁跑出去。

这个提前安排好一切的人，才是大理寺的内奸。

换作任何人，怎么可能不留下一点痕迹？

裴谈望着撬开的门："人已经跑了，再找就很难了。"长安城的人口少说也有数万之巨，想找一个人如同大海捞针，怎么可能找得到？

而林菁菁……本身就是一个戏子，用不同的面孔伪装自己是她的长项。

他们面对的根本不是一个一无所长的柔弱女子。

"大人以为她要去见谁？"荆婉儿抬眸，能让本来心如死灰的女子突然间费尽心思也要逃离大理寺，甚至都不愿意相信她裴谈，必然要有足够的理由。

裴谈和荆婉儿目光交汇，心里都有了一样的答案。只是没想到，林菁菁居然有勇气这么不顾一切，其背后一定是有人在故意怂恿。

第六十九章　贼喊捉贼

　　大唐民风开放，女子可以自由上街，但依然有一些羞涩的闺秀会戴着面纱出行。

　　车马行的人盯着这个纵然戴着面纱也难掩丽色的美人："姑娘，现在去城郊，我们就赶上宵禁了。"

　　却见女子缓慢地褪下手上的金镯子，幽幽说道："有劳大哥了。"

　　车马行的人盯着这个足金的镯子，眼睛亮了亮，犹豫道："那好吧。"

　　酉时，正是即将宵禁的时候，千牛卫戌时准时巡城，百姓们怕被抓到，都赶着回家。

　　过了亥时还能在街上出现的，要么是身上有圣旨御令，要么就是禁军。

　　车马行挑了一匹最快的马，嘱咐马车夫一定要在宵禁之前回来。

　　城郊人迹罕至，那马车夫不禁提醒一句："姑娘，太阳马上就落山了，这地方平时没有禁军巡逻，你一个人还是小心为好。"

　　那蒙面女子转身，如水的眸子有些波动："多谢，我会的。"

　　马车夫摇摇头，扬起鞭子回了城。

　　女子颤抖着站了一会儿，一把扯下脸上的面纱。她，正是林菁菁。

　　那信上只说约她在此处见面，可是这里四处冷森森的，除了她没有旁人。

　　她定了定神，开始朝着树林里走。刚才马车夫的忠告，又怎么进得了林菁菁的耳朵。

　　"范公子，如果是你，就出来见我。"林菁菁听到声音骤然回头，脸色都白了。

　　但她虽然出身风尘，却是命不由己，这一生自认未做过任何亏心事。

　　这树林若真有鬼，她也不怕。

　　她继续往里走。树林的地面潮湿，林菁菁看到了一排鞋印。她眼睛骤然亮起来，忽然提起裙子，沿着鞋印飞奔。

　　"范公……范郎，你在里面吗？我来见你了。"林菁菁又惊又喜地看见前方树荫下有个人。

　　那人慢慢转过身，一头乱发下是惨白的脸。林菁菁的脚步一下子停住了。

　　她跟那人相视半晌，那人幽幽道："菁儿，是你吗？"

　　林菁菁震了一下，她望着那人，有点不敢相信自己的眼睛。

　　那人却越发激动地说："菁儿，我以为此生再也见不着你了。"

　　听见这话，林菁菁不由得潸然落泪。

那树下的人影直直朝林菁菁扑过去，林菁菁呆呆地盯着那人，如脚底生了根。

男人拨开了脸上的乱发，露出清俊的容颜。

这熟悉的样子……林菁菁忽然张开手，抱住了眼前的男人。

"范郎，我多么希望跟着你去了……"林菁菁抹干泪，不由得问道，"你为何要约我在这荒郊僻壤见面？"

听了这话，抱着她的男人惊疑地说道："菁儿，不是你约我见面的吗？"

否则，他整日在翠云楼周围徘徊，又有谁愿意理睬他？

林菁菁心里咯噔一下，已经有了不好的预感："我是接到了范郎你的书信，才会到此。"

"什么？！"

二人互相看着对方，都是一脸惊骇。

此时，树林里静谧无声，仿佛幽冥之地。

林菁菁忽地推了男人一把："你快走！"

就在这时，一声冷笑从林中响起："怕是你们谁都走不掉。"

林菁菁非常惊骇，不知所措地看着四周，原本昏暗的丛林，忽然亮起许多火把。

一个白衣华服的男人，摇着扇子，一边冷笑一边看着二人。

柳品灼咬牙切齿地盯着对面那张熟悉的脸："姓范的，你居然真的还活着。"

范文君下意识地把林菁菁挡在身后，有些疑惑地盯着柳品灼："柳公子，你……"

"真是一对苦命鸳鸯，不过别怕，本公子一向成人之美，今天这月色不错，就送你们二人一同去西方极乐世界，继续恩爱。"柳品灼咬着牙冷笑道。

林菁菁脸色惨白地盯着柳品灼："原来是你，你就是那个偷范郎文章的人？"

柳品灼冷下了脸，自古红颜多祸水，早知道还有这样的祸患，就早该杀了这女人，却偏偏让她逃了。

"范文君，本公子愿意提携你这个乡巴佬，是你几辈子的福气，你居然敢在本公子面前端架子，那就不要怪本公子无情无义了。"

范文君的声音颤抖："所以你就派人杀我？柳公子，杀人是赔命的罪，万没想到，你居然敢草菅人命！"

林菁菁忽然说道："你们这些玩弄人命的权贵子弟，真以为没有王法吗？"

柳品灼开始口不择言："你一个下等人，居然还妄想本公子给你赔命？王法不是给你们这些下等人准备的。"

更不能容忍的是，他看不起的下等人，居然能写出比他们这些权贵子弟还要优秀的文章。

"杀了，不留活口。"柳品灼那张白净的脸变得狰狞如鬼。他费尽心思找了这么一个地方，把这两个蠢人骗来，等杀了之后，将尸体埋入密林，根本不会有人发现。

他身边的杀手一个个持刀冲向了林菁菁和范文君。

说时迟那时快，没等杀手的刀砍下去，旁边忽然伸出一只刀将其挡住。

这生死一瞬，林菁菁脸都白了。

只见突然出现的是两个衙役，接着，裴谈慢慢从一棵树后走出来。

方才完全没发现那里有人，柳品灼眦目欲裂，盯着裴谈："是你这瘟神，你又来坏本公子的好事？！"

裴谈盯着他没作声。他看向林菁菁，林菁菁的目光瑟缩了一下。

"本官一路跟着林姑娘来到此处，想不到，竟发现了柳家的交易。"

柳品灼的右手抖得厉害，他万万没想到会让裴谈撞见。现在知情人不只是多了这对男女，更是多了大理寺。

他心中紧张地盘算着，怎么办……

裴谈目光幽深地说道："柳公子，本官奉劝你不要一错再错。"

柳品灼骤然把眼神对准了裴谈。

裴谈就站在林菁菁的前面，显然是要护住她和范文君。

柳品灼看着对面的五个人，其中一个是朝廷命官，可那又怎么样？若说对抗，五个人远远不是二十几个杀手的对手。

柳品灼忽然露出一个狰狞的笑。

"你们愣着干什么，没听到本公子的话吗？让你们把人拿下……"

周围那些杀手表情震惊，立刻盯着柳品灼，唯恐理解错了。

裴谈盯着柳品灼的脸，目光深沉，半晌才说道："柳公子，难道你想杀朝廷命官吗？"

柳品灼狂笑，盯着裴谈说道："谁看见本公子杀人了？裴寺卿带了两个手下来抓捕逃跑的犯人，却被犯人拼死反抗，五个人同归于尽在此，和本公子有什么关系？"

裴谈的眸色幽沉。

真是没想到，一个人为了名和利，竟能疯狂到这种地步。

"上啊！你们还等什么！"柳品灼脸上抽搐，瞪着身边的杀手大声呵斥。

裴谈低着头，像是放弃了抵抗，但是当杀手逐渐靠近的时候，他忽然说道："柳公子，你为了区区功名草菅人命，想必柳仆射也会为你感到痛心。"

柳品灼冷哼了一声："少站着说话不腰疼，你这三品官服是陛下直接御赐的，你又何曾尝过科举竞争的不易，那些下等人凭什么与我们世家子弟同朝为官？"

只见裴谈抬起头，神色平静地说道："那就别怪本官没有给柳公子机会了。"

话音刚落，柳品灼还没反应过来，就见周围的树林中冒出了许多弓箭手，像是鬼魅一样无声无息，无数弓箭对准了那些杀手，只要轻轻一动，立刻就能让他们肠穿肚烂。

只见一个人影慢慢地从树丛里走了出来。

"是谁！还有谁在那里？！"柳品灼表情扭曲，几乎疯了。实际上，也许他本来就是个疯子，不然谁会做出他做的那些事。

这幽密的树林，适合杀人弃尸，干偷摸的勾当。柳品灼为此得意，以为过了今晚，他的所作所为就永远都不会有人知道了。

可惜，能藏污纳垢的地方，当然也更适合藏人。

裴谈慢慢对那人影躬身一揖："下官拜见韦相。"

听见裴谈的称呼，柳品灼彻底僵木了。

火把照在那人身上，紫色衣袍在风中轻摆，不是当朝韦相又是谁？

韦玄贞神色淡然，他盯着柳品灼，如同盯着什么死物一样："柳公子啊……你真是让本相失望。"

那么多的暗示听不懂，只有如此的蠢人才会走死路。

这时，惊悚的一幕出现了，那"范文君"狠狠扯住自己的脸，竟活活扯掉一层皮下来。

第七十章　自投罗网

只见那张脸再次转过来，本以为撕掉脸皮之后会血肉模糊，可是眼前这张脸虽然苍白得很，却五官清晰，赫然是那天与裴谈搭过话的戏班小生。

"柳公子方才的话好生大言不惭，口口声声，不知说谁是下等的人。"那小生的嘴角泛着一丝嘲意。

林菁菁已经木然了。

柳品灼连退几步，颤着手指指着那"范文君"："你这贱子，发生了什么……"

"柳公子。"韦玄贞面沉如水，"你自己疑心生暗鬼，劳动本相大半夜与裴大人来这荒郊僻岭处，你可知罪吗？"

用"疑心生暗鬼"来解释真是再好不过了，这场林中之戏，正是为柳品灼而唱。

柳品灼目色极红，俨然有失控之势，他看着韦玄贞："本公子不信、不信……"

韦玄贞冷冷道："不管你信或不信，你都已经让柳家蒙羞了。"

柳品灼带来的杀手们根本不可能和手持弓箭的千牛卫禁军抗衡。

"动手。"

柳品灼面目狰狞，还想反抗："你们休想让本公子就范。"话音刚落，一根羽箭正中他的膝盖，鲜血飞溅，他嚎叫了一声，痛苦地倒在地上。

余下的杀手们，在徒劳抵抗之后，纷纷折在了千牛卫的弓箭之下。

这时，一棵树的树荫下，两个千牛卫缓缓走出来，手中押着一个素裙少女。他们显然早就站在那里了。

韦玄贞这才看向裴谈，慢慢说道："想不到本相听从裴大人之言，今夜一同追拿荆氏的罪奴，却居然正好撞破柳公子犯下此等骇人听闻的罪行，今夜之惊心，可真是叫本相意外。"

裴谈垂眸对韦玄贞道："今夜多亏有韦相与千牛卫的襄助，否则凭大理寺一己之力绝无成事之能。"

韦玄贞的目光慢慢落在裴谈淡然的面孔上，意味深长地说道："裴大人居然准确地知道今夜荆氏罪女会逃往此处，本相到现在还深感吃惊。"

裴谈看向已经被押起来的柳品灼，问道："柳公子要如何发落？"

"柳公子犯下滔天大罪，本相要将他直接提往刑部，此案裴大人就写个结案书，交由本相处理吧。"韦玄贞神色幽阴。

柳品灼不会交给大理寺，这已在预料之中。就算今夜设局，让柳家绝无可能再逍遥法外，可就如同宗霍一样，柳家拼死也会想办法护住这个嫡子，至于最后结果如何，就不是裴谈和大理寺能够掌控的了。

林菁菁站在清冷的夜色中，像是已经失去了言语的能力。今夜，这个女子怕是最可怜的。

裴谈想起了荆婉儿来此之前说的话："虽然对林姑娘有些残忍，但这场戏要唱下去，她必不可少。"

事先不告诉林菁菁，因为万一柳氏起了疑心，就无法骗柳品灼上当了。

荆婉儿不但聪慧，而且关键时刻当机立断，为达目的甚至有一些冷酷无情。

裴谈的余光瞥向了荆婉儿，他慢慢开口道："那此女现在又该如何处置？"

韦玄贞眸子里有些玩味，他盯着裴谈面无表情的脸说道："此女既然是荆家的女儿，事关荆氏那件案子，自当是带进宫中，由陛下处置。"

换言之，谁也无法私下处置荆婉儿。

裴谈慢慢抬起手："那下官就先行带人回大理寺了。"

韦玄贞的目光在深邃的夜里，隐约有些似笑非笑。

……

刚回到大理寺，裴谈就吩咐关闭了书房的门，从密道的暗格里取出了中宗的圣旨。

这正是中宗之前给的密旨，要他查清举子之死，必要时可代行天子之职。裴谈缓慢地从密道中出来，在房中换了衣服，然后出门对侍卫道："准备马车，我要立刻进宫。"

柳家的人得到消息，不啻五雷轰顶。

柳仆射不敢相信这是真的，可是韦玄贞的亲笔信已经让一切希望破灭。真是没有想到，最后是柳品灼自投罗网，将柳家辛苦布的局全部毁掉。

韦玄贞淡淡地吩咐传信之人："明日早朝之后，本相会把柳品灼所犯之罪呈报宫中，这一晚，算是本相看在以往的面子上，留给柳家最后的一点时间。"

一晚上究竟能做什么？或许只能让柳家人提前感受末日的来临。

这一晚，柳品灼和荆婉儿都被关在丞相府。

韦玄贞眯眼看着空中一轮月："说起来，今晚的月色，倒是很美。"

今夜多少人仰马翻，绝望号哭，都跟他无关。韦家早已稳坐钓鱼台。

韦玄贞慢悠悠地走向台阶，他感觉有一道冷淡的视线落在他身上。

他慢慢转过脸来，少女的目光如一汪泉水盯在他的脸上，世人面对韦玄贞只有两种表情，一种是极端惧怕闪躲，一种是极端谄媚巴结。而荆婉儿的眼睛却清澈得仿佛没有任何感情。

韦玄贞的嘴角勾起一丝弧度："有趣。"

荆婉儿随即被押走了。

幕僚在一旁低声说道："相爷，据我们在大理寺的探子来报，当日裴谈正是因为此女子，才会大动干戈逼死了我们的三名死士。他怎会轻易将此女子交给相爷处置？"

韦玄贞的表情似笑非笑，良久才说："裴谈破了这宗大案，陛下龙心大悦，自然多大的赏赐都肯给。若本相没有猜错，裴谈现在正急着入宫吧。"

凭借这次破案的功劳，想保下一个宫女只怕还是轻而易举的事。

府中的下人很快来报："相爷，宗尚书不知从何处得知了今晚的事情，他已经赶来，正在门口等候。"

韦玄贞眼中含笑："本相知道他为什么来。"

如果他一开始就告诉韦玄贞荆婉儿的下落，或许不至于走到现在这地步。宗楚客为了一己的私怨，想对荆婉儿报私仇，这才有了今天的连锁反应。

"告诉他，本相已经歇下了，让他明日来见吧。"韦玄贞懒懒地挥手道。

宗楚客听说韦玄贞不见他，捏紧了手，面色冰冷："告诉相爷，本官就在这门口等。"

韦玄贞明日会上朝，他必然要在他离开丞相府之前见到他。

只见宗楚客对着关闭的大门冷冷道："一个宫女而已，只要相爷肯将人交给我，宗楚客下半生愿当牛做马，为相爷和韦氏效力。"

这番话自然传到了韦玄贞的耳朵里。他不由得笑了。

"宗楚客，看来真是不堪大用了。"韦玄贞摇头叹息。

宗楚客的阴狠和心机，一向最被韦氏看重。可是前一点因为儿子被杀而消失殆尽，后一点如今也荡然无存。若是从前的宗楚客，又岂会对韦玄贞提出这样的要求？

一个宫女而已？

荆婉儿当然不算什么，可她恰恰触动了中宗的一片逆鳞——三年前的那宗谋逆案。

如果韦玄贞把荆婉儿秘密处死了，死了一个婢子不要紧，可因此动摇了中宗对韦氏的情感，就得不偿失了。宗楚客前来索要荆婉儿，岂不是把自己这个尚书看得太重了？要知道，他现在虽然是一品尚书，可离了韦氏他什么都不是。

这天的后半夜，大雨倾盆，宗楚客在门口硬生生捱了半夜，浑身冻得僵冷。

开门的小厮将他浑身上下打量了许久，才撂下一句："相爷已从后门上朝了，尚书大人请回吧。"

一夜风雨，也比不得此刻的心寒。

早朝，又是一场更恐怖的风雨。

柳品灼伏诛，柳家损失了数十万两金银，这还算是次要的。更重要的是，柳氏家族在朝堂中的威信，几乎已无法挽回。

此案平息之后，裴谈去看林菁菁，闻喜客栈已经被查封，戏班也散了。

林菁菁坐在窗前，裴谈看着她："有人让我在一切结束后对你说一句'抱歉'。"

我们总是用"人生路还长"安慰自己，可是谁都知道，人生路越长，其实就越是一种折磨。

"我已得到陛下首肯，尸体交由你带回安葬。"裴谈身后的马车里，正放着包裹着白绫的范文君的尸体。

林菁菁死气沉沉的神色，这时才微微有了些变化，她慢慢看向那马车。马车门被打开，裴谈轻轻地说道："从长安至晋州路远迢迢，这辆马车便送你赶路吧。"

林菁菁脸上有淡淡的一丝苍白，那声"抱歉"是荆婉儿要说的，如今只能由裴谈转达。

林菁菁忽然平静地说道："我早已知道那人不是范公子。"

裴谈眸色一动，看着林菁菁。

林菁菁的唇边有一丝寂寥："我虽早已对范公子有情，但从未僭越，范公子更是从未称呼过我'菁儿'。"

裴谈有些怔住了。

在树林间，那人虽然戴着和范文君一样的人皮，可是他一开口的那句"菁儿"，就早已让林菁菁知晓，此人不管多么像她的范公子，也终究不是他本人。

可是，她依然选择把那场戏演了下去。

要知道，也正是她，故意一步步引诱着柳品灼说出了自己的那些罪行。

裴谈看着这女子良久，这是他第一次觉得自己竟不如一个女子通透。

林菁菁面色苍白："范公子终究是活不过来了。"

裴谈竟觉得自己的心被戳了一下。

时音 著
CHANG'AN MI'AN LU

长安秘案录 下

四川文艺出版社

第三案

高僧之死

嗔痴爱恨,这是四戒,
加一个断绝伙食就是五戒了。
也就是说,闭关这段时间,
玄莲大师除了清水之外,
没有进食任何东西。
玄莲大师苍白的面孔如这方丈室内清冷的空气,
只见他扣动了一颗手中的念珠。

第七十一章　婉儿刷马桶

大明宫的南首杂役房里，新来的尚宫大人冷若冰霜，对所有宫女严苛至极。

荆婉儿在那刷马桶，臭味弥漫在四周。

听说最近御厨房新来的大厨烧坏了菜，导致很多嫔妃甚至中宗都吃坏了肚子，一天要传好几次恭桶。

掌事宫女冷着脸吩咐道："荆婉儿，出来。"

少女抬起狼狈的脸，挽起的衣袖满是脏污。荆婉儿看着那宫女，露出不解的神色。

宫女更加冷漠地呵斥道："磨蹭什么，让你出来没听见？"

荆婉儿看了看手里的刷子和马桶，只得先丢在一旁，站起身用衣裙擦了擦手，朝宫女走了过去。可还没等她靠近，宫女就被臭味熏得变了脸色。

荆婉儿泰然自若地看着她："姑姑到底有何事？"

那掌事宫女憋住气，匆匆转过身："少废话，跟我来。"

来到杂役房的院子里，荆婉儿抬头，远远望见穿着太监服的宦官站在那里。

原先冷漠的宫女，脸上立刻多了一丝惶恐，她上前跪下："启禀公公，罪奴荆婉儿带到了。"

荆婉儿望着那太监，有些愣神。

"好大胆子！这是陛下身边的大太监，你这贱婢竟敢不下跪？"听到宫女的呵斥，荆婉儿连忙低头，跪了下去。

那太监皱眉望着荆婉儿，鼻端隐隐闻见了一股异味。

"怎么回事？"太监的脸沉下来，"难道要这副样子去面圣吗？殿前失仪的大罪，你们担得起吗？"

一听是要面圣，掌事宫女的脸色也变了，她立即瞪着荆婉儿："立刻去洗漱更衣，快去！"

荆婉儿却没有动，她望着那太监道："奴婢连刷了三日马桶，没有干净的衣服可换了。"

大太监的脸黑了。

掌事宫女有些慌张，斥责荆婉儿道："我差遣人给你送一套，休要再多言，快去收拾！"

既然如此，荆婉儿便慢慢站了起来，两手拍了拍衣裙，默默地转身离开了。

一番七手八脚地忙乱，好几个宫女嫉妒地帮荆婉儿沐浴更衣，还匆匆点了熏香来驱散她身上的臭味儿。随后她们抱起荆婉儿换下来的衣服，厌恶地丢到了臭马桶中。

荆婉儿盯着她们，慢慢说道："我只有这几套衣服，若是丢掉，以后就恕我不能出门做事了。"宫女每个季度只有一件新做的衣服，少得可怜。那些人嫌臭就这样丢掉，等见了中宗回来，还是要她一个人承受苦果。

那丢衣服的宫女手里一僵，又怕又恨地说道："你这怪胎，真是……"

这时，掌事宫女阴沉着脸走进来："还没好吗？没用的废物，到底还要让公公等多久？"

那些宫女一边慌忙从马桶里拿出荆婉儿的衣服，一边向着掌事宫女跪下。

荆婉儿转过身说道："已经好了，姑姑。"她身上的衣服并不合身，因为没有宫女如她这般清瘦，这身衣服只能勉强穿在身上。

掌事宫女见了，虽然也感觉别扭，但也不敢耽搁，只能赶鸭子上架，让荆婉儿快出去。

谁有胆子，让九五之尊等太久？

那大太监神情冷漠地扫了荆婉儿一眼："陛下召见，也敢怠慢，果真是个贱婢。"

荆婉儿垂眸不言语。

那太监挥了一下拂尘，冷冷地哼了一声，带头离开了杂役房。

裴谈跪在紫宸殿中，不知跪了多久。中宗看着他的目光，淡漠又犀利。

"宗霍的案子和科举的案子，你都办得很漂亮。"中宗的声音不辨喜怒。

裴谈更加伏低身子，说道："微臣只是做了分内之事。"

中宗的眸子骤然幽沉："可这两桩案子，也让大唐皇室和朕的颜面尽失！"

特别是后一桩，简直堪称大唐之耻，更让大唐皇室积累百年的威严扫地。

裴谈跪在地上没有言语。

中宗冷冷地哼了一声，半晌转身道："你裴氏家族，如今已经被关中几大家族孤立了，这都是你的功劳。"

裴谈一味冒头，只能让人迁怒于他身后的家族。

裴谈的眼光中划过一抹清淡："从授印大理寺卿那刻起，微臣就只听命于陛下一人，为大唐皇室效力。"不论任何后果，不论得罪任何人。

有人想逼大理寺就范，绝不可能过裴谈这关。

中宗看着他，目光深邃："说得像是朕的文武百官，只有你一个人忠心似的。"

裴谈垂下眼帘："臣不是这个意思。"

中宗再次冷冷地哼了一声，背对着书房门，不知在想什么。

"其实朕心里清楚，这两宗案件，若是交在别人手里，或许宗室的颜面能保得住……此刻不至于闹到世家同室操戈的地步。"但是，死了的人却是白死了，冤死的亡魂，会永远不得安宁。

中宗忽地似笑非笑："裴爱卿，听说现在坊间已经有了'裴青天'的名声。你是在拿我大唐皇室的脸面，来成全你一人的清名？"

裴谈骤然叩首在地，良久才说："若这是陛下心中所想，臣请辞大理寺卿之职。"

他原本是裴家的一位公子，没有出将入仕之念，也无光宗耀祖之心。

中宗望着他，良久没有言语。他是在登基后举办的一次宫宴上发现裴谈的，他看中的正是这男子眉眼间的清明。

中宗从出生时起，就在最肮脏的权欲之海里沉浮。当他第一次看到那样清澈的双眸时，感到了巨大的震动。

这个男人不做大理寺卿，还有谁能做？

"好了，朕不是识人不明的昏君，"纵然坊间对他的传言并没有多好听。中宗继续说道："朕知道你想要什么。"

对大理寺自当论功行赏，裴谈这个大理寺卿也一样。

就在这时候，门口宦官进来报告："罪奴荆婉儿已带到。"

过了片刻，中宗才面色寒凉地吩咐："带进来。"

裴谈面上明显有一道诧异的神色迅速划过。这时，少女已经进来了。

荆婉儿换了身新衣裳，可惜，她脚下的鞋还是原来那一双，鞋底沾着不知何处踩来的污泥，发出阵阵异味。

带她进来的宦官立刻惶恐地下跪说："陛下，此女仪容不整，奴才已经给了她更衣梳洗的时间，谁知还是这般不成体统。"

中宗却无暇在意这些，他向宦官挥挥手："下去吧。"

荆婉儿垂着眉眼站在大殿里，她从一进门，看到跪在地上的那个男子时，心已是不可遏止地跳动了起来。

只见她慢慢搂起裙子，屈膝跪下："罪奴荆婉儿参见陛下。"

中宗幽然望着她："荆婉儿，你知道朕为何传你来吗？"

荆婉儿低垂着头，掩下情绪："奴婢不知。"

她只一个负责收尸的宫女，连宫中身份最低的杂役都能欺负她，又怎会知晓九五之尊的心意？

裴谈缓慢地闭上了眼睛，他能感受到中宗的目光看了过来。整个大明宫，都是中宗的，在这里发生的每一件事，很难逃过这位天子的眼睛。

这五年来，荆婉儿在杂役房过的是什么日子，中宗只需要叫两个人问一问就一清二楚。

荆婉儿从刚入宫时被所有宫女欺负辱骂，到今天一句话就能吓住旁人，成了谁都不敢靠近的收尸"怪胎"。从小就进宫的人，尚且无法修炼到这么刀枪不入，一个曾经的名门闺秀，是怎么做到的？

中宗的目光染上幽凉的寒意："荆婉儿，朕要你跟在大理寺卿的身边，以后一切听从大理寺的调度。朕必须警告你，除了大理寺，你不得独自前往任何地方，否则视为叛逃。那时，朕定不饶你！"

荆婉儿跪伏在地上，缓慢地说道："奴婢遵命，奴婢谢陛下恩典。"

轮不到荆婉儿问为什么，她一个婢子，只有听差遣的份。

"你先到门外等候。"中宗冷冷地说道。

荆婉儿咬住下唇，慢慢退出了殿外。

"如此女子，留在朕的大明宫，朕能安寝否？"中宗望着裴谈，"此女仍年少，却已阴狠毒辣，手不容情，毒杀尚书之子，能和死尸同睡。韦相前日就对朕言明，这样的凶煞之女，最适于安放的地方，还是你的大理寺。"

裴谈方才便察觉，中宗此番不是一时冲动。若真觉得荆婉儿不吉，韦玄贞为什么不直接对中宗进言，杀了荆婉儿？但裴谈无法问出这样的问题。想到此刻在殿外的荆婉儿，他只能慢慢垂下了眼眸。

"臣，遵旨。"

中宗摆摆手："朕有一件事，正要交给大理寺办，不要让朕失望。"

第七十二章　裴大人买鞋

裴谈从大明宫出来的时候，看到少女已经站在马车的旁边，背着一个破包袱，里面装着几件旧衣服。

荆婉儿看着裴谈，下意识地叫了一声："大人。"

真是想不到，两人这么快又见面了，而且这次和以往不同。

"先回大理寺。"裴谈看了眼兼职马车夫的裴县。

在马车上，因为空间小，连荆婉儿都能闻见自己身上传出的异味。

裴谈看到了荆婉儿脚下穿的鞋子。裴家的下人，都不会穿成这样。

荆婉儿忽地一笑，很不自在地缩回了自己的双脚："看来，又是婉儿拖累大人了。"

她虽不知道中宗为什么突然做此决定，可是很明显，跟她沾边的都不会是好事。

裴谈看着她，半晌才道："你一个人，拖累不了大理寺，不用乱想了。"

他闭上眼眸。

马车的轱辘转啊转，走了一个多时辰，只听裴县说道："大人，前面转弯就到寺里了。"

裴谈睁开眼睛，说道："南边拐角，有一家卖鞋的铺子，你在门口停一下。"

片刻，马车的车身一晃，停住了。

裴谈撩开了马车的门帘，朝外望了一眼。

荆婉儿有点不自在。

裴谈转过身："下来。"

裴谈因为要入宫觐见，身上还穿着官服。此刻他出现在店铺的门口，那老板立刻就诚惶诚恐地迎出来。

"小的见过大人，敢问大人要买鞋吗？"

裴谈看了一眼这家不大的店面，才看向荆婉儿："给这位姑娘买鞋。"

老板惊了一下，连忙看向荆婉儿。

见少女眉眼娟秀，身上的衣裳虽然普通，整个人却有种清贵之气。只是……不知身上哪来一股异味。

店铺老板不敢得罪，低首说道："请姑娘随小的前去量一下脚长。"

荆婉儿看了眼裴谈，这时候忸怩也不合适，她便跟着老板去了。

这时出来一个年轻的女孩子，应当是老板的女儿。她手里拿了尺子，掀开里间屋的门帘："姑娘请里面坐。"

荆婉儿跟着女孩进去。女孩又说道："请姑娘脱鞋。"

荆婉儿把那双散发着恶臭的鞋子脱下来，里面的一双纤足，却是白皙小巧，让那拿着尺子的小姑娘都愣了一下。

她立刻跪在地上，小心地给荆婉儿量了一下脚掌，然后低下头。

荆婉儿重新穿上鞋，跟着女孩走了出去。

老板听了女孩的话，哈腰对着裴谈道："这位大人，现在店铺中，没有这位姑娘尺寸的鞋码，得订做。"

裴谈说道："订做要多久？"

老板想了想："最快也得三天。"

裴谈看着荆婉儿脚上那双鞋，慢慢说道："不知道能否找一双，临时凑合穿一下。"

老板为难道："这……"他瞥见身侧的女儿，忽地眉头一动。

"若大人不嫌弃的话，小女的鞋子尺码，和这位姑娘倒是相似，可以让小女拿一双干净的鞋，给这位姑娘暂时穿着。"

裴谈看向荆婉儿，见对方没反应，说道："可以，有劳老板。"

老板忙看向女孩："快去屋里拿一双。"

女孩点点头，闪身进了屋内，片刻就捧了一双绣鞋出来。那绣鞋上面花纹精致，鞋底也没有污泥，显然女孩子爱惜，自己都没穿过几次。

女孩捧着这双鞋，低头来到了荆婉儿身旁。

老板解释说："请贵人不要嫌弃。"

荆婉儿伸手拿了那双鞋，见到里面的棉垫都是一针一线精心缝制的，对女孩微微一笑："谢谢你。"

她知道对于民间少女而言，这样一双鞋，无异于珍宝。

裴谈从衣袖里摸出了一锭金子递了过去："三天后，我让人来此取鞋。"

老板惊恐地看着他道："贵人，这，这太多了。"

这些钱，都够买他们半间铺子了。

裴谈将金锭子放下，看向那女孩："还要感谢令千金割爱。"

鞋子不贵重，但夺人所好，亦不是君子所为。

那女孩子抬起头，看着那金锭有些发愣，似是有些不敢信。

裴谈转过身对荆婉儿说道："我们走吧。"

荆婉儿拿着新的绣鞋，再次对那女孩一笑。

回到大理寺，大理寺里的一草一木，还是荆婉儿印象中的样子。

"你还住之前的房间。"裴谈的目光和少女相对。

荆婉儿唇边勾起，向裴谈福了一福，便走向了房间。房门并未上锁，荆婉儿在门边站了一会儿，才伸手推开门。

一阵微风吹拂到脸上。荆婉儿看到房间里比自己离开时还要干净，床榻上的被褥，整整齐齐叠放着。显然，这间房子不久前才打扫过。

脚底下传来一阵湿漉漉的难受。虽然在外人前面不改色，可荆姑娘也是忍到了极致。她坐到椅子上，将脚上的鞋子脱下来。

这时，外间突然传来声音。荆婉儿立刻起身，打开房门，看到了外面的衙役。她微微一笑："能否劳烦大哥帮我打一盆清水，多谢。"她此刻光着脚，要出去打水确实不雅。

那鞋子脱下，委实是再也不想穿上了。

那衙役见到荆婉儿，眼珠子都要瞪了出来。在大理寺中遇到女人就很不合理，再仔细一看，这姑娘的脸非常眼熟。

"你，你不是那个……"

荆婉儿一笑："以后婉儿还要多多仰赖几位大哥关照。"

衙役脸"嗖"的青了。

少顷，荆婉儿要的清水端了过来。那衙役偷偷看了荆婉儿一眼，立刻掩面走远。

荆婉儿不以为意，端着水回屋，将一双脚浸泡在水盆里。水沁凉，委实舒服。

等到清洗干净，荆婉儿用随身的帕子擦干了脚上的水珠，这才轻轻拿出那双新鞋子，双脚踩进去。

尺寸正好，想来那店家的小姑娘，最多也就十二三岁，一双小脚和荆婉儿完全匹配。

裴谈到了自己的书房，裴县跟着进来。

"大人，荆姑娘究竟是？"他皱了皱眉，一路上都不敢多问，到此刻才能问出来。

荆婉儿和大理寺的不解之缘，是不是就此种下了？

裴谈看了看自己的侍卫："陛下已经下旨，以后她会常驻大理寺。"

裴县脸上闪过一丝错愕。

"不知道陛下为何忽然召大人进宫？"若说只是为了荆婉儿，未免说不过去。

裴谈的神色幽然沉静下来："陛下另有旨意，要让大理寺协办。"

想到中宗方才所说的，裴谈想了想，依然觉得心中没底。

"裴卿，你知道在含冰殿一直住着的是何许人也？"

裴谈一听这个名字，心中不禁一惊。含冰殿，一向是大明宫中关押被惩戒的皇族女眷的冷宫。好端端的，中宗突然提到含冰殿，已经让人觉得不祥。

中宗继续说道："朕要你大理寺做的，就是护送含冰殿中的一位庶人，去往城外的青龙寺。此事事关重大，你必须亲自把人送到。"

青龙寺，皇家护国寺庙。即便是大唐皇室子弟站在青龙寺面前，也要心存敬畏。

一向镇定自若的裴谈，此时也只能抬起头，询问中宗："陛下，能关押在含冰殿的，只能是皇族女眷，为何不让禁军……"皇族怎么能交给大理寺护送？何况自中宗复位以来，那含冰殿中，不是应该早就无人居住了吗？

中宗盯着裴谈："纵然你是大理寺卿，有些事，不该你过问的，朕还是希望你不要多问。"

帝王的这句话，让裴谈感到非常困惑不解。

但是到了最后，中宗似乎也觉得不该完全不透露，这才对裴谈说道："此人身份特殊，实在不适合动用宫中禁卫。所以，朕思来想去，还是让你大理寺来办最妥帖。"

几句话之前，中宗还在训斥裴谈和大理寺让大唐皇室丢了颜面，现在就说大理寺办事妥帖。

君王之心，真是难测。

裴谈硬着头皮问道："敢问陛下要大理寺何时开始护送？"

中宗目光幽深地说道："你放心，过几日朕安排好了，自会派人通知你。"

裴谈这才离开紫宸殿，告辞出来。

第七十三章　神秘贵人

青龙寺。

一个小和尚，法号慧根。整个青龙寺有几千个和尚，只有他叫这个法号，可见他的师父，现任青龙寺的住持玄莲大师是多么喜欢他。

慧根抬起脚，走在摇摇欲坠的木梯子上，再往前看，尽头的房间门锁紧闭。

他掩着口鼻。连着三天了，都有一股难闻的味道从紧闭的门缝里传出来。

"慧根师兄，这里究竟住着什么人，为什么师父不许我们靠近？"身后拿着扫帚准备打扫的几个小沙弥，不由得问道。

他们被吩咐要离这门数尺远，只能打扫前面的楼梯。

慧根看了他们一眼，说道："你们只管把这里打扫干净，院子里有几盆玉兰花，搬到楼梯上来，除除味道。"

小沙弥赶紧将楼梯和院子都打扫了，又把鲜艳欲滴的几盆花搬了进来。可是那门中难以描述的味道，在花香中的衬托下，反而更浓烈了。

像是地狱入口的色欲之香，连圣僧闻了也要勃然变色。

"师父怎么会允许这样的人玷污佛门圣地……"

小沙弥们尽管日日诵经，六根清净，四大皆空，在这味道面前，也纷纷低下了头。等到打扫完，小沙弥们就逃也似的离开了。

只有慧根双手合十，慢悠悠地对着那紧闭的门看了许久，才念了声佛号："阿弥陀佛，佛度众生，苦海无涯，回头是岸。"

……

今天是荆婉儿在大理寺的第三天。荆婉儿睡得好好的，突然四肢痉挛，从梦中惊醒。

刚才一切皆是噩梦。

她干脆穿上衣服，麻利地从床上下来。

打开门，只见天刚蒙蒙亮，荆婉儿感到有不寻常的事情发生了。

"这世上总有一些事，是佛祖都不会原谅的。"她喃喃自语。

荆婉儿的脚刚踏出房门，就想起中宗说的，以后她不许独自踏出大理寺一步，否则就视为抗旨。

荆婉儿眯起了眼。皇帝陛下这话说得非常有意思，就是说，若她以后想离开大理寺……必须和裴谈绑在一起。看来，以后荆姑娘只能像裴大人的附庸一般存在。

这么想着，她脚下一转，走向另一个方向。即便只能在大理寺，也比从前在杂役房宽敞。没有恶人尚宫，也没有要刷的马桶。

"裴寺卿，此次的事情，陛下并无圣旨，但差遣老奴来传口谕，寺卿大人可要听准了。"

刚到前院，荆婉儿一眼看见院子里的人，心里一惊，赶紧躲到墙角。

裴谈跪在院子里。口谕不像一般圣旨，每个字都要记牢了，因为传旨宦官只会说一遍。

"微臣听旨。"

那白脸宦官这才阴柔地一笑："此次护送由大理寺卿亲自执行，但随同之人不得超过十人，且路上不可引人注意，尔等到了青龙寺后，需即刻返回。"

要大理寺卿亲自护送，应当是护送之人身份尊贵，怕有闪失才对，但又不准过多护卫随行，这是什么道理？

跪在地上的裴谈没有说话。即便对口谕存疑,也只能照办。

"臣领旨,谢陛下。"裴谈抬起头。

那宦官却还没有走,他对裴谈眯起了眼睛说道:"陛下还有一言,裴大人请近前说话。"

裴谈闻言,慢慢从地上起身,上前两步到了那宦官跟前。

就见那宦官从宽大的衣袖中取出了一封信:"裴寺卿,这是陛下的密旨,嘱咐寺卿大人到了青龙寺之后,才可打开观看。"

裴谈不由得盯着宦官。此事还未开始执行,已处处透着神秘。

裴谈接过了信,见信的封口用宫中的朱漆封住,断无假冒。他把信放入了袖中。

这时宦官又说:"另外,陛下已经为寺卿大人备妥了马车,此刻已行至大理寺后门,请寺卿大人立刻整冠,准备出行。"

每一步都已经安排好了,连喘口气的功夫都没有。此刻,东方泛出了鱼肚白,看时辰,最多是卯时刚过。

既然是贵人,为什么要等在后门,甚至还不许过多人知道?

宦官走后,裴谈让院中的其他人退下,随后吩咐裴县:"从衙役中挑选十名年轻力壮者随行。"

裴县点头,立刻离开院子。

裴谈看向荆婉儿的藏身之处。

荆婉儿这才走了出来。她脚上穿着新鞋,面庞透着朝气:"大人。"

裴谈看着她:"你为何起的这样早?"

这可怪不得荆婉儿,想起那做了半夜的噩梦,她摇了摇头,唇边微动道:"婉儿在宫中要起早干活,哪能睡得回笼觉?"

那些宫女嫉妒她每日只需等着收尸,其余时间可以休息,便对新尚宫诬告她偷懒耍滑,让新尚宫把堆成山的臭马桶给她刷。说什么臭气一窝,尸体和马桶都差不多。

眼看裴谈准备出门办差,荆婉儿上前几步:"大人,婉儿可随行吗?"

裴谈停下脚步看着她,少女唇边隐约动了动:"大人若离开,婉儿就要独自留在大理寺,这怕不好。"

中宗的意思,便是荆婉儿以后要和大理寺死死绑在一起。换言之,把她独自留下,出了什么篓子,都会让裴谈担责。

裴谈目光深邃地说道:"去青龙寺往返也不过三个时辰,三个时辰后我自会返回大理寺,你无须跟随。"

荆婉儿被婉拒,似乎也没有更好的理由。就在这时,裴县回来报告:"十名衙役已经准备完毕,大人打算何时启程。"

裴谈说道:"我换身衣裳,让他们即刻往后门集合。"

显然,中宗希望速战速决,这也是裴谈的想法。

趁着裴谈换衣裳的时间,荆婉儿往后门走去。她曾经在这里追踪过林菁菁,自然熟门熟路。

到了后门,看到一辆马车安静地停着,奇怪的是马车四周遮蔽得严严实实,连窗户都没有。

荆婉儿觉得有点奇怪。这马车外观普通,没有任何宫里的装饰,就像是从路边的车马行随便雇的马车,十分不起眼。

荆婉儿忽然觉得,这不像马车,倒很像囚车。

里面是囚犯吗?她心里闪过这样的念头。

这时一阵风刮来,微微掀起了厚厚的马车门帘。从那光线最暗处,荆婉儿隐约看到了一双脚。她心里咯噔了一下。

这时,就听身后传来纷杂的脚步声,裴谈带着十名衙役从门里走出来。

裴谈也一眼看见了马车。他的眼神显得很镇定,但是其他衙役们可没有这样的城府。

这可真是裴谈升任大理寺卿以来执行的最古怪的旨意。

荆婉儿这时转身走向裴谈,对裴谈道:"大人……"

她踮起脚尖,在裴谈耳边说了句什么。

衙役们看着这女子和自家大人举止亲密,耳朵都快咬上了。就算是那奔放的青楼女子,也没有这般大庭广众下就不顾脸面,没羞没臊的。

荆婉儿说完之后,望着裴谈。裴谈的神色没变化。他看着面前的两匹马,他与裴县一人一匹。

"你与我同乘吧。"这便是同意荆婉儿随行了。少女眼中掠过一丝喜色。

于是衙役们看着女子爬上裴谈的马背,裴谈随后上马,虽然与荆婉儿尚有距离,可这般模样在旁人看来,已经和亲密接触没什么区别了。

接着,所有衙役上马,队伍开始前进。

此时人们大多还在睡梦中,街上只有零星的几个人。在他们看来,这队人马就是大理寺在押送犯人,所以看了几眼也就没兴趣了。

只有那马车,始终安静,仿佛里面没有人一样。可中宗显然不会让大理寺护送一辆空马车。

裴谈下令加快速度。青龙寺位于长安城东南,皇家寺庙,自然香火极旺。现在的青龙寺住持玄莲大师，据说是大唐神僧玄奘的徒孙。

一个多时辰后，大理寺诸人到达的时候，已经是烈日当空，所有衙役都口干舌燥，仰头望着雄伟的寺庙，寺中传来庄严的钟声。

都说聆听佛祖禅音，会洗净前世冤孽。单看长安城每日有多少迷途的百姓，来此寻求救赎，就知道这世间有多少痛苦不得解脱的魂灵。

荆婉儿也抬头看着，这禅音隐约让她的内心得到一丝安宁。可惜的是，纵然前世罪孽能在佛祖前洗净，对于今生的痛苦，却毫无帮助。

裴谈正好看见她脸上的神情。荆婉儿被中宗说成是凶煞之女，不知她自己是没有感觉到，还是察觉到了也不在乎。

"下马。"

大理寺众人下了马，荆婉儿扶着裴谈的手，双脚踩到地面上。

裴谈先走上前。今日是青龙寺每月的闭寺之日，并无百姓信徒来上香。他前几日在宫中才听中宗说，过几日便是闭寺之日，要赶在这天护送人前来。

裴谈上前叩响了寺门，片刻，一个面庞白净的小沙弥打开了寺门，他问道："施主是？"

裴谈望着他："大理寺卿裴谈，奉圣意护送……一人前来。"他侧身，露出身后的马车。

小沙弥见了，目光一闪。

"原来是寺卿大人，我家师父早已吩咐下，让我等在此等候贵人前来。"

第七十四章 警告

青龙寺的寺门打开后，大理寺诸人，连同护送的马车，全都进到寺内。

看见还有女人跟进来，小沙弥的神色明显一变。

荆婉儿眉目清秀，当她的目光和这位小沙弥相对时，小沙弥显然有些不自在地低下头。

裴谈看着马车。直到现在，马车里也是安静的。口谕上说，只要把马车护送到青龙寺，他们的任务就结束了。

这时，小沙弥说道："诸位大人赶路劳顿，寺内已备下清水，请先随小僧去寺内饮一杯。"

裴谈目光幽幽："不妥吧？"

小沙弥看见裴谈的目光，眼神闪烁了一下，他双手合十："请贵人放心，青龙寺有十二护法守护，马车进了寺门，便是无碍。小僧随后就通知师兄们前来处理。"

荆婉儿只觉得这青龙寺的僧人特别古怪，这护送的圣旨也是让人摸不着头脑。

小沙弥已经带头向前走。

荆婉儿不由看向这被称之为大唐护国神寺的地方，或许是自己多心了，她觉得这小沙弥目光躲躲闪闪，绝不像是因为她是女人的缘故。

到了一处开阔的院落，只见流水潺潺，两个小僧人正在空地上诵经。院中有一口清泉，小沙弥捧了水，递给正在等候的衙役。谁也不知道这天气会如此炎热，委实是口渴了。

当荆婉儿走到近前时，小沙弥低下头。

荆婉儿接过水，只见水很清澈，能见到清晰的倒影，喝下一口，感觉非常甘甜爽快。果然是好水，这样的水要是用来泡茶的话，茶都会上一个档次。

旁边一个衙役悄悄说道："我听说喝一口青龙寺的水，可以多活十年……"

毕竟是大唐护国之寺，每日受大唐各处前来祈福的人的香火供奉。在许多百姓心中，青龙寺就是坐落在人间的神寺，这里的一草一木都不是凡间所有的。

荆婉儿看见院子里正在诵经的小沙弥，忽然个个面色惶恐，冲着院门低下了头。

"见过慧根师兄。"

院门口出现一个僧人，面容干净，五官极为俊秀。和满院子只穿着灰色僧衣的小僧人不同，他身上披着华丽的袈裟，一串佛珠绕在白玉般的手指之间。

单看这打扮，宛若青龙寺的一位得道高僧。

"阿弥陀佛。"这位突然出现的僧人，脸上忽地露出笑容。

那打水的小沙弥慌忙上前："慧根师兄，有何吩咐？"

如贵公子一样的慧根和尚悠悠开口："给贵人准备的厢房已经打扫好了，我是奉师父之命，来带各位大人前去休息。"

荆婉儿盯着这个怪异的和尚。青龙寺居然还准备了厢房？未免太周到了些。

慧根说道："往前走就是内院，还请诸位放下手里的兵器，自会有专人替各位看管。"

到了这里，天子都要下马解衣，三品寺卿的身份还真不算什么。

裴谈沉默了一下："所有人解下兵器。"

裴县冷着脸，看了一眼裴谈，慢慢从腰间解下了自己的佩剑。

两个小僧人上前，抱起了地上沉重的兵器，往院子里的一个房间走去。

慧根和尚轻快地说:"请诸位大人随我来。"

好像进了寺门之后,都没有人关心那辆马车,还有马车里的人。

一路上碰到的所有小僧人,见到慧根都恭敬地低下头。这么年轻的僧人,在青龙寺却好似拥有极高的地位。慧根推开面前的一扇门,眼前出现一个院落。

"这间院子一共有九间厢房,请诸位自行挑选即可。"慧根满面笑容,"小僧告辞了。"

他一走,衙役们都面面相觑,裴谈吩咐道:"两人一间,自行休息吧。"

大人都发话了,衙役们也不再多想,两人一组,很快进了五间房内。

裴谈转身走向其中一间,荆婉儿和裴县自然跟上了他。

打开厢房门,里面檀香袅袅,桌椅齐备。床榻上,连被褥都叠放得整整齐齐。

"像是他们早知道大人会来。"荆婉儿看了眼裴谈。

裴县走进去,伸手在桌椅的四周都细细探查了一遍,接着看向床榻。裴谈说道:"这里是青龙寺,不会有机关的。"

裴县抬头道:"还是小心为上。"青龙寺不许带兵器进入,万一遇到危险怎么应对?

检查了一番,裴县才重新退出来。"大人原定是到了青龙寺,便即刻返回,为何同意跟随寺庙的人前来厢房?"

这也是荆婉儿想问的。只见裴谈从衣袖中拿出了那封中宗的手谕,轻轻晃了一晃。

他看向自己的侍卫和荆婉儿。

果然,和这封密旨有关。到了青龙寺才可开启,让这封手谕变得更加神秘。

"陛下在信上说,我等需要在青龙多留一晚,等明日会有一位身份贵重的人随我们返回长安。"

"身份贵重的人?"荆婉儿有些诧异地问道。

可真不愧是大唐皇族的寺庙,从进门就处处透着诡异。

"那今天护送来的人到底是谁?"到现在他们也无缘见到这位护送了一路之人的面貌,连身份都不知道,岂非也算是"贵人"?

裴谈说道:"明日要回长安的人,与今日我们送来的人应当无关。"

否则中宗不会下这么无聊的旨意,只是这一次的任务,确实让人有一种深不可测的感受。

"你也去找个房间休息吧。"裴谈对侍卫说道。既来之,则安之。

这里有九间厢房,便是一人独占一间也足够。此刻才刚过晌午,即便明日清晨离开,他们也还有数个时辰要留在这清静的寺庙中。

裴谈淡淡地看了一眼荆婉儿,没多说什么,便转身离开了。

荆婉儿见到裴谈看着她,便说道:"那婉儿也去找间房休息了。"

裴谈问道:"你是何时来过青龙寺的?"

荆婉儿装傻道:"大人说什么?"

裴谈看着她。他太了解这女孩子了,很容易就能看出她的异样。"刚才那小师傅引路的时候,他还没有转弯,你似乎就已经知道接下来要去往何处。"

荆婉儿张着嘴巴,眨了两下眼睛,很快说道:"大人多虑了,婉儿和大家一样,都是第一次来青龙寺,所以才好奇。"

她迅速对裴谈弯了一下腰,便打开门出去了。

裴谈没有阻止,因为没什么理由阻止。他对荆婉儿的了解,凭借的是直觉。若说荆婉儿曾经来过青龙寺,自然不可能是她成为宫女之后的事。

荆婉儿来到旁边一间空房里,刚伸手要推开房门,眼珠转了一转,看向了院子门口。

她又看了看裴谈的房门,过了片刻,她向后倒退着,踮着脚尖很轻地离开了。

裴谈在屋子里盘膝打坐,面色冷淡地盯着门口。

荆婉儿回到刚才他们进门时的院落,见到那辆马车还停在那里。院子里非常安静,才这么会工夫,马车里的人已经不见了?

她看着周围。这里是大唐人心中的神圣之地,可是她完全不信任这座寺庙。

就像是以前每当就要发生什么事情时那样,老天都给了她预示,可她却只能眼睁睁地做个旁观者。

荆婉儿慢慢朝马车走过去,看着那厚厚的帘子,她伸出手去,即将触碰到门帘时……

"女施主,你是迷路了吗?"一个戏谑的声音响起,就在荆婉儿身后。

她立刻缩回手,转过身,看到了一个眉清目秀的和尚。

真是狭路相逢。眼前的人,就是那个慧根。

荆婉儿倒是不慌不忙,目光一转,盯着慧根:"马车里的人去哪儿了?"

她刚才听得很清楚,车里面已经没有人的呼吸声了。

慧根盯着她的脸,嘴角那似笑非笑的弧度,让他看起来更像一位长安城中驯马游街的贵公子,而不像一名得道高僧。

"方才小僧见到姑娘,就感到有几分眼熟,这才想起来,原来姑娘真是故人。"

荆婉儿盯着慧根,脸上并无波动。

慧根似乎觉得更加有趣，淡淡一勾嘴唇："姑娘想打听马车里的人，怕是不太妥当。"

荆婉儿看着慧根装模作样，转头便想离开院子。既然马车里面已经没有她要找的人，而青龙寺有八十四禅房，三十六罗汉门，她一个人不可能把人找到。

慧根看着荆婉儿。无论是谁到了青龙寺，哪怕是当今天子和帝后，都无不沐浴斋衣，恭敬口称"圣僧"指点迷津。慧根知道自己没有那么高的能耐让人敬服，但他的师父玄莲大师，却是早已名动大唐。

这个典故荆婉儿也知道。大唐所有君王，几乎都是天命之子。而那位玄莲大师据说能预测大唐百年的兴衰命脉。仔细想一想，为何中宗登基后，青龙寺就成了国寺。

"其实小僧有一言想问，"慧根目光闪烁，"你们是为了阁楼中的那个人来的吧？"

荆婉儿原本要踏出院门的脚收了回来，皱眉看向慧根："什么阁楼？"

慧根却没有说。他看了半晌荆婉儿，似乎在判断她神色的真伪。

从院子回来后，荆婉儿直接回了厢房，一直待到晚上也没有出来。

直到晚上掌灯时分，几个小沙弥来给他们添灯油，慧根站在院子里说："请各位晚间勿要在寺中走动，明日清晨，自会有人来为诸位贵客送晨斋。"

荆婉儿隔着门缝看着慧根若明若暗的身影。他的脸色依然透着神秘，她万万没想到，这竟是她最后一次看见慧根。

第七十五章　佛前一炷香

第二天卯时，大理寺的所有人都被钟声敲醒了。

青龙寺的僧人们早起诵经，三个小僧人来到院子里，手里捧着素斋："这是本寺为各位施主准备的斋饭。"

一个衙役走到裴谈旁边，垂首道："难得来青龙寺，小人想代家中的亲人们上炷香，因小人平素在衙门当差，极少有时间孝敬爹娘，恳请大人允准。"

说罢，这衙役抬起头，眉色中带着恳求。

裴谈看着他，良久说道："难得你有一片孝心，去吧。"

那衙役脸上一喜，连连叩头谢过裴谈，便转身去了。

几个衙役面面相觑，欲言又止看着裴谈。来青龙寺上香，这样的机会可不是常有的。

裴谈说道："想要为家人祈福的，可以立即前去，巳时之前必须到院内汇合。"衙役们个个口称"大人仁慈"，欢喜地离开了。

裴谈看着他们。上一炷香并不要多少时间，但是其中包含的寄托，却是无价的。

荆婉儿不由看着裴谈，问道："大人自己为何不去？"

看裴谈已经穿戴整齐，俨然准备随时出发的样子，昨日一下午他也未曾离开院子。

裴谈说道："回城之人随时会来，我不便离开。"既然一日为大理寺卿，就要做好分内的事。

巳时还早，想来那名需要跟他们回长安的贵人，这会说不定还没起身。

荆婉儿不由低下头，过了半晌，忽然道："婉儿也想出去上个香。"

这句话让裴谈神色动了动，看着少女的面孔。她的家人在流放地受罪，难道她不是更应该乞求佛祖早日放过她家人？

然而，这世上或许有两种人不太信命，一种是受过人间极苦的人，一种是至今还在苦难里挣扎的人。

裴谈开口说道："你若想去，也去吧。"

荆婉儿冲裴谈盈盈揖了一下："多谢大人。"

说完便转身走了。

所谓大雄宝殿，是供奉佛祖释迦牟尼的殿堂。佛祖身旁有十八罗汉金身，寻常人只要望上一眼，便会被佛祖的威严所震。

一般人烧香，是不会去大雄宝殿的，寺庙的外院有专门供香客们烧香的地方。可荆婉儿唇边勾起一抹笑。既然来了，要烧香，自然要去佛祖的正殿烧一烧，才不枉此行。

荆婉儿直接前往大雄宝殿。

青龙寺有八十四厢房，不熟悉路的人要去大雄宝殿，恐怕要颇费工夫，可荆婉儿裙裾轻盈，竟丝毫不停顿，一口气便走到了抬头便能一眼望见宝殿的地方。

就在她要继续往前走的时候，身后有人喝道："站住，你是何人？"

荆婉儿转过身，见是两个晨戒的和尚。

两个和尚警惕地打量着荆婉儿。她不仅是个女人，还穿着一身俗家衣服，简直是犯了清规戒律。

荆婉儿慢慢说道："我是来参拜的。"

和尚变色道:"前院自设有香烛,内院除了寺中弟子,旁人不得入内,速速离开!"

荆婉儿眼中划过一道亮光。

那和尚打量荆婉儿:"慧根师兄昨夜临时通知武僧殿,说有个五年前来过本寺的妖女出现,让我等发现的时候,立即看住此女……"

另一和尚听见慧根两字,顿时用犀利的目光看向荆婉儿,荆婉儿下意识地后退一步,盯着这两个和尚。

本来青龙寺就不可能出现女人,何况荆婉儿的相貌和慧根描述的一模一样。

这两个和尚一挥衣袖,袖中滑出一截棍子,指向荆婉儿:"你又来寺中做甚?"

荆婉儿盯着他们,武僧殿,说她是妖女?

"我是大理寺卿裴大人的侍女,随他来寺中接人。你们若不信,自可以去查证。"荆婉儿沉着地回应道。

那两个武僧互相看了看,显然不为所动:"我们不认识什么大理寺卿,在佛门重地,只有普通众生,便是天子来此也和百姓一样。"

不愧是青龙寺的和尚,多么清高傲气。

荆婉儿看出他们油盐不进,在此干耗着,她的事情也会被耽误。她干脆一跺脚,忽然转身向内院冲过去。

那两个武僧没想到荆婉儿会来这一招,都愣了一下。

"站住!"

荆婉儿一边向前面跑,一边想,那个慧根和尚,真敢派人抓她。五年前的事,换作一个正常人早就忘了,这个慧根真是个麻烦。

青龙寺的武僧,论实力甚至强于大唐禁军,这绝不是胡说。他们加紧脚步,追赶着荆婉儿。他们本以为荆婉儿不熟悉路,却没想到荆婉儿身子清瘦灵巧,很快就消失不见了。

两个武僧面面相觑:"分头追。"

原来,荆婉儿俯身钻进了两道墙的缝隙中。等那两个和尚走远,她才从缝隙里出来:"佛家说众生平等,你们却在佛祖面前将人分为三六九等,我为何就不能来了?"

她哼了一声,转身看着身后巍峨的宝殿。这些僧人把大雄宝殿当作圣地,所以她只要进了殿内,和尚们自然不敢进来找她。

荆婉儿从前就知道大雄宝殿有一道不为人知的侧门,每天只在卯时和辰时交替开启,是留给打扫的僧人不露痕迹地进入的。这门从外面看不出,可荆婉儿敲了敲砖,就推开门来。

再遇到这慧根和尚，她定叫他不好过。

一边想着，荆婉儿感到周身一凉。

大雄宝殿内气氛庄严肃穆，她慢慢抬头，大殿中的香火远没有前院那样旺盛，整个大殿里的空气是冷冷的，给人一种大气也不敢出的压迫感。

荆婉儿深呼吸了几下，慢慢朝里走。

婉儿生性谨慎，即便笃定此刻大雄宝殿不会有旁人，她的脚步也是轻轻的。

可寻找荆婉儿的武僧并不蠢，他们发现四周找不到荆婉儿，自然瞄准了大雄宝殿。

"慧根师兄说，此女五年前就曾混入宝殿之中，也许今日又故技重施。"一个和尚率先想到。

有小和尚忍不住问："五年前，慧根师兄还未行冠礼吧？"也就是说那时候的慧根，也还是个嘴上无毛的年少小和尚。

一个武僧缓慢地说道："说来也怪，为何从今日敲钟起，就再未见过慧根师兄？"

慧根是玄莲大师的关门弟子，辈分比众弟子都要高，通常由他来带领早课。

但今天慧根却不在。已经到了辰时，太阳从大殿东方升了上来，早已过了早课的时间……

那武僧严厉地吩咐道："不能再让无关外人亵渎宝殿，先随我进去搜。"

一个小僧人在旁边耳语："怕是不妥，殿内此刻有一位贵人，正在祈福。"

武僧眼眸动了动："若让那妖女冲撞贵人，我寺岂非罪上加罪？"

青龙寺有今日的地位，说到底都是大唐皇室给的。他们与皇室的关系非同一般。青龙寺看似超然物外，实际上与皇室是唇齿般的依存关系。

所有人在武僧的带领下，冲向大雄宝殿。到了殿外，巍峨的宝殿前台阶高耸，让人一见生畏。

"师，师叔，真的要进去吗？"

殿中有佛祖金身，还有十八罗汉，他们实在心中畏惧。

却见武僧已经带头踏上台阶，看来抓住荆婉儿在他们心中比一切都重要。

几个僧人面面相觑，只好跟着武僧上了台阶。

宝殿前面设有八十一阶台阶，乃是九九八十一难之意。和尚们走上台阶，步伐都放缓。

就在这时，只听头顶上传来"吱呀"一声。这声音显得非常震撼，和尚们闻声立刻抬头。

只见宝殿的大门，被一人从内拉开。那人一身白衣，在晨风中微微晃动，额头上扎着一根素白的抹额。

所有僧人都停下脚步，抬起头愣愣地看着那人。因为站得高，男子容颜如玉，让人在仰望时有种呼吸都停顿了的感觉。

那人并未看台阶上的和尚们，只见他慢慢抬起一只脚，踏出了大雄宝殿的大门。

眼看他慢慢向台阶下走来，领头的武僧突然反应过来，迅速抬手拦住身后的僧众，自己则立刻垂下了头。

这一身素白的男子沉默地从众人身旁走过，目不转睛地扬长离去。

那反应过来的小僧人，有些颤抖地道："长，长乐……"却未敢说出来。

此刻大雄宝殿的正门就这样大开着，他们站在台阶之上，能看见里面空无一人。

"看来那妖女并未来此。"

就见武僧抛下众僧，自己拾级而上，来到宝殿门前。他的目光缓缓地在宝殿内扫过，然后伸手重新将大雄宝殿的大门关闭。

听着僧人们的脚步渐行渐远，外面已经没有声音了。

荆婉儿从一座罗汉的身后慢慢绕出来，见到宝殿里已空无一人。只有那佛前的香炉里面，插着一根刚刚点燃的香。都说佛前的第一炷香尤为珍贵，若有未尽的愿望，可以在这一炷香里得到实现。而荆婉儿，原本也正是为此而来。

她看了那炷香好久。刚才她进来的时候，正看见那男人把香插进去。荆婉儿撞见别人，本来正要心惊，却发现自己并未引起对方的注意。是那种真正的没有入眼。

荆婉儿慢慢地跪在蒲团上，仰头看着高大的释迦牟尼佛，双掌合十："信女荆氏，今日来佛祖面前还愿。"

第七十六章　你是妖女

那香炉旁边的花瓶里面，还放着一束洁白的花。

等荆婉儿起身，想要走的时候，不由得再次盯着那花看了几眼。这花的颜色素白，像是刚才那男子身上的衣袍一样。

片刻之后，荆婉儿收回目光，沿原路从角落的暗门离开了大雄宝殿。那些找她的和尚此刻不知去了哪里，荆婉儿顾不得这些。等她随裴谈离开了青龙寺，就再也和他们没有关联了。

那些去上香的衙役们，早都回来了。等荆婉儿匆匆出现在院内，裴谈的视线自然落在她身上,荆婉儿倒是磊落地一笑。

她不过是去的时间稍长了些,谁让需要她祈福的人多呢?她荆氏上上下下怎么也有三十多口人被流放,每个人都祈福一遍,她算是快的了。荆姑娘就这么没有心理负担地大摇大摆地走到了裴谈身侧。

此刻距离他们要离开的卯时,已经不足半个时辰了。"大人,我等究竟何时能回大理寺?"

其他衙役们并不知道密旨的存在,对于现在还留在青龙寺这件事,已经有人心中不解。

裴谈只能看着门口的那位僧人说道:"辰时已过,还请尽快带我们去接人。"

这一趟护送的任务,还是早点完成为好。

两个灰衣僧人出现在门口,低头交流了片刻,然后两人转身对裴谈双手合十,说道:"施主少安毋躁,不是小僧不愿意带人,而是……那阁楼的钥匙,只在慧根师兄的手里。我等也是在等师兄前来。"

裴谈眉心微皱,他们要接的人,为什么会需要钥匙才能开门?

"阁楼"两个字却让荆婉儿下意识地心跳了一下,立刻看向那说话的和尚。

裴谈知道有些东西不得去问,他迅速想了一下,然后对那僧人道:"敢问贵师兄什么时候来?"

僧人微微低头:"我等也正在寻找慧根师兄。"

荆婉儿微微侧目,这青龙寺可真是比她从前待的宫中不遑多让,寺庙里的僧众少说也有千人,要找一个慧根,怕是得在庙里找上一个时辰。

"慧根师兄,是住持唯一的嫡传弟子,所以在寺中,重要的大小经阁的钥匙都由慧根师兄保管。"一个小和尚说道。

可是荆婉儿记忆中的那个慧根,以及昨日遇见他时的样子,却比寻常人的世俗气还要重,为什么德高望重的玄莲大师会独独钟爱这位弟子?

"是什么人住在你们的阁楼里?"荆婉儿忽然开口,盯着那说话的小和尚。

小和尚目光躲闪了一下:"这……我等并不清楚。"

荆婉儿看着他,忽然眼中有一丝幽然。出家人不打诳语,这小和尚明显不该说谎。

就在荆婉儿想再问的时候,忽然一阵脚步声传来,好几个和尚匆匆来到院子门前,对那小和尚严肃地说道:"慧根师兄失踪了,已经惊动了师父!"

这时,那一群和尚突然抬头。荆婉儿正在好奇这群和尚在干什么,就发现他们的目光都齐齐地盯向了自己。

一个年长的和尚沉着脸,走进了院内,其他和尚跟着他走进来。

那和尚的眼睛盯着荆婉儿："这位姑娘，敢问你究竟与我寺有何冤仇？"

裴谈一见僧人的目标是荆婉儿，顿时脸色都变了。

荆婉儿的神色，也由一开始的漫不经心变得严肃起来，她淡淡地说道："我第一次来贵寺，不懂小师父是什么意思。"

那和尚向前踏了一步，脸色有些不善："青龙寺是佛门重地，慧根师兄明明说你多年前来过本寺，女施主为何要说谎？"

在佛家道场说谎，是要造业的。慧根用"妖女"称呼荆婉儿，看来是没说错。

荆婉儿看着这群和尚，从他们脸上露出的不信任表情里，已经明白慧根的话让他们深信不疑。

她忽地冷笑一声："说什么佛门重地，你们的师兄用不实之言中伤我这个小女子，难道没有犯了口业吗？"

几个和尚纷纷变色，荆婉儿扫了他们一眼。除非他们的师父玄莲大师亲自到场，不然谁也不能确认她曾经出现在青龙寺。区区一个慧根，她才不怕。

裴谈幽幽的目光望着少女："你当真没有来过？"

荆婉儿下意识地轻笑道："大人以为，以五年前婉儿的身份，能来得了青龙寺吗？"

裴谈盯了她许久，荆婉儿自始至终一脸镇定。只要不是被证据证明的东西，就不算是真的。

过了良久，裴谈才朝院内的僧人们望去："此女是我大理寺的侍女，五年前尚年幼，女子容貌易变，兴许是那位小师父记错了。"

这些僧人对裴谈这个穿官服的人还是有些畏惧，可他们也不想就此放过荆婉儿。半响，他们说道："慧根师兄非一般僧人，乃是本寺天赋最高的修行者，五年时间对常人算长，可师兄的记忆自然不能同普通人相比。"

话里话外，这些僧人对慧根的信任和崇敬，已是仅次于他们的住持玄莲大师。可慧根有什么本事让这些和尚这么听话？

荆婉儿眼里有些冷然。看来这些和尚怀疑，他们师兄的失踪与她有关。况且慧根……

"师兄昨夜最后对我们说的话，便是叫我们留意此女。"和尚依然逼视着荆婉儿，"你如何解释？"

荆婉儿眼珠一转，冷笑道："那说明你们的师兄，昨夜最后见到的人并不是我。"

裴谈的眼眸动了动。大理寺的人，断案已成了习惯。通常要调查一件事，调查对象最后见到的人关系重大。

那和尚被荆婉儿的话噎住了，眼神里却依然有不甘。

荆婉儿抬了抬眸子："原来青龙寺的高僧是这样信口开河的。你们的师兄既然修行高，又怎么会轻易受人所制？"

她虽然在来过青龙寺这件事情上有所隐瞒，可她跟这慧根和尚半点关系也没有，所以理直气壮。

和尚们显然没有领教过真正的伶牙俐齿，此刻已经无言反驳。

裴谈说道："我们会在寺中多待片刻，可以帮诸位尽快找到那位慧根小师父。"

抬手不打笑脸人，裴谈如此主动退让，那些青龙寺的和尚也不好再紧逼下去。只要大理寺的人不离开青龙寺，他们依然可以随时来找荆婉儿。

他们留了两个和尚守在院子外面，用意不言自明。

裴谈看着荆婉儿。他没先开口说话，但有时候，沉默的意思也很明显。

荆婉儿虽然在和尚面前言辞锋利，可她始终没能想通一点，就是为什么青龙寺的慧根会认出她来，并且一口咬定荆婉儿曾经到过青龙寺。

裴谈身边的裴县冷冷开口："为什么这些僧人会叫你妖女？"

荆婉儿慢慢看着他，唇边现出淡淡的弧度："我怎么知道，也许在这些清规戒律的和尚眼里，女人都是妖女。"

佛门弟子视酒肉和女人如洪水猛兽，正因为此，荆婉儿回想起昨天在那马车里看到的，唇边不禁多了一丝嘲讽的意味。

裴县看了裴谈一眼。就连明眼人都看得出荆婉儿心口不一，这少女果然有很多秘密。

不管裴谈怎么看，裴县觉得，这些秘密就等于祸根，也许哪天就把会大理寺给拖下水。

"把衙役们派出去一起找。"裴谈吩咐道。昨日他们都见过慧根，对这位大弟子的印象很深刻。

院中的和尚并未阻止衙役出行，总共只有十名衙役，人数不多。

荆婉儿沉默了一下，在裴谈的目光中转身推开房间的门走了进去。

阁楼，慧根，马车里的人，荆婉儿想把这些串联到一起，但似乎并不怎么成功。

从门缝里，她看到早上那个带头抓她的武僧又来了。身为出家人，却一脸的怨憎。

第七十七章　慧根

慧根趴在床榻上，僧袍零乱地铺在身上。他脸上的神色算不上安详，眉心有点微微皱起，似乎是面临了一种佛也无法参透的困苦。

……

找了三个时辰后，青龙寺所有的和尚都没有找到慧根。

"连藏经阁都翻遍了，也没有看到师兄。"一个小和尚有些茫然地说道。

连藏经阁这样寺中重地都去找了，可以想见他们为了找到慧根，并没有遗漏什么地方。

眼看荆婉儿就要被当成唯一的疑犯被推出去了。

她眯起了眼，正要说话。忽然，一个刚刚打扫过庭院的小和尚犹犹豫豫地说道："似乎……只有……只有那间阁楼还没有找。"

本来想要兴师问罪的和尚们都纷纷看过去，小和尚有些慌张地低下头。

裴谈的眸子动了动："既然还有地方没有去，不能断言人失踪了。"

有个和尚脸色苍白，摇头说道："那是我寺中的禁地，任何人不得擅入，师兄又怎么会去？"

荆婉儿可不会跟这些和尚客气，她眯着眼说道："但是钥匙在慧根手里，只有他能进去。"

这真是戳中了死穴，其他和尚也被说得脸色发白。没错，他们自己说的话打了自己的脸，别人去不了的阁楼，慧根可以去。

"那间阁楼是本寺为贵人准备的厢房，因此才会让慧根师兄看管。"

所有和尚都做出一副如此这般的表情。他们的表情，裴谈见过太多了。到了这个时候，却还想顾忌颜面。

裴谈沉吟了一下，缓慢地说道："大理寺奉旨接人，既然你们的师兄找不到，我们也该动身回城了。"

让他们留在这里，一向讲究清规戒律的寺庙也会不舒服。

只见为首的几个和尚低下头，不知在商量什么。

那个最早说话的小和尚，此时反倒低着头。他正是前日被慧根吩咐去打扫那间院子的，那飘散着诡异气味的楼梯，到现在还印在小和尚的脑海里。

荆婉儿目光拂过，觉得这寺庙不像清修之地，和尚也没有一个诚实的。

"不必再争了。"一个穿着法袍的和尚出现在院门口，他紧皱眉头，目光严厉。

这些和尚一惊,纷纷垂头:"玄泰师叔。"

这和尚倒是有礼,先冲着裴谈双手合十行了一礼,裴谈也对他回了一礼。

只见这玄泰和尚看向那些垂头的和尚们:"适才方丈说了,慧根的事乃我寺中之事,不应劳烦外人。"

玄泰和尚再次看向裴谈:"方丈已经将存放在他那里的备份钥匙交给了我,现在就带着诸位施主前去。"

裴谈淡淡地说道:"好。"

居然有这样的变化!看这玄泰和尚一身法袍,倒真像个得道高僧。而那群小和尚见师叔在此,也就不再多言。

荆婉儿知道这玄泰一定还有话,果然,就听玄泰说道:"恕贫僧直言,那阁楼毕竟是我寺中禁地,几位施主的身上煞气缠绕,贫僧以为还是留在此处更妥当。"

在大理寺当差,见惯了冤魂血债,当然煞气重。

裴谈看着玄泰,片刻说道:"我们三人跟大师去。"留下煞气最重的十个衙役,想必很妥当了。

玄泰说道:"请施主随贫僧前去。"

荆婉儿终于有幸目睹这阁楼的玄机。

这是一个大院子,里面的几个和尚头低得特别厉害,从身上的僧袍看,他们都是最普通的洒扫僧人。玄泰带领着众人走进了院子。

院子里有一座僧房,看起来没人居住。

荆婉儿忽然看见院中有白色的花,和她在大雄宝殿里的香炉旁看到的那花是一样的,而这花几乎不可能出现在这儿。

这时玄泰说:"上面就是阁楼。"

玄泰推开了门,只见屋里打扫得非常干净,连一片灰尘都没有。玄泰双手合十念了句什么才走进去。

荆婉儿这才知道怪异在何处,这座从外面看起来至少有三层的僧房,里面却是空心的。

阁楼里只有一道长长的木质楼梯,台阶一直延伸到顶端的一个房间。可以看见一把铜制的大锁拴在门上。

"门是锁着的,慧根师兄没有来过这里……"一个小和尚下意识地说道。

玄泰比这些小和尚沉得住气:"施主请。"他踏上台阶,裴谈随后跟上。

这台阶年久失修,踩上去咿咿呀呀的,几个人的脚步声就是一曲混乱的合奏。此时,尽头那房间里,若真的有人在睡觉,也该被震醒了。

到了门口，台阶狭窄，玄泰站在最前面。只见他从僧衣中拿出了一把铜钥匙，抬起了门上的锁。

荆婉儿站在裴谈身侧，听见锁里传来"咔啦啦"的声音，可是锁却没有打开。

只见玄泰拧着眉，迟疑地转动了几下钥匙。

裴谈说道："是钥匙不对吗？"

玄泰看看他："绝无可能，是住持亲自交给我的。"

钥匙既然可以插进去，自然说明没错，玄泰再次转动钥匙，却听"咔"的一声。玄泰低下头，愕然看着手里断开的钥匙。

"怎么会这样？"

裴谈的眉峰动了动，荆婉儿本来是在冷眼旁观，此时眼中也划过一道精光。

裴谈下意识地抬起了门上的锁一看，只见锁孔已经被断开的钥匙堵住。

玄泰的脸色变了："贫僧不清楚怎么会发生这种事。"

裴谈站在门前，忽然抬起一只手，轻轻叩了叩门："敢问里面有人吗？"

玄泰道："我还是去请示方丈……"

"裴县。"裴谈看向身后，眸子里神色幽深，"把门打开。"

只见后面的裴县抬起头，带着冷漠的神情走上了台阶："是。"

玄泰和尚脸色一变："施主这是要干什么？"

裴谈看着他："如果里面真有人的话，此时不出声，就说明是出事了。"

如果出事了，就要争分夺秒。

裴县已经来到门前，只见他把手往衣袖里一伸，当着所有和尚的面，掏出一把寒光凛凛的匕首。手起刀落，门上的锁应声而落。

几个和尚口唇发白："你竟敢携带利器入寺，实在是大不……"

裴县冷冷地扫视了他们一眼，还没有等这群和尚把"不敬"两字说完，裴县已经抬脚踹开了阁楼的门，响声把和尚们都震得惊呆了。

之前青龙寺强行收缴了兵器，可裴家的侍卫为了保护主子，身上暗藏的兵器有多少，旁人又怎么会知道？

一阵难以言喻的气味飘了出来。

"所有人暂且退后！"玄泰挥起衣袖将身后的和尚挡在门外。

这气味非常浓烈，让大家的注意力都聚集到了这间房内。正对大门的就是一张床，床上趴着一个人，很明显是个和尚。只见他脸朝下，看不见容貌，可脚上的僧鞋能让人看出身份。

一个和尚颤抖地叫了一声："是慧根师兄吗？"

床上的身影纹丝不动,不知是睡着了还是什么。荆婉儿心头一动,盯着床榻。

裴谈不动声色地扫视着周围。

这里不像是青龙寺的禅房。满眼的姹紫嫣红,床榻上铺着华丽的锦被,角落里有一件被丢弃的僧衣。那僧衣上满是刺目的红色,似乎是血。

玄泰在门口顿了顿,然后冲到了床前,看到了床上的慧根:"慧根!"

可到了跟前,玄泰又猛地后退了两步。

慧根的后脑勺上,有一块碗口大小的伤疤,正往外渗着血。先前他们闻到的那股味道,正是这股血腥味和屋里的甜腻味混合在一起形成的诡异味道。

玄泰片刻之后才反应过来,他伸出手,指尖颤抖着放到慧根的脖子上,那里也是一片湿润。黏糊糊的血,让玄泰收回了手。

已经没有呼吸和心跳,连身体都已经冰凉。

玄泰抱住慧根的肩膀,将他翻过来。

大家看见那苍白的脸,真的就是慧根。

一屋子和尚顿时都跪了下来:"慧根师兄!"声音悲怆,满脸仓皇。

荆婉儿直直地盯着床上的慧根。她不敢相信。

玄泰一手的血,他盯着慧根,眼圈红了。

裴谈走到角落,捡起了那件僧衣,看了一眼后对玄泰道:"玄泰师父,请你先出去。"

玄泰显然还沉浸在悲伤中,他看着裴谈,喉头动了动,说道:"恕贫僧不明白施主的意思。"

裴谈慢慢站起身,盯着玄泰说道:"很抱歉,既然出了命案,从此刻起,就是我大理寺的事情了。"

这间僧房如此诡异,应该立刻封锁现场,阻止再多人进入。

"命案"两个字显然刺激了这些清修的"出家人",玄泰的脸色变了:"施主莫非是说,我青龙寺中有人杀人……"

裴谈打断他的话:"敢问这里是慧根的禅房吗?"

玄泰颤声回答道:"自然不是。"

裴谈说道:"那如何解释慧根出现在此?"看这间房子的布置,不可能属于青龙寺任何一个和尚。难道慧根进来之后,还有本事自己从外面锁门,使这里成了密室?"后脑受到撞击之后再锁门,慧根一个人做不到,击倒他和锁门的人都是那第二人。"

裴谈不再理会和尚们,转身吩咐裴县道:"立刻封锁现场。所有人都不要再碰尸体。"

第七十八章 查案

　　荆婉儿一直都没有反应过来。慧根死了！荆婉儿原本以为他是青龙寺唯一对她有威胁的人，没想到他居然死了。

　　玄泰是武僧，自然不会如此让位给大理寺。他眼色一沉，手中发力，带起袖中的一阵风。

　　裴县对武力最为敏感，当下盯住玄泰，手中握紧匕首，冷冷地说道："要动手吗？"

　　裴谈扫了二人一眼。真要在这里动起手，传扬出去，对大理寺和青龙寺都不好。

　　"玄泰师父，"裴谈望着他说，"此处是佛门重地，本就不宜见血光。贵寺僧人死于非命，贵寺难道不打算找出真正的凶手？"

　　这是一条人命，凶手也要付出生命的代价。

　　玄泰看着裴谈，良久才说："这是我青龙寺自家的事，我们绝不会放过杀死慧根的人。"

　　裴谈声音低沉地说道："审案缉凶是大理寺的职责，大理寺自然会协助贵寺查清此案。贵寺应当立刻通知住持玄莲大师，由他出来主持。"

　　言外之意，玄泰也做不了主。玄泰慢慢捏紧了拳头，盯着裴谈没吭声。

　　裴谈官居大理寺卿，在不该退让的时候，自然不会退让。

　　最后，那玄泰一挥衣袖，转身看着僧众冷冷开口："随我去大殿通知住持。"

　　玄泰匆匆走下了台阶，那些面带悲痛的小和尚，都纷纷低下头跟着玄泰走了。

　　这间僧房，总算有了一时清静。

　　"裴县，你守着门口，暂时不要让人进来。"裴谈随即吩咐裴县道。

　　裴县走出去，抬手将门关上。

　　屋内突然安静了下来，荆婉儿伸出了手，探向慧根的脉搏。这个举动看似没什么意义，因为人死了，脉搏肯定是停了。

　　"慧根跟着玄莲大师清修，虽然不是武僧殿的人，但他是有修为的。"荆婉儿说着，收回手看向裴谈。

　　裴谈早就看出荆婉儿脸色苍白，深情中流露出不自在，此刻也言不由衷。

　　"到了现在，你还不肯说实话吗？"他看着荆婉儿，发现对方明显颤了一下。

　　荆婉儿心里的某一处被击中了，慢慢抬头看着裴谈。

　　裴谈的面色似乎和刚才一样平淡，荆婉儿却有一种罕见的忐忑感觉。

　　她这十来年几乎没对谁感到过忐忑，没想到面对这个温和的男人倒有了这种压力。

"我确实曾来过这里。"半晌,她听见自己苍白的声音,"但我绝对与慧根的死无关。"

来过归来过,但并不说明和今天的事有什么联系,况且以她曾经那般的狼狈,她又能做什么?

裴谈看着荆婉儿。她的过去,其实和他并没有关系。此刻她失去血色的口唇,也已经显示出了什么。

他慢慢垂下眼眸:"今天早晨,你真的仅仅去烧了香?还是做了什么别的?"

面对裴谈的询问,荆婉儿停顿了片刻,或许她潜意识中知道裴谈要问什么。于是她慢慢说道:"是,但我去的地方是大雄宝殿。"

去大雄宝殿,自然要比其他衙役花费的时间更长,这也是解释她为什么回来晚了。

裴谈就算没来过青龙寺,也知道大雄宝殿这样的地方不是人人都能进的。荆婉儿要去大雄宝殿烧香,怎么可能?

荆婉儿目光闪了闪:"我在那里,遇见了一个人。"

裴谈看着她,目光微动。

荆婉儿并没有细说她的见闻,她忽然转过头,再次打量这个房间:"这里罗帘锦帐,香炉里燃烧的是玉沉香,从这里的布置看,说明住着的人不简单。"

这不像是寺庙的僧房,倒像是皇亲贵胄住的皇家御苑。

荆婉儿擅长观察人心,她发现刚才那几个和尚第一次踏入这房间时,他们的表情是实实在在的惊愕。即便玄泰看起来凶神恶煞,可他在第一时间也流露出了错愕的神情。

这就说明,抛开这个房间的主人不说,其他人都是第一次踏进这个房间。

僧人们之前曾说过,这个房间的钥匙,只有慧根一个人在保管,最多再加上玄莲大师手里那一把。玄莲大师贵为住持,想必已经很少有事情需要他来出面。所以从理论上讲,的确只有慧根才有可能进入这里。

裴谈的思考和荆婉儿不谋而合。他看着荆婉儿走到床边,有些费力地想挪动慧根的尸体。

"你要做什么?"

凶杀案要保护现场。按规矩来说,此刻除了验尸的仵作之外,外行人都不能碰尸体。

荆婉儿却抬头看着裴谈:"大人,可否帮我把他翻过来?"

慧根现在趴在床上，露出了一半的侧脸，可是荆婉儿想看看他正面的样子。

裴谈看了她片刻，慢慢走了过去。

两个人合力，把慧根从床上翻了过来。慧根仰面朝天，口唇微微张开，胸口的僧袍已经揉皱了。

荆婉儿看着慧根的样子，呆了一呆。

"这间屋子里，居然没有凶器。"裴谈虽然从进门起未曾说过几句话，但他已将房间内的每个角落都搜寻过了。

这房间里的摆设，大部分都是齐齐整整的，唯一有些乱的就是床榻。而且，房间内没有任何打碎的物品，或者坚硬的东西。

荆婉儿不由得说道："慧根后脑遭受了重击，凶器必然是很硬的东西。"可这房间里根本没有。

架子上有几个完好的花瓶，但是瓷器十分脆弱。桌子板凳摆放的整齐，连地上都是干净的。

两人对望了一眼，荆婉儿忽然福至心灵，上前摸了一下慧根的衣袖和腰间。

裴谈一看就明白了。

荆婉儿停下动作，看着裴谈："钥匙不在慧根的身上。"

这就怪了，慧根要进门，必须要用身上的钥匙打开才能进来。所以，是凶手杀了他之后，夺走了他的钥匙，出去后重新把门锁上。

裴谈终于慢慢地说道："此案需要从长计议。"

现在只凭裴谈和荆婉儿两个人，肯定推断不出完整作案过程，即便大理寺介入，也需要一系列的流程。首先，尸体就得经过仵作的详细勘验。

裴谈说道："现在只有将慧根尸首运回大理寺，验尸之后查找凶手。或者……"

荆婉儿慢慢地接口说道："以青龙寺对待外人的态度，必然不肯把慧根的尸首带离寺外。"

这就说明，把尸体带回大理寺这条路行不通。

片刻后，裴谈淡淡地说道："命案已经发生，大理寺必须接管。"

除非是中宗亲自下令，要大理寺放弃调查，否则就凭这命案发生在裴谈的眼前，也断无撒手不管之理。

荆婉儿抿住了唇，轻声说道："这次的案件和以往不同，大人可能要先过青龙寺这一关了。"

荆姑娘的话不错，大约在他们搜索这间屋子半个时辰后，裴县在外面敲了敲门，低声道："大人，院外有声音。"

是那群去通知玄莲大师的和尚回来了。

荆婉儿和裴谈对视了一眼，裴谈说道："我们先出去。"

二人从房间内退出来，把看守房间的重任交给了裴县。

两人下了台阶，刚到院内，就迎面遇到一群手持长棍的武僧。他们本以为会看见玄莲大师，可是走在最后的却是那玄泰，还有一个面生的僧人。

裴谈沉默地扫视他们一眼，说道："各位师父，这是什么意思？"

玄泰身旁那武僧一眼就看到了荆婉儿。荆婉儿捏住了手。真是冤家路窄，她去大雄宝殿时，就是这个僧人一直跟在后面。

"果然是你这妖女。"那武僧盯着她说。

玄泰看向那和尚："师兄，青龙寺建寺百年从未出现过血光之灾，而今天死的，居然是慧根那孩子……"

慧根，是玄莲大师最宠爱的弟子。

那武僧上前一步，将目光转向裴谈："这是我青龙寺内的事，无关人等可以自行离开，但这位女施主怕是得留下了。"

荆婉儿无论如何，都不能算是无关人等。

裴谈盯着他："大理寺有查案之权，无论何处发生命案，大理寺都可以先审后奏。"

武僧冷冷地一哼："这里是青龙寺，方外之地，凡俗那一套在本寺行不通。"

裴谈没有被吓到，他看着武僧说道："大理寺的职权，是当今天子赋予的，此言难道是说，天子之权在青龙寺也行不通？"

玄泰的神色幽幽一变，半晌才说："裴施主这话，未免太以势压人了吧？"

裴谈看向他，没说话。

荆婉儿忍不住心想，分明一直是青龙寺这些臭和尚在仗势欺人，却反咬一口，指责起大理寺了。

"案件尚未查清，贵寺这样做，是否太武断了？"裴谈说道。

玄泰说道："是否武断，我寺自会查明后再行处置。裴施主是奉了天子旨意来青龙寺接走贵人的，现在贵人早已收拾停当等在了前院，大理寺要做的正是速速离开我寺！"

裴谈倒是想不到会有这样的变化，愣了一下。

裴谈目光转为深邃："你们说的贵人……可是住在楼上？"

他亲眼见过阁楼里这间厢房的布置，刚才还在想是不是哪个皇亲贵胄在居住，现在听到他们说，这位贵人终于现了身。种种神秘之处，不禁让人多想。

第七十九章　滕王

"玄莲大师为何不来？"裴谈望着他们。死的是住持的爱徒，却只见这群小和尚悲伤。

为首的武僧说道："住持闭关修习佛法，原本也不是你们想见就见，可知当初陛下带着后妃亲临，也未曾坏了住持的修行。"

简单来说，还是看不上大理寺罢了。没有任何事能打断玄莲大师的清修。

就在僵持不下的时候，院外匆匆赶来一个小和尚，对院中众人合十道："住持方才传下话，带大理寺的几位施主前去相见。"

那武僧盯着小和尚："是谁私自通禀了住持？"

小和尚垂下头。

荆婉儿看着他们，隐隐觉得好笑。他们的玄莲大师既然号称大唐第一神僧，纵使闭关，这红尘中发生的事又怎会瞒过他的眼？

那小和尚再次说道："请诸位施主即刻随小僧去见住持。"

这下，那群武僧和玄泰倒是不敢再拦。

玄莲大师的方丈室就在整个青龙寺最殊胜的地方，那群武僧紧跟在裴谈的身后，仿佛堂堂大理寺卿在他们眼中已成了犯人。

方丈室外，裴谈脱下了官袍，递给了一旁的裴县。

"你留在这里。"裴谈看着他。这是显示他对佛祖的敬畏。裴县私藏兵器入寺，已经引起敌意，这时候显然不该再激化矛盾。

玄泰见缝插针伸手，拦下了荆婉儿。

荆婉儿冷眼看着他："你们想怎样？"事已至此，她才不惧。

玄泰不由冷眼斜视着她说道："此处是本寺历代住持的净室，岂能被女子踏足？"

这时，那个领路的小和尚转身说道："住持的原话是，让裴寺卿和这位姑娘一同前去相见。"

如果玄莲不想见，没必要特地强调一句。

玄泰似乎不信："师父为何要见这女子？"

荆婉儿却丝毫不管武僧脸色阴沉的样子，直接掠过他的身侧，走向了大殿。

殿中的空气清冷，那个一身白衣的老僧，就是这护国神寺的住持——玄莲。

荆婉儿曾经一路流浪到长安，她知道在大唐土地上，有许多外来的修行者，区分他们的唯一方法就是看衣着。白衣代表了修行者的无欲，四大皆空，仿佛这样就与这尘世的肮脏隔离了。

玄莲大师的目光，看似很轻地落在裴谈的身上。他知道这个年轻人便是如今长安城声名最盛的那位大理寺卿。大唐历史上，好像还没有文弱公子执掌大理寺的先例。

"裴施主。"玄莲开口道。这位名冠大唐的神寺住持，态度倒是极为平和。

荆婉儿即便行为不羁，见到玄莲大师那一刻，却蓦地有一种莫名的压力向她袭来。裴谈对玄莲大师行了个俗家礼，荆婉儿也随他行了一礼。

荆婉儿近距离看着玄莲。这位据说连天子也要行师礼的高僧，他的苍老显然超出了荆婉儿的预料。

那跟进来的武僧忍不住说道："住持，慧根师弟他是……"

荆婉儿想从那张脸上看看是否有悲伤一类的情绪。出家人既然已经四大皆空，以玄莲大师大唐第一圣僧的名头，理应已经修炼到了无欲无求的境界。

玄莲大师微微阖目，半晌说道："人生无常，生死难测。"

这世上没有比这八个字更冰冷的话。那些武僧还想再说什么，就见玄莲摆摆手，那些武僧便闭上嘴巴，离开了大殿。

荆婉儿一言不发，在裴谈身边观察着玄莲大师。她想知道，玄莲为什么要见她。

裴谈先开了口："听说闭关修行时要断除凡尘五戒，是我们打扰大师修行了。"

"嗔痴爱恨"，这是四戒，加一个断绝伙食就是五戒了。也就是说，闭关这段时间，玄莲大师除了清水之外，没有进食任何东西。

玄莲大师苍白的面孔如这方丈室内清冷的空气，只见他扣动了一颗手中的念珠。

"生死无常，这大抵是慧根的命。"对于闭关被打断，或者修行受阻，这位住持没有流露出任何情绪。

裴谈看着玄莲，说道："但大理寺的职责，是查明真相。"这是天子赋予的职责，就如同青龙寺被赋予的职责一样——安抚百姓，护佑皇室。

玄莲大师的身后有一幅佛祖拈花的挂像，荆婉儿看到这画像，感到胸口有一只手攥着。

净室中仿佛时间已定。也许在佛门之地，红尘的时间都已被斩断。

只听老僧喑哑的嗓音说道："二十年前，有人在我青龙寺门前放下一个褟褓，褟褓里的婴孩便是慧根。慧根天生灵秀，与佛有缘，二十年间对佛法的领悟，却已超越了寺中的长老。"对于膝下唯一的弟子，玄莲终于道出了什么。他的眉目之间，并非没有悲伤。

荆婉儿的脑海中再次出现慧根的脸。那样的和尚，根本称不上是六根清净的出家人,若不是被青龙寺收养,大可以在长安街上成为一名游荡公子。

裴谈显然有别的想法,他紧盯着玄莲大师,许久才问:"敢问方丈,在那阁楼之中,究竟住着何人?"

那阁楼上,被褥和屋内的空气还是暖的,说明一直都有人住。慧根死在这房里,第一个怀疑的,难道不该是房间真正的主人?但是要想在青龙寺内查案,光有中宗的一封密旨是不够的。显然,更需要得到眼前这位青龙寺方丈的真正配合。

玄莲大师在捻动了几颗佛珠之后,才轻轻地道:"那间厢房,远离凡尘湿气,是寺中临时打扫出来,为俗家的弟子避世修习之用的。"

其他寺庙都会有俗家弟子,可是青龙寺是大唐的国寺,谁能轻易进寺修行?

国寺……那自然只有皇室的人才能来。

裴谈的眸子动了动。荆婉儿忽然说道:"昨日随着马车来的那位贵人,莫非也是大师口中的……所谓避世修习的俗家弟子吗?"

少女的声音在这空旷的大殿中纤细清亮,但不知为何,流露出了一丝揶揄的味道。她的目光也是毫无惧色,直视着玄莲大师的脸。

说什么避世清修?作为青龙寺的方丈,玄莲必然清楚昨日那马车里的是什么东西。荆婉儿的心中,一瞬间甚至有些愤意。

玄莲苍白的脸色和荆婉儿的清秀形成鲜明的对比。他执掌青龙寺至今已经快三十年了,是青龙寺有史以来最长寿也是掌权最久的一任住持。这里面的原因,整个大唐的人都知道,也不知道。

不知道的,是其中牵涉到那把沾满血腥的龙椅。

荆婉儿平静沉默地看着玄莲大师。

只见玄莲转过身,对着佛像慢慢闭上了眼:"裴施主是否还不知道,你前来本寺,要见的人是谁?"

这句话问到了裴谈心里,他也想知道大理寺人员在寺中停驻至今的目的。

裴谈的眼眸凝重起来:"方丈若有指点,还请明言。"

看不见玄莲大师的表情,只听他说道:"青龙寺已建寺百余年之久,身在红尘中,不理红尘事。可是这句话,不止对我青龙寺众弟子,就连对贫僧也是一种奢望。"

身在红尘中,不就是说,尽管青龙寺的出家人念着四大皆空的佛号,可依然逃不脱皇权的枷锁。

这些东西,大唐的普通百姓可能不会有感触,但对于出身权宦的裴谈却能看懂。

"豫章故郡,洪都新府。裴寺卿想要得知那阁楼中人的身份,便当知这首诗中,那位曾名冠大唐的滕王殿下。"

大唐，是风流人物辈出的时代，难有几个人能真正称得上名冠大唐。

玄莲大师燃上了香，转过身来："本月是滕王殿下的忌辰，天涯曾有三分土，只为祭奠滕王。长乐王殿下是滕王的遗子，半月前便已来本寺为滕王超度。"

一听说滕王，包括荆婉儿在内，众人都感到了震惊。滕王，是高祖的儿子。谁还能触及大唐帝王一脉？

长乐王殿下，是高祖的亲孙。

"王爷现在身在何处？裴某自当立即觐见。"裴谈的神色变得凝重。

玄莲大师停止捻动手中的佛珠，他抬起眼眸："既已知道贵人是谁，裴寺卿可以就此离去。"

暗示已经如此明显，再追问下去显然不够明智。

但裴谈和荆婉儿心里的那根弦，已被挑了起来。大唐向来不缺少知难易、懂进退的人，裴谈当了二十几年的裴家公子，他对这一套早已谙熟。直到一年前，他的身份成了大理寺卿。

大理寺卿，不再需要假意周旋那一套。

裴谈对玄莲说道："大师的爱徒不知因何殒命，青龙寺是我大唐仅次于宫廷的重要存在，裴某只能僭越了。"

说得更冷酷一些，整个青龙寺，现在都成了嫌凶之地。

玄莲的脸上，一瞬间出现了隐晦的波动。这波动引起了裴谈的注意。

方才的对话让荆婉儿有一种微妙的诡异之感，从裴谈问及阁楼之时就已经出现了。玄莲和裴谈所说的话中，都没有说到长乐王就是嫌疑人，甚至也没有怀疑的意思。

第八十章　李修琦

玄莲的脸上有一种长年茹素形成的苍白颜色："不愧是大理寺卿，纵使知道了是谁，也没有丝毫退让。"

荆婉儿看着玄莲："大师还记得婉儿吗？"

横竖这间方丈室里没有那些搅屎的臭和尚，荆婉儿干脆直视着玄莲问了出来。

玄莲看着荆婉儿："荆施主还是想落发为尼吗？"

荆婉儿的神色变了变。

不仅是她，裴谈听了这句话都为之一惊。

荆婉儿抿了抿唇，没有说话。

玄莲稍停片刻，缓缓看向了裴谈说道："也许这就是世人常说的'尘缘'吧。"

裴谈没言语，他一个俗家人论不了佛，自然也说不透尘缘。

玄莲沉寂了一会儿说道："怠慢了王爷，也是老衲的失责。"

此时，日光照进了方丈室。

裴谈盯着玄莲："既然王爷在此为圣祖修行，为何要门扉紧闭？莫非，这也是王爷的要求？"难道青龙寺的和尚，敢关住一名郡王？

玄莲说道："佛家闭关，讲求断绝一切尘世烦扰，王爷来此的第一日，便要求本寺锁上房门，每日只奉清水，直到十五满月，佛祖净灵之后，王爷才会出关。"

荆婉儿的眼里波动了一下。今日是十六，那么昨日就是长乐王的修行圆满之日？

凡事都太巧了，世上的事就是被巧合勾连起来的。那房间的摆设，怎么看也不像是清修的样子。

"青龙寺的禅房那么多，为何长乐王挑选了那里？"尤其是青龙寺以内院为尊，身为贵胄为何会屈就？

想不到玄莲说道："那层楼宇是滕王督造改建的，中层被掏空，只余一道楼梯。在我佛家看来，这样的地方正是隔离尘世、上接天灵的意思。"

这让裴谈和荆婉儿都有点无话可说了。

"若王爷与此无关，今晨，有谁知道王爷的行踪？"裴谈声音有些幽微，就这样盯着玄莲。

玄莲摇头说道："老衲知道的都已经告诉了裴施主，昨夜慧根曾来禅房外问安，告知子时一过，他已把钥匙放在阁楼门外，任王爷自行离开。"

裴谈听出了端倪："您是说，子时慧根就留下了钥匙，之后才来见了您？"

玄莲点头："不错。"

可是外面那些小和尚却不是这么说的。

"今晨，院内的小师傅告知裴某，阁楼的钥匙只有慧根持有，所以找不到慧根时，才会来玄莲大师您这里拿钥匙。"

而且那把钥匙已经断在了锁里面。

玄莲说道："但是子时过后，王爷已经不必留在净室了。"

那长乐王究竟是什么时候离开那间阁楼的？很简单，问一问长乐王不就知道了。

裴谈慢慢道："裴某需要修书一封，将青龙寺发生的事，呈报给陛下知晓。另外，裴某需要见一见王爷。"大理寺奉旨来送人，遇到这样的事，他跟玄莲都不能做主，只有等圣旨。

玄莲慢慢道:"小徒之死,老衲就仰赖裴寺卿了。"

裴谈良久才说道:"裴某必竭尽所能。"

似乎是有了方丈的命令,那些和尚的态度立刻就不一样了。

刚走出方丈室的门,他们本要回到先前所住的院子,却见一面色和气的僧人走过来道:"寺卿大人住的厢房已经打扫好,是否现在前往歇息?"

裴谈的眸子动了动:"什么厢房?"

那小僧人指了指内院:"明日闭寺结束以后,外院就会住满香客,住持嘱托我们将裴寺卿及手下安排进内院,更方便裴寺卿行走。"

所谓方便裴谈行走,一听就听出来了,这是玄莲在给裴谈查案大开方便之门。

裴谈对那和尚道:"我还有些行李在前院。"

小和尚说道:"请寺卿放心,自会有小师父将大人的行李送去,顺便通知大人的属下。"

裴谈问道:"王爷呢?"

那小和尚眼神躲闪:"因为久候寺卿大人不至,小僧们已引领王爷至内院歇息。"

不过是短短半个时辰,竟已经安排了这么多。

小和尚伸出手一让:"请。"裴谈这才移动脚步。

荆婉儿走着走着就发现,这青龙寺,俨然就是另外一个大明宫。这里布局森严,以玄莲大师的方丈室为中心,四周暗合风水。甚至只隔了一道墙的地方,那些和尚都不敢轻易迈入。难怪之前遇到的那些和尚非常傲慢,全无出家人的随意。

整个寺庙,给人一种被绝对权势压迫的窒息感。

那小和尚站在一处院子外面说道:"这里就是寺卿大人的新居所。王爷已至隔壁内室,由僧人伺候茶水。稍后,小僧会将大人的行李送上。"

此刻裴谈身边只有一个荆婉儿。荆姑娘看着这处院子,没有吭声。

"你若不想去,可以留下。"裴谈对她说道。

大唐皇室中,未必所有人都牵涉朝堂,而长乐王是滕王遗子,从出身来看,他注定不可能再与朝堂有染。

荆婉儿这时勾了一下唇,看着裴谈说道:"大人还记得刚才婉儿说,清晨在那大雄宝殿之内遇到了一个人。"

裴谈的神色动了动。

荆婉儿把目光投向院内:"婉儿也想看一看,那人究竟是不是长乐王。"

长乐王的所谓闭关,是在昨夜子时结束。依照这个时间,慧根是离开了阁楼之后才见的玄莲。

根据佛前燃香的速度，那一炷香，是在荆婉儿到达大雄宝殿前的两个时辰内点燃的。

如果长乐王在这两个时辰都待在大雄宝殿里，那就是最早在寅时开始，卯时结束。

裴谈见少女已经陷入沉思，明显把身外事都忘了。他不再多说一言，迈步走进了院子内。

这间院子的清雅超出其他地方。中宗登基之时曾在青龙寺清修一个月，住的想必只会比这处院落更加雅致。

院中的一扇门开着，门外有一个中年僧人在煮茶。

看到有人进来，那僧人微微起身，对裴谈行礼。裴谈和僧人都未出声，目光看向了那厢房内。

别的寺庙里的僧人或许没有这样察言观色的能力，但青龙寺要服侍皇族，眼底眉间都知道轻重。

裴谈站在那门外，清冷的声音响起："大理寺卿裴谈，求见王爷。"

片刻，门里传来一道清淡的声音："进来吧。"

如果只听这声音，毫无波澜，甚至听不出半分情绪。

裴谈看了眼荆婉儿，踏上台阶走去。荆婉儿盯着门里，听到自己近乎停滞的心跳。她如裴谈的影子，无声地跟在他的身后。

厢房很宽敞，但和之前的方丈室一样没有任何遮挡，窗边靠着一位白衣人。

长乐王李修琦转过头来看着裴谈，也没有忽视荆婉儿的存在。正如长安城中"长乐风流"的传闻艳香四溢，他一点都不像一位王侯。

他的身上，有着当今那个过于严肃的皇室中已经失去的某种东西。

即便如此，荆婉儿也没有什么拜见王侯时应有的羞涩，她清秀的双眸在一瞬间看到了别的影子。

李修琦对身旁的僧人示意，僧人端着茶壶过来了。

"这里是方外之地，一切凡俗礼节都不必了。"

这句平淡的话让正要施礼的裴谈和荆婉儿停了下来。僧人端过茶水，分别放在两边桌上。

裴谈停顿了一下："多谢殿下。"

李修琦说道："本王今晨才听闻要随大理寺的车马返回长安，何时动身？"

裴谈的声色动了动："王爷不知道大理寺前来接驾吗？"

李修琦道："本王不知。"

他说的那样坦然，倒让裴谈少有地停顿了一下。

"今晨服侍本王的小僧才说，大理寺的人已至寺中，告知本王收拾停当，便可随车驾返回。"

李修琦晃了晃杯中的茶水，看着裴谈道。

裴谈不动声色，问道："王爷今晨何时出的门？"

李修琦说道："卯时不到。"

荆婉儿低下头，眼眸慢慢转了转。

裴谈这时抬起手，望着李修琦说道："这次大理寺带来了兵役十人，裴某会让他们护送王爷返回长安。"

李修琦一边晃着杯子，一边盯着裴谈。

荆婉儿这个人证，已经站得笔直。她不认为李修琦会记住她，因为不论是早晨的大殿中，还是现在，李修琦似乎都没有特意看过她。

李修琦慢慢说道："本王听说了清晨的事情，裴寺卿的身份本王也清楚，不必有忌讳。"

裴谈再次看了看他。

李修琦离开了椅子，宽大的衣袖划过一阵寒意。走到裴谈旁边的时候，他停了下来。

裴谈垂眸说道："裴某身负皇恩，忝任大理寺卿，自是要留下查明死因。"

李修琦慢慢端起手里的杯子，看着窗外，忽然说道："若裴寺卿想问的话，本王，没有杀人。"

裴谈没有问，却被这话惊得抬起了头。

第八十一章　狄公再世

荆婉儿闻见室内有一股清冷的香气，正是从李修琦身上传出来的，和大雄宝殿中的香味很相似。她看着李修琦。坊间传闻长乐王爷爱美人，宫里也常有这位王爷的秘闻。这种冷香味，极似女人的胭脂香。

院子里的僧人看见裴谈，上前道："寺中有饲养的信鸽，若裴寺卿信任的话，可以由本寺传信回长安。"青龙寺和大明宫之间的通信来往，可以说并不少。

裴谈道："就这么做吧。"

荆婉儿随着他回到隔壁的院内，这间新的厢房内果然物品齐全，桌上摆着纸笔和砚台。

裴谈提起了笔，看了荆婉儿一眼。

荆婉儿依旧不言语，她走了过去，见那砚台干净，便拿起了墨开始研磨。

片刻之后，婉儿研好了墨，裴谈沾了墨，在纸上落笔。

荆婉儿低着头。她早该想到，慧根对从前的事有印象，玄莲上了年纪，想不到记性也这般强。

裴谈写了一封信函，用火蜡封了口，交给了来取信的和尚。

荆婉儿看那和尚走出，不由得说道："大人不害怕青龙寺会私拆信函？"

那薄薄一层的火蜡，怕是防君子，不防小人。

裴谈的态度看起来比荆婉儿平和得多，只是不知他心底怎么想："我并未在信中写什么，若这样都要私拆，就说明青龙寺有问题。"

只见信鸽从东南方向飞向了长安城。

荆婉儿看着窗外的方向，院中那些和尚一脸慈祥，都是寻常僧人，和早上那些凶神恶煞的武僧明显不是同一类人。

她的目光越过院子看向另一边，幽幽地说道："那位殿下，不走了吗？"

裴谈已经算是个不露声色的男人，而李修琦直接对裴谈说了那句话，用同样的方式反将了裴谈一军。

荆婉儿沉思了一会，淡淡地一笑："这位殿下说前半个月都在闭关，可是倒看得比谁都清楚。"李修琦早知道青龙寺怀疑自己。

裴谈的目光落在少女身上："永远不要小看皇家的人。"

荆婉儿略有震动，转头看着裴谈。

其实种种迹象都表明，慧根的死和李修琦关系很大。可是堂堂一个王孙，会和一个小和尚有什么仇怨？更不要说动手杀人。

荆婉儿过了一会才说道："这次的事情，若不是大人坚持，恐怕青龙寺甚至玄莲方丈，似乎都有意不深究。"

李修琦现在只是个闲散王爷，远离朝堂和皇室。中宗保留了他自由出入大明宫的权限，在大唐，李修琦的特权是超越亲王级别的。

荆婉儿想起了大雄宝殿中那朵来自番邦的贡品——海芋花。

裴谈忽然说道："见了王爷之后，我倒不认为是王爷。"

原本青龙寺模糊的态度，和这件事的蹊跷，让裴谈之前曾有过怀疑，但是等见到李修琦本人，这种感觉骤然消失了。

荆婉儿看着裴谈，感到有些奇怪，因为裴谈可不是依靠直觉的那类人。他时常说，大理寺断案讲究证据，唯有真凭实据才会让大理寺信服。

荆婉儿的眼珠转了转："要是宫中知道事情牵涉长乐王，还会让大人查下去吗？"

连荆婉儿这样的小宫女，都知道肯定不会。

晚上，院中传来佛号，一阵比一阵悲戚。就连服侍在院外的那些小僧人，都是个个紧闭双眼，口中念念有词，捻动着手中的佛珠。

裴谈是个睡觉容易惊醒的人，他立刻睁开了眼，看到裴县的身影守在门口，瘦长的身影有种无声的肃穆感。

"外面怎么了？"

裴县听到呼唤，轻轻打开了房门，站在门口对着裴谈。

"大人，应该是在进行诵经仪式。"

这悲戚的声音当然是在诵经，而声势这么宏大，想必是青龙寺内的所有和尚都在诵经。

和尚半夜诵经当然少见，他们悲戚的语调，也让人内心陡然生发出一种苍凉之感。

裴谈看着门口的一个和尚，良久才开口："是超度。"

这些经文是佛家的往生咒，门口那个和尚注意到动静，转过头，带着悲怆的表情看着裴谈说道："这是住持亲自主持的超度仪式，送慧根师兄入下世轮回。"

人死之后，若不超凡入圣，便成了世间游荡的亡灵。贫穷人家无钱超度，家人也会流着泪在坟头念几句经文。可青龙寺里都是修行的出家人，每日沐浴斋戒，聆听佛祖梵音，难道还担心会入不了轮回？

荆婉儿闪身来到院中，观看这场盛大的诵经仪式。

"超度结束之后，你们要如何处置慧根的尸体？"荆婉儿慢慢看向刚才说话的和尚。

和尚道："自然是入土为安。"

荆婉儿说道："可慧根的死因还不知道，更没有验尸。"

听了这话，那和尚木然睁大眼睛，目光比院中的空气还寒冷，让裴谈一阵打战。

只见那和尚停下了念经的动作，愤愤地瞪向荆婉儿。

"还未验尸就匆匆下葬，再盛大的超度仪式，恐怕也不能让你们的师兄泉下安生吧？"荆婉儿的话里明显带有几分讥讽的味道。

院子里正在念经的和尚都停下了，一齐看着荆婉儿。

裴谈立即掀起被褥下床。等他来到门前，看到荆婉儿身上的衣服显然是匆匆披上的，就这样单薄地站在寒风里。

他盯着院中的和尚，这些僧人也都用沉默的目光盯着他们两人。

裴谈看向了身侧的那名僧人："我白天已见过玄莲方丈，他并未表示要这么快下葬。"

这和尚的脸上蒙着一层清寒的霜："超度仪式之后，必须要在吉时下葬。施主这样说，莫非是要我师兄魂灵不安吗？"

裴谈看着这和尚："既然死因不知，如何下葬？"他的脸上似乎有了一丝凛冽。

白天在那阁楼之中，他们尚未来得及彻底检查慧根身上的线索，就被带去见玄莲。

回来时，阁楼中的尸体已经被抬走。不要说是请专业仵作验尸，就算是裴谈他们，也只算是草草看过尸体。

那和尚脸上动了动："这些，施主还是去问师父吧。"

这三更半夜的，怎么去问玄莲大师？

裴谈说道："先进屋吧。"

荆婉儿尽管周身沁凉，但仍然不想离开。

裴谈示意荆婉儿，在一堆穿着素衣的僧人中间，他们显得那么突兀。

荆婉儿正在犹豫，却听裴谈道："你先进来。"她便走入了裴谈的屋子。

屋子里烧着炭火，自然暖和。

"大人？"荆婉儿发出疑问。

裴谈此刻趿拉着鞋。因为先前被打断了，门外过了很久才又响起诵经声。裴谈这才慢慢说道："不管怎样，今夜应该让他们念完这场经。"这是对逝者起码的尊重，就算是大理寺，也不用非得在今夜查案。

荆婉儿一时无话。看今夜的阵势，青龙寺对慧根的态度并非作假，僧人们真的是为慧根的死而悲伤。既然这样，就不该阻止大理寺查案。

裴谈慢慢说道："佛家对死后的尸身很看重，未必同意对慧根进行尸检。"

并不止是佛家，民间百姓也同样看重尸体的完整。便是死了，也要保留全尸下葬，期盼来生的圆满，否则也不会有所谓"五马分尸"的酷刑了。

荆婉儿说道："除非连玄莲也不想知道，自己最爱的徒弟是怎么死的。"

僧人进了寺庙修行就是隔绝尘缘，没有了俗世的爹娘，但是寺庙住持，就如同他们的爹娘一样。

怎么会有爹娘不想知道害了自己孩子的凶手？

沉默了片刻，裴谈说道："我相信，玄莲大师已经答应的事，是不会言而无信的。"

玄莲默许了裴谈查案，如果不让他检查慧根的死因，等于是空口白话。没有任何一个审案的人能在不清楚死因的情况下断案，狄公再世也不能。

荆婉儿神色动了动："现在宫中，应该收到大人的信了。"

即使中宗已经就寝，最多等到明日一早，信使就会把信件交给中宗。很快宫里就会知道。

中宗可能即刻给裴谈回信，甚至再下一道圣旨也说不定。

荆婉儿不用说得很明白，但是意思很清楚，有可能这桩案子就不必查下去了。

裴谈何尝想不到这一点，他目光幽幽："那我们就更要抓紧时间了。"

荆婉儿抿了抿嘴唇。

裴县冷冷地看着她，好像在说："这一切都是因你而起。"

如果不是荆婉儿莫名惹恼了青龙寺那些武僧，以致他们要强留下荆婉儿，裴谈完全不用搅这蹚浑水。

荆婉儿没有辩解。

裴谈道："既然有人死了，大理寺便该查。"只不过这桩案子发生的地点和死了的人，都那么不合时宜。

荆婉儿的麻烦起因在于慧根，可是现在慧根死了，事情就变成了死结。

其实，若是慧根没死，他那番所谓"妖女"的言论，未必有多重要。可是古往今来，人但凡一死，便是无事也变成了有事。

第八十二章　裴大人的身手

第二天，玄莲把裴谈叫了过去："慧根的尸身会放在寺内的冰窖，进行三天的净身仪式。"

这句话说完，正准备向玄莲大师询问的裴谈，立刻明智地收住话头。

荆婉儿立刻看向玄莲。

念了一夜的经文，玄莲苍白的脸色显得更加枯槁，他对裴谈合起手心："寺卿若想去看看慧根，可以自行去。"

真想不到，柳暗花明。他们不懂净身仪式是为何，但至少明白了慧根现在并不会入土，甚至冰窖本身就有保持尸身不腐的功效。

玄莲大师交代了一下就匆匆离去了，身后跟着的僧人似乎正是昨夜超度慧根的那些人。

荆婉儿看向裴谈："大人，我们现在要做什么？"

裴谈看向身旁的一男一女。

到了冰窖，裴县循例守在了门口，荆婉儿随着裴谈走到了冰室内。

青龙寺的冰都是从皇宫直接运过来的，只见这里面的一片苍茫世界，真恍若到了另一个无尘空间。

慧根的尸身躺在一张床上。荆婉儿本以为自己经过了一夜会好些，可再次看到慧根的脸，她的胸腔还是感觉被狠攥了一下。

这个人是真死了。

荆婉儿的手心捏紧了。

荆婉儿直挺挺地站在裴谈身边，裴谈没发现荆婉儿的异样，他的心思已经被慧根吸引过去。

他掀起了尸体上的白布，慧根的皮肤已泛青紫。因为他本身极白，甚至胜过女子，此刻皮肤被侵蚀后呈现的颜色就格外怪异。

荆婉儿只觉得一股凉意蹿上脊背，眼睛竟无法从尸体那冷漠的神情上移开。

却看裴谈，端详了尸体的脸以后，继续将白布往下拉，一直拉到了尸体的脚部。

荆婉儿忍不住说道："大人，尸身上没有别的外伤，后脑的伤已见骨，死因似乎有些过于明显。"案件的线索明显，通常是好事。但对于这桩案子，不知怎么就让人不能信服。

也许是因为案发的地点是护国神寺，死的又是年轻高僧。

裴谈的目光一直在尸体上面寸寸搜索，他没有放过慧根身上任何一处异样。荆婉儿站在他身侧观察了许久。

荆婉儿呆呆地盯着慧根的表情，感觉四周的森森寒气，像蛇一样钻入了脊骨。

慧根嘴角上翘，竟如同在笑一般。

荆婉儿吸了口凉气。裴谈说道："慧根之前并不是这副模样。"

为他超度了一整夜的那些僧人，还有玄莲大师，为何没有看出慧根的变化？

在阁楼上的时候，慧根的尸体刚刚被翻过来，脸上更多的是痛苦的表情，这符合死前痛苦挣扎的特征。

但荆婉儿很快就想起，那张床上的被褥十分齐整，身下的床单也几乎未乱。慧根虽有痛苦的表情，但似乎没有挣扎的痕迹。

荆婉儿说道："婉儿想看一下他的口内。"

裴谈看了她一眼，没有阻止，便是默许。

只见荆婉儿从袖中取出一块帕子，轻轻抖开，裹在自己的手上。此刻没有验尸的工具，她用裹着手帕的两根葱指，捏住慧根的两腮，扣开了他的双颌。

慧根的嘴巴张开，荆婉儿眉头微皱，将手帕又紧了紧，一根手指探入慧根口腔内摸索了一番。

片刻后她收了手，说道："比我想的还干净。"

慧根没有吃过东西。只要咀嚼过食物，口中就会有残渣，但是现在什么都没有。

荆婉儿对尸体毫不忌讳的样子，让裴谈多看了她两眼。此刻没有仵作在，荆婉儿倒像一个专业人士。

裴谈貌若谦谦君子，温和如玉，尽管因为做了大理寺卿，加上有心之人讹传，长安人人称他为"瘟神"，然而论相貌，裴谈却是长安难得一见的俊美公子。他的双手指骨修长细腻，便说女子也不及。

"如果脑后的伤口真的是唯一的致命伤，那么凶器就是破案的关键。"荆婉儿开始推理。

死人再怎样可怖，终归是死人，更可怕的是那行凶的活人。而青龙寺中，除了僧人就是他们这些外来人。若说修习佛法的圣僧对慧根有什么仇恨，乃至要杀人，简直是不可理喻，所以嫌疑才全都落到了他们的身上。

荆婉儿还在思索，裴谈忽然伸出手，冲着慧根的颈部摸了过去。

他的手不像荆婉儿包了手帕，而是就这样直接用莹润的指尖，接触到了慧根的脖子。

荆婉儿惊叫出声："大人！"

就算她平时在宫里收尸，也知道换上麻布，捂好口鼻，而裴谈居然直接用手去碰尸体。

虽然慧根刚死不久，此刻又存放于冰窖中，产生尸毒的风险很小。但是风险再小，直接接触尸体这种事还是不可取。

裴谈却将尸体的衣领拉了下来，露出脖子跟胸膛。

"颈部的皮肤，似乎较其他地方更黑？"裴谈说道。

荆婉儿也看见了，应该说黑得较明显，她也能够看出。"这些僧人日日早课，日晒雨淋，颈部的肌肤常露在外面，颜色深应当是常态。"

裴谈却皱了皱眉。他用两根手指再次放在尸体的咽喉部位，有些用力地按下去，来回按了几次，尸体僵硬的肌肉在他的按压下一块一块地凸起来，荆姑娘有点受不了，不禁竖起了寒毛。

"大人，您怎么了……"

裴谈的手忽地停下来，就见他两根手指按住的地方，触到一块凸起，他目光幽幽地看着那处地方，慢慢收回手。

"这是什么？"看起来像是喉咙内长了一块肉。

慧根死时由于头颅歪在一旁，喉咙的皮肉便不平整，加上那块凸起并不明显，所以当时并未发现。

荆婉儿盯着那里看了许久，然后看了裴谈一眼。

只有一个方法，就是切开慧根的喉咙，一探究竟。到底只是他们太过敏感，还是在尸体的喉咙处真的内有乾坤？

但是，破坏慧根的尸体，青龙寺是不会允许的。

荆婉儿说道："慧根没有中毒或窒息而死的迹象，脑后那处伤口是唯一可能的死因。或许……那只是喉咙凸起的一块软骨。"

两人互相望着。

如果并不是这样呢？这样的解释是否能说服他们自己？

裴谈说道："所谓的'留全尸'，是说只要四肢头颅安在，尸身不损，便无碍下一世投胎。"

荆婉儿知道这位大理寺卿有一颗查究到底的心。

割开喉咙，需要刀。

裴谈走向了冰窖门口，伸手抽出了裴县腰上的佩刀。

他就这样提着刀走回来。

从裴谈握刀的姿势，荆婉儿可以看出裴谈是习过武的。

裴谈抬起了刀："站远一些。"

荆婉儿依言后退。这长刀不像是仵作的那种细刀，一刀走偏就会让尸体的血溅出来。

只见裴谈手腕一翻，荆婉儿只觉得眼睛花了一下，再一看，裴谈已经将刀扔在了地上。

慧根的喉咙上，隐约可见薄薄的一片切口。居然连一丝血都没有流出来。

荆婉儿还来不及惊讶，裴谈已经伸手，从尸体的喉咙里勾出了一样东西。

那枚东西看着十分圆润，像是一颗珠子，但是却颜色发黑，荆婉儿迅速解下自己手上的手帕，小心翼翼地接住这东西，妥帖地包了起来。

裴谈说道："先拿出去。"

这东西从慧根是从喉咙里挖出来的，裹着血污和其他软组织。

荆婉儿回头看了看慧根的尸身，必须得说，如果不仔细看的话，甚至发现不了那道细小的刀口。

荆婉儿见识过裴县的身手，绝对是大内顶尖水平。而裴谈刚才这一手，让她觉得完全不像一个文弱公子使出来的。

三人迅速离开冰窖，回到所在的院子。看见门口的小僧人，裴谈说道："劳烦小师父，帮忙打一盆清水。"

那小僧很快就送来一盆清水。

三人将门窗关好，依然由裴县守在门边。

荆婉儿打开手帕，立刻把那颗血污的珠子丢了进去。只见珠子外表的黑色在水中一层层飘起，珠子本身的颜色却越变越深，最后成了鲜红色。

裴谈拿起桌上的筷子，将"珠子"夹了出来。

对于三人来说，这东西有些陌生。

想不到珠子一离开水，上面的颜色，更加鲜艳欲滴。

裴谈捏着筷子："似乎是软的。"并不像是硬的珠宝玉石等物件。

荆婉儿盯了那东西很长时间，目光轻闪了一下。

"这东西被卡在慧根的喉咙中间，没有被咽进去。"这才是蹊跷的事情，难道是他咽东西咽到一半时死了？

三个人都没有说话，这种死法，在大理寺侦办过的堆积如山的案件中也是闻所未闻。

慧根是被噎死的？

荆婉儿开口道："人的身体是有反射机能的，这样大小的东西，若是被误食，或者是用力咽进去，咽部受到刺激，就会把东西呕吐出来。"

也就是说，像这样卡在喉咙中间的情况，根本不可能发生。

只要是个清醒的正常人，绝不可能会让东西这样卡在喉咙里。或许这就是关键，慧根的死亡过程，本身就不正常。

第八十三章　上香

红色的血水从筷子上滴下来，裴谈转动手腕，从不同角度观察这个东西。

这时，荆婉儿发现，筷子接触"珠子"的一端，竟然开始缓缓发黑了。她惊道：

"大人！"

裴谈很快也看见了，只见裴县一步冲了过来："大人小心！"

裴谈松开了筷子，那东西和筷子一起掉落在桌上。

"大人，您的手？"荆婉儿惊魂未定地看过去。

裴谈翻开手掌，他刚才用右手拿着筷子，此刻手掌干干净净，并没有染毒的迹象。

荆婉儿和裴县这才放心，但依然心有余悸地看向那颗"珠子"。此物竟然有如此剧毒，出乎他们意料。

"是否应该通知玄莲大师？"

荆婉儿再次看向裴谈。从玄莲大师徒弟的喉咙里找到如此剧毒之物，恐怕整个青龙寺都会震惊。而且，现在发现了这个毒物，那慧根脑后的重伤又该怎么解释呢？

裴谈一时没有说话。换了任何一个人，此刻都没办法立刻做出决定。

荆婉儿自言自语道："怎么会有这样的事？"

裴谈看向桌上的"珠子"："我们得先知道，这是什么。"

屋内每个人都沉默了，此物的毒性恐怕更胜砒霜，而它的罕见又是令人始料未及。

大家都在想着可能性，裴县这时低声说道："如果把这件事说出去，我们的嫌疑只会更大。"

他这句话一说出，荆婉儿和裴谈都是一愣，但随即就神情一变。

这里是青龙寺，寺庙中的每一样物件都不可能和毒物沾边。唯一的可能就是外来的毒物。

外来的人……只有他们。

裴谈缓缓地说道："王爷半个月前就到了寺庙，闭关之前他会彻底净身，所以王爷的嫌疑可以排除。"

就是说，嫌疑人就是屋内的三个人，和大理寺带来的十个衙役。

这是要查到自家头上吗？

荆婉儿感到有些冰冷的视线盯在她的脸上。

她抬起头，和裴县的目光相对，他的目光里面没有信任。

荆婉儿的嘴唇动了动："你怀疑我？"

裴县冷冷地说道："我只知道在这次任务中，只有你不是大理寺的人。"

荆婉儿被堵得没有话说。她的确不算大理寺的人，尤其是那十个衙役是裴谈亲自挑选的，都算得上亲信。

裴谈说道："没有证据之前，不要随意怀疑。"

荆婉儿没有反驳，她知道自己被怀疑再正常不过，只要出了事，大抵都是她的不对。

一个僧人的声音打断了屋内的沉闷："裴寺卿，您的一个手下求见。"

裴谈说道："让他进来。"

很快，一个衙役推门而入，对裴谈行礼道："大人。"

"怎么了？"裴谈问。

那衙役低着头道："回禀大人，长乐王殿下不愿意随我等回京。"

裴谈看着他。此前他命令衙役们整装，按照之前中宗的旨意，将李修琦护送回去。

迟疑片刻，裴谈对那衙役说道："知道了。既然王爷不愿意回，你们就先留在前院。"

那衙役退了下去。荆婉儿看裴谈脸上没有意外，不由得问道："大人早料到了？"

裴谈主动提出让十名衙役护送李修琦，焉知那时候不是以退为进？现在，李修琦果然不愿就这样离开。

裴谈片刻后说道："长乐王这一支，和当今皇室之间本来就牵涉不深，正因为基本不涉朝政，所以才会有闲散王爷之称。"可是在民间，滕王殿下的名气早已深入人心，初唐人杰王子安、王府典签卢照邻、帝京才子骆宾王，都曾是滕王府的座上宾。

豫章故郡，洪都新府，千里逢迎，高朋满座。

裴谈的话或许可以理解为，这样才名享誉大唐的皇族，不愿意身上背着杀人的嫌疑。

"若此事与长乐王无关，"荆婉儿眼眸微动，"大人想必也要还王爷一个清白。"

因为结交才子名士，滕王一脉早已不同于其他皇室成员，因为大明宫是那么冷酷和高高在上。

荆婉儿沉默了一下，对裴谈说道："大人，婉儿能否单独跟您说几句？"

荆婉儿未必信任这里所有的人，或者她有自己的顾虑。

裴谈没有回复荆婉儿，站在他身旁的是最亲信的侍卫，就算避讳别人，也不该避讳他。

他看着少女："你是想到了什么？"

荆婉儿说道："婉儿只是想到，也许外来的人并不止我们。"

裴谈神情动了动，片刻后，他示意了一下裴县，裴县冷冷地看了一眼荆婉儿，转身走出了门。

"到底是什么意思？"裴谈开口。

荆婉儿眼内有些闪动的微光:"外来的人除了大人带过来的衙役,自然也包括马车中的那位……不对吗?"

裴谈的神情为之一动。

他看着荆婉儿:"我知道你想说什么,但那位是不可能的。"

荆婉儿反问:"在护国神寺内,杀死一位年轻的高僧,这件事本身不是更加不可能吗?"

如果他们没有来护国神寺,没有亲眼看见一桩命案,甚至亲自检查过慧根的尸体,也不敢相信这是真的。这件事让大唐任何一个子民知道,都会觉得不可思议。

"青龙寺的僧人已经提供过证言,慧根从小跟随玄莲修行,他的身手理应不亚于任何一位武僧。"

可是慧根却那么轻易地死了。荆婉儿的话,把所有匪夷所思的东西都包含在内。

裴谈良久才说道:"你可知道,护国神寺的地位,不逊于大唐任何一个官府机构。陛下不会允许有人染指神寺,何况是他亲自下旨要送来寺中的人。"

大理寺接触到马车的时候,连马车外的门都被封紧。以那位的身份,不可能让她从大明宫里带出任何东西。

荆婉儿慢慢说道:"婉儿只是在说一种可能,如果要排除外来的人,至少不该把目光只集中在大人和大理寺的身上。"

裴谈没再说话。荆婉儿的话的确有道理,很多看似匪夷所思的案件,都不能用寻常的思维去揣度。

荆婉儿忽地闪过一个念想,她目光闪烁地看着桌子上的"珠子":"谁说不能直接问玄莲方丈这东西的来历?"

对荆婉儿这副突然出现的神情,裴谈有些熟悉,他说道:"直接问玄莲,若问不出来历,反而可能增加我们的风险。"

荆婉儿和裴谈的目光对视:"但是除了我和大人,没有人知道这东西是从慧根的喉咙里面拿出来的。"尤其是那些守在冰窖外面的僧人,他们现在想必并没有心思检查慧根的尸体有什么异样,更没看到荆婉儿和裴谈从冰窖里面带出了什么。

荆婉儿再次用手帕捻起了那颗"珠子",看着裴谈说:"我们只需拿着东西去问玄莲,请他告知此为何物,或者确定其是否为青龙寺内的东西,就什么都清楚了。"

人在思考的时候最容易产生思维定式,荆婉儿正是把他们从这种定式中解放了出来。

裴谈不再犹疑。但是要见方丈,也不是那么容易的。他们询问小和尚后得知,方丈很可能会在主持完净身仪式后,再次闭关。

说真的，这位护国神寺的住持，年纪实在有些大了。

上一任住持在任只有五年，正赶上大唐动荡，天后临朝，在五十岁的时候圆寂于禅房。而今玄莲已六十有余，即便是得道圣僧，也逃不脱人世的大限。

以慧根的身份，玄莲圆寂之后，他本来会成为青龙寺建寺以来最年轻的一任住持。

"若直接去问方丈，太过郑重了。"就算荆婉儿不说东西的来历，也难免给人刻意之嫌。

裴谈心思缜密谨慎，让荆婉儿多考虑了一下。

如果说留在青龙寺有什么好处，那就是荆婉儿有了第二次去大雄宝殿的机会。

不同的是，这次没有武僧追着她喊"妖女"了。荆婉儿来到宝殿之外，对门口的两个僧人说道："住持已经许可，大理寺的人三天内可以在内院随意走动。"

那两个僧人虽然还是面无表情，但是明显没有阻止荆婉儿的动作。

荆婉儿大摇大摆地进去了。

果然，香炉中还没有上香。

荆婉儿迈了几步走到香烛案前，抬头看着庄严的释迦牟尼佛。

"都说你普度众生，为何连自己寺中的弟子也护佑不了？"

佛像当然不会对荆婉儿有什么回应，可她已经从旁边的筒中取出了一炷香，在烛台上点燃。

闭上眼睛，荆婉儿脑中一片空白。

就这样默默地站了片刻之后，她睁开眼，把香插入了香炉中。

她再次望着空荡的大殿。玄莲说的那句"落发为尼"，把她曾经深埋的记忆挖了出来。就算上了这炷香，她的心里也没有平静下来。

要是当初真的选择皈依了佛门，恐怕她心中也不会如想象的那样平静。

就算身在佛门，心也在万丈红尘中。

第八十四章　不必猜了

上完了香，荆婉儿准备离开。她很在意这个案子，因为这个案子似乎比之前遇到的都要奇怪。

转身的时候，荆婉儿眼角的余光里看到一抹幽红，她浑身一僵，骤然回过身。

昨日一早，那束花就摆在香炉边。

能供奉在宝殿香案上的，自然都是供品，这束花能摆在这里，自然是不一般，要么就是献花的人不一般。

荆婉儿慢慢抬脚，走了回去。

她看到在那白花之间，有一颗红色的果实结了出来，细细小小的，挂在枝头。

因为果实长在花的背面，正对着佛像上香的时候，是看不见的。

所以，荆婉儿在转过身的一刹那，才从一个刁钻的角度看到了它，被这抹艳丽的红色吸引了目光。

一个小和尚，握着扫帚，边扫地边慢慢地靠近过来。在大殿里，沙沙的扫地声音显得格外响亮。小僧穿着一身白衣，他的衣服干净得如他扫过的地面。

"小师父。"荆婉儿叫了他一声。

那小和尚慢慢抬起头，目光茫然，面无表情，冲荆婉儿行了个佛礼。

荆婉儿看着他。他似乎对荆婉儿出现在这感到不解，却又不敢开口询问。

"小师父，可否问一下，佛前的这束花叫什么名字吗？"她的声音柔柔的，带着微笑看着小和尚，"小女子从没见过如此美丽的花。"

小和尚谨慎地看了看那香案上，随后收回目光盯着荆婉儿，好半天才说道："回施主，那是海芋花，乃是唐宫的贡品。"

一句唐宫的贡品，让荆婉儿被惊住了。她眼珠转动："难道说，是番邦献给我朝皇帝的？"

小和尚握着扫帚不自在地说道："是的。"

万邦来朝，颂我大唐。番邦小国带来的奇珍异宝，齐聚大唐神都，而有些异宝全天下只有一件，会被收进国库中，供唐皇一人欣赏。

护国神寺中，竟有贡品。

荆婉儿看着那小和尚："是陛下在寺中修行时带来的吗？"

小和尚摇头，过了许久，才谨慎地说道："乃是长乐王殿下在半月前献供的。"

来大雄宝殿烧香的时候，把这样的圣物作为祭品献给佛祖，对于心诚的信徒来说，这正是表达信仰的方式。

荆婉儿觉得自己站在这里，稍一伸手，似乎就能够摘下那红色的小小果实。

小和尚冷眼旁观："用手碰触佛前圣物，是对佛祖的不敬。"

荆婉儿放弃了想法："谁来负责侍弄这些花？"

小和尚说道："小僧会来浇水。"

那小和尚继续低头扫地，白色的袖子一下一下地挥动着，把空旷的大殿扫得一尘不染。菩提本无树，明镜亦非台。本来无一物，何处惹尘埃。

荆婉儿再也不想停留，抬脚奔出了这大雄宝殿。

那小和尚这才抬起了眼眸，面无表情地看着大殿外。

"大人，今年年初，共有一百多位番邦使臣前来进贡，进献的物品有三百六十余种。"裴县对裴谈说道。

这就是大唐盛世，而今年的贡品数量，还不是这些年里最多的。天后临朝的时候，贡品更多。

裴谈发现荆婉儿回来后有些不对劲，一问之下，自是感到震惊和意外。

"海芋花是哪个国家进贡大唐的？"能作为献给唐皇的贡品，必然是各国的珍奇之物，要么就是大唐国土内绝未见过的东西。

裴县说道："是一个叫孟加的番国。"

这个名字很少听说。裴谈想了想，说道："这海芋花想必是在孟加国内生长的奇花，可知进献了多少进宫？"

裴县停顿了一下说道："裴氏族中有一位年轻子侄，正好供职于南书楼。据他查阅，孟加进献的是海芋花的花种，共计五颗。当日便被收入了宫中库房，后来由御花园的总管进行培植，共有三株成活。"

在大雄宝殿里的，只能是这三株中的一株。

裴县声音低沉："他还查到，这三株海芋花成活之后，一株被移到了陛下的书斋，一株在移栽中枯萎，仅剩的一株花，被陛下赐给了皇后。"

韦皇后。屋内两人再次听见了这个名字，不禁倒吸一口冷气。

皇帝和皇后伉俪情深，所有献到宫中的宝物，但凡皇后喜欢的，一定会立刻出现在皇后的寝宫。平时中宗还要想着法儿，给皇后送上各种珍贵的玩物，以博皇后的欢心。

"难道会是陛下，让王爷把花作为献礼送到了青龙寺？"裴谈指尖在桌上轻轻敲着。

荆婉儿说道："若是有圣旨，青龙寺的僧人绝不该那样反应。"

或者说，真正见过佛前那株海芋花的僧人，只有寥寥几个，每天负责扫洒宝殿的僧人是一定会见到的。

那小和尚显然很清楚这是贡品，但却言辞躲闪，有所保留。

裴谈却有些沉默。若中宗真的要把什么东西送给青龙寺，也不会随意从自己的书房中拿去赐给神佛。

虽然这确实是番邦的进贡，可这样的贡品对中宗来说，恐怕算不上什么贵重的礼物，不过是一株有些赏玩价值的花儿而已。

"如果这株海芋花，并不是来自陛下的书房呢？"荆婉儿的眸子深处闪了闪。这个姑娘的想法一向大胆出格，她将目光看向了裴谈。

裴谈的眼眸深邃。如果这株花不是书房的，那就是来自后宫，也就是……皇后。不知为什么，裴谈对这样的推测并没有感到奇怪。这件案子与皇后的家族韦氏，那个大唐势力最强的外戚之间有了某种联系，看来不可避免的了。

可以这样提出疑问：原本在韦皇后宫中的海芋花，怎么会到了李修琦的手里？还被他毫不介意地献给了寺庙。

荆婉儿心里突然一惊。

"这可是御赐的贡品，是不能随意转赠他人的。"陛下赐给臣子的任何东西，都只能供奉起来，若不小心毁坏，就是欺君大罪，更不要说转赠给别人。

谁有那样大的胆子？

但那是韦皇后！

从陛下被贬为庶民的那天起，结发的妻子就不离不弃地陪在他身边。陛下曾说，愿把天下送给韦氏。

"长乐王此前常来大明宫，"裴谈慢慢地说道，"不排除此花是皇后亲自所赐。"

贡品被皇后赐给了长乐王，而生性随意的王爷来寺庙清修，就将海芋花当成献礼，送到了大雄宝殿。那株花在香案上摆放的样子，就像是一位信徒送的祭品一样。花叶纯白，仿佛洁净无边。

"不必猜了。"

裴谈眸光清淡，看着院中。

荆婉儿最先明白了他的意思，心里一跳，说道："大人难道要……"

裴谈的目光有些深不可测，说道："直接去问王爷，就都明白了。"

要想直到答案，当然是问当事人最为直接，可事情有那么简单吗？就算是大胆的荆姑娘，也只是动了动嘴角，不去接裴谈的话了。

"不会有人拿贡品说谎，那样太不值得。"裴谈淡淡地说。

话虽这样说，可对于那位王爷，他们似乎还是不太了解。

在荆婉儿看来，裴谈的做法，不像他平日那样谨慎。但裴谈有他的考量。那颗从慧根喉咙里挖出来的海芋花果实，还静静地在桌上放着。这座青龙寺里，很难说有几个人知道海芋花的存在，更别提了解它的果实。甚至那扫洒大殿的小僧，也未必认真仔细地看过。

他现在去问李修琦,必然能得知此花出现在青龙寺中的原委。甚至还有其他可能,比如李修琦献花的时候,是否知道海芋果的存在。

裴谈的眼眸愈加眯了起来。

青龙寺的晚斋用得很早,许多严格修行的僧人过午不食,所以凡人来此修行,便是断绝了口腹之欲。

"寺中有谁可能会知道,海芋花会结果,且果实有剧毒?"裴谈看向面前的侍卫与少女。

少女道:"扫洒的僧人,一定见过花上的果实。"

她想起那小僧人说过,用手碰触供物,是对佛祖不敬。那么谨小慎微的小僧人,自然更不会去碰触了。

海芋花摆在香案之上,那么美丽,却无人敢接近。

"青龙寺的僧人不敢靠近供桌,就是说即便有人看见了花儿结果,也未必有机会知道果实有毒。"裴谈再次分析。

经过反复思考,荆婉儿才慢慢开口:"那就只有王爷了。"

作为把花带来青龙寺的人,如果他说毫不知情,这句话又有多少可信?

"那殿中的花朵尚未全部开败,很可能是刚刚结果。"荆婉儿回忆。

裴县淡冷地说道:"但并不能肯定。"

要是长乐王知道这株花以前结过果,却故意把花带进了青龙寺,这样解释也说得通。

裴谈轻轻地说道:"问题只能一个一个解决。"

现在,要想知道花朵的来历,搞清楚整个案子,想必英明的狄公也做不到。

"走吧,"裴谈站起了身,"我们去见王爷。"裴谈要先弄明白,这海芋花是如何到了李修琦手中的。

荆婉儿看了看裴谈,她的这位大人,好像行事越来越有主见了。

第八十五章　无头公案

听院内的小僧人说,阁楼上的那间厢房已经被封了。

小僧人低着头,有些悲伤地说:"毕竟是慧根师兄殒命之地。"

念再多的经文,做再大的超度,依然无法安息。

荆婉儿现在就像裴谈的影子，裴谈去哪儿，她就跟到哪儿。把她单独放在何处，青龙寺的和尚怕也不放心。

得知厢房被封，裴谈觉得未必是件坏事。这样一来，其他人自然也不能靠近厢房了。

在大理寺，他可以派人看守案发现场，可在青龙寺，他只是信徒裴谈。

长乐王院子门前的僧人小心地看了看裴谈："王爷在内室，容我们先去通禀。"

荆婉儿抬头看了看，那内室的门微微虚掩，整个院子开阔而明朗。也就是说，她和裴谈站在这里说话，里面应该能听见。所以，实在不明白这小僧说的通禀有什么必要。

裴谈也看到了那内室，但他做事一向稳妥，说道："有劳小师父。"

小僧人点点头，转身正要进去。就见内室门被拉开，长乐王从里面走了出来。小僧人见状，不由得愣在了门口。

只见长乐王穿着宽松的白色长衣走出来，胸前的衣带更只是松松地一系，手臂从袍袖中露出来。荆婉儿看了一眼，就低下了头。

大白天做这样的打扮，还是在寺庙中。荆婉儿或许可以理解，这位王爷为何有那样的名声了。

裴谈道："王爷。"

李修琦站在门口，双手拢在袖子里："你们先到院外去。"

他的话是对僧人说的。一名正在院中打扫的僧人停下手里的活儿，放下扫帚，和其他几名僧人一起离开了院子。

裴谈眸子动了动，看向了李修琦。

李修琦看着他没说话。这位王爷似乎一直话不多。荆婉儿又闻到了一股冷冷的清香，从他的袍袖间传出来。

裴谈再次抬手行礼："多谢王爷。"

李修琦问道："裴寺卿有什么事要问本王？"

一个是王爷，一个是大理寺卿，他们留在寺庙里，并非因为自己想留下来。既然情况特殊，让那些僧人走开，他们彼此都能敞亮说话。

裴谈慢慢开了口："王爷，裴某为大雄宝殿中的那株贡品花而来。"

李修琦眸子微动："你是说海芋花？"

荆婉儿虽低着头，耳朵却竖得尖尖的，每一句都听得仔细。

裴谈停了一下，说道："海芋花是王爷献于佛前的供礼吗？"

李修琦看着裴谈："是本王带来的，裴寺卿想问什么？"

李修琦似乎没有迂回的意思，他的神色看起来也没有什么异常。

裴谈说："海芋花乃是孟加拉国进献给我大唐的贡品，王爷将此花带来青龙寺，是否是出于陛下的授意？"

李修琦一时没说话，他双手伸在袖中，不知在想些什么。

裴谈目光深邃，他在等着李修琦说话。

李修琦说道："本王的花是从皇后娘娘处所得的，与陛下无关。"

这回话可说是情理之外，意料之中。很快，裴谈目光深沉地说道："那么是皇后娘娘想献给……"

这时，李修琦望着裴谈，直接说道："献花是本王擅自做主。"

裴谈便只能不言语了。

片刻他才说道："在寺中看到宫中的贡品，所以裴某心中存疑。既然已知此花确是王爷所献，还请王爷勿怪。"

李修琦看着他说道："本王行事确实未曾多想，此花的来历如何，本王也并不在意。"

即便是皇后娘娘所赐，也能按自己的意愿随意处置。大唐皇室从上至下，做事如此轻率的，恐怕没有第二个人了。

裴谈的目光和李修琦不经意间相对："扰了王爷午休，裴某不再多扰。"

他知道，这时应不再多言，马上离开。裴谈转身，婉儿和侍卫紧随其后向门外走去。长乐王在身后道：

"皇后娘娘将此花交给本王时，曾提醒过一句，说此花在西域有'狼毒'之称，要本王不要太亲近。所以，若裴寺卿日后想了解此花，离它远些为好。"

为了这句话，裴谈几乎要重新回到院子里，可是他已走出院门外，只有心怀诧异。

"三十年前有一本史料曾记载过，番邦有一种花，外表洁白似雪，有人因触碰了此花而顷刻暴毙。所以幸存回到大唐的人，便将这种花叫作狼毒花。"裴县念着。大多时候，这种民间野史不足被人采信，比如对所谓"狼毒花"名字的解释。

可是不管是可信度低的野史逸闻，还是眼下他们遇到的现实，都已经说明这来自异邦的美丽贡品，实在是一个"毒美人"。

裴谈目光深邃地说道："从王爷今天的话看来，他多半是知道海芋花并不只是单纯的贡品。"

他说是从皇后处得知花的毒性的。

荆婉儿接过话头说道："为何要把这个不单纯的贡品献到佛前？"

裴谈和少女相视："在佛的眼里，世上万物没有区别。"所以众生平等，只要放下屠刀，都能成佛。

荆婉儿咬住了唇，她感觉那股冷香的味道还萦绕在鼻端，比第一次闻到时更浓郁。

"长乐王是故意这么做的？"两人都存着这样的疑问。

会吗？献上一朵洁白却含有剧毒的奇花，难道是想暗示这世上的众生都是表里不一？

"可是当它种在皇后宫中的时候，尚未开花结果，难道皇后娘娘那时就已经知道此花有毒？"裴县皱了一下眉。

荆婉儿说道："番邦进贡的时候，必然会言明贡品有毒。"

裴谈看了她一眼："没错，但每年献给大唐的贡品，少说也有数百件，海芋花在其中并不显眼，皇后未必得。"别说皇后，中宗都不见能记住。

荆婉儿说道："但慧根只是把这果实卡在喉间，未曾入腹……"

如果是毒死的话，说明此花有剧毒，番邦哪来的胆子献给大唐？就不怕惹来什么祸事？

裴谈想了想，说道："未必，来自异国的贡品中，不乏危险之物，宫中有专人负责登记和看护这些礼物，侍弄一株可能有毒性的花草，这样的工作最多只是由宫女来做，绝不需要堂堂皇后来操心这些。"

荆婉儿道："那么皇后怎会记得此花的名字，又怎会那么清楚此花的毒性？"

她刚才疏忽了，裴氏这样的人家，对宫中权贵们的生活方式是非常熟悉的，比如，皇后绝没有机会亲自接触海芋花。

所以，答案就是……皇后很可能并不知道花朵的毒性。

"长乐王所说由皇后警告的话，未必能采信。"裴谈目光深邃，缓慢地说。

裴县低声说道："若不是皇后告知，那就只有长乐王自己知道。"

可是裴谈和荆婉儿都没有再出声。

他们只能猜测，不能定论。

"从慧根的尸体上，没有检验出寻常中毒的反应。"荆婉儿怔怔地看向裴谈，是裴谈先发现，慧根脖子上的皮肤比其他地方更黑。

裴谈手指一弹，轻轻说道："所以我们并不知道，慧根是不是真的死于果实的毒性。"

之前第一现场发现慧根的后脑遭受了重击，所有人都以为慧根是那样死的。

可现在，他们既不能确定慧根是被重物砸死的，同样也不能确定尸体是死于海芋果实的毒性。

这真是匪夷所思的案子。

裴谈继续说道："若要专业的仵作前来，就必须有陛下的谕旨。"没有旨意，就没法查案。

大家都陷入沉默中。

中宗会不会批复这件案子，恐怕没有人持乐观态度。

之前裴谈说在此停留三日，是想若能在宫中的旨意到达前将案件查清，让真凶落网，便能在接到陛下反对调查的圣旨之前，给大理寺一个交代。

可如今，显然还有更困难的路要走。

荆婉儿开口说道："也许此话过于武断，但婉儿认为，即便有专业仵作前来，也未必能验出慧根的死因。"

裴谈眸子动了动，看着少女，这也是他之前曾想到过的。

如果判断不了慧根的死因，那么这桩案子在他们经办的所有案件中，岂不是最没头绪的一个？

问题是，作为大理寺卿的裴谈，要怎么判断才是对的？

"用海芋果实的毒性杀人，神不知鬼不觉。整个大唐都没有几个人见过它，若大人没有察觉，也发现不了这不足为奇的果实。"简直是完美杀人。

所以，真的是王爷做的吗？

如果中宗发现有一位皇族郡王涉案，很有可能下旨召裴谈回京，不再追究。

裴谈抬起眼眸："但依然有风险。"

荆婉儿明白，虽然这个计划看起来万无一失，却并非毫无漏洞。一位郡王是否会拿自己的前程去赌？

荆婉儿知道，裴谈既然说了出来，心中就一定不是这么认为的。

"其实婉儿还有一个疑问。"她看着裴谈，"那就是击打慧根和喂他毒果的人，一定就是同一个人吗？"

第八十六章　女人的直觉

这句话让屋中陷入可怕的寂静。

谁也回答不了这个问题，荆婉儿的眼睛里闪烁着幽深的光泽。

这个问题忽然引出了另一个可怕的问题——杀死慧根的,只有一个人吗?

三个人竟然感觉有点阴森。

"大人可曾闻到,长乐王身上有香味?"荆婉儿忽然说道。

裴谈不禁冷眼看了荆婉儿一眼。这丫头总是神神道道的,真怕她下一秒又说出什么怪话。

裴谈比荆婉儿离李修琦更近,自然闻得到那股冷香,可他不明白荆婉儿有何用意。

"那应该是宫中紫宸殿常用的龙涎香。"这种香气浮现在裴谈的记忆中。他曾在紫宸殿觐见中宗几次,殿中萦绕的,隐约便是此香。

听到裴谈的介绍,荆婉儿微微呆了一下。

"早年《长安志》便有记载,'西域使献奇香,香气沿长安数十里,经月乃歇'。"荆婉儿喃喃念道。

裴谈看着她:"不错,而且此香是真正的奇珍,最近一次进贡,也已经是十年前的事情了。所以,这样珍贵的贡品,按道理只有陛下一个人能够使用。"

有很多贡品比海芋花不知高级了多少倍,它们可以被很多臣子享用,但是像这样的奇香,如同"龙涎"的名字一样,是天下独一份的尊崇。

荆婉儿嘴角微动:"莫非这香也是皇后给长乐王的?"

裴谈目光深邃地说:"我说了,最早进贡的记载也是在十年前,到今天应该早已用完了。即便是当今陛下,也未必有存货……"

陛下都没有,一个郡王爷却有?

荆婉儿下意识地想,长乐王把御赐的贡品海芋花私自送给青龙寺,或许还够不上欺君之罪,可是私自用了连帝王也用不起的奇香,这已属不寻常。如果被中宗知晓,中宗会原谅他吗?

荆婉儿说道:"越来越不明白这位王爷是如何想的。"

若只是看这两次和李修琦的接触,荆婉儿感觉他并不是个狂妄肆意的人。那张脸上的表情始终很平和,显示出孤傲的气质,应该说,与青龙寺这些和尚相比,他更像是清修的人。

但是想起他不合时宜的打扮,荆婉儿再次无语。

裴谈忽然目光一闪,看着面前的二人说道:"长乐王或许并没有藐视皇威。"

荆婉儿诧异地看过去。

裴谈的目光闪了几下:"十年前,番邦进贡此香的时候,是天后当政。你们可曾想过,那时候的朝堂格局?"

这次倒是荆婉儿的反应慢了半拍。她当时毕竟是闺中少女，难以透彻理解那些朝堂纷争。

裴谈神情凝重："那时候的滕王爷，是朝野中最有名望的一位王爷。"

正是，单看《滕王阁序》的脍炙人口，就知道滕王殿下昔日的锦绣无双。

"当年天后收到此香，若要恩赐臣子，滕王或许便是其中之一。"裴谈的这番分析结合了当年的政治格局，让荆婉儿有种耳目一新的感觉。

裴县冷然说道："所以滕王府的龙涎香，是昔年天后赐予。"

而滕王未必喜欢用这样浓烈的香，驾鹤西去后，龙涎香便传到了长乐王手里。

多么缜密的分析。如果这就是事实的话，长乐王李修琦确实没有做什么欺君的事。而且，就算中宗知道李修琦使用龙涎香的事，可是追究下去就会牵扯到天后，那么陛下也只会睁一只眼闭一只眼，假装不知道。

所以，长乐王知道这一点，才会毫无顾忌地使用龙涎香？

"有那么多香可以用，为何他偏要用龙涎香？"是故意这么招摇吗？

滕王府上留下来的龙涎香一定所剩不多，又能够招摇多久？

裴谈沉思片刻说道："龙涎香的特点，就是比其他香的香气更加经久不息。传闻中，这种香是龙的唾液制成的，所以才会得到帝王的偏爱，但说到底这都只是传说罢了。"

"我们见到长乐王的时候，他一副要就寝的样子。谁在就寝的时候，也会用香？"

荆婉儿双眉紧蹙。而且还是这么浓郁的香，不会影响休息吗？

这一天，似乎又白白浪费了。

荆婉儿从裴谈的脸上，看不出什么波澜。

荆婉儿回房躺在自己的床铺上，感觉身下的床板又冷又硬，只铺着一张薄褥子，可这倒不是荆姑娘不能入睡的原因。

虽说寺庙里的条件艰苦，但荆婉儿是睡过宫里大通铺的人，怎么会在乎这个？她只是竖起耳朵，仔细听着外面的声音。院子里静悄悄的，像是整个寺庙都睡了。

经过两个晚上的观察，她已经确信，那冷面的裴县到底不是铁打的神仙，每当子时一过，他就会眯半个时辰。

荆婉儿今天就想赌一把，看他还会不会在同样的时间入睡。

习武之人睡着时的呼吸与普通人是不一样的，很容易就能听出区别。

听到裴县睡了的声音后，荆婉儿从床上坐了起来。她知道，宫中的那些御前侍卫，个个都是内功高手。杂役房中，只有经常外出处理尸体的她，会时常和侍卫打交道。

荆婉儿推开身上的被子，一把掀开枕头，拿出早已准备好的一件衣服。将衣服抖落开来，赫然是一件和尚才穿的僧袍。

全天下的寺庙里的和尚穿的都一样，这才是她最好钻的空子。

荆婉儿慢悠悠地把僧袍穿在身上，她利落地盘起自己的长发，固定在脑后，然后拿起僧帽戴在了头上。

和尚的房间连镜子也没有，荆婉儿自己检查了一番，才小心地打开房门。

这会儿，外面的院子里已经没有僧人，如果不想被裴谈发现，只要发出的声音不超过外面树梢间的风声就行了。

这样的事情，荆婉儿完全做得到。

这并不是寒凉的冬夜，风拂在面上，荆婉儿深吸了口气，竟有种舒适感。

她顺利地来到院门口，正要走出去。

"荆婉儿。"耳边传来一声轻轻的声音。

荆婉儿身体顿住，慢慢转过身。

裴谈打开门，站在门内。

"你要去哪里？"

荆婉儿不知道裴谈什么时候站在那里的，她眼睛里闪了一下微光。最尴尬的，大约就是她这一身打扮。

她看到裴谈身后的屋内，有烛火的光，可是她之前是看到烛光灭了才敢出来的。

荆婉儿垂眸静默半晌，说道："大人，您常说断案讲求证据，像白天这样一味在房间中待着，是不会有证据送上门来的。"

裴氏的势力确实很大，能够从皇宫中查到贡品的资料。可是查到的终究只是表面，慧根的真正死因为何，到现在依然毫无头绪。

连死因都确定不了，更不要说找凶器、查凶手了。

裴谈目光幽深地看着荆婉儿。他就知道这个少女不会坐以待毙，于是他问道："那你现在想要做什么？"

这是他想不通的，夜黑风高，她要去偷窃吗？可证据也不是她能偷来的。

荆婉儿想说什么，却欲言又止，面对裴谈始终有所顾忌。

裴谈道："怎么？"

荆婉儿慢慢说道："如果我说了，恐怕大人会笑话我。"

裴谈眼睛动了动，他微眯着双目说道："我不会笑话你。"

荆婉儿似乎在看他的表情。

"婉儿只是想到，最危险的地方也是最安全的地方，反之亦然。"她的目光在夜色下清亮如水，"所以……婉儿想再去那阁楼看一看。"

裴谈看着她："那里我们已经查过了。"

荆婉儿抿了抿唇："婉儿有种直觉，我们一定漏掉了什么。"

裴谈许久没有言语。当一个女子对你说起"直觉"的时候，最合适的便是沉默。

荆婉儿坦然地说道："大人就算想笑话也不要紧。"

裴谈当然并没有笑，说实话，要不是他熟悉荆婉儿的一颦一笑，在这昏暗的夜色下，还真容易被她骗过去。

"你从哪弄来的僧衣僧帽？"他问。

荆婉儿停顿了片刻，发现裴谈一直在盯着她，这才说道："从梧州一路到长安，婉儿在见到大人之前，自然需要别的手段谋生。"

可是看这一身打扮，裴谈难以想象她所谓的"谋生"是如何艰辛。

"婉儿一定要去试一下，请大人允准。"她坦然地看着裴谈。

裴谈很清楚少女是什么性子，今夜他就算阻止，也没什么必要。

"路上若是有其他僧人发现了你，你就说是我派你去的。"他对荆婉儿说道。

荆婉儿怔了一下，看着裴谈的面孔："是……婉儿明白了，多谢大人。"

少女咬了咬唇，转身离开院子。裴谈看着那夜色中遁去的身影。他在裴氏这样的大家族中生活了二十余年，眼见能嫁入裴氏的女子，多是出自五姓七宗之类的名门望族。没有人如荆婉儿这般，只为自己而活。

或许连他都不是这样。

第八十七章　慧根的"鬼魂"

荆婉儿穿着僧衣僧帽，像一只灵活的猫，不动声色地融入四周的环境中。

青龙寺的地形再复杂，也比不上皇宫，对荆姑娘来说不过是小菜一碟。

子时将尽的时候，荆婉儿终于到达了阁楼。她隐藏在草丛之中，先观察一下门口有几个僧人。她最担心的就是有武僧，若是个个都像玄泰那般麻烦，可就糟糕了。

想不到的是，院门口只有一个打着盹儿的小和尚，四周一个人影也没有。

荆婉儿定了定神，暗暗给自己鼓了鼓气，从草丛中走出来，猫着腰慢慢靠近阁楼。这夜里没有风，比平时安静，她居然还听见了这和尚打呼噜的声音。

看来再怎么讲究四大皆空，也得像凡人一样吃饭睡觉。

荆婉儿全身紧张的肌肉立刻放松了，如此倒也省了她的事，连准备好的迷烟都用不上了。

她小心地推开院门，闪身进去。

荆婉儿想速战速决，她拔下头发上的簪子，快步向着门的方向奔去。

和尚用的门锁能有多结实？她今夜便是打定了撬开房门的主意来的。

距离门边还有两步的时候，荆婉儿借着月光匆匆扫了一眼门上的锁，似乎，锁是开着的……

她还来不及细看，脚下仿佛踢到什么。荆婉儿摔倒的时候，忍不住轻呼一声。

好在她反应快，迅速捂住了自己的嘴巴。

可是晚了，她看见草丛里，有一个和尚怔怔站在那里。

荆婉儿的第一反应是糟糕，这么出师不利，可那和尚半天一动不动，倒让荆婉儿有些奇怪。

她也不敢吭声，虽然做了伪装，可一开口，就露馅了。

这样僵持了许久，荆婉儿看那和尚终于动了一下。

"你是什么人？"这和尚的声音竟很轻柔，还带着一丝明显的颤音。

荆婉儿心里感觉非常怪异，看那和尚问了一句后，又不说话了。她想了想，干脆豁了出去，故意捏着嗓子，粗声粗气回了一句："师兄好。"

那和尚的身子震了一下。

半晌，他再次颤着声音说道："这里已经被划为禁地，没有住持命令，谁都不得闯入……"

荆婉儿做贼心虚，再柔和的声音也让她没有底气。她转了转眼珠，或许因为被抓了个现行，一时也编不出什么理由。

"多谢师兄提点，我迷路了。"荆婉儿脸不红气不喘地甩出了一个万能的理由。

那和尚似乎呆了一下，荆婉儿看到他的身影在月影中有种不自在的僵硬。

荆婉儿有些奇怪，她没有想到自己一个不过脑子的理由，居然会唬得这小和尚半天不吭声。

荆婉儿盯着那和尚看去，虽然月色昏暗，只能隐约看到小和尚的外貌轮廓，可滑稽的是，那和尚光秃秃的头顶，在月亮照耀下，居然像镜面一样有点反光。

换作在平时，荆婉儿或许会笑出来。

看来这人的确是看守在此的和尚。

三十六计走为上，荆婉儿果断地转身向院门口走了几步，又回头看了眼那个和尚，只见他还站在那里。荆婉儿觉得，这和尚的眉眼格外清秀。

荆婉儿无功而返，她看见装谈屋内的灯火已灭，内心竟隐约觉得有些对不住裴谈。

此时已是后半夜,她开门进了屋内,呆呆地盯着床铺,又想了许久。

显然,荆婉儿再有精力,经过这几日的折腾,此时也已经十分倦乏了。她叹了口气,拖着沉重的眼皮上床睡了。

脱掉了这身令人难受的僧袍,荆婉儿手一松,丢到火盆里烧了。她很清楚,今夜之后,她不会再有机会了,所以不必留着这件衣服,徒增风险。

荆婉儿睡得这样沉,晨钟响起时,她还不想起身,可是无奈,只得勉力睁开了眼。外面的阳光已经十分刺眼了,睡也睡不安稳。

荆婉儿走了出去,发现裴谈已经在院中用起了斋饭,身旁是永远尽忠职守的裴县。

荆婉儿觉得裴县的视线盯着她的后背,目光比以往都要寒冷。

难道昨晚偷偷溜出去的事被他发现了?

荆婉儿小心地看了他一眼,她本想镇定些,但裴县冷酷的目光让她难以镇定。

裴谈也不说话,一时间,院子里一片诡异的安静。

"大雄宝殿中除了日常扫洒的僧人,平时可会有人在内修行?"裴谈问身旁斟茶的一名白净僧人。

那僧人微微欠了欠身:"大雄宝殿是圣地,除了每年的祭祀日,以及圣主规定的斋戒日,平素我们是不去的,僧人只在偏殿修行。"

裴谈轻轻"哦"了一声。

荆婉儿似乎明白了,这是裴谈想排除能接近大雄宝殿的人,也便是……有可能接触到海芋花的人。可是现在距离斋戒日还早,显然青龙寺的和尚都没有接近过大殿。

荆婉儿顶着裴县异样的目光用了斋饭,觉得乏力的四肢充实了一点。

"大人,今天是第三天了。"荆婉儿迎着裴谈的目光,"宫中是不是该有信来了?"

这大约是裴谈过的最为漫长的三天,找不到线索,依然没有任何证据。

"你期待来信?"裴谈望了她一眼。

荆婉儿想起昨夜失利,尴尬地沉默了。

看她的反应,裴谈就明白了。昨夜,他在屋内听到了荆婉儿的脚步声,却并未戳穿她。

裴谈说道:"我们能做的都已经做了,静观其变吧。"

一切随缘,裴谈便是这种性子。虽然从他出现在大理寺那天起,对他的种种微词就没停过,可他一向是做自己的事,不惧流言。

荆婉儿看了他一眼，心中隐约有点不是滋味。

武僧玄泰忽然走了进来，他冷漠中带着煞气的眉眼，直直盯向裴谈："看守冰窖的弟子说，发现慧根的尸身被人用刀割喉，你们竟敢做出这样有违天道的事？"

这话让裴谈跟荆婉儿都沉默了一下，该来的还是来了，本也没指望这事能瞒多久。

裴谈看着玄泰："此事我会亲自向玄莲大师解释。"

玄泰见对方立即认了，脸上怒意更深："还有什么可解释的？今天便是师父不许，我也要将你们逐出寺去！"

从玄泰冲进来，裴县就冷冷地盯着他，听到要逐走他们，他的手便已经按在了腰刀上。

"玄泰师兄，不好了，出事了！"一个小和尚从院外奔进来，一脸惊慌失措。

玄泰皱眉愠怒道："慌慌张张的，成何体统！"身为出家人，本应四大皆空，早该摒弃这种凡俗情感。

荆婉儿睨着玄泰，他不觉得自己就已经犯了这些戒律吗？

小和尚的脸上闪过一丝恐惧："现在武僧殿都在传，有人说，昨夜看见了慧根师兄的亡魂……"

这小和尚似乎很害怕，这样的事，谁不怕呢？

玄泰脸色变了，他压下怒火道："是谁，带头妖言惑众？"

那小和尚肩头颤抖着说道："是真的，师兄，昨夜派去守卫阁楼的师兄，亲眼看见慧根师兄的鬼魂，飘在房间的窗口……"

这下连玄泰也脸色发白。

院子里原本还站着的其他小和尚，喉中不禁发出了轻轻的哽咽声："慧根师兄是枉死的，定然因为心中有冤，而入不了轮回……"

出家人尤其信这个。

青龙寺人心惶惶，现在连闹鬼的事都出来了，哪里还有半点护国神寺的威风？

裴谈听到有人看见"慧根的鬼魂"出现在阁楼上，神情不由一变，目光扫向对面的荆婉儿。

却看见，少女也是一脸错愕。

荆婉儿心里清楚，她昨晚并没有进入阁楼，到了院子里就已被阻拦。

裴谈的眸子动了动，为免节外生枝，没有再吭声。

"那间阁楼已经被师父亲自上锁，门口有武僧弟子守护，若不是鬼魂，还有谁能进入那里？"

这样的话，显然令人深信不疑。

荆婉儿听了也觉得奇怪，她昨天离开院子时，门口的武僧没有醒，除了那个看见她的小和尚……

显然这些人和玄泰，没有一个怀疑到荆婉儿身上，他们完全相信真是慧根的鬼魂来了。

荆婉儿在裴谈看过来的时候，对他轻轻摇了摇头。

这一次，真的和她无关……

倒是那个守在阁楼的院子外昏沉睡过去的小僧，是否为了掩饰自己的失责，才把事情都推到鬼魂身上？荆婉儿忍不住这样想。

"可是昨天只有一个弟子在那里看守……"

荆婉儿心里震了一下，她看着那说话的小和尚问道："你说昨天只有一个人看守？"

那小和尚冷不丁被荆婉儿问了一声，有些不知所措地说道："是啊。"

裴谈发现荆婉儿脸色不对，似乎是呆住了。

玄泰挥了一下衣袖："叫几个弟子跟我去阁楼。"

是人是鬼，也要看个分明。

裴谈不动声色道："可否让我们同去？"这也是再去看看那间阁楼的机会。

玄泰转过脸，不留情面地说："有你们在，慧根师兄才是真正不得安息。"

第八十八章　找到了凶器

荆婉儿忽然开口说道："如果你不带我们前去，我们就去求见玄莲住持。"

玄泰正要走，听了这话，身形一顿，转身盯着荆婉儿。

荆婉儿毫无惧色地看着他。

玄泰冷冷地说道："若真是你们扰了慧根的安宁，师父也不会原谅你们。"

玄泰不过是嘴硬罢了，玄莲亲自许诺他们行动自由，谅玄泰也不敢违抗师命。

荆婉儿看一眼裴谈，两人立刻起身，跟着玄泰前去。

一行人赶到阁楼的院子里，只见门锁好端端地挂在上面，没有一点被动过的痕迹。

玄泰冷着脸看向身后的小僧人："钥匙在谁的手里？"

荆婉儿再次感觉脑子被刺疼了一下，因为她昨夜来的时候，隐约看到锁是开着的。

却见这些小僧面色古怪，他们都低下头："师兄，这门是您亲自上锁的，钥匙已上交给了师父。"

玄泰脸色挂不住，门是他锁的，难道要因为这点事去找玄莲大师拿钥匙？

荆婉儿心里一跳，难不成是……昨夜昏暗不明，她才眼花了？

跟着玄泰的小僧下意识地说道："师父这几日精神不大好，一直在方丈室休息。"

玄泰看着这几个和尚："把门锁砸了，我倒要看看里面有什么东西。"

和尚们面面相觑，连裴谈都说道："玄泰师父，这不好吧？"

荆婉儿瞥了他一眼，还在想昨夜的事。她倒是想不到，这个玄泰这么野蛮。

玄泰见无人敢上前，鼻子里哼了一声，目光扫过门锁，忽地一声轻喝，手握住那长方的锁狠命一拽，锁应声而落，竟真的是被他野蛮地拽开了。

其余人还来不及惊愕，只见玄泰推开门，抬脚踏了进去。

荆婉儿和裴谈稍一停顿，也紧随其后跟了进去。

里面还是跟之前一样空荡荡的，一眼看去没有发现什么异常，只有一道楼梯，直直地通向三层那间阁楼。

玄泰向阁楼望去。

小和尚的声音有点抖："师兄，就，就是在这里。"

这就是发现慧根鬼魂的地方？

玄泰冷冷地看了他们一眼："跟我上楼去看看。"

不出意外，楼上的门锁，也是锁着的。玄泰抬手晃了晃，锁得相当结实。

到了这时，大家都选择低了头。两道门都锁得这样结实，没有被撬开的痕迹，肉体凡胎当然不可能进得来，所以能进来的，只剩鬼魂了吧？

小和尚颤抖地解释道："自前日事情发生，为确保无人再闯入，阁楼上全部都换了新锁，钥匙也只有师父那里才有。"听到这里，荆婉儿就明白武僧殿为什么只派一个和尚守着了，因为这种情况下，有人想混进来是不可能的。

荆婉儿刚在想，玄泰要不要连这道门也砸开，只见他一把握住锁身，猛然一用力，把那锁硬生生地从中间扭开。

荆婉儿吸了口凉气。要是拧脖子，想来也是这样利落。

玄泰盯着门，伸手推开。

明明说不再打扰慧根的灵魂休息，可人世间的事，真是说不准的。

熟悉的陈设再次展露在荆婉儿和裴谈的眼前。不同的是正对面的那床上，没有了惊悚的尸体,只不过床铺上还可见暗红色的血污。

屋里什么都没动过,都在原位。

"若这里真的有人,那他根本出不去。"玄泰冷冷地说道。

这间屋子虽然有窗户,但是被封死了。这屋子里面,甚至还有一丝因为空气不流通而留下的甜腻和血腥混合的味道。

"但是发现慧根的时候,门和窗一样是紧锁的。说明杀死慧根的凶手,还是从这里逃了。"荆婉儿不想拆台,不过很明显,这间所谓的密室,并没有那么周全。

玄泰寒着脸,目光看向窗台,慢慢走了过去。

"昨天就是在这看到了鬼魂吗?"

小僧颤声说道:"是,是的。"

玄泰片刻才从窗边转身,他盯着那小僧:"是什么时辰看见的?"

小僧立刻道:"丑,丑时。"

玄泰停顿了一下,忽然眯起眼看着小僧人:"记得这么清楚?"

在夜晚视线不明,且慌乱害怕的情况下,能保证意识还清醒吗?

那小僧却点头如捣蒜:"因,因为那时寺中的钟敲响了。"

就像是长安街上的打更人,青龙寺每逢整点,就会有守夜的僧人敲一下钟,当钟敲过五下,就说明起身修行的时间到了。

这下玄泰没再言语。

裴谈感觉自己的衣袖被拽了拽,低头一看,荆婉儿目光幽幽。

裴谈走到床的另一边。这里摆的是一个小香案,上面摆着一个香炉,还有佛珠和木鱼。这应该是李修琦用来修行的。香案上还放着供奉的圣果。

裴谈伸手擦了一下香案,然后看了看自己的指腹。

荆婉儿咬着唇,脸色有点苍白。

裴谈将那只手收入了衣袖里,继续环视着这间屋子。

和尚们都在纠缠是否有鬼魂,可裴谈和荆婉儿想找的是证据。小和尚说听到了丑时的钟声敲响,可那个时候,荆婉儿早就回到了院子。她躺下快要睡着的时候,才隐约听见一声钟声。

所以所谓的鬼魂肯定不是荆婉儿,而是荆婉儿离开之后才出现的。

"师父已经为慧根师兄做了超度仪式,师兄还在此地盘桓,必是冤屈深重了。"

就连玄泰都有点面色不稳:"今日已是第三天,午时过后就将慧根火化,葬于我寺后山的宝塔之下。"

青龙寺建在灵秀之地,宝塔下更是集天地之气,毕竟护国神寺闹鬼这种消息如果传出去，对他们一点好处都没有。这么快就要镇压慧根的亡魂，看来这些和尚心底，也没有多少情谊在。

荆婉儿看着他们："但是尸身一毁，你们就再也找不到凶手了。"

一个和尚立刻道："若让慧根师兄的生魂在此作祟，传出去有违我寺的声誉。"

论明哲保身，荆婉儿竟然输给了这群和尚。

裴谈不动声色道："现在是否有鬼魂尚且不清楚，这样草率未免过于武断了。"

这个玄泰似乎每次都是毫无耐性，尽管他是武僧，但也是个出家人，怎会这样不沉稳？

玄泰看着裴谈说道："三日净身仪式的时间是师父亲自定下的，仪式后若不入葬，你们就是让慧根永远徘徊在这世上不入轮回。"

寻常百姓也不敢将尸身随意暴尸荒野，更不要说一个有修行的高僧。

玄泰冷冷地对着跟来的僧人说道："你们全都留下看守，等慧根的净身仪式结束后再离开。"

裴谈没有再说什么，荆婉儿此时的神情明显是不愿多留，他们跟着玄泰离开了这是非之地。

如果说有僧人在说谎，那他总会露出破绽。可是荆婉儿在这几天里，随机试探了几个僧人，居然全都没有入她的套。整个青龙寺有数百名和尚，这些人的身份、职责各不相同，荆婉儿感到浑身发冷，难道整个青龙寺都在撒一个弥天大谎？

身后有脚步声，让荆婉儿骤然转过身！

她惊悚的目光正和裴谈撞上。

裴谈停住了脚步。

他盯着少女煞白的脸。从昨天开始，荆婉儿就仿佛受惊了一样。他问道："你怎么了？"

荆婉儿脸上的惊恐神色稍稍有了点退却，却不知要怎么开口。

裴谈望着她。自从来了青龙寺，荆婉儿的情绪就比平常容易波动，方才到底又是什么触动了她？

"昨天晚上，你在那个院子里找到了什么？"裴谈问道。

要是在重返阁楼之前，裴谈问了这句话，荆婉儿自然会回答什么也没有找到，昨夜她甚至来不及进到那间屋里，就被阻拦了。

可是现在，荆婉儿只觉得被一股怪异的感受攫住。

"昨天我在阁楼外面，遇见了一个僧人，离得太远，只能看清他的衣着。"因为那人穿着僧袍，所以她才先入为主地觉得对方是一个僧人。

换句话说，在青龙寺穿着僧袍的人，不是僧人又能是谁呢？

裴谈盯着荆婉儿，不由皱起了眉："怎么了？"

"大人，凶器一直都在我们眼前。"荆婉儿终于把这句话说了出来。

她相信裴谈也知道了，刚才她的暗示，裴谈明显已经懂了。

当他们再次来到那间阁楼，看到床的另一侧摆放的小香案，以及上面的东西，终于明白所谓的"一叶障目"是什么意思。

慧根后脑的伤，是被一件硬如石头的东西击打的。寺庙里，连一片碎石都被打扫得干干净净，有什么东西既能杀死人，还完全不引人注意，骗过了荆婉儿和大理寺卿的眼？

"是木鱼。"荆婉儿一字一顿地说道。

出家人用的木鱼，每日诵经敲击，是寺庙中最平常的物事，随处可见，没有谁会多看一眼。

裴谈望着少女说道："我方才看了那香案，木鱼没有摆放在原来的地方。"木鱼移了位置，因为他看到那香案上，有一处非常干净，正是一个木鱼的轮廓。

这说明木鱼之前是摆在那里的，而且很长时间都在那里。

"大人还记得发现慧根尸体那天，香案上是什么样子的？"荆婉儿忽然问。

裴谈明白她的意思，目光深邃地说道："那天木鱼的摆放并无异样。"

所以哪里有什么鬼神，分明是人为。

第八十九章　众生皆苦

荆婉儿想起从前在宫中的时候，她在千牛卫和禁军的眼皮底下，将那些宫女伪装成尸体混出宫去。从来没有人想起要掀开她的席子检查，号称守卫严密，连一只苍蝇都飞不出去的大明宫，她却那么多年都来去自如。

归根结底，就是那些禁军的一叶障目。

越近的破绽越不容易被发现，小小一片叶子，就让人看不见整个森林。

如今她和裴谈，不过是被同样的手段涮了一把。

"这人胆子有多大，心又有多细。"裴谈不由得缓缓地说道。如果不是立场不同，他们都要夸赞这人的聪明。

荆婉儿看着裴谈,她知道那几乎让她透不过气来的惊悚感觉是怎么产生的了。

这是一个多么聪明、狡猾,又隐藏在暗处的对手。

如果木鱼没有被再次移动位置,他们还是发现不了。不对,或许是永远也察觉不到凶器是什么。

"不管是宗楚客还是韦家,他们的势力都很大,但也都有各自的弱点。"裴谈的话一针见血。宗楚客的弱点是宗霍,而韦家的弱点是他们始终是外戚,不管怎么培植势力,只要中宗一日在位,他们的头顶就悬着皇权这把利刃。

裴谈利用这些弱点,已经成功地让大理寺两次站在了不败之地。

可这次呢?

"如果我们不能知道对手是谁,就束手无策。"如同一只瞎了眼的夜鹰,连方向都辨不分明,更不要说在黑夜中捕食了。

荆婉儿喃喃道:"对方也许正在某处看着我们。"

这次对手最强大的地方就在于此,而暴露在明处的大理寺众人,仿佛成了任其拨弄的雏鸟。

裴谈慢慢说道:"昨天守夜的武僧,应该不是因为困才睡着的,而是着了道。"

据说武僧醒来后,在看见窗前的"鬼魂",便受惊吓逃回了武僧殿。

荆婉儿眸子闪动:"那人是故意在窗前装神弄鬼,为了惊吓武僧,武僧逃走之后,他正好可以趁机离开。"

这样的分析并无不妥,可荆婉儿目光顿了一下,有一点她始终没有想通。

裴谈目光深邃:"比起离开,更难的是那人如何进去的。"

通往阁楼的两道门锁,都已被锁死,即便武僧那时已经睡着,守卫形同虚设,阁楼也不是说进去就能进去的。

二人对望着。现在虽然成功找到了凶器,眼前的迷雾却反而越来越重了。

"锁没有被破坏的痕迹,唯一的可能,就是那人有钥匙。"裴谈的眉心有些皱起。

荆婉儿咬着唇,她刚才当然也想过这个可能,可是委实经不起推敲。但凡还有第二把钥匙,玄泰他们今天就不会砸门。

"排除掉有钥匙这个可能,院子里没有其他出口,凶手如何来去自如?"他们竟然不约而同地觉得,真的像是有鬼魂。

若真有恶鬼,为什么不去阿鼻地狱,反来惑乱皇家圣寺?

因为见荆婉儿脸色苍白,裴谈转了话头道:"昨晚你在院里遇到的那个人,你还记得他的样子吗?"

荆婉儿的目光有些暗淡,她说道:"除了看见他是个僧人,完全看不清面貌。"

穿着僧衣，光着头，还能让人想到什么。

裴谈说道："整个青龙寺有三千多名僧人，即便是只在外院的小僧，尚未获得进入内院资格的，就有接近两千人。"所以这条线索，是在三千人中大海捞针。

"我想不明白，若是他这么神通广大，"荆婉儿一边思索一边说道，"能混入阁楼骗过众僧，为什么偏偏要再次移动木鱼？"

诚如荆婉儿所说，若此人继续按捺不动，他们可能真的发现不了凶器。

就像一个杀人不见血的高手，突然有一天把自己的血流在了案发现场。

裴谈目光深邃，脑海中念头一闪，说道："他不是想移动木鱼，他是要拿走木鱼。"

荆婉儿脸上划过一道错愕的神色。拿走木鱼？

裴谈幽深的目光看着荆婉儿："他最初的目的，应该仅仅是想把木鱼带走。"

荆婉儿忍不住道："为什么？"

裴谈双眸深邃："因为有可能……他知道木鱼是凶器。"

荆婉儿听了为之一愣。

过了一会儿她才说道："就算是这样，那为何他又没拿走？"

裴谈看着少女："因为你。"

荆婉儿真的有点糊涂，还没等她开口，裴谈继续说道："因为在院中遇到了你，一定让他很惊慌，也打乱了他的计划。"

试想，那个人本来的计划，是悄无声息地拿走木鱼，再不惊动任何人离开。

这个计划本来也很顺利，只是当他要走的时候，正好"碰"上了荆婉儿。

荆婉儿想说什么，忽而又抿紧了嘴。她的眼中不断闪烁。

荆婉儿昨夜的举动，可以解释为她想在最后一日放手一搏，所以冒险前去案发现场。

在荆婉儿这里，她的计划遇到了阻碍，或许……另一个人的计划也一样呢？

"他并不知道，你是去找线索的。"裴谈眸子闪烁着，"或许他以为，你已经知道了什么，所以才深夜前去阁楼。"

荆婉儿看着裴谈一动不动。

她的记忆被打开，想起昨晚那人，有些含混的嗓音说，阁楼已被列为禁地的那番话。

荆婉儿一直不敢走向那人，因为怕被发现。可是那个人，为什么也没有走向她？尤发现有外人闯入禁地，不是应该立刻叫人把她擒住吗？

荆婉儿的目光闪动起来，原来做贼的心理都是一样的。

裴谈看到荆婉儿的神情，说道："你走之后，他不确定你是否已经知道了什么，所以他在犹豫之后，又匆忙放回了木鱼。因为他怕你会发现，木鱼已经不在了。"一旦发现，这就是此地无银三百两，为了不暴露，只能选择放回木鱼。

裴谈这番分析深入到了人的内心，所以才能勾勒出人的行动轨迹。通过他的解释，昨夜的迷局明显合理多了。

荆婉儿道："可是因为夜深，加上心中慌乱，让他放错了木鱼的位置。"所谓放错，距离原位不过只有寸许的距离，很难被人发现。

裴谈说道："至少我们知道，我们面对的不是鬼神，而是一个人，一个会犯错的人。"

荆婉儿心里的那种压抑，好像一下就减轻了。虽然荆婉儿知道这是裴谈的宽慰之语，但还是从心底感觉轻松了很多。

"大人，"少女目光清澈，"只怕来不及了。"

裴谈看着她。

这时，青龙寺的钟声响了一下。钟声每到整点就响一次，此时已是午时了。

"大人，我们要将凶器的事告诉玄莲大师，让他推迟下葬慧根。"这是荆婉儿唯一能想到的法子。

裴谈摇了摇头："这一次，玄莲也做不了主。"

净身仪式，是希望能干干净净地来，干干净净地去，把尘世带来的污秽全都洗净。

而荆婉儿他们了解到，按以往的惯例，只有在住持圆寂之时，才会举行净身仪式，可玄莲大师却为了慧根破了这个例。

可是人死不能复生，再多的悼念也会结束。

荆婉儿看着裴谈："大人，我们什么都不做吗？"

这次不是裴谈不想阻止，而是已经超出了他能力范围。何况，若这个时候再阻止慧根下葬，即便以查案之名，又于心何忍？

荆婉儿仿佛明白了，微微垂下了眼睑。

真是众生皆苦。

第九十章　以死谢罪

忽然，远处又传来一声响亮的钟声。这洪亮的声音，整个青龙寺都能听到。

和尚们都穿上了袈裟，脚步匆匆赶向一个方向。

"我们也去。"裴谈身影一动。荆婉儿反应过来，立刻跟上，至少她要亲眼看着慧根下葬。

看到大理寺的人，和尚们显然并不欢迎，但今天是慧根的大日子，他们不会在这时候发难。

送慧根离开的地方在四方院，这是寺中最大的空地。

即便如此，能来给慧根送行的，仅仅只是寺中师叔辈的老僧们，其中就有玄泰。

荆婉儿他们到的时候，四方院的门口站着一个白衣人。

"多谢王爷来送小徒。"玄莲大师披上了袈裟，正看着对面的李修琦。

李修琦背对着门口，裴谈等人看不见他，只见片刻后，他走向了院内。

玄莲大师很快就看见了裴谈，两人对视了许久。

院子里，慧根全身上下都被白布裹着，一袭袈裟盖在他的身上。

真像是质本洁来还洁去，本来无一物，何处惹尘埃。

荆婉儿咬住了下唇。这种仪式平时根本看不得，令人非常悲伤。

如果是眼看着自己的亲人下葬……荆婉儿呆呆地想。

玄莲大师在两个小僧的搀扶下，走到祭台前，用手里的柳枝替慧根拂了拂尸身。

观音的玉净瓶中，以杨柳枝普度天下。因此，柳枝被佛家用以净化生灵。周围的和尚们默默念起了经文，荆婉儿的眼角有点刺痛。

"慧根，愿你来世再入我佛门。"玄莲大师说道。

四周有僧人捧起了六朵刚摘的新鲜莲花，分别围绕慧根放置。

慧根要火葬，用佛家所说的能烧尽世间一切的红莲业火。

荆婉儿茫然地捏住了裴谈的手掌。

裴谈微微一动，看了她一眼。

玄莲亲自替慧根理了理衣裳，说道："送他走吧。"

这时荆婉儿感到，裴谈望向了玄莲大师。玄莲似乎也看见了，对裴谈微微颔首。

荆婉儿忽然明白了裴谈现在的心理，因此更想知道玄莲大师的心情。

玄泰沉痛地说道："想不到慧根和这尘世的缘分如此短暂，希望他到佛祖身边能安息。"

荆婉儿感到眼前闪过一道极亮的火光，然后她觉得裴谈的手明显用力一握。

她一直以为裴谈是不紧张的，此时有些诧异地看着他。

此时真是无可挽回，覆水难收。

那火焰，把在场每一个人的脸都照得清清楚楚。执法僧人手中的火把点燃了尸身底下的木枝。

这可真是大理寺办的最憋屈的一次案子,连荆婉儿都觉得胸口很堵。

"圣旨到!"

正在点火的僧人浑身一震。

"圣旨到,大理寺卿裴谈听旨!"只见院外的甬道上出现了两个行色匆匆的小和尚,领着一个穿着宫人服饰的人,快步朝着四方院内走来。

那人手中捧着一卷明黄的东西,常常待在宫中的人自然一看就清楚那是什么。

这人刚进入四方院的瞬间,所有人还没来得及做出反应的时候,裴谈只是扫了一眼,只见裴县已经凌空飞起。

荆婉儿只见一道刀光闪过,那刚燃起的火已经被无情地斩断,火星只在地上翻滚了几下就熄灭了。

刀刃离方才点火的僧人非常近,几乎要削下他的脸。

他脸色惨白地盯着裴县道:"你,你竟敢……"

这个时候,院子里的僧人根本无法兴师问罪,因为那个穿着宫人服饰的人已经来到了眼前。

裴谈一拂衣袖,便跪了下去:"臣裴谈听旨。"

接旨的人就在院中,那传旨官瞥了一眼,立刻展开圣旨念道:"诏曰,朕已知悉发生在青龙寺内之事,青龙寺号称我大唐第一佛寺,宣扬无上佛法,却遭遇此等血光之灾。朕心震怒,严令大理寺卿裴谈,详查青龙寺命案,尽速进宫回报,不得有失。"

这圣旨来得突然,传旨又飞快,等到念完最后一个字的时候,还有和尚没反应过来,匆匆下跪。

传旨官收起了圣旨,目光盯着裴谈。

裴谈缓缓抬起头:"是,臣裴谈愿为君分忧。"

传旨官把圣旨递给裴谈。

青龙寺诸人,包括玄莲大师,都无人说话。

"请裴寺卿近前,陛下还有一句话要单独和你说。"传旨官神色幽幽。

裴谈目光动了动,看了他一眼,起身上前。

只听那传旨官声音非常低,像断了气一样说道:"陛下说,他已知这件事是因何人而起,又是怎么闹到了现在的地步。所以,如果寺卿大人揪不出真正的凶手,就只好让荆婉儿以死谢罪了。"

裴谈抬头看着那传旨官,却见对方面色冷漠。不过是照本宣科,不管多么绝情的话也只是替背后的天子传话。

裴谈感到身后许多意味不明的目光，有如芒刺在背。

"臣……领旨。"裴谈终于缓缓说出口。

青龙寺的几个长老闭上了双眼。

裴谈起身，身后的人也都站起。那传旨官匆忙而来，传完旨意，一挥衣袖就走了。

整个青龙寺上空，如同留下了一片乌云。

此刻，荆婉儿看着被裴县一刀斩断的火枝。这一刀的意义，又何止于此。

荆婉儿的目光朝裴谈看过去。裴谈仿佛没有看见，而是走向了玄莲等僧人。

慧根的尸体被从草堆高处抬下来，周围的和尚都低着头，无人敢流露什么情绪。

裴谈说道："把尸体继续存于冰窖，裴县，你去守着。"

裴县收刀回鞘，目光冷冷，盯着的却是祭台旁的僧人。

裴谈走到玄莲大师的面前："只好请青龙寺继续配合大理寺调查了。"

玄莲大师双手合十，神情幽幽。

现在裴谈的话就是另一种意义上的圣旨，就算青龙寺自诩地位超然，此刻却连住持也不敢反对。

"抱歉了。"裴谈看着院中的僧众。

院门口，李修琦转身，一言不发离开了。刚才传旨的时候，荆婉儿都忘了去看这位王爷是什么状态。

足足过了两个时辰，日头西斜，荆婉儿才随着裴谈回来。

她看着裴谈的脸色，慢慢走到桌边，沏了一杯茶，然后端到裴谈身侧。

或许是一起待得久了，她能从那张淡淡的脸上看出点不同来。

"大人用茶。"

看到端茶的那只素手，裴谈慢慢抬起了眼。

两人就这样对视了半晌，裴谈才把茶接了过来。

"你也歇会吧。"他说。

荆婉儿却垂着眼，想起刚才那只捏住自己的手。"刚才传旨官对大人说了什么？婉儿见大人神色有异。"

正因为裴谈喜怒不形于色，那一瞬间的震动才在荆婉儿的心里留下深深的烙印。

如果裴谈事先知道圣旨会来，他大可不必紧张，所以今天的圣旨，是真的如及时雨一般。

裴谈看了她一眼："只差一点，慧根就保不住了。"

荆婉儿闻言，看着裴谈的面孔："大人没有想过，万一圣旨的内容，是让大人停止调查此案呢？那么裴县打断慧根的归灵仪式，要怎么对青龙寺交代？"

幸亏圣旨的内容是偏向大理寺的，但在传旨官宣读圣旨之前，裴谈并不能做出预判，他只是在赌。

荆婉儿觉得自己那么了解裴谈。

裴谈看着她，半晌说道："大理寺被赋予先斩后奏之权，越大的权力，往往也对应着越大的风险。"

荆婉儿明白了，他是情愿自己去承担这种风险。

荆婉儿垂下眼眸："可是陛下……怎么会同意调查下去呢？"

因为有李修琦和青龙寺这两个重大的不确定因素，裴谈和大理寺众人都觉得消息传回了长安，中宗极有可能让大理寺压下此事。或许正是抱着这样的想法，大理寺才在这三天尽力调查。看到慧根身下的树枝被点燃的时候，荆婉儿都以为此案无望了。

或许他们身在青龙寺内，并不知道长安城中，乃至大明宫内此刻的情况，她的疑虑正在于此。

裴谈也不是一味在赌，冒险并不是裴谈的作风，所以荆婉儿想知道他的想法。他多少猜到了今日之事可能发生，哪怕可能性微乎其微。

"因为在大明宫里，能做主的并不止陛下。"裴谈知道少女的猜测，"或者不只有陛下。"

第九十一章　意想不到的来人

荆婉儿沉默良久，忽然就笑了。因为她极少笑，所以此刻的笑容，让人感觉她并不开心。

"婉儿曾经以为，我们都只是上位者的工具，不管是抄家流放，还是被随便赐死，我们的命不过比蝼蚁强那么一点。

"可是后来在宫里亲眼看见那群人之间比任何人都要更血腥地撕咬，这才明白，就算是上位者，也生存于弱肉强食的世界，经历的事远比普通人更残酷。"

慧根的尸体之所以如此重要，是因为在尸体上能看出很多东西。

尸体在，线索在；尸体销毁，这就是死案了。

前人曾著有《尸语者》，说的便是死人会说话。狄青天有阴间断案的美誉，便是说狄公有让死人说出真相的能耐。

裴谈虽然样样比不得狄公，可毕竟现在的大理寺卿，依然是他。

"裴寺卿，寺外有一位自称是大理寺的仵作，要进寺见您。"一个眉目温和的小和尚，站在门口小声地对裴谈说。

荆婉儿和裴谈互望了一眼，大理寺的仵作？他们从对方眼中，都看到了一样的神色。

两人旋即来到门口，果然见到寺外有个年轻人在那里等候。他穿一身青色衣衫，牵着一匹棕马，如清闲公子。

"属下沈兴文，叩见大人。"男子一见裴谈，便敛袂行礼。

裴谈盯着他："你怎么会来青龙寺？"

沈仵作拱了拱手，说道："大人，沈某接到了圣旨，所以乘夜赶来。"

荆婉儿看见这个人，就有种异样的感觉，不知是否因为此人眉眼中那一抹显见的凉薄之意。

裴谈神色动了动，才道："你是说……圣旨传到了大理寺？"

距离他们在青龙寺接旨还没过去多久，如果大理寺同时收到了圣旨，宫里的动作得有多快！

"圣旨说，大人在青龙寺，正在办理一桩突发案件，暂时不归返大理寺。"

沈兴文眉眼间有一缕哂笑："沈某是大理寺名正言顺的仵作，大理寺调查任何案件，沈某都应当在场。"

荆婉儿看向裴谈。裴谈盯着沈兴文。沈兴文根本没有单独接到圣旨，是自作主张前来的，现在，他不但来了，还被青龙寺这么多双眼睛看见。

沈兴文的确是大理寺名正言顺的仵作，现在命案当头，裴谈如果下令让沈兴文返回长安，恐怕会引起不必要的麻烦。

荆婉儿很快就想到了这些，她盯着沈兴文的目光愈发幽冷。

把棕色的大马拴在寺外，沈兴文跟着裴谈和荆婉儿进入了青龙寺。他身上背着一个小小的验尸工具箱，这就是他全部的行头了。

"所有衙役都暂住在此，你先安顿在这儿，随时听候差遣。"裴谈将沈兴文带到了之前落脚的外院。

沈兴文环顾四周，轻轻一笑道："谢过大人。"

他的目光掠过荆婉儿，随意地一停留。荆婉儿迅速捕捉到，冷冷地扫了他一眼。

本来这桩案件就迷雾丛生，现在又来个沈兴文，真不知道前路茫茫，是凶是吉。

就在裴谈打算离开的时候，沈兴文拢了拢衣袖，轻轻说道："大人，或许属下不该多嘴，但是命案紧迫，尸体也不宜放置过久，您不带属下立刻前去勘验吗？"

裴谈停顿了一下，才转身说道："今日你暂且歇息。"

沈兴文拱了拱手："沈某的职责就是验尸，多谢大人体恤，不过属下并不劳累，无须歇息。"

裴谈对于沈兴文，原本就没有彻底信任。在毫无准备之前，裴谈不想让他接触到慧根的尸体。小心驶得万年船。可看着沈仵作的神情，是一刻也不能等了。

荆婉儿早知道这个沈兴文难缠，不过有裴谈在场，谅他也不可能做出什么来。

冰窖外面现在有裴县一夫当关，还有两个武僧殿的人严守，其余和尚们都躲得远远的。慧根不能入土为安，三天的净身仪式之后还要亡魂不宁，这在佛家看来是要化为厉鬼的。

沈仵作的出现显然给人微妙的感觉，武僧殿的人不认识他，纷纷问道："这人是谁？"

青龙寺是无名之辈想来就来的地方吗？

裴谈看着他们："这是大理寺的仵作，请小师父通融。"

那武僧眼眸发红。仵作？仵作的责任就是验尸，而验尸便要破坏尸身。

"师父虽然同意你们查看慧根的尸体，可没说什么人都有资格，你们大理寺是不是太过分了？"那武僧目光不善。

裴谈看着他道："圣旨上说，让大理寺全力查案，不经仵作对尸体进行勘验，如何找到线索？"

那武僧恨不得对裴谈动手。

沈兴文眯了眯眼。他还不知道青龙寺此时的情况，不过从眼下看来，似乎并不乐观。

两个守门的武僧狠狠瞪了他一眼，才把冰窖的门让开。

裴谈走进去，荆婉儿有意落在后面，想仔细观察沈兴文。

冰窖里弥漫着一股阴冷潮湿之气，沈兴文走进去之后就把箱子放在地上，来到盖着白布的慧根旁边。

"这真是沈某人遇见过的，保存最仔细的尸体。"沈兴文有些叹息地看着慧根的尸体。一般死后落到仵作手里的，都是生前无比悲惨低贱的人，没有家人装殓，才会被仵作开膛剖尸。而慧根被放在这样一座冰窖里，身上还裹着蚕丝的绸子。沈兴文好奇的，便是他的死因了。

沈兴文看了看荆婉儿，说道："让沈某猜一猜，荆姑娘是否已经看过尸体了？"

她觉得这句话中含着戏谑,可真是意有所指。

荆婉儿没有搭理他。裴谈看着沈兴文,淡淡地说道:"你才是大理寺的仵作。"正如他强调的那样,既然如此,就要让这个仵作发挥点作用。

沈兴文好像不怎么在意,一笑之后,就卷起了袖子,轻轻揭开慧根身上的绸布,露出惨白的尸体。在惨白的肤色下,沈兴文也注意到了慧根脸上奇特的表情。

沈兴文的目光动了动,把绸布丢到地上。因为血色已经褪尽,裴谈之前割破喉咙那一道伤口尤其显眼。沈兴文见状,不由瞥向荆婉儿。

"沈仵作一直盯着我,是想让我验尸吗?"荆婉儿看着他。

沈兴文闻言一笑:"沈某知道荆姑娘对于尸体很有一番见地,不过有些东西,毕竟是只有专业仵作才有可能看得出来。"

荆婉儿盯着他,她也很想看看,这个专业仵作能看出来什么东西。

只见沈兴文利落地打开了箱子,从里面熟练地拿出工具,切开尸体的腹腔。

幸好旁边没有和尚,如此残暴地破坏尸体,沈兴文可真是把所谓得道圣僧,当成了普通死者一样对待。

荆婉儿忍住了,没有阻止他。

他完成这套动作后说道:"死者的口鼻和胃里都很干净,致死原因应当和毒物无关。"

单单这句话,就让荆婉儿侧目。她等着这个沈仵作继续演示。

沈兴文翻过慧根的尸体,看到了头部的伤,说道:"这个伤口,深可见骨……看来很可能为一击毙命。"

普通人头部被打这么一下,早该死透了。

荆婉儿看着裴谈,她倒是不想再说什么了,只看裴谈对这位仵作有什么想法。

沈兴文当然注意到了气氛的变化,他起身看了看裴谈和荆婉儿。

他忽地一笑。

"沈某所说的,是否早就被大人或荆姑娘猜到了?"荆婉儿自不必说,少女毕竟还年轻,尤其是对沈兴文没什么好感,情绪更是不必隐藏。

沈兴文慢慢把工具放回了箱子,从夹层里拿出了银针。

他盯着慧根被切开的脖子,把银针探了进去,片刻之后拿出来,银针已变黑。

"有毒?"沈兴文看着裴谈。

毒物不在口中,不在胃里,而在喉咙?

裴谈开口说道:"仵作是否查到死因了?"

这么厉害的剧毒,银针一探就变色,即便毒物还没有入腹,也足够让人死上十回了。可尸体的后脑伤口，一样足可致命。

沈兴文放下了银针，他的目光由上至下看着尸体。

死因不明，不能断案，他算是了解这宗案子的不俗之处。哪怕毒药和后脑的伤，致死的先后顺序只差毫厘，也是差之毫厘，谬以千里。作为仵作，如果判定不了这毫厘的差别，就难以断案。

"死者究竟是何身份，死前在何处，做些什么？"

沈兴文看着裴谈和荆婉儿，这个问题，作为身在寺中的二人，一定可以解答。

荆婉儿慢慢说道："死者慧根，是住持玄莲大师唯一的弟子，死在寺庙阁楼，屋门紧锁，浑身衣服整齐，无人在场。"

沈兴文眼睛眯起来："衣服整齐……无人在场？"

裴谈望着他："仵作有何见地？"

沈兴文重新看向了尸体，目光幽幽："死者的命根子，生前曾经勃起……"

第九十二章　一地鸡毛

"你说什么？"裴谈盯着沈兴文。

"不过虽有勃起的迹象，却并未真的和女子亲近，只是有一点反应罢了。"在这护国神寺中，想真的和女子有什么也不可能。

沈兴文抬起头，一手还压在尸体上面。他看看自己身边的两个人，却见荆婉儿和裴谈的表情都好像很懵懂，一阵可疑的静默后，他终于慢慢说道："之前看尸体的时候，大人没有发现这点吗？"

裴谈没有言语。

荆婉儿低下头，看似淡漠，隐藏在发际的耳根却是温度悄悄升高。她从前见过太监和宫女"对食"，现在终于反应了过来。

见此情景，沈仵作的神情陡地微妙了起来。

他压不住嘴角的一丝弧度，又看了一眼裴谈。裴谈的面色还是一直淡淡的。

荆婉儿是个小姑娘，可以撇去不谈，裴大人正是阳气旺盛的年纪，难不成连这种事也会不明白吗？

裴谈看着沈兴文："还有什么？"

沈仵作欲盖弥彰地轻咳了一声。

这可真是应了那句"灯下黑"的俗语。荆婉儿一向对尸体表现的毫不在意，不畏缩更不害怕，因为在宫中那样的地方，什么样的死法都能遇见。

可那毕竟是宫里，所以小姑娘恐怕这么多年也不可能有机会看到一个"真正"的男人的身体。

不过裴谈的反应，才叫一个有意思……

沈仵作一边低着头假装看尸体，一边说道："沈某以为，和尚毕竟也是人，不像宫里的太监，切干净了命根子，自然无后顾之忧。属下观察这位小和尚，也正是该，额……该到了那个冲动的年纪。"

荆婉儿盯着沈兴文，对这个人始终没有好感。

慧根应当是年方十九，将及弱冠，他本人从婴孩时期就被玄莲大师收养，根本没有机会离开青龙寺。

因为沈兴文的话直白到露骨，荆婉儿冷静之后问道："沈仵作，你对你的话负责吗？"

听见这道清丽的质问，沈兴文有些诧异地看着她："荆姑娘所说的负责是什么意思？若说验尸的话，沈某当然负责，而且句句是真。"

沈兴文用戴着手套的手，扒开了慧根的眼睛。

这原本是最奇怪的。慧根被发现时眼睛闭着，没有横死的兆头。

"眼底有红血丝，证明了沈某的猜测。人在情绪不受控时，会瞳孔放大。这位小和尚死之前见到的，就是最后见到这个小和尚的目击者，一定脱不了嫌疑。"

冰窖里甚至能听见心跳声。他们本以为不会再验出什么，想不到现实永远更惊人。

沈兴文突然盯着荆婉儿看，那眼神令她没反应过来。

荆婉儿毕竟是个女孩子，她有些不自然，扭过头不看慧根尸体。

可是想不到这番表情，却让沈兴文彻底误会了。沈兴文盯着她："恕沈某多嘴，荆姑娘和死者之间……恐怕不是一般的交情吧？"

沈兴文突然发难，让冰窖里的空气都凝固了。

裴谈盯着他。

幸好荆婉儿不是被吓大的，定了定神，看着沈兴文道："你什么意思？"

沈兴文的神情愈发高深莫测。

他越是这样，冰窖里的气氛越是诡异。沈兴文给人的印象一向都是真假难辨，此刻他的指向这般暧昧，连裴谈都觉得，他是不是知道荆婉儿和慧根之间发生过什么。

可是沈兴文刚到青龙寺，怎么可能在这么短的时间就看出这个问题？

裴谈眼中划过一道微光，他对沈兴文说道："荆婉儿事先并不认识慧根。沈仵作，你有话不妨直说。"

他们都是长安城的人，慧根不能离开青龙寺，他们同样也进不来。

沈兴文微微一笑道："属下不是这个意思。"

裴谈的眉心皱了皱："那你想说什么？"

沈兴文看着慧根的尸体说："死者既然是住持的弟子，应该没有白听了这么多年的经，所以沈某斗胆推测……按照这小和尚的反应，他，应该是遇见了女人。"

说着，他的目光再次盯上了荆婉儿。

宫中见不到有子孙根的男人，只有太监，如同在寺庙里，不可能见到女人。

除非出现了荆婉儿，她是最近寺中出现的唯一的女人。

沈兴文这样一想，几乎觉得自己没有破绽。

了解沈兴文话中藏着的意思之后，荆婉儿的整个脖子都红了，她真的动怒了："沈兴文！"

裴谈盯着沈兴文："沈仵作，在找到证据之前，怎能做此不负责任的猜测？"

他们三人方才各有想法，所以才在关键问题上出现误会。

沈兴文竟能猜疑荆婉儿和慧根之间有什么私相授受，真算他的本事。

沈兴文看了看裴谈，古怪地一笑："沈某只会验尸，推断案情确实不在行，方才胡言乱语，请大人和荆姑娘勿怪了。"

这个人口无遮拦，认错也快，简直叫人不知拿他怎么好。

荆婉儿冷冷说道："死人不会说话，随便安个什么罪名，也不会辩驳。"

沈兴文看看她，慢慢一笑道："依姑娘之见，死者为何会出现这样的反应？从前沈某在外游历的时候，倒是听说男人之中，也有极少数有龙阳之好，或许这位小和尚正有此癖好……"

听他越说越离谱，裴谈说道："我们该走了。"

沈兴文赶紧住了嘴。经过这么一番"误会"，荆婉儿很难冷静下来。如果慧根见到的不是她，那么寺中应该有别的女人在。

那边，沈兴文收起了工具，眉眼间像是又换了副面孔。只见他一言不发地拿起刀，仔细收好。仵作的刀其实是最恐怖的，为了方便切入人的脏器和骨头，刀刃的寒光都比别的刀要冷。

其实，沈兴文并不能算是在"胡说"。

荆婉儿了解慧根，他是玄莲大师的弟子，是青龙寺天赋最高的僧人，自小就被大师亲自抚养,不会和一般人一样没有定力,甚至乱动情思。即便慧根死前看见了什么,也不该让他有此反应……

沈兴文忽然一笑,说道:"希望沈某给大人的案子,多少帮上了点忙。"

记得前不久他也是这么说的,那个刚过去不久的案子,何尝不是让大理寺一地鸡毛。

"将慧根的遗体破坏成这样,这桩案子若是破不了,恐怕不单单是大理寺有麻烦了。"裴谈瞥了一眼沈兴文。他刚才没有阻止,既是没有阻止的理由,也是因为知道,为了破案,慧根的尸体迟早都要进行一番彻底的勘验。

如今的确验出了让人意外的结果,可是沈兴文的行为,在裴谈的心中依然不堪。

沈兴文端详了一下慧根的身子,哂然一笑,索性拉起布,把慧根重新遮住,说道:"人死如灯灭,大人说的话,恐怕沈某并不太赞同。"

仵作是专门解剖尸体的,手里握刀的时候,很难说心中还有佛祖。

沈兴文年纪轻轻,生就一副儒生的相貌,而且不像别人那样是被迫当仵作的。仵作通常都会被家人嫌弃,而他不仅当了,还一副淡然自若的样子。

三人准备离开冰窖,他们走到门口,忽然看到守在门口的两名武僧面色苍白,冲着冰窖的方向,双膝跪在地上,缓慢闭上眼睛,口中喃喃念起了佛经。

荆婉儿原本无甚感觉,此刻听着这悲怆的念经声,愣了许久都没有迈动步子。

此刻,连沈仵作也不由得回头,看着那两名和尚。

三人回到院子里,沈兴文这次倒是没再废话,找了个房间就进去休息了。

盯着他进入房中的身影,荆婉儿说道:"他不请自来,个中原因,大人以为如何?"

在上一个案子里,他们没有发现沈兴文的什么把柄。可是这人的行事作风没让人打消疑虑,反而显得更加疑点重重。

裴谈说道:"至少他验尸时不曾出错。"

这话说完,气氛多少有些尴尬。

荆婉儿的头脑中有一丝纷乱,但她还是故作镇定:"给慧根开膛剖腹,惹怒寺中僧人,挑拨青龙寺和大明宫的关系,这是婉儿能想到的一点原因。"

可这点原因说起来也实在太牵强了,除了这个理由,他们一时找不出沈兴文的错处。

沈兴文出身于长安的小家族沈氏,而且还是庶出,在家族中不受看重。想必沈家的人也不会为一个仵作而感到脸上有光。

"可是沈氏一族,同样是依附于韦氏的。"荆婉儿盯住裴谈的眼睛说道。

裴谈说道:"这不能说明什么,长安没有人会跟韦氏站在对立面。"不如说,长安但凡有眼力的家族,都主动依附了韦氏。不求飞黄腾达,只为自保。

第九十三章　血迹显形的办法

裴谈淡淡地看了荆婉儿一眼:"不要忘了,过于注意沈兴文,会让我们无法专心办案。"

沈公子一出现,就把注意力都吸引了过去,可真是不一般的男子。

荆婉儿停了一下,发现竟无话反驳。

她总觉得,韦氏如果真派了沈兴文这么一个浑身疑点的男人出来,那么韦氏家族的人是否有点太不济事了。

"莫非沈兴文真的是来帮我们的?"有时候反其道去想不失为奇策。

荆婉儿说道:"按他所说,慧根死前看到的一幕,必然和女人有关。"

裴谈看了她一眼。

荆婉儿过了片刻,低声说道:"这个女人,是我们亲自送来的。"

沈兴文验尸之后不可思议地看向荆婉儿,是因为寺庙里出现女人本来就让人吃惊。可那人不是荆婉儿,而是别人。

如果到了现在,还不能判定那个女人就是嫌疑人的话,大理寺都不好意思再挂这块招牌了。

这件案子和一个女人有关联,而除了荆婉儿之外,青龙寺唯一的女人,就是她。

"您不觉得,这位沈仵作的话太意有所指了吗?"荆婉儿看着裴谈,"婉儿觉得他像是在故意挑唆。"

之前他得罪了尚书府,现在更厉害,他口中那个女人来自大明宫。

大理寺再牛气,裴家的背景再深厚,也不够和皇家对抗。

裴谈看着婉儿。他也不待见沈兴文,认为沈兴文和自己根本不是一类人。

"除非他知道那个女人的存在。"

可是这应该说不通,沈兴文不知道那个女人的身份,更不知道大理寺护送她来。

"大人那天出行,行事隐蔽,没有引人注意,"荆婉儿说道,"可是看到的人应该也不少,要是沈兴文发现了端倪呢?"

裴谈那天起得很早,带了最信任的十名衙役,本以为当日便能回来,可是却一走三天。

这个沈兴文若是狡猾的话，肯定会发现大理寺接到了什么特别的任务。

裴谈想了想，还是慢慢摇头。

知道他们行踪不正常是一回事，可是由此猜测到裴谈带着大理寺的人，是为了什么任务来到青龙寺，就不太可能。

"不用想别的，专注眼前的案子。"裴谈看着少女。

荆婉儿目光动了动："是。"

荆姑娘聪明灵动，就是专注力不如眼前这位大人。可是破案，最讲究的就是专注。

从案发到现在，虽然才过了三天，但是他们一直在被牵着鼻子走。

"我有件事要告诉大人。"少女目光低垂，露出少见的神情。裴谈不由得看着她。

荆婉儿慢慢抬头，眼睛里含着淡淡水雾："那天晚上，我曾经去过马车那里，可是我去的时候，那里的人已经不在了。"

所以，会不会是慧根接走那个女人的？

裴谈看着她，荆婉儿的眸子微微亮了一下："大人，我们是时候反客为主了。"

反客为主。

听起来多么动听的一个词，可是要做到就没那么痛快了。

裴谈看着她。等荆婉儿长大了，一定是个明眸如水的美人，可至少现在还不是。

"慧根不是色中恶鬼，除非是一个很美丽的女人，才能让他动心。"

很美丽的女人……荆婉儿怔了怔，看着裴谈。她其实只是瞥到了马车里的一眼，并未看到那女人真实的样子。

她只记得那双精致的红色绣鞋，上面绣的是大唐过去流行的红云花纹，若是没有记错的话，这种花纹已经十余年没有出现了。

荆婉儿说道："现在只有我们和凶手知道凶器是什么。"

拿木鱼做文章，就能占得先机。

裴谈想了想，没有反对："你想怎么做？"

"大人知道，每次见到长乐王，他的身上总有那股龙涎香的香气。"

"我们所了解的长乐王，仅仅是长安城坊间的一点传说，传言和本人总有差距。"

有时候，传闻中的和现实里的，甚至是两个不同的人。

"龙涎香，是为了遮盖他身上的其他香气，比如，女人的香气。"

裴谈看着她。有时候他觉得，如果荆婉儿不是这样的身世，或者和他一样是男儿身，这大理寺卿的位置就是她的了。

荆婉儿笑了笑，平静地说道："大人是怎么想的？"

裴谈觉得没什么不好，他不是那种小肚鸡肠的男人，认为女孩一定要从属于男人不可，否则他也不是现在的裴谈了。

"你若有计策，我可以配合。"

现在不是在大理寺，那十名衙役不能出头办案，最后还得看裴谈自己。

"我在宫中曾经听人说起，长乐王曾有一段时日一度沉溺后宫，美人绕膝。"

这个后宫，并不是中宗的那个后宫，而是指宫中最深处的冷宫。那个地方常年无人到访，连一个仆人都没有，所以中宗根本不管。在那里的美人，还能有谁？

"在那间阁楼里，慧根亲眼看见了长乐王和一个女人的风流场面，所以他必须死。"

一个小和尚，就算地位再高，也只能悲惨地成为皇权的牺牲品。这些，荆婉儿是非常清楚的。

慧根对女人再动心，也不会做出什么，他的反应是来自目击。

裴谈带着荆婉儿来到阁楼的院子里，对小和尚说，要拿走里面的东西。

"拿什么？"那武僧显然不买账，"里面都是青龙寺的东西。"

裴谈说道："只是要把证物收走。"

武僧吃惊地看着他们。

"阁楼是案发现场，现场的所有东西，都理应作为呈堂的证供。虽然现在还开不了堂，但是证物也很重要。"裴谈拢着袖子，对那小和尚解释道。

"可里面已经没有什么了。"和尚盯着他说道。

显然，慧根出事之后，屋里还有什么，已经被看得清清楚楚。

裴谈盯着那和尚，说道："只拿一样东西。"

木鱼被一张手绢包住，带回了裴谈的屋内。木鱼上的血迹已经被擦干净，什么都没留下。

荆婉儿看着木鱼说道："婉儿知道一种让血迹显形的方法。"

那是宫中的秘术。

荆婉儿竟然知道这些，真不知经历了什么。

"自然不是真的显形，"她看着裴谈，"但是凶手犯案的时候，一定来不及彻底清洗掉血迹，最多只是擦拭干净，所以婉儿的方法应该可以办到。"

中午，和尚来给他们送斋饭，荆婉儿问厨房在什么地方，那小和尚奇怪地看着她。

荆婉儿来到厨房，看守的小和尚有些不敢看她，只是说道："姑娘不能留在这里。"

"我很快就好。"荆婉儿说道。

那小和尚不肯出去等，只是盯着荆婉儿。毕竟这"妖女"之名，她还要背着。

荆婉儿没有理会小和尚，低着头做自己的事。

因为荆婉儿的工作是处理尸体，那些惨死的宫女，必须处理得又隐蔽又干净，不牵连背后的贵人。

有什么是做不到的？

荆婉儿拿过调料架上的陈醋，又四处找了一圈，问小和尚道："有酒吗？"

小和尚仿佛受了惊吓一样："这里是寺庙，怎么会有人喝酒？"佛家戒绝酒肉，提都不该提的。

这时裴谈说道："你们腌菜时候不用酒吗？"

小和尚被拆穿，有些狼狈地说道："那酒都是锁在地下的。"

荆婉儿看了裴谈一眼，嘴角微微上扬。

等酒拿来，荆婉儿将陈醋倒入酒中，然后点火，把酒和陈醋煮沸。眼看厨房都要烧起来了，小和尚的脸都变成了咸菜色。

等一切就绪，荆婉儿拆开手帕，拿出了木鱼。

"等等，你们到底要做什么？"小和尚说道，"这里是后厨，我要去叫师父。"

荆婉儿捧着木鱼，看着他说道："你们的慧根师兄在地下很寂寞，不该送个木鱼去陪陪他吗？"

古人下葬时都要陪葬，慧根是出家人，他的陪葬品理应是木鱼和佛珠之类。

荆婉儿把煮沸的锅掀开。裴谈闻见这满屋陈醋的味道，以为她是要把木鱼丢进去。

"请大人将门窗闭紧。"

厨房里只有一扇门和一扇窗，此刻太阳已经落山，门窗关闭之后，厨房里一下暗了下来。

"不用点灯？"裴谈问她。

荆婉儿道："不用。"

她抬手将木鱼放到锅的上方，滚烫的蒸汽将木鱼笼罩其中。

很快，木鱼表面就布满了水珠，连那小和尚都忍不住看过去。

"木鱼的材质是木头，不能用水煮，所以只能用熏蒸法。"不知荆婉儿是不是在给二人解释。她十分耐心，仔细熏蒸了木鱼的每一面，因为不清楚凶手是用木鱼的什么部位击打慧根致死。

裴谈走到她的旁边。

他隐约看见荆婉儿手一抖，只见木鱼的正上方慢慢地亮了起来。整个木鱼的表面，像是泛着荧荧的幽光。

这幽光是淡蓝色的，像是有一摊水渍，缓缓地在木鱼上蔓延开来。

第九十四章　王者天子

荆婉儿盯着那个小和尚，一字一顿地说道："你们的慧根师兄，正是死在这木鱼之下。这上面淌着的，都是他的鲜血。"

木鱼上有大片诡异的蓝光。如果有什么能让死者开口说话，那便是这些留在阳间的痕迹。让一个每日诵经礼佛的出家人，死在自己钟爱的木鱼之下，简直是莫大的讽刺。慧根真是枉死也不能轮回了。

那小和尚脸上的血色都没了，目瞪口呆地看着木鱼。

耳听为虚，眼见为实。

荆婉儿看向了裴谈。方才她之所以没有坚持让这个小和尚出去，就是想留一个目击证人。让这小和尚把所见的传出去，远胜过他们多费唇舌。

两人将木鱼重新包好，走出了厨房。

沈兴文听说之后，赞不绝口："荆姑娘的手段着实高明，连沈某都自愧不如。"他还是专业的仵作，都想不出让血迹显形的方法来。

荆婉儿没有言语。沈兴文显得饶有兴致。

护国神寺中竟会发生这样的事，这些和尚终于知道，他们挚爱的佛祖，并不能保佑他们。

经过那小和尚的宣传，那木鱼上不可思议的血迹反应，像风一样传遍了青龙寺。

开弓没有回头箭。现在才是大理寺最艰难的时候。

"婉儿以前听说过一句话，当你要摧毁一个人的时候，就摧毁他最信仰的东西，那个人就会彻底死了。"即便活着也没有灵魂，只是一具行尸走肉。

就在裴谈想说什么的时候，外面来了一个眉目白净的小沙弥，站在院内幽幽看着他们："王爷请裴寺卿过去一趟。"

这个时候要见他们，能有什么事？裴谈看着那个小沙弥。

到了那里，只见室内清幽，裴谈下意识地欠身："下官见过王爷。"

荆婉儿发现，今天的长乐王身上没有了那股浓郁的香气，只有一股淡淡的沐浴过的气味。

李修琦看着他们："你们不要再查下去了。"第一句话就让裴谈和荆婉儿蒙了一下。

裴谈有些不解："王爷？"

李修琦的手拢在袖中："这件事再查下去，会伤筋动骨，那名小和尚只是意外身亡，所以大理寺的调查到此为止吧。"

裴谈目光深邃地说道："王爷，此案件中有凶器，乃是凶案，绝非什么意外而死。"

李修琦看着他说道："本王说是意外，便是意外。"

李修琦的身上，原本没有什么皇室成员的习气，但当他说出这句话的时候，真是让人感到不寒而栗。

裴谈的目光都不由得动了动。

荆婉儿一直扮演一个安静的婢女，此刻本应是凶手最沉不住气的时候，万万没想到阻止他们的是长乐王。

裴谈说道："王爷，大理寺奉旨调查青龙寺的命案，断然没有终止命案调查的前例。"

李修琦看着裴谈，声音没什么起伏："本王酉时就会写一封书信回长安，将此间的事情说明原委。裴寺卿，你还有不到两个时辰的时间。"这已经不是威胁。

裴谈看着李修琦，话已经说到这份上，他答应还是不答应，仿佛都改变不了李修琦的心意。

"裴寺卿，你知道你在做什么吗？"李修琦目不转睛地看着他。

就听他缓缓地说道："不管这世上有没有神灵，我们凡人都不该太自以为是，甚至认为自己可以随意亵渎神灵，而不会有报应。"

裴谈无言地看着长乐王。听了这番话，不知为什么，他竟然理解了长乐王的意思。

现在青龙寺的恐慌气氛，和大理寺脱不了干系。

荆婉儿抬起头，看到长乐王的面孔上毫无一丝血色。这世间的因果极端玄妙，人从心底信仰的佛，便是冥冥中无法解释的一种力量。比方说，为什么有的人走在路上，会被树上掉落的果实砸死？

"裴某不打扰王爷休息，先告退了。"裴谈站起身，眼眸垂下，就要离开这里。

在他身后，李修琦幽幽地说道："裴寺卿，本王知道你是如何想的。"

裴谈不由得停了一下，转过身看着长乐王。

李修琦目光平静，但他似乎并不是看着裴谈，而是看向空中。"依旧是那句话，在这桩命案里，本王的手上是绝对干净的。"

干净，就是不曾沾过鲜血。

裴谈心中有点波动，他慢慢对长乐王揖了一揖，转身带着荆婉儿离开了。

刚走出李修琦的院子，裴谈就下意识地停住脚步，转身看着这个有些寥落的院子。

"大人动摇了吗？"荆婉儿抬头看着他，"慧根后脑遭受的击打是重伤，女人必然没有那样的力气。"

凶手，几乎只能锁定为长乐王。

裴谈依然目光微凝："我最不明白的，就是动机。"王爷没有任何杀慧根的动机。

在命案中，除了证据，最关键的就是动机。若是一件事的动机无法成立，案子就难以进展。

荆婉儿说道："王爷在寺庙修行，却和女人有染，所以要把慧根灭口。"

裴谈看着荆婉儿："你看王爷像是会为女人而做出影响声誉的事情的人吗？"

荆婉儿被问得一愣。

因为她是女人，对长乐王这种地位的男人的心理不了解。但她想起在长安城，滕王一脉本就是著名的风流浪子。

荆婉儿也沉默了："可是那伤口……"

除非那是个比男人还强壮的女人。

裴谈转过身："先回去吧。"

清风过林，青龙寺比以往更安静，甚至安静得有些令人恐惧。

两人回到裴谈的院子。

"王爷原本就有嫌疑，偏偏又在这个时候阻止大人调查。"谁愿意把嫌疑主动往自己身上揽。

所以，李修琦的行为才显得那么可疑，因为这本来就不正常。

裴谈一直没有承认荆婉儿的这个怀疑，不如说他更谨慎。

在调查真相这件事上，谨慎比聪明更加可贵，因为聪明挽救不了一条生命，谨慎却可以。

荆婉儿没有言语，似乎也在想着什么。

两人在房中沉默相对，忽然听见外面传来了诵经声。这个时候，青龙寺的所有僧人应该都知道了木鱼的事情。他们静静听了一会儿，心里更加悲伤。

"至少有一件事，婉儿可以明白。"她说道，"王爷一开始留在寺里，并不是为了我们，而是为了那个女人。"

那大明宫中的美人，有一些永远都不会再出现，就像死了一样。

"以前在宫里，听说长乐王曾在后宫中幽居长达两个月。"

荆婉儿看着裴谈，想说什么，又有点犹疑了。

裴谈轻轻问："怎么了？"

荆婉儿的眸子有些闪动："其实还是有办法的，只要大人在三日内查清此案，一旦结案，王爷便是写多少信都于事无补了。"

三天又三天，大理寺这一次何止是头上悬着剑，更是身后追着马。

不知道是不是凑巧，外面的天色一点点压抑下来。

那个白白净净的小沙弥又来了，眉眼温顺地说："长乐王殿下让小僧来问裴寺卿，他说的那件事情，寺卿大人考虑好了吗？"

裴谈看着小沙弥，良久说道："请转告王爷，如果陛下真的下旨不再调查此案，大理寺必定遵旨办事。"

这句话的意思已经很明白了，小沙弥目光清澈，微微一笑："小僧一定禀告王爷。"

这就把长乐王彻底得罪了。大理寺办的每一个案子，似乎都要得罪一位当朝的权贵。

夜色来临，裴谈站在窗前已经许久了："你知道对于陛下这样的人来说，除了被篡位，他最害怕的是什么？"

裴谈问得很直截了当，荆婉儿听了有点吃惊。她看着他，良久之后小心地回答道："臣子离心？"

不被大臣拥戴的君王，只是有名无实的傀儡。

裴谈目光幽然："你说对了一半，对帝王来说，怎样才能保证自己被拥戴？"

荆婉儿答不出来。

裴谈看着少女："你只需要知道，历朝历代的皇帝为什么被称为天子，就明白了。"

荆婉儿的心被击中了。她当然知道天子是什么意思。东汉的《白虎通德论》中说，王者父天母地，为天之子也。

天子为什么能以一人之力统御万民？万民为什么心甘情愿地臣服？因为他们臣服的不是一个人，而是上天。

"今天王爷所言，便是这个意思。"

荆婉儿低下了头。

她知道心里的恐慌是什么，为什么潜意识中认为这次的案件棘手。并不是凶手有多聪明，而是因为他们这次面对的是"神灵"。

一介凡人再聪明，又怎么对抗得过强大的神？

第九十五章 凶手出来了？

青龙寺的驿站信使，在亥时闭夜前，果然乘夜骑马而去。

长乐王说到做到，真的不是威胁裴谈。他身为王侯，也没必要放低身份去威胁自己的臣属。

见此情景，裴谈只是默默地关上了房门。

大理寺承受的压力前所未有，而裴谈一个人独臂难支，所以才显得长夜漫漫。

荆婉儿当然也不可能睡好，她辗转反侧熬到天明，立刻起床出门。

在门口，她居然看见沈仵作在伸懒腰。"这寺庙的空气就是比长安城干净，沈某已经多少年没这么舒坦了。"

荆婉儿本来想和往常一样不搭理他，直接去裴谈的房间，可是刚要迈开脚步，沈兴文却叫住了她："荆姑娘这是要去找大人吗？半个时辰前，我看见大人出了门，此刻房中无人。"

荆婉儿的脚步停下来。她有些不相信，因为她几乎一夜未眠，并未听见裴谈屋里传出什么动静。

沈兴文含笑地看着她。

荆婉儿转过身问道："大人去了何处？"

沈兴文耸了耸肩："沈某也不知，看大人面有愁容，或许只是外出散散步吧。"

面有愁容，这自然是应该的，现在的境地，仅仅只是面有愁容已经算不错了。

荆婉儿说道："知道了。"

她想了想，还是不愿与这个仵作在院中独处，宁愿回房待着。

沈兴文却像有很多话要说，他饶有兴致地对荆婉儿说道："荆姑娘可知道，大人上任大理寺卿之前，那位前寺卿曾在位两年，经手的案子少说也有二十起，却一个案子也没办成过。"

荆婉儿虽然打定主意不想和此人纠缠，可他说的话偏偏让人迈不开脚步。

她从房门前转过身，盯着沈兴文问道："为什么会这样？"

两年间一个案子都没办成？这听起来实在让人不能不疑惑。

沈兴文叹了口气："唉，大理寺和刑部不同。六部尚书都是七宗五姓的人，但当时的大理寺卿出自一个小家族。大理寺侦办的是长安的案件，自然十之八九都和权贵子弟有关。拔出萝卜带出泥，一查下去就千丝万缕，大理寺没能耐，只有不了了之。"

简单来说，权势压人，在长安城更是如此。大街上随便拉一个人，可能就是皇亲国戚。

沈兴文这段话很露骨，也很现实，倒是符合他的一贯作风。

荆婉儿说道："所以到大人上任，破了宗霍的案子，才算是大理寺这么多年破的第一宗案子？"

沈兴文啧啧道："大人甫一上任就惊天动地，幸好大人家族庞大，换作沈某这种出身，早被拖出午门剁成肉酱了。"

谁还听不出来他这话里的明褒实贬，说裴谈是靠裴氏的荫蔽才能破案。

荆婉儿顿时对此人的一丝好感都没有了，转身推门进了房间。

荆婉儿关上门，沈兴文脸上那种刻意做出的神情立刻收住了，意味深长地看着荆婉儿的房间。

裴谈回来了，荆婉儿第一时间去见他。

那个女人的身份，现在该浮出水面了。

"大人，我们要让青龙寺把人交出来。"荆婉儿认为，到了现在的份上，青龙寺就算再固执，也需要配合大理寺。

裴谈看了看婉儿："青龙寺也许会交人，但也有可能不会。"

人护送到了这里，就不关大理寺的事了。如果青龙寺也接到了一个圣旨呢？一个保护女人身份的圣旨。

荆婉儿忽然就明白了。

这样执意去要人，可能导致赔了夫人又折兵的结局。

裴谈的谨慎，此时再次体现出来。

荆婉儿看着裴谈深邃的目光。裴谈依靠的不是出身裴氏这个身份，身份可以带给他一定的便利，可他这种绝不踩雷的城府才是真正的保命符。

如同之前办的两个案子，他看似犀利的手段，实则是一种以小换大的博弈。

比如第一个案子，他执意请旨赐死宗霍，但绝不深挖下去，追究尚书府的黑幕。

第二个案子，他抓住了杀范文君的凶手柳品灼，但在背后操控一切的韦氏，裴谈绝不去动。

这是一种权术，荆婉儿在裴谈身上看见的，是一种绝对的智慧。

在这波云诡谲，阴云密布的长安，只有裴谈这种方法，才能让有罪的人伏诛。

荆婉儿摊开手，感到自己有些呆滞。她一向自诩聪慧，内心那把剑从来不愿意放松。她以为只要豁出命，总能杀掉她想杀的人，可是这种执念是不是从根本上就错了？

"那么我们只能自己把她找出来了。"荆婉儿从臆想里恢复过来。

可是青龙寺有这么多间禅房,如何去找?那个女人又会在哪一间里?

裴谈盯着院子里一个正在扫地的和尚。

那和尚扫得不徐不疾,青龙寺里,哪怕是一个扫洒倒水的和尚,都极有章法。可是今天这和尚扫起地来,似乎有些漫不经心。

裴谈慢慢朝他走了过去。荆婉儿下意识地跟在后面。

那小和尚原本还在假装扫地,可是当裴谈走到他身边的时候,他的手控制不住地发抖。

这小和尚始终低着头。"小师父。"裴谈叫了他一声。

这小和尚还是没抬头,却抖得更厉害了。这下就连荆婉儿都看出不对劲了。

她盯着那小和尚。青龙寺所有的和尚,除了武僧之外,大多非常白净。

但是这个小和尚握着扫帚的一双手修长白皙,甚至过于白嫩了。

荆婉儿陡然想起了什么,她的眼睛一眨不眨地盯着这古怪的"和尚"。

裴谈的声音很轻,像是在对这个和尚附耳说话一般:"对于犯案的凶手来说,惊惶和恐惧会让他们更愿意回到案发现场,宁愿冒很大的风险。也许是害怕留下痕迹,人都有反复检查曾经做过的事的执念,您是不是这样呢?"

那小和尚终于不再抖了,"他"低着头,有点诡异。

只见那和尚慢慢松开了手,扫帚从指尖摔落地面,可"他"整个人却还保持着扫地的姿势。

"你是怎么看出来的?"一道柔美的声音,出现在荆婉儿的耳中。

这和尚抬起头,嫣然一笑。

"他"穿着僧衣,带着佛珠,头上也烧着戒疤,可自古哪有女人当和尚的?

即便是这副打扮,眼前这个人的容颜也是楚楚动人。

裴谈看着她:"从您脚上的鞋码,便看出来了。"

什么都能伪装,甚至是容颜,可女人天生的一双小脚,却无法藏在僧鞋之内。

这个小"和尚"至少在这里扫了一个时辰的地了,裴谈就这么看着她,一直没有拆穿。

荆婉儿忍不住佩服这股定力。

那女人再次一笑,目光如流波一样看着裴谈:"是我疏忽了,我久在深宫,竟不知世间还有这样厉害的人物。"

女人这句话等于自报了身份,她的确来自深宫,看她的样子也是多年不问世事,所以身上有一股脱离尘俗的动人感。

荆婉儿目光一沉:"你到底是谁?"

裴谈看着女人,女人也看着他。良久,裴谈声音更轻地说道:"睿宗陛下曾留下三位妃嫔,其中皇后已经故去,贵妃已老,看您的年纪,便是德妃娘娘。"

女人幽幽地看着裴谈,似乎有些哀怨。以荆婉儿的眼光看,女人应当四十有余,但因为天资极美,比寻常妙龄少女更加勾魂摄魄。

慧根死前所见到的女子,便是她无疑。

"德妃?这辈子没想到还能被人如此称呼。"女人神色寂寥地说道。

裴谈看着她:"睿宗陛下与当今陛下,素来兄弟情深,所以您和其他两位娘娘可以继续安居在后宫,皆因当今陛下仁慈。"

在大唐的历史上,素来没有哪位废黜帝王的妃嫔还能够安然无恙,无非是因为当今的中宗皇帝登基,乃是睿宗亲自让出帝位。

神龙之乱后,昔日的睿宗李旦,坚决拥立兄长李显登上皇位,便是今日的唐中宗。

这段历史,恐怕足够成为史家传说。

女人淡淡一笑:"仁慈?就算幽居后宫,也只不过是个不能提起名姓的罪妃,跟昔日一切早就无关了。"

所谓陛下仁慈,恐怕也是见仁见智。至少眼前这位女人,不认为有什么仁慈的地方。

其实想想也知道,像囚犯一样生活是什么感觉。

荆婉儿捏住了手心。

当年天后阴影下的牺牲品,又何止德妃一个人?

裴谈沉默了一会儿,"凶手"似乎就在眼前,可他们却都没有问出那句话。

"德妃娘娘和王爷,是几时相识的?"

女人眼波流转,忽地一笑,盯着裴谈的眼睛变得神幽:"年轻人,我知道你想做什么,这些年本宫见过多少阴暗的事……给你一个忠告,越自作聪明的人,死的通常越快,甚至预见不到死的时候那种凄惨呢……"

德妃从一个空灵美丽的女人,瞬间变得有些阴森。

第九十六章 身陷囹圄

为什么中宗要突然把德妃送出来,是不是中宗已经发现了蹊跷?

"本宫什么也不会回答你。"德妃低头理了理身上的衣服,似乎还是那种女儿家的习惯,对裴谈楚楚一笑。

以德妃的身份,宫中不想宣扬是正常的,把护送的任务交给大理寺,也是最大限度地掩人耳目。

荆婉儿忽然想起,那天晚上遇到德妃时,她已经露出马脚,可那时候荆婉儿同样做贼心虚,两个做贼心虚的人都没有识破对方的伎俩。

她眼睛转了一下,问道:"娘娘这样尊贵的人,为什么要来我们的院子里扫地?"

德妃温柔一笑:"出家了就是出家人,众生平等,有什么不能做?"

昔日天后在感业寺出家为尼,什么粗活不曾做过?哪怕曾经高高在上,被踩在泥里的时候还是要忍气吞声。

荆婉儿看着德妃。既是众生平等,为什么她还不忘记称自己为"本宫"?

一代妃嫔,又怎么会傻?她不肯被裴谈套话,自然也知道现在大理寺拿她没办法。

可是看着眼前的美人,怎么也无法想象她会杀人。

荆婉儿观察了一下德妃的身形,之前她曾说,除非是一个和男人一样强壮的女人,才能造成慧根脑后的伤。可是羸弱的德妃怎么可能做到呢?

荆婉儿本以为找到凶器就会柳暗花明,但现在找到了德妃,从她口中却什么都得不到,这宗案子真是让人无言。

"娘娘身上的香气,真是与众不同,可否告诉奴婢是什么香?"

德妃这时的脸色才变了。她看了荆婉儿一眼。荆婉儿望着她,眼神幽深。

其实德妃的身上,根本就没有香味。

这时,院外忽然传来其他僧人的脚步声,德妃迅速低下头,不再理睬他们,绕过院门就消失了。

德妃离去后,荆婉儿看着裴谈说道:"为何大人不阻止?"

德妃已经现身,接下来再发生什么,荆婉儿都不会奇怪了。

裴谈没有言语,他知道现在远远不到给德妃定罪的时候。而对于德妃来说,她也不可能再有机会离开青龙寺。青龙寺就是继宫廷之后,她的第二个牢笼。

两方其实都没占到便宜。

荆婉儿毕竟年轻,她的年纪还不足以让她深刻了解天后在位时的每一件事。

德妃在王府时就跟随先帝,睿宗初次登基时,她被封为德妃。如今经历几番波折,睿宗被降为了王爷,德妃却不可能再成为王妃了。

他们都相信慧根是被灭口的,这宗案子让人细思极恐,倒抽一口冷气。常往深宫去的年轻俊美的王爷，遇上了在寂寞深宫里老去的德妃。

"德妃没有承认和王爷认识。"荆婉儿说道，可是德妃为何听到香味就有了奇怪的反应？

裴谈对婉儿说道："隔墙有耳。"

院中其他和尚都不知去了哪里，想必正是因为这样，德妃才敢冒险现身。

大理寺接到的密旨，是在护送德妃到青龙寺后，立即接回长乐王。

一来一往衔接得如此紧密，让人越发觉得中宗并非一无所知。如果不出意外的话，长乐王和德妃只会错过。可现在两人都搅进了命案中。

荆婉儿目光闪动，看着裴谈："婉儿担心，不管能不能破案，大人恐怕都要……失去陛下的欢心。"

大理寺的地位本来就够艰难，前两次全靠中宗还算信任裴谈，才能成功破案。此次这桩案子，真是把裴谈和大理寺都拉下了深渊。

裴谈的大理寺卿生涯，是否就要终止在第一年？

过了半晌，裴谈才淡淡地说道："这件案子要善始善终，才不愧对大理寺。"

就看裴谈的权衡之术，是否还能化险为夷。

荆婉儿不由得有些走神，她转身时无意间扫到半掩半闭的屋门，依稀见到一个人影。

她骤然一惊："谁在那儿？"

裴谈也立刻看过去。

就听门被敲了两下："大人，沈某求见。"

裴谈道："进来。"

沈兴文慢慢从门口走了进来。

裴谈看着他："沈仵作有什么事？"

慧根的尸体已经验过了，按理说仵作可以离开了，可是他赖着不走，不知又有什么计较。

荆婉儿盯着这人，不知他是否故意在门外听着，听了多久，听到了多少。

沈兴文拱了拱手："大人，属下连夜查阅了众多书籍，那小和尚的真正死因，恐怕还是脑后的重伤。"

裴谈目光微动："怎么说？"

沈兴文说道："虽然死者咽喉中检出剧毒，可属下仔细回忆了一下，颈部的伤口流出的血依然是鲜红色的，但是脑后流出的血已经结痂，颜色略深。那剧毒感染极快，重击的伤口瞬间便可致死，小和尚前脚断气，后脚毒液上脑，血变乌黑。"

其实让人不明白的，还是为何要用两种方式分别致慧根于死地，这是有多大的仇恨！

裴谈说道："仵作费心了。"

沈兴文道："不敢不敢，属下应当的。属下刚才听大人在院中说话，敢问是和谁说的？"

裴谈没有言语，荆婉儿只当听不见。

沈兴文毫无尴尬之色。

"沈某听闻，长乐王爷竟也在寺中，此案若牵涉到王爷，是否会对大理寺造成干扰？"

沈兴文问这话又是什么意思，他难道以为裴谈会像上一任寺卿一样，因涉及皇权而不敢破案？

"沈仵作，本官查到你五年前曾参加过科举，位列会试第一。"

会试虽然不像殿试那么厉害，但只有通过会试，才能进入殿试。会试的第一名，是顶尖的才子。沈兴文拱拱手，目光微微垂下："惭愧惭愧，沈某如今落魄，岂敢提当年之勇。"

裴谈说道："可之后的殿试，你却没有参加。"

沈兴文显出一副赧然的样子："那时适逢家中有事，错过了殿试，来年再考也是考不上了。"

会试第一的人，来年再考却考不中？荆婉儿睨着他，心想，这借口比名落孙山还假一些。

裴谈淡淡地问道："哦？当时家中发生了何事，让沈仵作放弃了大好前程？"

沈兴文寂寥地一笑："大人为何对沈某的过去突然关心起来？"

裴谈目光深邃地看着他。

荆婉儿倒不奇怪，以裴家的势力，就算沈兴文只是个无名小卒，也一样能查得底朝天。

裴谈说道："那时候，你的母亲不幸身故，对吧。"

沈兴文紧握了手，萧索地一笑。

裴谈说道："我得知你的母亲无病无灾，也并非年老，却恰逢你参加会试的时候落水溺亡，本官换成是你，也会觉得蹊跷。"

沈兴文彻底不说话了。

裴谈继续说道："之后你为母亲服丧，三年不得参加科举，第四年你就入了刑部，待了大半年后，到了我大理寺。"

今年正好是第五年。

荆婉儿早就对这个沈兴文不待见，只是没有办法去查，这次裴谈查了出来，她也听了个明白。

裴谈用清淡的目光看着沈兴文："你是家中庶子，母亲出身平民，沈府的大夫人是李氏的女儿。你自小就很有才学，强过李氏的嫡子，后来瞒着家中的人，自己报名参加了科举。"

越是权贵家族，越不可能让庶子出头，即便庶子才学过人，也是毫无用处。在长安，等级和门第，就是一辈子的门槛。

沈兴文的手攥得更紧。

"你如此行事，自然会激怒家中的大夫人李氏，而你考完试回家，发现母亲无辜溺死，自然了解前因后果。"

沈兴文面无表情："大人究竟为何调查沈某。"

裴谈看着他："我并不想调查你，只是有些事必须得了解。"

作为大理寺的人，尤其是和命案息息相关的仵作，是否可靠，是否能信任，是裴谈判案的一个依据。

"你的母亲死在李氏的手中，可她背后是李氏家族，在长安没有人动得了李氏，何况你这个毫无根基的庶子。纵使有血海深仇，这辈子恐怕除了咽下这口气，没有别的选择。"

这就是挣扎在底层之人的无奈。荆婉儿忽然打了个寒战。纵使她的父亲已经当上了五品朝廷命官，那又怎么样？还不是在那些士族的手里像蚂蚁一样被人玩弄？

裴谈看着沈兴文："你从小为了不落于嫡子之后，样样刻苦，眼看母亲身死，又怎么会罢休？所以你没有再选科举这道路，而是入了刑部，甘愿做一个验尸的仵作。"

斗不过活人，那就斗死人。

荆婉儿有点明白她为什么下意识地抵触沈兴文，这个人背负的过去，和她未免太相似。

沈兴文忽然笑了，他看着裴谈，眼睛里却没有笑："大人彻查沈某的过去，是要把沈某赶出大理寺吗？可沈某是刑部指派到大理寺的，大人恐怕做不了主。"

裴谈看着他，一时没有说话。

沈兴文抬手冷漠地行了一礼："没什么事的话，属下告退了。"

沈兴文转身离去，半点留恋也没有。

荆婉儿看着裴谈："他是从何处得到的消息，知道这件案子一定会牵涉皇室？"

裴谈说道："他是聪明人,自有办法,即便这案子和皇室无关,他也会想办法扯上关系。"

在长安城,哪怕发生的是一件鸡毛蒜皮的小事,想和权贵们扯上关系也太容易不过了。谁让这里是大唐,是长安。

沈兴文是来为母报仇的,这样的事情,荆婉儿并不能说自己毫无波澜。沈兴文做的事,多少有点卑劣,她也不想评述。

"经过大人这番敲打,他如果识时务,最好离开青龙寺。"荆婉儿慢慢道,"当然,若他仍然不肯离开,最好也要让他离大人身边远一点。"

第九十七章　大人要死了

沈兴文在屋中整理好行李,对前来通知他的荆婉儿一笑:"沈某搬到其他院子,留荆姑娘独自和大人待在院中,会不会不方便呢?"

荆婉儿看着他:"院内外一直有守着的僧人,况且我与大人也不住在一间屋子。"

沈兴文哂笑一下,拎起包裹离开了。

看着他走远的身影,荆婉儿预料的没错。看来这个案子没结果,他也是不肯走了。不管沈兴文究竟有没有坏心,可眼下是非常时期,大理寺可冒不起任何风险。

与裴谈分析了一天案情之后,荆婉儿回自己房间睡了。

夜间醒来,身上起了一层密密的汗,耳边的蝉鸣提醒她,她的窗户没有关紧。

有一只白鸽,正站在窗户的缝隙里,不停地发出咕咕的叫声。

下一刻,鸽子被一剑穿心,从窗外直接跌进了屋内,撕裂的尸体掉在荆婉儿的床下。

荆婉儿瞬间瞪圆了眼睛,呼吸停滞了。

她的房间紧挨着裴谈的房间,从没有关严的窗户缝隙里,飘进一丝血腥味。

而裴谈的房间,一点动静也没有。

荆婉儿迅速翻身下床,鞋也来不及穿,光着脚冲到了门边。她把门闩拉开,打开门,看见裴谈屋门紧闭。

"大人!"

她朝着那扇房门冲了过去。

没想到,她还没有冲到门口,就看到裴谈的门猛烈晃了一下,脆弱的两片门板从中裂开了。

裴谈从一阵浓烟中冲出来,穿着就寝的衣服,他修长的右手中握着一把长剑。

他一眼看到了荆婉儿,大喊道:"进屋去!"

荆婉儿还没反应过来,就觉得眼前一花。从裴谈的房门中,冲出了另一道影子。

夜色中,就见那人穿着夜行衣,浑身漆黑。荆婉儿脸色煞白,她不像其他女人那样害怕得尖叫,反而越恐惧的时候越无法发出声音。

她看见那人举着一把大铁锤,凌空抡向了裴谈的脑袋。

裴谈提剑去挡,只听一声粗重的撞击声,把人的心脏都要震出来了。

荆婉儿看到裴谈的头发全都散了开来,衣裳也被扯开了一个大口子。

两个人在屋子里,似乎已经进行了一番搏斗。而那黑衣人一击不中,转身就冲向院外,毫无恋战的意思。而裴谈的反应让人震惊,只见他迅速挥出了一剑,砍向了杀手的脚踝。

杀手为了躲避,迅速向后一倒,就在这时,裴谈的剑已经缠上了他。

荆婉儿认出那把剑是裴县的,什么时候到了裴谈手中?如果裴县此刻在这里的话,动手的人也不会是裴谈了。

杀手的武功高得吓人,显然,他的目的就是杀人。杀手招招狠辣阴毒,而裴谈所用的剑十分纤细,似乎随时会被铁锤砸断,可是居然没有。

荆婉儿在心惊胆战中看出,现在竟然是裴谈缠着这杀手。

他的剑好几次接触到了那人的面罩,都被那人惊险地躲了过去。经过几次交锋,杀手此刻似乎极想离开这个院子。

裴谈的武功显然不如杀手,所以他是在赌命。

从好几次对招来看,杀手的铁锤已经快要砸到了裴谈眼前,而铁锤上是有尖刺的。

裴谈闷哼一声,任由皮肉被刺中,回手抬剑挑在杀手面部。

杀手捂着脸,死活不敢让面罩滑落。

此时天色已经不再那么黑暗。显然,杀手着急了。

今夜他有两大失误。

第一,他死都没有想到,自己要杀的这个裴寺卿,居然不像外表那样文弱,而是身怀武功,更有兵器在手。

第二,虽然自己的武功高于裴谈,可是裴谈为了缠住自己,居然真敢豁出命来。普通人尚且不敢轻生,一个金贵公子,为什么会这么做?

杀手愤怒了。他看到了站在门边发呆的荆婉儿。就听他发出一声野兽一样的嘶吼。

荆婉儿眼睁睁看着铁锤向自己砸过来。她的头颅，此刻宛如一颗西瓜。

裴谈冲了过来："婉儿！"

荆婉儿看着铁锤，依稀能看到上面沾着裴谈的血。不是她不想躲，而是根本躲不了。

情急之下，裴谈掷出了自己的剑。剑在一瞬间脱手，凌空击中了铁锤。两者相撞，杀手跟跄地后退几步。

杀手的眼中却露出阴森的笑意。他没有再次砸向荆婉儿，而是迅速返身迎着裴谈扑了过去。手中没有武器的裴谈根本无法阻拦，看到铁锤砸过来时，裴谈迅速避过，胸前的衣裳被铁锤的倒刺撕碎，身上也割出了一道新伤。

然后，那个杀手就逃跑了。

前后不过是几个瞬息。

裴谈半跪在地上，因为疼痛而无法发出声音。荆婉儿冲到裴谈跟前，抱住了那将要倒下的身躯："大人！"

院子内外连一个僧人都没有，荆婉儿不知道杀手是什么时候出现在裴谈房间里的。

裴谈躺在床上，身上的伤口已经被荆婉儿包扎起来，直到寅时结束，早课的僧人才出现。

"平时院中都有武僧守备，为什么昨夜一个人都没有？"荆婉儿向天亮才出现的一个武僧问道。那武僧来到院中，见到一片狼藉，面露吃惊。

荆婉儿却觉得这些和尚是在假装惊讶。

面对质问，武僧皱了皱眉头，对荆婉儿说道："昨日王爷临时吩咐，将所有僧人都调去了他的院中，所以此处无人守候。"僧人欲言又止，言外之意是，此处乃是青龙寺内院，有没有人守着，不都是一样如铁桶般安全？

怎么刺杀事件偏偏发生在昨夜？他们的脸上，也显出惴惴不安的神情。

荆婉儿咬了咬唇。

王爷为什么要把人调走，难不成刺客是李修琦安排的？但李修琦是孤身前来青龙寺的，身边一个随从也没带。

"小僧这就去请寺中的僧医，来为裴寺卿疗伤。"那武僧匆匆要走。

荆婉儿说道："等一下。"

她盯着那个僧人。

一刻钟后，沈兴文背着箱子，再次出现在刚刚搬离的院子里。

他见到院中情景，吃惊道："昨夜这是发生了什么？"等进了屋看见裴谈，不禁惊讶地问道："大人这是怎么了？"

裴谈的样子已经说明了一切，胸口那道伤口是他身上最严重的伤。

荆婉儿看着沈兴文。她根本无法再相信青龙寺的人，这种情况下，除了这个男人还能找谁？

只见沈兴文打开了箱子，皱着眉头说道："我这里只有一些最基本的外伤药，是为了防止一些新鲜尸体血液流动所用的。"

谁还有心情听他解释？荆婉儿说道："先给大人上药！"

沈兴文停了一下才说道："先给沈某找些干净的衣服来。"

大理寺的人在来青龙寺的时候没有打算久留，根本没人带了行李。荆婉儿看着他，心想大概只有沈兴文准备了行李吧。

沈兴文低头拿药："派人去沈某的房间里拿吧。"

还能派谁，荆婉儿自己找到沈兴文的房间，将他刚刚打包好的行李拎了过来。

沈兴文拿了几件衣服，狠狠心撕开，用来给裴谈包扎。

给裴谈包扎的过程中，沈兴文倒是没有再落井下石，说些讽刺的话。他眉目间显得很平静，看不出任何表情。

荆婉儿走到院子里。这时候倒是来了许多武僧殿的人，他们都吃惊地看着荆婉儿。

荆婉儿有一种感觉，那个杀手，只能是寺里的和尚。

这些武僧沉默地和她对视。

杀手逃离的时候，寅时已经快结束了，所以才迫切地离开。

寅时一过，做早课的僧人就会出现。他不是怕被几个手无寸铁的和尚发现，而是一旦早课开始，他不能及时恢复和尚的身份，就会暴露。

荆婉儿能听见自己的心跳声。

她发现武僧中一个熟悉的面孔没有出现："为何没有看见玄泰师父？"

一个小僧人垂着眼答道："玄泰师叔清晨去宝殿上香了。"

荆婉儿扫了一眼院里的僧人。昨天那个大铁锤，少说也有百来斤，即便是武僧殿的人，也不可能人人都使得动。

这里的所有人，都不是杀手。

荆婉儿感到自己没有平日那般冷静。她闭上了眼睛，过了一会儿才缓过来。

那人武功极高，在武僧殿也只能是地位极高的人。

荆婉儿再次看向他们，眼睛微眯了起来。

"在你们寺内，有人企图刺杀朝廷命官，此事青龙寺必须有个交代。"

僧人道："我们已通知了方丈和殿中诸位长老。"

武僧殿一共有三位长老，其中最大的，年龄和玄莲方丈差不多，其他两位年轻些，却也早不是壮年。

荆婉儿不懂武功，可也知道宫里的侍卫年龄最大也不能超过四十岁。

人永远无法对抗生理的极限，迈过衰老这道魔障。

武功高强，不能太老，在武僧中地位不低。

将这样的线索连起来，那个人是已经跃然而出了。

"你说得对，"荆婉儿看着刚才说话的那个小僧人，"我的确是要见方丈，还会要他把所有武僧殿的人都叫出来。"

这俨然是要和青龙寺对峙到底。

只听身后"吱呀"一声门响。

沈兴文面无表情地打开门，来到院子里："大人暂时无恙，不过沈某的药撑不了几时，大人还需尽快返回长安，召御医看诊才行。"

荆婉儿听见这句话，立刻回身看着沈兴文："什么意思？"

沈兴文说道："大人的伤深及心肺，若拖延太久，不洁的异物进入肺内，沈某就毫无办法了。"

第九十八章　证据锤死你

荆婉儿走进自己的房间，捡起了地上那只死鸽子。

她看着鸽子的一只腿上绑着一个小竹筒。她警惕地看了一下四周，伸手把竹筒取了下来。

打开竹筒里的信笺，上面是用娟秀的字体写的几句话。

荆婉儿看完后，迅速把纸条揉成一团。她本想扔掉，又觉得扔在任何地方都不安全，她想了想，竟然把纸条塞进了嘴里，就这样咽了下去。

德妃的事还没有解决，又来了暗杀的人，大理寺办案，动了谁头上的土？

听到院子里传来动静，荆婉儿拎起那只死鸽子走了出去。就看到玄莲大师带着僧众，正走进院子。

荆婉儿胆大，拎着那鸽子，当面丢了出去。

那鸽子被一剑穿心，几乎被从中间割为两半，死状凄惨，丢在地上之后，正好落在刚进入院内的玄莲大师脚边。玄莲大师立即停住了脚步。旁边的小和尚突然见到一只死鸽子，惊得脸色生白，一名武僧上前一步，横跨在玄莲大师的身前。

"你这妖女，果然胆大，竟敢在寺庙中杀生？"

荆婉儿等的就是这句话，冷笑道："这可不是我杀的。"

一院子的和尚都盯着荆婉儿，少女也摆出了一夫当关万夫莫开的架势，今日就要和青龙寺有个了断。

久未露面的玄泰师父，此刻正站在玄莲大师的身旁，他盯着荆婉儿："自从你出现在寺中，各种怪事就接连不断，现在你还敢对方丈不敬？"

玄莲方丈比前两日又苍老了一些，脸上呈现出油尽灯枯的疲态。他阻止了玄泰说话，看着荆婉儿说道："听闻裴寺卿受了重伤，可否先让老衲进去看一眼？"

荆婉儿看着玄莲。发生这些事，这位传说中的住持大师责无旁贷。总不至于因为心爱的弟子死了，就如此疏于管教寺庙。

"现在谁也不能进去。"

眼见这丫头如此嚣张，一名武僧道："你是不是忘了这是什么地方？"

荆婉儿盯着他："这里是护国神寺，为什么会出现刺客？为何昨夜你们没有发现？"

这句话将僧人们问得哑口无言。

"阿弥陀佛。"玄莲大师双手合十，念了声佛号。

荆婉儿不只是针对刺客，她在暗指整个青龙寺都故意装聋作哑。

面对这样的指控，作为住持，玄莲大师不可能再沉默："昨夜的原委，最好还是由裴寺卿亲自交代清楚为好。"

荆婉儿看着他们："昨夜的事乃我亲眼所见，不会冤枉你们青龙寺。"荆婉儿拦在和尚和裴谈的屋子之间，像是一个人堵住了所有去路。

僧人们的脸上有隐忍的不安，这世上还没有人敢在青龙寺中造次。

荆婉儿从牙缝中挤出一句话："是你们让大人搬到内院居住，和衙役分开，摒去一切闲杂人等，所以此事定是青龙寺的人做的。"

这群和尚就是搬起石头砸自己的脚。青龙寺内院号称铜墙铁壁，除了本寺之人一律进不来。

荆婉儿盯着他们，心想，最好让这些和尚自己露出马脚。

被一个黄毛丫头指着鼻子骂，跟随玄莲而来的武僧长老们忍不住了："你竟敢质疑我们寺里的人？"

这对他们来说实在是不可思议。

荆婉儿说道："寺中只有这几个人，你们不承认也不行。外院的衙役们没人有这么高的武功，莫非，你们要把嫌疑指向王爷吗？"

这么数下来，他们唯一没算上的就是李修琦了。难道说王爷其实身怀绝世武功，却没人知道？

荆婉儿的奚落，再次让院子里的僧人们陷入尴尬的境地。

就在荆婉儿想继续舌战群僧的时候，身后传来一声疲倦的话语："婉儿，不许再无礼了。"

荆婉儿一惊，立刻回头。只见裴谈站在门口，失血过多的脸色显得有点苍白。

玄莲的目光动了动："裴寺卿身体还好吗？"

裴谈说道："多谢方丈关心，裴某已经无恙了。"

这个样子哪里是无恙？可裴谈慢慢走出来，胸前的伤口只是经过简单处理，还在往外渗血。

他看到院子里站着这么多和尚，缓缓地说道："惊扰贵寺了。"

荆婉儿没想到这时候裴谈会醒来，本来准备了一肚子的话，生生哽在喉间无法说出。可她已经准备了这么久，怎么能放弃？

"大人，您为何不继续休息？"她看裴谈明显还没有恢复元气，又想到沈兴文先前说的话，十分揪心。

裴谈停在荆婉儿的身边，看着她："你刚才说的话我都听见了。"

荆婉儿和裴谈对视一眼，不由得咬起了嘴唇。

裴谈转身面对青龙寺众僧："大理寺在此叨扰数日，这桩案子，确实该有个结局了。"

荆婉儿有些诧异，她看了看裴谈，没有想到裴谈会说这种话。

玄莲说道："青龙寺绝不会包庇谋杀裴寺卿的恶人。"

荆婉儿说道："恶人就在你们中间。"

一个长老说道："你口口声声杀人者是我寺中人，有何证据尽管拿出来，岂容你信口雌黄？"

荆婉儿盯着那个人："我自然有证据。"

她这话一出，连裴谈的目光都显得异常深邃。

那说话的僧人有些吃惊，难以置信地说道："你说大话。"

荆婉儿说道:"我虽然不是出家人,但绝不会在人命关天的事上打诳语。"因为那个杀手要杀的是裴谈,她哪怕拼了命,也要把这个敢血溅神寺的凶手揪出来。

那僧人半响才说道:"你有什么证据,尽管拿出来。我绝不相信青龙寺中有人敢犯下这种下修罗地狱的大罪。"

荆婉儿也知道,说出来没人会相信。

她上前走了一步,裴谈在身后低沉地叫道:"婉儿。"

荆婉儿没回头,而是说道:"是婉儿拖累了大人,所以才一定要将此人揪出不可。"

裴谈的眉心皱了皱。此刻青龙寺全体僧人都在,要说荆婉儿没点把握,她倒不是这样唐突的女孩子。

荆婉儿的目光从僧人们的脸上扫了一圈。僧人们神色各异,都不相信这小丫头能找出凶手。

荆婉儿说道:"青龙寺里只有武僧会武,请你们把胳膊都伸出来。"

玄泰面无表情:"难道你还指望看到我们身上有伤?"

昨夜一夜恶斗,若说留下了一两道伤痕,似乎也极为可能。玄莲大师面色凝重。

荆婉儿看着他到:"玄泰师父带头伸出胳膊如何?"

玄泰冷哼一声:"可笑!"

只见他迅速撩开僧衣,露出了手臂,只见手臂上光滑平坦,自然没有伤口。

荆婉儿嘴角那一丝弧度却没变,她看向其余和尚。

"方丈……"和尚们看向玄莲。

他们毕竟是清修之人,要他们在一个小丫头面前袒露手臂,心中并不愿意。

玄莲说道:"抓住凶手,有关我青龙寺的声誉,自应配合。"

方丈发话了,那群僧人即便有迟疑,也都露出了胳膊。

荆婉儿扫视着他们。没有人胳膊上有伤,这些僧人盯着荆婉儿的神情也是一脸阴沉。

玄泰说道:"闹够了没有,你……"

荆婉儿目光一瞬间盯在他脸上:"所以昨夜行刺大人的就是你,玄泰师父。"

荆婉儿一句话,生生逼得玄泰变了脸色。当然,变了脸色的可不止他一人。

玄泰恼怒道:"你这妖女!果然留你在寺中就是祸害,竟敢随意将杀人的罪名栽赃到本僧的头上!"

其他僧人甚至都没反应过来,只是盯着玄泰和荆婉儿相互怒斥。

荆婉儿心平气和地说道:"栽赃这样的事,我没有玄泰师父做得绝。"

玄泰转向玄莲:"方丈,您要任由这妖女惑乱我寺吗?"

玄莲盯着荆婉儿，荆婉儿也看着他，说道："婉儿正想请方丈做个见证，方丈贵为大唐第一神僧，曾是这武僧殿的长老。"

所以慧根虽然不是武僧，但他是玄莲大师的徒弟，所以尽得玄莲的真传。

玄泰神情有些微变。

荆婉儿的嘴角微微勾出一个弧度："自从来到寺庙那天，婉儿就被称作'妖女'，可婉儿并非不敬佛祖之人。至少婉儿知道，佛家一向主张普度世人，可不是用杀人喋血来度的。玄泰师父，拿着一百斤的大铁锤打上一夜，普通人的胳膊会怎么样？"

玄泰捏紧了袖中的手，他感到胳膊一阵阵发抖，那是控制不住的。

荆婉儿刚才根本没想找什么伤口，至于其他僧人，她压根就没仔细看。

荆婉儿看着玄莲说道："习武之人，体力透支过度也会伤及筋络，关于这一点，我特意赶去请教了我们的裴县。"

玄泰以为自己没受伤就不会有事，于是堂而皇之地出现，这就是自投罗网。

裴县点出了习武之人的弱点，那么现在不需要他亲自在场，有玄莲这个半生习武的方丈，和青龙寺这么多武僧在，都会亲眼见证同门身上发生的事。该来的，躲不掉。

玄泰感到周围的目光充满了惊疑和不信任，那目光就像瘟疫一样，渗透人的皮肉。

玄泰张口说道："我昨夜……"

荆婉儿钉子一样的目光，钉住了玄泰的咽喉。

"玄泰师父想说什么？你昨夜怎么了？昨夜慌不择路逃跑的时候，你的鞋底上还沾了院子里的花泥。"

第九十九章　逼问

所有人都盯着玄泰的脚下，唯独玄泰自己没有。

他脸色通红，直勾勾地望着荆婉儿。

距离玄泰最近的一个小和尚瞪着玄泰，结结巴巴地道："师叔，你，你的脚……"

看着玄泰的那些目光，逐渐变得更惊异了，好像真的从玄泰的脚上看见了什么。

玄泰的精神已经明显不稳。

荆婉儿的目光闪动着，低沉而缓慢地说道："玄泰师父，何不解释一下你脚下的花泥是如何来的？"

玄泰猛然间发出了一声大喝，双拳攥紧，衣袖中鼓起一阵风，直接向荆婉儿扑了过去。

荆婉儿一动不动，她一直在等着玄泰失控。

说时迟那时快，眼看荆婉儿那弱不禁风的身躯就要遭到玄泰铁拳的重创。

可下一刻飞出去的却不是荆婉儿，而是玄泰自己。

只见一直不言不语的玄莲大师，捻着佛珠的掌心瞬间拍出，正正击中玄泰的胸前。

玄泰连躲都来不及，就一口鲜血吐了出来。

"师父……"他趴在地上，血红的眼睛看着玄莲。

就见玄莲后退几步，咳嗽了几声。

荆婉儿直到这时才微微移动了一下身子，嘴角轻轻勾起。刚才她刻意站得离玄泰很近，就是想让玄泰忍不住对自己出手。

果然，玄莲出手了。这下正好，由青龙寺住持亲自清理门户名正言顺，给大理寺省了个大麻烦。

玄莲看着在地上狼狈挣扎的玄泰说道："玄泰，你看你的脚下，有什么？"

玄泰怔了一下，有些不敢相信地低下头。他看到自己的脚下，干干净净。他的僧鞋上，根本没有沾上什么泥土。

玄泰像是被闷锤锤中了胸口一样。

荆婉儿看着他的神情。佛家云：菩提本无树，明镜亦非台，本来无一物，何处惹尘埃。

真是讽刺。

"你用来刺杀大人的大铁锤，还有夜行衣，一定还在武僧殿中，大可现在就去搜出来。"荆婉儿与其说是在问玄泰，不如说是在说给武僧殿的人听的。

玄莲沉声说道："派人彻查武僧殿，尤其是玄泰的禅房。"

这么一搜，凶器必然无所遁形。

玄泰抬起头，血红的眼瞪着玄莲："师父，徒儿做这一切，都是为了青龙寺。"

荆婉儿看着他："大人与你青龙寺无仇无怨，为什么非要大人的命？"

地上的鸽子尸体血肉模糊，玄泰犯了杀戒已是既定事实。青龙寺的人该如何看待这个披着袈裟的杀人凶手？

玄泰的目光阴森："身为大理寺卿却和妖女为伍，从到青龙寺的第一天起，就让寺中不得安宁。"

"住口！"玄莲喝道。

荆婉儿倒不介意被人称为"妖女"，她上前一步继续问道："为何不直接说，到底是何人指使的你？"

只要查到玄泰背后是何人指使，这桩案子，便不再是眼前这样的迷局了。

想不到玄泰却眯了眯眼睛，声音有些幽然："无人指使。"

玄泰是武僧殿的人，因此武僧殿的三个长老此刻都一脸煞白，急忙对玄莲道："方丈明察，我等绝不会唆使此逆徒，做出这等丧心病狂的事。"

玄泰闻言，脸上浮现出一抹冷笑，看着院中的闹剧。说什么出家人四大皆空，实则个个明哲保身，急于撇清自己。这就是名声在外，高高在上的大唐神寺。

已经走到了这一步，荆婉儿不想功亏一篑，她逼问道："你一个僧人，竟然神通广大，准确知道院中何时无人看守，乘夜刺杀大人，还提前准备好了兵器和伪装，现在却说这些都无人指使？"

荆婉儿的声声逼问，都问在要害上。做出深夜杀人这样的事，谁会相信他是无人指使？

玄泰阴沉着脸，没有说话。也许是知道大势已去，他反而不再想着如何狡辩。

"昨夜是王爷将僧人调走的，女施主此言，难道是在怀疑王爷吗？"一个武僧殿的长老冷冷地盯着荆婉儿。今日他们武僧殿颜面丢尽，都因为这个少女。

荆婉儿咬住了嘴唇。就在这时，她的肩膀被人轻轻握住。

裴谈走到了她身边："婉儿，退下吧。"

荆婉儿仰起头，不解地看着他。

当着这么多僧人的面，言语间暗示长乐王有罪，这已经不是荆婉儿一个宫女所能承受的了。

只能由裴谈出面，结束这一切。

裴谈看向了玄莲。从刚才重伤玄泰以后，这位住持就一直保持着沉默，原本槁木似的脸看起来更加苍白了。

只见玄莲终于缓慢地睁开了眼："荆姑娘看来是有所误会，昨夜，有一名僧人溺水而亡，尸体被王爷发现，所以王爷才会召集寺中武僧。"

僧人溺水？

荆婉儿脸色一白："谁死了？"

那长老拂袖说道："我寺中僧人之事，不需要大理寺过问。"

荆婉儿只觉得一股不祥的预感袭来。

裴谈慢慢说道："裴某奉旨前来青龙寺，事前并不知会发生何事，玄泰师父对裴某动了杀心,裴某想知道,究竟是什么让玄泰师父必须置裴某于死地?"

玄泰看着裴谈的神情阴寒冷漠,昨夜的一切实在不可能忘记,他已经领略了这个男人的厉害。

"不过是区区一个大理寺,就算是圣上亲临青龙寺,也要更衣下马,礼敬有加。凭什么你们敢目中无人?一个妖女敢入我大雄宝殿,私闯超度仪式,更是连慧根师弟的遗体都敢损毁,害我青龙寺成为天下笑柄……"玄泰的脸上露出一副狰狞的模样。

他说的几件事,除了私闯大雄宝殿是荆婉儿做的,其余两件都是大理寺为了查案不得已而为之。

荆婉儿听了,冷笑起来:"玄莲大师,您的弟子玄泰,口口声声说是为了寺中的清誉,莫非他认为大人调查慧根之死,是故意针对青龙寺吗?"

如果现在不能撬开玄泰的口,一切努力就毫无意义了。

玄莲的嘴微唇微启:"孽徒,是我让裴寺卿调查慧根的死因,你连我也要怨吗?"

"师父,您真的是老了。"玄泰脸上显出幽然的神情,"还记得当年您为了让青龙寺巩固大唐国寺的地位,做过的那件事吗?"

就见玄莲大师的神情骤然变得深不可测。

武僧殿长老仿佛终于反应过来,大喝一声:"玄泰,你休要再胡说八道!住持为了青龙寺付出甚多,岂容你肆意污蔑!"

这么一声大喝,让荆婉儿心中微微震惊,吃惊地看着这院子中的场面。

长老说道:"你自己行为不端,有污我佛门净地,今日既已败露,断不会轻饶了你!"

玄泰冷漠地说道:"弟子从入门那天起,就已将这条命奉献给青龙寺。比起我寺的清誉,弟子一人的性命又算得了什么?"显然他觉得自己做的事都是应当的。

玄莲看着他:"你十五岁进寺,迄今已三十余年。三十年来,你古佛青灯,刻苦修行,如今却在佛祖面前犯下杀戮之罪,玄泰,你当真不怕死后的报应?"

佛家最讲究因果,玄泰这样做,怕是要下地狱的油锅。

玄泰一时口唇颤动,他垂下了头,忽地一笑:"为了寺庙,弟子甘愿下地狱,倒是师父您……弟子知道您疼爱慧根,又下不了狠心做这样的事,那便只有弟子替师父动手了。"

想不到佛门中还有这样的真恶人,到死也不认罪。

那长老立刻说道:"把玄泰关入戒律堂,别让他再污言秽语,定要按寺规处置!"

"慢着。"荆婉儿立刻说道,"玄泰刺杀大人,应当交给我们大理寺。"

长老冷冷地说道:"玄泰生死都是我青龙寺的僧人,轮不到外人处置。"

"你!"荆婉儿还想争取。

裴谈再次对荆婉儿摇了摇头。

没必要为了玄泰一个人和整个青龙寺闹争端,眼前的情形已经够乱的了。

几个武僧迅速从地上架起玄泰,匆匆地退了出去。

"昨日究竟是谁死了?"荆婉儿咬牙问道。

那几名僧人交换了一个眼色:"寺中一个打水的僧人,不小心失足落井。"

荆婉儿看着他们:"那如何会让王爷看见?"

只是失足落水,而且还是半夜?

从这些和尚的神情看,荆婉儿觉得里面有问题。

"那位僧人现在何处,让我们见见……"

长老打断说道:"不可能,那僧人昨夜已经火化了。"

荆婉儿不敢相信地看着他们:"昨夜刚落水,你们就将尸体火化了?"

这是宣扬慈悲为怀的佛寺吗?这不是明摆着此地无银三百两?

"尸体落水,是为不详。如何处置寺中僧人,是我寺的事。"

荆婉儿觉得,自己在宫里熬了五年都没死,此刻却快要被一群和尚气死了。她努力让自己冷静下来。

"玄莲大师,慧根死时,您下令停尸三日,诵经超度。一个无名僧人死了,您却不闻不问?"荆婉儿转头。

又是那长老道:"此事与方丈无关,方丈并不知情。"

死了一个僧人,却说方丈不知情,荆婉儿简直要被这些和尚绕糊涂了。

玄莲刚才动了真气,现在脸色更差。

只见那长老红着眼睛说道:"弟子未敢打扰方丈,私下处理了,请方丈责罚。"

看起来玄莲大师的身体状况确实不容乐观。

所以方丈身体不适,底下的人就敢乱来?

第一百章 臣的职责所在

那长老的眸子有点阴森:"青龙寺中不能再传出死人的消息了,弟子自私,请方丈责罚。"

贪嗔爱欲痴，这里的僧人都和玄泰一样犯了戒。他们穿着袈裟的样子，实在更让人觉得害怕。

昨夜被调走的都是武僧，他身为武僧殿的长老，自然对这些事一清二楚。说不定还是他在其中为李修琦调配的人手。

"你们青龙寺，真的是一间佛寺吗？"荆婉儿忍不住问道。

那长老睨着荆婉儿："这一切灾难，都是你们给青龙寺惹来的！"

荆婉儿正要说什么，裴谈的声音响在耳畔："我们明日就启程回长安。"

长老的目光瞥过去："你们果真会走？"

裴谈看向玄莲，良久才开口："叨扰寺中多日，大理寺是时候该走了。"

苍老的玄莲像是这里唯一的佛门弟子。

"今夜老衲亲自守在裴寺卿的院子里。"只听玄莲大师的声音缓缓说道。

裴谈眸子动了动："方丈？"

玄莲身旁的和尚立刻说道："如何能让方丈在此？武僧殿一定加派人手……"

玄莲看着他："再任由你们胡来？"

那说话的和尚脸色苍白，低下头去。

玄莲看着裴谈："这都是老衲的错。"

沈兴文这时忽然插嘴道："在下略通医术，能否让在下给方丈诊治诊治？"

青龙寺的僧医不知医术如何，对于住持病弱的身体好像毫无办法。

玄莲大师看了沈兴文一眼。

……

站在裴谈面前，沈兴文面色淡漠地说道："玄莲大师得了很严重的肺痨。"

裴谈眸子微动："玄莲大师真的病重了？"

沈兴文将手拢入衣袖："而且是病入膏肓，恐怕活不到下个月了。"

怎么会这样？这下就连裴谈也无语了。

沈兴文说道："青龙寺的人，不会不知道方丈已经油尽灯枯了。近来他们种种异于常人的做法，或许正与此有关。"

玄莲是青龙寺的支柱，青龙寺能成为现在的大唐国寺，功劳都在玄莲。至于玄莲和大唐皇室做了哪些交易，世人恐怕根本就不知道。玄泰说玄莲大师不比从前狠心，略微透露出了一点。

这时，沈兴文忽然瞥了一眼关闭的屋门。

荆婉儿注意到他的眼神，伸手从桌上拿过一张宣纸。

作为一生为了青龙寺呕心沥血的住持，现在又痛失唯一的爱徒，玄莲大师的心情,似乎可以理解。

荆婉儿在纸上写道:"听闻习武者耳力过人,是否确有其事?"

就见沈兴文眯了眯眼。

裴谈看着荆婉儿,缓缓点了一下头。

所以,就算玄莲现在油尽灯枯,他也依然是武功高强的青龙寺方丈……

普通人关起门来说话,玄莲在门外听得一清二楚。

荆婉儿幽幽吸了一口气,良久才继续写道:"大人,您真的认为玄泰是自己想要刺杀您?"

背后无人指使,自己想杀大理寺卿。今天玄泰把什么罪过都揽在身上,表现得大义凛然,可荆婉儿心里还是不相信。

沈兴文轻咳一声,拿起荆婉儿手里的纸笔,信笔写道:"倒不如说,假如有人指使,谁能指使得了一位辈分如此高的僧人?"

沈兴文写起来洋洋洒洒,字迹很漂亮。

荆婉儿懒得去看他,却只盯着他写的内容。谁能指使?荆婉儿当然想过。她之前用的是排除法,锁定了刺杀的和尚是玄泰,那现在能够排除其他人吗?

能指使玄泰的,有武僧殿那三位凶巴巴的长老。以玄泰的脾气,恐怕别人的命令他也不会听。除此之外,还有方丈玄莲,剩下就只能是……

荆婉儿看着裴谈:"王爷。"她口唇翕动。

只有天潢贵胄,才有威势能让玄泰屈服,让玄泰做任何事。

她不愿相信,德妃已经死了。

"死了一个和尚,青龙寺却如此轻描淡写,确实让人奇怪。"沈兴文慢慢说道。

"那是因为死的根本就不是青龙寺的和尚。"荆婉儿张口说道。

沈兴文神情一动:"什么意思?"他望着荆婉儿。

荆婉儿咬了一下嘴唇。除非死的不是青龙寺的人,才能解释青龙寺的做法,他们只想掩盖真相。

沈兴文幽然道:"沈某莫非又错过了什么吗?"

荆婉儿看向裴谈:"有句话婉儿不知该不该说。先有玄泰,再有那个长老,他们对这间寺庙的反应……太不正常了。"

和尚最信奉的应该是什么?当然是佛祖!可青龙寺的和尚们,似乎只注重"青龙寺"这三个字。

只要能维护青龙寺"大唐神寺"的声誉,他们对住持的弟子死了这样的事都可以保持沉默。

荆婉儿似乎还想对裴谈说什么，但门外有玄莲，屋内，沈兴文的存在也让人不痛快。

沈兴文淡淡哂笑道："沈某先回去收拾行囊了。"

说着，沈佯作轻松地转身走了。

"大人，您的伤……"荆婉儿开口道。

裴谈停了一下，说道："我无事。"

荆婉儿垂下了眼眸："就这样回长安，若陛下怪罪大人，大人怎么办？"

身为君王，找个替罪羊是很容易的。

裴谈说道："太阳落山后，我们再去见一次王爷。"

荆婉儿目光一亮："莫非……大人已有计较了？"

其实，眼下的局面在荆婉儿看来，早已没有无辜之人，李修琦就更不是无辜的了。

如今看来，德妃与他关系密切。他常往深宫，只有他的身份才会让皇室睁一只眼闭一只眼，到最后将所有罪责都推到大理寺。

裴谈沉默半晌，说道："你方才在外面最不该说的话，就是指明王爷调走了僧人。"

荆婉儿抿了抿嘴，她似乎感觉到裴谈对这件案子还有所保留，她只能说道："大人，世上的事，若是排除了其他可能，剩下的那个便是唯一的可能。"纵然再不可思议，也应是真相。

裴谈说道："这句话没有错，但是如果你排除错了，把不该排除的排除掉了呢？"

荆婉儿看着他的脸，良久才说道："请大人指点。"

裴谈说道："玄泰也许提前知道僧人会被调走，而不是王爷与他合谋。"

荆婉儿皱起了眉。白天王爷威胁大理寺不成，晚上就派僧人刺杀大理寺卿，世上哪有这样严丝合缝的事？

她目光微动："怎么会？"

裴谈慢慢说道："你忘了王爷已经写信回长安，他没有必要再多此一举。"

荆婉儿觉得是李修琦给玄泰制造了机会，可恰恰不是这样。

荆婉儿愣了半晌。

她只觉得哪里不对，又说不上来。

等暮色四合的时候，裴谈带着荆婉儿出了门。院子里，玄莲坐在一棵槐树下，夜晚无风，他看起来像是静止不动。

是什么让这位住持将死之时还要如此执着？

走出院外，荆婉儿不由得说道："整个寺庙里，像是只有一个出家人。"

因为所有人的心中都没有佛祖，反而入了心魔。

"下官求见王爷。"裴谈站在李修琦的院外。

门口守着的僧人皱眉:"王爷已经歇下了。"

裴谈目光深沉,这时候,门里传来李修琦的声音:"让他们进来。"

李修琦如何知道来的是"他们",而不是"他"?

裴谈看了一眼荆婉儿,二人推门进入屋内。

李修琦确实还没睡,他坐在桌子前面,头微微低着,在盯着膝上的一封信看。

"参见王爷。"裴谈行礼。

李修琦淡淡地说道:"裴寺卿。"

裴谈看着他:"下官已决定明日启程回长安。"

李修琦抬起头,看了他片刻:"明日吗?"

裴谈说道:"请王爷随臣一同回去。"本来大理寺前来青龙寺的任务就是这个。

李修琦似乎神色微动,没有立即答应裴谈。

荆婉儿想知道,裴谈是否打算问李修琦昨天死的那个僧人的事。

"王爷,昨夜……"裴谈看着李修琦的脸孔,开口道。

李修琦还是没有接话,裴谈要说的是什么,他不会没听懂。

裴谈便一时住了口。

屋里的三人都不说话。

李修琦折起了膝盖上的信纸,放到桌子上。

裴谈隐约扫到了上面的字。

"王爷,您……"

他有些吃惊,再次望向李修琦。

李修琦说道:"已经没有必要写信回长安了。"

这句话相当于承认,这封信就是他之前说要阻止大理寺调查的信。

可是那封信明明已经送出去了,信中写了什么?

"王爷为何突然改变主意?"裴谈问道。

李修琦看着他:"裴寺卿,本王稍微收拾一下,明日就随你回大理寺。"

屋内好一阵沉默。荆婉儿看李修琦的屋内十分清俭,角落里放着一口箱子。

裴谈道:"王爷,您认识睿宗陛下的德妃吗?"

荆婉儿立即抬头看向李修琦。

李修琦的脸上没什么变化,不知道他是城府过人,还是真的内心没有波动:"到了现在,裴寺卿还在追查所谓的真相吗?"

裴谈的眼眸沉了沉,说道:"这是臣的职责所在。"

第一百零一章 箱子

听到裴谈说这句话,李修琦盯着裴谈。

"裴寺卿,本王还要收拾明日回京的行囊,你可以走了。"

裴谈说道:"王爷曾让臣查清案件,还您清白。"

李修琦目光动了动:"本王没有这么说。"

李修琦的确没有说过让裴谈还他清白的话。

可裴谈看着他:"但臣明白,王爷您当时的本意如此。"

有些话是不用说出来的。当时的情境,李修琦是不是这个意思,现在已经不重要。

"本王虽然没有把这封信寄回长安,但不代表本王回长安后什么都不会说。"

毕竟是一代王孙,再怎么貌似温和也自有威势。

裴谈声音略沉:"王爷?"

李修琦说道:"送裴寺卿出去。"

两个武僧模样的人出现在屋内,看向裴谈的目光不善。短短五天,裴谈已经成了这间大唐神寺的眼中钉。

走出院外,荆婉儿确信院子里的人听不见了,这才看着裴谈道:"大人没发现王爷屋内多了口箱子?"

裴谈道:"我发现了。"

荆婉儿目光幽幽:"都说王爷轻装简从来寺内清修,来的时候除了一身长衣别无他物,为何要离开时,突然多了一口那么大的箱子?"

难不成青龙寺的和尚们,还会准备什么离别厚礼?但是不能强开长乐王的箱子。

"箱子的事,会有办法的。"裴谈说。

荆婉儿有点疑惑,面对现在这种局面,真不知道裴谈还能有什么办法。

回到院子里,二人见沈兴文等在那儿,微笑着说道:"大人叫我?"

裴谈和他相视一眼:"仵作。"

三人进入屋内说话。

裴谈说道:"你曾高中进士,自然有一副好头脑,你分析一下,这些无头线索,能用什么连起来?"

裴谈居然打算把这些都告诉沈兴文。

沈兴文眯了眯眼:"大人若信任属下,属下自当为大人分忧。"

裴谈看着他:"若凶手是王爷,你以为他如何作案?"

料不到裴谈这么直白,沈兴文脸上的神色让人难以捉摸。长乐王是幕后真凶,这恐怕是沈仵作最乐于见到的,裴谈这是什么意思?

"如果王爷是真凶,那么他先后杀了慧根和德妃。慧根正是死在王爷清修的那间阁楼,简直没有比这更明显的杀人现场……"

"我猜,慧根撞破了王爷和德妃的苟且现场,于是王爷杀人灭口,但是因为大人追查不放,所以王爷害怕连累自己,就一不做二不休,把德妃也给杀了。"

这哪里像是在说一个王爷,简直是在说一个流氓。

裴谈面色清淡:"仵作说这番话时,动脑子了吗?"

荆婉儿不想再听下去。如果能这么分析案情,大理寺里都是被冤死的了。

沈兴文一笑,他根本没有动脑子。他有些遗憾地说道:"可惜,虽然沈某和其他人一样,也想这么推断,但大人需要证据,而这宗案子里缺少的恰恰就是证据。"

从情理上讲,可以有一万个理由怀疑李修琦,可是没有证据,怀疑就不能成立。而且他们怀疑的是一位大唐王孙,不是什么贩夫走卒。

三人相顾无言,那么他们现在,是在想着可以找出什么证据来给李修琦定罪么?

"其实本案不是没有证据。"荆婉儿看向裴谈,"大人,在慧根一案里,凶器是木鱼。慧根的尸体正在冰窖里。"

有证据,只是所有的证据无法连成一条线。

荆婉儿心里有种说不出的感觉。她是宫女出身,宫里那么多人都是她亲自收尸,很难说有几个人是因为证据确凿而死的。恐怕其中的大多数,都比冤死还惨。

但她已经看惯了这些,在这个弱肉强食、强者为尊的世界里,弱小就是原罪。

如果说她这种想法有什么改变,就是从遇到裴谈开始的。

沈兴文说道:"我们换个角度想一想,身为前帝妃,德妃已经在宫里安然住了这么多年,刚到青龙寺就命丧于此,这件事本身就已经匪夷所思。"

荆婉儿不由得慢慢说道:"所有案子连成了一根绳结,找到了结,轻轻一解便开了。"

她和裴谈所遇见的德妃,聪明而又狡猾,甚至不给裴谈抓住一点把柄。德妃这样的女人,谁能杀了她?可她却死得比任何人都悄无声息,这让荆婉儿始终接受不了。

"这件案子里,两个已经死去的人,都不简单。"裴谈拢着袖子,站在窗前道,"慧根是武功极高的僧人,德妃是睿宗陛下仅有的一位遗妃,想杀死这两人,都不容易。"

裴谈说得比较隐晦,但荆婉儿很明白。对付一个玄泰,裴谈都身受重伤,当年天后杀死了那么多李氏皇族,自己的亲生儿女都死了那么多,可德妃却安然活着。

如果真是长乐王丧心病狂杀了这两个人，岂不是在说，长乐王比这两个人加起来还要厉害？

可如果李修琦真的是这样的人物，他还会留下这么多显而易见的线索，等着大理寺查到他头上吗？这根本是自相矛盾。

"除非杀了慧根和尚的是鬼，杀了德妃的是神，反正这里是佛寺，什么都可能发生。"沈兴文低头一笑。

不用破案了，一切都推给神佛，等裴谈回长安的时候，就拿这个理由向中宗报告。

屋内的烛火抖了一下，差点就要熄灭了。

裴谈转身，看向灯里的灯油。

荆婉儿动了动嘴唇，看到他的目光，一下子懂了。

如果站在湍急的水里，只有顺着水的方向走，才有可能找到水流的尽头。

你今天可以猜想张三是凶手，明天也可以改变想法，认为李四是杀人者，在没有定案之前，任何人都可以怀疑。

裴谈说道："想法会变，只有一件东西是不会变的。"

荆婉儿接话道："就是我们迄今找到的每一样证据。"证据永远都在那。推理，是基于证据去推断案情，而不是被主观意愿所左右，所以他们才会越错越远。

外面已经是漆黑的夜晚，沈兴文打着呵欠，走出裴谈的屋子，唇边露出一抹笑。

清晨，前院的十个大理寺衙役终于开始整理行装，两个僧人帮着长乐王抬着那口箱子，来到了马车前面。

裴谈看了一眼："王爷的箱子里是什么。"

李修琦道："本王的一些杂物。"

两人合力把箱子抬到了马车后面，用绳子绑好，裴谈慢慢躬身："寺中为王爷准备了一辆马车，臣随在王爷身后护送可否？"

两辆马车，一辆装上了长乐王行李，另外一辆李修琦自己乘坐。

李修琦扫了一眼："好。"

裴谈分出了五名衙役，护送李修琦的那辆马车，余下的人跟随绑着行李的马车一同出发。

沈兴文说道："属下有自己的马，大人就不用为我费心了。"

同行中只有荆婉儿一个女子，裴谈看着她说道："你是女子，抛头露面出入城门不便，进马车坐吧。"

荆婉儿微微一笑："谢大人体恤。"

荆婉儿上了马车，这时寺内出来一个小和尚说道："住持身体抱恙，让小僧对王爷和寺卿说一声,他就不远送了。"

裴谈说道:"玄莲大师太客气了。"

那小和尚站在寺门口,裴谈转身道:"启程吧,长安城门再过半个时辰就该开了。"

裴谈把一封信交给那个小和尚:"请代裴某将此信转交给玄莲大师,代我向大师辞行。"

小和尚接过那封火漆封口的信,看了一眼,含笑道:"小僧明白。"

裴谈转身,带领大理寺诸人离开了。

这时,晨光熹微。那小和尚看两车人马都走远了,便转身进入寺内,关闭了寺门。

辰时,长安城门的守官下令:"打开城门!"宵禁结束,等着进入长安的商贾,早就排起了长队。

"陈将军,您看那是什么?"一个守卫指着官道上缓缓驶来的车驾。

之所以显眼,因为那是一辆套着白马的车驾。

车帘撩开,李修琦看向了那几个守城卫。

守城卫脸色一变。车里人一身白衣白袜,眉目疏淡,不是长乐王又是谁?长安城的守卫和其他地方自然不一样,因为他们见惯了权贵。

带头的将军立即下跪:"给王爷放行。"

李修琦放下帘子,五个衙役护送着他,一起顺利通过长安城门。

身后几步路远处,是裴谈的车辆。

李修琦走了几步后,就让马车停下了。他的王府和大理寺并不在一个方向,此刻正是分道扬镳的时候。

裴谈骑在马上,缓缓来到城门口,那个守城卫的将领看到裴谈后,目光不由得一顿。

"马车中是谁?"片刻后,那将领问裴谈。

不是大理寺和裴谈的名头不够响亮,可长安毕竟是长安,想出去可以,想进来就不那么容易了。

而大理寺卿居然骑着马,那么谁坐在马车里呢?

"打开车门。"将领沉下了眼。

裴谈的名声实在不好,他不出现还好,只要出现,谁不想找他的麻烦?

裴谈道:"马车内无人。"

将领冷冷一扫:"不是你说了算,打开车门清查后才能入城。"

这时,前面等着的长乐王的马车,忽然慢慢调转了车头,伺候的人拉开了李修琦身前的门帘。

裴谈看着那将领，没有说话。

眼看守城卫和进城的两方隐隐对峙起来，百姓都停下脚步看城门口的热闹。

"打不打开？"一个守城卫盯着裴谈喝道。

将领道："别废话了，将马车打开检查。"

这些守城卫们可是见惯了这种场面，当下理都不理裴谈，上去拽住马车，拉开了车门。

只见马车里面空荡荡的，居然真的没有一个人，只有角落里那口箱子。

将领眼中掠过一道微光。

李修琦袖中的手慢慢捏起。

是裴谈让荆婉儿坐在这辆马车里的。

荆婉儿呢？

"箱子里是什么？打开！"将领的目光落到箱子上。

第一百零二章　押解进宫

车旁一个衙役对着将领说道："等等，这是长乐王爷的私人箱子，你们不得随意盘查。"

将领却皱了皱眉，冷笑道："既是王爷的箱子，方才为何没有随王爷一起进城？"

"这……"衙役被堵得说不出话来。

裴谈看向将领："我等奉命护送王爷回京，替王爷运送一些行囊。"

将领显然并不信他的话。就见他的目光，立刻看向了李修琦的车驾。

李修琦的马车并无动静，那将领迟疑地说道："王爷见谅，因为最近属下接到了旨意，有死囚从岭南逃了出来。"

裴谈的眸子动了动。

"什么岭南？"有人目光惊恐。

那将领再次转身盯向那口箱子："所以，一切过往车辆必须盘查，方才这口箱子即便是放在王爷的车驾之中，臣也会为了保障王爷的安全而开箱检查。"

说完了这话，将领冷冷地看着裴谈。

众目睽睽之下，若拒绝开箱查验，反而惹人生疑。

"开箱。"

守城卫要动手的时候，裴谈再次道："等一下。"

将领的目光更加警觉："裴寺卿，你可知三番五次阻止城门盘查是什么罪？"

虽然裴谈是三品大理寺卿，而一个守城卫士的官职比蚂蚁还小，可是长安城门的守将，就是拿着圣旨的蚂蚁，甚至可以踩死大象。

看长乐王都选择不说话，就知道他也不敢轻易言语，落下个不尊不敬的罪名。

裴谈说道："裴某不是要阻止盘查，而是毕竟此箱中乃王爷私物，城门下众目睽睽，把王爷的私物暴露于众人眼中，是否不妥？"

将领的神色动了动，不禁有些迟疑。虽然他们敢动王孙的车驾，可那只是职责所在，说心里话，他们不愿得罪这些掌握着大唐权势的人。

"你们几个过来。"将领皱起眉，点了几个手下。

他看着这几个人说道："你们把箱子抬去旁边的后巷，检查一下箱内的物品。"

这似乎是个好办法，不管箱子内有什么，都不会被无关的旁观者知道。

将领看着裴谈，慢慢道："我与裴寺卿去验箱如何？"

裴谈道："好。"

他走过去的时候，感受到李修琦有些幽寒的目光。自始至终，长乐王一句话都没有说。

裴谈看了他一眼。

箱子被抬入隐蔽的巷子，抬箱子的人立刻就退了出去。巷子里只有裴谈和将领，以及另外一个守卫。

将领说道："开箱。"

那守卫立刻上前，掀开了箱子。

这一刹那，见惯风雨的守城卫吓破了胆子，一屁股坐在地上。

将领盯着箱子，脸色一阵发白。

他立刻看向裴谈，目光寒冷逼人："裴寺卿，你不是说这是王爷的箱子吗？敢问王爷的箱子里……怎么会有死人？"

随着这声阴厉的喝问，只见那打开的箱子里，是一个身体蜷缩，面色发僵，显然已死去多时的女人。

将领一把抽出腰间的刀，对准裴谈。

"这究竟是何人尸体？"他逼视着裴谈。

一屁股坐在地上的那个衙役，此刻也终于反应过来，浑身颤抖着拔出了刀。

裴谈直直盯着箱子。女人被端正地摆放在箱内，那张苍白扭曲的脸，依稀能辨认出，那正是德妃。

生前万般绮艳，死得却凄寒无比。

将领这时忽然高声对城门口的方向叫道："来人！"

眼见一起命案，已经没有辩驳的余地。就算裴谈不说话，也改变不了眼前事实。片刻，巷子外传来一阵脚步声，听到声音的守城卫们赶过来了。

裴谈忽然上前，一把合上了箱子盖。

看到德妃尸体的，有他们三双眼睛就够了。

"陈将军，看来这件事，你们守城卫是处理不了了。"裴谈慢慢从箱子旁起身。

事情太大，一个小小守城将领的权力远远不够。

巷子口陆续冲进许多守城卫，陈将军戒备地盯着裴谈："王爷呢？"

一个不知情况的衙役颤抖着说道："王爷，王爷方才已经驱车走了……"

将军停了一下，忍不住对裴谈冷笑了一声。

想把一切都推到当朝王爷的身上，这个长安城的"瘟神"，可真是胆子太大了。

陈将军命令道："把大理寺的人和车辆全部扣押，他们涉嫌重大血案，一个都不许放过！"

巷子里，人人面露震惊。

箱子被几个守城卫抬了出来。裴谈则被陈将军的刀抵着，推出了巷子。

几个惶恐的大理寺衙役全然不知发生了什么，见到裴谈被押，纷纷上前道："大人，发生了何事？"

就见城门口，有人都开始窃窃私语，指指点点起来。

各家贵族在长安城都有线人，到了下午，这件事就能传遍长安，整个长安城都会为之震惊。

宗楚客盯着前来回报的，眉飞色舞的探子："你说那箱子里有什么？"

让堂堂大理寺卿直接被城门的守卫抓走，这得是什么样的罪名？

探子回道："裴谈故意让人把箱子抬到巷子里去，没人看见里面有什么，但听闻最先跟进巷子的那个守城卫，从巷子出来之后，整个脸色都变了……"

好奇是最让人心痒痒的情绪，特别是人人都见到了守城卫吓破胆的模样。

宗楚客眸子幽深。

"大人，这是个好机会，彻底弄死那个裴家小子，给公子报仇……"探子谄媚邀功。

宗楚客拂落了桌上的茶盏："有什么好得意的？你认为裴谈是傻子吗？"

裴谈带了口箱子进城，还被守城卫查到，闹得满城风雨。难道他不知道，昨日宫里才下令城门戒严？这是有多蠢？

探子被吓得哆嗦着不敢说话。

宗楚客的目光阴森吓人："老夫倒是要看看，这回他葫芦里卖什么药。"

更多人在猜测，被守城卫抓走了的裴谈，会被押到哪里去。

裴谈自己就是大理寺卿，谁能审得了他？

没多久就传出了裴谈被押解入宫的消息。

紫宸殿内，中宗对着裴谈。殿外的十丈之内，没有一个宫人留下。

裴谈跪在地上，旁边放着那口大箱子，这个景象有些诡异。箱子从运送到宫内，就没有人打开过，现在中宗死死盯着这口箱子。

"好你个裴谈，一走六日，都给朕带来了什么？"

整个大唐有哪个朝廷命官，敢擅离职守六天，回到长安的时候还闹得满城震动？可以看出，中宗陛下真是气得脸都微微扭曲起来。

裴谈垂着眼眸，这样的场景他实在是熟悉不过。

"是臣的错。"他垂眸说道。

中宗盯着他："你连人都敢杀了？"

裴谈眸子清淡，片刻道："臣没有杀人。"

中宗走到箱子旁边，指着问道："那这是什么？你告诉朕！"

守城卫明明白白地说，和裴谈一起发现箱子里有个死人。而盘查时裴谈居然拿长乐王当借口，此时长乐王早就回了自己的王府，闭门未出。

裴谈沉默不语。

中宗上前，想抬起箱盖，裴谈忽然道："陛下，六天前，除了臣之外，您是否也给其他人下了密旨？"

中宗的手停住了，他冷下脸来："裴谈，你什么意思？"

裴谈抬起头，和中宗的目光对视："因为臣思来想去，在这世上，能让青龙寺的和尚集体行为失常的，只有陛下。"

中宗的表情阴沉得可怕。

普通人怕是早已胆寒于天子之威，而裴谈此时反而直起了身，望着中宗，直接说了出来："箱内，是睿宗陛下的妃子，德妃娘娘的尸首。"

中宗脸色大变，死死盯着裴谈。

"你再说一遍？"

裴谈慢慢说道："箱内是德妃娘娘的尸体，也就是您六日前，吩咐大理寺护送的那辆马车里坐的人。是陛下您一开始就打算赐死的德妃，并且最后授意青龙寺的人代为动手。"

中宗猛然转身，一把掀开了箱子，德妃死去的脸孔已经开始发紫。

见到真是这张脸，中宗眼前一阵阵发黑，他的脸色是前所未有的恐怖。

"陛下若是想让德妃出家，自然不会让她去青龙寺。"

那是和尚待的地方。自古后妃出家，只有去尼姑庵，例如天后曾待过的感业寺。

"所以，陛下您是送德妃上路的。"

中宗慢慢转身，深寒的眼睛盯着裴谈："裴谈，朕今天一定要杀了你。"

守城卫把裴谈押解进宫的时候，长安城得到消息的权贵们，就已经开始押注裴谈还能不能活着走出大明宫。

看中宗的模样，是真的动了杀心："你居然敢违背朕的旨意，抗旨不遵，朕要诛你九族。"

紫宸殿里，中宗声音无比寒栗。殿外十丈内无人，简直如同地狱。跪着的裴谈是唯一承受这灭顶恐惧的人。

他白皙的面色像是薄透的纸，他慢慢看着中宗道："臣忝任大理寺卿，陛下曾答应过，臣所破的案件，都与家人无关。"

大唐有两大刑狱机构，分别是刑部和大理寺。刑部是六部之一，而六部尚书都由宗族世家把控。中宗要重用大理寺，制衡刑部的权力，就不能不给裴谈一柄尚方宝剑。

第一百零三章　无字碑

青龙寺，距离裴谈离开才不到半日，寺内已经恢复清静，就像这六天时光不曾存在过。

玄莲大师盘膝坐在蒲团上喃喃念经，一个小和尚进来，手中捧着那个信封："师父，寺卿大人给您留了一封信。"

玄莲大师停住，小和尚上前递过信封，玄莲伸手接过。

信封上封口的蜡，有点融化了，玄莲大师慢慢打开，展开里面的信，却看信上什么都没有，空空如也。

角落里有个声音道："方才那小和尚偷偷拆了信，可惜，他没那个能耐读懂大人的意思。"

玄莲看过去，荆婉儿走了出来。她没有随马车回长安，反倒留了下来。

玄莲看着荆婉儿，沉吟道："荆姑娘为何在此？"

荆婉儿一笑："大人有几句话，想让婉儿代他与方丈详说。"看来裴谈这么做是对的，从刚才那传信小和尚的举动来看，留下书信的做法根本就不可取。

玄莲目光深沉地说道："裴寺卿想对老衲说什么？"

荆婉儿看着玄莲老僧入定的面孔，和身后的佛陀很像，慈眉善目，那么温和哀伤。

她终于缓缓地说出一句话。

罪不及家人，这是许多人生存在世的一条底线，即便自己朝不保夕，也要宁死遵守。

中宗冷冷地盯着裴谈，帝王一怒，多少人就要跟着遭殃。

"陛下不必担心。"裴谈抬起苍白的脸，"除了臣，没有人认识德妃是谁，更不会有人关心她是死还是活。"

没人关心德妃的死活，就不会有人追究下去。说白了，一代帝妃，到死也掀不起一丝浪花。

中宗阴寒地说道："你倒是有胆给朕接着说下去，你在青龙寺这些天都干了什么？"

裴谈说道："陛下要臣说，臣愿意一五一十说给陛下听。"

中宗眉头动了动道："你是在挑衅朕吗？"

裴谈一动不动："臣不敢。"

中宗盯着他："说下去，朕听听你都能说出什么。"

裴谈安静了好久，才慢慢说道："大理寺的仵作已经为德妃娘娘验过了尸身，确信德妃娘娘是溺毙而亡，娘娘是投井自尽的。"

中宗冷漠地靠着桌案。即便确信德妃是溺水，但和投井自尽之间还是有很大距离的。

裴谈接着道："臣刚入青龙寺，准备第二天护送王爷一同回长安城。第二日，住持的弟子慧根被发现死在长乐王禅修的阁楼中，王爷无端被牵连。后来臣发现凶器便是陈列在房中的木鱼，可是在慧根的咽喉之中，臣还发现了一颗海芋花的毒果，没有来得及咽下，慧根便死去了。"

整个大殿只有裴谈一个人寂寥的声音。

"臣对海芋果一直都百思不得其解，慧根的死和海芋果的毒性无关。臣只能排除海芋果，从谁打死了慧根这条线去追查，想要查清谁能杀死一个修行高深的年轻僧人。直到那天晚上，德妃惊慌之下露出马脚，想把木鱼从案发现场拿走，臣不得不相信,正是德妃行凶。只有凶手才会冒险回去,可惜臣见到德妃之后,实在无法相信德妃可以做出一击杀死慧根的举动。"

原因便是慧根远比德妃年轻有力,德妃是一个不懂任何武功的弱女子。

"既然不是德妃,那德妃的异常举动就无法解释。青龙寺这个案子,说是最离奇也不为过。不但凶手不明,死去的人身上也笼罩着更大的谜团,臣一度对这个案子失去了信心。"

中宗这时终于冷笑道:"朕选的大理寺卿,真是没让朕失望过。"

裴谈现在能跪在这里面对中宗,就说明他不仅没有对这个案子失去信心,还成功破获了此案。

裴谈缓缓地说道:"分析这个案子的杀人动机的时候,有人蓄意利用了王爷的名声,说慧根是因为撞破王爷和德妃的丑事而被灭口。不管是谁有意散布这个流言,都是为了干扰视线,目的是混淆视听。慧根其实不是被灭口的,相反,他才是被派去灭口德妃的凶手。"

听到这里,中宗的神情已然变得极为犀利。

"陛下为何要赐死德妃,臣无法得知。德妃这样的人注定不能死在宫中,陛下让德妃去青龙寺的时候,也一定告诉她只是送她出家。"没有人明知道自己是去死,还一路上都不吭声。

"陛下确信德妃去了青龙寺,就一定要死。即便德妃不愿意去死,也要有人送她上路才行,这样的事情,自然只能交给青龙寺的僧人去做。普通的僧人自然做不了陛下的心腹,唯有身为住持的人,才能被陛下信任。"

裴谈慢慢看向中宗。青龙寺的地位,注定了它不再是一间普通的佛寺,背后必然有皇权控制。"死士在执行刺杀任务前,必定口内藏毒,陛下,是您下了处死德妃的密旨,对吗?"

中宗冷冷道:"裴谈,你还不够格来审问朕。"

裴谈垂下了眼眸。普天之下没有人够资格审问帝王,今日踏入这紫宸殿,他已经把命赌上了。

"从一开始……王爷便被当成了众矢之的。玄莲住持在第一次见臣的时候,就已经暗示过臣。"

他曾暗示大理寺不要追查此案,暗指对方是当今王爷的身份。可是,凡是了解裴谈的人都知道,裴谈是不会因此放弃查案的,这样的暗示,无非就是以退为进,希望大理寺查下去。果然,裴谈真的查了下去。

"把臣玩弄于股掌之中,臣妄自清高,却也只是陛下您的一颗棋子。"裴谈的眸子里蓦地出现一抹难以描述的情绪。

过了好一会儿，裴谈才继续说道："海芋花，是王爷带到寺中的，死去的德妃又与王爷有关联，若让大理寺按线索办案，王爷只能是唯一的嫌疑人。甚至昨夜臣最后一次去求见王爷的时候，王爷已经预料到结局，但依然没有对臣辩解一句。"

李修琦一直都很沉默，甚至沉默得有些过分。任何一个人，在所有苗头都指向自己的时候，至少都应该辩解一两句。

"王爷不辩解，也许因为在德妃死后，王爷已经决定按陛下的安排，将这案子揽到自己身上。"

就算李修琦是郡王，中宗想对付他的时候，他也没办法。尤其是德妃已经死了，投井自尽。

中宗开始在殿内来回踱步，从他看向裴谈的眼神可以看出，他的杀心依然显而易见。

他忽然停住脚步："裴谈，朕问你，谁杀死了慧根？"

裴谈刚才说的那么清楚，慧根之死，和海芋果的毒性没有关系。他还来不及吞下毒果，已经被人杀死了。

中宗盯着裴谈，他也想知道答案。

现在德妃死了，却不是中宗派去的慧根杀死的，而慧根也跟着死了。

作为高居庙堂，丝毫不知其中奥秘的中宗，怎么会不好奇？

裴谈和中宗的目光对视："在寺庙里，荆婉儿用熏蒸法，让木鱼上的血迹显形，也让臣确定了木鱼是凶器。那显形的血迹上，臣看见了凶手的指印。"

荆婉儿只在裴谈面前，让那木鱼呈现出了凶手的指印。

中宗目光咄咄逼人："荆婉儿呢？城门盘查时她为什么没在你身边？"

不止荆婉儿，还有一直像影子一样保护裴谈的裴县也没有回长安。

"玄莲大师，您为什么要杀死自己心爱的徒弟？"

荆婉儿问出这句话的时候，也是满心不解与愤懑，和她当初知道眼前这个慈善老僧是真凶的时候那种颠覆的反应一样。

和她的震惊与不解相比，玄莲大师只是缓缓地抬起了眼，脸上的皱纹把他所有的神情都遮住了。

"裴寺卿给老衲一封无字的信，居然让老衲想到，昔日的天后曾言，待到她去世之日，后人只需立一块无字之碑。她的千秋功过，将由后人评说。在这点上，老衲岂能与天后相比？"

荆婉儿有点心跳得厉害，果然玄莲只是在装傻，他其实什么都知道。

玄莲说道："慧根，是老衲亲手送走的。"

出家人，对于生杀这些字依然有和常人不同的避讳。他说亲手送走的时候，荆婉儿都不相信他这么轻易就说了出来。

青龙寺的人都说，玄莲是为了慧根才日渐消沉。出家人不可能有亲生子，而慧根是玄莲一手抚养长大的。不要说是吃斋念佛的出家人，就是普通人，怎么能下手杀死一个自己抚养了多年的人？

"为了嫁祸给王爷，不惜杀害弟子？"正因为这样，荆婉儿才难以理解。

杀一个人去嫁祸给另一个人，这样造孽能得到什么？

只见玄莲摇摇头："慧根不忍杀害德妃，他恳求老衲，愿意代她而死。"

荆婉儿怔了怔，心头咯噔一下："你是说，慧根愿意替德妃去死？"

德妃本来应该在第一天夜晚就悄无声息地死去，这样荆婉儿和大理寺也发现不了什么，可是德妃好端端活到了昨天，却依然没有逃过厄运。

第一百零四章　断臂

青龙寺接到了处死德妃的旨意，不能抗旨。换句话说，谁接了这样的旨意，都得死。

号称红尘之外的寺庙，却沦为了皇权的工具，看着眼前带着神僧光环的青龙寺住持，荆婉儿觉得有一股悲凉之意。

"你不仅杀了慧根，还想杀大人。"说什么慧根愿替德妃而死，眼前这个老和尚，没有一句真话。

"要不是大人昨天当着所有人的面，说今天一早离开青龙寺返回长安，你是一定要杀死大人的。"荆婉儿咬了咬牙。

尤其是玄莲昨天一定要亲自留在院子里，不是为了保护裴谈，实际是监视。

玄莲良久才说道："是老衲小瞧了裴寺卿。"

本以为裴谈要走，是真的放弃了这个案子，没想到还留着这样的后手。

"可是你暴露了自己，"荆婉儿说到这里，更看穿了这佛口蛇心的住持，"因为你根本没有杀大人的理由。就算大人没有按照你们的安排查到王爷的身上，你也没有资格去杀大人。你敢杀大人，完全是因为……背后指使你的那个人，根本不是陛下！"

玄莲笑得更加温和，他的目光笼罩在荆婉儿的脸上："你让老衲想起，五年前来寺中为亲人祈祷的那个无助的小女孩。"

荆婉儿身上有些发冷，她唇边动了动："那个时候我就不相信佛祖。"

玄莲从蒲团上站了起来，他身上的僧衣是枯灰色，而他的脸色竟然和僧衣的颜色相近。他对着荆婉儿微微一笑：

"裴寺卿是老衲很欣赏的年轻人，可是整个大唐江山都是圣主的，即便是裴氏这样的门第，和老衲的青龙寺一样都不算什么。"青龙寺的前身是观音寺，远没有现在的地位。因为甘愿成为皇权的附庸，才一路扶摇直上。可此等利欲熏心之人，怎么会是真正的出家人？这就是眼前这个被誉为青龙寺历来最有名望的住持所做的事——拿整个寺庙和利益做交换。

或许是认清了玄莲的真面目，眼前这张脸不再慈祥，反而透出更深的死气。联想起沈兴文说玄莲已经病入膏肓的话，荆婉儿感到心都沉了下去。

"你口中的圣主，是陛下吗？"

玄莲含笑不语。

她目光直视玄莲道："大人绝对不会有事，这世上终究不是所有人，都和玄莲大师你一样。"

玄莲依然摇头。都说人之将死，其言也善，可玄莲大师却并不是这样。"就算裴寺卿回了长安，也未必能全身而退。"

在长安城，中宗才是大唐唯一的天子，任何人都越不过他。可是，又是谁在中宗背后搞的这些鬼，甚至让堂堂青龙寺住持也听命于他？

荆婉儿忽然想到一个可怕的可能，或者说她现在才意识到："你真正听命的，根本就不是陛下。你是……"

玄莲面带微笑。在青龙寺这些天，谁还看不明白。荆婉儿对裴谈的信任，让人难以想象她曾是一个家族蒙难，被迫在深宫中顽强生存了五年的少女。

"既然荆姑娘视裴寺卿为神，老衲倒是可以成全你，送你去见裴寺卿。"

荆婉儿知道她一说出就要被灭口，不禁心里一惊。玄莲刚才起身的时候，已经距离荆婉儿很近，此刻骤然发难，挟着掌风一击拍向荆婉儿！

这时，裴县从门外闪身而入，拦在荆婉儿身前，和玄莲对了一掌。

玄莲闷哼后退了一步。他虽武功高强，奈何身体已到了油尽灯枯的地步。他拼尽全力挥出一掌，想对荆婉儿一击必杀，被阻止之后，他再也没有还手的余地了。

脸色枯黄的玄莲倒在地上，竟然还竭力抬起头，笑了一下。

"居然把贴身护卫留下，看来老衲又输了一招。"

裴县阴冷的眼睛盯着他："大人要将你这罪人带回长安，在大理寺衙门受审。"

什么青龙寺住持？德高望重的高僧，进了大理寺的大门，也会一视同仁。

玄莲还在笑，他杀了自己的徒弟，教唆门下弟子杀朝廷命官，现在又对一位手无缚鸡之力的弱女子痛下杀手。偏偏他倒下的地方，正伫立着一座大慈大悲的佛像。

"老衲做了青龙寺住持三十年，自那时起便从未踏出过寺门。既然生在佛门，自然死也要死在这里。"

荆婉儿说道："怕是这辈子，你无缘和佛祖在一起了。"

犯下这么多杀孽，当佛祖是瞎了吗？这玄莲，到死也没放下过他的屠刀。

玄莲看着他们："你们的余生也要陪老衲困在青龙寺，裴寺卿既然把你们留下，你们就别想再走了。"

这老和尚在说什么？荆婉儿有种不祥的预感。

忽然，青龙寺的上空响起了钟声。敲钟的声音正是从玄莲的方丈室传出来的。

玄莲这时说："你们两人既然是裴谈的亲信，能在最后断了他的臂膀，也算老衲没白死。"

"你……"荆婉儿又惊又怒，可玄莲还没有招供。

如果不能把罪魁祸首玄莲的供词带回去，她选择留在青龙寺是多么不值得。

外面传来和尚的喊声："方丈室内有动静，快去看看方丈发生了什么事！"

无数脚步涌进方丈室，瞬间就把荆婉儿和裴县包围了。

"方丈！"一个武僧长老见到玄莲的样子，失声叫道。

玄莲在蒲团上，慢慢闭上了眼，青龙寺所有僧人都震惊欲绝。

玄莲本来就时日无多，舍了一条命把荆婉儿和裴县困在这儿。

就看那三名武僧长老满脸杀气地逼近："你们竟然用如此卑鄙的手段谋害我寺方丈，就算佛门不杀生，今日也定要你们付出血的代价！"

眼看面前这么多僧人，一眼望去还有无数僧众听到消息涌来。

就算裴县是哪吒转世，有三头六臂，恐怕也没办法对付了。

荆婉儿脑筋急转，忽然上前一步，从袖子里拿出一件东西，丢在那群和尚面前的地上。

那武僧停住了脚步。

荆婉儿说道："你们心心念念的慧根，就是被玄莲住持杀死，这木鱼就是证据，睁大你们的眼睛好好看看。"

被荆婉儿熏蒸过的木鱼上，除了显现出慧根的血迹，更有五根诡异粗黑的指印。

那指印的宽度，明显不是德妃这样的女子所有，掌心的厚度已经说明这只手的主人是谁。

那为首的武僧瞪大眼睛："不可能……"

嘴里说着不可能，但事实就在他们眼前。

荆婉儿盯着这群和尚："大人身为大理寺卿，擒拿真凶归案是他的职责，你们是要阻碍大理寺办案吗？"

僧人们的目光，都落在荆婉儿身上。

荆婉儿知道，以目前的处境，只有震慑住这些和尚，她和裴县才有可能安全离开这里。

裴县站在荆婉儿的身边，始终冷眼看着这群僧人。在他眼里面，这些穿着僧袍的人，和那些穷凶极恶的匪徒又有何区别？一样的仗势欺人，草菅人命。

那武僧忽然对荆婉儿露出一丝冷笑："你这妖女，给我青龙寺带来了灾祸，今天不拿住你，对不起住持死后的在天之灵。"

荆婉儿还没有反应过来，只见那武僧高高抬起脚，瞬间将那木鱼踩得粉碎！

荆婉儿脸上血色褪尽，胸前剧烈起伏。

那群和尚再次逼近，这一次，显然说什么都没有用了。

荆婉儿喃喃地说："裴县，你先走吧。"裴县一个人或许还有机会脱身，她是走不了了。

只见裴县忽然掷出了手里的剑，剑锋擦着那武僧的脸颊，钉在后面的墙上。

这样的挑衅彻底激怒了这僧人，面色狰狞地逼近。

裴县抬起右手，亮出了手里的东西："陛下亲自降旨，着大理寺遣送案犯入宫，由陛下亲自审理。你们青龙寺……是铁了心要抗旨吗？"

那一卷明黄卷轴，赫然是圣旨！

这下那群僧人的脸色都和刚才不一样了，此时的畏惧都发自真心。

尤其那为首的几个僧人，用怀疑的目光望着裴县手中的圣旨，死死地盯着。

裴县将手一翻，直接将圣旨送上，神情冷漠地说道："你们若要亲自验看圣旨，现在就验，我好回长安向圣上禀明，你们青龙寺是如何挟天子之威作乱，从住持以下，皆不把陛下放在眼中。"

那群和尚的脸更白了，其中一名上了年岁的长老，骤然握紧那武僧的胳膊："不可放肆……"

裴县的手平平端着圣旨，却没有一个和尚真的敢从他手里拿过圣旨验看。

那长老慢慢上前，双手合十："阿弥陀佛，住持溘然长逝，我寺上下都要有一番动荡。二位施主，还是速速离去吧……"

玄莲已死，当然不可能再带入长安审问。

荆婉儿和裴县交换了一下眼神。

玄莲虽然死了，青龙寺可不想一起死。从上一次对峙的时候，荆婉儿他们就已经看出，这群和尚都是一些明哲保身、自私自利的人。

平时他们装出一副崇敬玄莲的样子，可人一死，他们首先想到的还是自己。

第一百零五章　自投罗网

半个时辰后，青龙寺的山路上。

荆婉儿和裴县骑着马赶回长安。"不知道大人现在怎么样了。"荆婉儿道。说不担心还是担心，荆婉儿的眉心都有些紧蹙。

裴县只是一言不发地策马向前。之前决定兵分两路行事，现在荆婉儿竟然开始后悔了。

裴谈一个人回长安，凶险未卜。可是今晨在那种被监视的情况下，他们根本来不及做更多的筹划。裴县手里的圣旨是假的，这招简直是伤敌一千自损八百，他们背负的是假传圣旨的罪名。

荆婉儿现在一心只想飞奔回长安。

紫宸殿中，中宗的脸色越来越难看，他打断裴谈："朕不想再听你说下去了。"

这样的事谁想听下去。

"玄莲疯了？他要杀你？"显然中宗不可能相信，自己一手提起的住持会背叛自己。

裴谈忽然伸手，慢慢解开了自己的衣带，将外衣脱去。

中宗瞪大了眼睛。

裴谈胸前的伤口根本没有好好处理，之前穿的衣服上都是血，为了不在殿前失仪，他只是临时换了一件衣服进宫，其他的事根本来不及做。

"臣冒死觐见，甘愿受陛下处置。"

中宗后退了一步："你是想说，朕现在若要杀你，正中那些人的下怀？裴谈，你好大的胆子！"

没有哪个帝王敢承认自己被人当作傀儡，被人操控。现在中宗的心头有一大团怒火在烧。

裴谈默默地将衣裳穿上，一言不发。

中宗在殿内踱步："你老老实实给朕说清楚，谁敢在朕背后搞鬼？"

裴谈说道："是谁想毁了陛下信任的大理寺，诛杀臣这个大理寺卿？这是朝政，臣不敢妄议。"

中宗脸上一阵红白交替："你！"他忍不住扶住额头。

可是有些事情，中宗太无力了。纵然他有心整饬朝纲，可这次青龙寺的事情，还是给了他一个迎头痛击。

中宗指着那口箱子："这个呢，这个你们要给朕什么解释？"

裴谈看着那箱子，半响说道："即便陛下看王爷不顺眼，但是将德妃之死嫁祸于王爷，未免对王爷过于残忍。"

中宗沉下了脸："他和他父亲一样，胆子大到敢染指后妃。即便是曾经的后妃，也不是他能碰的。"

一个是曾经帝妃，一个是寂寥王爷，中宗这句话，还提起了滕王。

裴谈慢慢说道："臣知道，当年的滕王骄奢无度，曾伤害了陛下的一位知己。"

中宗盯着裴谈："裴谈，你永远不知道什么时候该住口。"

裴谈停了一下说道："在陛下心中，王爷作为滕王之子，自然是父债子还，断然不会放过王爷的。"

中宗的脸色更沉了："你既然知道，还敢替他和德妃求情？"

裴谈虽然没有明言，但他这种态度让中宗不悦。

裴谈慢慢说道："陛下以为，既然德妃已经从慧根那里逃过一劫，为何又要选择投井自尽？"

中宗冷着脸。在他看来，德妃怎么死的他一点都不关心。一个背叛了君王的帝妃，死有余辜。

裴谈停了一下，继续说道："德妃最后跳井自尽，只是为了保全王爷。"

纵然因为慧根没有杀德妃，让她逃过一劫，可只要德妃够聪明，就知道她注定要死，不会因为逃过了这一次就能改变结局。

既然知道自己必死，何必还要牵连李修琦。若按中宗的意思，德妃会尸骨无存，连一片安葬之地都不会有。

在这种情况下，裴谈明白李修琦的心情，宁愿把德妃装殓，带回长安安葬。

中宗冷笑道："就算你们私自把德妃带回长安，以她的身份，也不配葬入皇陵。"

裴谈知道李修琦真正的想法，应该也不是想将德妃葬入皇陵，而是让德妃多少有一片栖身的土地。

"当年天后让陛下一家迁居均州，请陛下想想那十余年的如履薄冰，王爷现在的心情，又何尝不是与陛下那时候一样？"裴谈慢慢抬起头，看着中宗说了这一番话。

中宗既已登基为帝，谁敢提起中宗曾经的落魄？但能活到今天的人都知道，当年天后临朝时，人人处在何等恐怖之下。

中宗自己，更不会忘了。

中宗沉默着不说话，没有暴怒，更没有任何表情。

裴谈终于说道："陛下，能否看在德妃宁可主动一死，以保全皇室脸面的份上，放过王爷？"

被杀和主动求死之间，天差地别。蝼蚁尚且贪生，人要决定去死，需要多么决绝。

"你起来。"中宗冷着脸说道。

裴谈在冰凉的地上已经跪了一个多时辰，寻常人早已撑不住，何况他还是一个身受重伤的人。

中宗的脸色没有好多少，他看着裴谈说道："你擅自离开长安六日，留给朕一大堆烂摊子，把大唐护国神寺折腾得声名狼藉。裴谈，朕即便不杀你，是不是应该也要有个理由？"

不管玄莲住持是不是做了背君忘义的事，单凭裴谈做的这些，中宗若是毫不治罪，简直无法向满朝文武交代。

裴谈慢慢站起："臣已经让婉儿和裴县留守青龙寺，若婉儿和裴县没能把玄莲带回来，说明青龙寺中必定出了什么变故。若是如此，陛下要直接下旨，昭告天下此案的真凶。"

中宗看着他："你是要逼朕，彻底放弃青龙寺？"

昭告天下，大唐国寺的住持是杀人凶手，这是要让大唐臣民失去对君王的信心吗？

裴谈说道："不，陛下应该趁此机会下旨，扶立新住持掌管青龙寺。这样，青龙寺就会真正成为陛下手中的剑。"

中宗的目光动了动，忽然有些幽深地看着裴谈。

裴氏家族的人都是这样淡雅的性子，否则裴谈如果也玩弄权术，不知他与韦玄贞谁更高明一些？

如今，玄莲已经确定背叛了中宗。现在青龙寺群龙无首，中宗想收服青龙寺，这是最好的机会。

就看中宗如何权衡，是保住脸面，还是保住权力？

中宗道："裴谈，朕有时在想，当初用你，是对还是不对？"

裴谈没有言语。半晌，他轻轻在地上叩首，开口道："臣只知道，一日为臣，必竭尽所能为陛下分忧。"

好个一日为臣。中宗失神了片刻。每日上朝时，大殿上无数朝臣的嘴里都高声诵着这句话，可是他们中有几个能像裴谈这样说到做到呢？

"朕累了。"中宗转过身。

裴谈道："臣告退。"

中宗盯着那个箱子，良久才道："把这个带走，既然是大理寺带进来的，就由大理寺处理，朕不想再看见。"

裴谈低声道："臣遵旨。"

裴谈转身走到殿门口的时候，只听中宗道："朕稍后让王太医去大理寺给你诊治。"

裴谈停了一下，想要转身看向中宗，却见中宗摆摆手，步入了殿内的帘后。

裴谈这时想起，中宗是太宗的亲孙子，曾目睹过当年的大唐盛世，又在天后的重压下度过了大唐历史上最黑暗的几十年。

荆婉儿和裴县十万火急地赶回大理寺。他们一进城门，就已经让严阵以待的城门守卫们一惊。当他们亮明大理寺的身份以后，守城卫脸上的表情骤变，差点要把他们当场拿下。

裴县下意识地握住了刀柄。刚刚经历千难万险才得以回到长安，难道一进城就要出事？

"把他们拿下。"守城的将领沉下了脸。真是踏破铁鞋无觅处，嫌犯自己送上了门。在他看来，从裴谈马车里搜出尸体，大理寺这一次是在劫难逃。这两个刚刚从城外回来的大理寺之人，说什么也要抓起来。

荆婉儿心里一阵发凉。

就在这时，城内忽然飞奔来一匹高头大马。到了近前，马上的人翻身下马："二位是荆姑娘和裴县吧？王爷吩咐我来接你们。"

王爷？

这话让守卫的脸色变了。

来人微微一笑，气度不卑不亢，对守卫道："王爷说了，任何事都由王府担着，这二位有事，要暂且接到王府中。"

城门的守卫面面相觑，但对方是王爷，况且又说所有事长乐王府都会承担。那些守卫迟疑了许久，终于还是沉着脸，放行了荆婉儿和裴县。

进了城，那种紧张感反而更如影随形。

那王府带路的人，扭头就走。事已至此，不跟着他走也不行了。

李修琦是滕王遗子，可惜滕王的封地在滕州，距离长安路途遥远。李修琦选择到长安居住之后，一直没有修建自己的王府，住在东郊购置的一处院子里。

带路的人在门口下了马，将二人领进门。院子里没有成群结队的仆婢，而李修琦居然就站在大门口等着他们。

"进来吧。"李修琦看着他们。

荆婉儿上前问道："王爷，大人呢？"裴谈护送李修琦回长安，裴谈的事，李修琦自然知道。

李修琦转过身："放心吧，我已经派了亲信去大理寺，只要裴寺卿回去，就会通知他你们在这里。"

荆婉儿听了，心里一阵跳动。裴谈现在不在大理寺？

李修琦把他们接来，到底是什么意思？

第一百零六章　罚俸

李修琦看样子并不愿意和荆婉儿他们多交谈，荆婉儿听见身后传来大门关闭的声音。

她定了定神："王爷为何会与大人分开？大人现在又在哪儿？"

李修琦的人出现的正是时候，只要再晚一步，他们就会被城门守卫抓起来。若说李修琦什么都不知道，怎么会突然派人去城门口接他们。

李修琦慢慢说道："现在裴寺卿应当已经进宫了。"

荆婉儿有种凶多吉少的感觉："大人进宫多久了？"

李修琦没有立刻回答，可荆婉儿已经意识到，裴谈很可能是在城门口就出事了。

他们在青龙寺和裴谈分开，到现在起码已经过了五个时辰，这五个时辰里可以发生多少事？想到这，荆婉儿下意识地脱口而出："王爷，我们想回大理寺。"

与其待在这里，荆婉儿宁愿在大理寺等着裴谈回来。

李修琦拢着衣袖，站在门廊下："大理寺，你们暂时回不去了。"

裴谈被带走，大理寺怎么可能安然无恙？现在自然有无数双眼睛在盯着大理寺，裴谈的生死和大理寺是绑在一起的。

荆婉儿心里有点发凉。她和裴县一路赶回长安，进了城才发现自己什么都做不了。

李修琦说道："在裴寺卿回来之前，你们就待在本王这里吧。"

等待是最难挨的煎熬，如果有选择，谁都不想干等着。

"我们只能相信裴寺卿。"李修琦像是看穿了荆婉儿两人的想法。

他们都不能替裴谈面对，这是裴谈一个人的战斗。赢了，是他和大理寺走运；输了，也怨不得谁。

李修琦的神情淡淡的。荆婉儿看着他，面前的这位王爷和在青龙寺的时候明显不同了，给人一种更疏离冷漠的感觉。虽然他在城门给他们解了围，但目的或许只是将他们带来王府而已。

德妃之死不是大理寺一手促成的，但我不杀伯仁，伯仁因我而死。

荆婉儿心里似乎明白了，她垂下了眼。

今日裴谈若是不来，他们能不能离开王府，也是未知数。

天色几乎瞬间就黑了下来。压抑的乌云矮矮地飘在沉寂的院落上空。这种生命系在别人手中的感觉，让荆婉儿有点麻木。

"看来本王还是高估了裴寺卿。"

廊下，李修琦的神色终于有了一丝变化，竟然有些淡淡的讽刺。

看裴谈在青龙寺不顾一切地查案，李修琦还以为这个裴氏公子有多少能耐。原来，也不过如此。

李修琦看了一眼荆婉儿和裴县，似乎已经腻了，想要离开长廊。

这时，守门的小厮匆匆进来回报："王爷，大理寺卿在门外求见。"

荆婉儿的目光亮了起来。

李修琦的脚步慢慢转过来，看着小厮："他一个人来的？"

小厮点了点头，马上又说："还有一辆马车。"

裴谈是一个人来的，说明他没有被羁押，也没有被人看守。

李修琦眸色沉沉："把他带进来吧。"

荆婉儿捏着的手心里，满是紧张的汗水。

裴谈的身影缓缓出现在院子里。他走得有些慢，奔波了一天一夜，身上的伤口已经撕开了。

"王爷，裴某来接人了。"

他语气平淡地说来接人，竟然让荆婉儿有种被戳中心窝的感觉，她怔怔地看着月影下的那个男子。

裴谈的影子拖曳在地上，李修琦站在廊下静静地看着他。

"遇到这样的情况都能全身而退，真不愧是裴寺卿。"

裴谈看着李修琦，没有说话。他站在这里，就已经是最好的证明，也是最好的结局。

李修琦说道："你早知道箱子会被城门查验，才坚持把箱子放在你的马车里。"

前提是裴谈需要知道箱子里到底装了什么，才能做这种决定。

裴谈慢慢开口道："青龙寺的僧人说德妃投井，尸体被焚，可是有王爷在，怎么会让这样的事发生？"

最好的藏尸地点就是李修琦的行李箱，他要给德妃一个安葬的地方。

裴谈只能一试，以李修琦在中宗眼里的份量，从他的马车里搜出尸体，长乐王只有死路一条。

李修琦很久没说话，即便是冒着死罪的风险，他也不想让德妃落得尸骨无存的下场。

这位冷面王爷，何尝不比长安大多数魔鬼更有情。

裴谈说道："慧根遇害那晚，是奉旨去杀德妃，而德妃就在王爷修行的阁楼，慧根知道这点，所以前去。可是那天晚上，王爷因故不在阁楼中，所以没能阻止这一切，对吗？"

裴谈记得，和尚们说，李修琦的闭关修行在那天夜里子时结束。而李修琦一定在子时之后就离开了，才会和德妃错过。

子时一过，慧根打开了李修琦修行的阁楼大门，让李修琦离开，慧根便进入阁楼内，守株待兔等着德妃前去。

李修琦良久说道："那天子夜一过，开门的小和尚就对本王说，玄莲住持在大雄宝殿等候本王。"

慧根用这个借口让李修琦离开了阁楼，而李修琦在大雄宝殿中待了一晚上，等他出来，寺里就传出了慧根死的消息。

所以裴谈去询问的时候，李修琦直接告诉裴谈，慧根之死绝对和他没有关系。

可是之后，李修琦就知道了德妃的事。

为了给德妃解围，面对指向自己的线索，李修琦没有再辩解。

但是因为他第一次说的话，印在了裴谈心里，裴谈一直觉得这位王爷不是真正的凶手。

"王爷为德妃已经做得够多了，德妃泉下有知，也会感谢王爷。"

大唐皇室，王孙贵胄何其多。中宗曾经做过庐陵王，周围人人恭顺地叫他王爷，可是他却连性命都不掌握在自己手里。

李修琦站在廊下，就像一座沉默不动的雕像。

裴谈说道："臣给王爷带来了一样东西，就在门口的马车中。作为交换，希望王爷可以允许臣带走臣的属下。"

荆婉儿一直在等裴谈这句话，马车里有什么东西，可以用来交换他们？

连李修琦听到裴谈说的，眼光都为之一动。

裴谈的神情有些讳莫如深。

"马车放在外面不安全，若是王爷同意，臣就替王爷把东西搬进来。"

李修琦忽然挥了一下衣袖，走了过来。

……

望着那口被搬到院中的箱子，荆婉儿根本无法掩饰自己的震惊。

裴谈是如何做到既不让中宗降罪，又能保住大理寺和自己，还能把德妃的尸首带回来的？一直跟在他身边的两个人，此刻都被震撼了。

李修琦望着那口箱子。裴谈缓缓地说道："陛下已经言明，以德妃的身份无法葬入皇陵，大理寺更无权处置一位帝妃，既然王爷已经不计后果带德妃回长安，那么德妃安置在王爷这里，想来不管是德妃还是王爷，都愿意接受这个结果。"

李修琦目光幽深地看着裴谈："裴寺卿，本王这一生不曾谢过人，你的人情，本王一定会记得。"

从青龙寺开始，裴谈就没有把矛头放在李修琦身上，现在又亲手把德妃交到他的手里。

裴谈看向荆婉儿："婉儿，裴县，我们走吧。"

乌云压抑，裴谈来时是独自驾着马车。显然，送德妃遗体来王府的事，他不可能让更多人参与。

裴县接替裴谈驾车，荆婉儿和裴谈坐在马车里。想到德妃刚刚便是在这车厢中，荆婉儿觉得有丝丝寒气袭来。

荆婉儿道："大人的伤如何了？"

方才在王府的时候，她最担心的就是这个问题。

裴谈神色温和："太医已经看过了，不要紧。"

太医？荆婉儿心中一跳。中宗竟然允许太医给裴谈诊治，这说明大理寺真的没事了。

漫漫长夜过后,所有盯着大理寺的眼睛,都知道了这件事的结果。

青龙寺住持玄莲,病入膏肓,在寺中圆寂。弟子慧根,因为不胜悲痛,追随玄莲而去。国寺住持之位空置,数日内将由中宗亲自降旨,指命接替之人。

大理寺卿裴谈私自离京,误判青龙寺命案,降旨罚俸一年。所有人不得再妄议此事,违者按抗旨处置。

消息像风一样传遍长安。当初和裴谈一起开箱验尸的陈将军,突然告老还乡。

尚书府里,探子把旨意告诉宗楚客。

"罚俸一年?"宗楚客怒极反笑,"裴谈缺那点俸禄?"

中宗对裴谈的这个"惩罚",真是让那些等着看裴谈笑话的人的喉咙中噎住了一根刺。

罚俸一年,在律法中算是极重的惩罚了。不能说中宗手软,没有惩罚大理寺,只是这个惩罚落到裴谈的身上,简直让人有种隔靴搔痒的感觉。

看来想要弄倒裴谈和大理寺,有中宗这座山挡着,只怕是要诛九族的大罪了。

可是,诛九族……

裴氏那样的家族,谁能诛他的九族?

简单来说,就是对这个"瘟神"没办法了?宗楚客的眼里渗出了阴毒的血光。

CHANG'AN MI'AN LU

第四案

太子谜案（完结卷）

时间拖得越长，
留给大理寺的机会就越少，
她总感觉有暗处的眼睛在盯着。
荆婉儿下意识地朝大牢的入口走去。
她并没有想要真的进去，
只是当大理寺抓住胡超之后，
她一次也没有见过这个术士。

第一百零七章　赐婚圣旨

这天，裴谈正在家里休息，这是他真正的家，是裴氏在长安的一座宅邸。

裴谈已经有半个月没有出现在大理寺，他这是在避风头。在成为大理寺卿之前，他是一个深居简出的人，并不总是跟死人、罪案打交道。

裴府家仆打开门的时候，脸色一变："怎么回事？"

然后就看见门口来了一个脸色似笑非笑的白皮男人，再看那男人一身宦官服，整体气质阴柔，不男不女。

"这就是裴寺卿的府邸呀，可真是让咱家好找。"

裴谈喜欢安静，购置的宅子位于偏僻处，马车都得躲着点儿过。

家仆结巴："您，您是？"

不男不女的太监阴阳怪气地开口了："去叫裴寺卿出来接旨吧，咱家就不进去了。"

接旨？家仆脑后出汗："我这就去叫我家大人！"

裴谈稍后来到了门口，只见他一身普通青衫，一点也看不出他就是那个掌刑断狱的大理寺卿。

太监见裴谈出来，眯了眯眼眸，慢慢自衣袖中取出那明黄圣旨。顿时，裴府门口的仆从跪作一地。

裴谈衣襟理顺，也慢慢跪了下去："臣接旨。"

太监打开圣旨，用尖利的嗓音念道：

"奉天承运，皇帝诏曰。河东裴氏嫡子裴谈，自任大理寺卿以来，屡破奇案，居功显赫。朕心甚慰。当今光禄卿之女，娴淑大方、温良敦厚、品貌出众，与裴爱卿堪称天设地造，为成佳人之美，朕特此赐婚，将邠王之女许配裴爱卿。一切礼仪，交由礼部与钦天监监正共同操办，择良辰完婚。"

这圣旨一长串，太监细细的嗓子念得像是上气不接下气，圣旨念完以后，四周一片寂静。

作为接旨本人的裴谈，一反常态，跪在那里毫无反应。

那白面太监冷着脸等了一会儿，沉不住气了，皮笑肉不笑地盯着裴谈："裴寺卿，怎么了，快领旨谢恩吧？"

裴谈仿佛才反应过来，他慢慢抬起头，那太监的目光就瞧着裴谈。

裴谈垂下眼帘，向上伸出双手，太监的手一松，圣旨滚落到裴谈手上，似乎透着一股讥诮。

"臣，谢吾皇万岁。"裴谈淡冷的声音响起。

传旨太监却还不走，眼睛斜斜看向两边。片刻之后又道："裴寺卿不在大理寺，咱家为了找你这个地方，可是冒着大太阳走了好些路啊……"

他堵在门口不离开，跪着的裴家仆人也不敢起身。

裴谈这时慢慢道："公公传旨辛苦了，这点银子给公公买茶吃。"

话音一落，旁边的仆人才猛然回过味来，连忙从裴谈手中接过一锭黄澄澄的金子，低着头小心转交给太监。太监脸上的愁容这才舒展开了，自古登门报喜，皇恩浩荡，谁家不给一点彩头？

"咱家先恭喜裴寺卿，可不是人人都有机会，能让陛下亲自赐婚。"撂下这句意味不明的话，太监就离开了裴府。

裴谈捧着圣旨，慢慢从地上起来。裴府家仆这才敢动，纷纷起身。

裴谈的内心显然没有他表现得这般平淡，周围的裴府家仆，都是面色苍白。

最让人震惊的，还是这个圣旨的内容。

光禄卿之女，姓李，这几个字足以让人吃惊不小。

有个家仆战战兢兢地说道："光禄卿？那不是章怀太子的……"

半个时辰后，裴谈出现在大理寺外。这是个枝繁叶茂的庭院，但是太阳仿佛照不进这一片深深的院落。

大理寺门口的衙役见到多日不见的大人，都非常吃惊，纷纷垂首对裴谈行礼道："大人……"

裴谈一路走到院里。院中，穿着一身葱绿色衣裙的少女正背对着门口，丝毫没察觉有人靠近。

见状，裴谈便停下了脚步。

半晌以后，荆婉儿终于察觉有动静，下意识地转过了身。

"大人？"她清秀美丽的脸上满是惊讶，还有一丝意外，"您什么时候……来的？"

裴谈站着没动，他看见荆婉儿一只手沾满了鲜血，另一只手还握着把剪刀。

从裴谈的目光中，荆婉儿察觉到了什么。她似乎有些尴尬，转过身将手中的剪子放下，小心捧起了桌上的一件东西，转身重新面对裴谈。

裴谈见那双素手中，隐约有翅膀在舞动，这才看清，那似乎是一只雀鸟。

荆婉儿低头看着，微微一笑："早上我发现这只鸟儿掉落在庭院中，好像是翅膀受伤了。"

她身后的石桌上散落着沾了血的纱布，看起来刚才她正在给这只小鸟包扎。

荆婉儿小心地捧着鸟儿，把它放到了树荫下，希望鸟儿康复之后，自己便会飞走。

这双手，可以剖骨，亦能救生。

照顾好受伤的雀鸟，荆婉儿才又转过脸来："大人这个时候来……难道，有案子？"此时正是正午时分，日头十分毒辣，裴谈穿戴齐整过来，像是有正经事。想到可能有案子，荆姑娘的神情更捉摸不定了。

裴谈推开了自己的书房门，里面陈设一如旧时。

他环视了一周。

荆婉儿从后面跟着他走进来。书房在背阴的地方，屋内沁凉，酷暑时节，这里给人一种沉静的感觉。

她从裴谈脸上隐约瞧出什么。

"大人您怎么了？"

裴谈说道："没事。"

裴谈不愿多说，荆婉儿没再问话。少顷，她看向了书桌。书房连日没有主人，桌子上的茶壶都已经干了很久了。

现在正是大中午，谁都不会冒着太阳出门，裴谈却还穿着一身长衫。

"大人口渴了吧？婉儿给大人沏壶茶来。"说着，少女已经走到书桌旁，拿起了桌上的茶壶。

荆婉儿转过身，发现裴谈正看着她，她不由得停顿了一下。

其实裴谈这么久没来大理寺，显然是因为上一个案子给他带来的影响比想象的要深。

眼看荆婉儿拿着茶壶离开书房，裴谈慢慢走到桌前。显然有人日日为他打扫书房，桌子上干净无尘，空气中也有一股清幽的香气。

约莫半晌，荆婉儿才拎着茶壶回来。

少女一身绿裙，手也刚刚洗过了。看见她，便令人仿佛看见一抹袭人的春日清风。

茶水倒在杯子里，沁人心脾。

裴谈端起那晃了晃，看着上面旋转的一小片叶子。荆婉儿微微一笑："婉儿看大人面色潮热，这薄荷叶清凉去火，大人可以一试。"

小小一片薄荷叶，就如此神奇。裴谈尝了几口，发现荆婉儿看他，于是问道："看我做什么？"

裴谈连日在家中休息，大理寺近日也无案件，所以，荆婉儿自然在猜测，能困扰裴谈的是什么事。

少女莞尔一笑："大人留在寺中用饭吗，还是，坐一坐便走？"

既然摸不准，索性一问。

裴谈盯着茶水，慢慢道："把裴县叫来吧。"

裴县被裴谈留下守着大理寺。现在大理寺成了各方窥伺的焦点，没有靠谱的人守着怎么可能放心。

荆婉儿听了，心里有点明白了，她道："婉儿这就去叫。"

随着裴县一起来的，还有另一个大理寺衙役。

"大人，方才门口送来一封信帖，说是去了裴府没找到大人，只能递来大理寺。"

去裴府没找到人？裴谈前脚才从家里出来，送信的人莫不是跟在裴谈后头来的。

帖子被装在无字的信封里，封口的油蜡还没有干，有一种不想被过手之人看出任何痕迹的感觉。这般神神秘秘，令荆婉儿不由眨了眨眼。

裴谈打开信封，拿出了里面的信帖，从外表看，这是贵族人家常用的那种精致请帖，上面还绣了一朵兰花。

裴谈看着帖子里的内容没有说话，从他的表情实在琢磨不出帖子上到底写了什么。

"送帖子的人走了吗？"裴谈看向那名衙役。

衙役怔了怔，说道："他倒是说愿等大人回复……"

裴谈折起了帖子，沉吟了片刻，说道："你去门口看看，若那人还在，便转告他，就说本官抽空，一定去拜访光禄卿。"

那衙役点点头，出去了。

荆婉儿没有遗漏这句话。光禄卿？这个名字让荆婉儿的心猛地一跳。

裴谈在屋内轻轻踱了几步，对于他来说，这已经是内心很不平静的表现了。

不要说他，荆婉儿都感到了丝丝凉意。

裴县看着自家大人，低声说道："为何章怀太子的遗子，会给大人递帖子？"

一句章怀太子的遗子，就让人陷入了沉默。因为章怀太子，并不是当朝中宗的太子。

这位太子是高宗之子,且早已身故。了解当年那场血腥争斗的人,知道他唯一留下的后代,便是圣旨中提到的"光禄寺卿"。

光禄寺卿掌管光禄寺,和裴谈的大理寺卿一样,都是位列三品。身份上,谁也不比谁高。

但是,官职虽然一样,为官之人的身份,却有高下之分。

"章怀太子的遗子。"荆婉儿喃喃道。

此时,赐婚圣旨的事,裴谈看着面前两位最亲近之人,却说不出口。

长安城里,恐怕没人愿意再提起章怀太子。因为他虽说是太子,却被逼自尽惨死,他的三个儿子中,长子被诛杀,幼子病死,只有一个儿子活到了今日。所以只有这个儿子,才会被称作章怀太子的"遗子"。而这位遗子,更是被流放十余年,才被召回长安。

虽是天潢贵胄,却过得不如草民,颠沛流离。现在,这样一个人,却和裴谈扯上了关系。

第一百零八章　仰慕

裴谈连夜进宫,在紫宸殿外候了半个多时辰,中宗才接见。

中宗的表情离和颜悦色远得很,想来,刚才那半个时辰是他故意叫裴谈在闷热的夜风里活受罪。

"每次你来见朕,都没有好事。"

裴谈跪在紫宸殿中。

面圣自然要穿着得体,厚重的官服裹在他的身上,但是他白皙的脸上毫无汗意。

"臣无意打扰陛下晚休。"

中宗说道:"有什么事快点说,客套话就免了。"

裴谈没有想到中宗只字不提赐婚的事,他抬起头,目光正好和中宗相对。

"臣想知道,陛下……为何要突然给臣赐婚?"过了良久,裴谈才把这句疑问说出来。

中宗神色淡然地看着他:"大晚上用朕给你的特赐令牌进宫,就是为了问这个吗?"

裴谈垂下了眼眸:"臣不解。"

中宗站起身，背着手踱了几步，又看向裴谈："光禄寺卿之女年方妙龄，与你正当相配，况且长安子弟到你这个年龄，有哪个还没有娶妻的？"

娶妻对大多数男子来说是喜事，哪有裴谈这样特意进宫来问的。

半晌之后，裴谈开口："臣并没有做好成家的准备。"

中宗目光锐利："你进宫到底是来干什么的？"

裴谈凝视中宗，把来意说了出来："臣请求陛下收回旨意。"

紫宸殿内一时沉寂，中宗冷笑了一声："你可知道，满朝文武，只有你敢对朕这样说话！"

皇帝是九五之尊，金口玉言，居然有人敢要求皇帝收回成命。

裴谈声音低沉："微臣还有更重要的事，陛下知道的。"

中宗神情冷淡地看着裴谈，好一会儿之后才说："成亲耽误不了你要做的事，何况这门婚事是皇后向朕提起的，朕不会拂了皇后的面子。"

裴谈眼中有一丝错愕："皇后娘娘？"显然这是他事前完全没有想到的。

中宗道："前段时间光禄寺卿进宫，皇后见他年事已高，膝下又只有一个爱女，便动了恻隐之心。女儿家唯一重要的便是终身大事，朕也觉得皇后考虑的没错。"

裴谈沉默半晌，说道："臣只是不明白，为什么会是臣？"

中宗眼中多了一丝讥诮之色，看着裴谈缓缓道："皇后看中你温润端方，又是朕的得力助手，加上你屡破大案，能力卓绝，是'数一数二的好郎君'。"

这句夸赞可真是呛得人无法反驳，特别是夸裴谈能力卓绝的那些话。恐怕长安城里最遭人嫉恨的，就是裴谈的破案能力。

每破一个案子，不是死人，就是有人遭殃，牵扯出一大帮当朝权贵。皇后说裴谈能力卓绝，才把光禄寺卿之女赐婚给他，这样的说法让人没法从心底相信。

"裴谈，"中宗忽然幽幽地说道，"光禄寺卿之女，也是朕的侄孙女，你知道吧？"

裴谈慢慢垂下了眼睛。身为章怀太子之子，光禄寺卿李守礼，正是当今中宗的亲侄子。正是因为中宗在腥风血雨里成功登基为帝，李守礼才得以结束他悲惨的经历，晋封为三品光禄寺卿。

"臣知道。"

中宗慢慢地道："知道就好，这桩婚事，于你并没有什么损失，奴奴那孩子……我见过她，品性温顺纯良，会是个好妻子。"

话说到这里，裴谈知道赐婚之事已成定局，不可能再更改了。

已是深夜了，中宗感到有些倦了。在争夺大唐至高权位的血雨中斗了几十年，他已经是个垂暮老人了，至少从心理上，他已经十分苍老。

裴谈缓缓朝中宗叩了一个头，退出紫宸殿外。

韦后对中宗的影响力是很大的，从赐婚这件事，便可窥见一斑。

裴谈回大理寺的路上，一直沉默不言。每个人心里都有一段不愿提及的往事，外表依然光鲜的大唐皇室，其实早就不堪重负。

裴谈推开大理寺的大门，回到了自己的院子，只见书房里一盏孤灯如豆。这里居然亮着灯，裴谈感到很诧异。

推开门，裴谈看到那个绿衣少女在书桌旁打盹儿。听见声音，她一下惊醒。

"大人，您回来了？"荆婉儿揉了揉眼睛，看到果然是裴谈。

裴谈看着荆婉儿。她身后的书桌上，还有一壶茶，正在袅袅冒着白色的热气。

裴谈目光幽微："你为何还没睡？"

夜深人静，连裴县都入了梦乡了。

荆婉儿一笑："我在等大人回来。"

裴谈走进书房里，荆婉儿站到他身侧。她很清楚自己的位置，从不做僭越的事。

裴谈慢慢在书桌前面站定："为何要等我？"他目光转向荆婉儿。

再过一个时辰天就要亮了，裴谈这一进宫前后耗费了三个时辰不止，如果荆婉儿一直在这里等，她该等了多久。而桌上的茶水，分明还是热的。

荆婉儿不由抿起嘴，细笑了一笑："大人深夜进宫，必有要紧事。大人今日一整日，都有些心神不宁。"

荆婉儿知道，即便是面对生死攸关的局面，裴谈握剑的手都很稳，她实在不解裴谈现在是遇到了什么事。在裴谈进宫后，她的担心便更加重了，所以她情不自禁地，一直在这间书房等到此刻。

裴谈看着少女清秀的面庞，半晌，才迫使自己将目光移开。荆婉儿反应过来，立即上前提起茶壶，先为裴谈倒了一杯清茶。

臣子进宫觐见，需要三拜九叩，战战兢兢地聆听君意，所以，一口水都别想喝上。裴谈走了好几个时辰，必定是口干腹饥，精神疲累，所以荆婉儿烹好茶在此等他。

裴谈喝了一口，尝到了米的味道。杯底放着玄米，还飘着枸杞，荆婉儿是用茶水直接煮上了清粥。

裴谈放下了茶杯："你不必做这些的。"

他从没把荆婉儿当侍女看待，她做这些，他反倒不习惯。

荆婉儿停了一下，笑道："大人是婉儿的恩人，因为有大人，婉儿才会站在这里，而不是被宫里抓去。这大理寺人人各司其职，婉儿只是想做自己能做之事。"

能做之事，便是在这深夜之中，为已经奔波一日的裴谈准备好果腹的茶粥。

裴谈的眼眸中，有淡淡幽凉之色。他的确已心事重重，以致他清瘦的面庞上眉头紧锁。

这玄米茶清热解暑，还能饱腹。裴谈低下头，不再作声，一口一口地吃茶。食不言寝不语，裴氏的教养自然很好。

裴谈吃完，荆婉儿走过去，帮裴谈收拾好桌面，又将炭火熄了。这一夜她已经把粥热了许多遍，炭火已变成灰烬。

"你去休息吧。"裴谈看着少女。

荆婉儿淡淡一笑，说："大人有心事，婉儿不能替大人解忧，但是婉儿可以陪着大人。"

没有人比荆婉儿更清楚，黑夜让人孤单，是会让任何一个意志坚定的人都动摇的时刻。

玄米茶虽然喝完了，可裴谈心底的那个问题，或者说麻烦，并没有解决。

良久，裴谈终于重新开口："你知道当年章怀太子之事吗？"

荆婉儿的目光动了动："婉儿知道。"

应该说，整个大唐，没有人会不知道这位惨死的太子。他被自己的亲生母亲，逼到人生的绝境。

荆婉儿心里有些寒意。单单是想起这位太子的名字，就已经给人一种凄凉感。更重要的是，章怀太子和眼前的裴谈有千丝万缕的关系。荆婉儿不由得咬住了下唇。

"你不怕我吗？"裴谈忽然没头没尾地问出了这样一个问题。

满长安都盛传着"瘟神"的恶名，害怕裴谈似乎是理所当然的事。可荆婉儿初见的裴谈，在太液池泛舟，眉眼温润和玉。当时他只要说一句话，她就会被满宫巡视的千牛卫抓走，并死于宫内。

想到这儿，荆婉儿吸了口气，在灯下对裴谈露出笑容："婉儿对大人只有仰慕。"

不要说害怕，若说这世界上只有一个地方能让荆婉儿觉得安全，那便是……裴谈的身边。

少女掩下了眼眸内的深情。

裴谈微微愣住，他看不见荆婉儿的神情，但却可以感受到她的心，和空气中那一缕异样。

书房窗外，微微有一缕光透了进来，似乎天边已亮。漫漫长夜，总算到了尽头。

这世上总归有人，手中握着权力，却并不想生灵涂炭，只是满怀温柔慈悲，轻轻拉了垂死之人一把，使他重生。

他尚且不知道，那天在太液池畔，只因随手一个善念之举就让一个女孩子免于被杀死的噩运，从此让这个女孩子有了与他纠葛一生的机会。

裴谈打破沉寂："天亮了。"

荆婉儿看了看窗外："大人要更衣吗，婉儿去为您打水。"

裴谈依然穿着上朝的官服，沉重地贴在他的身上，白天他要换一身衣服，处理大理寺内的公务。

荆婉儿推开了窗子，一缕清风吹进来，拂散了她耳畔的发丝。她又何尝不是正当妙龄的女孩子。长安城中像她这个年岁的少女，正在满怀忐忑羞涩地待嫁之时，而荆婉儿只是孤零零的，站在此刻的窗边。

第一百零九章　卷宗

上元二年春，章怀太子接替他病弱猝死的兄长李弘，被册封为大唐的皇太子。

有些时候，命运似乎早有预兆。

章怀太子有治国之才，很快便得到了朝野拥戴，便是高宗皇帝也对自己这个儿子格外另眼相看。然而仅仅过了不到十四年的时间，这样一个贤能的太子，就惨死于流放地巴州。

荆婉儿给裴谈打扫了书房，服侍他更衣完毕之后，提着水壶来到院里。

"荆姑娘，"一个狱卒客客气气地叫住了荆婉儿，"门口刚才来了个女人，说是荆姑娘的旧相识，想要见姑娘。"

因为荆婉儿一直跟在裴谈的身边，所以大理寺的人对她很客气。

"我认识的女人？"荆婉儿的眼睛闪了一下。

她跟着狱卒来到大门口，只见有个头戴帷帽的女人等在那里。

那女人的眼睛透过帷帽上的白纱，隐隐闪动着一股风情。一看到这双眼睛，荆婉儿的神情便有些幽深。

荆婉儿回身，对那狱卒轻轻说道："我有事先出门一趟，大人若找我，就说我去去就回。"

说着，荆婉儿便转过身，看了那帷帽女子一眼，两人一同离开了大理寺。

她们来到一座酒楼前，荆婉儿看着帷帽女子，示意女子进去。

女子没言语，似乎是默认了。

进了酒楼，立刻有伙计迎上来，还没说话，荆婉儿就塞给伙计一锭银子，要了一间二楼的雅间。

伙计看见是两个姑娘，十分殷勤地带着她们到了走廊尽头最安静的一间雅座。

"有什么吩咐，摇铃叫小人。"

荆婉儿说道："不要让闲人靠近这里。"

伙计在长安城里见多识广，很是见怪不怪："明白了，姑娘。"

雅间的门关上，荆婉儿这才看着那姑娘："你可以把面纱摘下来了。"

那女子仿佛有点紧张，颤抖着拿掉了头上的帽子。

女子年纪已经不轻了，但眉目间可见风情依旧。

"荆姑娘。"她看着荆婉儿。

荆婉儿拉开了身前的一张椅子："坐吧。"

女子依然有些忐忑，等荆婉儿落座了，她才缓慢地在对面坐下。

荆婉儿也不拐弯抹角，她知道对面的女子恐怕并不想多逗留，于是说道："看来你过得不错。恭喜。"

女子脸上动容："这都是因为有姑娘。"

荆婉儿提起桌上茶壶，给自己和女子倒了杯水。

"有关那位大人……"女子盯着杯子里的水，终于开口。

荆婉儿看着她："大人和光禄寺卿之间，究竟有什么事？"

裴谈连续出现异样，荆婉儿不能说服自己坐视不管。

昨天，裴谈突然出现在大理寺，然后又出现了光禄寺卿，那个章怀太子的遗子。

女子眼珠转了转："那位大人，马上就要娶妻了。"

荆婉儿眼皮一跳："什么？"这种惊讶之情，完全是下意识的。

女子声音柔婉："是林郎亲耳听见的，那太监宣旨之时，似乎并未避讳旁人，林郎在墙外的街上卖炊饼，清楚听到那太监所说，那位裴大人即将要娶过门的，正是荆姑娘你口中这位光禄寺卿的千金。"

荆婉儿没说话，她没想到，让裴谈深夜进宫的，居然是一张赐婚圣旨。

女子看着荆婉儿，忽然意味深长地道："姑娘，有句话奴不知当说不当说。"

荆婉儿看着她。

女子微微低垂了眼："奴以为，姑娘还是为自己早做打算，那位寺卿大人一旦娶了妻，姑娘您在大理寺的地位就岌岌可危了。"

荆婉儿忽地笑了："大人娶妻，怎么会与我相干？"

女子目光闪动地看着荆婉儿："一旦有了旁人，那位大人如何还会一心一意对待姑娘？所以姑娘应该趁着……"

"不要胡说。"荆婉儿的声音有些沉郁。

对面的女子骤然住了嘴。她似乎有些不安，端起面前的茶水，抿了一口。

荆婉儿说道："我如今只是暂避大理寺，迟早会离开。"

那女子小心地看了荆婉儿一眼："姑娘还有这个心便好，我们始终不是寻常女子，每一天都像是走钢丝一样，不知哪一天就会……"

她们至今还留在长安，只有一个原因，便是她们本来就是这长安城里没有身份的"幽灵"。平时可以躲着不被人发现，但因为没有一个光明正大的身份，她们根本出不了长安城。

荆婉儿看着女子战战兢兢的样子，想了一下："青龙寺住持已经死了，你不用担心有人查到你们头上，去报复你们。"

女人的紧张情绪，这才稍稍放松下来。有一些人，在这世上本无亲人，即便离开长安，又能怎么生存？还不如凭借仅有的几分姿色，在长安这个地方混口饭吃。

在青龙寺给荆婉儿通风报信的，正是眼前这女子还有她的"同伙"。她们都是被荆婉儿所救，若没有她们示警，荆婉儿未必知道要提防那群和尚。那天夜里她们给她传信的信鸽，正是惨死在刺杀裴谈的玄泰手里。

现在想想，在青龙寺几次险死还生，荆婉儿不能不留一些自己的筹码。

那女子似乎胆子大了些，她说道："还有，听宫中的姐妹说，光禄寺卿曾入宫求见过韦后娘娘。"

看来这桩婚事便是韦后在背后主使，荆婉儿的目光有些深邃："我更想知道，他们是怎么盯上大人的。"

光禄寺卿李守礼和他的父亲章怀太子，一直厄运连连。直到中宗二次被拥立登基，他们的境遇才好了起来。而光禄寺卿跟韦后亲近，似乎也在预料之中。

荆婉儿看着女子："你先离开吧，我不与你一同出去，免得惹人生疑。"

女子点点头，戴上了帷帽，便起身离开了雅间。荆婉儿又坐了一会儿才离开。

裴谈看到荆婉儿回来，不禁有些诧异。虽说大理寺没有限制过她的自由，可荆婉儿一向很少出门，像这样一出门大半日，的确少见。

"大人在看什么？"裴谈案头上，堆了半尺多厚的卷宗。

裴谈吩咐邢主簿，从库房里调出了大理寺许多年前的卷宗。

"大唐所有刑案都会在大理寺归档，从大唐开国开始，除去朝廷停滞那几年，几乎所有大案要案，都能在大理寺的卷宗中找到。"所以说大理寺这个地方，积压了多少大唐曾经的阴暗。

谁当了大理寺卿，就要承受所有这些阴暗的过去。如果你是天子，会让什么样的人来接替这样的职位？

荆婉儿的目光闪动了一下："大人您想找什么？"

她知道，这只是一小部分的案卷，不知裴谈调取的是哪一年的。

想到裴谈将要娶妻，荆婉儿的心中忽然有一丝怪异的感觉。

裴谈看了看荆婉儿，片刻才说道："昨天熬了一宿，你不休息吗？"

荆婉儿笑了笑："大人不也一样吗？"

看裴谈这副模样，已经是准备着手处理公务了。

裴谈没问荆婉儿出去干什么了，荆婉儿却装着心事。她无意中瞥见裴谈面前摆着的卷宗上写着："巴州章怀太子墓地……"

荆婉儿的呼吸都停顿了一下。裴谈这是在看章怀太子的案子！

荆婉儿心中为之一震，为什么裴谈要在这个时候翻看章怀太子的案子，这个时间未免太敏感。难道是因为"赐婚"？

裴谈抬起手揉了揉眉心。

桌上摊开的资料被荆婉儿瞥见，说明裴谈是真的没有避讳她。

"人人都说章怀太子是自尽，"裴谈说，"但是当时，人们只见到了太子的尸体被抬出来。"

对着太子的尸体说是自尽，但是已死的太子却不可能再开口反驳。

荆婉儿有一种直觉：裴谈和章怀太子之间，一定还有什么别的关系。看裴谈的神色，似乎也证明了这点。

以裴谈的出身，他完全可以选一个清闲富贵的官职。中宗复辟登基，朝堂空前动荡，这个节骨眼儿，大理寺这块烫手山芋没人敢接。

可以说是中宗选中了裴谈，但个中还有什么原因……

或许那才是裴谈接受大理寺卿授印的真正原因。

荆婉儿的眼珠转了转。章怀太子的年代距离她太远了，她手头所掌握的章怀太子的信息有限，只能推测。

"现在大唐还有许多人，认为章怀太子当年确实是犯了谋逆之罪。"

裴谈看向荆婉儿，她说道："可是当年和天后对立的，每个人都被冠以了谋逆的罪名。"

是真谋逆还是假谋逆，都隐藏在历史的烟幕中。

中宗一登基，就把自己亲哥哥的后代特赦，接回了长安，足以说明当时中宗作为天后的儿子，一样遭遇了迫害。

当年逼死章怀太子的人，不论是酷吏丘神勣，还是高高在上的天后，都已经入土。但是有时候，冤死的人却不一定能得到安息。

第一百一十章　唇枪舌剑

裴谈是大理寺卿，他不会无缘无故看案卷，应该也不是一时兴起，想看看未来娘子的过往身世。

就在荆婉儿苦心思虑的时候，裴谈说道："陛下昨夜对我说过，有心想为……章怀太子翻案。"

荆婉儿道："为章怀太子翻案？"这有些惊人。

先是给裴谈赐婚，再为章怀太子翻案，像是步步都有预谋似的。

裴谈慢慢道："我看陛下，像是早有打算。"

中宗能把这些话说给裴谈听，恐怕就不只是说说而已。君臣倒是很有默契。

荆婉儿扫过裴谈的面庞，那张脸上没有半点关于赐婚这件事的表情。一进入案子，裴谈就会集中精神。章怀太子案不是小事，真要让大理寺插手，裴谈得罪的就不是权贵，而是皇族了。

上一任大理寺卿在任的两年中，一件案子都没办，任期一满了，立刻火烧屁股般地告老还乡了，真是聪明人。

自从青龙寺一案以后，裴谈一直在家歇息，大理寺的人员也很闲散。

"听差役说，你已经数日未曾来大理寺供职。"裴谈盯着面前站立的长衫年轻人。

若说青龙寺案件后，谁受到的影响最深，那只能是沈兴文了。

裴谈看着他说："可是，本官却也未曾接到过你的告假。"

官员私自休沐，不向上级禀明缘由，可以说是很严重的渎职罪。

沈兴文抬手，慢慢对裴谈揖了一下："这几日沈某身子不适，加上在寺中没有见到大人，因此才没有机会对大人告假。"

裴谈看着他。这位"身体不适"的人，此刻面色红润，气息有力，这理由编的是一点也不走心。

"我不在寺中，你也可以写病假条陈。"说不来就不来，连裴谈都没这个胆量。

沈兴文慢慢放下双手，看向裴谈。

他忽然一笑："属下是在等大人做决定而已。"

裴谈目光深邃:"等我?"

沈兴文站直了身体,目光幽然:"自然是等大人上报刑部。沈某是被刑部委派到大理寺的,哪怕走个过场,大人也应该先上报刑部,再来处置沈某。"

裴谈看着他:"我为什么要处置你?"

沈兴文闻言,眉梢向上挑了一下。

这应该是彼此心知肚明的事。

"大人是在消遣沈某吗?可是沈某并没什么可供消遣的价值。"

裴谈看着沈兴文,平静地说道:"仵作只是一个虚职,并无正经的官身,你如此年轻,不打算在这个位置上耗一辈子吧。"

沈兴文的眉梢中,渐渐浮现出一丝不屑,淡淡道:"沈某一介白衣,能在三品衙门内供职,已经是修来的福分,自然不敢再有奢求。"

裴谈看着他。他对沈兴文的背景早就清楚,此人现在一副油盐不进的样子,所说的话自然不会有一句出自真心。

裴谈似乎随意地说道:"陛下给大理寺又布置了一桩新的案子,比以往都要困难。"

要知道,裴谈这个大理寺卿自上任以来,就没有一桩案子是容易的,可这次的却超过以往。

裴谈盯着沈兴文的脸:"若要办这件案子,我一人做不到。"

沈兴文眯着眼睛说道:"大人能调动整个大理寺,权力还不够吗?"

裴谈慢慢说道:"权力虽然能让弱者臣服,却无法让真相显现于人前。"有时候,正是权力的烟幕太重,遮蔽了真相。比如眼前这个案子。

沈兴文一时没了言语。

裴谈慢慢将目光落到他脸上:"所以本官才问,沈仵作愿意助我一臂之力吗?"

"我?"沈兴文不由得笑了,"属下没明白大人的意思。"

裴谈目光幽深地说道:"大理寺虽然有府二十八人,史五十六人,还有问事百人,但他们所从事的都是各自的职司,而典狱断案和他们关系并不大,他们也没有办案的能力。这一年大理寺侦办的三件案子已经说明,真正遇上了事,本官缺一个能当左右手的人。"

沈兴文听到此处,有些想笑,他看着裴谈:"大人的左右手,不是那位荆姑娘吗?"

荆婉儿在大理寺的出镜率,让人早忘了她禁宫宫女的身份。一个宫女,查案破案比裴谈这个正式的大理寺卿都要娴熟。

提及荆婉儿,裴谈顿了顿,才又说:"她毕竟是个女孩子,有些时候,不宜让她太过涉险。"

大理寺是和死人打交道的衙门，不可能永远都温情脉脉。

沈兴文神色幽然："据沈某看，荆姑娘可一点不惧怕死人。"

裴谈慢慢道："她是不怕，但大理寺的职责是缉凶拿案，而不是让一个姑娘在前头涉险。"

沈兴文没有说话。裴谈说得很有道理，堂堂大理寺，精兵数百，掌刑狱三司，破案却要依赖一个宫里出来的十六岁少女。

书房之中安静无声。沈兴文变得有些冷淡，他观察裴谈的表情，想知道他的意思。

裴谈声音深沉："陛下只封了我一个大理寺卿，没有册封其他官职，是因为陛下繁忙，而大理寺和其他处理政务的官职差距很远。陛下复位，首要处理的自然是国事。"

沈兴文嗓音低沉地问道："大人到底为什么跟我说这些？"

今天的裴谈很不一样。

裴谈说道："我可以举荐你做六品大理寺丞，虽然职级只是六品，但在大理寺内，可以光明正大地分判寺事，断刑之轻重。能做的事，远超过你现在的仵作身份。"

裴谈话音落下，书房里的沉默持续得更长。裴谈端起荆婉儿之前泡的茶抿了一口，茶已然凉了。

沈兴文先前的怠懒神情收敛了起来，他用幽深的目光盯着裴谈："大人为什么要举荐沈某？"

裴谈看着他："现在的大理寺中，你的才学最高，且出身门第完全符合入仕的要求，举荐你……很奇怪吗？"

虽然现在的那些官员，未必个个都是能者，可裴谈既然举荐，自然要举荐最好的。沈兴文想的却不是这个，他盯着裴谈："大人应当明白沈某问的并不是这个意思。"

在青龙寺，裴谈把他的老底都揭了，现在却忽然一副和睦的样子，世间哪有这样的事？这也太反常了。

裴谈看着沈兴文。大概是因为知道已经不用伪装，面前这年轻人的眸子已经开始犀利起来。

"我可以告诉你原因。"裴谈眼睛微眯。

有原因才会打消人的疑虑，沈兴文这样的人，早就不相信天上掉馅饼的事了。

裴谈道："陛下这次给大理寺亲派的案子，是当年天后在位的时候，以谋逆之罪被发配论处的章怀太子那桩旧案。"

想不到裴谈没有半点迂回，上来就直奔主题。

沈兴文的面色都呆了。谁听到天后和谋逆太子的事，能不吃惊？

裴谈起身，在书房之中轻轻踱步，他停在窗边："陛下去年复位的时候，就已经把章怀太子的儿子召回了长安，封为三品光禄寺卿，可见陛下已经决定为章怀太子翻案。"

沈兴文的声音有点疑惑："陛下让大理寺给章怀太子翻案？"

裴谈看向他："不错。"

沈兴文停了良久，才开口："这和大人要推举我做大理寺丞有何关系？"

裴谈说道："这桩案子牵涉到皇族，之前的几桩案子，最多只到了门阀权贵这一层，就已经给破案带来重重困难，这一次，当然会比之前还要难上万倍。"

沈兴文没有言语，他在等裴谈做出解释。

裴谈的目光和他相对，说道："面对权势的刀剑，很多人会退缩。要侦办这件案子，必须有人不怕权贵。所以我选中了你。"

裴谈一向没有探人隐私的习惯，他深入了解沈兴文，无非也是想知道这个人是否可用。

而沈兴文从前的那身傲骨，现在还在身上。

沈兴文过了很久才回过神来，就在这一瞬间，他眼角的震惊已经消失了。他看着裴谈，冷然一笑。

"大人说得这么好听，沈某真是担当不起。"

什么不怕权贵？沈兴文是被自己的家族遗弃了，已经一无所有，当了大理寺丞，也是被裴谈牵制在手下。

裴谈目光深沉地看着沈兴文："你想说什么话，都可以说出来。"

如果裴谈说一些假意拉拢的话，恐怕沈兴文一个字也不会信。

既然都是聪明人，自然打开天窗说亮话。

"大人在青龙寺曾遭到刺杀，以大人这样的高贵出身，陛下御赐金印，裴氏权倾朝野，都有人为达目的不择手段，要杀掉大人。沈某若是染指章怀太子的案子，怕是第二天就已经死在哪个街巷了，活得到大人举荐我的那天吗？"

沈兴文果然是狡猾，尽管裴谈的话语让他十分震惊，可他还是立刻想通了其间最关键的环节。

第一百一十一章　则天大圣皇后

沈兴文嘴角戏谑，眼神有点冷酷。

裴谈平静地反问他："你沈兴文是那种惜命的人吗。"

沈兴文这个人桀骜不羁，庶子身份压不住他，给他一个机会，他就会跟沈家的嫡子一系反目。他做事胆大到不顾生死，所以怕死根本不是沈兴文拒绝的理由。

沈兴文有点孤傲，他这样的人，只是不想被别人随便操控罢了。

因此，裴谈说道："这世间所有东西，都可以看作是一种交换，只看你认为值不值得。"

沈兴文看着裴谈的眼神，多了一丝的讥诮："所以……大人承认是在用官职收买沈某吗？"

裴谈盯着他，片刻后说道："你甘愿做仵作，无非因为生母离世，心无眷恋。可是永远当一个仵作，再怎么努力，也不可能达到你的目的。沈氏虽然不能和七宗五姓这样的家族相比，但也有数位子弟在长安为官，你一个人根本不可能和他们对抗。"

沈兴文沉默了，裴谈说到他过世的母亲，他便无法再保持镇静。

裴谈一针见血："你之所以到这样的境地，便是你自己说的那样。你是庶出之身，虽然有才学，但是被善妒的兄长压制，根本出不了头。既然如此，当上大理寺丞对你有什么坏处？"

大理寺丞好歹是六品，对于一直被打压的沈兴文来说，如同跃过龙门。

沈兴文眸色沉郁，半晌说："大人真的会相信我吗？"

如果不能真正信任，互相算计又有什么意义？沈兴文早就厌恶了家族里那些满腹心机的族人。

裴谈平静地说道："为官者，一向都有一个大忌，就是用人又疑人。如果你接受了大理寺丞的职位，我自然会用人不疑。"

沈兴文的脸色略有震动。要知道，"用人不疑"四个字说的容易，可怎么可能有人真能做到？人心都是复杂的，特别是他跟裴谈之间，已经有了裂缝。

裴谈目光深沉地说道："六品大理寺丞只是我让你协同办案的条件，仵作毕竟只属九品，大理寺丞已经是你现在能升迁的极限。"

这还是在裴谈举荐，中宗特许的情况下的破例之举。

沈兴文听出裴谈还有弦外之音，有点不信地看着裴谈。

裴谈接下来说道："如果在这个案子里你能起到关键作用，此案最后能顺利侦破，我会向陛下请旨，推举你做……大理寺的少卿。"

大理寺少卿。

沈兴文盯着裴谈，感到不可思议。大理寺现在除了裴谈这个正卿之外，诸如寺丞和少卿都是空缺的。但是大理寺少卿是几品？四品？沈兴文知道沈氏的正房那一脉，最高的官职才不过三品。

沈兴文盯着裴谈，想知道到眼前这个男人有没有跟他开玩笑。

"章怀太子一案关系到当今皇族的尊严，陛下亲授密旨，当然是看重此案。若你能破案，迎章怀太子的灵柩回长安，这样的功绩，足以让陛下下旨，破格升你为大理寺少卿。"

只要圣心大悦，有什么事是一道圣旨做不到的？不要说大理寺少卿，就是更高的位子，只要中宗有心，又有什么不能给？

裴谈就是直接从一介布衣，擢升三品大理寺正卿。

沈兴文盯着裴谈："大人这些话，都当真吗？"

对裴谈来说，向中宗举荐一个人，的确是轻易的事。但对于一个仕途被夺、母亲去世的家族庶子来说，这很可能是改变沈兴文一生命运的机会。

裴谈看着他道："我能给你的，只是机会，能不能拿住这个机会，看的是你自己的能力。"

沈兴文沉着脸。

这世上公平到能让人拼能力的机会并不多，大多数时候，很多人连施展的时间都没有，就被命运掐住了咽喉。

这样的机会，几乎没有人能说放弃就放弃。

"你可以想好了再回复我。"

裴谈的案头还放着没来得及看完的卷宗。大理寺里没有人有沈兴文这般重的心思，但是同样的，一旦能让沈兴文服从，他带给裴谈的助力也比其他任何一个人都要多。

沈兴文一字一顿地说道："不必了。大人需要我做什么，尽管吩咐吧。"

裴谈走到案前，将那些卷宗拿起，在手中晃了晃："今夜之内把这些陈年的案卷看完，章怀太子一案牵连甚广，牵涉到的大部分皇族权贵目前还在长安。先将此案总结完，告诉我你的想法，过几日……封你大理寺丞的旨意就该到了。"

沈兴文看着裴谈，接过了卷宗。

这些东西连裴谈都没有看完，沈兴文要是想在明天之前看完全部卷宗，说明他这一夜是不必睡了。还要对裴谈总结出他对案件的想法，这第一关，就很不容易过。

沈兴文没有言语，带着案卷离开了裴谈的书房。

他曾寒窗十年，把读书视作出路。母亲死后，他把笔墨都焚烧了，因为百无一用是书生。他没想到，有一天能把笔墨炼成伤人的刀剑。

荆婉儿见到沈兴文从裴谈书房出来，从他的神情中知道，裴谈已经成功。

她唇角勾起："恭喜大人。"

沈兴文如果能为裴谈所用，以后将是莫大的助力。

"要查章怀太子的案子，就必须要清楚当年有哪些人参与其中。虽然在不少人看来，是章怀太子失宠于天后，威胁到天后的地位，才被流放，最后自尽。可是我并不相信，世上会有什么无端的猜疑。"

有人一步步促成了这些，或许是嫉妒章怀太子的人，或许是酷吏，也或许是这些人一起促成了太子的死亡。

中宗想要迎章怀太子的灵柩回长安，自然不仅仅是翻案就算了，还要把当初的那些人一网打尽，才能解心头之恨。

裴谈目光炯炯："一朝天子一朝臣，在那样的乱局下，纵然贵为太子也难以自保。"

荆婉儿的嘴唇动了动，最终还是沉默下来。

是啊，纵然贵为太子也难自保，荆婉儿的家族和一国太子比起来，连蝼蚁也算不上。家族的事一直梗在荆婉儿心中，像一根拔不出的毒刺。

毒刺迟早会生根发芽，到了那天，也许会杀死她，还会杀死其他碰了这根刺的人。

"婉儿先告辞了。"荆婉儿没有看裴谈，转身出了书房。

裴谈在她身后，目光幽幽。

晚上，裴谈在书房歇息。之前天热，床上只是简单铺了一张褥子，现在天气转凉了，他还是没有吩咐人加被子。

大理寺不需要审案，也没有人来叫醒裴谈，裴谈一直睡到第二天近午时。

他觉得有些不对劲，才皱眉起身。

门口的差役听到吩咐，进来问候："大人起来了？"

裴谈问道："什么时辰了？"

差役道："巳时了……沈仵作天还没亮，就在大人门外等候了。"

裴谈吩咐道："叫他进来。"

沈兴文迈步进门。

依然是一身长衫，衣角沾带着晨曦的露水。

"你昨夜没有回家？"裴谈看着他。

沈兴文的脸上颜色幽白："属下昨夜一直在寺内一处空房看卷宗。"

裴谈眯着眼睛问道："你已经看完了？"

这么多案卷，里面细节重重，所以才会难以理清。

沈兴文看着裴谈说道："共六本案卷，一份陈词，属下已经一字不漏看完。"

裴谈走到书案边，缓缓道："好，你说说看。"

沈兴文面无表情道："大人让我说对这案子的看法，这样的东西，沈某说不出来。"

裴谈目光深幽，看着沈兴文："你清晨就在此等候，是想说什么？"

沈兴文眼中带着冷意："陛下是让大人侦破此案。跟大人以前破的那些案子比，这个章怀太子案的线索简单至极。"

裴谈看着他："你认为简单至极？"

沈兴文也看着裴谈："这个案子从来就不复杂，事情才过去十几年，长安城里随便就能找到当年活着的人。找几个章怀太子和天后身边的旧人，盘问几遍，就算不能完全还原当年的情况，至少也足够让大人破了案子。"

破案无非就是找证据，寻证人。这个案子两样全齐了，还有什么需要操心。

这么简单的事，裴谈怎么会想不到？

裴谈看着他，并没有说话。

沈兴文的眸子，陡然深沉了起来，他盯着裴谈，半晌才说道："恐怕大人不会如此破案吧？"

是啊，如果只是想为章怀太子翻案，那有什么难的。中宗一道圣旨，就能把章怀太子的灵柩从巴州迎回长安。

但是既然如此简单，为何偏偏中宗和裴谈都没有做呢？

"说下去。"裴谈声音淡淡。

沈兴文宽大的袖袍，显得他的身形愈发单薄："天后在位那些年大唐所流的血，现在也没有洗净。可不管怎么样，她现在仍是'则天大圣皇后'。"

天后失势，幽禁后宫，中宗复位，大唐的腥风血雨从未停止过。

沈兴文的声音显得很阴郁："陛下对自己的母后有多少怨气，对昔日兄长有多少缅怀，都只能放在心里。即便现在没有了天后的阻挠，可是如果不顾一切迎回章怀太子灵柩，宣泄出这份怨恨，那么陛下不仅要背负天下人对他孝道的指责，还要始终活在裹挟前朝、阴恻反复的阴影里！"

第一百一十二章 档案

所以破这个案子的关键，就是怎么能既为章怀太子翻案，又能保住中宗的面子。

后面的一项尤为重要，怎会有人傻到为了破案就把当朝圣上的颜面踩在脚下？裴谈和大理寺再得重用和宠幸，也不会如此。

裴谈盯着沈兴文："这一晚上，你就已经看出了这些？"

沈兴文说道："大人找沈某，便是因为沈某不怕得罪那些人。"

裴谈的眼神显得更深邃了。

沈兴文慢慢说道："沈氏无权无势，沈某出身平平，注定入不了那些权贵门阀的眼睛，所以沈某可以替大人出面。大人不能正面面对的人，我去面对，大人不方便沾手的事，一样可以我来。从此刻起，我便是大人的刀剑。"

裴谈看着沈兴文，良久没有说话。

沈兴文继续说道："大人提携沈某，在下投桃报李，以后必唯大人马首是瞻。"

一样都是找靠山，庶子却没得选择。沈氏的那些嫡子嫡孙占尽好处，那他找裴氏这棵大树有什么不可以？

"将案卷放下，你先回去吧。"裴谈对沈兴文道。

沈兴文对裴谈躬身揖了一礼，冷漠离开了书房。

沈兴文这么快就表明效忠，当然是要裴谈做出相应的回报。况且，如果裴谈一开始只是拉拢，沈兴文必然不为所动。可因为他用了最直接的方式，使得沈兴文也迅速做出了选择。

几日前刚刚见过裴谈的传旨太监，第二天又皮笑肉不笑地出现在了大理寺门口。

"大理寺丞职位空缺已久，朕特许仵作沈兴文，暂代大理寺丞一职，协助大理寺卿办案，钦此。"

虽然只是暂代大理寺丞，但谁都明白，只要沈兴文表现出色，随时可以抹去"暂代"两个字。

大理寺诸人还没见过这样的阵势。从无品的仵作，直接提升为六品寺丞，搭了通天梯也不能这么快吧？而沈兴文领旨之后，神情幽暗莫测。他捧着圣旨朝内院走去，路两边的衙役都迅速低头："寺、寺丞……"

一夜间，沈仵作成了沈寺丞。

长安本来就是个屁大点事都会传遍全城的地方。何况这事处在了自裴谈上任起，就被多方耳目盯着的大理寺。一个无名的仵作，突然间成了寺丞，尚书府的幕僚已经开始交头接耳。

"沈兴文是刑部派去大理寺的，实际上只是因为刑部不想留人。他的仵作经验最浅，刑部当然要把最差的踢给大理寺。"

这才是沈兴文被调去大理寺的初衷。可谁想到，这个在刑部眼里最差的仵作，居然摇身一变成为大理寺的寺丞了。

"沈家不过是个次等的门第，在朝里也没有人脉，沈兴文又只是个庶子，所以这一切……一定是裴谈在背后捣鬼。"没有人把沈氏和沈兴文放在眼里，他们关注的还是裴谈。

只是裴谈无缘无故，为什么要提拔一个没有根基的人上位呢？

"裴谈办的这几个案子，虽说最后都破了，但在办案过程被处处掣肘，几次陷入险境。而裴家的主要势力，依然在河东一带，并不在长安。对此，他想必心中有数。"

所以裴谈其实并无保障，家族的荫蔽并不能庇护到他。

幕僚小心翼翼地，看着面无表情的宗楚客。

宗楚客神色冷漠："他也想培养自己的羽翼？"

幕僚说道："尚书大人在长安根基深厚，背后还有韦氏支持，岂是他裴谈一朝一夕就能掀动的？属下以为，根本不必在意那个竖子。"

羽翼这东西，岂是容易培养的？多少门阀立根几十年，上百年，才在这长安城扎下自己的根基。一个小家族出来的庶子，不足为患。

宗楚客神色冷淡："裴谈的筹码，从来都不止这一点。"中宗的宠幸，裴氏的余威，所有这些都能成为裴谈的铠甲。

幕僚缓缓说道："大人若是担心，就先把这个姓沈的……"除掉一个小家族的庶子，和捏死一只蚂蚁一样简单。

宗楚客目光阴森："这才是裴谈的目的，我们把所有矛头都对准了一个小角色，他就可以在背后高枕无忧了。"

他们越轻视这个小角色，觉得容易对付，就正好中了裴谈为此准备的局。没错，沈兴文说死就可以死，裴谈立刻就可以再提拔一个人当寺丞，他们难道要再继续除掉下一个吗？怕是再死一个人，中宗就要龙颜震怒了。

事情不能做得如此明显。长安毕竟在天子脚下，所以沈兴文死还是不死，局面都对裴谈有利。

幕僚的脸色变得苍白："那，我们就对姓裴的没有办法了吗？"

宗楚客的双眸，从亲手埋葬宗霍尸体那天就再没变过神色："从他走出这步棋，就料准了我们无论怎样都不可能落到好处。"

古有阴谋和阳谋二计。阴谋的高手玩得再高明，都没有阳谋的人阴森可怕。展示在阳光下，叫你看得见，却死也碰不到。

能杀沈兴文吗？能杀。敢杀沈兴文吗？不敢。

幕僚脸上一阵阵变色："裴谈不过是一个刚入仕途的年轻人，思虑有这般可怕吗？"

连老谋深算的宗楚客都抓不到空隙，只能任其摆布。

宗楚客的脸色一变，让幕僚马上后悔刚才说出的话。他像是被宗楚客目光里的一颗毒钉射中了一样，差点窒息。

"我儿连死都没有全尸，我定要那竖子魂难安息……"

幕僚脸色惨变："小人失言，小人失言……"

大理寺的档案室内，荆婉儿站在门前，含笑对那主簿说道："大人要调阅圣历元年至长安三年的案卷。"

主簿惊疑地打量荆婉儿，半晌才说："圣历年间？那时的案卷早已封存，不许任何人查阅……"

荆婉儿看着那个主簿："大人奉旨查案，陛下早已给大人授意，但凡与案件有关的，都可以任意调阅，不受阻碍。"

主簿的脸色马上变了。

荆婉儿面上平和，声音也是柔柔的，不知为何却给人一种冷冷的感觉。主簿暗自流汗，低下头，半晌才说道："姑娘在此稍候，我去为大人取案卷。"

主簿进入档案室深处，过了许久，身影才出现，怀中抱着厚厚一沓陈年的卷宗。

圣历元年到长安三年，涉及两次帝位的更迭。大理寺这些档案，都已经被下旨封存了，但是如今裴谈突然要调阅，而且打的是奉旨查案的名头，让管理档案室的人心里不安。

主簿抱着案卷出来，走到荆婉儿面前："姑娘小心些拿着。"

这些案卷上，都有蜡漆封口，有人擅动，一定会被发现。

荆婉儿从主簿手里接过案卷，淡淡一笑："我这就给大人送去。"

她转身离开，向着裴谈的书房走去。

这三四日的时间，沈兴文每日都与裴谈在书房从早到晚查看当年的记录，从文山词海中寻找蛛丝马迹。

"当年案件的供词，有无数相悖的地方，这说明这些供词，根本就没有一点点真实性。"沈兴文扔下了自己这一天看的所有供词记录。

想要给一个人安个罪名太简单了，随便捏造几份供词就行，甚至不管供词上的人是否存在。

沈兴文并没有掩饰自己的强硬，因为书房周围连一个下人都没有。他们在书房讨论，自然不能传出去。

荆婉儿站在书房的院子门口，不知为什么没有进去。她静静地听了一会儿沈兴文和裴谈的谈话，慢慢看向自己手上捧着的案卷。她伸手把最底下的那本案卷抽出，放入了自己的衣袖。

荆婉儿捧着剩下的卷宗，走到了书房门口，敲了敲门。

开门的是沈兴文，他冷冷地扫了一眼荆婉儿。

荆婉儿抬脚走进去，看见裴谈坐在桌前，一张长长的纸搭在他的手臂上。

"大人"，荆婉儿走过去，微笑着说道："长安三年的案卷，都在这里。"

裴谈看向她："辛苦你了。"

荆婉儿把案卷放到了桌子上，看了一眼裴谈正在看的东西。

第一百一十三章　罪名

就在这时，忽听沈兴文冷笑了一声："大人其实根本就不必舍近求远。"

荆婉儿将目光不动声色地移开。

裴谈放下手里的案卷，看向沈兴文，疑惑地问道："什么意思？"

沈兴文回复刚才的神色，看着裴谈，说道："大人想找章怀太子的旧人，了解当年真相，又担心这些人有可能迫于皇族的权势，不肯说真话。属下倒是知道长安有一个人，只要大人肯问，他一定巴不得全盘托出，绝无可能有一字隐瞒。"

其实在沈兴文说这句话的时候，裴谈和荆婉儿心里都动了一下，只是两人谁也没出声。

沈兴文见没有人询问，冷冷地说下去："章怀太子当年留下一名幼子，年初陛下复位的时候，就已经把他召回了长安。他现任三品光禄寺卿，若无陛下，他一辈子也不可能翻身。所以，那位光禄寺卿若知道大人在查当年的案子，要给章怀太子一门重新恢复皇室尊荣，不仅会把当年的案情事无巨细地告诉大人，恐怕还会说出许多外人从不知晓的隐情。"

有些事，如果没有一个契机，就会永远被烂在肚子里。

听到光禄寺卿的时候，荆婉儿就知道什么意思了，这个章怀太子唯一的儿子，就是破此案的关键。

荆婉儿看向了裴谈，微微一笑："大人，沈寺丞说得有理。"

沈兴文看了眼荆婉儿。

裴谈看着自己面前的两个人。他并不知道荆婉儿其实已经知晓赐婚的事，只是看着这两人，心中有一种总归躲不掉的感受。

光禄寺卿之前就已经邀裴谈见面，不管是要说什么，对裴谈来说都是顺水推舟，正好可以深谈。

沈兴文说道："不过，长安城里盯着大人行踪的眼睛不知多少，若大人这时去见光禄寺卿，恐怕树大招风，容易引人怀疑，平白给案子带来阻碍。沈某可以代大人去会一会光禄寺卿，或者大人也可以派寺中其他信得过的心腹。"

荆婉儿低下了头，却是为了掩饰唇边不经意的一抹笑意。

裴谈去见光禄寺卿太显眼，恐怕在此之前确实如此，但现在裴谈和光禄寺卿已经是一家，是圣旨赐婚的亲家关系……

不管是裴谈去拜访光禄寺卿，还是光禄寺卿主动来见裴谈，长安城里都不会有人奇怪了。

沈兴文皱了皱眉："大人？"他只是感到一丝奇怪。

裴谈的手指轻轻点在桌上的案卷上，看那神情显然在想别的。过了会儿他总算才开口："光禄寺卿势必会牵扯出当年的许多人，他若是为了给父亲泄愤，自然不惜杀掉所有的仇人，这样一来，此案就不可能查得下去了。"

荆婉儿转了转眼珠："婉儿听说，光禄寺卿性情温和，一向胆小怕事，所以他才能活下来。牵连泄愤这种事，恐怕他不会做。"

裴谈看着她说："当年胆小是为了生存，现在却已经不必小心翼翼了。"

现在有中宗做后盾，李氏重新登顶帝位，少了当年那位天后娘娘的威压，再面对自己生身父亲的案子，不要说温和了，普通人能做到冷静都不容易。

这个事情，显然不是讨论几句就能解决的，

荆婉儿识趣地微微垂首道："婉儿先出去了。"

离开书房，荆婉儿回到自己的住处，把门从里面闩上，这才把藏在衣袖里的卷宗拿出来，看着上面的封漆。

晚上裴谈会把看过的卷宗送回档案室，到时候荆婉儿把手里这卷混进去，就会神不知鬼不觉。

裴谈只要了长安三年的资料，圣历元年的案卷，并不是他要求荆婉儿调取的。

那个管理资料的差役，想必也不敢把这件事到处宣扬。

荆婉儿撕掉封漆，打开卷轴，看了起来。

圣历元年到圣历三年的案卷，只有荆婉儿手里这薄薄的几张纸，简直像是有人刻意抹去了案件的踪迹。可是没关系，这中间的每一桩每一件，荆婉儿都知道得清清楚楚。

天后曾是那样叱咤风云的女人，可惜到老了，一代女帝也没有免俗，开始幻想长生。圣历三年五月，荆婉儿和荆氏一家都不会忘记这个时间。当时天后让道士胡超炼制长生药，所费巨万。当时，天后的亲侄子武承嗣病逝。他一直幻想当太子，继承武氏的江山，可是最后关头天后没有糊涂，依然立了亲子为储君。

武承嗣死后，天后愈加感受到自己垂垂老矣，这时那些炼丹的道士开始蛊惑圣心。

婉儿生于天授元年。那时候的长安，已经是暗流涌动，但是表面上，仍旧可以维持风平浪静。

婉儿自幼聪慧，早通人事。母亲是乡间医女，略通岐黄。婉儿那些验尸之法，不都是在宫里敛尸学来的，还有母亲的教导。父亲高中金榜，没有抛弃糟糠之妻，把妻女接入繁华的长安。荆氏一门都有情有义，婉儿自此也算得是长安城的一位千金了。

婉儿从来不觉得自己是一位千金。长安风气开放，不需要女子待在宅中，也没有不许抛头露面。婉儿这双眼睛，见识了无数长安奇景，大唐烟云气象。

医者不能自医，荆婉儿的娘亲，在荆氏遭难的前一年因病逝世。荆婉儿跪在灵前守孝，但是她来不及为母亲守足三年孝，荆家就被抄了。

官兵压着荆哲人来到荆婉儿面前的时候，荆哲人的一身官服已经被除去，双手戴着镣铐，脸色苍老灰白。

"婉儿，爹对不起你。"

根本来不及把发生的事说清楚，荆哲人已经被押上了流放岭南的路。

"活下去。"是荆哲人对女儿说的最后一句话。

入宫之后，荆婉儿慢慢查清楚了，道士胡超向天后献上神丹，随后荆哲人觐见天后，没过半个时辰，就被定了罪。

当日大殿上究竟发生了什么事，荆婉儿没有办法知道。她双手颤抖，用尽全力翻开手上的卷宗，看到最后一页，上面写着"殿前失仪，判御史中丞荆哲人全族流放岭南"。

荆婉儿目光发怔。一个殿前失仪罪，就能让一个五品官全族流放？荆婉儿翻遍了整个案卷，却只有失望。

什么样的殿前失仪，能严重到这样的地步？如果荆哲人真的做了什么忤逆武后的事情，武后还会留他一条命吗？

荆婉儿紧紧地捏着案卷。

本以为，在大理寺能找到尘封的那一段过去，能发现真相，却没想到依然是什么都没有。

什么都没有……

一个平民出身的五品御史中丞，一直忠君，哪怕效忠的那位君王并不见得是个明君。荆婉儿知道自己的父亲不会做出任何出格的事，这是刻在荆哲人骨子里的东西。这样的人，怎么会"殿前失仪"？

荆婉儿尽全力才忍住没有揉烂卷宗。这个罪名，真的可笑极了。

差役检查送回的案卷，发现其中一份不对劲。他立刻拿起，打开一看，只见案卷上布满折痕。裴谈这两日借阅了许多档案，但从不会把案卷弄成这样。

差役一惊之下，立刻将案卷内容看了一遍，心中愈发惊疑起来。想了片刻，他立刻把案卷合上，却没有放回去，而是转身向外面走。

刚到门口，差役被一个身影拦住，抬头一看，立刻心里一紧："寺卿大人……"

裴谈看着他，自然注意到他手上的东西，还没等开口，那差役连忙道："小人正要去见大人。"

差役说着，把手中的案卷躬身递过去。裴谈慢慢接过案卷。差役这才敢抬头，小心地看着裴谈。

裴谈表面上看不出表情变化，他只是把案卷打开，看了片刻，然后合起，淡淡地问道："这份案卷怎么了？"

差役见裴谈面无异色，不由内心咯噔一下，迟疑了片刻，还是说道："今晨荆姑娘来借卷宗，说是大人要看……敢问这一卷，真的是大人借阅的吗？"

裴谈看着差役的目光说道："是我。"

差役似乎被噎了一下，赔笑道："是大人借阅的就好，是小人多疑了。"

差役刚才看见这案卷内容上写的"犯事之人"，名叫荆哲人，而荆婉儿的身份在大理寺不是什么秘密。联想到她和这位荆哲人的关系，和她借卷宗时候的表现，差役很快就觉得其中有问题。

看管陈年案卷，牵涉旧朝，干系重大，所以他刚才是想拿着案卷去询问裴谈。没想到裴谈来了，而且对案卷并没有表示什么疑义。

裴谈拿着案卷，放到差役手中："拿去归档吧，这两天我调阅过的案卷，你都可以直接封存。往后，若是无旨意，也都不必再拿出来了。"

差役道："是，小人明白。"

裴谈看着差役转身进入屋内。这些被封存的旧朝案子都放在这里，这间在大理寺阴暗角落里的案卷室，真像是埋葬了半个大唐血案的棺材。

第一百一十四章　悔教夫婿觅封侯

荆婉儿起身的时候，浑身骨头疼。她昨天不知道什么时候才睡着，直接卧倒在硬邦邦的床板上，睡了这一夜，现在连手臂仿佛都不是自己的。

茫然四顾，这五年来，她每日早晨都有这种感觉，像是在一个陌生的地方醒来。

有人敲门："姑娘可是醒了？"

荆婉儿顿了顿，没言语，那人说道："大人让姑娘醒了以后去前厅。"

荆婉儿慢慢道："知道了，我这就去。"

门口的人就走了。

荆婉儿低头收拾了一下衣裳，推门走出去。前厅不远，裴谈一个人在里面。荆婉儿脸色有点憔悴："大人。"

裴谈看着她的模样。荆婉儿就这样站在门口，失去了往日的神采。

"陛下要重新调查章怀太子的旧案，实际上不仅是想为昔日的太子翻案，更是希望能为章怀太子一门洗刷掉污名，恢复皇族荣耀。"

憋屈一生的太子，死后还要背负谋反的冤屈，这实在是太令人绝望了。

荆婉儿轻柔地说道："此案交给大人，章怀太子一定会沉冤得雪，真相大白于天下。"

裴谈看着她的脸庞："陛下的心思，是昭告天下太子无罪，凡是当年牵连到的人和事，都要调查清楚，揭开重审。章怀太子已经故去多年，但是牵涉太子一案的人，不知凡几，这些人不见得因为太子已经死了，就不会被追究。"

那些自以为已经高枕无忧的人，在裴谈的追查下，都会露出马脚。这世上没有人能逃脱罪责，只是时间早晚而已。

荆婉儿看着裴谈："大人为什么要对婉儿说这些？"

裴谈的目光看进了女孩怔怔的眼中："你父亲是在圣历三年因为殿前失仪的罪名，被天后流放岭南，就算是大理寺也没有详细的案情记载。这只有一个原因，就是当时发生的事件不便宣扬，只能草草处理，以'殿前失仪'搪塞过去。"

荆婉儿有点愣住了。裴谈接着说下去："天后那几年求仙问道，几乎已经不造杀孽，即便你父亲那时因为什么事得罪了她，至少她并没有想要他的命。"

岭南是令人生不如死的不毛之地，可是对于天后来说，杀人是最简单的做法。让她不高兴的人杀了就是杀了，没必要还留一条命去流放。

荆婉儿心里闪过一道亮光。

裴谈仿佛能窥视到她的内心："这说明，你爹在当时，并没有做让她不开心的事。"荆哲人并没有惹怒那位女皇，也没有得罪于她，可却还是被流放了。

荆婉儿慢慢地停在了裴谈的身边，她抬头看着他，眼里有一丝闪动："为什么？"

这么多年，她就想知道当年发生了什么事，让他们父女分别，甚至连当朝天子都换人了，她的父亲也没有被放回来。

裴谈的目光变得轻柔："婉儿，如果你想知道为什么，就只能找到当时和你爹一起在大殿上的那些人。"

荆婉儿微微垂下眼帘。她似乎想了很多，停了很久才说道："他们都是天后身边的亲信，我们这些外宫宫女，是没有机会进入大明宫内宫的。"

这么多年来，荆婉儿救那些深宫逃出来的宫女时有一个条件，就是她们每个人都要说出一个秘密。

荆婉儿掌握的有关那座深幽宫城里的黑暗，远比别人想象的多。但有些秘密就算知道了，以荆婉儿的身份也没有办法说。她只能隐忍，日复一日在那宫里，和臭气熏天的尸体打交道。

如果不是那日在太液池上遇见了……荆婉儿又低下头。荆婉儿想不到有朝一日自己能出宫，能在长安城的街巷自由走动。

"当日在大殿上，有天后和她的亲信五人，其中四人已经在接下来的三年里相继暴毙，只剩下一个心腹大太监了。"少女的声音有一抹幽凉和寒意。

这么巧，四个人都暴毙了，这与天后失势，中宗复位有没有什么关系？

荆婉儿牙齿轻咬："还有一个炼丹道士，胡超。"

裴谈一直看着她，仿佛记得昔日太液池初见，这张脸上还有一丝稚气，没想到她已经在暗中做了这么多事。要知道以他的身份调查这些尚且不容易，荆婉儿是怎么一步步摸清楚这些线索的？

天后召见炼丹道士，是和丹药有关。荆婉儿只是不明白，这种场合为什么要找她的父亲。父亲是长安御史中丞，跟那些江湖野道士根本没有任何瓜葛。

"这个胡超深受宠幸，一年后却将自己的亲徒弟介绍给天后继续炼丹，自己云游去了。"当日在大殿上的人,只剩下了殿前的那个大太监。

也许胡超是嗅到了什么,跑路了。毕竟那时候天后颓败之势已现,所以才会突然痴迷寻找长生之法。

裴谈的目光里带着柔光:"婉儿,你漏了一个。当日大殿上,其实还有另一个人。"

荆婉儿一怔,看着裴谈:"大人在说什么?"

裴谈意味深长地说道:"这个人不仅还活着,而且就在长安。若布局得当,你想要见他,也根本不是难事。"

荆婉儿目光微动:"大人总不会说的是……"天后?她呼之欲出。当时的大殿上,还有直接下旨的天后,并且天后至今还住在大明宫中。

可是以天后的身份,荆婉儿见得到吗?

裴谈摇了摇头,目光更加深沉:"我说的并不是那位。"

荆婉儿的身子有些微微发僵,她看着裴谈,目光茫然。

裴谈目光一闪:"就是今日的兵部尚书——宗楚客。"

荆婉儿下意识地向后退了一步,眼睛越睁越大。

裴谈深深看着她道:"你还不知道,那炼丹道士胡超,就是通过宗楚客的关系,得以面见天后,并且不出意外得到了重用和宠幸。"

荆婉儿许久都说不出一句话,她感到精神恍惚。她绝没想到又听到了这个名字,宗楚客,宗楚客!

宗楚客现在是兵部尚书。现在的陛下复位后,由韦后举荐,封宗楚客为三品兵部尚书。不过,以宗楚客的能耐,可不仅仅只能当一个尚书。当年天后执政,这位宗尚书靠着手腕油滑,迅速上位。荆婉儿还未出生时,这位宗大人已经是天后殿前的一品宰相。这样的人,历经两朝,两位天子,都能官运亨通。如果奸佞之臣也能在史书上留一笔的话,这位宗尚书必有其名。

裴谈是怎么知道当时大殿之上还有宗楚客?他自然有比荆婉儿更厉害的手段。

荆婉儿有点冷寒:"宗楚客效忠陛下,可是天后身边最亲近的丹药道士是他推荐的,现在的皇后韦氏家族也对他颇多看重。"这让人惊心不已,此贼子……难道是要窃取朝纲不成?

裴谈说道:"婉儿,陛下几次支持大理寺,并不是毫无缘由。陛下手中能用的剑已经不多,这个时候,大理寺能不能办好章怀太子这桩案子,关系到陛下是否能赢得一分主动的筹码。这不仅是大理寺要跨过的刀山,更是陛下眼前决定生死的关键。"

中宗对大理寺的信任其实都体现在这个案子上。大理寺在长安已经是异类，裴谈更是被各家视为眼中钉，冠以"瘟神"之名。可这恰恰是那些目空一切的世家，有些畏惧大理寺的表现。

大理寺如果失去中宗的支持，或者中宗没了大理寺这把剑，双方都会落得惨败的下场。

荆婉儿沉默了一会儿，忽然说道："宗霍是因此而死的？"

裴谈看着她，目光中透出一丝欣赏："宗楚客自认很聪明，直到因为聪明付出代价。他让陛下对他深深忌惮，只能设法借大理寺的手除去他的儿子。"

裴谈上任大理寺卿之后，办的第一桩案子就得罪了当朝尚书。现在想来，这也是裴谈担任寺卿以后，献给中宗的第一份大礼。

荆婉儿蓦地吸了口气，心口感到丝丝的凉意。

她盯着窗外一抹垂柳发呆。忽见陌头杨柳色，悔教夫婿觅封侯。

她的娘亲当上长安御史中丞夫人后，常常回忆的却是乡间趣事。这金碧辉煌的长安，哪里比得了遥远乡间的自由自在。原来这就是功成名就的代价。这世上有些人，本不喜追名逐利，却一朝误入，再无后悔的余地。

"章怀太子这个案子，正好给了大理寺一个机会，可以借此深入调查长安三年乃至以前发生在大唐的所有案件。为太子翻案，大明宫不会吝惜于这些手段。"

荆婉儿声音微如轻羽："大人也会……查荆家？"

裴谈目光幽深地看着她，良久才说道："会。"虽然只有一个字，却足够让荆婉儿一动不动，站在那里发呆。

荆氏的案子，就在长安三年和之前的案件里面，而且其中还牵涉道士胡超。

只要大理寺想查清章怀太子案的所有细节，荆氏的案子，就不可能绕过去。

第一百一十五章　流言猛于虎

荆婉儿知道荆氏只是无名小卒，长安不会有人会站出来为荆氏出头。可是她以为最不可能的事情，今天竟然发生了。

"留在大理寺，你会有重见亲人的一天。"裴谈的嗓音如他的目光一般温和。

荆婉儿站在院子里，良久才深深地吸口气。对任何人来说，亲人都是软肋。一直伪装的坚强，也都被打破了。

大理寺门口，沈兴文走到马车前面，目光扫过街角。那里有两个衣衫褴褛的乞丐，躺在墙根底下晒太阳。

他心里冷笑了一下，抬脚踏上了面前的马车。

守着马车的衙役低声问道："沈寺丞，咱们要去哪儿？"

沈兴文坐在马车里，吩咐放下帘子，冷冷道："绕着东市走。"

新官上任三把火。衙役咽下了内心的嘀咕，吩咐马车夫赶车。车辆慢慢启动，离开了大理寺门口。

原本睡觉的"乞丐"，忽然睁开了眼，两人交换了一下眼色："跟上。"他们守了这些天，裴谈一直不出现，只有沈兴文终于露面，他们当然要紧跟这唯一的"突破口"。

这些人想知道沈兴文去哪儿，自然不敢怠慢地跟着。而东市有一大片土地，包含二十六条街巷和无数民宅，马车要绕一圈，得至少两个时辰。沈兴文也不下车，就这样坐在马车里，吩咐人绕着东市，一圈一圈地走。

身后跟踪他的人，就这样被一圈圈地绕晕了头，居然绕到了太阳下山。

就算是头蠢驴也知道不对劲了，跟踪的人可没有坐马车享受，在烈日下晒得浑身虚脱："不对，这沈兴文是故意的。"

他们一路跟踪，又要隐藏踪迹，其中的苦楚比杀了他们还难受。

"若让大人知道我们连个沈家庶子都看不住，必会对我们失望。"

那人咬咬牙："继续跟，除非他一辈子绕着长安走下去，否则，只要他为裴谈办事，我们就能抓住他的把柄。"

马车里面，沈兴文放下看了一天的案卷，吩咐道："回大理寺吧。"

像遛狗一样，遛了那些人一天，也很有意思。

从前大理寺的周围，从来没有什么乞丐乞讨。大理寺这样的地方，谁敢随便路过？既然连路人都没有，乞丐在这里能讨到什么？

这些所谓大家族里豢养出来的"专业"探子，却连基本的市井民情都没有摸透，那些"天衣无缝"的伪装，让沈兴文内心一阵冷笑。

宗楚客看着战战兢兢来复命的仆从，端起面前的杯子，慢慢凑近唇边："见到娘娘了吗？娘娘怎么说？"

仆从低下头，声音有点颤抖："娘娘说要陪陛下逛园子，所以没空召见大人……"

宗楚客一早就递了牌子，进宫请见韦后。自古以来后妃不能随意接见外臣，这是男女大防，可宗楚客竟然能直接递牌子入后宫，显然这样的事情，已经不是第一次。

仆从硬着头皮说道:"娘娘让随身宫女传了话,说陛下有心重整朝纲,这是好事,说明陛下乃圣贤明君,是大唐之福。你们身为臣子的,自当扶持陛下,不要给陛下添烦扰。"

宗楚客盯着他:"还有呢?"

仆从伏在地上说道:"娘娘交代,有些事就不要一件件去烦扰陛下了,做臣子应当主动为君分忧,这才是本分。"

前一句话听着还没什么,后面这句话,暗示就非常明显了。

宗楚客眼中划过一抹阴沉。

做什么事情才叫为陛下分忧?是不是就算做错了,也可以辩解说是因为心系陛下才会一时失察?这个理由真是天衣无缝。

整肃朝纲,替章怀太子翻案,帮当年的一众人平反。满长安的人都在关注着陛下的这个动作。

宗楚客晃动杯盏:"距离下达赐婚圣旨已经过了好几日,可是城中是不是太平静了?"

历来长安城里的任何一点风吹草动,都像投入湖心的石子,会引起波澜。出了赐婚这样的大事,在大理寺和光禄寺之间,几乎没有理由会这样波澜不惊的。

"据我们的人说,光禄寺卿倒是递过一次帖子,可是裴谈并没有回应。"

这是不把御赐的婚姻放在眼里。

宗楚客眼神幽幽:"用银子买通长安十八街巷的乞丐,让他们一天之内把消息散布出去,要让全长安人人都知道。"

这些街头巷尾的地头蛇,才是长安城的耳朵和眼睛。

"他不愿意让人知道,本尚书就帮他一把。"

仆从的小眼睛里发出精光:"尚书大人实在是英明……"

甚至都不到一天,长安已经有无数议论在酒楼、茶楼中传播。

紫婵儿盯着眼前一桌子正在高谈阔论的客人,对身旁的丈夫文郎说道:"马上写信,告诉荆姑娘。"

从前他们送信的时候还会避讳,只能用信鸽暗语传信。但信鸽毕竟不安全,万一被哪个路人射下来,再破解了暗语,随时会惹来杀身之祸。直到荆婉儿说,任何信件,都可以光明正大地直接送入大理寺中。他们尽管不敢相信,还是照做了。

果然,前两封信送入之后,毫无异动。他们惊讶之余,渐渐放下心来。

门口的衙役看了一眼送信的人,果然没有多问一句,拿了信就进了院内。

差役直接走到内院里面："荆姑娘，门口有人送来你的信。"

荆婉儿看着那封信："多谢这位大哥。"

差役放下信就走了，全程面无表情。

荆婉儿从桌上拿起信。裴谈从不会私拆荆婉儿的信件，大理寺的其他人，根本不会也不敢干涉。

每天都要坐马车到城中"遛弯"的沈兴文，很快就听到了车外的声声议论。

他冷冷地问道："外面在说什么？"

外面在说："光禄寺卿是陛下的亲侄子，他的女儿就是陛下的侄孙女，这裴谈娶的是皇室郡主？"

"陛下这是真心重用大理寺啊……"

光禄寺卿李守礼是章怀太子的儿子，太子的孙女，是名副其实的大唐郡主。

沈兴文听够了，淡淡地说道："回大理寺。"

马车夫有点意外："今天刚转了一圈……"平时少说也得转悠到太阳落山。

马车还是回了大理寺，沈兴文走进去，直奔书房。

荆婉儿低头在给裴谈研墨，听到沈兴文的话，眼内浮现一丝轻笑。

他说道："沈某这才知道，大人这么重视这桩案子，原来是为了讨好未来的岳父大人。"

裴谈慢慢抬起头，荆婉儿也停止了动作，看向沈兴文。她忽然就明白了沈兴文说的是什么事。

裴谈合上手里的书，淡淡地问道："什么意思？"

沈兴文眯起了眼睛："现在满大街都在传，陛下赐婚于大人，大人现在是全长安最受瞩目的人了。"

书房内一时寂静，荆婉儿将目光慢慢移到裴谈的脸上。裴谈第一次长久地没有说话，沈兴文嘴角的讥诮更深一层。

"以后大人，就是大唐郡马，恭喜大人。"

荆婉儿忽然低头一笑，对沈兴文说道："听沈寺丞的意思，难道是在质疑大人对这桩案子会有偏私？"

沈兴文眸子幽然，盯着荆婉儿："沈某并没这么说。"

荆婉儿便道："那大人是不是大唐郡马，和这桩案子，又有什么关联？还是沈寺丞想表达什么意思？"

沈兴文盯着荆婉儿的脸，没有吭声。

"不管是因为什么样的原因，审案破案，本就是大理寺的职责。"荆婉儿再次低头研墨，声音淡淡，"履行职责，根本就不需要去追究原因，大人一直以来也是这么做的。倒是沈寺丞，来大理寺的日子也不短了，莫非还不了解大人吗？"

沈兴文沉默良久才笑道："还是荆姑娘伶牙俐齿，沈某自愧不如。"

荆婉儿面容平淡："大人日夜看卷查案，如今只用一个赐婚的理由就让大人连日来的辛苦付诸东流，可见流言猛于虎，的确不一般。"

沈兴文这下何止是说不出话来，他还感到荆婉儿隐隐地训斥了他无破案之心。

"沈某失言，请大人勿怪。"沈兴文郑重地说道。

荆婉儿看着裴谈："连沈寺丞的第一反应都这样，大人，看来长安城有此想法的人并不少。"

荆婉儿这话自然内含玄机，沈兴文立刻就收起了神色。

荆婉儿正色说道："大人调查此案不过才几日，有人就已经忍不住要从中作梗了。"裴谈辛辛苦苦建立起来的名声，被毁掉却何其容易，一夕之间的谣言就能打破所有的苦心孤诣。

长安城里有人喊了几句"裴青天"，街头巷尾还流传着"类比狄公"的话语。有人要把裴谈从青天上拉下来，他们都盼着裴谈摔倒。

沈兴文沉下了神色，他沉默片刻说道："需要去查源头吗？"

没有人敢拿御赐婚姻的事胡说，街上那么多人津津乐道，所以赐婚的事一定是真的。只是裴谈自重回大理寺以来，一直没有提起。

第一百一十六章　拉拢

流言，之所以让再聪明的人也避之如猛兽，就是因为无可追查。

沈兴文说完，知道自己说了等于白说。这招可算是阴损。

荆婉儿不禁咬紧贝齿，看向裴谈。

裴谈面沉如水："我们不要受外面声音的影响，这件案子，该怎么办，就怎么办。"

这是裴谈会说的话，不为任何干扰所动，永远只做自己该做的事情。但这一次，荆婉儿的心头，真有不同以往的沉重预感。

裴谈沉沉道："只有办好这桩案子，我才能向陛下请旨，收回这桩赐婚。"

沈兴文神色动了动，有些不可思议："大人……想退婚？"

荆婉儿的眸子波动："大人为何要这么做？"

就算裴谈想公正办好这桩案子，也不用以退婚解决。况且，恐怕那些人正是眼红大唐郡马的身份才会出此阴招。裴谈要是退婚，至少那些人是要得逞了。

"从前几桩案子，陛下对大理寺的回护，定是引起了许多人嫉恨。如今眼看大人更上一层，成为帝婿，岂不更让他们眼红？"荆婉儿说道，"大人完全不必称了他们的意。等破了这桩案子，他们会更加忌惮大人您的身份。"

在长安，权力就是一切，无权无势只会让人踩在脚下，有一位身为郡马的大理寺卿，大理寺也会如日中天。

沈兴文眯起了眼，半晌说道："既然如此，大人为什么不现在就请旨，让陛下终止婚约，以遏制流言？"

这时候请求收回赐婚，更能显得大公无私，让人信服。

"并非如此。"裴谈深沉地说道，"如果现在请求陛下收回旨意，百姓只会以为陛下是迫于流言压力，这样一来，会有损陛下君威。"

荆婉儿有一种醍醐灌顶的感觉。

想来沈兴文也差不多，面色幽深了许多。都说君无戏言，这并不是一句玩笑。尤其对中宗来说，他这样一位特殊的皇帝，如果因为几句流言，就随随便便收回已经下发的圣旨，别人只会认为君王毫无威信，是个任人拿捏的软柿子。

如此一来，中宗肯定不会同意收回圣旨，这样一来，裴谈如果执意请求退婚，后果简直不堪设想。

沈兴文想透以后，自嘲地发出一声轻笑："沈某自视甚高，在大人面前，的确不如。"

要收服一个人，能让他从心底臣服才是上策。但现在裴谈并不感到高兴，应该说，他远没有表现出来的这么平静。

局势对大理寺一点也不利。

由于裴谈打定主意什么都不做，有点放任流言愈演愈烈的事态。

"尚书大人，现在全城已经传遍了。裴青天？呵呵，这个称呼太抬举那个竖子了。"

宗楚客阴霾多日的脸上，这才浮现出一缕笑意："陛下赐婚的时候，想必没有料到会有今天。归根结底，还是我们这位陛下，心太急了。"

太急着拉拢大理寺，拉拢裴谈。

"章怀太子当年到底是不是冤枉，谁也说不清。既然是说不清的事，那自然人人都可以有自己的想法。"稍微添油加醋，就能让当年的案子，在普通百姓心中充满迷雾。

这时候谁要是一意翻案，都会让人心存疑虑。

宗楚客慢慢拨动杯盖："大理寺呢，有什么动静？"

谋士道："那竖子沉得住气，早在大人意料之中。"

裴谈要是只有这点城府，也不会让他家尚书大人如此忌惮了。

宗楚客将茶杯在桌上一顿，阴沉着说道："只是一点流言，还动不了大理寺的根基。"他要得更多。他希望看见大理寺跟裴谈一起万劫不复。

谋士眼珠一转："请娘娘帮忙？"

得知中宗想重审章怀太子案的时候，韦后就"随口"提起了这桩婚姻，果然，中宗根本不曾多想便同意了。中宗手边能用的人，只有一个裴谈，他也只会信任裴谈去审案。把为章怀太子洗冤的事情交给裴谈做，是顺理成章的事。

韦后才是一个谋天下事的女人，她能在天后的折磨下陪着中宗一起活下来，一朝成为皇后，权倾天下。

"陛下想让自己的兄长得到真正的平反，得到大唐臣民的欢呼臣服。可他选了裴谈办案，只要有这桩婚姻在，章怀太子就永远不可能得到真正的清名。"

宗楚客眼中，有一抹畅快。操控人心到如此地步，怎不称之为奸臣？

中宗在同意这桩婚姻的时候，一定以为，这道圣旨最多只是把裴谈收为自己人的一步好棋。可他却忘了，裴谈根本不用他收服，只要一日身为大理寺卿，就一定会为大唐肝脑涂地。

韦后"随口"向中宗的建议，温柔背后，是刮骨之刀。

谋士转动着阴森的眼睛："要是裴谈……破了此局呢？"

一直以来，裴谈与尚书府的较量给宗楚客心里留下了深刻印象。眼前的局虽然难解，但保不齐裴谈不会想出办法。

宗楚客的眼眸突然阴狠起来："那就让他永远翻不了身。"

谋士眼中也充满了狠厉："让那竖子，为公子偿命。"

提起已死的宗霍，宗楚客眼中，忽然幽深起来："我儿之死，不是还跟那个姓荆的女娃娃有关吗？"

瓷玉的杯沿，在宗楚客的掌中捏碎。

"裴谈一直把那女娃带在身边，二人之间，自然是做过什么交易了。"

荆婉儿着实是睡不好。应当说，从青龙寺回来后，她的心结已经放下了许多。但这次，她始终有一种隐约的不安。上一次有这样的感觉，还是荆家遭难的那个夜晚。裴谈的打算她清楚，破了案子，再请旨退婚，足以说明大理寺并无偏私。这亦是破此局的上上策。裴谈的计划没有问题，让荆婉儿不安的是这中间可能发生的变化。

荆婉儿的预感，很快就应验了。

第二日傍晚，又有人往大理寺送了一封信，是给荆婉儿的。

约荆婉儿到上次的茶楼见面。上次给荆婉儿报信的，是个叫喜茶的丫头，在宫里当过采茶宫女，逃出宫以后，到了一家茶楼避难。

这才过了几天，为什么喜茶又发暗信给她？

荆婉儿不确定是不是要去。她潜意识中觉得这信有点古怪，可是喜茶是她的人，信上的暗语也只有两人知道，如果她不去……荆婉儿想的是，万一喜茶有危险怎么办？

既然不能不去，荆婉儿在心里叹了口气。

这次荆婉儿特意换了身妇人的衣服，披上斗篷，从侧门离开了大理寺。

走到茶楼下，荆婉儿脚步停下，并没有直接进去。她慢慢绕到了茶楼的后面，在那里抬起头，就能看见她们之前约的那个雅间。

只见雅间的窗子是半开的，那里真的坐着一个少女。从身形看，确实是喜茶。

荆婉儿松了口气，这时窗边的喜茶正好也转了头，看到了楼下的荆婉儿。

两人四目相对。

喜茶忽然脸色苍白，突然双手攀住窗户边缘，似乎要跳下来。有四只手出现在喜茶的肩膀上，将她蛮横地拉了回去。

荆婉儿一颗心往下沉。

喜茶在窗边大叫："姑娘快跑！"喜茶的声音带着哭腔。

荆婉儿咬住了牙，正要走，就看到街道前面一群人朝她直冲过来，她立刻回头，只见后路也被人堵死。前后夹击，根本没有给她反应的余地。

荆婉儿已经许多年没遇到过这般的绝境，一时立在原地，面色霜白。

只见两边至少有二十多人，把荆婉儿堵住以后，那群人就不动了，只是面无表情地看着荆婉儿。在他们身后，一辆四面围住的马车慢慢上前。

看着这马车，荆婉儿放弃了呼救的打算。

这条街人迹罕至，把她堵在这里，叫天不应叫地不灵。她的叫声没有喊出去，就能被这里的人打昏。

"不喊不叫，看来你真有几分胆量。"马车前面，一个男人冷哼一声，姿态高傲地看着荆婉儿。这男人穿着华服，跟周围的下人毫不一样。

这时候遮掩再没什么意义，荆婉儿慢慢地脱下了斗篷。她能感觉到，一瞬间，马车里有一双眼睛盯着她。那眼睛将她从上到下深深地看了个透彻，让人有受审的感觉。

站在马车前面的男子,忽然表情收敛了一下,耳朵凑近了马车,明显在听着命令。听完后,他眼睛瞥着荆婉儿:"你,报上名字。"

荆婉儿倒是想笑,看着这群人,慢慢问道:"你们堵我,不知道我的名字?"

男子脸色一僵,似乎要发怒。这时,马车里面的人又开始说什么,男子听了一阵,再次压下怒火看向荆婉儿。

"荆婉儿,年方十五,罪臣之女,宫里的下等宫女,我说的没错吧?"

荆婉儿看着男子:"你们找的是我,和楼上的姑娘没关系,让她走吧。"

这次男子直接说:"你凭什么讲条件?"

第一百一十七章 更想要的东西

这些人纪律严明,荆婉儿本来猜测是宫里的人,因为这也是唯一跟她有瓜葛的地方。可宫里要抓人完全可以大张旗鼓冲去大理寺,何需如此迂回。

显然,这群人并不是宫里来的。不知为何,她稍稍松了一口气。

不是宫里,那就好。楼上的喜茶显然被威胁,但应该没有生命危险。

荆婉儿让他们不要为难喜茶,那马车前的人却冷冷不屑道:"自身难保,还有闲情管别人的死活。"

荆婉儿看着他:"虽然我自身难保,可这里依然是长安的街市,闹得太大了,对你们有什么好处?"

马车里面的人似乎在静默,过了一会儿,那男人再次倾听了一会儿。

男人盯着荆婉儿说道:"想要那丫头活命,就乖乖按照我们说的做。"

荆婉儿盯着那马车,尽管这里是人群稀少的后街,但这么一大帮人堵在这里,还是很可能引起骚乱的。

男人看着荆婉儿,踢开了身侧一扇门:"这茶楼我家主子已经包下来了,请吧。"

包一间茶楼不算什么,对方早已设好了埋伏,在这里守株待兔。

荆婉儿一言不发,看着那扇踢开的后门,慢慢走了过去。

茶楼里面所有人都被遣散了,这些人一进去就把所有出入口都把守着,一只苍蝇也难飞出去。

荆婉儿到了现在都不露惧意,马车里的那双眼睛盯得更紧了。

荆婉儿看着这些人:"有什么事情,可以说了?"

如果对方是想要她的命，杀了以后埋尸茶馆，可谓完美犯案。

马车前那男人这时露出一丝特别的神色："你真的不怕死？"

荆婉儿看着他，从他的样子能看出，这句话一定是马车里那位"主子"问的。

她片刻说道："想知道我是不是怕死，不如说说阁下到底想做什么？"对方样子似乎流露出了一种绝对不该有的情绪——好奇，对她好奇。

马车前那男人招了招手，只见喜茶被押着从楼上走了下来。

荆婉儿最不想连累他人，对方拿着她的软肋，荆婉儿手心难得见了汗，因为她不知道对方已经知道了多少。

她看着喜茶，喜茶咬紧贝齿，对荆婉儿摇了摇头。

喜茶什么都没有说，当然也没有说出她们深宫宫女的身份。显然这是她们死也不会吐露的秘密，因为这关系着整个长安已经从宫里"逃出来"的姐妹。

荆婉儿心头有一丝怆然。她再次看着那马车，马车里的人没有任何露面的意思，显然也不打算露面。

车前的男人态度更加倨傲了几分："这丫头的底不干净，我家主人想查，自然查得出来。是选活路还是死路，就看你们了。"

对方一直在想办法制造一种压力，这也说明他们想要荆婉儿屈服的事并不简单。

荆婉儿盯着马车，尽量不露声色："婉儿在深宫待了五年，自认不可能认识姑娘这样的人，敢问姑娘为何要这般紧逼？"

她的话音落下，马车四周一片沉寂。

那马车前的男子，骤地恼羞成怒道："你胡说什么？"

荆婉儿没有理睬他。这马车前后遮得严严实实，里面的人不可能被看见，连说话都要随从代传，如果说是为了排场，恐怕不适合今日这样的场面。

那就只有一种解释：马车里的"主子"，只要一开口，就足以暴露性别。

荆婉儿只是一试，因为现在的情形始终都是她被动，这让她感觉不妙。

马车前的男人面色一沉，忽地拔刀，就要朝荆婉儿走过来。

这时，马车里终于响起一声和婉的话："李侍卫，不得无礼，退下。"

那拔刀的男人定在原地，半响看着马车："主子……"

听到这声音，荆婉儿捏住了手。是个女人，但她并不熟悉这个声音。

对于对方找上她这件事，她似乎漏掉了什么重要线索。

马车里的声音继续说："不愧是在宫里出来的，能在那里待五年的人。这般察言观色的本事，着实让人佩服。"

虽然已被识破女子身份，但对方说话的嗓音，似乎是故意压低了的。

荆婉儿无暇顾及这些,她只知道她不认识这个女人。

而且,在马车里的女子出声之后,四周围住了她的人,明显收紧了包围圈。

"李侍卫,把东西给她。"马车里的人说道。

男人伸手,从马车的横隔里面拉出了一个裹好的包袱,准确地丢在了荆婉儿脚边。

"想必即便是不怕死的人,在有活路的情况下,也不会故意选死路,我说的对吧?"

荆婉儿虽然不知道包袱里面是什么,但是她看着马车,淡淡一笑:"姑娘如果是在问我的话,我当然是选择活着。"活着才有希望。

马车里的人似乎意外:"包裹里面,有银票,和出入城门的通关文牒。你拿上它,离开长安,天下之大,随便你去哪里。"

这次换荆婉儿真的意外了,她怀疑自己听错了:"离开长安?"

马车内说道:"对于你这样的女子来说,自由难道不是最宝贵的吗?"

荆婉儿久久没有说话。何止是宝贵,应该说这辈子她就没有奢望过还能自由。眼前这些人是谁?凭什么说能给她自由?

那包袱就在她脚边,碰着她的鞋尖,她的双腿第一次像灌了铅一样。

车前的男人盯着她:"你可以打开看看。"

打开看看,就知道所言非虚。

喜茶忽然说道:"姑娘,不要相信。"她们是从宫里那样的地狱出来的,轻信的下场都是死。所有人都可以上当,荆婉儿怎么可以?

荆婉儿的目光从包袱上移开,看着那马车:"为什么?"

喜茶站在那里,提醒了荆婉儿一件永远不会忘记的事。

因为喜茶是荆婉儿在宫里敛尸的时候,混入尸体中带出宫的宫女之一。有很多人来找荆婉儿,可有一些人荆婉儿只能看着她们去死,却救不了。她每个月只能藏一个人,她要做的,就是要从中挑选她要"救谁"。救那个替她送人皮刺青给裴谈的宫女,是因为她有价值。喜茶也一样有价值。她救出这些宫女,是希望她们在长安城能生存下来,这种生存下来的本事,就是必需的。如果救出来的是连活都活不下去的人,又何必占去其他人生存的名额。

荆婉儿觉得自己的毛孔被风吹得寒冷,这些年她确实是这样选人的。适者生存,这样的世界里没有慈悲。

"我离开长安城,或者说永久地离开,对姑娘……有什么好处呢?"没有好事的事谁会做?荆婉儿目光沉静,对着马车问了出来。

马车里再次极度静默,印证了荆婉儿的想法。她始终没有去捡那个包袱。

"一张出入长安城门的通关文牒,"荆婉儿一笑,"若让婉儿扳着指头数过来,长安城里能开具一张这样文书的能有几个人?"

这是大唐的长安,要是这里的城门那么好进出,紫婵儿她们也不会困守长安这么多年了。荆婉儿能将她们死人化生,却不可能真正给她们自由。

马车里的人何等身份,岂不等同于帝王天家的"生杀予夺"之权?

那双盯着荆婉儿的眼睛,开始有了忌惮,语气也出现了起伏:"如果是聪明人的话,纵使有话,至少也要烂在肚子里。等你离开长安,得到自由,再想这些无关的事,应该感到可笑。"

聪明人什么也不用问,拿上包裹离开长安,才是马车里的人预设好的结果。

见荆婉儿沉默不语,马车前的男人失去耐性。当然,关键也是因为车内的主子开始失去耐性。

"在你眼前一条活路一条死路,不走活路就只能现在去死。"男人再次拔刀,凶相毕露。

但这一次的效果比起上一次差远了。荆婉儿后退一步,眼睛看着周围的人:"本来杀了我这样的奴婢就是最简单的方式,反正目的只是要我永远消失而已。像这样给我文牒让我出城,这样的'善意'反而让我觉得我死不了。"

持刀上前的男人顿住了,神情再次变得僵硬。

荆婉儿看着马车:"要么就是主子不愿意让我死,要么,就是想等我出城以后再杀我。"

不管是哪一种可能,至少都不值得荆婉儿选这条路。她承认在那么一瞬间,她真的心动了。

马车里的人,似乎有些不太冷静了,有微微喘息声传出。

应该说今日的局面,是他们想控制荆婉儿。可剧本没有按照设定好的发展,而马车里的人似乎也没有提前计划过什么意外以后的对策。

诡异的僵持场面。

荆婉儿眼睑动了动,她想到了四个字:虚张声势。

她缓缓说道:"你给的自由我很想要,只不过这世上,我有一样更想要的东西。"为了这个,早就甘愿舍弃自由和与生俱来的一切尊严,只要能做到,荆婉儿不会皱眉头。

被押住的喜茶忽然抬起头,眼睛闪动。她看着荆婉儿,只有她清楚,荆婉儿真正想要的是什么。

第一百一十八章　担心

马车内的人忽然快速说道:"你要想清楚,这是你此生最后一次获得自由的机会,你不要蠢到放弃。我保证,你只要拿上包袱离开,任何人都不会为难你!"

能说出这种话的人,整个大唐天下也没有几个。

荆婉儿看着马车,嘴唇动了动。她刚才甚至在想,马车里坐的是哪个宫妃贵嫔,那么自然会有这样的权势。

可是,刚才马车里的声音太急了,说话的人显然忘记了掩饰自己的声音。这分明是个少女的声音,微微清亮,显得城府不够。

荆婉儿耳内似乎炸了一下,这一瞬间,她猜到了马车里的人的身份。她的脸上闪过一丝不可思议的神情。

马车里的声音顿了顿,语气有点不悦:"若你执意敬酒不吃吃罚酒,那我刚才说的不会为难你的话,也只能收回了。"

荆婉儿盯着马车。就在这时,马车前面的男人显然是接到了主人什么指示,立刻一挥手:"把那丫头带过来。"

喜茶立刻被押过来,她的脸上一瞬间掠过惊恐的神情。

这种局面下,能维持镇定已属难得,又怎么可能会不害怕呢?

马车前的男人冷冷一笑,说道:"为了这些贱奴,我家主子还不值得染上血,但是交这样私逃出宫的奴婢送到鸿胪寺去,有的是大刑等着她。"

任何朝代的宫女逃宫的后果,都比死更可怕。那深宫不是任何人能进就进的,更不是任何人想出就出的。

喜茶忽然苍白着脸道:"你们不如杀了我!"

从喜茶脸上能看出惧怕。这世上有比死更令人害怕的,逃出来的宫女,永远都不想再回去。

马车前的男人傲慢地看着荆婉儿:"你怎么选?"

荆婉儿似乎别无选择。看着这些人高高在上的神态,荆婉儿闭上眼睛,已经完全明白了。若是这个选择早那么几天出现,甚至,就在那个晚上之前,也许……也许她真的会听从了安排,永远离开长安也说不定。

荆婉儿无法确定,如果真的是那样,自己又会怎么选。但至少现在,她已经明确地知道自己必须留在这里,不会走了。

荆婉儿睁开眼睛,看着马车:"若要送去鸿胪寺,那就连我一起吧。"

喜茶睁大眼睛看着荆婉儿，似乎也有些愕然。

不知马车中人现在是什么心情，车前的男人盯着荆婉儿说道："你就不怕还没到鸿胪寺，你就已经没有命了。"

荆婉儿看着马车，没有接这句话，而是忽然没来由地说道："永巷和前面的这条街，一直延伸到三街开外，都是光禄寺管辖的。像清空这间茶楼，并确保前后街上都没有行人进来，应该没有多少人能够做到。"

此时可以看见，周围那些持刀的侍卫，都有点表情僵硬地互相看了看。

荆婉儿看着他们，目光神色未变："能让光禄寺配合行事，能开出通关文牒这种东西，又是姑娘这般年纪……"

马车里传出了清晰的动静。车前的男人也不再冷静，他将刀握在手里，显然非常戒备地盯着荆婉儿。

猜出对方的身份，荆婉儿也是十分震惊，因为她想不到这位准郡主为什么会找上她。

马车里的人沉不住气，终于说了一句："你还真不是一般的宫女。"

荆婉儿毕竟没有道破，因为还有喜茶在旁边。

马车里的人淡淡地说："你要是喜欢去鸿胪寺那种地方，我当然能成全你。"

猜到了对方的身份，荆婉儿忽然低下头，跪了下去。那些持刀的侍卫，反倒是眼睛瞪得老大了。

"请您放过喜茶。"荆婉儿只能做此举动，因为她不试一试的话，就要眼睁睁看着喜茶被送走。

马车里的人有点不悦："你这是做什么？"

荆婉儿再次闭上了眼："只要不让我离开长安，您的任何命令我都愿意听从。"

其实对方绑来喜茶，仅仅是个威胁，到现在并没有做出实质的伤害。这至少说明这位"郡主"，真的没有多少害人之心。对方目的只是要她走，要她一个人离开而已。

荆婉儿淡淡地说道："婉儿命贱，与您的高贵自不能比。若婉儿对您有所冒犯，您可以令手下将我就地正法，婉儿毫无怨恨。"

马车里顿了许久，才不悦地说道："我不是杀人的刽子手。只是你宁愿现在就死，也不肯拿上文书出城，我看你真是个怪胎。"

荆婉儿在宫中已经被习惯叫成怪胎，她眉目低垂，感受得到所有人的目光和神态。

"留在大理寺，你会有重见亲人的一天。"荆婉儿脑中，浮现出的却是这样一句温和的话。

她的眼睑掩的极低，没有人知道她的情绪。

马车里的"郡主"是真的动气了，她低声吩咐车前的男人："把人叫回来，我们走。"

男人惊愕："就这样放了……"

显然主人的怒意已经传出，手下不敢再问下去。随后，押着喜茶的人松开了手，马车也向巷口退去。

荆婉儿还跪在地上，毕竟里面的人没有叫她起来。

马车通过巷子口的时候晃动了一下，里面的"郡主"再次传出冷淡的声音：

"不管你是怎么想的，你必然后悔。你……迟早会害了他。"

荆婉儿浑身抖了一下，抬头再看，马车已经消失不见，她呆呆地看着空无一人的小巷。

喜茶扑过来："姑娘，你没事吧？"她把荆婉儿从地上扶起来。

那包裹还在她们脚底下，她们的目光触及，心再次狂跳起来。她们都知道这里面是什么，而对方显然不是忘了拿走。

荆婉儿慢慢把包裹捡起来。这包裹硬邦邦沉甸甸，显然装的不是衣物。隔着包裹，她摸到了银锭子。

荆婉儿在喜茶的注视下，把包裹打开，看到了最上面摆着一张烫金的文牒。

出入长安城门的文牒。

荆婉儿把文书翻了开来。

这绝对是一封标准制式的大唐通关文牒，没有人能仿造，也没有人有能力做到。

喜茶抬头看荆婉儿："姑娘……"

荆婉儿看了很久，才把文牒合上。没有人知道在这段时间里，她的心里是怎么想的。

然后她看向喜茶，轻轻掂了掂文牒，说道："这封文书上，故意没有写出城之人的姓名。"

就算是光禄寺卿，大唐郡主，也不敢私自给一个宫女出关的文书，尤其是这个宫女还没有得到宫中的特赦。也就是说，除了当今天子，没有人能真正给宫女自由。

这封文书上有没有写荆婉儿的名字，至关重要。郡主只是给了文书，至于名字，荆婉儿可以自己写上。只要光禄寺没有亲自写上名字，那么荆婉儿出城，就和他们没有任何关系。顶多，他们只是丢了一本文牒罢了，又有多大的事？

荆婉儿想，这些皇家的人，怎么会有一个是笨的？不过，这也正好给荆婉儿行了一个方便。

喜茶咬住唇："姑娘，您真的要放弃这个出城机会吗？"

天下之大，是她们这样的人一辈子也没有感受过的。

荆婉儿将文书递给喜茶："拿上这封通关文书，马上离开长安吧。"

喜茶似乎不敢相信，瞪着荆婉儿没吱声。

荆婉儿把文书放到她手里，轻轻说道："你的身份已经被人发现，今天的事很容易就会被人查出来。你在长安已经不安全，所以，走吧。"

喜茶的眼泪怔怔地流出来。其实那封信送去大理寺的时候，荆婉儿就应该察觉不对。因为，她们之间早就有个规定，就是对不能两次在同一个地方见面。所以，荆婉儿看到信上写的地址是这间茶楼，就应该能猜到写信的人不是喜茶。

荆婉儿本可以不来。喜茶自知身份被发现之后就已经活不成了，所以不会供出来什么秘密。

当喜茶在窗口看到荆婉儿还是来了的时候，她再也忍不住出声提醒。这世上的人情，总归不是只有冰冷的互相利用，知道这一切又选择承受的荆婉儿又有多坚强。

"我必须回去了。"荆婉儿匆匆说道。

把包袱里的银两和通关文书全部留给喜茶之后，荆婉儿再次穿上披风，盖住脸，离开了这家茶楼的后院。

大理寺内，裴谈问守门的衙卫："确定已经有三个时辰？"

衙役点头："似乎从来……未曾走过这么久。"

要不是衙役发现不对，也不会来告诉裴谈。荆婉儿以前出门，最多一刻钟，大多是去前街买东西。她毕竟是个姑娘家，在大理寺这样的男人堆，总有些女孩子的私用物品，需要她自己去置办。

衙役又想起来："姑娘是接了信走的。似乎上一次有信过来，姑娘也出去过，只不过未曾这么久。"

裴谈道："她出门时拿走了信吗？"

衙役顿了顿："似乎……没有吧？"

荆婉儿在大理寺中，似乎是比较放松的，况且这并不是送给她的第一封信，所以不会刚收到就特意带走或者销毁。

裴谈显然也是如此推理："那封信，有可能还在她房中。"

衙役问："要属下去搜吗？"

裴谈当然不会随意侵犯荆婉儿的隐私，但眼下荆婉儿三个时辰未归，可能发生不测的概率已经不小……

经过深思，裴谈看着衙役说道："我去看看她的房里。"

第一百一十九章　登门

裴谈只带了两个衙役，到了荆婉儿住的院门口，他就让两个衙役留下守着，独自走了进去。

裴谈站在门口，轻轻一推，荆婉儿的门就开了。

荆婉儿刚刚将衣服换好，听到开门的声音，迅速转过身来，和裴谈正打了个对面。

荆婉儿涨红了脸，慢慢低下头："大人……"

裴谈目光幽深，没有多问，看着荆婉儿说："回来就好。"

荆婉儿咬了咬唇，低下头没说话。

裴谈将荆婉儿的门重新关上，好像什么也没发生一样离开了院子，门口的两个衙役见大人这么快出来，反倒一脸茫然。

裴谈离开后，荆婉儿轻轻松了口气。她浑身有点酸痛，一是因为无处释放的压力，另一个则是……她许久没对人下跪了。

荆婉儿走到桌子旁，拿起那两封信看了看，放入火盆中，看着燃尽。

晚上，荆婉儿躺在床上。她想起马车里的人最后说的那句话，竟有一丝异样的惊恐感涌上心头。她不知为什么会有这种感觉，到现在，她也没有想通"她"找上她的理由。

正是这怎么也想不明白的理由，让荆婉儿几乎一夜无眠。甚至当荆婉儿看到初升的太阳时，四肢还是冰凉的。

宗楚客在祠堂里念经，他把一叠黄纸扔进了宗霍牌位前面的火盆里。

"霍儿，在那边，你也不要忘了，你是我宗楚客的儿子。"祠堂里阴森森的。宗霍生前，因为宗氏子弟的身份，过得是万分逍遥，欺男霸女，人人畏惧。

既然现在死了，那便也应该做一个让鬼都闻风丧胆的恶鬼，这才是宗楚客烧纸的愿望。他宗楚客的儿子，到了哪里都不能被人欺负。

早有幕僚在书房等候，把一卷资料交给了宗楚客。宗楚客慢慢地打开，幕僚立刻开始介绍起来："刑部刚收到大人的命令，已经老老实实整理好了案卷，给大人过目。"

这些陈年的案子，不止大理寺有，刑部也都有备案。

要是能在章怀太子这件案子上给裴谈使绊子，尚书大人当然是不遗余力。

幕僚说道："大人还盼咐调查那姓荆的宫女相关的事情，也都在这卷宗里。大人往下看，就发现有些意思了。"

宗楚客看到幕僚的眼里闪烁着兴奋的光芒。

宗楚客慢慢地看下去。一个太子的死去，却只记载了这薄薄几页纸，草草结束。宗楚客目光冷漠，这满纸凄凉没有一丝一毫能够打动他的心。

他不在乎当年案情如何，太子是否冤枉，他只想在这里找到一样东西，让裴谈和大理寺铸成不能挽回的错误和耻辱。

宗楚客只看了几页，就把案卷丢在了桌面上，冷淡地说道："凭这么几页简薄的存档，大理寺怎么可能拿得出让人信服的证据推翻此案？"

幕僚说道："的确不可能。可他裴谈，便是要做人人都不赞同的事。"

宗楚客瞥到桌子上还有一个没有翻开的信封，他还额外让这些人留意了荆婉儿的资料。

把信封里的纸抽出来，宗楚客刚看了几行，瞳孔就立刻缩紧。

幕僚知道已经到了时机，目光中闪着狡诈说道："尚书大人，当年章怀太子案前后，一个月内有好几个官员被贬谪。裴谈要调查，肯定会从这些尚存于世的官员入手。您瞧这几个查出来的官员名字……呵呵，荆哲人，竟是那个小丫头荆婉儿的亲爹……"

宗楚客的神情，已经和他看章怀太子案卷的时候大不同。他目光炯炯，脸上竟然出现了一丝压不住的阴笑。

"荆婉儿年方十六，模样生得清秀。似乎裴谈迄今为止办的几件案子中，都有这姑娘的身影。"

这就很蹊跷了，当朝清官办案子，为什么会让一个身份低微的宫女掺和其中。

宗楚客渐渐笑出了声，声音在书房里回荡。过了这么久，终于找到了裴谈的把柄，这把柄可是实实在在的，躲不掉。

"裴谈要审案，当然免不了也想为这个荆氏翻一翻案。"

幕僚眼中闪烁着不善的光："所以……看那小姑娘跟在裴谈跟前柔顺献媚的样子，原来是有此原因……"

原来是想要借此让这位大人给自己家族的命运带来转机。他微微不屑，心想这世上果然多是这种心机深沉的"狐媚子"。

宗楚客笑够了，手在纸上轻轻敲击着说道："这张牌，可要好好地用。"

面对大理寺这样的对手，就要一击必杀。否则，但凡等他缓过气来，就会反过来吃掉对手。

这天清早,沈寺丞迈着闲步,去书房里找一夜未休息的寺卿大人。

他这个寺丞是临时封的,临时到连一件官服也没有。但沈寺丞可不会介意这些细枝末节,这些日子,他对别人叫他"沈寺丞"这个新称呼表现得十分舒适如意。

进了书房,沈兴文对站在那里的衙役道:"你先出去,没我的吩咐不要进来。"

衙役看了一眼裴谈,见没反对,就对沈兴文道:"小的这就出去,寺丞大人。"

衙役出去,将书房门关上。

裴谈看着他,只见沈兴文轻轻一笑:"也许哪天这个头衔就不在了,沈某要抓紧时间多感受一番。"

裴谈没说话,他当然不会觉得沈兴文真这么无聊,片刻后才问:"案子有进展?"

显然他已经知道,沈兴文无事不登三宝殿。

沈兴文平静地说道:"这几日该看的案卷,都已经看完了,只是盯着当年这些照本宣科的记录,是破不了案的。沈某今日来向大人请求,去城东拜访一个人。"

裴谈眯起了眼:"你要拜访谁?"

沈兴文说道:"大人应该知道,那个唯一还留在长安的人。"

裴谈目光深沉。当年太子案牵涉的官员,要么发配,要么身死。在那些记录上,只有一个人,迄今还生活在长安。

裴谈说道:"去吧。"

闭门造车当然没有走访案件相关人员来得重要,沈兴文对裴谈行礼后便转身出门了。

打开门,正好飘进一阵茶香,荆婉儿敲门的手刚刚抬起来。半晌她才说道:"我准备了两杯茶,件……寺丞要不喝过再走?"

沈兴文抬眼看着她,荆婉儿捧着的茶具上,确实放了两只瓷杯。沈兴文端起一杯,仰头喝尽,把空杯放回盘子上,对荆婉儿淡淡一笑:"谢谢姑娘。"

望着沈兴文的背影,荆婉儿若有所思。她低着头,把茶端进了书房:"大人,用些茶点吧。"

裴谈看着她。尽管告诉荆婉儿不必做这些,但是荆婉儿却是一笑回复:"婉儿总不能什么也不做,就这么住在大理寺吧?恐怕那才会落人闲话。"

为了不惹人"闲话",荆婉儿便真的成了侍女一般。

裴谈没有问荆婉儿出门的事,在他看来,只要荆婉儿平安回来,就没有追究的必要。

荆婉儿心里有数,她看了看裴谈,又把目光垂下去。

裴谈把手伸向茶杯,看到荆婉儿的异色,又收回来,片刻说道:"你可以与我说说你的父亲。"

荆婉儿下意识颤了一下，怔怔看着裴谈。

裴谈目光幽深。荆家出事的时候，荆婉儿快满十岁了，这个年纪的女孩儿，自然可以记住所有的事。所以他想问荆婉儿关于荆家的事情。这与沈兴文要去拜访那个人一样，荆婉儿是他了解荆家最重要的证人。

裴谈声音轻柔："没关系，你可以想好了再说。"

作为当事人，荆婉儿的心情比任何人更需要平复。

荆婉儿张了张嘴，终于说道："大人想知道什么，婉儿一定知无不言。"

裴谈微微颔首，他正要说话，忽然书房门再次被人急急地敲响，裴谈只能说道："进来。"

还是刚才那个衙役，对裴谈说道："大人，光禄寺卿大人在门外，提了厚礼登门拜见。"

荆婉儿有些发愣，连沏茶都忘了。

裴谈微皱起眉："光禄寺卿……眼下就在门外？"

衙役说道："是的，他让小的通报大人。小的不敢做主，只好让他先候在门外……"

让三品大员候在门外，如果被人看见，影响肯定不好。这衙役显然慌得不知所措。

裴谈立刻吩咐道："马上将寺卿请进前厅。"

这样的事显然不能耽搁，衙役领了话，立刻返回。

裴谈从桌前起身，需要换官服迎见。光禄寺和大理寺同属三寺之一，位权相等，而李守礼的身份不仅仅是光禄寺卿而已。

这一瞬间荆婉儿已经知道了裴谈的想法，她立刻走过去，将官服从柜中捧出来。裴谈所有的重要物件都在书房里，他脱下身上穿着的外袍，由荆婉儿帮忙穿上官服。

袍服宽大，荆婉儿替他收紧腰间，再抬头，看到倦红的衣料衬托出裴谈白玉般的脸颊。荆婉儿垂下眼眸，将所有情绪暂时掩下："婉儿就先告退了。"

桌上那杯茶已经凉了，她走过去收拾起来，端着离开书房。

裴谈不多耽搁，赶往了前厅。

都说这位颠沛流离的高宗皇孙，是大唐皇族中命最不好的一位。不管是章怀太子还是其他皇子，至少生下来都享受过荣华富贵和显赫的地位，可是唯独这位，作为章怀太子的遗孤，几乎没有享受过一天李唐皇室的尊贵日子，随着落魄的太子生活于动荡不安的环境中，战战兢兢求得生存。

世人对于这位皇孙的了解也少得可怜，应该说，如果不是中宗复位，甚至没什么人能记得起李守礼是谁了。

身为皇室血脉，前半生却非常凄惨。

第一百二十章 审视

荆婉儿回到院子里，刚要关上门，一只手从缝隙里伸出来，撑住了门缝。

荆婉儿抬头看着来人："寺丞不是出门拜访了吗？"

沈兴文盯着荆婉儿的脸，神情莫测。

荆婉儿的手撑着门后，没有把门打开，却也无法关上："寺丞有事？"

沈兴文眉梢一挑，这才轻轻开口："荆姑娘想就这样跟沈某说话？难道不请沈某进去……再喝一杯茶？"

荆婉儿先前沏的茶，现在刚端回来，还放在桌子上。

沈兴文的手渐渐用力，推开了荆婉儿的门。荆婉儿有点清冷地看着他。

沈兴文露齿轻笑："沈某方才出了门，才想起如此贸然去拜访，无异于打草惊蛇。如此一来，就会把唯一留在长安的证人给惊走了，那可就得不偿失了。"

荆婉儿看着他："那寺丞到我这里做什么？"

沈兴文盯着荆婉儿，半晌说道："因为沈某刚刚意识到，刚刚犯了个'灯下黑'的错误。若想询问证人，有人就近在咫尺，哪里需要舍近求远，去什么城西？"

荆婉儿一言不发地看着他，神情更加凝重。

沈兴文唇边勾起一抹笑："姑娘可愿意与沈某聊一聊？或者说，回答沈某几个问题？"

荆婉儿缓缓地开口说道："沈寺丞，如果我没记错的话，你是要调查当年章怀太子被诬陷谋反案。这件案子是二十年前的旧案，你莫不是忘了，那个时候婉儿还没出生？"无论如何，她跟这案子都扯不上关系。

沈兴文唇边笑意渐深："是吗？荆姑娘也是这么回答大人的吗？"

荆婉儿脸上浮现了几丝愠怒："你什么意思？"

沈兴文大喇喇地走入了房内，等荆婉儿反应过来的时候，想阻止都来不及了。

沈兴文打量着荆婉儿的屋内，应该说他从未见过如此简陋的闺房，屋里一点也没有寻常女儿家的金贵和私密。

荆婉儿的声音已经彻底冷了下来："沈寺丞看够了吧？"

她这里不是罪案现场，用不着如此打量。

沈兴文转身，凝视着荆婉儿。他很清楚，就算自己是六品寺丞，刚才的行为也不合规矩，已经惹恼了这位外柔内刚的少女。就算裴谈对荆婉儿说话，也是以礼相待，她已经很久没有体会过被冒犯的感受了。

沈兴文忽然一笑，沉吟着说道："从青龙寺开始，想必沈某在姑娘心中，早就没什么好印象，但沈某并非无理之人。平日沈某想与姑娘单独说话，怕是也没有机会。如今，大人在前厅待客，一时半会回不来，沈某自是可以与姑娘好好聊聊。"

荆婉儿心内有些震惊，她不知道沈兴文是不是出门之时，正好在门口遇上了来访的光禄寺卿，才会折返回来。至少他这番话，意义并不止于此。

荆婉儿不是一味只知躲避的人，她盯着沈兴文道："你想问什么？"

已经不再称呼"沈寺丞"，至少说明荆婉儿动怒了。

沈兴文倒也不介意，顿了片刻后，淡淡地开口说道："沈某为什么出现在这里，以姑娘的聪慧，自然心中有数。"

荆婉儿说章怀太子身故的时候她还没有出生，并不代表她真的一无所知。

荆婉儿看着沈兴文，等着他往下说。

沈兴文神色淡淡地说道："沈某就有话直说了，我本想问姑娘几个问题，但现在更想知道，姑娘到底已经知道了多少？"

荆婉儿并不回避他的注视："我什么也不知道。"

沈兴文说道："姑娘是指不知道当年发生了什么，还是……不知道自己的家族为什么会牵扯进去呢？"

荆婉儿的脸上没有丝毫表情，什么也没有被沈兴文看出来，她回答道："调查当年发生了什么事，是沈寺丞的职责。"

沈兴文点头："沈某的确责无旁贷。这桩案子看似毫无头绪，我与大人连日来查看案卷，也只能看出微不足道的线索，根本不能一窥当年的真相。所以我跟大人想到唯一的办法，就是彻查当年太子案发时活跃的那些人，总能找出是何人陷害了太子。"

荆婉儿没有说话。

沈兴文语气肯定地说道："在这个时间段里，荆姑娘你的案子，正好包括其中。"

荆婉儿看着他，良久才开口："你想问我家的事？"

在长安权贵中，荆氏只是个小户，以至于没有人专门记录荆家的事。

沈兴文没有一丝迂回，他看着荆婉儿："荆姑娘，你父亲当时在朝廷受重用吗？"

荆婉儿说道："他出身白衣，所谓御史中丞也只是虚名，根本没有实权。我父亲十年寒窗苦读，一朝高中榜首，到头来却只是成为这些权贵的附庸。"

沈兴文的目光落在荆婉儿平淡的脸上。提起这些事，少女没有丝毫言语上的掩饰。

父亲已经被流放，在岭南受苦多年，原本便是这朝堂权贵的错。

"你父亲有仇敌吗？"沈兴文沉下了声音。

荆婉儿依然淡淡地回答："没有，我们这种平民即便做了官，也不会被人重视。我父亲是个忠君之人，纵使君王只是拿他当随手可用的棋子，他也没有任何怨言。"

沈兴文沉默了一会儿，忽地一笑，继而又冷静下来："荆姑娘，虽然这话可能会让你不舒服，但是……参与这些权贵们的游戏，就算是被当作棋子，也要有价值。你父亲如果平庸无为，怎么会牵扯进这样的大案子里？"他后面几句话轻若无声，但看见荆婉儿的手握得很紧。

荆婉儿看着沈兴文："欲加之罪，何患无辞。我父亲和荆氏是不是有罪，你应该问问那些背后玩弄别人的人。"

有罪的不应是受到伤害之人，而是加害者。什么时候这世间才能公平些，不要混淆这最基本的道理。

沈兴文看着她："当年逼死太子的丘神勣死了，天后还赐死了数位官员，为什么其他人都是死罪，而你父亲，一个无权无势的五品小官，却能活下来？"

荆婉儿深吸一口气，强行压住内心的波动："我回答不了你这个问题。"

沈兴文拧起了眉毛："是不能回答，还是荆姑娘有难言之隐？"

荆婉儿看着他："我父亲能活下来，说明他没有犯下能被判死罪的错误。"

没有惹怒那位喜怒无常的天后，这是裴谈说的。

沈兴文微微颔首："据沈某所知，那位娘娘，可从来没有什么慈悲之心。"

杀一个臣子多么简单，杀了就是杀了，至于臣子犯的是死罪或者不是死罪，根本没有任何关系。

荆婉儿一字一顿地说道："沈寺丞，我累了。"

回忆当年的事，她还没有做好准备，如果刚才裴谈没有离开，也许，她会有那个勇气。

沈兴文目光平静地说道："沈某还有最后一个问题。"

荆婉儿很想不回答，因为她已经感觉很不好。

沈兴文忽然意味深长地说："荆姑娘，作为一个宫女，你可真是神通广大。"

因为这句话，荆婉儿把本已疲惫的面容收了起来，抬头看着他。

沈兴文直截了当地问道："你接近大人的目的，恐怕从这件案子里，已经达到了吧?"

荆婉儿沉下脸,盯着他:"沈兴文,你不要太过分了。"她的手再次攥紧了,她能回答沈兴文的问题,但容忍不了牵扯到裴谈。

沈兴文和荆婉儿对视,缓慢地说道:"在青龙寺最后的那个晚上,大人受伤,沈某和其他人一样,全部注意力原本都在大人身上。可在这个时候,最担心大人安危的荆姑娘,居然捡起一只鸽子的尸体,离开了院子。"

荆婉儿的胸口如被一只手攫住。

沈兴文摇了摇头:"要不是姑娘这个举动,沈某也不会多看一眼。就是这一眼,我才发现那鸽子不是山上飞来的野鸽子,而是被精心饲养过的信鸽。"普通鸽子跟训练过的鸽子有明显区别,有经验的人一眼就能分辨出。

沈兴文说到这里,能察觉到盯着自己的那双视线,已经不像刚才那样冷静。

沈兴文饶有兴致地看着荆婉儿:"后来沈某回忆了一下,似乎沈某在做仵作验尸的时候,曾经在验尸房的窗户底下,见过那么一只雪白的信鸽。因为信鸽是不会随便停留的,都是被专人饲养。沈某这才觉得有意思,因为我分明问过衙役,在大理寺里,并没有专门饲养的信鸽,因为大理寺平常并不需要信鸽传信。"

荆婉儿看着他:"沈寺丞说完了?说完就请走吧。"

沈兴文说道:"沈某还没问最后一个问题,虽然姑娘一向与大人亲近,少与沈某交谈,可前面的几宗案子沈某都参与了,特别是青龙寺……沈某以为自己一手促成破获该案,可沈某发现,自己是螳螂捕蝉黄雀在后,那些信鸽……其实与姑娘有关,是不是?又或者信鸽听命的主人,就是荆姑娘你?"

沈兴文脸上的表情,已经完全是幽然的笑意,看着让人十分不舒服。

这个男人是裴谈选中的,只是他真的是一把太过锋利的刀了。

荆婉儿盯着他看了许久,唇边忽然勾起一丝冷漠的弧度:"沈寺丞,论起自认为聪明,谁又及得上你呢?"

第一百二十一章 欲擒故纵

沈兴文望着那扇在自己面前被无情关上的门,挑了挑眉毛。随后,他整了整衣裳,一言不发地转身离开了院子。

沈兴文临时调集了大理寺二十几个衙役。这是他第一次行驶寺丞之权,指使所有衙役换上便装，跟着他离开了大理寺。

他们到了城门附近的一条街上，沈兴文盯着街角几个突然出现的、行迹匆忙的人，若有所思地一笑。

接着，他带着衙役一路策马冲到了城门前。

"大理寺出城办案，有一个凶犯潜逃了。"到了门口，沈兴文拿出腰牌晃过去。

守城的官兵看了一眼沈兴文，又看了看身后浩浩荡荡的一队人马："未曾接到有凶犯逃脱的消息，今日城门没有放过任何可疑的人出城。"

沈兴文看着那官兵，嘴角似笑非笑："难不成守城卫们以为，这世上人人都把'凶犯'两个字刻在了脸上，让你们一瞧，就都瞧出来了？"

这样明显的讽刺，让几个守城官兵都变了脸。城门守卫虽然职位不高，但是做的是守卫皇城的差事，还没有人敢如此得罪他们。

看到这个官兵拉下了脸，沈兴文冷冷道："再不追，凶犯可就逃了。到时候凶犯逃出生天，你们城防营担待得起吗？"

守卫忍下怒火，说道："开门放行。"

沈兴文悠哉地骑在马上，待城门开启之后，立刻率领几十名便衣衙役飞奔出城。

宗楚客询问匆匆回府复命的府兵头领："查到胡超的下落了吗？"

头领说道："属下带人在十三街挨家挨户暗查。那胡超狡猾，经常变换住所，在几个住所之间流窜，属下好不容易才查到他最近落脚的一个地方。"

好歹是当年天后身边得宠的红人，怎么可能没有一点本事。这个胡超，精通诡计卦象，这么多年隐身于长安，骗神骗鬼。若非天后失势，此人还不知道要怎样兴风作浪，惑乱朝纲。

宗楚客盯着他："既然找到了下落，那人呢？"

只有府里的府兵回来了，却没有见到胡超本人。

头领流下了冷汗："人……逃了。"

宗楚客的声音听上去很平静，但是明显带着不满的情绪："你是说，你们二十多个训练有素的府兵，没有抓住一个手无缚鸡之力的术士？"

头领立刻跪倒在地，磕了几个响头："属下到的时候，胡超屋子里的茶还没凉透，显然是仓皇得到消息跑路的。"

宗楚客神色阴冷："你是说有人给他通风报信？"

头领抬头："一定是这样！就在属下到达的半个时辰前，有人亲眼看见有一个女子，曾在胡超的门前停留过。"

有人捷足先登，恰好赶在了尚书府前，谁这么有能耐？

宗楚客的神情再次阴沉下来。胡超只是一个江湖术士，天后在的时候他还可以耀武扬威，现在又有谁会帮助他逃脱？

"大理寺？"他冷冷看着头领。要是让大理寺发现了胡超的身份，说什么都迟了。

头领拼命摇头："街上并未见到大理寺的官兵，如果是大理寺出马，一定会直接捉拿胡超，又怎么会给他送信，让他逃走？"

这么一想，的确如此。如果大理寺掌握了胡超的下落，以裴谈的做法，一定是直接带走。

"那就不用担心了，只要人还在长安城中，就插翅也难飞。"宗楚客目光幽沉，胡超迟早是他的瓮中之鳖。

中宗复位，胡超得到消息想逃，宗楚客扣押了胡超的通关文书，将他困在了长安城。

宗楚客爬到今天的高位，已经谁都不相信。胡超这样一个掌握了太多秘密的人，他怎么会轻易放走？

胡超望着高远的云空，简直不敢相信自己真的逃出来了。他从胸口掏出那张通关文书。到底是谁给了他一张没有姓名的通关文书？一切都像在梦里。

胡超咬牙切齿。要不是宗楚客扣留了天后给他的通关文书，他何需这些年在长安城过得像个过街老鼠。

胡超立刻将手里的文书撕毁，随手丢弃。这辈子，他再也不会回到长安。

胡超看着面前的官道，大步走了上去。

官道两旁，却出现了他意料之外的官兵，穿着官服，持刀将他围在中间。

沈兴文慢悠悠骑马出现："自由的滋味如何？"

胡超瞪着眼，看着眼前这男人，虽然不认识，却明显知道来者不善。

沈兴文淡淡说道："真想不到，踏破铁鞋无觅处，得来全不费工夫。"

这胡超可是章怀太子案的重要证人，当年太子的死，这位可是"功不可没"啊。

胡超看着沈兴文："你要干什么？"

沈兴文温和地一笑，没有多余的废话，说道："拿下。"

顿时，大理寺的衙役围了上去，没费什么气力就把胡超五花大绑。这些术士的身子骨都很弱，整天沉迷求仙问道，哪里还有心思锻炼体魄。

胡超还在挣扎，吼道："你们听命于谁？"

沈兴文慢吞吞地说道："世上只有一位大唐天子，你说应该听命于谁？"

胡超眼里第一次流露出惊恐。

沈兴文吩咐衙役:"把他的头脸蒙起来,带到该带的地方。"正因为有这些怀有二心的奸贼,才会把大唐江山搅得天翻地覆。

胡超还没呼吸够自由的空气,还没体会够自由的滋味,就在一片黑暗里重新返回了长安。

沈兴文没有多做停留,因为他担心夜长梦多。胡超从逃出城到被抓,时间极短,背后的人还来不及做出反应。

这招欲擒故纵耍得极为漂亮,被抓的胡超到现在都处在恐惧中。直到他头上的黑布被拿下,向四周一看,发现身处牢狱之中。

胡超盯着面前的人,强自镇定:"你们凭什么抓我?这是哪儿?"

他还残存着一丝侥幸,即便他的身份被人知道,他也是侍奉过君上的人,有什么罪名可以抓他?

沈兴文看着他说道:"这里是大理寺的牢狱,除了宫里的天牢外,整个大唐,不会有比大理寺更难飞出的地方了。"

胡超像吞了只苍蝇。他做梦也想不到关押他的是大理寺。

沈兴文接着淡淡地说:"至于罪名,你涉嫌谋害前太子,昔日的雍王李贤。你伙同贼人捏造证据,构陷太子谋反,导致太子之死。这个罪名,足够直接打入死牢,等秋后问斩了吧?"

如之前和裴谈说好的那样,这种捉拿犯人入牢审问的事,都由沈兴文亲自出面。

胡超和其他裴谈亲自审问的犯人不一样,他狡猾聪明,绝非一般的阴毒。裴谈这样的端方君子,从胡超那里是套不出什么的。

裴谈看着面前的少女:"你是怎么打算的?"

荆婉儿已经没有什么可隐瞒了:"我让人查到胡超下落以后,透露给尚书府的那些探子。等胡超落到宗楚客手里,宗楚客就会杀了他。"

借刀杀人就是这么用的,宗楚客肯定不会留胡超活命。胡超一死,自然算是报仇了。

裴谈的目光深幽:"那你……为什么又改变了主意?"

荆婉儿咬住了唇。

"因为……婉儿知道胡超还有价值,他活着,可以帮大人……帮大理寺追查到当年的线索。"

杀了胡超,只能为她荆家,为父亲报仇。可把胡超交给大理寺,就有机会调查到当年的真相,为荆氏洗冤。很显然,荆婉儿并不糊涂。

荆婉儿放弃了自己考量许久的计划,选择帮大理寺抓到人。

裴谈沉默良久。他看着荆婉儿，不知道那张沉静的面庞上，是否有后悔的神情。

"为什么要让沈兴文等到胡超出城再抓？而不是省去这些手段，直接派兵到胡超的宅邸将人拿下？"

荆婉儿面色苍白，说道："长安城里到处都是宗楚客的眼线，知道大人重审太子案那天起，他们就一直在找胡超的下落。如果大理寺大张旗鼓地在城中抓了胡超，他们立刻就会察觉。那时候……他们很可能铤而走险，不知道会做出什么事来。"

为了不让大理寺从胡超身上得到线索，宗楚客很可能什么都做得出来。

喜茶牺牲了自己出城的机会，将那张通关文牒悄悄送到了胡超的门口。

现在，大理寺抓到胡超的事情还没有人知道，这就等于给大理寺一个天赐良机。现在就看他们的沈寺丞，能不能够撬开胡超的嘴。

牢狱里，胡超双目赤红，瞪着沈兴文。这个人居然提起前太子李贤，他又是什么人？

沈兴文愈加悠然："区区一个江湖骗子，设计陷害太子谋反，是该说你胆大，还是贪婪？"为了满足私欲，眼中已无王法。

胡超浑身发抖，盯着沈兴文："你凭什么说我构陷前太子？"

两个狱卒搬来了一把椅子，沈兴文端端正正坐在了椅子上，气定神闲地看着胡超。

"不承认没关系，你在长安躲藏了这么多年，要不是怕死，又何须躲着？"

胡超从未有过这样的惊惶时刻，面前这个陌生男人仿佛知道他所有做过的事，那些连他自己都从未承认的事。

当然，现在他依然不会承认。前太子，一个已经死了二十年的鬼魂，又能把他怎么样？

第一百二十二章　端正君子的另一面

胡超狞笑着说："天下人都知道，逼死太子的是酷吏丘神勣。丘神勣已经死了，和我有什么关系？"

沈兴文看着他。这样的亡命徒，在知道自己逃不掉后，就不顾一切开始攀咬，又怎么肯轻易招供。

沈兴文嘴里啧了一声，俯下身去说道："天知地知，你认为自己做的事，谁都不知？"

胡超目光阴冷。他已过了四十岁，再加上这几年东躲西藏，两鬓已经布满皱纹，现在的他看起来十分可怖。

沈兴文坐在他的对面，细皮嫩肉。两人对比来看，就像是一个垂朽的老翁对着一个白面公子。

这就知道胡超的轻视由何而来了。

不过他低估了沈寺丞，沈公子从来都不好对付。

沈兴文招了招手，后面的衙役把一卷案子放入他手中，沈兴文慢慢说道："我们大理寺办案子，讲究动机、过程和证据，从来不会冤枉人。我们一样一样来，先讲动机，如何？"

胡超盯着沈兴文："诈我？"

沈兴文这会倒冷笑了起来："你连被诈的价值都没有。"

先摧毁自尊，再徐徐图之。

胡超愤恨地看着沈兴文，见沈兴文不为所动，他才知道这个年轻人不简单。

"天后在位的时候，一向笃信术士，倒是给了你这种三流骗子可乘之机。"

沈兴文一口一个江湖骗子形容胡超，显然在他心里对胡超极度鄙视。

胡超脸色阴沉。即便是这些日子东躲西藏，曾经的他也是被众人敬仰，许多人在他面前连话也不敢说。

他不知道的是，沈兴文的生母在生他的时候，被一个游方道士说成会带给家族不祥，这才让他们母子多年来受尽冷眼。沈兴文拼命苦读考取功名，就是为了让娘亲能在家族里有一席之地，可是老天爷却没有给他们这个机会。

沈兴文冷冷地盯着胡超："你们这些术士，总以为凭着一两句话，就能左右朝局。当初天后身边那个明崇俨也是，说什么太子不堪继承大位，让太子身受不白之冤，这都是你们这些术士信口雌黄，意图玩弄朝政。所以明崇俨也是死有余辜。"

的确，就在明崇俨说过这番话之后不久，就传出暴毙的消息。

胡超愤怒地说道："明相师乃天人，是你们这些凡人……惧怕窥测天机，才愚蠢地对明相师下手。"

沈兴文冷冷地说道："明崇俨是多行不义必自毙。我看他是作孽太多，自作自受。"

胡超冲口而出："前太子才是报应，他杀了明相师，自己也活不成……"

陡然间，胡超意识到什么，紧紧闭住了嘴巴。

沈兴文冷冷地看着他："说下去，你联合丘神勣等人构陷前太子，原来是为了替明崇俨报仇？"

动机，就这么问出来了。

胡超盯着沈兴文："我要见陛下，你们无权审问我。"

沈兴文指了指他身后，说道："你向四周好好看看，这里是大理寺的监牢，你以为进了这里，还由得你吗？"

胡超瞪着沈兴文。

"你……一个沈家的庶子，就以为能依附大理寺？蛇鼠永远也变不成龙。"

牢狱内的温度骤降了几度，距离沈兴文最近的衙役，心惊胆战地看了一眼。沈兴文衣袖里的手攥得紧紧的，分明露出了骨节。差一点，这只手就碰上了胡超的鼻梁。

胡超忽然阴笑着说道："你不是看不起术士吗？可术士能看穿你的老底，能知道你是真正的龙凤，或者……只是泥里的蚯蚓。"

沈兴文盯着他，忽然一笑："你给自己看过相吗？那你就算一算，自己能不能活着走出大理寺监牢？"

胡超本来想逼沈兴文动怒，可是对方的城府远超他的想象。

沈兴文说道："现在，说出你是如何离间天后和前太子的，也可以供出……你的同伙。"坦白从宽是自古以来的道理。沈兴文盯着胡超的脸。这些术士为了一己私欲，害死的人何止太子？应该说，连太子他们都敢暗害，还有谁是他们会避讳的？若是天后依然临朝摄政，难保胡超现在会不会是另一个明崇俨。

可惜没有这种假设。也许胡超心中有此想法，但改变不了的是他现在成了阶下囚的事实。

胡超满脸厌憎和恐惧，使他看起来更加吓人。

"大人是怎么想到明崇俨的？"荆婉儿眨眼看着裴谈。就算她一直在找胡超，但从未想过胡超背后还会牵扯到谁。

裴谈说道："虽然这些术士深得天后的心，但在当时的大臣眼里，明崇俨和他代表的一拨人始终只是江湖术士，没有人真正结交过他们。"

荆婉儿眸子动容："但有人例外？"

裴谈慢慢开口："宗楚客当时被贬，一直在想办法逢迎天后，那时候深得天后欢心的明崇俨就成了他结交的重要人物。事实上，不久之后，宗楚客果然就官复原职。最让我怀疑的是，明崇俨死后，宗楚客就向天后举荐了胡超。"

胡超迅速得到了天后的赏识，可是当时那么多术士，为什么宗楚客偏偏要举荐胡超？而胡超为什么又能恰好得到天后的喜爱？

荆婉儿喃喃说："天啊，这些术士……"

纵观史书，似乎不管是怎样的英明圣主，到最后都会和一个莫名其妙的术士牵扯在一起。

只是宗楚客为什么没有在天后失势之后，胡超准备逃离长安时，就直接杀了胡超？

"我猜，宗楚客也有秘密握在胡超的手里，所以他尽管有心灭口，却迟迟不敢动手，只想把胡超困死在长安，两人谁也得不到好处。"

这才是无论如何都要秘密抓捕、审讯胡超的原因，如果能得知胡超身上的秘密，对大理寺将是大有裨益的。

荆婉儿看着裴谈，咬住了嘴唇。

这也说明，一旦抓住胡超的消息走漏，宗楚客会不择手段杀了胡超。

宗楚客和胡超这类人，害死的人太多了。连荆婉儿都想为父报仇而杀了胡超，还有更多的人要置他于死地。

荆婉儿忽然灵机一动："胡超一定想过，如果他被宗楚客杀了，他知道的那些事，就要永远埋葬了。"

裴谈目光炯炯地说："你是说，他有可能留了后手，将秘密藏在某个地方？"

荆婉儿和裴谈目光碰在一起："如果我是胡超，能在长安躲这么多年，怎么会连后路也不找好？"

两人似乎一瞬间洞悉了什么。

牢狱里，沈兴文一边喝着刚沏的茶，一边盯着胡超："要是想好了，就赶紧说，我的耐性是有限的。"

胡超盯着沈兴文道："你敢杀我吗？"

沈兴文把茶杯放到旁边的人手里，走到胡超面前说道："你这条命不值钱，但你身上的东西，比你的命更有价值。"

胡超瞪着沈兴文："你什么都不会得到。"

沈兴文点点头，吩咐左右："在牢房外面铺一张床，今晚我歇在这。找根绳子把胡超吊起来，每半个时辰打十鞭子，今晚上就让他清醒着过。"

衙役不敢说话，另一个已经把绳子找来了。他们也许到现在才真正了解这位"寺丞大人"。

沈兴文舒服地坐在铺好的床上："到天香楼订一只鸭子，送到这来。"

吃得好睡得香，就看谁难过了。

胡超狠狠地说道："天后现在虽然不理朝政，但是依然在大明宫。你们大理寺敢私自扣押我，就算我说出真相，你们又敢把我怎么样？"

沈兴文面色冷峻，像涂了一层霜，他盯着胡超，过了半晌才说道："有一句话你说对了，天后现在……不理朝政。就凭你刚才那句话，我就可以把你杀了。胡超，你敢不敬当今圣上？"

胡超神情扭曲。

沈兴文说道："昨天抓你的时候就告诉过你，这大唐天下只有一位天子，你口口声声说的天后，救不了你。"

胡超被吊在牢房中央，看着沈兴文，目光充满了怨恨。

沈兴文示意之后，衙役开始对胡超挥鞭子。

"这鞭子用药水浸泡，在人的皮肉上不会留下红印。放心，我们大理寺不会随便对犯人严刑逼供的。"

沈兴文一边慢悠悠地说着，一边看着胡超颤抖的表情。

荆婉儿看了看外面的天色，然后看向裴谈，试探着说道："沈寺丞曾请求大人，在他审问胡超期间不要去牢中。或许他不想让大人看到他审问犯人，可是……大人就一点不担心吗？"

沈兴文现在代表的是大理寺，如果他真的做得过了火，自然也会连累裴谈。但裴谈显然知道沈兴文的做法，却没有一点反应。这不像是一向注重大理寺声誉的裴寺卿。

裴谈见荆婉儿一直看着他，这才转过脸，过了半晌才说道："非常时候，当行非常手段。何况，用人不疑的道理，我也懂得。"

这就说明他对沈兴文完全信任，现在也正是他所说的非常时候。

荆婉儿看着裴谈的目光略显微妙，似乎发现了这位端正君子的另一面。

裴谈转身对荆婉儿说道："天色不早了，你也去歇着吧。"

第一百二十三章　闯祸

喜茶放弃出城以后，荆婉儿让喜茶躲在紫婵儿夫妇的望月楼中。最危险的地方不一定安全，但眼前也没有其他权宜之计了。

"姑娘，奴婢在世上已无亲人，出不出城对奴婢来说，已经不重要了。但是这张通关文牒却能帮到姑娘，无论如何不可浪费在奴婢的身上。"

荆婉儿闭上了眼睛，有时候她会想，这是否值得？这样辗转反侧，又是天明。

沈兴文睡了一觉起来，打了个呵欠，瞥了一眼大牢中间的胡超。

一个晚上，胡超挨了一百鞭子。现在他浑身都是凸出的骨头，一道一道显露在胸前，白森森的吓人。

沈兴文慢慢走到牢中，端详胡超。

"还不肯招认你谋害太子的罪行？还不肯供出你的同谋？"听见他的声音，胡超原本闭上的眼睛骤然睁开。他受了一夜折磨，早晨衙役没有再用鞭子抽他，他忍不住昏睡了过去。

直至此刻，胡超才知道这一切都不是玩笑。前太子的冤魂缠上了他，时隔二十余年旧案重提。

"我没害太子，"胡超的牙齿跟血混在了一起，"大理寺想屈打成招吗？"

沈兴文看着他，不为所动："我的确打了你，但可以保证不是屈打，'屈'这个字，离你太远了。"

胡超看着沈兴文，这世上真有蠢人会认下谋害太子的罪名吗？谋害太子，可不是轻轻挥几鞭子的事儿，恐怕拉出午门外凌迟都不够。

沈兴文继续坐在了昨天那张椅子上，抬起头看着胡超。

昨天提及了明崇俨和丘神勣，从胡超的反应中，已经能知道个大概。

"你们一定要加害前太子，或许还有一个理由。前太子曾三次监国，深受朝野拥戴，可是却因为明崇俨在天后跟前的几句话，导致母子离心，最终被废。在你们看来，不管前太子有没有真的杀了明崇俨，他对你们这些术士都已经深恶痛绝。这样的太子，一旦有机会重回长安，掌控朝局，等待你们这些术士的，就是死期。"

沈兴文目光森然地看着胡超。胡超的面皮，再次因为这番话而抖动起来。

沈兴文慢慢向前倾身，说道："所以为了保全自己，你们要想方设法逼死前太子，让他再也没有机会东山再起。很显然，你们成功了。"

胡超看着他："这全是你的臆断。"

对胡超来说，这是死也不会承认的罪名。

沈兴文皱了皱眉，接着慢慢说道："所以，才需要你。"

衙役把准备好的供词递给沈兴文。沈兴文说道："在这张纸上签字画押，动机、证据就都齐了。"

胡超无言地看着沈兴文。从昨天"相处"的一天来看，这个年轻人聪明，狡猾。可是此刻他说的是什么话？让胡超如同看一个白痴。

"不愿意吗？"沈兴文似乎看出了胡超的想法。他把那份供词拿在手里，盯着胡超，"你们术士应该笃信因果轮回吧？从你们决意构陷前太子那天，就应该预想到今日的结局。"

胡超看着沈兴文，嘴角忽然控制不住地抖动起来："这里是大理寺？要是被外面的人知道我被抓到了这里，你知道大理寺会怎么样吗？"胡超的样子似笑非笑。

沈兴文看着他："会怎么样？"

胡超一夜没睡，两只眼睛布满红丝，他就这样盯着沈兴文半刻："被夷为平地，被大火烧尽，从长安的地图上消失。"

沈兴文的眉峰耸动，他冷淡地说道："这么厉害？大理寺从北齐开始设立，沿袭数百年从未间断，因为抓了你，就要变成平地了？"

这种讥讽真是不动声色，可胡超没有变脸，他恨恨地盯着沈兴文。

沈兴文同样冷冷地盯着他。

虽然裴谈这一次没有亲审犯人，但有他坐镇在大理寺，其他人才不敢胡来。

这两日人人都有心事。擒拿胡超的事，荆婉儿原本打算第一个告诉裴谈，但是裴谈未等她开口便离开，而沈兴文正好逼上门……

"大人，光禄寺卿与您，都说了些什么？"荆婉儿小心开口。她早已想问这个问题，明知道僭越，可是她的心中实在有太多疑问。

光禄寺卿之女，这位名义上的大唐郡主，芳名李奴奴，年纪算起来……和荆婉儿一般大。

是不是要告诉裴谈，李奴奴找过她的事？荆婉儿不知道要怎么跟裴谈说，毕竟李奴奴从头到尾没有露面，到现在荆婉儿也不知她的目的为何。她只隐约觉得大人的这桩婚事，恐怕不单纯。

裴谈过了很久才说道："只是聊了些朝堂的事，并未多言。"

见光禄寺卿回来之后，裴谈就知道了胡超的事，因此并没有多谈这次见面。看裴谈的神情，并不像他说出来的那般简单轻松。

荆婉儿有些迟疑地垂下了眼睑。

从胡超"离奇失踪"那天起，尚书府的探子就一刻不停地在城中寻找，但一连过了三天都杳无音信。

"之前被人捷足先登，现在，你们连人都找不到？"宗楚客面无表情地看着无功而返的探子。

探子脸色惨白低着头："启禀大人，我们派出的乞丐深入了长安各大角落和黑巷，都找不到胡超躲藏的踪迹。按理说不可能，除非是……"

宗楚客看着探子，声音冷了几分："除非什么？"

探子只得硬着头皮说下去："除非他躲进了哪个大家的宅院中，那样的话，我们搜不出来。"

长安的门阀大户这么多，怎么可能允许他们挨家挨户进门搜查，而且他们也没有这个权力。

宗楚客盯着探子："长安城里，不可能会有家族愿意庇护胡超。"

胡超要是真有靠山，这些年就不至于在长安活得像个老鼠了。宗楚客很清楚这一点，所以他才放任胡超躲藏流窜，反正就像孙悟空一样，翻不出那五指山。

可是现在……胡超难道人间蒸发了？

探子忽然面皮一抖："难道……胡超出城了？"

这个可能把他们都吓了一大跳。从理论上讲胡超不可能消失，可现在不可能的事却成了现实。

宗楚客问道："长安城门呢，有什么异动？"

现在盘查极严，各家的通关文牒不可能随意签发，除非胡超背后有人帮他。

宗楚客盯着他问道："你确定胡超已经不在城里？"

探子使劲叩头，他们绝没有遗漏任何一处，想来想去，难道胡超变成鬼，躲进地狱了？他浑身颤了一下。

"尚书大人，这样下去该怎么办？"放任胡超在外面太危险，之前以为胡超横竖躲不过个死，才会掉以轻心。但此人一日不死，对尚书府的威胁就延续一日。

宗楚客的手指扣在桌子上："拿一张尚书府的出城文书，带一队人出城去搜。"

探子立刻点头："是。"

探子头领迅速带人离开。他的手下悄悄问道："老大，我们怎么搜？要是那胡超已经逃到天南地北了，我们怎么才能把人找到带回去？"

探子冷冷地盯了那人一眼："今天回府那顿饭，就是我们的断头饭了。"

手下脸色煞白。

"出入北城门的都是官家士族，普通百姓出城只有走南城门，我们先出南城门搜。"

一行人拿着文书毫不费力出了城。城外是荒凉的官道，两侧还有旁人丢弃的许多东西。

"老大！有发现！"

一个手下举着手里的一大把碎片，冲到了探子跟前。

探子定睛一看，是一张被撕毁的通关文牒。他立刻想到，一般人就算已经出了城，也不会轻易撕毁通关文书，这张被撕得这么彻底，倒像是泄愤一样。

手下迟疑道："也有可能……是其他路人丢弃的？"

毕竟通关文书只能用一次，出城以后就是废纸一张，没有用了。

探子却盯着这张文书看了很久："把所有撕掉的碎片找出来，拼起来。"

所有手下立刻行动。幸好这两日没有下雨，也没有刮大风，很快就找到了散落在草丛中的所有纸片。

把纸片拼到一起，字迹顿时就显露了出来。

"宋北辰……"探子脸色一变，这是胡超在长安城用的化名。

探子立刻把找到的文书揣在胸前，他吩咐手下："留两个人在这里继续搜，我去盘问城门守将，禀报尚书大人！"

文书上面有具体的出城日期，以及出城的人数。把这份文书送到城门的守卫面前，问清楚当日是谁当值，再把早就准备好的胡超画像，给那个当值的守卫看，立刻就确定了胡超出城的事。而且还知道了胡超是一个人出城，没有马匹也没有车辆。而且当日胡超出城的前后一个时辰里，都没有大户人家的车马经过，这也就意味着胡超不可能半路搭上别人的车。他一个人能走多远？

城门守卫非常惊疑，脸色抖动着想起来了什么："当日有大理寺的人，说有个凶犯逃了，一定要出城拿人……"

探子脸色铁青，守卫脸色苍白。长安城的黄口小儿都知道，大理寺和尚书府是死敌，他是不是无意间闯什么祸了？

第一百二十四章 亡羊补牢

宗楚客死盯着回来的探子："你不是说，绝不可能是大理寺吗？"

这探子为了保命，自然拼命辩解："裴谈这么多天一直待在大理寺不出，何况也未曾见到大理寺的人出现在长安街上，这样看来对方一定是早有准备！"

废话！若不是有所准备，怎么可能做到如此神不知鬼不觉？大理寺跟尚书府是死敌，最了解自己的一定是敌人。荆婉儿算准的就是对手的傲慢，宗楚客一向觉得长安城在他手下，旁人绝对没有能耐造次，就是这样的傲慢才让他输了一次又一次。

宗楚客冷冷地说道："从胡超失踪之日算起，如果那个时候大理寺就找到了胡超，胡超被困已经三天了？"

三天，什么都可以吐出来了。

宗楚客面色极度阴沉，身旁精明的幕僚靠近说道："尚书大人，事已至此，还是想想怎么补救吧？"

宗楚客冷冷地问道："如何补救？"如果胡超已经把什么都说出来了，他们做什么都挽回不了。

幕僚眼珠一转，说道："属下以为，如果大理寺已经得到了什么，又怎么会像现在这样安静？之所以现在什么都没有做，足以说明他们根本没有从胡超那里得到任何有用的情报。"

这句话起到了作用，宗楚客脸上的阴霾似乎被驱散了一些。底下颤抖的探子，似乎看到了一线生机。

幕僚说道："大人您想，胡超也不傻，他知道如果全说了，一定活不了。所以，大人依然还有机会。"

探子立刻磕头："属下一定将功补过，助大人铲除大理寺！"

宗楚客的表情阴晴不定，幕僚在他耳边低语了几句。可是如果胡超真的被关押在大理寺，以大理寺的铜墙铁壁，又怎么可能给他们机会。

"属下可以派手下的死士潜入大理寺大牢，杀了胡超。"探子急于立功，如此说道。

宗楚客冷冷地看了他一眼。蠢材！恐怕大理寺现在正严防死守，等着他们自投罗网。如今胡超被抓，只要有一个尚书府的人被抓住，简直是天赐良机给大理寺。

良久，宗楚客才冷冷地说道："把之前准备的消息放出去。"

幕僚有些惊讶："现在就放出去？"显然这是撒手锏。

宗楚客脸色铁青："再不放出去，你不怕没机会放了？"

上次只是小试牛刀，没有动及根本，现在的话……

幕僚心领神会，说道："马上派人去做。"

荆婉儿走出院落的时候，看了一眼大牢的方向。荆家的仇人近在咫尺，可是现在谁都进不了大牢。

三天了，沈兴文什么都没有审出来。

倒不是胡超骨头有多硬，只是这里面的水太深，深到胡超觉得说出来就保不住命。权衡之下，胡超的确有可能咬死不说。

时间拖得越长，留给大理寺的机会就越少，她总让感觉有暗处的眼睛在盯着。

荆婉儿下意识地朝大牢的入口走去。她并没有想要真的进去，只是当大理寺抓住胡超之后，她一次也没有见过这个术士。

入口有两个衙役把守，一张苍白无血色的脸，突然出现在入口处。

沈兴文在地下三日不见阳光，脸色苍白。他盯着荆婉儿，似乎不奇怪荆婉儿会出现在这，盯了半响，没有出声。

荆婉儿倒是被他惊着了，半响心跳才平静些："沈寺丞怎么出来了？"

沈兴文盯着她，眼神让人发毛。

荆婉儿不动声色："沈寺丞看我干什么？"

沈兴文慢慢把视线从荆婉儿脸上移开，吩咐把守地牢的两个衙役："我有事出去一会儿，半个时辰就回来，不要放任何人进去。"

说着，意有所指地看了一眼荆婉儿。

荆婉儿没言语。沈兴文说完，不再管她就匆匆离开。看着他的背影，难道沈兴文审出了什么？

沈兴文站在书房门口，身后的影子拖得修长："大人，胡超招了。"

裴谈慢慢松开了手上的案卷。

沈兴文走进书房里。

裴谈看了一眼身旁的侍卫："你先去门外守着。"

裴县一言不发地走出去，带上了书房的门。

屋内安静下来，裴谈看着沈兴文。三天时间，能让胡超招了，的确是沈兴文的本事。

沈兴文讳莫如深，不知道胡超都招了什么。

"胡超说，当年太子死前，曾亲手写了一封陈情书，阐明了和天后之间的误解和被丘神勣逼令自尽的悲愤。太子始终相信，母亲不会逼死自己。"

沈兴文用这样的语调诉说这段往事，只让人感觉到前太子临终前的绝望和无助。

裴谈很久没说话。说是陈情书，其实就是太子手写的"遗书"。而这封陈情的书信，很显然不可能送到天后的手里。胡超能提到这封信，就说明他对太子死前的事情一清二楚。

裴谈问道："胡超是怎么拿到的这封信？"

丘神勣逼死太子以后，一定会严加搜身，不可能让这样一封信留下来。

"大人，关于这封信，可以容后再细说。"沈兴文目光深沉起来，"沈某以为，另一件事也许大人更感兴趣。"

裴谈盯着沈兴文："什么事？"

太子留有陈情书这一点，已经足够震惊世人，胡超能把这个招出来，显然也招出了其他所有的事。

沈兴文目光闪烁，他这样卖关子，幸好面对的是裴谈，放在旁人那里，分分钟都要抽死他。

"我刚才在牢狱的门口，遇见了荆婉儿姑娘。她应该很想见胡超一面。"沈兴文说道，"但这正是沈某要说的，大人还是……不要让他们见面了。"

裴谈的目光刚沉下来，就骤然一动："那天荆哲人在大殿上发生的事，胡超告诉你了？"

沈兴文眼睛里闪着幽暗的光，他说道："大人就是大人，这就猜到了。而且胡超说出来的事，沈某以为若不是他自己说了，恐怕这世上谁都想不出来。"

荆婉儿调查多年，就是想知道自己的父亲在大殿上究竟发生了何事。便是裴谈，此刻也有点沉不住气了。荆家只是小门第，怎么值得胡超出手对付？

沈兴文开口说道："胡超还原了那天在大殿上的事。那天半夜荆哲人被急招入宫，实际上是荆哲人自己要入宫请见，直到半夜，天后才召见了他。"

反过来想，有什么事让荆哲人宁肯等到半夜三更，也必须急着面见天后？

婉儿的父亲，自当不会是这种思虑欠周全之人。

沈兴文目光沉烁："这都是因为，荆哲人得知了前太子死前写了陈情书的事。这件事被当朝有权势之人按下不发，荆哲人认为自己不能隐瞒这件大事，理当将太子生前所为告知天后。纵使当时整个大唐都知道天后与太子不和，即便赐死太子也在情理之中，在天后面前提及太子的事，根本是自讨苦吃。但荆哲人的为人，注定了他不会在意这些，只想替太子说最后一次话。"

这世上很多人被黑暗笼罩，自甘堕落成为黑暗的一部分。可总有一些人，笨拙固执地维持一点微不足道的光亮。就是这一点光亮，成了黑暗中的人活下去的希望。

裴谈的目光深处也闪着一盏微弱的光："那天的大殿上，胡超也在。"

沈兴文喟叹："所以那天荆哲人什么也没来得及说。"

事情的结局，是荆家被流放岭南，荆婉儿入宫为奴婢，父女间有了最后一次对话。父亲对女儿说道："爹对不起你。"

这声"对不起"蕴含的意思，现在终于被揭开了。

沈兴文深沉的声音再度响起："胡超很聪明，他知道荆哲人和荆氏只是蝼蚁，对付这样的小人物，若是闹得太大，反而会得不偿失。所以那一天他故意入宫，理由是为天后献丹药。什么也不知道的荆哲人，一头撞到了大殿里。胡超看着荆哲人，阴险地在天后耳边建议，这次献上的是新的丹药，正好需要一个试药的人……"

门口传来轻微的声音，裴谈立刻制止了沈兴文的话，盯着门口不知何时出现的人影。

说到涉及荆氏的事，沈兴文和裴谈都非常投入，没有注意门外有人。

门慢慢开了，荆婉儿站在门外，她的面色居然很像不见天日的沈兴文："你是说，胡超……居然让我爹试药？"

"试药"二字一出，裴谈其实都有点震惊，而荆婉儿在门外，"凑巧"听到了一切。

荆婉儿的眼睛睁着，脸上却是湿的。谁能接受这样的结果？自己家族蒙难，父亲遭受流放之苦，这一切竟是因为替人试药。

太阴险，做下这一切的人太阴险。而这个人，就关在大理寺牢里。

荆婉儿忽然感到很后悔。她的确应该把胡超交给尚书府，让宗楚客杀了他。不过还来得及，她现在也可以亡羊补牢。

第一百二十五章　这就是大理寺卿

"婉儿！"裴谈叫了一声，从桌前起身，目光复杂地盯着少女。

荆婉儿一言不发就要离开，裴谈神色一沉："站住，婉儿。"

可荆婉儿竟是连裴谈也不顾，闷头向前走。

忽然，她的手腕被人抓住，虽然用力却很温和，裴谈的声音再次响在耳畔："婉儿。"

荆婉儿却不肯回头，沉默地背对着裴谈。裴谈不敢贸然放开她，却一时也想不出什么话来劝慰。

沈兴文说最好别让荆婉儿和胡超见面，言犹在耳。现在他明白了，荆婉儿很想杀了胡超。

逼迫五品大员去试所谓的丹药，简直丧心病狂。如果胡超不招，谁也不会想到是这样。

裴谈看着身前的少女："胡超的话不能尽信。而且此刻他招出这件事，是出于什么居心，谁也不知道。"

荆婉儿慢慢转过身看着裴谈："对不起大人，不要阻拦我。"

裴谈看到她眼中的抵触，自然能体会到她此刻心中的苦涩，纵不能体会十分，也能感知六七。

"我与你一同去。"

荆婉儿眼中闪过一丝诧异："大人？"

裴谈松开了荆婉儿的手，转身看着沈兴文说道："胡超既然招了，我也该见见他了。"

裴谈身为大理寺卿，至今为止还没见过案犯。

沈兴文别有深意地看了一眼荆婉儿，说道："既然大人要见，沈某自然无异议。"

荆婉儿怔了许久，眼内有些潮湿。

裴谈第一次踏足大牢。他上任以来，办的几件案子都是奇葩吊诡，要么是死人"活了"，要么是当场自杀，没有一个案子能让他名正言顺地走入大理寺的大牢。

现在，这大牢里面，胡超正享受着特别待遇。

看见被吊在大牢中间的胡超，荆婉儿感到震惊，沈兴文却已经习以为常。他站到已经半死不活的胡超面前，说道："胡超，你看谁来了。"

胡超眼皮轻轻抖了一下，然后慢慢地睁开。

在那一瞬间，荆婉儿胸口起伏，她咬紧牙关克制自己的情绪，直到一只手按在她的肩上，将她轻轻挡在了身后。

胡超双眼浑浊地慢慢转动，他看见一袭陌生的蓝青身影，修长的指骨在袖中若隐若现。这地牢的空气中有一股铁锈的味道，可从这男人身上却嗅到一股淡清香雅。

胡超眯着眼。尽管他从未见过裴谈，可一见到这个年轻人，他就知道了这是谁。

沈兴文的双手随意地拢在袖子里，嘴角的笑意若有若无。

"大理寺卿亲自见你，你这条命到底还剩多少价值，马上就要知道了。"

胡超显然已经习惯了面对沈兴文，他低低哂笑一声："你想让我招的，我都招出来了，莫说是大理寺卿来，就是刑部尚书和三司会审，也不可能让我说了。"

沈兴文眉心一皱，说道："是吗？可我觉得，你还有的是秘密没吐出来。"

沈兴文目光冷漠。

荆婉儿站在裴谈身后，打量着胡超。单看胡超的外形，似乎没受什么伤，只是那张脸恹恹的有些死气。

"就算告诉你们又能怎么样？"胡超忽地冷笑起来，"我已经告诉了你，太子的陈情书就藏在兵部尚书府，你们敢去拿吗？"

裴谈目光一动，只见沈兴文上前捏住了胡超的下颌骨："没错，可你还没有招出，东西藏在尚书府的什么地方。"

尚书府占地百亩，在这么大的地方找一封巴掌大的手书，有如大海捞针。

这才是胡超的狡诈之处。他冷笑着，盯着沈兴文说道："时间太久，我忘了。"

沈兴文的手慢慢用力捏紧，问胡超："看来你是真的不怕死？"

胡超忽然偏头看着裴谈，目光犀利地说道："你们大理寺滥用私刑，屈打成招，我要到御前告你们！"

沈兴文脸上划过愠怒。

三日来胡超跟他多次交锋，但这次有裴谈在这，显然不太相同。

果然，裴谈的声音响起："把他放开。"

沈兴文松开僵硬的手。胡超嘿嘿笑了一下。

裴谈的目光落在胡超干瘦的脸上。他可以肯定，胡超招出这些事，内心不怀好意，或者他是以为招出这些也无关紧要。

胡超缓慢地说道："看来大理寺卿大人，还是明事理的人。"

他说完，目光再次落在沈兴文身上，奸笑了一声："我差点以为大理寺是让一个六品小寺丞做主。"

看得出来，短短几天，已经让胡超恨上了沈兴文。

沈兴文盯着他，不言语也不辩解。如果因为几句话就失去冷静，他也不会在暗无天日的地方审胡超三天了。

裴谈看着胡超："真的有前太子手书这种东西？"

胡超瞥着裴谈，似乎不屑道："有！不然你以为这么多年我是靠什么保命？"

能让宗楚客也忌惮三分，可见那手书中，一定也写了宗楚客的什么事情……

这么看来，胡超对太子陈情书的供词，有很大可能是真实的。

胡超冷笑道："怎么样，现在我招了，你们敢把我交到刑部吗，还是杀了？"

显然，胡超很狡猾。他清楚，如果按照规章，判刑要送刑部核准，这是给案犯定罪的流程。

裴谈看着胡超。此人曾是御前之人，不是寻常容易对付的人。他说道："此案陛下已经下旨，全权交由大理寺查办，对付你，无须再去送交刑部了。"

这就省了一道步骤。胡超鼓着眼睛，似乎在急促呼吸。

查旧案，中宗肯定信不过刑部，从根源上杜绝了刑部插手的可能。

裴谈看着胡超，半晌才说道："宗楚客一定想不到，他一心要找的东西，就藏在他的眼皮底下。"

可以想象，这封手书会让长安多少人睡不着觉，这也是太子案过了二十年之久，依然能牵动长安许多人神经的缘故。

胡超显然觉得很得意，把他囚禁在这地牢里，逼他说出隐藏了多年的秘密，可是这些人知道了又能把他怎么样？

胡超笑得狰狞。

沈兴文冷冷地站在一旁说道："胡超，只要你还没有走出大理寺的牢门，你的一切，就任我宰割。"

一块砧板上的肉有什么好得意？这三天来的日子，足够让胡超铭记一辈子。

胡超盯着裴谈笑着。从裴谈来了之后，他似乎就不再理会沈兴文。就像他知道眼前这个年轻人，才是大理寺的灵魂。

裴谈声音轻轻的，似乎随意说道："如果把手书的下落透露给尚书府，你说宗尚书会不会连夜把尚书府掘地三尺，也要找出这封手书来？"

胡超的笑一下收住了。他的肩膀抖了一抖，不敢相信地看着裴谈。

沈兴文目光闪亮，忽然含笑且意味深长地看着自己的寺卿大人。

裴谈看着胡超："你说呢？"

胡超忽然发狠道："你敢？"这似乎是质问。

裴谈淡淡地说道："为什么不敢？"

胡超眼睛猩红地瞪着，似乎想从裴谈脸上找到什么破绽。但他居然发现，这个男人比折磨了他三天的沈兴文还要难捉摸。

裴谈开口说道："想必宗尚书会比长安任何人都更想找到前太子的这样东西，到时候纵然你不说，但尚书府毕竟是宗尚书的老巢。在自己最熟悉的老巢找一样东西，不管隐蔽的多好，他也很有希望找得到。"

从胡超脸上可以看出他出现了动摇。裴谈的话让他觉得比三天来最可怕的酷刑还要难受。他看着裴谈，支支吾吾地说道："你怎敢让尚书府找到这样东西？不……你不敢……"

裴谈说道："既然大理寺没有机会从尚书府找到前太子的遗书，与其让遗书永远被埋藏，那么由尚书府亲自去把东西找到，大理寺也许还有几分机会。"

显然这是一个值得赌一把的决定，毕竟这封遗书很重要，哪怕抢，也要抢得到才是。

胡超的呼吸粗重。还用说么，一旦遗书现世，而且还是落在宗楚客手里……

他完了……他是唯一一个肯定会完了的人……

裴谈看着他。大理寺或许还有机会赌一把，可是胡超没机会了。

胡超脱口说出："不……你不能这么做……"

裴谈依然一动不动："理由呢？给我一个理由。"

胡超呼吸急促，显然他在挣扎，而且已经显出颓势。胡超睁大猩红的眼睛说道："以太子遗书的下落为交换，你们放我真正离开长安。"

书信是他用来保命的，一旦把书信交出，他就必须另谋生路。

裴谈一时没言语。

胡超又冷笑起来："如何？这个条件不过分吧？"

他没要求金银万贯，当庭赦免，只是要求离开长安而已，离开这个困了他多年的囚笼。

沈兴文看着裴谈,这里现在由裴谈做主,他不会多言。不过……这个条件如果是三天前胡超对他提出,沈兴文的唇边露出一丝冷笑。

以小博大,四两换千金,让他达到破案的目的,他自然可以放了胡超。

大家都在等着裴谈说话。不知道为什么,被裴谈护在身后的荆婉儿,胸中的怒气渐渐平复,就连想找胡超拼命的心情也冷静下来。她看着裴谈,似乎能猜出裴谈会做何回答。

裴谈摇了摇头,对胡超说道:"大理寺,不会以任何理由和案犯做交易。"

第一百二十六章 说书

裴谈的话显然让整个地牢的人都安静下来,胡超怒极反笑:"好,不放我出长安,你们永远也别想得到太子手书的下落!"

裴谈一动不动看着胡超,他的声音没有喜怒:"三天了,尚书府的探子,也差不多该找到这里了。"

虽然大理寺这一次抢占先机,神不知鬼不觉抓了胡超,可是宗楚客的尚书府养的密探,更不是吃素的。

胡超喘着粗气笑起来,露出阴狠的神色:"如果我死在大理寺,你们也逃不开干系吧?我就不信你们真敢……"

沈兴文半眯着眼睛:"大人?"

胡超是个亡命之徒,跟这样的亡命徒没必要太较真,当务之急应该套出前太子手书的下落。

裴谈慢慢地侧过身,他的目光不再盯着胡超,只是在无意中跟荆婉儿的目光相碰。在那一瞬间,凭借着默契,两人竟然明白了对方的心意。

胡超早就看见大牢里来了个少女,但他的心思怎么会放在荆婉儿身上,他以为荆婉儿不过是裴谈身旁的一个侍女而已。

这时,荆婉儿向前走了一步,站到了裴谈身边。

胡超现在是惊弓之鸟,听了裴谈的话,他的心理防线几乎崩溃。

裴谈的目光,慢慢转到胡超脸上,说道:"你知道我身边这位姑娘是谁吗?"

胡超的视线不由自主地移到荆婉儿身上。

沈兴文刚才正准备劝说裴谈，因为他不想让三天审问胡超的成果付诸东流。但此刻，他却下意识地咽下想说的话。

荆婉儿的眼睛一动不动地看着胡超。她终于见到了他，却还不能把他碎尸万段。

裴谈的声音幽幽如风，吹过胡超的耳畔："她就是长安荆府的千金，荆哲人的亲生女儿，荆婉儿……"

胡超的眼睛随着裴谈的介绍逐渐睁大，最后快要瞪了出来。

"你说什么？说什么？！"

裴谈知道他已经听得很清楚，这种反应，已经足够了。

沈兴文在旁慢悠悠地重复了一句："荆御史的女儿，荆婉儿，怎么，没听见吗？"

裴谈盯着胡超面上波动的皮肉说道："你是不是在奇怪，为什么荆哲人的女儿，会在大理寺，完好无损地站在你的面前看着你？"

沈兴文注意到裴谈在说到完好无损的时候，胡超整个人像是要崩溃了。

胡超喃喃地说道："荆氏，不是已经被……"谁都知道他没说完的话，是指荆氏已经被满门流放，女子充宫，男子无一幸免。

荆婉儿慢慢走到胡超面前，盯着胡超因为惊恐而死死瞪着她的眼睛，她吐出了酝酿已久的问话："胡超，你还记得当初是怎么陷害我爹的吗？"

胡超目瞪口呆。

裴谈说道："陛下已经赦免荆氏一门，荆哲人很快就会从岭南回到长安来……"

荆婉儿的面上，似乎浮现出一丝微笑。

胡超突然炸了："这不可能！陛下怎么会赦免荆氏，怎么会？"

裴谈继续慢慢说道："事实就在你的眼前，荆婉儿早已从宫里出来，她留在大理寺，就是为了这桩案子。"

胡超看着荆婉儿，荆婉儿浑身上下没有一点受苦的样子，相反，却给人一种非常尊贵的感觉。

胡超的身体忽然开始抖动，像是筛糠一样，他的变化所有人都看在眼里。为什么听说中宗赦免了荆氏，胡超就这般激动？荆婉儿只是一个少女，还不至于拿刀子捅他。他如此这般，自然是因为听说荆哲人即将回到长安的事。

沈兴文若有所悟。

裴谈忽地一笑，他看着胡超说道："比起物证来说，人证更重要。这世上，只要知晓内情的人还活着，那么不管过多久，都有真相重见天日的一天。纵使物证可以被毁，被人为隐藏，可是人却不会。"

活生生的人证在，当年的任何罪恶都不可能再抵赖。人，才是见证这历史变迁的真正智者。

裴谈盯着胡超说道:"到了荆哲人回到长安的那一天,这个案子,有没有物证,有没有前太子写下的那封手书,都不重要了。你,自然也不重要了。"

绑着胡超的锁链忽然发出"哗啦啦"的声音,是他极力要挣脱。

裴谈的目光故意闪过一丝怜悯,说道:"你再好好……想一想吧。"

胡超像是没听到一般。审了三天也没见他如此落魄。

裴谈拍了一下荆婉儿的肩头,荆婉儿回身,见到他的目光在示意她:"走吧。"

地牢里的狱卒,听了这半个时辰的唇枪舌剑,早就对大理寺卿佩服得五体投地了。大家目送着大理寺卿离开地牢。

沈兴文跟在裴谈身后,送两人出了大牢的门。

站在门口,沈兴文停了半响,才意味深长地说道:"沈某审了三天,不及大人的一番话。"

裴谈转身看了他一眼:"若没有你这几天审出来的线索,胡超不会这么容易上当。"

正因为沈兴文了解透了当年的事,结合胡超阴险陷害荆哲人的表现,才能拿住他的七寸。

沈兴文目光含有深意地说道:"大人不必抬举沈某,沈某自知比不上大人。"

这就是为什么裴谈是大理寺卿,他不是。有裴谈在,他就不可能越过这道山。

裴谈淡淡地说道:"剩下的交给你了。"

应付尚书府以及可能迅速到来的风雷。

沈兴文应声回答:"属下明白。"他只有在极少数时候自称属下,现在算是一刻。

裴谈带着荆婉儿离开,等那大牢的门已经远远看不见了,荆婉儿才觉得那道无形的枷锁从她身上卸下。

这时候,她才如平日那般看着裴谈:"谢谢大人刚才为婉儿说话。"

裴谈几句话起到的作用,已经如沈兴文所形容的那般厉害。现在的胡超,已经是不堪一击的纸老虎。

裴谈看着她:"是你配合得好。"荆婉儿灵慧,早已不是一日两日。

荆婉儿摇摇头,张口却欲言又止。直到刚才某一刻,她真的感到这桩绵延数年的案子,真的快要翻案了。比起逞一时的意气,这时候,只有稳住,才能看见胜利。荆婉儿似乎是从内心释放出了一口气。她明白,如果没有裴谈,她刚才怎么稳得住。

裴谈似乎看出了少女情绪的波动,所以他轻轻地说道:"我们快到关键时刻了。"

但是,越接近雨过天晴的时候,越有危机。

荆婉儿目光闪动,忽然莞尔。少女一笑,胜似桃花。

长安最热闹也最盛名远播的一间大酒楼里,站在大厅里的说书先生,口中的故事刚开了个头,

"今日,咱们说一说那北齐……"

话音未落,下面围桌的一个客人,骤然间就把一口酒喷了出来。

显然,那客人有点烦了:"天天听那些旧时候的才子佳人故事,都听腻了,能不能说点新鲜的?"

这话似乎说中了酒客们的心,一个个都开始发牢骚起哄:"就是就是,说来说去都是那几个老套故事,你不腻味,老子都听烦了!"

说书先生被大家说的满脸尴尬,一时沉默地站在那里。

酒楼老板出来打圆场:"大家别急,别急,既然大家都不想听旧故事,那咱们今天就给大家说点不一样的……"

"能有多不一样?有话赶紧说。"

老板匆匆走到说书先生的跟前,趁众人不备,把一锭金子塞到了说书先生手里。就见老板在说书先生耳边说了几句话。

说书先生脸色一变,那双精明的眼睛,看着酒楼老板眯了起来。

老板低语道:"你只管说,什么事自然有我担着。"

说完话,老板迅速离开说书先生,笑呵呵地招呼起了喧哗的酒客。

那厢,说书先生眼珠一转,瞬间把手中的折扇打开了。

"既然大家不想听旧时候的故事,那今天,干脆就给大家讲一个长安城里,最近发生的一桩事吧……"

身边的事情才有代入感,果然,底下的酒客开始兴奋了。

"长安城的什么事?我可不想听那些无聊事。"

"呵呵,长安城还有什么事是我不知道的?莫非你还能讲出大明宫发生的事?"

大明宫发生了什么,普通百姓自然不可能知道,但说书先生恐怕也没有胆子敢说……

说书先生冷冷地说道:"大明宫的事咱是不敢说,咱也不可能知道。今天要说的,是你们都知道的,如今长安城,年纪轻轻就官拜三品,长安无人不知无人不晓的那位。"

有人带着按捺不住的兴奋问道:"你要说大理寺卿?"

果然,话音一落,酒客们的目光都集中到说书先生那里。显然,人人都对大理

寺卿的事感兴趣。

说书先生赚回了面子，扇子骤然摇了几下，"啪"地收起扇骨拍在掌心："今天讲的就是咱们这位有史以来最年轻的大理寺卿，和他身边一位宫女之间的风流韵事……"

第一百二十七章　满城传闻

长安，迎来了有史以来最大的一次雷暴。泼天闪电之后，是倾盆大雨。子时三刻，夜空像是巨大的黑幕，带给人无尽的压抑感。

大理寺门外，有人狠狠地踹门，响声惊动了已经沉沉入睡的守门衙役。

衙役冒着雨，浑身颤抖着把门打开："谁这么大胆？敢……"话被堵在喉咙口，门外是如黑白无常一样阴森的白衣太监。

"陛下宣裴谈立刻入宫觐见！"太监浑身都已被淋透，那张白面皮如同野鬼。

一刻也不能等，是立刻入宫。

裴谈只来得及披了件衣服，他让手下去取官服，可是太监阴阳怪气地说道："陛下让裴寺卿一刻不得耽搁，这般磨磨蹭蹭，是想抗旨吗？"

一言不合就说抗旨，裴谈看了眼太监，这风大雨急，让裴谈感到一丝不对劲。

中宗急召，连圣旨也没有拟，直接传了口谕。

等不及换官服，裴谈将腰带系好，不至于殿前失仪，然后他对太监说道："走吧。"

裴谈刚走，大理寺余下的人也都被惊醒了，最先反应过来的衙役，立刻就向沈兴文的屋子冲过去。还没到门口，门就打开了，沈兴文披着一件外袍出现在门口。他沉默地盯着衙役，那目光分明在问："发生了什么事？"

衙役脸色苍白地拼命摇头："属下不知。"

谁也不知道，就连裴谈也不知道。但是出事了，每个人都在空气中嗅到了这样的气息。

"寺丞大人，这里有一封……"说话的是看守大门口的一个衙役，手里举着一封已经被淋湿的信，他不敢再隐瞒，"今晚刚入夜的时候，有人送来了这封信，因为大人们都歇息了，属下们本打算明天再交给……"

话没说完，沈兴文夺过了信，看见信上的名字，他顿时眯起了眼。

衙役低着头："这是，这是给那位荆姑娘的信……"

大晚上，有人单独给荆婉儿送信。

衙役想起，那送信之人千叮咛万嘱咐，一定要立刻交给荆婉儿。可是那会儿他正打着盹儿，觉得一封信有什么要紧？嘴上答应着，却将送信的人堵在了门外。

"属下以为，这信应该跟大人进宫没关系吧……"

下一刻，沈兴文当着他的面撕开了信，取出里面的信纸，扫视信上的内容。那一瞬间，他眼里有暗光一闪，顿时，他嘴角勾起阴沉的笑。

衙役见了，生怕自己闯了祸，难道这信上真的写了什么紧要的事情？

尤其是敌人可能已经有所警醒。

荆婉儿费力地推开被暴风压死的门，一开门就看到沈兴文周身湿淋淋地站在门口。

沈兴文抖开手里的信，眯着眼问荆婉儿："为什么有人送信让你乘夜离开大理寺？能解释一下吗？"

荆婉儿盯着沈兴文，不解地问道："你说什么？"

荆婉儿本来睡眠就浅，自第一声闪电划过的时候，她就已经醒了。门窗几乎被风吹破，她心头突然有种不好的预感。

沈兴文堵着门口，像他第一次无礼一样，言语间都是对荆婉儿的质问。

荆婉儿这时才把目光勉强移到几乎湿透的信纸上，她的眼睛下意识地一跳。

沈兴文问道："你承认自己一直在和外人私相授受了吧？"

他将那"铁证"靠近荆婉儿的眼睛，信上只有字迹潦草的一句话，让荆婉儿无论如何今夜也要离开大理寺，让人感到扑朔迷离。

荆婉儿盯着那信，脸上逐渐浮现出困惑的神情。

沈兴文冷冷地说道："别装了。"

荆婉儿看向他，下意识地问道："大人呢？"

沈兴文盯着她的脸："大人不在府里。"

荆婉儿努力地回忆，信纸上字体潦草，想必是匆忙写下的，可那字……应当是紫婵儿。

还没等她深入思考，沈兴文已经说道："是不是沈某晚来一步，荆姑娘就已经真的离开大理寺了？"

荆婉儿看着沈兴文，一字一顿地说道："我不会离开大理寺，更不会去任何地方。"

沈兴文面无表情地说道："那如何解释信上的事？不如说说……是谁给你送的信？"

荆婉儿没有回答沈兴文的问话，而是反问他："你说大人不在府里，大人去哪了？"

沈兴文的目光在荆婉儿脸上逡巡，想知道她是不是装的。

"大人方才被圣旨召入宫了。"

荆婉儿听了，不禁一愣。在这样的雨夜被召走，实在是反常。紫婵儿不会这么随便匆忙地传信，所以肯定是外面出事了。而他们所有人都困守在大理寺，对外面的消息一无所知。

荆婉儿看着沈兴文说道："你现在是大理寺丞，应该立刻弄清大人进宫的原因。"

沈兴文半晌说道："你指挥我？"

被一个姑娘指挥可不是什么有面子的事。

荆婉儿看着他说道："你上次信了我，抓住了潜逃的胡超，再信我一次又有什么损失？"

沈兴文并无意质问荆婉儿，他只是怀疑这信与裴谈突然进宫有什么关联，既然现在荆婉儿否认了，那当务之急自然是弄清楚原因。沈兴文盯着荆婉儿半晌没有作声。

荆婉儿说道："给我一把伞。"

沈兴文盯着她："你要干什么？"

荆婉儿并不怕他盯着，她说道："只有见到我这位朋友，才知道她为什么写这样一封信。"

沈兴文眯着眼问道："你想逃？"

荆婉儿看着他说道："沈公子当了寺丞以后，连脑子也不太好使了吗？先不说这样的大雨全城必然戒严，我没有通关文书，能往哪里逃？就算是我想走，我现在还是戴罪宫女的身份，雨停之后禁军全城搜索，莫非我能把自己变到城外吗？"

应当承认，沈兴文对荆婉儿存有偏见，所以他的所有犹疑和不信任都因此被放大了。

沈兴文良久才慢慢说道："这样大的雨，寸步难行，给你伞也走不远，雨夜出行反倒会有危险。"

荆婉儿听出这句话带了点真心，她沉默了一下说道："现在我们不知道外面发生了什么事，还有大人为什么突然被召进宫。"

沈兴文说道："想想大人是怎么逼胡超就范的？任何麻烦，大人都能应付。"

至少应付到天明雨停，裴谈还是能做到的。

裴谈在紫宸殿跪了一夜，衣服湿透了，中宗也没有恩准他换下来。直到外面有点光亮的时候,他的体温已经将衣裳捂干了。

"朕听闻自赐婚以来,你从未主动登门光禄寺卿府?"

裴谈跪得背脊笔直,他半响才说道:"是臣失礼。"

他没有说连日审案,办的还是中宗要求重审的案子。无论有什么理由,还是他失礼在先。

中宗的脸色却没有半点缓和:"光禄卿亲自下帖,你都没有现身?裴谈,你对这桩婚事到底有什么不满意的?"

裴谈一动不动,表情也没有变化。

他缓缓地说道:"臣自知配不上郡主,本想等太子案真相大白后,再对陛下请旨,并不知事情会变成这个样子。"

中宗冷笑道:"所以你承认了?你从一开始就想退婚,或者说抗旨?"

什么等太子案大白,这番话反而更触动了中宗那根恼怒的神经。回想当日圣旨一下,裴谈就乘夜进宫,希望收回圣旨。

中宗提高了声调说道:"你为了一个戴罪的宫女,冷待大唐郡主,这也是真的了?"

裴谈抬起清亮的眉眼说道:"绝无此事。"

中宗没有动怒,反而笑了:"有人亲眼看见,你与那宫女大白日在长安街道上纠缠,你是想说所有人都冤枉了你?"

裴谈脸色青白,他看着中宗:"臣没有。"

若是从前,中宗自然坚信裴谈的为人,可现在不一样了。

"现在目击者都已经言之凿凿,你还抵赖?要不要朕将证人招到你面前?"

满城风雨,岂容裴谈一两句的辩白。传言这种东西,只要有一件是真的,那后面的大家都会相信是真的。

裴谈迅速冷静下来,他与荆婉儿同时出现在长安街,是在办考场作弊案的时候,至于所谓的当街"纠缠"……

裴谈已经明白这一切是怎么造成的了。当初他和荆婉儿秘密去酒楼搜查线索,从墙头跳下来的时候,根本没想到还落到了第三人眼里……

中宗显然被激怒了,他怎么也没有想到,当初让荆婉儿留在大理寺,会留下如今这么个祸患。他颤抖着指向裴谈:"朕要你办太子这件案子,你是因为牵扯到荆氏,想要为那荆家的女娃儿翻案,所以才会应承下来?"

裴谈眼中带了一丝深深的震动,他抬眼看着中宗。堂堂皇帝陛下会这样揣测他,他感到不可思议。

裴谈眼中的神色，显然让中宗一愣。然而，中宗心中的那团火已经烧得太旺，他没想到他最信任的一个臣子，会弄出这样难堪的局面。

　　"朕如此器重你……"中宗扶着额头，颓然坐下。

　　现在还怎么让人信服。

　　闹成这样，太子这桩案子，注定不能让大唐臣心归顺了。

第一百二十八章　逆转乾坤

　　"那说书的人，将姑娘形容成红颜祸水，还提及荆氏是罪奴，说裴大人一直把姑娘庇护在大理寺，宛如金屋藏娇一般。"喜茶在形容的时候，难掩眉中难堪。

　　沈兴文和荆婉儿坐在望月楼的一间静谧雅座。听了喜茶的叙述，沈兴文的神色显得意味深长。

　　现在长安各大酒楼中，都请说书先生每日讲述荆婉儿的事，因此酒客盈门，生意火爆。经过说书先生口若悬河的渲染，这故事显然比紫婵儿转达的要生动香艳得多。虽然喜茶脸皮薄，不好意思全部讲出来，但荆婉儿还是会猜到的。

　　荆婉儿面色苍白地说道："有人想利用我来抹黑大人。"

　　裴谈在长安有了"裴青天"的名声，那些人自然坐不住。可裴谈君子端方，无懈可击，拿什么来给他使绊子？于是，亲爱的中宗便送来了一纸婚约。

　　喜茶道："所以，姑娘无论如何不能留在大理寺了，必须尽快离开。"

　　她们连夜送信，本希望荆婉儿能收到消息离开，可荆婉儿却在第二天带了个陌生男人出现在这。她不由自主地瞥了一眼沈兴文，这个男人面皮幽白，透出一丝刻薄。

　　现在大理寺的运转，只有依靠沈兴文这个寺丞。至于酒楼的事，荆婉儿没必要再瞒下去了。

　　荆婉儿的下唇有一丝被咬出的血痕："我与大人，清清白白。"

　　这样的污蔑，用心险恶。

　　沈兴文的目光一直很冷淡，他看着荆婉儿。现在外面都说裴谈是为了荆婉儿才肯审办太子案。他嘴角微动，觉得这里面有点意思。

　　沈兴文冷酷地说道："如果我是陛下，下一步，就是杀了你。"

　　这就是弃卒保车，陛下当然会不择手段保住自己最喜欢的臣子。至于荆婉儿？呵，死不死都没有关系。

喜茶受到了惊吓，她惊恐地盯着沈兴文。而荆婉儿却显得非常镇定，她盯着沈兴文的眼睛，慢慢说道："只要你能保住大人无恙，顺利查清太子的案子，我可以死。"

查清太子的案子，就可以让荆氏洗脱冤屈。只要荆哲人能安全地从流放地回来，她就死而无憾。

沈兴文笑出了声，他不奇怪荆婉儿会这么说："你想这么轻松就破解眼前的困局，未免想得太美了。"

一死了之？那是做梦。

喜茶没有那么聪明，她不理解这番话，只是害怕又懊悔地说："早知道，那张通关文书，就该留给姑娘出城用……"

不知道为什么，荆婉儿听到这句话，心里忽然一动。

"那张文书呢？"荆婉儿立刻盯着沈兴文。

沈兴文淡淡地看了她一眼，片刻才道："抓捕胡超的时候，没有注意他身上有没有文书。"

荆婉儿半晌没说话。只是一张文书而已，胡超已经抓住了，文书也就完成了作用。可她内心为什么不安？

"每张通关文书上，末尾都会有签发的名章，通过名章可以知道文书是谁经手发出的。"

话虽如此，可是光禄寺下辖的分支机构众多，也就代表这份文书可以由任何一个地方，任何一个经办的人下发。所以"郡主"给荆婉儿通关文书，并不担心会带来什么后续的麻烦。换言之，能背锅的人有很多。

沈兴文问道："怎么，你担心一封文书会有遗祸？"

荆婉儿不得不做最坏的设想："要是文书落在宗楚客手上呢？"

沈兴文神色淡淡地道："那又能怎么样？难道他能从一封文书上推理出整件事？除非他是未卜先知的神仙。"

就算看到光禄寺的印章，宗楚客也不可能仅凭一封文书，就敢去和一位真正的皇亲国戚对峙。

荆婉儿缓慢地说道："如果……光禄寺卿和尚书府是一路的呢？"

在此之前，从来没有人想过这种可能。因为无论从哪个方面看，光禄寺卿李守礼，都不可能和宗楚客扯上关系。一个是前太子遗孤，一个是天后在位时就已经臭名昭著的大奸臣。

沈兴文的神色变得深邃起来："他们两个，有可能吗？"

荆婉儿脸色幽白，她始终想不明白，给她那封通关文牒的目的到底是什么。大理寺现在办的是章怀太子的案子，为了给章怀太子洗冤翻案，身为太子的遗孤，光禄寺卿理所当然要站在大理寺这边才是。甚至可以相信，裴谈也是这么想的。

荆婉儿看着自己对面的二人，默默地咬住嘴唇，眼中掠过惊疑和猜忌。

"也许……正是因为没有人会这么觉得，所以才……"

那大理寺栽了跟头，就在情理之中。

尽管大理寺布置缜密，而且每一步都是万分小心，可还是着了对方的道。所以，真是他们一开始都想错了吗？

沈兴文也一副动摇的神色，他眯着眼睛盯着荆婉儿，良久才说道："荆姑娘，沈某真得说一句，你若不是女子，天生就适合大理寺这样的地方……"

怀疑一切，细密如针，洞察所有的细节。

荆婉儿脸色幽白。在长安，除了裴谈，她本就不相信任何人："如果真是如此，大人凶多吉少。"她关心的只有裴谈。

她将目光落到沈兴文脸上："大人提升你为大理寺丞，如今大人有难，你没有半点办法吗？"

平时面对沈兴文的讥讽，荆婉儿的反应没有这么强，只有遇到涉及裴谈的事情，她才会不一样。

沈兴文一笑，看着荆婉儿说道："就算是这样，我也只是个六品寺丞。六品，在长安还不如一个弼马，甚至没有单独审结一个案件的权力。"

审案之权，至少也要四品少卿，而沈兴文，虽然这段日子在大理寺动作不断，那也只是因为有裴谈做依仗，看起来才似乎强势了那么一点。

荆婉儿愈发面色苍白，却也知道沈兴文说的是事实。

沈兴文的眼睛里始终有一抹幽深和冷意。不在其位，不谋其政。

半炷香后，荆婉儿和沈兴文从后门离开望月楼。刚走到长安街上，就有十几骑骏马从面前飞驰而过，百姓们惊惶避让，但看清楚马上之人以后，却无人敢吱一声。

只见这些人甲胄在身，英武堂堂，尤其是为首的一人气度不凡。

敢在一向规矩严谨的长安街头纵马，百姓还要避让的，自然身份高贵。

荆婉儿不认识，身旁的沈兴文却驻足望去，待骏马离开，他眯着眼说道："那是左骁卫杨大将军。"

荆婉儿看了他一眼。左、右骁卫皆为皇帝护卫部队，而被称为大将军的，都是浴血奋战杀出来的。

"最近大唐和吐蕃战事吃紧，"沈兴文忽然淡淡地说道，"连带着长安，都开始不太平。"

荆婉儿看着街上仓皇的百姓。边疆和朝堂，历朝历代都是紧密连接在一起的。听着刚才沈兴文提到大将军时的语气……或许每一位有血性的大唐男儿，内心深处都渴望成为左骁卫大将军那样的人吧。

荆婉儿瞥了一眼沈兴文，他还在盯着街尽头看。或许在这个时候，她对这个男人有了些改观。

沈兴文忽然意识到荆婉儿在看着他，于是他也瞥了荆婉儿一眼，然后望着长安城的方向："那里就是城门，你若想走，现在还有机会。"

荆婉儿盯着他："你什么意思？"

沈兴文又恢复了有些刻薄的样子："我这个寺丞虽然没什么权力，至少还可以给你签一张出城的文牒，你拿着它，就可以远走高飞。"

荆婉儿的一丝好感一扫而空，她直视沈兴文道："我走了，让人查到是大理寺签发文书放我逃走，往大人的头上再扣一顶罪吗？"

望着荆婉儿发怒的脸，沈兴文面色幽幽："这么说，你不走了？"这可是最后的机会。

荆婉儿迎着他的目光，字字清楚地说道："我哪里也不会去。我绝不会弃大人于不顾。"

沈兴文看着她，忽地笑了。他心里明白，荆婉儿与裴谈之间，自然不像城里传闻的这样，但也一定不简单就是了。

"既然这样，我们只能寄希望于大人能在宫中逆转乾坤了。"

乾坤却没有逆转，这一次，裴谈也没能力挽狂澜。

过了一天一夜，宫里传来了圣旨：大理寺卿裴谈渎职徇私，不配其位，废其大理寺卿之职，降为白衣，钦此。

整个大理寺都陷入了深深的震惊之中。

直接把一个三品寺卿降为白身，这得犯了多大的罪？就算裴谈真的渎职，可他之前连破大案，怎么也不该直接削官成为庶人。这道圣旨太严重了，让所有人都为之惊慌失措。

"陛下，还有另一道旨意要宣读。"传旨太监冷厉的眼光一扫，"此乃口谕。"

所有跪着听旨的人，此刻神经都紧绷着。

"鉴于大理寺不可一日无长官，因此，朕特命寺丞沈兴文，在大理寺卿职位空缺之日，暂代大理寺少卿一职，全权处理大理寺一应事务，若有闪失疏忽，朕定不轻饶！"

这道口谕说完，比刚才还静，连呼吸的声音都听不到了。

跪在最前面的沈兴文，低垂的脸上，浮现出一抹淡笑的弧线。

第一百二十九章　婉儿被抓

裴谈被削官，这个爆炸性的消息很快传遍长安。尚书府的幕僚一得到消息就已经忙不迭赶来拍马屁，喜不自胜地说道："尚书大人这招一箭双雕，可真是高！"

不仅大理寺一蹶不振，裴谈也从此翻不了身了。

从头到尾跟尚书府作对的，就没有好下场。

宗楚客脸上没有看出几分高兴。这些是不够的，怎么能够呢？他的儿子可是死了。

"陛下还提拔了一个大理寺少卿？"

没有如预想的那般，让大理寺直接瘫痪掉。而且这任命和惩罚裴谈的圣旨一起下发，总让人嗅到几分猫腻。

幕僚眼珠转动，慢慢分析道："陛下这么做也在情理之中，毕竟不能让大理寺真的成为空壳。何况也只是让那人暂代少卿罢了，不足为虑。"

若是中宗有心提拔，大可以直接下旨封他为少卿，完全没必要让他"暂代"。

的确，对中宗来说，就算是正式册封，也只需一道旨意罢了。既然没有这么做，说明只是为了在这段时间应付大理寺人手空缺才行的权宜之策。

幕僚接着说道："只要再过一段时间，大人就可以和娘娘商议，推举一位心腹登上大理寺卿的位置……"

自此之后，长安三司的长官都将是自己的人，再也不会有绊脚石了。

虽然那裴谈害死了公子，但以裴谈的出身，想要让他偿命是不可能的。能让他在仕途上栽一个跟头，让他在满长安臭名昭著，已经是对这个自命清高的裴氏公子的最大惩罚了。

至于沈兴文，呵，尚书府早已把他调查得底朝天。一个不入流的小家族的庶子，就算真让他当上大理寺少卿，他能比得了裴谈吗？

宗楚客神色幽冷，对幕僚吩咐道："继续盯着大理寺。胡超一日没抓到，便一日不能放过大理寺。"不能让任何和裴谈有关系的人，有机会爬上更高的位置。

幕僚垂首应道："是。"

沈寺丞,沈少卿。裴谈收拢沈兴文作为臂膀的时候就说过,他迟早会向中宗请旨,推举沈兴文做大理寺的少卿。

想不到这一天,来得如此之快。

沈少卿以崭新的身份,再次步入大理寺的大牢,看守的狱卒现在连看也不敢看他了。短短两个月,沈兴文就从一个小仵作,跃升成大理寺少卿。何况现在裴谈被削官了,只有这位沈少卿平步青云,眼看着春风得意,莫非背后有大人物撑腰?

沈兴文的目光,落在胡超的身上,唇角露出一丝微笑。这两天只喂食清水,胡超整个人已经瘦脱了形。

"你可真是硬骨头,让人钦佩。"

胡超自然不知道眼前这个年轻人已经变成大理寺中最大的官了,他带着恨意盯着沈兴文:"别做梦了。"

沈兴文点点头,忽然说道:"这么看来,留着你的确没什么用了。"

胡超讥讽一笑,有点轻蔑地说道:"要杀我?"他已经是光脚的不怕穿鞋的。既然大理寺不肯放他离开长安,横竖都是死,他不可能再告诉沈兴文一个字。

沈兴文摇摇头,神色含笑:"不,我打算放了你。"

胡超像是吞了个苍蝇一样:"你说什么?"

沈兴文耐心地重复道:"放了你。"

胡超发现,他每次恶狠狠想地要跟大理寺不共戴天的时候,嘴里就会被塞一把狗屎,让他七窍流血。

"大理寺可没有多余的精力,养一个没用的闲人。"沈兴文说道,"现在是多事之秋,本少卿可不想浪费时间在你身上。"

胡超听到本少卿,本来早就没了力气的双眼又瞪圆了。

沈兴文吩咐狱卒:"卸了他的镣铐。"

胡超被直挺挺地吊了五天,现在镣铐一下,他"扑通"一声就瘫在地上。

对面站立的沈兴文,就愈发显得居高临下。

胡超抬起了头:"你居然……真的要放了我?"

沈兴文面带轻笑:"在这里待了几天,还不知道长安城的天已经变了吧?正好,放你出去瞧一瞧。"

胡超心里发抖:"你什么意思?"

沈兴文在他面前慢慢蹲下来,看着他:"一会儿本少卿亲自送你走出大理寺的正门,尚书府现在日夜派人蹲守在大理寺门口,你一走出去,就会被他们看见。"

尚书府?胡超的瞳孔一缩。

沈兴文端详着他的脸："怎么样？自由就在眼前，高兴吗？"

胡超忽然啐了一口："老子杀了你……"

沈兴文躲都不躲，就任他啐在脸上，一边冷笑，一边看他咒骂。然后，沈兴文重新站了起来，对狱卒说道："他一会儿要是赖着不走，就把他拖出去，直接拖到尚书府监视的人面前，就当是本少卿送给他们的大礼。"

就在沈兴文转头要迈出牢门的时候，胡超粗声粗气地在后面狂吼："你别走！等等……"

听到胡超的喊叫，沈兴文面带微笑地说道："胡超，现在整个大唐，能保你的，只有一个人。"

胡超死盯着他，良久说道："你可以把我交给宫里，只要不是尚书府。"

这就是痛快的死还是受尽折磨而死的区别。

沈兴文摇了摇头，笑得更深："我沈某说话，从来说到做到。我说会放了你，就一定会放了你。"

胡超面皮剧烈抖动："你……"

他刚想说沈兴文阴险，就听沈兴文说道："你不问一问，这个唯一能保住你的人是谁吗？"

胡超盯着沈兴文，过了很长时间才说道："你想让我求你？"似乎到了此刻，胡超已经没有什么可在乎的了。

沈兴文知道他误会了，忽地一笑："我说的这个人可不是我，天后虽然已经隐居后宫，不再摄政，可是她要想保住一个寻常人的命，还是非常容易的。"

天后毕竟是天后，即使身居后宫，也是太后。几十年来，她就是大唐的天。中宗极力打压门阀世家，扶持大理寺，培养左膀右臂，他所做的一切，不过就是希望能稍稍赶上母亲已经树立的威望。

胡超再次惊呆："你，你肯让我面见天后？"

任谁也不敢相信，这就像是在绝境里突然找到生路，而胡超显然不敢相信。

"我不仅会让你面见天后，"沈兴文微笑着说道，"还会让你有机会，重得天后的宠幸。"

胡超浑身发颤。面见天后，他想都不敢想，更别说重得宠幸。要知道对现在的胡超来说，还有什么比活下去更重要的？

沈兴文面色含笑："有了天后做后盾，区区一个尚书宗楚客，你自然不用怕了。"

胡超突然想到了什么，瞪大眼睛："你难道想让我去尚书府，替你偷太子手书？"

不等沈兴文回答，胡超就冷冷地说道："你当我疯了吗？就凭你？能让我见到天后娘娘？"

沈兴文淡淡地说道："根本不需要什么太子手书，你，就已经是活的手书了。"

中宗复位后进行的第一次祭天礼，就在下个月。到时，中宗会亲率皇室众人前往青龙寺。中宫皇后，还有后宫的"太后"，作为皇室正统，都必须出现在祭天礼上。

就算中宗心里不想让一些人出现在祭天礼上，他也会把这种想法压下，而不会冒险破坏祭天的规矩。何况，他现在才是大唐天子，如果让人看出一丝怯懦，如何树立自己的威望？最近边关传来的每一封信，都在报告吐蕃狼子野心，骚扰大唐边境。内忧外患让中宗感到非常恼火，裴谈正是赶上了陛下心情最不好的时候。

大理寺院里，荆婉儿的目光不知看着哪里，她说道："平时祭天，并不会选在这个时候。"

边关对朝局的影响非常大。从表面看来，皇族权贵在长安安享富贵，实际上，这富贵也无比飘摇。一切都指望这次祭天来护佑大唐国盛安宁，海晏河清。

荆婉儿看着沈兴文："大人还没有从宫中回来。"

沈兴文盯着她的目光，正要开口。

一个衙役冲进了院子里："寺丞……少卿大人，有人来了。"

沈兴文的眼睛一眯，已经瞥见了院外闪动的人影，他几乎立刻停止了所有对话。

有人往这边院子里冲了过来。不多时，十几个凶神恶煞，身穿宫中宦官服饰的人，一起涌入了这方院内。

荆婉儿一点也不惊讶，她知道早晚会有这一天。

为首的一个太监上前一步，白色面皮上神情清冷，哼了一声道："罪女荆婉儿，胆大包天，德行败坏。陛下说了，再也不能放你在外面祸及别人，吩咐我等立刻把你带回宫中。"

荆婉儿微垂着头，似乎没有一点反应。

太监抬着脖子："你可还有话说？"

荆婉儿目光平静，稍等片刻才开口："罪女无话。"

身后的太监阴阳怪气地冷冷说道："谅你也没什么辩解，来人，押上！"

其余人就等着一声令下，立马拿着镣锁逼近荆婉儿。

荆婉儿被戴上镣铐的时候，慢慢回了一下头，看了看熟悉的大理寺。沈兴文抱臂站在后面，一言不发地看着荆婉儿。

荆婉儿重新回过头，那太监怕她磨蹭，在身后推了推她。

直到荆婉儿消失在大理寺的大门外，沈兴文都没有说一句话。他不是裴谈，对荆婉儿的去留并不在意。或者说,并没有那么在意。

他看着衙役重新将大门关起,便神色淡淡地走向大牢的方向。

第一百三十章　六年前

地牢里,胡超终于闪动着像豺狼一样的眼睛说道:"你说让我默写出……太子手书?"

沈兴文现在讲的每一句话,都那么压迫人的神经,让胡超没办法相信。

沈兴文说道:"这么多年你用来保命的手书上写的什么内容,你想必记得清清楚楚吧?"甚至当年的太子是在怎样的心情下写出的字,胡超都能原样模仿出来才对。

胡超盯着他:"那又怎么样?就算我记得内容,也模仿不出太子的字。"

假造一封手书出来?这是比杀头还可怕的大罪,亏眼前这个只有二十岁的年轻人能想出来!

沈兴文冷淡地说道:"你真的以为,天后还能记得被她亲手逼死的太子,已经故去二十多年的儿子,写的字是什么样吗?"

当初,太子深受高宗喜爱。高宗夸太子监国有方,天后就已经开始猜忌嫉妒,毫无母子之情。恐怕当年太子的任何一件小事,她都不会有印象。

胡超冷冷地说道:"就算是这样,也是在冒奇险。被发现,诛九族都是轻的。"

沈兴文斜眼瞧着他:"你一个孤家寡人,有九族吗?"

胡超已经无所谓被这样骂了,他盯着沈兴文:"一旦败露,你以为你逃得掉?"

大理寺的少卿?可笑,到时候谁也保不了他。

沈兴文目光幽暗地说道:"你只需默写下那封手书的内容。前太子写的这些,桩桩件件,都是真事。这封手书不可能是伪造,也不可能被伪造。"

手书的价值,不在于字体,而在于上面所写的内容。

"从今往后,除非宗楚客敢拿出真正太子的遗书,否则就没有人会再质疑。"沈兴文含笑下了结论,"而且我敢保证,宗楚客这辈子也没有胆量拿出真正的手书来。"

胡超盯着他,半晌才缓缓地说道:"你拿什么保证?"

沈兴文动作温柔地拿出准备好的纸和笔,平铺在胡超的面前,声音越发悠长:"你只需默写，里面哪些事不方便写出来，哪些人无须被牵扯进来，都由你来决定。"

如果手书里写了十件事，胡超默写出了五件，最后天下人看到的，也就只有这五件。宗楚客又怎么敢拿出那封写了十件事的手书来呢？就为了对付一个胡超？那可太蠢了，自损三千，却连敌人的一丝一毫也伤不到。

大理寺门口，平时有三名衙役把守，今天，三个人脸上都显出紧张的神色。因为他们能明显看见，在街角和树荫底下，有好几双冷漠的眼睛。至少从两天前开始，这些眼睛就一直盯着他们。

这些平时就对大理寺虎视眈眈的探子，现在已经连踪迹都懒得隐藏了。

为什么？还不是欺负现在的大理寺势单力薄，连镇守的寺卿都没有了。

"大理寺现在只有一个姓沈的在，我们完全可以派人秘密进去探查。"幕僚向宗楚客献计。

宗楚客剪断了窗角的花枝："就算空无一人，那里也是大理寺。不是你想进就进得去的。"

幕僚眼睛闪烁："可现在大好机会……"

宗楚客转身，看了幕僚一眼："你知道天后为何失势？"

幕僚脸色一白。就算现在天后成了太后，也没有人敢随便议论。

宗楚客肯定地说道："就是因为大意。在这次复位前，陛下当了十九年庐陵王。你以为，皇帝谁都当得了吗？"

中宗的兄长、胞弟和姐妹众多，最后只有他成了唐中宗。

幕僚擦了擦冷汗，低下头。

宗楚客松开五指，让剪子滑落在地上："裴谈呢？"

"陛下削了裴谈的官，却没有放他从宫中回来。"幕僚说道，"据娘娘派人来说，因陛下余怒未消，一直罚裴谈跪在殿外。"

这是要让他跪死。

宗楚客目光阴冷地说道："裴谈不可能一辈子躲在宫里。"

他现在是庶人，出宫以后没有地方给他立足。换句话说，死一个三品大员，谁都害怕，可是死一个庶人，哪怕他出身名门，又有什么关系？

宗楚客看到了眼前的机会。

幕僚眼睛闪动："尚书大人，您难道想？但是裴氏不是好惹的……"

应该说太不好惹了。如果不是因为裴谈身上流的是裴氏的血，宗楚客不会隐忍到现在。就像在街上随便杀一个民女一样，在以前，根本不会因为这样的小事丢掉一个大家公子的命。

宗楚客目光犀利地说道："河东裴氏的人大多在关中，裴谈显然没有机会回到他的老家了。"

他已经被削官，自然不能留在长安，所以裴谈应该会回到裴氏的老家去。可现在，宗楚客不会给他这个机会了。

"祭天的时候，所有百姓都要让开街道，宫内左骁卫会全部出动护送。那个时候，宫内不可能还让裴谈待着。"

裴谈一定会出宫，并且，会默默地从偏殿出来，走暗道离开。

宗楚客的脚踩在剪刀上："记得二十年前我陪天后祭天，那时候有一伙小贼作乱，被当时的左骁卫全部射杀，到死都没有说一句话。"

"当时起骚乱了吗？"幕僚小心地问道。

宗楚客面色僵冷："只不过死了几个路人，又算什么？"

幕僚打了个冷战，忽然明白了这句话。

下个月的祭天，不仅是一个人眼里的机会，更是很多人眼里的机会。

沈兴文推开书房的门，清冷的空气里，没有裴谈，也没有荆婉儿。现在的大理寺，突然安静得如一座坟墓。

其实，大理寺本来就是个没有人气的地方。刑狱机构，自古以来都是阎王殿。只因为那个温润的男子成了这里的寺卿，才给这里带来了一丝不一样的气息。

他能理解荆婉儿对这里的那一丝"眷恋"。实际上，与其说她眷恋的是大理寺这个地方，不如说是眷恋那个人。

那个人如果不在了，大理寺，真的就成了一座空壳。

沈兴文的内心忽然感到一丝嘲笑，那是对他自己的嘲笑。他第一次认识到，自己的确不可能代替裴谈成为这里的主人。

"我留了一样东西在大人的书房。"

在太监围住院子之前，荆婉儿其实不是一句话都没有说。她迅速在沈兴文耳边说了这句话，然后假装什么也没发生，任由太监把她拷走。而她最后回头看沈兴文的那一眼，也是在这样说。

沈兴文慢慢踏进书房里。书房里还保留原样，但在裴谈的书桌上，笔墨明显被人动过了。

若无重要的事，即便裴谈已经不在，荆婉儿也不会擅自来书房。荆婉儿应该是来书房用纸笔写字。

桌子上，是一封留给沈兴文的信。说是信也不恰当，那明显是荆婉儿随意写的几行字。

"我已经知道了六年前父亲为什么会进宫,因为有人在前夜突然秘密找到了他,亲口告诉了他太子被逼死和留手书的事……"

六年前的一个雨夜,有人找上了当时的御史中丞荆哲人。那人带来了一封密信,荆哲人被信上所写的事震撼,久久不能释怀。而那人用言语鼓动荆哲人,希望他进宫向天后陈情,还太子清白。

"那人对父亲说,待父亲进宫面见天后以后,他会立刻进宫,和父亲一起向天后陈述当年的真相。父亲被太子冤死之事震动,答应了那个人。可是父亲进宫之后什么都还来不及说,就被胡超逼着试药,接着流放岭南。而那个人,在见到父亲的遭遇以后,便退缩了。他沉默不语,让父亲一个人承受了一切。直到今日,也几乎没有人知道,当年其实是他去鼓动父亲,也是他最先说出了太子被冤死的事。"

沈兴文知道,荆婉儿特地让他来书房,必然是有足够的原因。

他只看了几行,就已经感到了震撼。

他奇怪的是,即便荆婉儿的父亲听了那人说太子是被冤死的,如何就会轻易相信了?太子冤死,如此大的事,任何人听到,都会下意识地戒备三分,而不是冒夜进宫。

沈兴文紧紧皱起眉,荆婉儿接着写道:"你一定在想,我父亲怎么会草率进宫?父亲并不是冲动的人,他之所以态度坚决地进宫面圣,是因为当初找他说这件事的人,身份非常特殊。父亲也是因为这个人的身份,才相信他所说的事绝不可能是假的。他被流放的时候,都不曾说出这件事,更不曾说出这个人。父亲一定是觉得,说出来已经没有意义,而他更想保住这个人的身份。"

六年前,荆婉儿刚满十岁,已经足以记事。

"若不是……大人那天在雨夜进宫,我也许永远想不起这件事。"

同样的雨夜,同样牵涉到大唐太子,六年间发生了惊人的变故。

"你一定猜到了,大唐谁能随便说出一番话就让我父亲深信不疑,并且为此进宫。那个人,就是现在的光禄寺卿,太子的遗骨,如今陛下的亲侄儿——李守礼。"

第一百三十一章　李代桃僵

沈兴文震惊得无以言表,他以为他已经见识过了很多大场面,但荆婉儿这封留书几乎让他呼吸停滞。

光禄寺卿，李守礼？

荆婉儿现在才明白，那封通关文书是怎么回事。李守礼让女儿给荆婉儿送来了出城的通关文书，李奴奴从头到尾不敢从马车里现身，并不是为了维持郡主的身份，而是担心哪怕出了一丝一毫的纰漏，就会勾起荆婉儿的记忆。

当李守礼知道荆哲人的女儿现在就在大理寺，和裴谈在一起，他急忙给裴谈下帖子。包括后来"亲自"登门拜访，都是一种试探。而荆婉儿没有拿走通关文书，没有离开长安，她就成了隐患，一个随时会成为阻碍的隐患。

至此，荆婉儿已经在信中把所有事情写得十分清楚，沈兴文内心的最后一丝疑惑也没有了。

"这一次，是我连累了大人和大理寺……"

沈兴文放下荆婉儿的信。不是荆婉儿连累了大理寺，而是前太子这件事牵动了太多人的神经。

既然李守礼害怕因为荆家的事受到牵连，那他对付荆婉儿就可以理解。但是李守礼既然在六年前找到荆哲人，目的是给太子正名，那为什么六年后的今天，他的态度这么暧昧不清？

舍弃一个利益的前提，是要获得更大的利益。

沈兴文眼眸再次眯起。很显然，不管李守礼想做什么，他都是为了得到更多。现在朝堂和边关的局势瞬息万变，很难说李守礼想从中牟取什么。

等等，边关？沈兴文内心一震，这一瞬间，他什么都明白了。

果然，皇族的人，每个都是这般冷酷，利欲熏心……

沈兴文完全懂了，只是他的想法，需要一段时间来验证。但对他来说，李守礼和光禄寺都可以彻底放在一边。他现在需要考虑的，是如何守住大理寺，守住裴谈和荆婉儿。

幕僚匆匆来到密室见宗楚客："大人，人已经都找好了，都是一些无亲无故的亡命之徒，绝不会泄密。"

就是要这种人去送死，死了也查不出根源。

宗楚客淡淡说道："好。"

幕僚还是有点紧张："要是裴谈那天不出宫怎么办……"

宗楚客的眼神让幕僚不敢深问下去。他突然想到，皇后娘娘在宫里一定会留下亲信，在中宗不在宫内时动手，岂不是比在外面还容易？

幕僚顿时心领神会。

所以，裴谈的死期注定了是在那一天。他出不出宫，都不会改变结局。

"杨将军说，祭天那日，他会鼎力相助大人。"

宗楚客联手左骁卫大将军杨矩，真是万事俱备，连东风都准备好了。

到时候，杀裴谈，重创大理寺，抓住胡超，直接灭口。尚书大人和大理寺交锋了这么久，终于等到了一举歼灭的机会。

"能调遣杨将军，不愧是太子的儿子，身上流着李唐王室的冷血……"

什么偷偷派人潜入大理寺打探，这个办法根本不足取，万一被抓到就是理亏。直接劫大理寺的大牢，找到胡超，告大理寺窝藏钦犯的罪。

一切都好像尽在掌握。幕僚道："就算大理寺手里握着胡超，可再怎么厉害的证据，他都要有机会拿出来才行。现在裴谈囚禁在宫里，大理寺那个姓沈的要想翻盘，必须要见到陛下。他现在龟缩在大理寺不出来，无非是怕大人对他动手。他一定也想趁着祭天的机会……"

四方暗流涌动。

过了这么长时间，胡超肯定什么都招了，大理寺现在一定也在等着一击必中的机会。

这次祭天势在必行，听说为了边关的事，吐蕃也派遣了使者入唐，已经在路上了。

"有大臣在上朝的时候向陛下建议，效仿太宗时与吐蕃联姻。文成公主下嫁吐蕃赞普松赞干布，换来了边关近百年和平。希望陛下也能派遣一位公主，与吐蕃再修百年之好。"

可是，中宗李显膝下，乃至整个李唐宗室中，人丁并不兴旺，尤其是缺少公主。中宗和韦后的两个女儿，安乐公主和长宁公主，都早就嫁了人，不可能和亲。

有人提议，文成公主并非太宗陛下的亲生女儿，完全可以从宗室中选一位女子册封为公主，然后再下嫁吐蕃。

这个建议提出后，中宗没有立即反驳，而是沉默了下来。

很显然，如果真的能用和亲的方式消弭战祸，每一位帝王都不会拒绝。而要从宗室之中挑选和亲之女，要花一番心思。当今的李唐宗室，长乐王隐居避世，其他郡王消沉度日，唯一能让中宗信任，又是皇室嫡亲血脉的，似乎只有……光禄寺卿的女儿李奴奴。她年华正好，待字闺中，又是出身最为正统的大唐郡主。

过了两天，宫里再次下达了旨意。鉴于裴氏之子裴谈行为不检，辜负郡主，因此原先的赐婚作罢，将为郡主另择良配。

接连两道旨意之后，长安的人都知道，裴谈和大理寺真的失势了。

听到这个圣旨,沈兴文就知道,他的想法已经成真了。

文成公主与吐蕃和亲,青史留名,是整个大唐皇室的荣耀。而如果能重现这样的荣耀,成为大唐第二位和亲的公主,将会是载入史书的功绩。最重要的是,如果中宗真的下旨册封李奴奴为大唐公主,那么李守礼就不只是现在的光禄寺卿,而是会晋升为亲王。

大唐亲王,乃一品王爵。对于出生后就受章怀太子连累,一辈子过得凄苦的李守礼来说,这是他彻底摆脱过去的机会。

从一开始,裴谈就不在李守礼的眼中。他怎么会把女儿嫁给裴谈?这样一来,他能得到什么?从圣上赐婚开始,李守礼就已经在想尽办法阻挠这桩婚姻。

为了名垂青史,哪怕牺牲女儿的幸福。

沈兴文站在地牢里,眯眼看着胡超。经过这几天的"休养",之前被折磨的痕迹已经平复。"都准备好了吧?"

就算没准备好也来不及了,是非成败,在此一举。

"还有最后一样东西。"沈兴文把手里的包袱递到胡超眼前,"穿上为你准备的衣服。"

胡超现在是要去见昔日的女皇,穿着一身粗布衣服,怎么能让女皇相信他是昔日那位"道骨仙风"的胡道长。

胡超伸手拿衣服,沈兴文又按住了他。

"默写的手书呢?"

胡超用浑浊的眼睛看着他:"你真的敢这么做?"

沈兴文意味深长地说道:"你只需要做好你的部分,其余的不用你来操心。"

胡超冷冷盯着沈兴文,片刻后从衣袖里抽出几张皱巴巴的纸,递了过去。沈兴文从他手里接过,才慢慢松开了衣服。

胡超的脸上露出一丝讥诮,而沈兴文低头一张张翻看着胡超写的东西,没有露出任何表情。

这里面记载的每件事,都让世人震惊,而一代太子被冤死的事却只能被埋葬。

"你打算怎么让我出去?"胡超问。

周围铜墙铁壁,恐怕根本不可能踏出大理寺的门一步。

沈兴文把手书收起,对胡超微微一笑。

随后的许多天,大理寺门口多了好几个守卫,而大门更是日日紧闭,谁都能看出衙役们惊慌紧张的样子。

这些都被尚书府的探子看在眼里。他们自然冷笑,现在的大理寺,就像是他们关在笼中的兔子一样。

直到某天,一个丫鬟模样的女人匆匆来到大理寺前,盯着大理寺的大门,似乎又害怕又犹豫。犹豫了半天,她还是朝着大门口走去。埋伏在周围的尚书府密探,立刻盯死了这个姑娘。

女子走到门前,惴惴不安地看着衙役:"我,我有事求见大理寺少卿……"

想不到,门口的衙役比这女人还紧张:"我们少卿不见任何人,你快走!"

女人脸上白了几分:"我真的有要紧事,求你们……"

衙役不耐烦地挥手,忌讳地盯着这女人说:"快走快走!说了谁也不见!"

女人睁大眼睛,忽然说道:"那,让我见一见荆婉儿姑娘!"

衙役听了非常震惊,更加警惕地看着那女人:"你说的人不在大理寺,最后警告你一次,马上离开,不然别怪我们不客气!"

只见两个衙役的手已经握在了腰间的刀上。女人似乎有几分害怕,可还是咬咬牙说道:"荆婉儿姑娘说,有事可以到这儿找她,怎么会不在呢?"

女人向前走了一步……

衙役顿时如见洪水猛兽,纷纷挡在门前阻止女人。

女人急白了脸,叫道:"婉儿姑娘!婉儿姑娘!"

她一边叫着,一边想要往里冲。

六七个衙役瞬间涌到门口,抓住了女人的肩膀:"来人!快把这女人拖走!"

女人吓得尖叫。两个衙役用刀架在她脖子上,"女人"似乎被吓住了,不敢再喊叫。

四个衙役拖着"女人",把"她"丢到了门外的大街上。

之后,这几个衙役十分戒备地四下观察了一圈,才慢慢退回到大理寺的门前,说道:"少卿大人吩咐,一定要守好了,绝不能放任何人进去!"

几人脸色郑重,严阵以待。

树荫下,尚书府的密探看着这几个衙役,流露出了轻蔑的神情。真是惊弓之鸟,大理寺没了裴谈,只剩下一群胆小怕事的乌合之众。

此时,在大理寺的门后,"乌合之众"露出了微笑。沈兴文看着成功"李代桃僵"的喜茶,面含微笑:"演得很好。"

喜茶低下头:"是您的计策好,紫婵儿姐姐已经在街外接应着,晚些时候就会按照计划把那名道人送出城。"

第一百三十二章　瓮中捉鳖

祭天前一日，中宗命左骁卫留下一半的兵力守卫宫城，其余全部用来护送圣驾。

中宗召见了荆婉儿。这么多天，荆婉儿一直被关押在诏狱里。她的身份太卑微，其实根本没有中宗亲自处置的必要。

"裴谈就在殿外。"中宗看着地上跪着的少女，"听说，你愿意一辈子留在宫里赎罪，但是想见裴谈最后一面？"

荆婉儿脸色苍白，她抬头看着中宗："婉儿自知罪孽深重，只想有机会送大人一程。"

裴谈被削官后，中宗准他离开长安，回到裴氏所在的关中。

这应该是荆婉儿和裴谈的最后一次见面。

中宗望着荆婉儿。他并不是一个不懂情义的帝王，甚至可以说，他是大唐最多情的一个皇帝，否则也不会有专宠韦后，冷落后宫的事。

"这又何苦。"他说道，"就算你父亲如今依然是长安的御史中丞，你也应当知道，你的出身与关中裴氏有着天壤之别。"

荆婉儿低垂着眼眸，半晌才说道："陛下误会了婉儿，婉儿只是敬重大人。这些时日，大人对婉儿多有照拂，可大人却因婉儿被削官还乡，婉儿无以为报，唯有……陪大人走一小段路。"

这段路不好走，她和中宗心知肚明。到现在，她依然口口声声称裴谈为"大人"。

中宗淡淡地说道："朕也不至于和你一个小姑娘置气，你既然有此心意，罢了，朕准许你陪裴谈走出宫城。"

荆婉儿目光柔和地望着中宗："陛下仁慈，婉儿铭记在心。"

中宗看着她："明日一早，辰时三刻。"

荆婉儿心领神会。

这一夜，荆婉儿在紫宸殿外，又见到了裴谈。

她跪在裴谈对面，与裴谈目光交融，情意深深："大人，明日婉儿送您出宫。"

晨曦微露，天还没亮的时候，宫里所有参与祭天的妃嫔贵人，全部赶着吉时，离开了宫城。

偌大的大明宫中，从未像此刻般空旷静谧。

荆婉儿扶起跪了多日的裴谈。高大的男子，此刻却只能把重量压在少女的身躯上，艰难地一步步向宫外走去。

荆婉儿用柔弱的身体支撑着裴谈，扶着他走在安静无人的宫道上。两人始终沉默依偎，当他们相互的身影离开午门之外，早已蛰伏的眼睛，开始蠢蠢欲动了。

草丛里有人眯起眼："是那丫头？"

看到荆婉儿与那男子的身影，这伙匪人几乎没费什么脑子思考，就认定了裴谈的身份。

"目标已现身，按计划行事。"

离开宫门已经百米，门口守着的左骁卫身影几乎看不见，荆婉儿低着头搀扶着裴谈，却没有要转身回宫的意思。

也许是不舍，也许是想多走一段。

"动手。"

随着一声冷漠的吆喝，埋伏的匪人终于现身，从四周围过来了。

荆婉儿抬起头，看见了他们。

"亡命鸳鸯，真是感人。"为首的匪人面带邪笑，看着荆婉儿寸步不离裴谈身边，给他们省了不少事。

她的手，更紧地抓住了身边的男子。

为首的匪人淫邪一笑："放心，我会成全你们，在地下团聚。"

周围的人都开始不怀好意地笑。

荆婉儿眼睁睁看着他们围过来，脸色越加惨白，但目光却未见慌乱。

随着兵刃相交之声，荆婉儿身旁一直低着头，软弱无力的"男子"忽然抬起头。他藏在披风里的手上，握着一把剑。

这个人，却不是他们预备要杀的裴谈。

男人眉眼冷漠，俊美的脸廓有锋利的棱角，他手里的剑正挡在一个死士的刀前，不费吹灰之力。

荆婉儿慢慢松开了一直搀扶着他的手。

她搀着的男子不是裴谈，而是裴县，裴县。

死士脸色苍白："怎么会这样……"

裴县此时剑光已经出鞘。

荆婉儿最后说道："留下活口。"

裴县目光冷冷一扫："这些人都是死士，留活口也没有用。"

话音未落，杀伐已经开始。

荆婉儿不由得闭上眼，她从空气中嗅到了越来越浓郁的血腥味。

死士们在惨叫："中计了！"

可是已经晚了，这些人都是经过精挑细选的，武功不能太高，这样才符合流寇的身份。

原本以为裴谈不会武功，不要说是这几个人，就算普通的几个壮年男子，也完全可以制伏裴谈，所以他们原本以为会万无一失。

现在青龙寺的住持叫玄心，是中宗亲自选的。

玄心带着寺内高僧，站在门口迎接圣驾："老僧玄心，恭迎陛下、皇后、太后！"

他抬起头，目光对上中宗看过来的眼神，微微闪了闪。

这位新任的住持眉眼平和，也比已故去的玄莲大师年轻许多。

很快，圣驾进入青龙寺内。寺中一切都早已预备好，很显然新任住持做事十分周密。

有一双眼睛带着威严，甚至让青龙寺那些低头做事的和尚产生了一种错觉，认为这种威压比中宗还强大。

"本宫想去大雄宝殿看一看。"

大雄宝殿历来是帝王祭天时跪拜的地方。现在中宗还没起驾，太后却要先去看一看。

中宗面露恭顺："母后舟车劳顿，参拜不急在这一时，还是让人伺候母后先歇歇吧。"

玄心看到了中宗的目光，立刻殷勤道："贫僧带太后去厢房歇息。"

年逾古稀的太后，目光越过众人，落在中宗身上。

那双眼睛，永远都让他感到至深的压力："本宫想单独祈佛，莫非不行？"

中宗不敢说什么，只能捏紧袖中的手："是，母后。"

太后进入了大殿，所有人都不敢跟着。

这大雄宝殿，曾经是她祭天时待过的。望着高大威严的佛祖金身，如今的太后，慢慢跪了下来。

香烛缭绕，持久深邃的静谧。

"天后娘娘。"

直到旁边传来一声轻轻的呼唤。

跪坐在蒲团前的太后，幽幽地睁开了眼。

她的面前站着一个含笑的"道人"，一身打扮颇有仙风道骨，关键是还有几分熟悉的感觉。

太后年纪大了，不由得皱了皱眉。

面前的道人，已经迅速跪了下去："贫道胡超，叩见天后娘娘！"

这声拜见情绪饱满，抑扬顿挫。骤然间，勾起了太后的回忆。

太后睁大了双眼，盯着"道人"："你，你是……胡超？"

胡超立刻高声应道："正是贫道！"

还记得胡超离开的时候，高调地用了"云游"的借口，因此在太后的记忆中，胡超就是云游去了。

太后有些疑惑："你怎会在这里？云游回来了？"

胡超殷勤地膝行几步，靠近太后："贫道是来与玄心住持交流道法的，想不到在此得遇天后娘娘，一别数年，娘娘的凤仪一点都没变！"

毕竟是曾经讨过太后欢心的人，这么几句话，已经让太后记起了曾经的辉煌，脸上浮现出笑容。

太后语气缓和："胡超，你当年说永不会回长安，本宫以为这辈子都不会再见到你。"

胡超真诚地说道："贫道当年一心向道，本以为就此脱离红尘，可没想到……都说修道之人，此生必遇到一劫，渡过才成就真正的大道。贫道修行多年未曾参破，知道自己逃不过，无奈之下，只得返回长安……"

太后听得诧异不已："你是说，你也遇到了一劫？"

胡超面带郑重，却似乎有难言之隐，摇头叹息。

太后一向笃信这些修行的道人，立刻正色道："既是有劫，那就渡过以成大道，世间根本不存在渡不过的劫难。"

胡超内心有点激动。他的面前，可是昔日统御大唐的女皇。在她看来，自然是没有渡不过的劫难。

胡超故意垂泪道："这一劫，恐怕真的难渡……"

太后皱了皱眉："究竟是什么？可能说出来？"

胡超看了看太后，忽然匍匐在地上，哽咽道："在此遇见天后娘娘，贫道实是信了天意！若无天后，怕是贫道毕生也渡不过此劫！"

这番话显然让天后震惊，她盯着胡超问道："怎么回事？"

胡超缓慢从地上起来，眼中布满红丝，声音嘶哑道："贫道……梦见太子托梦……"

大唐三十年，有过多位太子，由此可见这三十年的朝堂有多血腥残酷。可让太后立刻脸色苍白，第一时间就想到的，只有那一位太子。因为其他太子没有死，还有一位已成帝王。托梦，是只有死人才有的权力。

太后声音颤抖，死盯着胡超："你……你说什么？"

胡超知道此时说错一句话，做错一个动作，都是送命的结果。现在就是在和老天赌命，赢了，就有一切。

胡超扬起满是血丝的眼睛，看进太后的心里。

此时东郊官道上，沈兴文把默写的手书塞到怀里，骑上一匹快马，向城外奔去。这是去青龙寺的必经之路，他不可能更改路径。

行到郊外最荒凉处，忽然，道路两旁跳出数匹骏马，拦在了沈兴文前面的路上，马上的人都神秘地蒙着面。

沈兴文勒住马，眯眼盯着突然出现的拦路人，幽幽问道："你们想干什么？"

第一百三十三章（完结）　终有一日等到您

蒙面人互相交换了眼色，一言不发，直接向沈兴文冲了过去。干脆利落不废话，果然有专业刺客的风范。

沈兴文眼神一沉，立刻调转马头，想要离开。

为首的一个蒙面人，忽然把手里的刀掷过去，沈兴文闪身躲过，随后就因为惯性从马背上摔了下来。

那些蒙面人迅速从马上翻身而下，沈兴文见状，不顾疼痛，起身就跑。他紧紧捂着胸前的动作，显然被蒙面人盯上了。

"先确认东西在不在他身上！"首领冷酷地下达命令。

沈兴文闻言，更加拼命向前跑。蒙面人紧追不舍，沈兴文根本不可能跑过这些武功高强之人。

就在快要追上沈兴文的时候，那刺客对准沈兴文背后挥出了一刀，沈兴文转过头，看见刀刃，呆了片刻。

就在此时，那刺客已经用刀划过沈兴文的胸前，衣裳破裂，沈兴文的手臂上都是血。

啪！什么东西掉在了沈兴文脚下。

刺客眼前一亮，上前一掌荡开沈兴文，低头把东西捡了起来。

把纸抖开,那封触目惊心的"太子陈情书"就在眼前。

"就是这个!"

刺客们知道得手,都是一喜。

沈兴文这时像是忘记了"逃跑",目光一动不动地盯着他们。

刺客们目光冷冷地看过去,只见为首的刺客将手里的书信抛到半空,然后十几把刀一起砍上去。那封默写的手书,在刀剑中撕得粉碎。

"现在可以杀了。"

证据已毁,人,必须灭口。

顿时,那些刀在半空中调转了方向,砍向沈兴文。

沈兴文盯着越来越近的刀锋,眼底划过一抹笑。

此时的大理寺。大门洞开,左骁卫的视线扫视了一圈,冷冷地说道:"接到密报,大理寺窝藏钦犯,给我搜。"

左骁卫是皇帝近卫,这些大理寺的衙役只能干看着,没人敢阻止。何况,大理寺现在基本上已经空了一半。

左骁卫的人直接闯入了地牢,却发现地牢里一个犯人也没有,像是已经空置很久了。

他们皱眉,转身要去搜大理寺的其他地方。

他们推开书房的门,被里面缓缓起身的一个人惊得呆住了脚步。

裴谈缓缓放下手中的笔,看着盛气凌人的左骁卫。左骁卫看见裴谈的时候,显然是满脸不可思议。

裴谈慢慢说道:"裴某虽然已被削官,但也不至于成为左骁卫口中的钦犯吧?"

显然左骁卫刚才在外面高喊捉拿钦犯,声音已经传到紧闭的书房,被裴谈听到。跟在左骁卫身后踏进来的人,是宗楚客。

他盯着裴谈,目光似枯井般死气沉沉:"裴谈?"

按照时间,裴谈早该被杀死在出宫的路上。

裴谈嘴唇微动:"宗尚书,裴某没记错的话,这里并非尚书府。"

一个尚书带兵闯入大理寺,要是没有圣命,恐怕解释不清。

宗楚客袖中的手死死握着,他面无表情地注视着裴谈。事已至此,再说回头也晚了:"这大理寺中,看来只剩你一个人了。"

裴谈的嘴唇动了动,没有说话。想来左骁卫刚才已经搜过了,大理寺的确已经没有别人。

"那就没什么可说的了。"宗楚客冷冷地说道,"也许你就是钦犯,与道人胡超勾结,意图欺瞒圣心。把裴谈拿下。"

左骁卫立即上前,团团围住裴谈。杀一个庶人,没那么困难。

裴谈慢慢开口:"道人胡超,前一阵子的确被关押在大理寺,那是因为他是大理寺在审理的一桩案件的重要人证,供出了李贤太子手书的下落。"

宗楚客瞳孔收缩:"太子手书?"

裴谈看着他:"没错,我们已经知道了太子那封手书在哪儿。"

左骁卫们看着宗楚客的脸骤然变色,有些不明所以,面面相觑。

裴谈说道:"宗尚书这个时候带人来大理寺,看来是将尚书府的门庭打开了。"

这一次祭天,宗楚客倾力而出,不可能再有保留。他手上所有人应该都在这里,而大理寺正相反,即便是留守的衙役,似乎也太少了。

宗楚客瞪大了眼。确实,刚才带着左骁卫气势汹汹地搜过来,忘了留意这一点。大理寺的衙役呢?都去哪儿了?除了门口守着那几个,似乎这里已经空了。

裴谈迎着宗楚客的目光,淡淡地笑道:"承蒙宗尚书祭天期间惦念,裴某礼尚往来,现在大理寺的人,应该已经在尚书府里做客了。"

宗楚客唇中发出颤抖的声音:"裴谈……"

裴谈忽然收敛了神色,盯着书房中的左骁卫:"大理寺奉旨调查李贤太子冤死案,根据证供,名正言顺搜查尚书府,寻找太子遗书。"

听到搜查尚书府,寻找太子遗书这句话,宗楚客的眼珠都充血了:"你说太子手书在……"

裴谈慢慢地说:"宗尚书从来没有想到搜一搜自己的家吗?"动用了这么多人手来搜大理寺,可真是浪费。

宗楚客忽然转身就走。剩余的左骁卫一头雾水,预想的钦犯没有抓到,整个大理寺只有裴谈一个人。

裴谈没有阻止,宗楚客现在走,已经没用了。

和大理寺被到处乱搜不一样,当宗楚客站在自己的尚书府门前时,里面却是秩序井然。

他到现在也无法相信,太子手书真的会藏在尚书府。

可是过了片刻,他就看见身穿大理寺衣裳的衙役,从尚书府的一个地方走出来。宗楚客一瞬间浑身血液凝固。

"尚书大人,"带头搜证的衙役看见宗楚客回来,也不慌乱,笑着说道,"居然将太子手书如此重要的物证,藏在您儿子的牌位后面,若不是太子托梦,还真是永远不可能找到。"

尚书府的下人显然没有见过这种阵势,他们慌张地喊宗楚客:"尚书大人!"

宗楚客阴冷地看着那个衙役:"你们竟敢搜尚书府?"

衙役好脾气地一笑:"皇命在身,还请尚书大人……见谅。"

宗楚客的脸色让人害怕:"皇上让你们搜我儿子的祠堂?"

衙役的神色变得幽长:"尚书大人,这可是太子亲自托梦说的。太后立即命大理寺尽速拿到太子遗物,大理寺不过是照章办事。"

宗楚客已经什么都听不进去了,他对着身边的左骁卫说道:"把他们全杀了。"

左骁卫可以跟着宗楚客去抓所谓的钦犯,可是面对执行皇差的大理寺衙役,左骁卫内心同样的震撼。

宗楚客下令以后,没有人动。

宗楚客盯着身旁的左骁卫将领:"你们在等什么?"

那将领迟疑了一下:"尚书大人,恐怕这样的命令我等不能执行。"

宗楚客眼内一片血红:"杨将军让你们听命于我,你们敢反抗?"

只要左骁卫现在动手,依然可以把大理寺的人全数歼灭。

还不等左骁卫反应过来,就传来一声威严的声音:"本将军可从来没有说过要违抗皇命!"

左骁卫们惊喜:"大将军!"

身穿甲胄的杨矩骑在马上,居高临下看着自己的左骁卫。所谓大将军,谁掌权,就听谁的。

在杨矩的身后,一顶銮驾已经靠近。另外一半的左骁卫,浩浩荡荡护卫着銮驾,气势惊人。

大理寺的人一见到銮驾,立即高举着手书涌向门口:"太后!贤太子的遗书在此!"

銮驾旁边,一个穿着道袍的人,扬起双手高声道:"太子托梦,果然上天有灵!"

銮驾内,传出太后颤抖的声音:"拿来……给哀家看看……"

大理寺的人冲在前面,双手捧着手书,递了过去。

其余的左骁卫杀气腾腾,杨矩居高临下道:"宗楚客,你为何私藏太子遗书,还不快招来?"

宗楚客睚眦欲裂,整个人看起来都已经疯癫了。

忽然,宗楚客从距离他最近的左骁卫腰间抽出了刀,提刀对着銮驾走了过去。

左骁卫都惊呆了,杨矩瞪圆了眼睛:"拦住宗楚客!就地拿下!"
"大胆宗楚客!竟敢威胁太后娘娘……"

这次祭天造成的一系列混乱,直到一个月后才渐渐平息。

听闻宗楚客被制服之后,一口咬定这是大理寺的阴谋,可是那么多双眼睛见证了,太子遗书从他儿子的牌匾后面搜出来,他的话再也不会有人相信。

反倒是坐实了他为报私怨,屡次泼脏水给大理寺和裴谈的事。

大理寺查案有功,沈兴文也收到了御赐的四品官服,正式官拜少卿。

裴谈官复原职,是李守礼亲自向中宗和太后求情的结果。虽然无缘结亲,但裴氏乃端方之门,自然也不想结怨。这次赐婚的事,污名全部都被裴谈一个人背了,而李守礼的目的全部达成。这就可以明白,为什么左骁卫和杨矩会临阵倒戈,反过来帮大理寺拿到了太子的手书。

两个月后,吐蕃使者入长安,亲自向中宗请求赐婚。中宗当场册封光禄寺卿李守礼为邠亲王。其女李奴奴晋封金城公主,数月后嫁于吐蕃赞普。

在这一场战役里,尚书府,大理寺,谁都没赢,赢的都是李唐皇室。

据说太后握着贤太子的遗书,为太子遭受的冤情夜夜哭泣。中宗命令大理寺彻查遗书上所写的桩桩事件,经过半年时间,这场案情才终于审结。

裴谈进宫复旨,在宫道上,一名举着竹伞的宫女缓缓走到他面前。

裴谈看着她:"你久等了。"

等了二十年,这桩大案终于结束。

竹伞下,荆婉儿的眉眼宛如太液池般温柔:"婉儿知道,只要在这里,终究会等到大人的……"

【尾声】 愿你余生平安喜乐

长安城外的驿道上,裴谈打量着荆婉儿。只见她一身朴素的布衣,肩上背了一个最简单的包袱。

少女脸色苍白,却明显有一丝解脱。做了五年宫女,如今终于能堂堂正正恢复自由。而且,她要亲自到岭南接回荆氏的亲人。

"大人。"

荆婉儿盈盈一笑，望着裴谈，喉间微动："多谢大人……还来送婉儿。"

裴谈今日身着素简的白衣，泛着一股冷清的温和感。裴谈身上的气质就是如此，脱了官服，谁也认不出他是大理寺卿。

裴谈望着荆婉儿，慢慢自袖中取出了一份明黄丝帛制成的文书，对荆婉儿说道："这是陛下亲自签发的通关文牒，能让你在大唐境内十道通行无阻。"

荆婉儿伸出双手，慢慢接过了这张文牒，她感到沉甸甸的："多谢大人。"

她已不记得是多少次说这句话。荆婉儿知道，这张文牒一定是裴谈替她求来的，中宗不会单独替她一个小丫头这样大开方便之门。

"此去岭南，山穷水恶，路途遥远，你一个姑娘家，万事小心，保重自己。"

荆婉儿耳边响起裴谈温和的叮嘱。

实际上，有中宗这张文牒，各地负责接待的官员一看就知道怎么回事，暗中都会照拂一二，绝对不敢让荆婉儿在自己的地界上出事。

可是她终究是个女孩家，孤身上路，难免让人不放心。

荆婉儿唇边动了动，那一声"多谢大人"又差点出口，生生顿了半晌才勉力一笑："婉儿不是娇气的女儿，只是赶路而已，这点苦实在不算什么。大人不必担心。"

比起在宫中为奴，任人践踏，如今身份自由，又是去接家人回来，和从前相比简直是天上地下了，还有什么不满足的呢？

荆婉儿心中感到了一丝失落与苦涩。

裴谈望着她。他能理解荆婉儿的心情，任谁和家人分别数载，天各一方，都会归心似箭。只听他轻声道："你的家乡在陇右，接回你父亲之后，应当直接回家乡安住了。"

经历这番风波，荆家人肯定是要远离纷争，偏安一隅度日。荆哲人不可能再有机会入仕了，即便被赦免，出于种种不可明说的原因，中宗也不可能让他再入朝堂。

也就是说，荆婉儿此生应该不会再进长安，也不需要再进长安了。

裴谈目光幽深。也好……这个地方，本来就不适合她这样的姑娘家。

荆婉儿一向对裴谈的话理解得十分透彻，此时也立刻明了他的"话中有话"。她喉咙间像是卡住了，很想说点什么，总归说不出来。

裴谈又说道："你要是还有什么要求，可以提出来。我能为你做的，一定做到。"

荆婉儿摇摇头，声音沙哑："一直以来，大人为婉儿做的，已经够多了。"

一时，二人之间陷入沉默，像是再没有什么可说的话。明明有那么多话语，却仿佛都心照不宣。

荆婉儿忽然抬起头，眼中有雾光似的看着裴谈："大人，婉儿可以……抱您一次吗?"

话音落下,少女低下头,耳根羞得红了。裴谈的目光突然凝重起来,深深地望着她。

日日相伴,相处半载,谁都没办法捅破那层窗户纸。似乎如此亲近,偏又那般疏远。

裴谈上前,轻轻伸手,把少女圈入了怀中:"婉儿。"

荆婉儿猝然靠在了男子的身体上,温热的气息把她冰凉的四肢都裹住了。

她呆了一下,眼前蒙上了一层潮湿的水雾。这一声"婉儿",对荆婉儿来说像是黑暗里的光一样。曾几何时,只要听见这声呼唤,无论前方有多少荆棘,她都要走到他的身边。

她只觉今日一别,再不出口,怕是没了机会了。

裴谈的手臂拥着少女的身躯,他平生从未抱过一个女孩子,此刻能感受到胸前的衣襟似乎慢慢被浸湿了。他忍不住轻轻说道:"愿你余生平安喜乐,亲人相伴,再无愁苦。"

在太液池上初见这个女孩,裴谈就是这样真心希望的。

荆婉儿再也控制不住情绪,身体微微地颤抖。纵然她余生能有平安喜乐;那也是裴谈为她带来的。

裴谈觉得怀中的少女紧紧靠着她。

大人,婉儿一定会回来的,回到您身边……不管路再长,再遥远,婉儿都要一步一步走到。

所以,您要等着婉儿。